MISSION BASILIC

DAVID WEBER

MISSION BASILIC

HONOR HARRINGTON - 1

TRADUIT DE L'ANGLAIS
PAR ARNAUD MOUSNIER-LOMPRÉ

J'AI LU

Titre original :
HONOR HARRINGTON : ON BASILISK STATION

À C. S. Forester,
en remerciement d'heures de plaisir, d'années d'inspiration et d'une vie d'admiration.

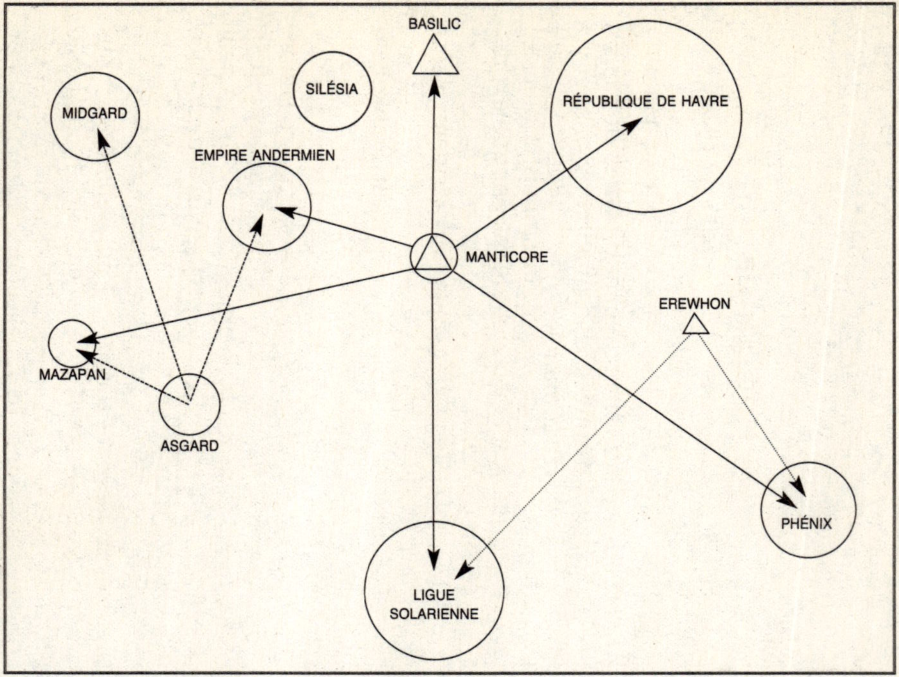
BASILIC
SILÉSIA
MIDGARD
RÉPUBLIQUE DE HAVRE
EMPIRE ANDERMIEN
MANTICORE
EREWHON
MAZAPAN
ASGARD
PHÉNIX
LIGUE
SOLARIENNE

Prologue

Dans le tic-tac assourdissant de l'antique pendule de la salle de conférence, le président héréditaire de la République populaire de Havre toisait les membres de son cabinet militaire. Le ministre de l'Économie détourna les yeux, l'air mal à l'aise, mais la ministre de la Guerre et son état-major affichaient une expression proche du défi.

« Vous plaisantez ? demanda le président Harris d'une voix tendue.

— Malheureusement non », répondit Frankel, la mine sombre. Il fouilla dans ses mémopuces, puis fit un effort pour croiser le regard du président. « Les trois derniers trimestres confirment tous la projection, Sid. » De biais, il lança un coup d'œil assassin à sa collègue militaire. « C'est le budget naval. On ne peut pas continuer à construire des bâtiments à la cadence actuelle sans...

— Si on ne continue pas à en construire, le coupa sèchement Élaine Dumarest, tout s'effondre. Nous sommes assis sur un néocheval emballé, monsieur le président. Le tiers au moins des planètes occupées abritent des groupes de cinglés qui exigent la "libération" de leur monde, et, comme si ça ne suffisait pas, tous nos voisins s'arment à outrance. Ce n'est qu'une question de temps avant que l'un d'eux nous tombe dessus.

— J'ai l'impression que vous noircissez le tableau, Élaine », intervint Ronald Bergren. Le ministre des Affaires étrangères lissa sa moustache si fine qu'on l'aurait dite dessinée au pinceau et fronça les sourcils. « Nos voisins s'arment, c'est exact – j'en ferais autant à leur place –, mais aucun n'est assez puissant pour nous attaquer.

— Pour l'instant, peut-être, dit l'amiral Parnell d'un ton lugubre ; cependant, si nous nous retrouvons impliqués quelque part ou si une révolte majeure éclate, certains seront tentés d'essayer un coup de main. Voilà pourquoi il nous faut davantage de bâtiments. Et, avec tout le respect que je dois à monsieur Frankel, ajouta l'officier d'un ton qui n'avait rien de particulièrement respectueux, ce n'est pas la Spatiale qui grève le budget, mais l'allocation du minimum vital. Il va falloir expliquer aux allocataires que tout tonneau a un fond et les convaincre de cesser de boire comme des trous en attendant que nous nous remettions sur pied. Si nous pouvions nous débarrasser de ces parasites ne serait-ce que quelques années...

— Oh, l'excellente idée ! gronda Frankel. C'est justement l'augmentation régulière de l'AMV qui nous permet de faire tenir ces gens tranquilles ! Ils n'ont approuvé les guerres que pour assurer leur niveau de vie, et si nous ne...

— Ça suffit ! » Le président Harris abattit sa main sur la table et foudroya du regard ses conseillers dans le silence choqué qui suivit. Il se tut pendant encore un moment, puis se radossa en soupirant. « Nous n'arriverons à rien en nous prenant le bec et en nous jetant des accusations à la tête, reprit-il d'un ton plus modéré. Soyons réalistes : le plan DuQuesene n'a pas apporté les réponses espérées.

— Je regrette de vous contredire, monsieur le président, intervint Dumarest. La base du plan demeure valable, et d'ailleurs nous n'avons plus le choix. Nous avons simplement mal estimé les dépenses encourues.

— Ainsi que les revenus générés, fit Frankel d'une voix lugubre. Nous ne pouvons pas pressurer les économies planétaires à l'infini, mais sans davantage de rentrées d'argent, impossible de maintenir à la fois les dépenses de l'AMV et un armement suffisant pour conserver nos acquis.

— Combien de temps avons-nous ? demanda Harris.

— Je ne sais pas exactement. Je peux plâtrer les fissures pendant quelque temps, voire conserver une façade de bonne santé financière en déshabillant Pierre pour habiller Paul, mais, si les courbes des dépenses ne s'inversent pas radicalement ou si nous ne trouvons pas une source de revenus de premier ordre, nous vivrons à crédit et ça ne pourra qu'empirer. » Il eut un sourire dépourvu d'humour. « Dommage que la plupart des systèmes dont nous nous sommes emparés n'aient pas été en meilleure forme économique que nous.

— Et vous êtes sûre qu'on ne peut pas réduire les frais de la Spatiale, Élaine ?

— Non, sauf à courir de très graves risques, monsieur le président. L'amiral Parnell a tout à fait raison quant à la réaction de nos voisins si nous laissons paraître la moindre faiblesse. » À son tour, elle eut un sourire sans joie. « Nous avons dû nous montrer trop bons professeurs.

— Peut-être, fit Parnell, mais ça, il y a moyen d'y parer. » Tous les regards se portèrent sur lui et il haussa les épaules. « Il suffit de les renvoyer à la niche sans attendre. En plaçant nos forces restantes sur nos frontières, il doit être possible d'imposer une paix telle que nous la voulons.

— Crénom, amiral ! s'exclama Bergren, d'abord vous nous assurez que nous ne pouvons pas conserver nos acquis sans nous saigner à blanc, et maintenant vous envisagez de déclencher une série de nouvelles guerres ? Parlez-moi des mystères de l'esprit militaire !

— Une minute, Ron », murmura Harris. Il regarda l'amiral, la tête penchée de côté. « Vous croyez que ça marcherait, Amos ?

— Je crois, oui, répondit Parnell d'un ton plus circonspect. Le problème, ce serait le minutage. » Il appuya sur un bouton et une carte holo apparut audessus de la table. La sphère hypertrophiée de la République populaire prenait tout le quadrant nord-est et l'amiral indiqua un semis de systèmes stellaires ambre et rouges au sud et à l'ouest. « L'empire andermien est la plus proche puissance multisystème. La plupart des gouvernements monosystèmes ne sont que du menu fretin et une seule force d'intervention suffirait à anéantir chacun d'eux, malgré leurs programmes d'armement. Ce qui les rend dangereux, c'est la probabilité qu'ils s'uniront si nous leur en laissons le temps. »

Harris hocha la tête d'un air songeur, puis tendit le doigt pour toucher une des perles de lumière à l'inquiétant éclat rouge sang. « Et Manticore ? demanda-t-il.

— Ça, c'est l'inconnue de l'équation, admit Parnell. Ils sont assez puissants pour nous résister, en supposant qu'ils en aient le cran.

— Alors pourquoi ne pas les éviter ou au moins les garder pour la fin ? demanda Bergren. Leurs partis sont très divisés sur la position à prendre envers nous : ne pourrions-nous pas en profiter pour faire d'abord sa fête au menu fretin ?

— Notre situation serait encore pire », objecta Frankel. Il appuya sur un bouton devant lui et les deux tiers des lumières ambrées de la carte de Parnell devinrent d'un gris-vert maladif. « Chacun de ces systèmes est autant dans le pétrin que nous, économiquement parlant. C'est à nous que cela coûterait de l'argent de nous en emparer, et les autres sont des affaires où nous ne gagnerions rien. Ceux dont nous avons vraiment besoin se trouvent plus au sud, en bas, du côté du nœud d'Erewhon, ou à l'ouest, dans la Confédération silésienne.

— Pourquoi ne pas leur tomber dessus tout de suite, dans ce cas ? fit Harris.

— Parce qu'Erewhon est membre de la Ligue, monsieur le président, répondit Dumarest, et, en nous voyant faire route vers le sud, la Ligue risquerait de croire son territoire menacé. Ce qui pourrait être... euh... regrettable. »

Hochements de tête autour de la table : la Ligue solarienne jouissait de l'économie la plus florissante et la plus puissante de toute la galaxie connue, mais sa politique étrangère et militaire était le résultat de tant de compromis qu'elle en devenait quasiment inexistante, et aucun conseiller n'avait envie d'irriter le géant endormi au risque de le voir soudain prendre des positions tranchées.

« Pas question de viser au sud, donc, poursuivit Dumarest ; mais l'ouest nous ramène tout droit sur Manticore.

— Pourquoi ? demanda Frankel. Nous pourrions prendre Silésia sans nous approcher à moins de cent années-lumière de Manticore : il suffirait de tangenter au-dessus et de les laisser tranquilles.

— Ah oui ? jeta Parnell d'un ton de défi. Et que faites-vous du trou de ver du nœud de Manticore ? Son terminus de Basilic serait en plein sur notre route. Nous serions presque obligés de nous en emparer rien que pour protéger notre flanc et, même dans le cas contraire, la Flotte royale manticorienne sentirait d'où vient le vent dès que nous commencerions à faire mouvement le long de sa frontière nord. Elle n'aurait qu'une solution : essayer de nous arrêter.

— On ne pourrait pas négocier avec eux ? demanda Frankel à Bergren ; le ministre des Affaires étrangères haussa les épaules.

— Le Parti libéral manticorien est complètement dans le potage en ce qui concerne la politique étrangère ; les progressistes seraient probablement d'accord pour marchander, mais ils ne sont pas au pouvoir : ce sont les centristes et le parti de la Couronne qui tiennent les rênes, et ils ne peuvent pas nous encadrer, Élisabeth III encore moins qu'eux. Même si les libéraux et les progressistes arrivaient à virer le gouvernement actuel, la Couronne ne négocierait jamais avec nous.

— Hum. » Frankel se tirailla la lèvre inférieure, puis il soupira. « Dommage, parce qu'il y a autre chose : notre commerce extérieur est en mauvais état et il passe pour les trois quarts par le nœud de Manticore. S'ils nous le ferment, les temps de transport en seront largement accrus... ainsi que les frais.

— Ne m'en parlez pas ! fit Parnell d'un ton écœuré. Ce fichu nœud leur fournit aussi une voie d'accès direct au cœur de la République en passant par le terminus de l'Étoile de Trévor.

— Mais si on leur flanquait une pile, c'est nous qui serions maîtres du nœud, murmura Dumarest. Vous imaginez le résultat sur notre économie ? »

Frankel leva des yeux brillants de convoitise : le nœud rapportait au royaume manticorien un produit brut de soixante-dix-huit pour cent celui du système de Sol lui-même. Harris remarqua son expression et il eut un affreux petit sourire.

« D'accord, étudions la question. La situation est grave, nous sommes tous d'accord ; nous devons agrandir notre territoire, or Manticore est sur notre chemin et nous en emparer donnerait un solide coup de fouet à notre économie. Le problème, c'est : que faisons-nous ?

— Manticore ou pas, dit Parnell d'un ton méditatif, il faut nous débarrasser de tous ces points qui nous tracassent au sud-ouest. » Il indiqua les systèmes que Frankel avait colorés en gris-vert. « Et ça nous mettrait en bonne position pour continuer par Manticore. Mais, si nous sommes capables de réussir ce coup-là, il serait encore plus astucieux de nous débarrasser d'abord de Manticore et de nous occuper ensuite du menu fretin.

— En effet, acquiesça Harris. Des idées sur la façon de procéder ?

— Laissez-moi voir ça avec mon équipe, monsieur le président. Je n'ai encore aucune certitude, mais le nœud pourrait bien se révéler une arme à double tranchant si nous la manions bien... » La voix de l'amiral mourut, puis il se reprit soudain. « Laissez-moi voir ça avec mon équipe, répéta-t-il. Surtout avec les services de renseignement de la Marine ; j'ai une idée, mais il faut que j'y travaille. » Il inclina la tête. « Je devrais pouvoir vous fournir un rapport, dans un sens ou dans l'autre, d'ici un mois. Ça ira ?

— Parfaitement, amiral », dit Harris avant de clore la séance.

Chapitre premier

La boule de fourrure duveteuse lovée sur les genoux d'Honor Harrington s'agita et tendit une tête ronde aux oreilles dressées en entendant mourir le battement régulier des réacteurs de la navette. Une bouche délicate bâilla en découvrant des crocs effilés comme des aiguilles, puis le chat sylvestre tourna ses grands yeux vert d'herbe vers la jeune femme.

Blic ? demanda-t-il, et Honor eut un petit rire.

« Blic toi-même », répondit-elle en lui caressant l'arête du museau. Les yeux verts clignèrent et quatre des six membres aux pattes préhensiles du chat sylvestre s'avancèrent pour lui saisir le poignet dans une étreinte douce comme une plume. Elle rit à nouveau tout bas et retira le bras, signal du début d'une bagarre feinte ; le chat déroula ses soixante-cinq centimètres de long (sans compter la queue) et enfonça ses vraies pattes au creux de l'estomac de la jeune femme tout en émettant un ronronnement grave et bourdonnant. Les pattes préhensiles resserrèrent leur prise, mais les griffes meurtrières – un bon centimètre d'ivoire courbe et affûté comme un poignard – demeurèrent rétractées. Une fois, Honor avait vu des griffes semblables lacérer le visage d'un homme qui avait eu la bêtise de menacer la compagne d'un chat sylvestre, mais elle ne ressentait aucune inquiétude : sauf pour se défendre (ou la défendre, elle), Nimitz ne risquait pas plus de blesser un humain que de devenir végétarien, et les chats sylvestres ne se trompaient jamais à cet égard.

Elle se dégagea de l'étreinte de Nimitz et hissa le long animal sinueux sur son épaule, geste qu'il approuva à grand renfort de ronronnements enthousiastes. Nimitz, vieil habitué des voyages spatiaux, savait que ce perchoir lui était interdit à bord d'un petit appareil en phase d'accélération, mais il savait aussi que la place des chats était sur les épaules de leur compagnon ; c'est là qu'ils se juchaient depuis que le premier chat avait adopté son premier humain, cinq siècles terriens plus tôt, et Nimitz était traditionaliste.

Un menton plat et poilu s'appuya sur la tête de la jeune femme et Nimitz enfonça les griffes de ses quatre membres inférieurs dans les épaulettes spécialement rembourrées de la veste d'uniforme. Malgré son corps étroit et long, il pesait son poids – presque neuf kilos –, même sous la gravité standard de la navette, mais Honor y était habituée, et le chat avait appris à déplacer son centre d'équilibre de l'épaule vers la nuque. Il était désormais solidement accroché sans fournir le moindre effort et Honor prit la serviette sur le siège vacant à côté du sien. Elle était le passager le plus gradé de la navette à demi pleine, ce qui lui avait valu la place la plus proche du sas. Il s'agissait là d'une tradition aussi pratique que courtoise, car l'officier commandant était toujours le dernier à monter à bord et le premier à descendre.

La navette frissonna doucement lorsque ses faisceaux tracteurs touchèrent la masse de soixante-dix kilomètres de diamètre de la station spatiale de Sa Majesté *Héphaïstos*, principal chantier naval de la Flotte royale manticorienne, et Nimitz émit un soupir de soulagement dans les cheveux bruns, courts et plumeux d'Honor. Elle réprima un nouveau sourire et se leva de son siège baquet pour rajuster sa veste. La couture de l'épaule s'était décalée sous le poids du chat et il lui fallut un moment pour rectifier la position de l'écusson orné de la manticore rugissante à tête de lion et ailes de chauve-souris, l'aiguillon de la queue prêt à frapper. Puis elle tira un béret de sous son épaulette gauche, un béret blanc, celui qu'elle avait acheté quand on lui avait donné le commandement de l'*Aile-de-Faucon* ; elle écarta doucement le menton de Nimitz et se posa l'ornement sur la tête. Le chat attendit qu'elle l'eût ajusté, puis renfonça son museau dans la chaleur moelleuse, et Honor sentit un grand sourire lui détendre le visage tandis qu'elle se tournait vers le sas.

Ce sourire était contraire à son expression « professionnelle » habituelle, tout en sévérité, mais elle se l'autorisa et s'estima même fort vertueuse de s'en tenir là alors qu'elle n'avait qu'une envie : se dresser sur la pointe des pieds et faire des pirouettes, les bras grands ouverts, en chantant son bonheur devant ses compagnons de voyage sans aucun doute médusés. Mais elle avait presque vingt-quatre ans – plus de quarante années terriennes standard – et il était totalement inconcevable qu'un officier supérieur de la Flotte royale manticorienne se conduise avec si peu de dignité, même s'il s'apprêtait à prendre le commandement de son premier croiseur.

Elle réprima un nouveau petit rire, savoura le sentiment inaccoutumé de joie simple et sans partage qu'elle éprouvait, et porta la main sur le devant de sa veste. L'anachronique feuille de papier plié crissa sous sa paume – un bruit curieusement sensuel, excitant – et elle ferma les yeux pour mieux le goûter, tout comme elle goûtait cet instant qu'elle s'était donné tant de mal pour atteindre.

Quinze années – vingt-cinq ans T – s'étaient écoulées depuis sa première journée, à la fois exaltante et terrifiante, au campus de Saganami. Deux ans et demi de classes à l'Académie, à courir jusqu'à tomber d'épuisement, quatre années à gravir les échelons d'enseigne à lieutenant, sans piston ni parrainage de la cour, onze mois à bord de la frégate l'*Aigle Pêcheur* en tant que maître de yacht, et puis son premier commandement, un mignon petit CAL intrasystème. Il jaugeait à peine dix mille tonnes et, même pas digne d'un nom de baptême, n'était désigné que par un numéro, mais Dieu qu'elle l'avait aimé, ce tout petit bâtiment ! Ensuite, elle avait servi comme officier en second, puis comme officier tactique sur un grand supercuirassé. Et enfin – enfin ! – le tant attendu programme d'instruction d'officier commandant, au bout d'onze années éreintantes. Elle avait cru se trouver au paradis quand on lui avait confié l'*Aile-de-Faucon*, car le contre-torpilleur en milieu de carrière représentait son tout premier commandement hypercapable, et les trente-trois mois qu'elle avait passés à son bord avaient été un pur plaisir, avec, pour couronner le tout, le rêve de beaucoup : la distinction « E » de la Flotte pour excellence tactique lors des simulations de guerre de l'année précédente. Mais alors, ce qui l'attendait maintenant... !

Le pont frémit sous ses pieds, au-dessus de la porte une lumière ambrée se mit à clignoter – la navette se posait sur les amortisseurs d'amarrage de l'*Héphaïstos* –, puis elle vira au vert permanent quand la pression s'égalisa dans le boyau de transbordement. Le panneau coulissa de côté et Honor franchit le sas d'un pas vif.

Le technicien naval posté au sas à l'autre bout du tube aperçut le béret blanc d'un capitaine de vaisseau stellaire et les trois galons dorés d'un commandant sur le fond noir d'espace d'une manche ; la rapidité avec laquelle il se mit au garde-à-vous fut un peu gâchée par une infime hésitation lorsqu'il vit Nimitz. Il rougit et détourna les yeux, mais Honor était habituée à cette réaction. Les chats sylvestres, espèce indigène de Sphinx, la planète où elle était née, faisaient preuve d'exigence quant aux humains qu'ils adoptaient et on en voyait relativement peu hors monde, mais, comme ils refusaient d'être séparés de leurs humains même si ceux-ci choisissaient des carrières spatiales, les Lords de l'Amirauté avaient cédé sur ce point presque cent cinquante années manticoriennes plus tôt. Les chats atteignaient un quotient de 0,83 sur l'échelle de l'intelligence, juste au-dessus des gremlins de Beowulf et des dauphins de la Vieille Terre, et ils étaient empathes. Aujourd'hui encore, nul ne savait comment fonctionnaient leurs liens empathiques, mais séparer un chat de son compagnon élu lui causait une douleur intense et, très tôt, un fait avait été établi : ceux qui avaient la faveur d'un chat étaient sensiblement plus stables que les autres. Par ailleurs, la princesse de la Couronne Adrienne avait été adoptée par un chat lors d'une visite officielle sur Sphinx ; quand la reine Adrienne avait exprimé son déplaisir douze ans plus tard devant les efforts visant à séparer les officiers de sa flotte de leurs compagnons, l'Amirauté n'avait pas eu le choix : elle avait dû faire une exception à sa politique draconienne interdisant les animaux de compagnie.

Honor s'en réjouissait, bien qu'elle eût cru impossible de trouver du temps à partager avec Nimitz lorsqu'elle avait intégré l'Académie. Elle savait que ces quarante-cinq interminables mois sur l'île de Saganami étaient organisés pour laisser aux enseignes, même sans chat, trop peu de loisirs pour faire autre chose que ce qu'on attendait d'eux. Mais les instructeurs avaient beau tordre le nez et marmonner dans leur barbe quand un première année se présentait avec un de ces chats rarissimes, ils n'ignoraient pas qu'il y a des forces naturelles devant lesquelles il vaut mieux plier. D'ailleurs, le chat même le mieux « apprivoisé » conservait l'indépendance (et la résistance à toute épreuve) de ses congénères sauvages, et Nimitz avait semblé parfaitement conscient des pressions qu'elle affrontait : un peu d'attention, une petite bagarre pour rire de temps en temps, une place sur son épaule ou sur ses genoux pendant qu'elle étudiait ses livrespuces, un bout de son oreiller pour y dormir roulé en boule, et il était content. Ce qui ne l'empêchait pas de prendre des airs misérables afin d'extorquer friandises et caresses aux malheureux qui croisaient son chemin ; même l'officier chef mécanicien MacDougal, terreur des enseignes de première année, avait succombé et transportait une discrète mais confortable provision de tiges de céleri, régal des chats sylvestres par ailleurs purement carnivores, pour en donner à Nimitz quand il se croyait seul. Et il compensait sa faiblesse, songea Honor avec un sourire mi-figue mi-raisin, en menant la vie d'autant plus dure à l'enseigne Harrington.

Tout à ses souvenirs, elle avait franchi la porte d'arrivée et pénétré dans le hall ; elle promena son regard alentour et finit par repérer la bande de guidage colorée qui menait aux tubes de transport du personnel militaire. Elle la suivit, les mains vides, car elle n'avait aucun bagage : des commis du Centre de cours de perfectionnement tactique avaient embarqué ses maigres possessions le matin même en lui laissant à peine le temps de les empaqueter.

Elle fronça les sourcils en appelant une capsule : tout ce remue-ménage pour l'envoyer ici ne ressemblait pas du tout à la Flotte, qui préférait agir avec ordre et discipline. Quand on lui avait confié l'*Aile-de-Faucon*, elle avait été prévenue deux mois à l'avance ; cette fois-ci, sans le moindre avertissement, on l'avait littéralement enlevée à la cérémonie de remise des diplômes du CPT pour la conduire sans ménagement au bureau de l'amiral Courvosier.

La capsule arriva et elle s'y installa, la mine toujours soucieuse, en se frottant doucement le bout du nez. Nimitz s'éveilla, leva le menton de son béret et lui mordilla l'oreille ; c'était sa façon de la gronder dans les occasions malheureusement fréquentes où sa compagne s'inquiétait. Honor lui répondit par un claquement de dents affectueux et leva la main pour lui gratter le poitrail, mais elle n'en continua pas moins à ruminer ses souvenirs ; le chat poussa un soupir agacé.

Mais pourquoi était-elle donc si certaine, se demanda-t-elle, que Courvosier avait fait exprès de l'éjecter de son bureau et de l'expédier à son nouveau poste sans lui laisser le temps de réfléchir ? L'amiral était un gnome avec un visage affable de chérubin et un penchant pour l'invention de problèmes tactiques démoniaques ; ç'avait été son instructeur de tactique en quatrième année d'Académie, et c'est lui qui, ayant perçu chez elle un instinct inné dans ce domaine, l'avait affiné jusqu'à en faire un talent contrôlé, non plus un don qui fonctionnait par éclipses. Il avait passé des heures à travailler seul avec elle quand les autres instructeurs s'inquiétaient de ses résultats en mathématiques de base, et, très matériellement, il avait sauvé la carrière d'Honor avant même qu'elle ait débuté ; pourtant, cette dernière fois, son comportement avait eu quelque chose de presque évasif. Ses félicitations et sa fierté n'avaient rien de feint, elle le savait, mais elle ne pouvait se défaire d'une impression de dissimulation. Selon lui, on avait un besoin urgent d'elle à bord de l'*Héphaïstos* afin de veiller à ce que son nouveau vaisseau soit réarmé à temps pour le prochain exercice de la Flotte ; oui, mais, en fin de compte, le HMS *Intrépide* n'était qu'un croiseur léger parmi d'autres et il y avait peu de chances pour que son absence change quoi que ce soit à l'équilibre des manœuvres prévues pour la flotte tout entière !

Non, il y avait bel et bien anguille sous roche et elle regretta amèrement de n'avoir pas eu le temps d'obtenir de renseignements complets avant d'attraper sa navette. Mais, au moins, la précipitation avait eu l'avantage de l'empêcher de se ronger les sangs comme avant de prendre le commandement de l'*Aile-de-Faucon*, et le capitaine de corvette McKeon, son nouveau second, servait sur l'*Intrépide* depuis près de deux ans, d'abord en tant qu'officier tactique et plus récemment comme second. Il devrait pouvoir l'informer sur le réarmement dont Courvosier s'était montré si peu disposé à parler.

Elle haussa les épaules et tapa sa destination sur le panneau de trajet de la capsule, puis posa sa serviette et s'abandonna au véhicule qui s'enfonça comme une flèche dans le boyau antigrav. Malgré une vitesse de pointe qui dépassait largement les sept cents kilomètres à l'heure, il lui faudrait plus d'un quart d'heure pour arriver – en espérant ne pas rencontrer trop de stops en route.

Le plancher vibra doucement sous ses pieds. Peu de gens auraient perçu l'infime frémissement indiquant que le boyau passait d'un secteur des générateurs de gravité de l'*Héphaïstos* au suivant, mais Honor le sentit. Peut-être pas consciemment, mais cet imperceptible tremblement faisait partie d'un monde devenu plus réel à ses yeux que le ciel d'un bleu profond et les vents froids de son enfance. Tel son propre pouls, c'était un des innombrables petits stimuli qui la renseignaient – avec une précision absolue et instantanée – sur son environnement.

Elle étudia la carte du réseau de transport en s'efforçant de chasser de ses pensées l'attitude de l'amiral et autres énigmes, et de suivre le clignotement de la capsule sur son trajet. Sa main se porta encore une fois au papier crissant où étaient couchés ses ordres, puis elle interrompit son geste, presque étonnée, lorsque son regard se détourna du plan pour se poser sur l'image que lui renvoyait la surface polie de la paroi de la capsule.

Le visage qu'elle vit aurait dû être différent, il aurait dû refléter son extraordinaire changement de statut, mais il n'en était rien. C'était toujours le même ensemble de méplats et d'angles dominé par un nez droit, patricien (le seul élément patricien de sa personne, selon elle, et encore), sans la moindre trace de maquillage. On avait dit (une seule fois) à Honor que son visage avait une « élégance sévère » ; elle-même était incapable d'en juger, mais elle préférait ce genre de réflexion à l'épouvantable « Mais que voici une jeune femme... euh... robuste ! » Le terme n'était d'ailleurs pas inexact, tout déprimant qu'il fût : bien prise et bien découplée dans son uniforme de la FRM noir et or, elle devait son physique à la gravité de 1,35 g de son monde natal et à un strict régime d'exercice, ce qui, songea-t-elle aigrement, était à peu près le seul compliment qu'elle pût s'adresser.

La plupart des officiers féminins de la Spatiale avaient choisi d'adopter la mode actuelle, côté planète, des cheveux longs, souvent coiffés et arrangés de façon compliquée, mais depuis longtemps Honor jugeait inutile de se donner l'air de ce qu'elle n'était pas. Son style de coiffure était pratique, sans prétentions séductrices ; elle se faisait couper les cheveux court pour s'adapter aux casques antivide et aux périodes de zéro g, et, si les deux centimètres qui lui restaient manifestaient une tendance obstinée à boucler, ils n'étaient ni blonds, ni roux, ni même aile-de-corbeau, mais seulement d'un châtain foncé parfaitement prosaïque et complètement passe-partout. Ses yeux étaient encore plus sombres et elle avait toujours trouvé que leur forme vaguement en amande, héritée de sa mère, leur donnait un air incongru dans son visage solidement charpenté, presque comme s'ils avaient été rajoutés après coup. Leur noirceur faisait paraître son teint pâle encore plus clair, et son menton ressortait trop carré sous sa bouche aux lèvres fermes. Non, se dit-elle encore une fois avec un soupçon familier de regret, c'était un visage bien pratique, mais inutile de se faire d'illusions : personne ne le décrirait comme irradiant la beauté... Et puis zut !

Le sourire lui revint, poussé par la bulle de pur plaisir qui chassait ses pensées moroses, et son reflet lui renvoya son sourire : on aurait dit un gosse qui se régalait d'avance en regardant un sachet de friandises rien qu'à lui ; elle se sermonna fermement et résolut pour le reste du trajet de se concentrer sur sa nouvelle responsabilité de commandant afin de conserver un air froid et composé, mais ce n'était pas facile. Même en tenant compte de l'augmentation régulière des effectifs de la Flotte due à la menace havrienne, c'était une belle réussite d'avoir obtenu ce grade si vite, car, avec le procédé d'allongement de l'espérance de vie, les carrières perduraient d'autant. La Flotte avait pléthore de haut gradés malgré son accroissement, et Honor sortait d'une famille de petits propriétaires terriens, sans accointances bien placées pour donner un coup de pouce au cours de sa carrière militaire. Depuis le début, elle savait, et elle l'acceptait, que d'autres, moins compétents mais issus de lignées plus prestigieuses, lui passeraient sous le nez ; et c'est effectivement ce qui s'était produit, mais elle était enfin arrivée au but : le commandement d'un croiseur, rêve de tout officier digne de ce nom. Alors, qu'importait si l'*Intrépide* était deux fois plus âgé qu'elle et à peine plus grand qu'un contre-torpilleur moderne ? C'était quand même un croiseur, et ces bâtiments constituaient les yeux et les oreilles de la Flotte, ses navires d'escorte et de course, l'essence même du commandement autonome et de l'occasion à saisir.

Et de la responsabilité. Cette dernière pensée permit enfin à Honor d'effacer son sourire de son visage, car, si tout bon officier aspirait à l'indépendance de son commandement, un capitaine tout seul dans le grand noir ne pouvait s'en remettre qu'à lui-même : seul, il recevait les honneurs, seul, il supportait les reproches, parce qu'il était l'arbitre ultime du sort de son vaisseau et le représentant direct, personnel de sa reine et du Royaume ; s'il manquait à cette confiance, nulle puissance de la galaxie ne pouvait le sauver.

La capsule s'arrêta sans un bruit ; Honor en descendit et se retrouva dans la vaste galerie du bassin de carénage. Et enfin ses yeux sombres parcoururent d'un regard avide sa nouvelle affectation. Le HMS *Intrépide* flottait sur ses amarres de l'autre côté de l'épaisse et solide paroi de plastoblinde, mince et élancé malgré le fouillis de plates-formes et de boyaux d'accès qui l'entouraient, et le code provisoire « CL-56 » apparaissait sur sa coque blanche juste derrière les noyaux de propulseur de proue. Des mécas grouillaient tout autour du navire dans le vide du bassin, supervisés par des humains en combinaison spatiale, mais le plus gros du travail paraissait se concentrer sur les compartiments d'armement des flancs.

Immobile devant la baie de plastoblinde, Honor sentit Nimitz se dresser tout droit sur son épaule pour se joindre à son examen, et elle haussa les sourcils : l'amiral Courvosier l'avait prévenue que l'on faisait subir un radoub de premier ordre à l'*Intrépide*, mais ce qu'elle avait sous les yeux lui paraissait d'un niveau encore supérieur à ce qu'elle prévoyait. Ce qui, ajouté au vague des propos de son instructeur, laissait supposer qu'il se mijotait quelque chose de particulier, bien qu'Honor eût peine à imaginer ce qui pouvait avoir assez d'importance pour pousser l'amiral à jouer les mystérieux avec elle. Ce n'était d'ailleurs pas bien grave : elle buvait des yeux son nouveau commandement – son commandement à elle !

Elle resta longtemps plantée là avant de parvenir à s'arracher au spectacle pour se diriger vers le tube d'accès de l'équipage. Les deux fusiliers marins en faction, en position de repos de parade, la regardèrent approcher puis se figèrent au garde-à-vous lorsqu'elle arriva devant eux.

Elle leur tendit son ID et vit avec plaisir que le plus gradé, un caporal, l'examinait de près. Ils savaient qui elle était, naturellement, sauf si le téléphone arabe avait connu une panne soudaine et inattendue ; et, même s'ils l'ignoraient, un seul membre à bord d'un vaisseau avait le droit d'arborer le béret blanc tant convoité. Mais aucun des deux soldats ne manifesta le moins du monde qu'il savait arrivée leur nouvelle maîtresse après Dieu. Avec un salut, le caporal lui rendit son ID, elle le rangea et s'engagea dans le boyau d'accès.

Elle ne regarda pas derrière elle, mais le miroir placé au premier tournant du tube et destiné à rendre visible le trafic de la section au-delà lui permit de voir le caporal taper sur le com à son poignet pour prévenir la passerelle de commandement que le nouveau capitaine arrivait.

Une bande rouge annonçant une zone à zéro g barrait le plancher du tube et elle sentit les griffes de Nimitz s'affermir dans son rembourrage d'épaule quand elle la franchit. Quittant la gravité artificielle de l'*Héphaïstos*, elle se mit à accomplir les mouvements gracieux du déplacement en chute libre et elle sentit son pouls prendre un rythme tout à fait inconvenant tandis qu'elle s'enfonçait dans le puits. Encore deux minutes, se dit-elle. Deux minutes seulement.

Le capitaine de corvette Alistair McKeon, planté près du sabord d'entrée, rajusta sa veste et réprima une bouffée d'agacement. Il se trouvait dans les entrailles d'une station de surveillance d'incendie éventrée quand le message lui était parvenu. Pas le temps de prendre une douche ni de passer un uniforme propre, il sentait la sueur maculer sa vareuse sous la veste enfilée à la hâte, mais au moins l'annonce du caporal Lévine lui avait donné le temps de réunir la haie d'honneur. Les marques formelles de courtoisie n'étaient pas strictement exigées à bord d'un vaisseau en bassin de radoub, mais McKeon ne tenait pas à risquer d'irriter un nouveau capitaine ; en outre, l'*Intrépide* avait une réputation à entretenir et...

Il se raidit soudain et sentit comme un spasme de souffrance le parcourir : le nouveau capitaine venait d'apparaître à l'angle du boyau. Son béret blanc était éblouissant sous les lumières et le visage de McKeon se figea lorsqu'il aperçut la fourrure lisse de la créature gris et crème qu'elle portait sur son épaule. Il ignorait qu'elle possédait un chat sylvestre et il étouffa une nouvelle bouffée de rancœur irrationnelle devant l'animal.

Le commandant Harrington descendit en flottant avec aisance le long des derniers mètres du tube, puis pivota en l'air et saisit la barre peinte en rouge qui signalait la lisière du champ de gravité interne de l'*Intrépide*. Elle franchit l'interface tel un gymnaste à la sortie d'un exercice d'anneaux suspendus et atterrit avec légèreté devant McKeon, dont, perversement, le sentiment d'injure personnelle s'accrut encore lorsqu'il se rendit compte que la photo de son dossier personnel ne lui rendait guère justice. Sa figure triangulaire lui avait paru austère, froide et presque revêche, surtout encadrée par le frisottement sombre de ses cheveux courts, mais les images mentaient : elles n'avaient pas capté la vie, l'éclat, le charme de son visage aux angles nets. Nul ne dirait jamais du commandant Harrington qu'elle était jolie, songea-t-il, mais elle possédait quelque chose de bien plus important ; ces traits simples, puissants, ces grands yeux bruns – à l'oblique exotique et qui pétillaient d'une allégresse mal dissimulée malgré son maintien formaliste – n'entraient pas dans une catégorie aussi éphémère que le « joli ». Elle était elle-même, unique, impossible à confondre avec quiconque, et cela ne faisait qu'aggraver les choses.

Impassible, McKeon soutint son regard scrutateur et s'efforça de repousser la rancune amère et confuse qu'il ressentait. Il salua d'un geste sec, la haie d'honneur se mit au garde-à-vous et le sifflet du bosco retentit. Toute activité cessa aux alentours du sabord d'entrée et le commandant rendit le salut.

« Permission de monter à bord ? » Elle s'exprimait d'une voix calme et claire de soprano, étonnamment haute pour une femme de son gabarit qui ne rendait rien au mètre quatre-vingts de McKeon.

« Permission accordée », répondit-il. C'était une formalité, mais qui recouvrait une réalité tout à fait palpable : tant qu'elle n'avait pas officiellement pris le commandement, Harrington n'était qu'une simple visiteuse à bord du navire de McKeon.

« Merci », dit-elle, et elle pénétra dans l'*Intrépide* tandis que l'officier s'écartait du sabord.

Il l'observa pendant qu'elle parcourait de ses yeux chocolat le sas d'entrée et la haie d'honneur, et il se demanda ce qu'elle pensait. Ses traits qu'on eût dits sculptés faisaient un masque parfait à ses émotions (en dehors de ces yeux qui brillaient toujours, songea-t-il sombrement), et il espéra que son visage à lui jouait le même rôle. Il n'était pas très juste d'ainsi lui en vouloir : un capitaine de corvette n'avait pas sa place au poste de commande d'un croiseur léger, un point c'était tout ; mais Harrington avait presque cinq ans – plus de huit années T – de moins que lui. Non seulement elle était commandant, non seulement le devant de sa veste arborait l'étoile d'or brodée qui indiquait un précédent commandement hypercapable, mais elle paraissait assez jeune pour être sa fille. Enfin, peut-être pas sa fille, mais sa nièce en tout cas. Naturellement, c'était une prolong de seconde génération : il avait étudié la section accessible de son dossier d'assez près pour le savoir, et les traitements antivieillissement semblaient s'avérer encore plus efficaces sur les bénéficiaires de deuxième et troisième générations. D'autres passages de son dossier – comme son penchant pour les manœuvres tactiques peu orthodoxes et la Reconnaissance royale et de la

CGM qu'elle avait gagnée en sauvant des vies quand la salle des moteurs avant du HMS *Manticore* avait explosé – lui avaient mis un peu de baume au cœur, mais ni cela ni le fait de savoir d'où elle tenait cette allure juvénile ne parvenaient à réduire l'impact émotionnel de voir le poste auquel il aspirait contre tout espoir soudain occupé par un officier qui, non seulement irradiait le magnétisme inconscient qu'il avait toujours envié chez d'autres, mais avait l'air sortie de l'Académie l'année précédente. Et le regard brillant et fixe que le chat sylvestre posait sur lui n'arrangeait rien.

Harrington acheva son inspection de la haie d'honneur sans le moindre commentaire, puis se retourna vers lui ; il brida son ressentiment et s'apprêta à l'étape suivante du rituel.

« Puis-je vous escorter à la passerelle, commandant ? demanda-t-il, et elle hocha la tête.

— Merci, capitaine », murmura-t-elle, et il la conduisit vers la partie supérieure du bâtiment.

Honor sortit de l'ascenseur de la passerelle et promena son regard sur ce qui allait devenir son domaine personnel. Les signes d'un réarmement frénétique étaient visibles partout et la perplexité la saisit à nouveau en remarquant le fouillis d'outils et de pièces détachées qui jonchait la section tactique. Rien d'autre ne semblait avoir été touché. Bon Dieu, mais qu'est-ce que l'amiral Courvosier lui avait donc caché sur ce navire ?

Cependant, chaque chose en son temps ; pour le moment, elle avait d'autres devoirs, et elle se dirigea vers le fauteuil du capitaine, enfoui dans son nid d'écrans et de cadrans de lecture au milieu de la passerelle. La plupart des instruments étaient rétractés en position d'attente et Honor posa un instant la main sur le panneau qui dissimulait l'écran du répéteur tactique. Elle ne s'assit pas : de longue tradition, le siège était interdit au capitaine tant qu'il n'avait pas lu son ordre d'affectation à tout l'équipage ; mais elle prit place tout à côté, puis fit doucement descendre Nimitz de son épaule sur le bras du fauteuil, en dehors du rayon d'action de l'intercom. Enfin, elle posa sa serviette, appuya sur un bouton de l'accoudoir et écouta les notes claires et musicales qui résonnèrent dans l'ensemble du navire.

Toute activité cessa dans l'*Intrépide*. Même les quelques techs civils à bord s'extirpèrent de sous les consoles qu'ils recâblaient ou émergèrent des entrailles des salles des moteurs et des circuits de dérivation en entendant le signal d'attention générale. Sur les écrans muraux apparut le visage d'Honor, et elle sentit des centaines d'yeux examiner le béret blanc distinctif et s'affûter pour mieux observer le capitaine auquel les Lords de l'Amirauté, dans leur infinie sagesse, avaient confié leurs vies.

Elle passa la main sous sa veste et les haut-parleurs transmirent un bruit de papier froissé quand elle rompit les sceaux et déplia ses ordres.

« De l'amiral Lucien Cortez, cinquième Lord de la Spatiale, Flotte royale manticorienne, lut-elle de sa voix sèche et froide, au capitaine de frégate Honor Harrington, Flotte royale manticorienne, trente-cinquième jour, quatrième mois, année deux cent quatre-vingts après l'Atterrissage. Capitaine : il vous est ordonné par la présente de vous rendre à bord du vaisseau stellaire de Sa Majesté l'*Intrépide*, CL-cinq-six, pour y assumer les devoirs et les responsabilités d'officier commandant au service de la Couronne. Ne faillissez pas à votre charge sous peine d'en supporter seule les conséquences. Par ordre de l'amiral Edward Janacek, Premier Lord de l'Amirauté, Flotte royale manticorienne, pour Sa Majesté la Reine. »

Elle se tut et replia le papier sans même un coup d'œil à l'intercom. Depuis près de cinq siècles T, ces formules rituelles marquaient le transfert du commandement sur les navires de la Flotte manticorienne. Elles étaient brèves et compassées, mais, par le simple fait de les lire à haute voix, elle avait placé l'équipage sous son autorité et le contraignait à lui obéir sous peine de mort. L'immense majorité de ces hommes et de ces femmes ignoraient tout d'elle, elle n'en savait pas davantage sur eux, et cela n'avait aucune importance : ils formaient désormais son équipage. La conscience de sa position la traversa comme un trait de glace tandis qu'elle achevait de replier l'épais papier et se tournait de nouveau vers le second.

« Monsieur McKeon, dit-elle avec formalisme, je prends le commandement.

— Capitaine, répondit-il sur le même ton, vous avez le commandement.

— Merci. » Elle regarda le maître de timonerie de service, à l'autre bout de la passerelle, et déchiffra son nom sur sa plaque de poitrine. « Veuillez l'indiquer dans le journal de bord, monsieur Braun, dit-elle, puis elle revint à l'écran de l'intercom. Je ne vais pas abuser de votre temps à faire des discours solennels, mesdames et messieurs. Nous avons trop à faire et trop peu de temps devant nous. Continuez. »

Elle enfonça le bouton. L'écran s'éteignit et elle s'installa dans le confortable fauteuil aux courbes moulées – son fauteuil désormais. Nimitz lui grimpa sur l'épaule avec un petit battement de queue chagrin et elle fit signe à McKeon d'approcher.

Le grand second à la forte charpente traversa la passerelle tandis que le travail reprenait autour d'eux. Son regard croisa celui d'Honor et elle crut y lire comme une expression de malaise... ou de défi. Cette idée l'étonna, mais il tendit la main dans le geste traditionnel d'accueil du nouveau capitaine et sa voix grave avait un ton égal quand il dit :

« Bienvenue à bord, commandant. Je regrette le désordre qui règne, mais nous sommes presque dans les temps et l'officier de port m'a promis deux nouvelles équipes de techniciens à partir du prochain quart.

— Très bien. » Honor lui rendit sa poignée de main, puis se leva et se dirigea en sa compagnie vers la section éviscérée du contrôle de tir béante. « Je dois néanmoins avouer une certaine perplexité, monsieur McKeon. L'amiral Courvosier m'avait prévenue que nous devions subir un réarmement majeur, mais il ne m'avait rien dit de tout cela. » De la tête, elle indiqua les panneaux ouverts et les écheveaux de câbles défaits.

« Nous n'avons guère eu le choix, commandant. Nous aurions pu nous accommoder des torpilles à énergie au prix de modifications logicielles, mais la lance gravifique est essentiellement un système mécanique ; pour la raccorder au contrôle de tir, il faut établir des connexions matérielles directes avec le système tactique principal.

— La lance gravifique ? » Honor n'avait pas changé de ton, mais McKeon sentit la surprise qui perçait sous son flegme et il haussa les sourcils.

« Oui, commandant. » Il s'interrompit. « Personne ne vous en a parlé ?

— Non, personne. » Les lèvres d'Honor s'étirèrent en ce qu'on appellera charitablement un sourire et, d'un geste délibéré, elle croisa les mains derrière le dos. « Quelle quantité d'armement latéral cela nous a-t-il coûté ? demanda-t-elle au bout d'un moment.

— Nos quatre affûts de grasers, répondit McKeon, et il vit ses épaules se contracter légèrement.

— Je vois. Vous avez également mentionné des torpilles à énergie, je crois ?

— Oui, commandant. L'arsenal a remplacé – ou plutôt, il est en train de remplacer – tous nos lance-missiles latéraux sauf deux par ces armes.

— Tous sauf deux ? » Le ton s'était fait plus sec cette fois, et McKeon réprima une bouffée d'amusement cruel. Pas étonnant qu'elle soit dans tous ses états si personne ne l'avait avertie ! Lui avait été aux quatre cents coups en découvrant ce qui se mijotait.

« Oui, commandant.

— Je vois, répéta-t-elle, et elle prit une profonde inspiration. Très bien, monsieur McKeon, que nous reste-t-il donc ?

— Il nous reste les affûts laser de trente centimètres, deux sur chaque flanc, plus les lance-missiles. Après le réarmement, nous aurons la lance gravifique ainsi que quatorze générateurs de torpilles, et l'équipement de poursuite demeure inchangé : deux tubes lance-missiles et le laser axial de soixante centimètres. »

Il observa le nouveau commandant avec attention et elle ne broncha – presque – pas. Cela augurait bien de son sang-froid, se dit-il. Les torpilles à énergie étaient des armes à tir rapide, destructrices, très difficiles à bloquer par la défense active... et totalement inefficaces contre un objectif protégé par un rempart latéral de classe militaire. Ce qui, évidemment, expliquait la lance gravifique ; cependant, si ce dernier équipement était capable (en général) de griller les générateurs de remparts latéraux de sa cible, il avait une faible cadence de tir et une portée maximale efficace extrêmement réduite. Mais si le capitaine Harrington se faisait ces réflexions, elle n'en laissa rien paraître dans sa voix.

« Je vois, fit-elle pour la troisième fois, en hochant légèrement la tête de côté. Très bien, monsieur McKeon. J'ai sûrement dû vous distraire d'une tâche autrement importante que de bavarder avec moi. Mes affaires ont-elles été portées à ma cabine ?

— Oui, commandant. Votre intendant s'en est occupé.

— Dans ce cas, vous me trouverez dans mes quartiers à examiner les livres de bord si vous avez besoin de moi. Je voudrais inviter les officiers à dîner en ma compagnie ce soir – inutile de les interrompre dans leur travail pour faire les présentations. » Elle se tut comme si elle cherchait à se rappeler autre chose, puis ses yeux revinrent sur McKeon. « Auparavant, je tiens à faire le tour du bâtiment pour voir où en sont les travaux. Vous convient-il de m'accompagner à quatorze cents ?

— Naturellement, capitaine.

— Merci. À tout à l'heure. » Sur un hochement de tête, elle quitta la passerelle sans un regard en arrière.

Chapitre deux

Honor Harrington soupira en s'écartant du terminal, se radossa et se pinça l'arête du nez.

Pas étonnant que l'amiral Courvosier se soit montré si vague quant au radoub : son vieux mentor la connaissait trop bien ; il savait exactement quelle réaction elle aurait eue s'il lui avait dit la vérité, et il ne tenait pas à la voir ficher en l'air sa première affectation aux commandes d'un croiseur sur un coup de colère.

Elle se secoua, puis se leva en s'étirant, et Nimitz ouvrit un œil pour la regarder. Il voulut descendre du juchoir rembourré que le nouvel intendant d'Honor avait bricolé à sa demande, mais elle l'en empêcha en émettant le petit bruit qui lui indiquait qu'elle devait réfléchir. Il resta un instant la tête penchée, fit un petit *blic* et se recoucha.

Elle fit rapidement le tour de sa cabine. C'était un des bons côtés de l'*Intrépide* : jaugeant moins de quatre-vingt-dix mille tonnes, c'était un petit bâtiment selon les critères modernes, mais les quartiers du capitaine étaient spacieux comparés à ceux de l'*Aile-de-Faucon*. Certes, d'un point de vue planétaire, ils restaient exigus, mais il y avait des années qu'Honor n'appliquait plus ces normes à son cadre de vie. Elle jouissait même d'un compartiment salle à manger assez grand pour accueillir tous ses officiers lors des grandes occasions, et ça, à bord d'un navire de guerre, c'était vraiment du luxe.

Cependant, tout cet espace ne la consolait pas des effrayantes mutilations que l'*Héphaïstos* faisait subir à son cher bâtiment.

Elle prit le temps de nettoyer la plaque dorée fixée à la paroi proche de son bureau. Une empreinte de doigt apparaissait sur l'alliage poli et une bouffée familière d'autodérision l'envahit comme elle se penchait pour l'effacer de la manche. Depuis douze ans et demi, cet objet l'accompagnait de bâtiment en bâtiment, à terre et dans l'espace, et elle se serait sentie perdue sans lui. C'était son porte-bonheur, son totem. Du bout de l'index, elle suivit lentement la longue aile effilée du planeur gravé dans l'or et se remémora le jour où elle s'était aperçue à l'atterrissage qu'elle avait établi un nouveau record à l'Académie – record qui tenait toujours –, d'altitude, de durée et d'acrobatie combinées, et elle sourit.

Mais son plaisir s'effaça lorsqu'elle jeta un coup d'œil au compartiment salle à manger par le panneau ouvert. Elle soupira encore une fois. L'idée du dîner de ce soir ne la réjouissait pas – non plus, d'ailleurs, que celle de visiter le croiseur, après ce qu'elle avait découvert dans l'ordinateur. Le bonheur qu'elle éprouvait naguère avait viré à l'aigre et les deux cérémonies de transfert de commandement à venir, pourtant les plus agréables, avaient soudain perdu de leur charme.

Elle avait dit à McKeon vouloir examiner les livres de bord et elle l'avait fait, mais elle s'était surtout intéressée aux spécifications du réarmement et aux instructions détaillées trouvées dans la base de données protégée du capitaine. Le tableau des modifications que lui avait brossé McKeon n'était que trop exact, bien qu'il eût omis de mentionner qu'en plus de dépouiller l'*Intrépide* des deux tiers de ses lance-missiles, l'arsenal rognait également sur le volume de ses soutes à munitions. Le stockage des missiles était toujours problématique, notamment dans le cas de petits bâtiments de guerre comme les croiseurs et les cuirassés légers, parce qu'un missile à impulseur est obligatoirement volumineux. On ne pouvait en caser qu'un nombre limité à bord et, puisqu'on avait décidé de réduire la quantité de tubes de l'*Intrépide*, les autorités n'avaient pas vu de raison de ne pas réduire aussi ses soutes. Après tout, cela libérait de la place pour quatre lance-torpilles à énergie en plus.

Elle sentit ses lèvres se retrousser en un rictus féroce et dut faire un effort pour maîtriser son expression ; Nimitz lança un pépiement interrogatif : l'appareil vocal des chats sylvestres était malheureusement inadapté à l'articulation et, si cela ne posait pas de problème de communication entre eux parce qu'ils se servaient presque uniquement de leur mystérieux sens télempathique, beaucoup d'humains avaient tendance à gravement sous-estimer leur intelligence. Honor, elle, ne s'y laissait pas prendre et savait que Nimitz était toujours sensible à son humeur ; elle allait jusqu'à le soupçonner de mieux la connaître qu'elle ne se connaissait elle-même, et elle prit un moment pour le gratter sous le menton avant de se remettre à faire les cent pas.

La situation était on ne peut plus simple, songea-t-elle : elle était tombée entre les griffes d'Hemphill l'Horrible et de sa clique, et c'était désormais à elle de faire passer leur bêtise pour du génie.

Elle grinça des dents. Deux grands courants de pensée tactique s'affrontaient à la Flotte : celui des traditionalistes, dont la tête de file était l'amiral Hamish Alexander, et celui de la « jeune école » de l'amiral des rouges, Lady Sonja Hemphill. Pour Alexander – et Honor –, les principes fondamentaux en matière de tactique demeuraient souverains quels que soient les types d'armement concernés, et il suffisait d'intégrer les armes dernier cri aux modèles conceptuels existants, en opérant naturellement les ajustements qu'exigeaient les nouvelles capacités ainsi obtenues. La jeune école, en revanche, considérait que les armes fixaient les choix tactiques et que la technologie, convenablement utilisée, rendait l'analyse historique caduque. Et, par malheur, les aléas de la politique faisaient qu'Hemphill l'Horrible et ses marchands de produits miracle avaient justement le vent en poupe.

Honor réprima une envie – rare chez elle – de jurer violemment. Elle ne s'intéressait pas à la politique, elle ne comprenait pas la politique et elle n'aimait pas la politique, mais elle n'en ignorait pas pour autant le dilemme dans lequel était placé le gouvernement Cromarty : confronté à l'opposition inébranlable des libéraux et des progressistes aux budgets militaires surgonflés, et aux soi-disant « Hommes Nouveaux » qui faisaient mine de chercher une alliance temporaire avec eux, le duc Allen avait été forcé d'attirer dans son camp l'Association des conservateurs pour faire contrepoids ; il y avait peu de chances pour que les conservateurs gardent longtemps profil bas – leur isolationnisme xénophobe et leur protectionnisme étaient trop radicalement opposés au point de vue des centristes et des loyalistes selon lequel une guerre ouverte avec la République populaire de Havre était inévitable –, mais pour l'instant leur présence était nécessaire et ils avaient demandé le prix fort pour leur alliance : ils avaient exigé le ministère des Armées, et le duc Allen avait dû s'incliner : il avait nommé Sir Edward Janacek Premier Lord de l'Amirauté, administrateur civil du service même d'Honor, dépendant du ministère de la Guerre.

En son temps, Janacek avait été amiral, un amiral réputé coriace et volontaire, mais il aurait été difficile aujourd'hui de trouver plus réactionnaire et plus xénophobe. Il faisait partie du groupe qui s'était opposé à l'annexion de Basilic, le terminus du nœud de Manticore, sous prétexte que cela risquait de « susciter l'hostilité de nos voisins » (traduire : ce serait le premier pas sur le chemin de l'aventurisme hors de nos frontières), et ce n'était déjà pas bon signe. Honor, tout apolitique qu'elle fût, savait néanmoins quel parti avait sa faveur ; les centristes se rendaient bien compte que l'expansionnisme de la République de Havre allait inévitablement l'amener à entrer en conflit avec le Royaume, et ils se préparaient à cette issue. Les conservateurs, eux, voulaient se cacher la tête dans le sable en attendant que tout s'arrange, mais ils acceptaient néanmoins de soutenir la création d'une flotte puissante pour préserver leur précieux isolement.

Cependant, l'élément qui affectait le plus l'*Intrépide* dans l'immédiat, c'était qu'Hemphill était cousine au second degré de Janacek et que celui-ci éprouvait une aversion personnelle pour l'amiral Alexander ; pis, le nouveau Premier Lord craignait la pression des traditionalistes qui assuraient qu'une politique agressive d'expansion comme celle de Havre cesserait seulement le jour où on la réduirait par la force ; et, pour finir, Hemphill était un des amiraux les plus âgés des rouges. Chacun des rangs des officiers généraux de la Flotte était divisé en deux castes sur la base de l'ancienneté ; ceux de la moitié la plus jeune faisaient partie des amiraux des rouges, ou division Griffon, tandis que les officiers de la moitié doyenne appartenaient aux amiraux des verts, ou division Manticore. Par simple effet de longévité, tous les officiers généraux finissaient par passer d'une division à l'autre, mais ils pouvaient aussi se voir promus par-dessus la tête de leurs collègues, et, avec un cousin Premier Lord, Lady Sonja était en bonne place pour accéder aux verts – surtout si elle était à même de justifier ses théories tactiques. Toutes choses qui, par leur convergence, avaient fourni à Hemphill l'Horrible le coutelas pour dépecer le bâtiment impuissant d'Honor.

Avec un grondement, elle envoya promener un tabouret d'un coup de pied. Cela ne lui procura qu'une satisfaction passagère et elle se laissa retomber dans son fauteuil pour contempler son écran d'un œil noir.

Apparemment, son affectation était la « récompense » pour être sortie première à l'examen final du cours de perfectionnement tactique de l'amiral Courvosier, car l'*Intrépide* était aussi l'arme secrète d'Hemphill pour les prochains exercices de la Flotte. Cela expliquait les contraintes de sécurité qui entouraient le réarmement (et dont Courvosier avait pris prétexte pour ne pas prévenir Honor), et la jeune femme imaginait très bien Hemphill en train de glousser de plaisir tout en se frottant les mains. En tout cas, si Honor avait su ce qui l'attendait, elle aurait joyeusement accepté de perdre quelques points de pourcentage pour l'éviter, bon sang !

Elle se frotta les yeux en se demandant si McKeon était au courant de leur rôle dans les manœuvres de la Flotte. Sans doute pas ; il n'avait pas eu l'air assez catastrophé étant donné ce que les modifications allaient retrancher à leur efficacité et, très certainement, à la réputation de l'*Intrépide*.

L'ennui, c'était que la théorie tenait debout, sur le papier. Les remparts gravifiques latéraux formaient la première et principale ligne de défense de tout navire de guerre ; la propulsion par impulseur créait une double bande à gradient de gravité, au-dessus et au-dessous du bâtiment – une convergence ouverte aux deux extrémités, dont celle de proue était beaucoup plus ouverte que celle de poupe –, et qui permettait en théorie d'atteindre instantanément la vitesse de la lumière. Naturellement, une telle accélération réduirait l'équipage en purée sanglante ; un navire de combat sous impulseur ne parvenait au mieux qu'à une accélération très inférieure à six cents gravités, même muni des nouveaux compensateurs d'inertie, qui constituaient tout de même un progrès gigantesque. Et pas seulement en matière de propulsion : nulle arme connue n'était capable de pénétrer les bandes propulsives principales d'un impulseur de classe militaire, ce qui signifiait que la simple mise en route de ses impulseurs suffisait à protéger un bâtiment contre tous les tirs d'en haut comme d'en bas.

Ce système laissait cependant vulnérables les côtés de la convergence des bandes à gradient de gravité, car eux aussi étaient ouverts, jusqu'à ce qu'on invente le rempart gravifique latéral qui permettait de protéger également les flancs. Malheureusement, il restait impossible de bloquer les extrémités de la proue et de la poupe, même à l'aide d'un rempart latéral, et, de toute façon, les remparts les plus résistants qu'on pût générer demeuraient beaucoup plus faibles qu'une bande propulsive. On pouvait les franchir, eux, surtout avec des missiles équipés d'assistants de pénétration, mais il fallait une puissante arme à énergie employée à très courte distance (relativement parlant) pour obtenir un résultat valable, et cela limitait les faisceaux à une portée maximale de quatre cent mille kilomètres.

Cela signifiait aussi que les batailles en espace profond avaient une désagréable tendance à s'achever en matchs nuls, d'un point de vue tactique, quelle que soit leur importance sur le plan stratégique. Quand une des flottes se voyait mal engagée, elle faisait simplement pivoter ses unités sur le flanc pour ne présenter que le mur impénétrable de leurs bandes gravitiques, cependant qu'elle tentait de décrocher. La seule parade consistait à se lancer dans une poursuite acharnée, mais de ce fait les poursuivants exposaient les arcs frontaux sans défense de leurs bandes convergentes et invitaient le tir en enfilade de leur proie. Les combats de croiseurs étaient assez souvent menés à leur terme, mais les engagements entre bâtiments de ligne prenaient trop fréquemment l'allure solennelle d'une danse compliquée dont tous les acteurs connaissaient par cœur les pas.

La situation restait inchangée depuis six siècles standard, hormis les modifications dans les distances d'engagement que permettaient l'amélioration des armes à faisceau ou les innovations des concepteurs pour augmenter la résistance des défenses à la pénétration des missiles, et, pour Hemphill et ses technolâtres, c'était intolérable. Selon eux, la lance gravifique pouvait balayer le statu quo et ils étaient résolus à en faire la démonstration.

D'un point de vue théorique, Honor devait reconnaître que leur idée se tenait. D'un point de vue théorique. Tout au fond, elle souhaitait même, avec un peu de regret, qu'ils aient raison, car la tacticienne en elle détestait l'idée de ces combats sanglants et ritualisés. Le véritable objectif, c'était la flotte de l'ennemi, pas son territoire, car si ses escadres survivaient on était obligé d'en revenir à une stratégie d'usure et de blocus – et ce genre de guerre faisait finalement beaucoup plus de victimes.

Néanmoins, la jeune école se trompait. La lance gravifique était une invention récente qui aurait peut-être un jour, en effet, le potentiel qu'Hemphill lui prêtait, mais elle ne le possédait certes pas encore. Avec un minimum de chance, un coup au but pouvait déclencher une séquence harmonique capable de griller n'importe quel générateur de remparts latéraux, mais l'arme demeurait difficile à manier, tirait lentement, nécessitait une masse énorme, et sa portée maximale dans les meilleures conditions était d'à peine cent mille kilomètres.

Et tel était le défaut majeur de l'affaire, songea Honor, lugubre. Pour utiliser la lance, un bâtiment devait se placer à bout portant de l'ennemi qui, lui, aurait déjà commencé à essayer de le détruire à une distance de plus d'un million de kilomètres et à faire donner ses armes à énergie à quatre fois la portée de la lance gravifique. À la rigueur, l'équipement en question aurait sa place à bord d'un bâtiment de ligne qui posséderait la masse voulue, mais seul un crétin (ou Hemphill l'Horrible) imaginerait de l'installer sur un croiseur léger ! L'*Intrépide* n'avait en aucune façon les défenses indispensables pour survivre au feu ennemi pendant qu'il se rapprochait et, grâce à la lance gravifique, il ne disposait même plus des armes offensives pour répliquer efficacement ! Ah, bien sûr, s'il parvenait à bonne distance pour la lance et si l'arme faisait son travail, les grosses batteries de torpilles à énergie dont Hemphill l'avait bourré pourraient tailler même un supercuirassé en pièces... mais seulement si la lance atteignait son but, car, contre un rempart latéral intact, les torpilles à énergie avaient le même effet qu'autant d'œufs mollets.

C'était un plan délirant et c'était à Honor de le mettre à exécution.

Elle resta encore un moment à contempler l'écran d'un œil furibond, puis elle l'éteignit d'un geste écœuré et se laissa tomber sur le dos en travers de sa couchette. Nimitz s'étira et descendit de son juchoir pour se rouler en boule sur son ventre, et, cette fois, elle lui gazouilla des mots câlins et le caressa tandis qu'il posait le menton sur son sternum pour l'aider à réfléchir.

Elle avait envisagé de protester ; après tout, la tradition autorisait le capitaine à contester les modifications qu'on faisait subir à son bâtiment, mais l'*Intrépide* ne lui avait pas encore été affecté lorsque l'ordre de radoub avait été donné et son droit de contestation n'était pas un droit de refus. Honor savait parfaitement comment Hemphill réagirait à la première protestation et, de toute façon, il était trop tard pour réparer les dégâts. En outre, elle avait des ordres. Aussi stupides qu'ils soient, c'était son devoir de les appliquer, un point c'est tout, comme on disait à l'Académie. Et même le cas eût-il été différent, l'*Intrépide* était son navire, son navire à elle, nom de Dieu ! Malgré toutes les manigances d'Hemphill, Honor ferait son possible pour empêcher qu'on salisse la réputation de l'*Intrépide*.

Elle profita du ronronnement de Nimitz qui vibrait en elle pour dénouer ses muscles tendus ; elle n'avait jamais réussi à savoir quels autres effets il produisait en elle, mais ce mystérieux sens qu'il possédait devait y jouer un rôle essentiel, car elle sentit l'indignation faire place à la détermination et elle savait fichtre bien qu'elle n'y était pour rien.

Son esprit se mit à examiner le problème sous toutes ses coutures et elle finit par s'estimer capable de mener le plan à bien au moins une fois, en supposant que les Agresseurs n'avaient pas décrypté les codes de sécurité d'Hemphill. Après tout, c'était une idée tellement folle qu'aucune personne saine d'esprit n'y songerait !

Imaginons qu'elle se débrouille pour se joindre à une des escadres de protection... C'était une position assez logique pour un croiseur léger et les galonnés auraient tendance à négliger l'*Intrépide* pour se concentrer sur les bâtiments lourds adverses ; elle pourrait peut-être en profiter pour se glisser à portée de lance et en décocher un coup. C'était quasiment du suicide, mais cela ne dérangerait pas les petits copains d'Hemphill : un croiseur léger (avec son équipage) contre un cuirassé ou un supercuirassé, ce serait plus qu'équitable à leurs yeux, ce qui était une des raisons de l'aversion d'Honor pour leur soi-disant doctrine tactique.

Pourtant, même si elle réussissait la manœuvre et s'en sortait indemne par miracle, il n'y aurait pas de deuxième occasion – une fois que les Agresseurs auraient reconnu la présence de l'*Intrépide* dans les parages et l'arme dont il était équipé. Ils grilleraient simplement tous les croiseurs légers qu'ils rencontreraient, car Hemphill avait placé son marteau-pilon dans une coquille d'œuf bien trop fragile pour résister au feu d'un bâtiment de ligne. D'un autre côté, réussir ce coup ne serait-ce qu'une fois rehausserait le prestige d'Honor, du moins auprès de ceux qui admettaient l'impossibilité de sa mission.

Elle ferma les yeux et soupira, car elle se connaissait : elle n'avait jamais su refuser un défi. S'il existait un moyen de mener à bien le gambit d'Hemphill l'Horrible, elle le découvrirait, même si cette idée lui glaçait les sangs.

Chapitre trois

« Signal général de l'amiral, commandant. "Préparation Baker-Golf-sept-neuf". »

Sans quitter son écran des yeux, Honor hocha la tête pour indiquer qu'elle avait entendu le message du lieutenant Webster. Elle attendait le signal depuis l'instant où les Agresseurs de l'amiral d'Orville s'étaient placés sur leur vecteur d'approche finale, et sept-neuf était, dans un sens tout à fait concret, sa création à elle. Le chef des opérations de l'amiral Hemphill ne partagerait sûrement pas ce point de vue, mais le capitaine de vaisseau Grimaldi, le chef d'état-major d'Hemphill, avait compris ce que mijotait Honor et soutenu ses allusions et ses suggestions respectueuses avec une surprenante subtilité. Il lui avait même adressé un grand sourire d'approbation après l'ultime briefing des commandants, ce qui avait conduit Honor à reconsidérer de fond en comble ce qu'elle pensait de lui malgré sa position dans le camp d'Hemphill l'Horrible. Maintenant, il ne fallait pas être un génie pour s'apercevoir qu'aucune approche conventionnelle ne permettrait à un croiseur léger, quel que soit son armement, de survivre assez longtemps pour parvenir à portée d'attaque d'une flotte de guerre hostile.

Il n'existait qu'un nombre limité de possibilités pour un commandant confronté à un engagement en espace normal à l'intérieur de l'hyperlimite d'une étoile. Dissimuler un bâtiment, même de ligne, était relativement simple (à longue distance, en tout cas) : il suffisait de couper ses impulseurs et de le faire passer sous le seuil de sensibilité des détecteurs passifs adverses ; mais la propulsion à impulseur ne faisait pas de miracles. Même aux cinq cents gravités et plus que pouvait atteindre un contre-torpilleur ou un croiseur léger, il fallait du temps pour générer des modifications de vecteur appréciables, si bien que se cacher en arrêtant la propulsion était d'une utilité réduite : il ne servait à rien de se dissimuler si l'ennemi s'éloignait à cinquante ou soixante pour cent de la vitesse de la lumière, et il était impossible de le faire si on accélérait pour le prendre en chasse.

Tout cela pour dire qu'un amiral ne pouvait dissimuler ses manœuvres à l'adversaire sans risquer la perte de contact. Et, comme le but n'est pas en général de se cacher, il ne lui restait qu'une solution : faire face à l'ennemi dans un affrontement de force brute ou essayer de le berner en lui montrant quelque chose qui n'était pas exactement ce qu'il imaginait. Étant donné le point de vue de l'amiral Hemphill, orienté vers l'armement lourd, Honor avait dû user de tout son talent de persuasion pour insérer quelque astuce dans le plan de bataille, car Lady Sonja Hemphill ne croyait qu'en une tactique : établir une puissance de feu écrasante et frapper jusqu'à ce que ça passe ou que ça casse, système qui avait au moins le mérite de la simplicité.

Sans le soutien de Grimaldi, un petit commandant de rien du tout, même spécialement désigné pour employer l'arme secrète d'Hemphill, n'aurait guère eu de chances de convaincre l'amiral, mais cela n'aurait pas été très grave. L'amiral d'Orville connaissait Hemphill aussi bien que quiconque et il s'attendrait à tout de sa part sauf à la subtilité ; si les Défenseurs pouvaient l'induire à mal interpréter ce qu'il voyait, tant mieux ; sinon, ils n'y perdraient rien d'essentiel. Rien que l'*Intrépide*.

C'est ainsi qu'Honor put voir les derniers vaisseaux de la force tactique des Défenseurs arriver vers elle. Seize minutes encore et toute l'escadre la dépasserait, poursuivrait sa route et la laisserait pour ainsi dire toute seule avec son croiseur léger au milieu du chemin des Agresseurs.

L'amiral des verts Sebastian d'Orville observa d'un air sombre son tracé de route à bord du supercuirassé HMS *Roi Roger*, puis jeta un coup d'œil au visuel. Aux distances qui régnaient en espace profond, les visuels étaient inutilisables pour la coordination des combats, mais ce qu'ils montraient restait tout à fait spectaculaire. Les bâtiments d'Orville filaient presque cent soixante-dix mille kilomètres à la seconde – un tout petit peu moins de 0,57 *c* – et le champ d'étoiles visible sur les écrans de proue était sensiblement décalé vers le bleu. Mais le *Roi Roger* filait entre le « toit » et le « plancher » inclinés de ses impulseurs, et une bande d'un mètre d'épaisseur dans laquelle la gravité locale passait de zéro à plus de quatre-vingt-dix-sept mille m/s2 avait pour effet d'engluer les photons comme dans un lac de poix et déformait les décharges des armes à énergie les plus puissantes telles de chétives brindilles ; aussi une telle bande à gradient décalait-elle considérablement la lumière des étoiles vers le rouge et déplaçait-elle appréciablement leur image sur les visuels directs ; cependant, les ordinateurs connaissaient précisément la puissance du champ de gravité, ce qui leur permettait de compenser sans difficulté pour remettre les astres visibles à leur place.

Mais ce qui était possible au bâtiment de guerre générateur ne l'était pas à ses adversaires. Les impulseurs civils créaient une seule bande de contrainte au-dessus et en dessous d'eux-mêmes ; les militaires en produisaient une double et, pour faire bonne mesure, fermaient l'espace qui les séparait par un rempart latéral. Les détecteurs ennemis pouvaient analyser la bande externe mais n'obtenaient pas de lecture fiable sur l'interne, raison pour laquelle nul n'était capable de voir quoi que ce soit derrière.

Le chef d'état-major interrompit les réflexions d'Orville ; il apportait de nouvelles données du service tactique. « L'amiral Hemphill continue de décélérer régulièrement, amiral. Nous devrions entrer à portée de missile dans vingt minutes.

— Quoi de neuf sur l'escadre qu'elle a détachée ?

— Nous avons obtenu une bonne transversale sur leurs communications il y a une douzaine de minutes, amiral. Ils sont au diable et ils se dirigent vers l'intérieur du système. »

Le ton parfaitement neutre du capitaine Lewis criait presque son mépris pour leurs adversaires et d'Orville dissimula un sourire complice. Sonja tirerait une sale tête lorsqu'ils l'auraient ramenée à grands coups de pompe dans le fondement jusqu'à la capitale, et c'est exactement ce qui allait se passer si elle tentait une bataille rangée sans ces cuirassés absents. Elle aurait dû continuer à se déplacer en attendant qu'ils la rejoignent au lieu de provoquer l'adversaire aussi prématurément, mais au moins leur absence expliquait sa course. Elle se trouvait très à l'écart d'un trajet direct vers les planètes qu'elle était censée défendre, pour la simple raison que c'était le chemin le plus court pour rejoindre les navires qu'elle avait oublié d'inviter à la danse, et d'Orville avait fort envie de foncer droit sur l'objectif sans s'occuper d'elle. Quelle satisfaction d'« atomiser » Manticore sans laisser à Sonja le loisir de tirer un seul coup pour la défendre ! Mais son but assigné était de s'emparer de la planète capitale, pas seulement de l'attaquer ; en outre, aucun tacticien digne de ses galons ne laisserait passer l'occasion de pulvériser les deux tiers des forces ennemies. Surtout dans une de ces rares circonstances où l'adversaire ne pouvait se dégager sans exposer un objectif qu'il devait à tout prix protéger.

« Notre déploiement est achevé ? demanda-t-il.

— Oui, amiral. Les éclaireurs finissent à l'instant de se retirer derrière le rempart.

— Très bien. »

D'Orville jeta un coup d'œil dans l'immense cuve tactique et vérifia par pur réflexe l'exactitude du rapport de Lewis. Ses bâtiments de ligne s'étaient disposés en « mur de combat », formation traditionnelle d'un navire d'épaisseur où les unités se serraient les unes contre les autres, sur les plans longitudinal et vertical, autant que le permettaient leurs bandes gravitiques. Ce n'était pas un arrangement très manœuvrable, mais il autorisait le feu de flanc maximum ; et, comme les vaisseaux ne pouvaient pas davantage que l'ennemi tirer au travers des bandes d'impulseur, c'était le seul moyen pratique de combattre.

Encore une fois, il compara le chronomètre et les projections tactiques. Dix-sept minutes avant la zone de portée extrême des missiles.

Les premiers partirent lorsque la distance limite fut dépassée. Ils n'étaient guère nombreux – les chances de coup au but étaient réduites et même un bâtiment de ligne ne pouvait en embarquer un stock inépuisable – mais suffisamment pour empêcher l'ennemi de faire des bêtises. Et pour donner des boutons à un libéral ou un progressiste bon teint, songea Honor en regardant fuser les engins. Chacun de ces projectiles possédait une masse d'un peu moins de soixante-quinze tonnes et coûtait aux environs d'un million de dollars manticoriens, même sans ogive ni assistant de pénétration. Personne ne serait assez fou pour employer des armes capables de toucher et d'abîmer les cibles, mais la Flotte avait résisté inflexiblement à toute pression politique visant à renoncer aux exercices à tir réel. Les simulations sur ordinateur étaient d'un concours inestimable, et tous les officiers et gradés de toutes branches y passaient de longues heures souvent éprouvantes, mais l'épreuve du feu restait le seul moyen de vérifier que le matériel fonctionnait vraiment. Et, coûteux ou non, les exercices à tir réel apprenaient aux servants de missiles des choses qu'aucune simulation ne pouvait leur enseigner.

Mais Honor avait d'autres chats à fouetter. L'amiral d'Orville fonçait sur elle et elle s'inquiétait, car elle n'était pas franchement la meilleure mathématicienne de la Flotte. En dépit des tests d'aptitude qui assuraient régulièrement qu'elle possédait une bosse des maths exceptionnelle, ses notes à l'Académie avaient obstinément refusé de faire honneur à ce potentiel. Par le fait, elle avait bien failli se faire recaler à son examen de maths multidimensionnelles en troisième année et, si sa moyenne générale la classait dans les dix pour cent les meilleurs, elle avait également connu la distinction gênante de finir deux cent trente-septième (sur deux cent quarante et un) en mathématiques.

Ces résultats ne l'avaient guère aidée à prendre confiance en elle – et ils avaient rendu ses instructeurs à moitié fous ; les professeurs savaient pertinemment qu'elle était capable de dominer la discipline : tous ses tests d'aptitude le démontraient, ses notes au simulateur tactique crevaient le plafond des graphiques – ce qui n'était pas précisément l'indice d'une sous-douée en mathématiques ! – et celles en manœuvres étaient tout aussi excellentes. Elle possédait un sens kinesthésique aigu, elle était capable de résoudre de tête des problèmes d'interception vectorielle à unités multiples en trois dimensions (du moment qu'elle ne pensait pas à ce qu'elle était en train de faire), mais aucun de ces talents n'apparaissait dans ses notes de mathématiques appliquées. Le seul qui n'avait jamais eu l'air de s'en inquiéter, c'était l'amiral

Courvosier – alors capitaine de vaisseau –, et il l'avait harcelée sans merci jusqu'à ce qu'elle eût accepté de croire en elle-même sans s'occuper de ses résultats. Confrontée à une manœuvre en temps et en espace réels, elle réagissait parfaitement, mais elle demeurait une piètre astrogatrice – et elle arrivait à se donner des crises d'angoisse rien qu'en repensant à ses tests de maths. Ce qui expliquait, elle le savait bien, sa présente nervosité, soigneusement dissimulée : elle avait eu amplement le temps d'appréhender les exercices en cours.

Néanmoins, il ne s'agissait pas vraiment d'un problème de navigation en hyperespace, se dit-elle fermement. Quatre simples petites dimensions, pas plus, même Sir Isaac Newton aurait su s'en débrouiller, et elle ne se serait sans doute pas rongé les sangs si elle était tombée dessus à froid. Quand cela se produisait, elle ne s'affolait pas – elle réagissait comme l'amiral Courvosier l'y avait entraînée, en se fiant aux dons auxquels elle n'avait pas complètement accès de façon consciente et qui lui avaient valu un chapelet continu d'« excellent » et d'« exceptionnel » en tactique, à la grande confusion de ses critiques de l'Académie, même les plus ardents.

Mais, en l'occurrence, elle avait eu tout le temps de se tracasser à l'avance et elle avait eu beau se répéter que le seul élément critique était la vitesse d'approche des Agresseurs – ce qui était exact –, elle ne s'en était guère sentie mieux. Néanmoins, le lieutenant de vaisseau Venizelos, son officier tactique, avait calculé les chiffres à cinq reprises, et le capitaine McKeon les avait revérifiés. Et Honor elle-même avait revérifié dix fois les calculs de McKeon en privé, dans ses quartiers. Elle regarda le chrono qui décomptait les ultimes secondes, puis examina ses visuels techniques. Tout était au vert.

« Vous savez, amiral, murmura le capitaine Lewis, il y a quelque chose de bizarre là-dedans.

— Quelque chose de bizarre ? Comment ça ? demanda d'Orville d'un ton distrait, occupé à observer les traces des missiles qui s'éloignaient vers le mur de combat d'Hemphill.

— Leur contre-feu est sacrément léger, dit Lewis en étudiant ses propres visuels, les sourcils froncés, et il est complètement éparpillé au lieu de se concentrer.

— Ah ? » D'Orville tendit le cou pour étudier les projections de cibles de Tactique et il fronça les sourcils à son tour. Lewis avait raison ; Sonja avait une foi absolue dans la concentration du feu – c'était une de ses rares qualités de tacticienne, selon d'Orville – et, eu égard à son désavantage numérique, elle aurait dû mitrailler à tout-va dans l'espoir de quelques coups au but pour réduire l'inégalité du rapport de forces. Mais non. L'amiral prit une expression perplexe.

« Vous êtes sûr de votre relèvement sur ses unités détachées ? demanda-t-il au bout d'un moment.

— C'est la question que je me posais, amiral. Je suis sûr du relèvement, mais si le navire transmetteur était tout seul en réalité ? Croyez-vous qu'elle pourrait nous attirer dans un piège ?

— Je n'en sais rien. » D'Orville se passa la main sur l'angle de la mâchoire et ses sourcils se froncèrent davantage. « Ça ne lui ressemblerait pas, mais Grimaldi pourrait bien lui avoir fait accepter une ruse de ce genre. Ce serait quand même un peu risqué ; il faudrait qu'elle maintienne ses unités en chute libre sur le même vecteur de base pour réussir son coup, et notre puissance de feu est supérieure, même si toutes ses forces étaient rassemblées... » Il plissa le front puis soupira. « Prévenez le service tactique de se préparer à un changement de cap radical, à toutes fins utiles.

— Bien, amiral. »

D'un rouge furieux, un code de données clignotait sur l'affichage d'Honor au milieu de l'immense formation des Agresseurs, et elle eut un grand sourire. Elle ignorait si les espions de l'amiral d'Orville (tout à fait officieux et strictement interdits, naturellement) avaient pénétré les écrans de sécurité de l'*Intrépide*, mais, en tout cas, ceux de l'amiral Hemphill avaient franchi les protections d'Orville. Pas de beaucoup, mais assez pour identifier le vaisseau amiral. Il s'agissait là d'une des grandes faiblesses potentielles de toute manœuvre de la Flotte : chaque camp possédait des renseignements complets sur la signature électronique des unités adverses.

Sur le chrono, le compte à rebours se poursuivait, et Honor leva la tête pour jeter un coup d'œil à McKeon et au lieutenant Venizelos.

« Paré, messieurs », dit-elle.

« Amiral ! Engin non identifié, relèvement... »

L'avertissement affolé du capitaine Lewis arrivait beaucoup trop tard et la distance était beaucoup trop courte pour y changer quoi que ce fût. L'amiral d'Orville eut à peine le temps de commencer à se retourner qu'une lumière rougeoya brutalement sur le panneau principal de contrôle et que les sirènes d'avarie retentirent quand la lance gravifique, à puissance extrêmement réduite, frappa le rempart latéral bâbord du supercuirassé. Le coup était bien trop faible pour causer de réels dégâts au générateur, mais les ordinateurs l'enregistrèrent et affichèrent docilement leur signal de panne... à l'instant où, chose incroyable, une salve de torpilles à énergie, elles aussi à puissance réduite, explosait contre le rempart latéral théoriquement anéanti.

L'amiral se redressa en sursaut dans son fauteuil de commandement tandis que sur l'écran clignotant flamboyait la fureur des torpilles. Puis l'image s'éteignit et le juron étranglé, incrédule d'Orville se répercuta dans la passerelle silencieuse, tandis que tous les systèmes d'armement et de propulsion s'arrêtaient.

« Coup au but, commandant ! » s'exclama Venizelos, et Honor se permit un sourire féroce de triomphe en voyant le vaisseau amiral des Agresseurs se mettre en chute libre. D'autres bâtiments s'écartèrent de la formation pour se placer à distance sûre, mais le *Roi Roger* était « mort », bloqué par ses propres ordinateurs pour simuler sa destruction totale sous la frappe d'un modeste croiseur léger ! Rien que pour voir ça, il valait presque la peine d'avoir été choisie pour exécuter les basses besognes d'Hemphill !

Restait néanmoins la question toute secondaire de la survie de l'*Intrépide*.

« Levez les bandes ! » Le soprano d'Honor était un peu plus aigu que d'habitude, bien que beaucoup plus calme que la voix de son officier tactique, et la réaction de la salle des machines fut instantanée. Le capitaine de corvette Santos attendait l'ordre depuis plus d'une heure ; elle ferma le dernier circuit et l'impulseur de l'*Intrépide* prit vie aussitôt.

« Timonerie, exécutez Sierra cinq !

— Sierra cinq, à vos ordres », répondit l'homme de barre, et l'*Intrépide* se mit à rouler follement sur ses gyros et ses propulseurs d'attitude. Il bascula sur le flanc par rapport au mur de combat des Agresseurs pour présenter ses bandes gravitiques ventrales à l'instant où se déclenchaient les premières armes à énergie de l'adversaire. Abasourdis, les officiers des systèmes de contrôle de tir déversèrent un déluge de laser et graser sur la minuscule cible soudain apparue sur leurs écrans, mais il était trop tard : les bandes gravitiques déviérent et fractionnèrent leur feu désormais inoffensif, et Honor sentit un grand sourire détendre ses traits accusés.

« Parfait, monsieur Killian. » Elle se laissa aller à un geste désinvolte en direction du visuel avant. « Par là – à pleine puissance militaire.

— Oui, commandant », répondit l'homme de barre avec un sourire similaire, et le HMS *Intrépide* bondit instantanément à une accélération de cinq cent trois gravités standard.

Cinquante ans d'autodiscipline permirent à l'amiral d'Orville de cesser de jurer quand les ordinateurs déverrouillèrent l'affichage tactique de son fauteuil de commandement. Ses systèmes com demeuraient bloqués, l'empêchant d'intervenir, mais au moins il pouvait maintenant voir ce qui se passait. Ce qui ne le consola d'ailleurs nullement : le croiseur léger qui avait « détruit » son vaisseau amiral d'une seule bordée tenait son cap et filait avec une vitesse constamment croissante sur une réciproque directe du vecteur de la flotte de l'Agresseur ; son trajet le menait à travers le champ de feu maximum du mur entier, mais ses bandes d'impulsion se riaient des efforts acharnés des bâtiments de ligne ; il n'y avait aucun espoir de le rattraper, même à l'aide d'unités légères : elles n'accumuleraient jamais assez de vélocité pour parvenir à son niveau et d'Orville croyait voir le commandant victorieux lui tirer la langue tout en fonçant se mettre à l'abri.

« Vous aviez raison, George, dit-il à Lewis en se tenant à quatre pour maîtriser sa voix. Sonja nous mijotait quelque chose, en effet.

— Oui, amiral », répondit le capitaine à mi-voix. Il quitta son siège pour venir se placer près d'Orville et observer le seul affichage tactique de la passerelle. « Et il reste encore tout ça », dit-il dans un soupir en indiquant le gros de la flotte d'Hemphill ; d'Orville fit la grimace.

Le mur de combat des Défenseurs changeait de vecteur ; il passa de décélération partielle à maximale et, dans le même temps, la formation tout entière se modifia. Son nouveau cap visait directement la flotte des Agresseurs et l'écart décrut rapidement tandis que les unités de Sonja ralentissaient. La distance était encore trop grande pour qu'elle parvienne à l'idéal classique, croise son « T » et le mitraille à pleines bordées alors que lui-même ne pouvait répliquer que par les armes de proue de ses unités de tête, mais la manœuvre, visiblement préparée et couplée avec la confusion créée par la « destruction » du *Roi Roger*, était étudiée pour permettre aux unités de tête d'Hemphill de contourner les siennes. Les travers des Défenseurs se mirent à canonner son mur et, si l'angle demeurait fermé, il était néanmoins suffisant pour que les missiles franchissent les arcs frontaux béants des bandes gravitiques. Beaucoup se faisaient bloquer par la défense active, mais pas assez, et l'éclat vicieux des signaux de destruction se mit à clignoter à côté des points lumineux de ses unités de tête, cibles exquises et sans protection qui se faisaient écharper, elles aussi, à coups de faisceaux à longue portée.

L'amiral d'Orville serra les poings, puis soupira et, avec un effort, se radossa dans son fauteuil avec un sourire glacial. Sonja allait être impossible dans les mois à venir et il ne pouvait guère le lui reprocher. Peu de vaisseaux Agresseurs se feraient « détruire » avant que le mur se reforme et change de cap, mais beaucoup étaient déjà estropiés, assez pour équilibrer les chances... et puis, qui savait quand les « unités détachées » de Sonja allaient apparaître ?

Toute cette opération ne lui ressemblait vraiment pas, mais elle avait bel et bien réussi, et l'amiral Sebastian d'Orville prit note de découvrir qui commandait le croiseur léger. Un capitaine capable de mener à bien cette petite manœuvre, il fallait le garder à l'œil, et il avait bien l'intention de le lui dire en face.

À condition de se retenir d'étrangler ce sale faux jeton assez longtemps pour le féliciter.

Chapitre quatre

L'enthousiasme général qui avait suivi la « destruction » du vaisseau amiral d'Orville brillait par son absence cependant que le steward d'Honor servait le café. Le riche arôme de la boisson emplissait la petite salle de briefing plongée dans le silence, mais la tasse que l'intendant de première classe MacGuiness posa près du coude d'Honor contenait du cacao. Elle n'avait jamais compris que le café, un breuvage qui sentait si bon, puisse avoir un goût aussi épouvantable et elle se demanda encore une fois si les caféiers manticoriens n'avaient pas muté dans leur nouvel environnement. Cela arrivait, mais ce n'était sans doute pas la réponse dans le cas présent, étant donné le plaisir effrayant avec lequel la plupart des officiers de la Flotte ingurgitaient cette décoction répugnante.

Quoique aujourd'hui les marques de plaisir fussent singulièrement rares.

Elle dissimula un soupir sous un masque d'impassibilité et but une gorgée de cacao. L'exercice principal de la Flotte s'était bien mieux passé qu'elle ne l'avait espéré, mais, comme en compensation, les suivants s'étaient déroulés de façon beaucoup plus désastreuse qu'elle ne le craignait. Comme prévu, d'Orville et ses commandants d'escadre avaient compris la manœuvre de l'*Intrépide* et leur humiliation leur avait dicté de s'assurer qu'elle ne se reproduirait pas ; pis, elle leur avait inspiré un ressentiment personnel contre l'*Intrépide* (quoi que l'amiral d'Orville pût prétendre quant à son admiration pour la manœuvre), surtout après que les cuirassés en réserve d'Hemphill eurent surgi pour pilonner les Agresseurs survivants et les forcer à une retraite ignominieuse avec quarante-deux pour cent de pertes.

Les commandants d'Orville avaient attendu Honor au tournant ; elle les soupçonnait même, pour certains, d'avoir davantage cherché à faire payer l'*Intrépide* qu'à remporter l'exercice ! Sur un total de quatorze « engagements », le croiseur léger avait été « détruit » treize fois et elle n'avait réussi à faire mouche (sans compter le *Roi Roger*, naturellement) qu'à deux reprises.

L'effet sur le moral de l'équipage avait été brutal. Prendre une telle raclée aurait été dur pour n'importe qui, mais ç'avait été particulièrement douloureux après l'exaltation d'avoir éliminé le vaisseau amiral ennemi, et les communications d'Hemphill n'avaient rien arrangé. Lady Sonja était entrée dans une colère noire en voyant avec quelle facilité le camp adverse déjouait son arme secrète (et, sans nul doute, ses espoirs de promotion anticipée), une fois qu'il avait compris la tactique, et ses messages, d'abord élogieux, avaient viré à la récrimination, puis au cinglant... sans s'arrêter là. Elle savait pourtant bien qu'Honor n'y était pour rien, mais cela n'avait pas paru l'apaiser.

De même que cela n'avait pas apaisé le mécontentement de l'équipage de l'*Intrépide* envers son nouveau capitaine. Le respect de ses membres pour son succès initial s'était mué en un sentiment beaucoup moins admiratif et leur fierté pour leur bâtiment (et pour eux-mêmes) en avait pris un sérieux coup. Se faire « abattre » si souvent était déjà déprimant en soi, mais les Agresseurs avaient amplement envenimé la situation en jubilant ouvertement durant les pauses qui séparaient les exercices. La perte de confiance de l'équipage aurait été grave en toutes circonstances ; pour un navire doté d'un nouveau capitaine, cela pouvait s'avérer catastrophique. Peut-être, se disaient les hommes et les femmes, le commandant Harrington n'a-t-il pas fait preuve de tant de talent ce premier jour, finalement ; et si ce n'avait été qu'un coup de chance plutôt que de la compétence ? Et s'ils se retrouvaient un jour en véritable situation de combat et qu'elle les laissait tomber comme de vieilles chaussettes ?

Honor savait ce qu'ils pensaient ; à leur place, peut-être se serait-elle fait les mêmes réflexions ; mais s'ils se trouvaient mal à leur aise, qu'ils viennent donc s'asseoir un moment dans le fauteuil du commandant !

« Très bien, mesdames et messieurs », dit-elle enfin en reposant sa tasse sur sa soucoupe et en regardant ses officiers assemblés. Les tasses de café suivirent le chemin de son cacao et des paires d'yeux circonspects se tournèrent vers le commandant.

Honor tenait à réunir régulièrement tous ses officiers ; ce n'était pas obligatoire et de nombreux capitaines laissaient volontiers ce genre d'activité à leur second, puisque c'était son rôle de veiller à la bonne marche du bâtiment. Honor, elle, préférait recevoir les rapports directement ; certes, cela exigeait de petits efforts pour éviter d'avoir l'air de saper l'autorité traditionnelle du second, mais il lui semblait que, d'une manière générale, les officiers d'un navire travaillaient plus efficacement entre eux (et avec leur commandant) quand ils avaient la possibilité de parler ouvertement de leurs problèmes ou, au contraire, de ce qui se passait bien et de discuter des besoins de leur service avec leur capitaine. Cette méthode lui avait bien servi à bord de l'*Aile-de-Faucon*, où la collaboration enthousiaste de ses officiers avait considérablement contribué aux réussites du contre-torpilleur. Pourtant, dans le cas de l'*Intrépide*, cela ne marchait pas. Les nouveaux subordonnés d'Honor craignaient davantage sa colère devant les échecs subis qu'ils ne cherchaient à mettre leurs idées en commun avec elle.

Elle les dévisagea et lut son propre échec dans leur posture rigide et leur expression fermée. Le lieutenant Webster, son officier des communications, était de quart, mais tous les autres étaient présents à la réunion... dont rien ne semblait devoir sortir.

Le capitaine de corvette McKeon lui faisait face à l'autre bout de la table, tendu, impassible, énigme vivante dont la réserve bien dissimulée trouvait sa source très au-delà de l'issue désastreuse des manœuvres. Le capitaine de corvette Santos, chef mécanicien et la plus haut gradée après McKeon, était assise à la droite d'Honor, inexpressive, les yeux braqués sur l'écran vide de son bloc mémo, comme si elle s'efforçait de se couper du reste de la salle de briefing. Le lieutenant de vaisseau Stromboli, l'astrogateur du bord, bien en chair, les sourcils bruns, puissamment charpenté, se tenait voûté sur son siège tel un enfant qui n'ose pas bouder. Le lieutenant Venizelos, mince et vif, lui faisait face, les yeux dans le vague, et attendait avec une résignation manifeste le début de la discussion. Pourtant, dans cette résignation, il y avait un soupçon de bravade, presque de provocation, comme si l'officier tactique mettait Honor au défi de lui reprocher la triste prestation de l'*Intrépide* – tout en le redoutant.

Le capitaine de vaisseau Nikos Papadapolous, à côté de Stromboli, son uniforme vert et noir des fusiliers de la Marine royale manticorienne tiré à quatre épingles, paraissait presque à l'aise quoique curieusement détaché ; mais, à vrai dire, le corps des fusiliers marins était indépendant par bien des aspects, car ses membres restaient toujours des étrangers à bord d'un vaisseau. Troupes terrestres dans un environnement naval, ils étaient très conscients de la distinction et, à la différence du personnel navigant d'Honor, les fusiliers de Papadapolous n'avaient rien à se reprocher : ils allaient où allait le bâtiment et faisaient ce qu'on leur disait de faire ; si les lopettes de l'équipage vasouillaient, c'était leurs oignons, pas ceux du Corps.

Le médecin du bord, Lois Suchon, faisait face à Papadapolous et Honor s'efforçait de réprimer l'aversion qu'elle lui inspirait. Ce n'était pas facile. Les parents d'Honor étaient tous deux médecins et son père avait atteint le même rang que Suchon avant de prendre sa retraite, si bien qu'elle avait une idée très précise du rôle d'un bon toubib. Suchon, elle, avait l'air encore plus indifférente que Papadapolous. Les officiers médecins étaient des spécialistes qui ne faisaient pas partie de la chaîne de commandement, et Suchon, avec son visage étroit et son air irritable, paraissait se désintéresser totalement de tout ce qui ne touchait pas son infirmerie et son dispensaire. Pis, elle semblait considérer sa responsabilité envers la santé de l'équipage comme une espèce de gêne tenace, ce qu'Honor avait beaucoup de mal à pardonner à un médecin.

De Suchon, elle passa aux deux officiers qui flanquaient McKeon. Le lieutenant Ariella Blanding, son commissaire, la plus jeune de tous les officiers présents, donnait l'impression de s'attendre à voir son commandant lui sauter à la gorge à tout instant, bien que son service se soit comporté impeccablement durant toutes les manœuvres. Blanding était un petit bout de femme au visage ovale et aux cheveux blonds, avec une expression douce, mais elle ne cessait de regarder de droite et de gauche comme une souris s'efforçant de surveiller trop de chats en même temps.

Le lieutenant de vaisseau Mercedes Brigham était assise face à Blanding, comme pour accentuer le contraste entre elles. Blanding était jeune et blonde,

Brigham assez âgée pour être la mère d'Honor, le teint sombre et hâlé. Elle était maître de yacht à bord de l'*Intrépide*, fonction en passe de disparaître du service, mais cela paraissait la laisser indifférente. Elle n'avait jamais suffisamment attiré l'attention pour s'élever au-dessus du grade de lieutenant de vaisseau ; pourtant, son visage placide affichait une expression de compétence tranquille, bien qu'elle dût savoir qu'elle ne serait jamais promue après tant d'années passées au même grade. Et, si elle se montrait aussi réservée que les autres, du moins ne semblait-elle pas craindre physiquement son commandant.

C'était déjà quelque chose, se dit Honor en achevant son tour de table et en se retenant de leur ordonner sèchement de faire preuve d'un peu plus de cran. Ça ne servirait qu'à les convaincre du bien-fondé de leurs inquiétudes. En outre, elle savait parfaitement l'origine de leur attitude défensive ; elle-même avait connu des capitaines qui ne se seraient pas privés de passer leurs nerfs sur leurs officiers. Après tout, il fallait bien trouver un responsable pour tout ce qui était allé de travers, et leur angoisse que ce soit précisément ce que cherchait Honor était si palpable qu'elle avait préféré laisser Nimitz dans ses quartiers lors de ces réunions : le chat sylvestre était beaucoup trop sensible aux émotions pour qu'elle lui inflige de telles séances.

« Où en est notre demande de réapprovisionnement, monsieur McKeon ? » demanda-t-elle. Le second jeta un coup d'œil à Blanding, puis se raidit sur son siège.

« Nous avons l'autorisation d'embarquer du ravitaillement lundi à partir de douze heures trente, commandant », dit-il d'un ton formaliste. Trop formaliste : McKeon maintenait ses contacts personnels avec Honor au strict minimum en dressant entre eux une barrière qu'elle n'arrivait pas à franchir. Il était vif, efficace et manifestement compétent – et il n'y avait pas la moindre trace de sympathie entre eux.

Elle se mordit la langue pour s'empêcher de lui jeter une remarque cinglante au visage. À bord d'un bâtiment de guerre, le second constituait la passerelle essentielle entre son capitaine d'un côté et ses officiers et son équipage de l'autre, l'alter ego et le bras droit du commandant autant que son subalterne direct. McKeon n'était rien de tout cela. Il était trop bon officier pour inciter ses subordonnés à discuter ouvertement les échecs de l'*Intrépide* – ou de son capitaine –, mais il y a des silences qui en disent long. Le mutisme du second était plus éloquent que la plupart des discours et, non seulement il contribuait à couper Honor de ses officiers, mais il se propageait aussi à tout l'équipage.

« Du nouveau sur les palettes supplémentaires de missiles que nous avons demandées ? fit-elle dans l'espoir, encore une fois, de percer cette retenue glacée.

— Non, commandant. » McKeon tapa une courte note sur son bloc mémo. « Je relancerai la logistique de la Flotte à ce propos.

— Merci. » Honor parvint à retenir un soupir et renonça. Elle s'adressa à Dominica Santos. « Comment progresse l'installation des nouveaux composants de la lance gravifique, mademoiselle Santos ? s'enquit-elle d'une voix égale et calme qui dissimulait son quasi-désespoir.

— Je pense que les circuits de convergence de remplacement seront intégrés pour un test en ligne à la fin du quart, commandant », répondit Santos en allumant son propre bloc mémo. Elle étudia l'écran en évitant de croiser le regard d'Honor. « Ensuite, il faudra... »

Alistair McKeon se rassit pour écouter le rapport de Santos, mais son attention n'y était pas.

Il contemplait le profil d'Harrington avec une rancœur sourde qui lui serrait la gorge et le brûlait comme un acide. Le capitaine paraissait aussi équanime et assuré que toujours, elle s'exprimait et prêtait l'oreille aux propos de chacun avec une courtoisie inébranlable, et McKeon n'en concevait que davantage de ressentiment. De formation, il était officier tactique et il se rendait donc parfaitement compte à quel point la mission d'Harrington avait été irréalisable, pourtant il gardait l'impression qu'il s'en serait mieux tiré qu'elle. En tout cas, il n'aurait pas pu faire pire, se dit-il avec dédain, avant de se sentir rougir de confusion.

Mais, bon sang, qu'avait-il donc ? C'était un officier de marine professionnel, pas un adolescent rongé de jalousie ! Son boulot, c'était de soutenir le capitaine, de faire en sorte que ses idées se réalisent, pas de se complaire dans une satisfaction amère lorsqu'elles échouaient ; son incapacité à passer outre ses réactions personnelles l'humiliait. Ce qui, naturellement, ne faisait qu'aggraver la situation.

Santos acheva son rapport et Harrington, sans se départir de sa courtoisie, se tourna vers le lieutenant Venizelos. Encore une tâche que McKeon aurait dû endosser : c'était à lui d'animer la réunion, d'évoquer les points à porter à la connaissance du capitaine et de subtilement étayer son autorité. Mais non : c'était une autre fonction de sa position qu'il fuyait, et il savait, tout au fond de lui, qu'il s'enfermait ainsi dans un piège : le temps passant, des habitudes se prendraient et il finirait par lui être impossible de rentrer dans les responsabilités qu'il négligeait ; quant à Harrington, elle en viendrait à croire, à juste titre, qu'elle ne pouvait pas compter sur lui et elle ne lui offrirait jamais l'occasion de démontrer qu'elle se trompait.

Alistair McKeon savait comment cela se terminerait : l'un des deux devrait s'en aller et ce ne serait pas le capitaine. Et ce serait normal, se dit-il avec une honnêteté acerbe.

Il parcourut à nouveau la salle de briefing du regard et sentit une émotion proche de la panique l'envahir. Il risquait de tout perdre ! Il savait depuis longtemps qu'il n'aurait jamais le commandement de l'*Intrépide*, mais par ses actions – et son inaction – il pouvait se dépouiller de ce qu'il avait. Il le savait, et pourtant ce n'était pas assez pour réagir. Pour la première fois de sa carrière, connaître son devoir ne lui suffisait plus pour l'accomplir. Il avait beau faire, il était incapable de s'affranchir de la rancœur et de l'aversion qui sourdaient en lui.

Il éprouva soudain la terrible tentation de confesser ses sentiments et ses fautes au capitaine, de la supplier de l'aider à s'en dépêtrer. Il avait la certitude que ces yeux bruns le regarderaient sans condamnation, que ce calme soprano lui répondrait sans mépris. Et cela rendait naturellement sa démarche impossible. Ce serait l'ultime capitulation, l'aveu qu'Harrington méritait bel et bien ce commandement auquel il savait depuis le début ne pas pouvoir aspirer.

Il serra les dents et caressa en silence le couvercle de son bloc mémo.

Le carillon d'entrée retentit et Honor enfonça le bouton de l'intercom. « L'officier des communications, commandant », annonça d'une voix nette le traditionnel fusilier en faction devant sa porte, et elle haussa les sourcils.

« Qu'il entre », répondit-elle, et la porte s'écarta en sifflant devant le lieutenant de vaisseau Samuel Houston Webster.

D'un geste, Honor indiqua le siège de l'autre côté de son bureau et Nimitz se redressa avec un *blic* de bienvenue tandis que le lieutenant traversait la cabine de jour et repliait sa longue carcasse pour s'asseoir. Comme toujours, le chat se montrait un baromètre infaillible des émotions d'Honor ; elle méprisait les capitaines qui se permettaient de faire du favoritisme parmi leurs officiers mais, si ç'avait été son genre, Webster aurait été son meilleur choix.

De tous les officiers de l'*Intrépide*, c'était le plus enjoué et apparemment le moins méfiant devant son capitaine. Ou bien, se dit-elle sombrement, il se soucie moins que les autres des retombées du courroux de l'amiral Hemphill à l'encontre dudit capitaine. Rouquin, grand et dégingandé, il donnait l'impression de n'avoir que la peau sur les os, mais il était extrêmement compétent dans sa partie – et cousin au troisième degré du duc du Nouveau-Texas. Honor était souvent mal à l'aise avec des subalternes issus de si hautes lignées, mais personne ne pouvait se sentir gêné en compagnie de Webster et elle lui fit un petit sourire pendant qu'il prenait place.

À sa grande surprise, il ne le lui rendit pas. Son visage avenant (dominé par le menton anguleux des Webster) arborait même une expression singulièrement lugubre lorsqu'il déposa un bloc à messages sur la main courante.

« Nous venons de recevoir une dépêche de l'Amirauté, commandant, dit-il. Des ordres d'affectation à un nouveau poste. »

Sa façon d'annoncer la nouvelle – et le fait qu'il l'apportait en personne plutôt que de l'envoyer par coursier ou par l'intercom – plongea Honor dans l'inquiétude. Elle se composa un air de paisible intérêt et prit le bloc, puis se mordit la lèvre, atterrée, en prenant connaissance des instructions brèves et sans fioritures qu'affichait l'écran.

Poste de Basilic. Sacré nom de Dieu, elle savait qu'elle avait mécontenté Hemphill, mais l'amiral devait être dans une colère encore plus noire qu'elle ne l'avait cru !

« Je vois », dit-elle calmement. Elle reposa le bloc électronique et inclina son fauteuil en arrière. D'un bond léger, Nimitz quitta son juchoir et atterrit sur ses épaules, puis lui enroula sa queue duveteuse autour du cou dans un geste de protection ; elle lui caressa la tête.

Webster ne disait rien. Il n'y avait d'ailleurs pas grand-chose à dire.

« Eh bien, fit Honor en prenant une grande inspiration, au moins, nous voici au courant. » Elle appliqua son pouce sur le scanner du bloc pour accuser officiellement réception du message, puis rendit l'appareil à Webster. « Transmettez au capitaine McKeon, je vous prie, et informez-le, avec mes compliments, que j'aimerais qu'il se réunisse avec les lieutenants Stromboli et Brigham afin de vérifier et de mettre à jour nos cartes de Basilic.

— Bien, commandant », répondit à mi-voix l'officier des communications. Il se leva, salua puis sortit. La porte coulissante se referma derrière lui et Honor ferma les yeux, désespérée.

Le poste du système de Basilic n'était pas un poste de service – c'était l'exil. Les limbes.

Elle se mit à faire les cent pas dans sa cabine, Nimitz dans les bras ; elle le sentait ronronner contre sa poitrine, mais, cette fois, rien ne pouvait chasser le noir abattement qui l'avait saisie. Des officiers qui tremblaient devant elle, un second aussi abordable qu'un iceberg de Sphinx, un équipage qui lui reprochait les mauvais résultats du bâtiment, et maintenant, ça !

Elle se mordit la lèvre à s'en faire monter les larmes aux yeux en se rappelant sa joie et sa fierté le jour où elle était entrée dans ses fonctions. Aujourd'hui, ce bonheur lui semblait irréel, inaccessible, même dans ses souvenirs, et elle avait envie de pleurer.

Elle s'immobilisa, raide comme un piquet, au milieu de la cabine, puis elle prit une énorme inspiration, serra une dernière fois Nimitz contre elle et le fit monter sur son épaule. D'accord. On voulait se débarrasser discrètement de l'*Intrépide* et de son capitaine, les mettre au rancard parce qu'ils gênaient l'amiral Hemphill ; elle n'y pouvait rien, sinon en supporter les conséquences, aussi injustes soient-elles, et accomplir du mieux possible les devoirs qui lui étaient confiés. En outre, se dit-elle en redressant le menton, ce n'était pas parce que le poste de Basilic était devenu le purgatoire de la Flotte qu'il était insignifiant.

Elle revint à son bureau en s'efforçant de ne pas penser à la réaction de l'équipage à l'annonce de sa nouvelle affectation, et tapa le nom de Basilic sur son terminal de données – moins par besoin de renseignements que dans le vain espoir que les relire rendrait la pilule moins amère.

De toute manière, se faire envoyer sur Basilic n'avait rien d'automatiquement déshonorant. Le système avait pour le Royaume une valeur économique considérable et sans cesse croissante, sans parler de son importance stratégique sur le plan militaire. C'était aussi l'unique territoire extra-système que possédait Manticore et rien que cela aurait dû en faire une affectation prestigieuse.

Le système de Manticore avait pour centre une lointaine binaire G0/G2, unique dans la galaxie explorée en ce qu'elle possédait trois planètes de type terrestre : Manticore, Sphinx, monde natal d'Honor, et Griffon. Étant donné l'espace habitable dont il disposait, le Royaume n'avait jamais ressenti le besoin urgent de s'étendre à d'autres systèmes et, pendant cinq siècles T, il n'avait pas bougé.

Et tout aurait sans doute continué ainsi sans les pressions convergentes du nœud du trou de ver de Manticore et de la menace havrienne.

Honor fit doucement osciller son fauteuil en écoutant le ronronnement de Nimitz, à présent moins inquiet, et elle pinça les lèvres.

Le nœud de Manticore était aussi unique que le système lui-même, avec pas moins de six terminus additionnels, c'est-à-dire un de plus qu'aucun autre nœud cartographié, et, selon les astrophysiciens, les relevés indiquaient qu'il devait en exister au moins un autre que les calculs n'avaient toutefois pas encore permis de repérer.

Pour une part considérable, le nœud expliquait la prospérité de Manticore. La plus grande vitesse effective qu'atteignaient la plupart des navires marchands en hyper dépassait à peine mille deux cents fois celle de la lumière ; à cette vélocité apparente, il fallait plus de cinq mois pour aller de Manticore jusqu'à la Vieille Terre ; en revanche, le terminus Beowulf du nœud envoyait un bâtiment vers Sigma du Dragon, à un peu plus de quarante années-lumière de Sol, sans décalage temporel mesurable.

Les avantages commerciaux étaient évidents et le vaste réseau de terminus du nœud avait agi comme un aimant sur les négociants, qui devaient traverser le centre du point nodal (et l'espace manticorien) pour l'utiliser. Les droits de péage de Manticore étaient parmi les plus bas de la galaxie, mais la simple arithmétique démontrait qu'ils généraient des revenus cumulés énormes, et le Royaume servait d'entrepôt central et de plaque tournante pour le commerce de centaines de mondes.

Cependant, l'arithmétique faisait également du nœud une épée de Damoclès. Si les cargos multimégatonnes pouvaient y passer, les supercuirassés aussi, et la carotte économique qu'il représentait ne manquait pas d'exciter la cupidité des voisins. Depuis des siècles, les Manticoriens le savaient, mais ils ne s'en étaient guère inquiétés avant les premières manifestations hostiles de la République populaire de Havre.

Désormais, la situation avait changé. Au bout de deux siècles 'l' ou presque de déficit passés à soutenir un État-providence en faillite chronique, Havre avait estimé qu'il ne lui restait d'autre option que d'étendre son territoire afin d'acquérir les ressources nécessaires pour fournir à ses citoyens le niveau de vie auquel ils étaient habitués, et la Flotte populaire avait prouvé ses capacités dans ce domaine au cours des cinquante années précédentes. Havre tenait déjà un des terminus du nœud – l'Étoile de Trévor, prise douze années T plus tôt – et Honor ne se faisait pas d'illusions : la « République » guignait tous les autres. Surtout, se dit-elle avec un frisson d'angoisse familier, le nexus central, car, sans Manticore proprement dite, les terminus n'étaient que d'une utilité limitée.

Ce qui expliquait que le Royaume avait annexé Basilic à la suite de sa découverte une vingtaine d'années manticoriennes auparavant. L'unique planète habitable (au sens large du terme) de l'étoile G5 avait compliqué la décision, car elle abritait une espèce intelligente, et l'idée que Manticore puisse « soumettre » une nation indigène horrifiait les libéraux. Les progressistes, eux, s'étaient opposés à l'annexion parce qu'ils avaient déjà compris que Havre prendrait un jour la Confédération silésienne dans son collimateur et que Basilic se trouverait en plein milieu du chemin. Du point de vue havrien, la souveraineté manticorienne serait considérée comme une menace directe – une « provocation » – et, selon la conception progressiste de la politique, mieux valait acheter la bienveillance de Havre plutôt que chatouiller la République de trop près. Quant aux conservateurs, tout ce qui risquait de les embarquer dans des affaires galactiques loin de leurs petites frontières bien rassurantes relevait du blasphème.

Voilà pourquoi Basilic était devenue une pomme de virulente discorde entre les grands partis politiques ; les centristes et les loyalistes de la Couronne n'avaient obtenu l'annexion qu'à une infime majorité à la Chambre des Lords, malgré d'amples témoignages que les Communes (y compris parmi les plus ardents alliés des libéraux) soutenaient fermement l'idée. D'ailleurs, pour la faire accepter des Lords, le gouvernement avait dû consentir à toutes sortes de restrictions et de limitations – jusqu'à la garantie, d'une bêtise sans borne (d'après Honor), de ne construire ni fortifications permanentes ni bases de la Flotte dans le système et de réduire au minimum les unités mobiles sur place.

Dans ces conditions, on aurait pu penser que la restriction du nombre de bâtiments autorisés à y stationner inciterait à n'y envoyer que l'élite, étant donné surtout que le volume du trafic transitant par le terminus nouvellement découvert connaissait une croissance prodigieuse. Mais en réalité, et particulièrement depuis la nomination de Sir Edward Janacek au titre de Premier Lord de l'Amirauté, c'était le contraire qui s'était produit.

Janacek n'était pas le premier, malheureusement, à nier l'importance de Basilic, mais ses prédécesseurs semblaient au moins éviter de fonder leur conception sur des opinions politiques personnelles. Selon la théorie pré-Janacek, autant qu'Honor la comprenait, puisqu'il était interdit d'importer des forces capables de tenir le système, ce n'était pas la peine de se tracasser. Ainsi, même dans le camp favorable à l'annexion, beaucoup ne considéraient guère le poste de Basilic que comme un système d'alarme, une garnison avancée dont la destruction déclencherait une réaction de la Flotte depuis Manticore. Bref, disaient certains, si jamais une attaque sérieuse se produisait, il était inutile de sacrifier plus de bâtiments que nécessaire simplement pour l'honneur du drapeau.

Janacek, naturellement, allait encore plus loin. Depuis qu'il dirigeait l'Amirauté, il avait réduit les forces cantonnées à Basilic en dessous même des effectifs stipulés, car il voyait en elles, non un atout, mais un risque, voire une menace. L'eût-on laissé faire, il aurait sans doute complètement abandonné le système, mais comme il ne pouvait pas aller jusque-là (pas tout à fait), il s'assurait néanmoins qu'on n'y envoyait aucun bâtiment utile. Et c'est ainsi que Basilic était devenu le poste de punition de la Flotte royale manticorienne, son dépotoir, l'exil où elle reléguait ses incompétents et ceux qui avaient encouru l'ire de ces messieurs et dames de l'Amirauté.

Comme le commandant Honor Harrington et l'équipage du HMS *Intrépide*.

Chapitre cinq

Le HMS *Intrépide* décéléra en douceur en franchissant le périmètre intérieur des défenses du nœud, puis s'arrêta. La primaire G0 et sa compagne G2 du système de Manticore brillaient faiblement derrière lui, réduites à deux étoiles anonymes parmi des millions d'autres, car le nœud se trouvait à presque sept heures-lumière d'elles.

L'équipage de quart se montrait vigilant à son poste et un étranger qui se serait trouvé sur la passerelle n'y aurait peut-être pas décelé l'ambiance lugubre qui y régnait. D'un autre côté, songea Honor en grattant d'un air absent le menton de Nimitz, un étranger n'aurait pas vécu des semaines avec ces gens ; il n'aurait pas perçu leur humiliation à l'idée d'être condamnés au poste de Basilic ni leur façon de rentrer peu à peu dans leur coquille jusqu'à n'avoir plus en commun avec leur capitaine que les devoirs qu'ils accomplissaient.

Elle se radossa en dissimulant derrière un masque serein son envie de soupirer tristement et elle examina le visuel tactique. Le vecteur précalculé de l'*Intrépide* le traversait pour s'arrêter exactement sur le seuil de départ, à une demi-seconde-lumière du nœud. Sur la ligne étroite, le point vert du croiseur léger avançait régulièrement à travers les redoutables systèmes de défense et, malgré son abattement, Honor sentit un picotement familier la parcourir en songeant à la puissance de feu qui entourait l'invisible porte entre les étoiles.

La plus petite forteresse approchait les seize millions de tonnes, soit deux fois plus qu'un supercuirassé, et son rapport armement/masse était bien supérieur. Ces monstres n'étaient pas hypercapables, car ils employaient la masse qu'un bâtiment de guerre aurait consacrée à ses générateurs hyper et ses voiles Warshawski pour embarquer davantage d'armement, mais ce n'étaient pas, loin de là, de simples plates-formes de tir immobiles. Il le fallait.

Chacune de ces forteresses, perpétuellement en état de veille de combat, était protégée par un rempart latéral, véritable « bulle » qui l'entourait sur trois cent soixante degrés, mais, de ce côté du nœud, il était impossible de savoir que quelqu'un arrivait tant que rien n'était sorti du terminus, et personne ne pouvait rester éternellement vigilant ; aussi, un attaquant discret – venu, par exemple, de l'Étoile de Trévor – aurait toujours l'avantage de la surprise ; il émergerait prêt à la bataille et se mettrait aussitôt en quête de cibles pour ses armes, tandis que les défenseurs en seraient encore à réagir à sa soudaine apparition.

C'est pourquoi aucun planificateur ne plaçait ses défenses à moins d'un demi-million de kilomètres d'un nœud. Si un agresseur surgissait à portée des armes à énergie des défenses, celles-ci se feraient détruire avant d'avoir pu répliquer ; mais les bâtiments qui transitaient par un nœud de trou de ver arrivaient avec une vitesse en espace normal d'à peine quelques dizaines de kilomètres par seconde, très insuffisante pour une attaque éclair. Avec les forteresses si loin de lui et trop peu de vélocité pour un affrontement immédiat, l'assaillant devait se rabattre sur les missiles, lesquels, même propulsés par impulseur, mettaient presque trente-cinq secondes pour atteindre leur cible. Ainsi, les hommes de quart avaient – en théorie, en tout cas – le temps de se préparer pendant que les armes s'approchaient en accélérant. En pratique, Honor soupçonnait que la plupart d'entre eux en seraient encore à se renseigner auprès des ordinateurs à l'arrivée des missiles, ce qui expliquait que la défense active des forteresses (à la différence de leur armement offensif) était conçue pour la prise en charge automatique par les ordinateurs, même en temps de paix.

En période de guerre, aux forteresses devaient s'ajouter des plates-formes laser en grand nombre – de vieux satellites laser pompés par des bombes –, beaucoup plus proches du point d'émergence et programmées pour tirer sur tout objet qui n'était pas positivement identifié comme non hostile. En temps normal, ces mesures n'étaient jamais employées ; un accident est vite arrivé, et la destruction fortuite d'un paquebot rempli de passagers dont le caractère inoffensif n'aurait pas été reconnu serait pour le moins embarrassante. L'effet de surprise jouerait encore assez pour qu'un assaillant élimine une bonne partie des satellites avant qu'ils puissent réagir, mais il en survivrait suffisamment pour lui faire passer un mauvais quart d'heure.

Quoi qu'il en soit, même dans le meilleur des cas, il fallait s'attendre à de lourdes pertes dans l'anneau intérieur des forteresses, si bien que celles de l'anneau extérieur devaient pouvoir se déplacer pour combler les brèches et se masser sur l'adversaire. Leur vitesse maximum était réduite, largement inférieure à cent gravités, mais leurs positions d'origine avaient été minutieusement calculées : leur accélération devait leur permettre d'intercepter toute force hostile se dirigeant vers l'intérieur du système et leurs moteurs étaient assez puissants pour générer des bandes gravitiques et des remparts latéraux pour les protéger.

Néanmoins, malgré leur nombre, leur puissance de feu et leur mobilité, les forteresses étaient trop faibles pour repousser une attaque massive, avec des émergences multiples, lancée par un agresseur aussi redoutable que la flotte havrienne. Et c'est précisément dans cette éventualité, se dit Honor sombrement tandis que l'*Intrépide* s'arrêtait doucement, que Manticore avait annexé Basilic à l'origine.

Le nexus central constituait la voie d'accès à tous les nœuds du trou de ver. Les bâtiments pouvaient aller depuis le nexus jusqu'à n'importe quel terminus secondaire et réciproquement, mais pas directement d'un terminus à l'autre. Économiquement, cette situation donnait à Manticore un avantage immense, même sur quelqu'un qui contrôlerait deux, voire plus, des terminus du nœud de Manticore ; militairement, c'était l'inverse qui était vrai.

Il existait une limite absolue, qui variait légèrement d'un nœud à l'autre, au tonnage que l'on pouvait faire transiter en une fois par le terminus d'un nœud de trou de ver. Dans le cas de Manticore, elle s'établissait aux alentours de deux cent millions de tonnes, chiffres qui s'appliquaient donc aussi à la masse d'unités d'assaut que la Flotte pouvait dépêcher à l'un ou l'autre terminus. Cependant, chaque fois qu'un objet empruntait un circuit de terminus à terminus, il se créait une « fenêtre de transit », déstabilisation temporaire du trajet pendant une période qui correspondait au carré de la masse en déplacement. La fenêtre d'un simple cargo de quatre millions de tonnes durait à peine vingt-cinq secondes, mais une force de frappe de deux cent millions de tonnes bloquerait sa route pendant plus de dix-sept heures, durant lesquelles elle ne pourrait ni recevoir de renforts ni repartir par où elle était venue. Cela signifiait, bien entendu, que si un agresseur décidait d'employer une grosse vague d'assaut, il avait intérêt à être certain qu'elle avait assez de cœur au ventre pour vaincre.

Mais s'il s'était emparé de plus d'un terminus secondaire, il pouvait envoyer le même tonnage jusqu'au nexus par le biais de chacun d'eux sans avoir à se soucier des fenêtres de transit, puisque aucun n'emprunterait exactement le même trajet. La mise au point d'une telle attaque demanderait une planification et une synchronisation minutieuses – tâche complexe dans le cas de flottes situées à des centaines d'années-lumière les unes des autres, même pour les meilleurs des tacticiens – mais, si l'on parvenait à la mener à bien, elle permettrait un assaut d'une telle puissance qu'aucun système de défense n'y résisterait.

Pas même celui de Manticore, songea Honor tandis que l'*Intrépide* s'immobilisait par rapport au nœud. Les forteresses du nexus entraient pour trente pour cent dans le budget de la Flotte, mais il était impératif d'assurer aussi la sécurité – ou du moins la neutralité – des terminus secondaires.

« Le central du nœud nous autorise à prendre la file, commandant, annonça le lieutenant Webster. Numéro huit pour le transit.

— Merci, Com. » Elle jeta un coup d'œil à l'affichage des manœuvres : le chiffre 8 apparut en rouge à côté de l'*Intrépide* ; elle se tourna ensuite vers l'homme de barre. McKeon, muet, était assis à côté du lieutenant Venizelos à la section tactique, mais le regard d'Honor passa au-dessus de lui sans qu'elle fasse mine de remarquer sa présence. « Placez-nous sur la voie de départ, monsieur Killian.

— Bien reçu, commandant. En approche du cap de départ. » Killian se tut un moment, puis : « Sur la voie, commandant. »

Honor hocha la tête et leva les yeux vers le visuel à l'instant où un formidable transport de charge émergeait du nœud. C'était un spectacle extraordinaire dont elle ne se lassait jamais et l'agrandissement du visuel lui donnait l'impression que la scène se passait sous son nez. Le bâtiment devait jauger plus de cinq millions de tonnes et pourtant il était apparu comme une espèce de fantôme sans substance, une bulle de savon transformée en mégatonnes d'alliage en un clin d'œil. L'espace d'un instant, ses voiles Warshawski, immenses et diaphanes, apparurent comme des miroirs circulaires, azuréens et brillants, avant que l'énergie radiante du transit se dissipe, puis elles se replièrent. Les voiles invisibles se reconfigurèrent en bandes à gradient de gravité et le cargo accéléra lentement pour s'éloigner du nexus tout en informant le central de sa destination et en demandant l'insertion dans la voie idoine pour continuer son voyage.

L'*Intrépide* avançait régulièrement au milieu des autres vaisseaux en partance. En temps de paix, il n'avait aucune priorité sur les gigantesques navires marchands à côté desquels il paraissait insignifiant, et Honor s'adossa confortablement pour savourer le spectacle animé, dynamique, du nœud en pleine activité.

Dans des conditions normales, le nœud traitait les vaisseaux partants et arrivants à raison d'un toutes les trois minutes en moyenne, bon an, mal an. Cargos, navires spatiographiques, transports de passagers, navettes des colonies des mondes intérieurs, courriers et postes privés, bâtiments militaires de puissances alliées – le volume du trafic était stupéfiant et exigeait une vigilance de tous les instants de la part des contrôleurs pour éviter les collisions en espace normal. Le nœud tout entier formait une sphère d'à peine une seconde-lumière de diamètre, ce qui pouvait paraître déjà énorme ; mais chaque terminus possédait son propre vecteur de départ et d'arrivée et, pour transiter jusqu'à la destination voulue, il fallait rester parfaitement aligné sur ces vecteurs, d'autant plus que même le central du nœud ne pouvait savoir exactement qui arrivait d'où à tel ou tel moment ; tout cela impliquait donc le confinement du trafic dans des zones extrêmement limitées du volume du nœud.

Killian maintint l'*Intrépide* dans la file d'attente sans ordres supplémentaires et Honor appela les machines alors qu'ils approchaient de la balise de départ. Le capitaine Santos apparut sur le petit écran com.

« Ici le commandant. Pare à reconfigurer en voile Warshawski à mon signal.

— Reçu, commandant. Pare à reconfigurer. »

Honor hocha la tête en regardant le cargo devant eux avancer lentement, hésiter un infime instant, puis disparaître. Le chiffre de son affichage des manœuvres se changea en « 1 » et elle se tourna vers Webster en haussant les sourcils ; quelques secondes s'écoulèrent, puis il inclina la tête en signe d'acquiescement.

« Autorisation de transit, commandant, annonça-t-il.

— Très bien. Transmettez mes remerciements au central du nœud, dit-elle avant de s'adresser au chef mécanicien Killian. Faites-nous avancer, timonerie.

— Bien compris, commandant. »

L'*Intrépide* accéléra à vingt gravités, une misère, et s'aligna parfaitement sur les rails invisibles du nœud. Honor ne lâchait pas son visuel des yeux ; heureusement que les ordinateurs existaient ! Si elle avait dû calculer elle-même ce genre de manœuvre, il y aurait sans doute des années qu'elle se serait tranché la gorge. Mais les ordinateurs se moquaient bien que celui qui les utilisait soit nul en maths : tout ce qu'ils demandaient, c'était qu'on leur fournisse des données justes et, au contraire de certains instructeurs de l'Académie qu'Honor ne nommerait pas, ils ne prenaient pas des mines exaspérées en attendant de les obtenir.

Le code lumineux de l'*Intrépide* passa au vert vif lorsque le croiseur atteignit sa position idéale, et Honor fit un signe de tête à Santos.

« Hissez la voile avant pour le transit.

— Compris, commandant. Voile avant... en cours. »

Un observateur extérieur n'aurait noté aucun changement visible sur le croiseur, mais les instruments d'Honor annoncèrent une chute brutale à mi-puissance des bandes gravitiques de l'*Intrépide*. Ses noyaux avant ne remplissaient plus leur office en ce sens ; ils s'étaient reconfigurés pour produire un disque de gravitation concentrée qui s'étendait autour de la coque sur plus de trois cents kilomètres. La voile Warshawski, inutile en espace normal, était la clé de l'hypervoyage, et le nœud n'était rien d'autre qu'un entonnoir d'hyperespace, tel l'œil d'un cyclone pétrifié à jamais en termes d'espace normal.

« Pare à hisser la voile arrière à mon commandement », murmura Honor tandis que l'*Intrépide* continuait à se déplacer à une allure d'escargot sous la seule poussée de ses impulseurs arrière. De nouvelles informations apparurent sur le visuel et les chiffres grimpèrent régulièrement à mesure que la voile avant s'enfonçait dans le nœud. Il existait une marge de sécurité de près de quinze secondes dans un sens comme dans l'autre, mais aucun capitaine n'avait envie de paraître négligent lors d'une telle manœuvre et...

Les chiffres clignotants franchirent le seuil fatidique. La voile avant puisait désormais assez d'énergie des ondes grav torturées qui se tordaient éternellement le long du nœud pour alimenter leur déplacement, et Honor fit un signe de tête sec à Santos.

« Hissez la voile arrière, dit-elle d'un ton tranchant.

— Voile envoyée », répondit l'ingénieur, et l'*Intrépide* tressaillit ; ses bandes gravitiques disparurent soudain et une seconde voile Warshawski se dressa à la poupe.

Honor surveillait étroitement Killian, car le passage de l'impulseur à la voile constituait une des manœuvres les plus délicates qu'un pilote avait à effectuer, mais le petit premier-maître ne cilla même pas. Ses mains et ses doigts se déplaçaient avec une parfaite assurance et la conversion s'opéra en douceur, à peine marquée par un infime frémissement du croiseur. Honor prit note de sa compétence avec satisfaction, puis son attention revint à son affichage : l'*Intrépide* gagnait de l'erre.

Killian le dirigeait d'une main ferme et Honor cligna des yeux lorsque la première vague de nausée la saisit. Très rares étaient ceux qui s'habituaient vraiment à la sensation indescriptible qui accompagnait le franchissement du mur entre le n-espace et l'hyperespace, et c'était pire durant un transit par nœud, car le gradient y était très abrupt. Mais, pour cette même raison, le malaise passait très vite ; Honor ancra cette certitude dans son esprit et s'efforça de paraître insensible à la houle de plus en plus forte qui lui secouait l'estomac.

L'affichage clignota encore, et alors, pendant une durée qu'aucun chronomètre ni aucun sens humain ne pouvait mesurer, le HMS *Intrépide* cessa d'exister. L'instant d'avant, il était ici, dans l'espace manticorien ; le suivant, il était là-bas, à six cents minutes-lumière de l'astre nommé Basilic, à un peu plus de deux cent dix années-lumière de son point de départ dans l'espace einsteinien, et Honor poussa un discret soupir de soulagement en sentant s'évanouir sa nausée en même temps que l'énergie de déplacement qu'irradiaient les voiles de l'*Intrépide*.

« Transit achevé, annonça Killian.

— Merci, timonerie. Excellente exécution », répondit Honor, mais son attention était déjà fixée sur les informations concernant l'interface de la voile ; les chiffres dégringolaient encore plus vite qu'ils n'étaient montés. « Machines, reconfigurez en impulsion.

— À vos ordres, commandant. Reconfiguration en impulsion engagée. »

L'*Intrépide* replia ses voiles pour reconstituer ses bandes gravitiques d'impulseur et accéléra sur la voie de sortie de Basilic, et Honor se félicita intérieurement. Manier un bâtiment était un des rares domaines dans lesquels elle ne doutait pas de sa compétence et la manœuvre de routine s'était passée comme dans un rêve. Elle espéra que c'était bon signe pour l'avenir.

Sur le visuel tactique, les codes lumineux étaient beaucoup moins nombreux qu'à Manticore, observa-t-elle. Aucune défense, rien qu'un saupoudrage de bouées de navigation et la masse réduite (relativement) du Contrôle de la circulation de Basilic, presque perdu au milieu du conglomérat de navires marchands en attente de transit.

« Com, informez le Contrôle de Basilic de notre arrivée et demandez des instructions.

— À vos ordres, commandant », répondit Webster. Honor se radossa et posa les avant-bras sur les accoudoirs du fauteuil de commandement. Ils avaient touché le fond, car on n'aurait pu trouver affectation moins attrayante, mais peut-être parviendrait-elle à tourner la situation à leur avantage. De toute manière, ils ne pouvaient pas descendre plus bas. Et, malgré sa réputation honteuse, leur séjour au poste de Basilic devrait leur donner le temps de digérer le résultat désastreux des exercices et d'établir la camaraderie de bord dont elle rêvait.

Elle sentit la queue de Nimitz se faufiler autour de son cou et elle espéra ne pas être simplement en train de se bercer d'illusions.

« Message du Contrôle de Basilic, commandant. »

Honor sortit de ses réflexions avec un léger sursaut et fit signe à Webster de poursuivre.

« Nous avons ordre de nous placer en orbite autour de Méduse pour y rencontrer l'officier commandant du poste à bord du HMS *Sorcier*.

— Merci. » Honor réussit à gommer toute dérision de sa voix : l'*Intrépide* était bloqué sur sa position initiale de garage, à deux secondes-lumière du terminus, depuis près de quarante minutes. Au total, il y avait plus de cinquante-trois minutes qu'il se trouvait dans l'espace de Basilic, ce qui tendait à indiquer un sacré laisser-aller dans la gestion de la circulation des messages à bord du Contrôle de Basilic. Les instructions de routage de l'*Intrépide* avaient dû lui parvenir bien avant l'arrivée du croiseur, étant donné le délai de transmission de dix heures et quelques entre le terminus et Méduse, la seule planète habitable de Basilic. Qu'il ait fallu près d'une heure au Contrôle rien que pour trouver le bâtiment n'augurait pas bien, aux yeux d'Honor, de son efficacité dans d'autres domaines.

« Remerciez-les de l'information », reprit-elle au bout d'un moment, après quoi elle fit pivoter son fauteuil vers le lieutenant Stromboli. « Avez-vous un trajet pour Méduse, lieutenant ?

— Euh... non, commandant. » Le solide lieutenant rougit sous son regard impassible, puis se mit à entrer frénétiquement des chiffres dans sa console.

Elle attendit patiemment, alors qu'il aurait dû avoir calculé la trajectoire pour Méduse presque par réflexe, puisque c'était leur destination la plus probable. Un astrogateur à l'esprit vif essayait de devancer les exigences de son capitaine, et les joues brûlantes de Stromboli prouvaient qu'il en avait conscience. Concentré sur son écran, il se mordillait la lèvre et fuyait le regard d'Honor, comme s'il s'attendait à ce qu'elle le tue sur place d'un instant à l'autre.

Elle n'en fit rien. Si l'un de ses officiers avait besoin d'une réprimande, elle s'en occupait en privé, tout comme elle tenait à distribuer ses louanges en public. Ils avaient bien dû s'en rendre compte, tout de même ! Elle réprima un nouveau soupir et se retint de taper impatiemment du bout du pied sur la passerelle.

« Cap : zéro-huit-sept par zéro-un-un à quatre cents gravités, avec inversion à quinze heures zéro sept, commandant, annonça enfin Stromboli.

— Merci, lieutenant », fit gravement Honor, et l'officier rougit de plus belle. Pas besoin de réprimande cette fois, se dit-elle. Il y avait peu de chances que

Stromboli se fourre à nouveau dans la même situation. Elle jeta un coup d'œil à Killian.

« Suivez le cap établi, timonerie.

— À vos ordres, commandant. Cap zéro-huit-sept, zéro-un-un. Accélération quatre cents gravités », répondit Killian d'un ton monocorde, et l'*Intrépide*, virant sur sa nouvelle route, commença d'accélérer. Il régnait un silence tendu sur la passerelle, comme celui qu'observent des enfants lorsqu'un nouveau professeur décide une interro surprise.

« Contactez le *Sorcier*, je vous prie, Tactique. Voyons qui est notre officier commandant », dit Honor, plus pour rompre le silence gêné que pour toute autre raison – quoique, maintenant qu'elle y pensait, le Contrôle de Basilic eût déjà dû leur transmettre l'information. Décidément, quelle gabegie ! Tel était peut-être l'effet de se trouver en situation d'exil, mais elle comptait bien veiller à ce que son bâtiment ne soit pas contaminé.

Elle s'apprêtait à saisir sa tasse isotherme de cacao dans le réceptacle de l'accoudoir quand Venizelos annonça :

« Ça y est, commandant. HMS *Sorcier*, AC deux-sept-sept, trois cents kilotonnes, classe Chevalier stellaire ; officier commandant, capitaine de vaisseau Lord Pavel Young. »

La main d'Honor s'immobilisa soudain à trois centimètres de la tasse, puis reprit sa progression. L'hésitation avait été infime, à peine une seconde, mais le capitaine McKeon leva vivement les yeux et il plissa les paupières en voyant l'expression d'Honor.

Ce n'était presque rien, plus une impression qu'un fait, un pincement infinitésimal des lèvres, la ligne de ses pommettes aux angles nets qui se durcissait un instant, un tressaillement des narines. Ce fut tout – mais le chat sylvestre couché sur le dossier de son fauteuil se dressa soudain, les oreilles aplaties, les lèvres retroussées découvrant des crocs aigus comme des aiguilles, et les pattes préhensiles raidies, laissant apparaître un centimètre de griffes blanches incurvées.

« Merci, lieutenant. » Le ton d'Harrington était aussi égal et courtois que d'habitude, mais il y perçait autre chose – un malaise, une rancœur glacée qui détonait chez ce capitaine dont la maîtrise de soi exaspérait McKeon.

Il la regarda boire une gorgée de cacao puis reposer la tasse d'un geste méticuleux, et il se creusa la tête pour se rappeler s'il avait jamais entendu parler de Lord Pavel Young. Rien ne lui vint et il se mordilla l'intérieur de la joue.

Y avait-il quelque chose entre elle et ce Young ? Quelque chose qui risquait d'affecter l'*Intrépide* ? Son infime hésitation, ajoutée à la violente réaction de son chat, tendait à l'indiquer et, avec n'importe quel autre capitaine, McKeon aurait trouvé un prétexte pour lui poser la question en privé. Non par curiosité déplacée, mais parce que c'était son travail d'être au courant de ce genre de faits, afin de protéger son bâtiment et son commandant contre tout ce qui pourrait entraver leur efficacité.

Malheureusement, les barrières entre Harrington et lui s'étaient trop multipliées ; il les sentit se dresser, l'empêcher de bouger, et puis Harrington se leva. Elle accomplit ce mouvement sans hâte, mais il y perçut de la nervosité, une impression d'urgence.

« Capitaine McKeon, à vous le quart. Je serai dans mes quartiers.

— Bien, commandant ; à moi le quart », répondit-il mécaniquement. Elle hocha la tête, mais ses yeux sombres ne le voyaient pas ; ils brillaient d'un éclat étrangement dur. Elle prit son chat dans ses bras et, à grandes enjambées, gagna l'ascenseur. La porte se referma derrière elle.

McKeon alla prendre place dans le fauteuil de commandement et il sentit la chaleur qu'y avait laissée le corps d'Harrington. Avec un effort, il détourna les yeux de l'ascenseur et s'adossa au rembourrage moulé en se demandant quelle nouvelle catastrophe attendait l'*Intrépide*.

Chapitre six

Méduse luisait d'un sourd éclat métallique loin en dessous de l'*Intrépide* en phase d'insertion sur l'orbite de garage prévue pour sa rencontre avec le *Sorcier*. Pas très impressionnante, se dit Honor qui observait la planète sur son écran. Elle savait pertinemment que son intérêt pour Méduse avait pour seule origine le besoin de penser à n'importe quoi sauf à son entrevue prochaine avec son officier commandant, mais son humeur n'avait guère de rapport avec sa conclusion que Méduse était sans doute le monde le plus ennuyeux qu'elle avait jamais vu.

La planète était d'un gris-vert qu'égayaient seuls le dessin des nuages et la blancheur éblouissante d'énormes calottes polaires. Même ses mers, profondes mais réduites, étaient d'une nuance à peine plus claire de ce gris-vert omniprésent – potage fangeux de plancton et de végétaux qui croissaient et se multipliaient dans un bouillon de culture dont le contrôle écologique de Sphinx se serait débarrassé au plus vite dès le premier coup d'œil. L'inclinaison axiale de Méduse, très accentuée, était de plus de quarante degrés, ce qui, ajouté à une primaire peu chaude, donnait un climat encore plus brutal que celui de Manticore B, Griffon. La flore était bien adaptée à cet environnement rigoureux, mais elle manifestait un manque d'originalité effrayant, car Méduse était couverte de mousse. De milliers... non, de millions de variétés de mousse. Mousse rase et moutonnée au lieu d'herbe, mousse plus haute et broussailleuse en guise de buissons, et même, c'était à peine croyable, de gros tas de mousse mollasse qui jouaient le rôle d'arbres ! Honor en avait entendu parler, elle avait regardé des holos sur le sujet, mais elle n'avait jamais vu ce spectacle de ses propres yeux et c'était très différent.

Avec une grimace de dégoût, elle détourna les yeux et les posa résolument sur l'objet qu'elle évitait jusque-là. Le HMS *Sorcier* se trouvait sur la même orbite que l'*Intrépide*, à une centaine de kilomètres de distance à peine, et, à sa vue, Honor réprima une bouffée de jalousie amère mêlée de haine.

La classe des Chevaliers stellaires comptait les croiseurs lourds les plus modernes de la Flotte, trois fois et demie plus massifs que l'*Intrépide* et dotés d'une puissance de feu six fois supérieure, même avant qu'Hemphill l'Horrible et l'*Héphaïstos* ne l'aient charcuté. Par sa simple présence, le grand vaisseau racé ridiculisait le bâtiment suranné qu'elle commandait, et de savoir qui gouvernait cette beauté ne faisait qu'aggraver la situation. Elle avait cru toucher le fond quand on l'avait envoyée au poste de Basilic mais, là, elle le touchait pour de bon.

L'homme de barre immobilisa l'*Intrépide* par rapport au *Sorcier*, et elle prit une profonde inspiration en se demandant si quelqu'un dans son équipage avait deviné pourquoi elle avait laissé Nimitz dans sa cabine. Dans tous les cas, elle n'avait pas l'intention de le révéler.

« Faites venir mon cotre, je vous prie, demanda-t-elle. Monsieur Venizelos, à vous le quart.

— À vos ordres, commandant », répondit Venizelos, et il suivit d'un œil curieux son capitaine qui pénétrait dans l'ascenseur pour gagner le hangar.

Muette, les bras croisés, Honor était assise dans le cotre qui franchissait l'abîme de vide entre l'*Intrépide* et le *Sorcier*. Elle avait été plus ou moins tentée d'utiliser un de ses canots, mais elle savait l'origine de cette envie – et elle savait que parader ainsi aurait été malvenu ; elle avait donc pris le cotre, malgré une vitesse de déplacement beaucoup plus lente que celle d'un canot. Les réacteurs, même les meilleurs, fournissaient une accélération beaucoup plus faible que les impulseurs et un cotre était trop petit pour y installer une propulsion par impulseur, sans parler du compensateur d'inertie indispensable pour contrebalancer la puissance brutale d'un impulseur – bien que son générateur de gravité soit capable d'amortir les quelques g de ses réacteurs. Cependant, malgré son impatience d'en finir avec cette visite, Honor trouva le trajet court, même à la vitesse relativement réduite du cotre. Trop court. Elle avait passé les trente et une dernières heures dans l'appréhension de ce moment.

Le pilote acheva la manœuvre d'approche finale et le petit bâtiment frémit lorsque les faisceaux tracteurs du *Sorcier* le capturèrent. Il roula sur ses gyros pour s'aligner sur la gravité interne du croiseur lourd, puis il s'engloutit dans la caverne illuminée du hangar du *Sorcier* et se posa dans le berceau d'amarrage. Il y eut un léger choc métallique lorsque les colliers de sas s'accouplèrent, et la lumière de l'indicateur de pression passa au vert.

Elle était seule ; elle s'autorisa un soupir en quittant son siège et en glissant son béret sous son épaulette, puis elle tira sur sa veste pour la rajuster, carra les épaules et franchit d'un pas ferme le sas ouvert ; elle descendit le tube et déboucha devant la haie d'honneur qui la salua au coup de sifflet du bosco.

Elle constata que Young n'était pas venu l'accueillir ; sans doute une insulte calculée – il excellait dans les gestes mesquins –, mais son absence la soulagea : cela lui donnait le temps de se calmer et de préparer ses défenses personnelles avant l'inévitable confrontation.

Elle s'arrêta devant l'officier courtaud et droit comme un i qui commandait la haie d'honneur et le salua.

« Permission de monter à bord ?

— Permission accordée, commandant Harrington. » Il lui rendit son salut puis lui tendit la main. « Paul Tankersley, second du *Sorcier*. » Il avait la voix grave et sonore, la poignée de main ferme, mais une étincelle de curiosité brillait dans ses yeux vifs. Avait-il entendu des rumeurs sur Young et elle ?

« Si vous voulez bien m'accompagner, commandant, reprit-il, le capitaine vous attend dans la salle de briefing numéro un.

— Je vous suis. » De la main, elle lui fit signe de la précéder, et tous deux se dirigèrent vers l'ascenseur, entre les deux rangs de la haie d'honneur.

Ils n'échangèrent pas un mot en chemin, ce qui, songea Honor, devait signifier que Tankersley avait au moins entendu parler d'elle. Après tout, difficile d'entamer une conversation en disant : « Êtes-vous toujours à couteaux tirés, le capitaine et vous, commandant ? » Il ne pouvait pas non plus lui demander sa version des faits sans paraître déloyal à son supérieur. Étant donné les circonstances, observer un mutisme prudent était sans aucun doute le plus sage, et Honor sentit un sourire acide flotter sur ses lèvres tandis que l'ascenseur s'arrêtait.

« Par ici, commandant », fit Tankersley, et il la mena par un petit couloir jusqu'à la porte de la salle de briefing. Il appuya sur le bouton d'ouverture et s'écarta pendant que le panneau coulissait. En passant devant lui, Honor crut discerner de la sympathie dans son expression.

Le capitaine Lord Young était installé à la table de conférence, les yeux fixés sur une feuille imprimée. Il ne leva pas le regard à l'entrée d'Honor, et elle serra les dents, stupéfaite de sa fureur devant une insulte aussi ridicule. Elle s'approcha de la table et attendit debout sans rien dire, résolue à gagner ce petit jeu.

Il avait toujours la même beauté trop voyante, remarqua-t-elle. Il avait peut-être pris un peu de poids, mais sa courte barbe dissimulait efficacement son double menton naissant et la coupe de son uniforme était parfaite. C'était déjà le cas à l'Académie, où pourtant tout le monde devait porter le même, fourni par la Flotte. Mais les règles communes ne s'étaient jamais appliquées à lui : Pavel Young était le fils aîné et l'héritier du comte de Nord-Aven et il ne permettait à personne de l'oublier.

Qu'avait-il fait pour se voir ainsi exilé au poste de Basilic ? Honor l'ignorait ; sans doute, se dit-elle méchamment, s'était-il contenté d'être lui-même. Avec des appuis, la carrière d'un officier pouvait progresser rapidement – témoin le fait que Young, qui n'avait obtenu son diplôme qu'un an avant elle, était sur la Liste depuis cinq ans. Une fois sur la Liste des capitaines, un officier était assuré d'obtenir tôt ou tard le rang d'officier général. À moins de commettre une erreur si monumentale que la Flotte le mettait à la réforme, il lui suffisait de vivre assez longtemps pour que joue le principe d'ancienneté.

Mais le rang, comme maints officiers manticoriens s'en étaient aperçus, ne constituait pas une garantie d'emploi. Un incompétent se retrouvait en général à demi-solde et apparaissait toujours sur la liste du service actif, mais sans affectation. La demi-solde servait en théorie à conserver une réserve d'officiers expérimentés en les restreignant selon les exigences du service ; en pratique, on l'employait pour mettre les crétins et les maladroits trop importants pour être renvoyés du service de la Reine là où ils ne pourraient pas faire de dégâts. À l'évidence, Young n'était pas tombé dans cette catégorie – pas encore –, mais son assignation à Basilic depuis près d'une année T semblait indiquer clairement qu'à l'Amirauté on n'admirait pas ses prestations sans quelque restriction.

Et cela, sans nul doute, allait rendre l'entretien encore plus venimeux.

Il finit de faire semblant de lire son imprimé, le posa avec une minutie exagérée sur la table et leva les yeux.

« Commandant. » Sa voix de ténor mielleuse enveloppait son animosité tel du velours la lame d'une dague.

« Capitaine », répondit-elle d'un ton inexpressif, et un sourire qui n'en était pas un passa fugitivement sur les lèvres de Young. Il n'invita pas Honor à s'asseoir.

« Je suis heureux de voir votre bâtiment. Nous manquons encore plus de personnel que d'habitude depuis le départ de l'*Implacable.* »

Honor se contenta de hocher la tête sans rien dire et il inclina son siège en arrière.

« Comme vous le savez, le poste de Basilic est chroniquement en sous-effectif, poursuivit-il, et le *Sorcier* nécessite un radoub urgent qu'il aurait dû subir depuis longtemps. D'ailleurs, ceci (il tapota l'imprimé) est la liste de nos réparations les plus pressantes. » Il sourit. « C'est pourquoi je suis ravi de vous voir, commandant. Votre présence va me permettre de renvoyer le *Sorcier* à Manticore recevoir les soins dont il a grand besoin. »

Il dévisagea Honor, qui se mordit la joue pour ne pas prendre l'air consternée. Si Young dépêchait son propre bâtiment à Manticore, c'est qu'il comptait s'installer à bord de l'*Intrépide*. La seule idée de partager sa passerelle avec lui avait de quoi lui retourner l'estomac, mais elle parvint, Dieu sait comment, à se taire et à conserver une attitude attentive sans rien laisser paraître de ses pensées.

« Étant donné les circonstances, reprit-il au bout d'un moment, et considérant l'étendue des travaux, je crois inopportun de demander au capitaine Tankersley d'assumer la responsabilité du radoub du *Sorcier.* » Il tendit à Honor une puce de données et sourit quand elle la prit sans lui toucher la main.

« En conséquence, commandant Harrington, j'accompagnerai le *Sorcier* à Manticore pour superviser personnellement son réarmement. » Cette fois, la surprise fut trop forte pour qu'elle pût la dissimuler complètement. C'était l'officier supérieur de la mission ! Il comptait tourner le dos à ses responsabilités dans ce système ? « Naturellement, je reviendrai aussitôt que possible. Je sais que mon absence sera... malcommode pour vous et je ferai tout ce qui sera en mon pouvoir pour l'abréger, mais j'estime que les travaux d'entretien et de réparation prendront au moins deux mois. Plus probablement (il sourit à nouveau) trois. Entre-temps, vous ferez fonction d'officier supérieur ici, à Basilic. Vos ordres sont sur la puce. »

Il redressa son siège et reprit sa feuille imprimée.

« Ce sera tout, commandant. Rompez. »

Honor se retrouva dans le couloir sans bien se rappeler comment elle y était arrivée. La puce de données lui entaillait la paume tant elle la serrait et elle s'obligea à détendre un par un les muscles de sa main.

« Commandant ? »

Elle leva les yeux et le capitaine Tankersley recula soudain. Le regard sombre d'Honor brasillait comme de l'acier surchauffé, un léger tic faisait sauter le coin de sa bouche pincée et, l'espace d'un instant, l'homme eut peur devant son expression. Mais elle se maîtrisa promptement et se força à sourire devant l'air inquiet du capitaine de frégate. Il s'apprêtait à parler quand elle l'interrompit d'un geste, et il réintégra son attitude de stricte neutralité.

Honor prit une profonde inspiration puis tira son béret blanc de sous son épaulette. Elle s'en coiffa avec des mouvements précis, sans jeter un coup d'œil à Tankersley mais consciente du poids de son regard.

Les règles de la courtoisie interdisaient à un capitaine en visite de porter le béret blanc, ce qui faisait de son geste une insulte calculée envers l'homme qu'elle venait de quitter.

Elle se retourna vers son guide, le béret sur la tête, et ses yeux sombres et durs le mirent au défi de réagir. Tankersley préféra s'en abstenir et, s'en tenant à son impartialité, raccompagna sans mot dire Honor à l'ascenseur.

Elle lui fut reconnaissante de son silence, car mille pensées se bousculaient dans son crâne sans qu'elle pût en saisir une. Les souvenirs de l'Académie y tenaient une place prépondérante, surtout celui de la terrible scène dans le bureau du commandant, où l'aspirant Young, plusieurs côtes cassées, la clavicule encore immobilisée, les lèvres fendues, gonflées et distendues, un œil au beurre noir presque fermé, avait reçu l'ordre de présenter ses excuses à l'aspirant Harrington pour ses « paroles et actes déplacés » avant qu'une réprimande officielle pour « conduite inconvenante » ne soit inscrite à son dossier.

Elle aurait dû tout raconter, se dit-elle tristement, mais il était fils d'un puissant aristocrate et elle seulement fille de médecin en retraite. Et pas particulièrement belle non plus. Qui aurait accepté de croire que le fils du comte de Nord-Aven avait agressé et tenté de violer une grande bringue même pas jolie ? Et puis quelles preuves avait-elle ? Ils étaient sans témoin – Young y avait veillé ! – et elle avait été tellement bouleversée qu'elle s'était enfuie dans son dortoir au lieu de porter plainte aussitôt. Le temps que la rumeur se répande, les petits copains de Young l'avaient emmené à l'infirmerie en prétextant une « chute dans les escaliers » alors qu'il se rendait au gymnase.

Elle s'était donc contentée de le voir accusé de la moindre charge, celle relative à un incident antérieur, devant témoins celui-là, où elle avait vertement repoussé ses avances effrontées. Si elle n'avait pas été si surprise, stupéfaite même, par son soudain intérêt pour elle et sa certitude évidente qu'elle dirait oui, elle aurait peut-être refusé en y mettant plus de formes. Mais elle n'avait jamais été confrontée à pareille situation et ignorait donc tout de la façon de l'éconduire sans égratigner son ego outrecuidant, et il ne l'avait pas bien pris. C'était sans nul doute cet « affront » fait à son orgueil qui avait entraîné la suite des événements, mais déjà en cette occasion il avait mal réagi, et l'Académie voyait d'un mauvais œil le harcèlement sexuel, surtout quand il s'exprimait sous la forme de paroles insultantes et d'une conduite brutale de la part d'un aspirant sur un autre qui lui était subalterne. Le commandant Hartley était dans une fureur noire contre Young à cause de cet incident, mais qui aurait cru la vérité ?

Le commandant Hartley l'aurait crue, lui, songea-t-elle. Elle s'en était rendu compte des années plus tôt et s'en voulait de ne lui avoir rien dit à l'époque. Rétrospectivement, elle voyait bien qu'il l'y avait encouragée, qu'il l'avait presque suppliée de tout lui avouer. S'il ne s'était douté de rien, il n'aurait sûrement pas obligé Young à faire ses excuses après qu'elle l'avait réduit en marmelade. Young avait compté sans la force ni la rapidité de réaction qu'octroyait la gravité de Sphinx, ni les cours supplémentaires de combat à mains nues que le chef MacDougal avait donnés à Honor, et elle s'était bien gardée de le laisser se relever une fois qu'elle l'avait mis à terre. Et il avait eu de la chance d'avoir tenté son coup dans les douches alors que Nimitz était absent : il serait beaucoup moins beau aujourd'hui dans le cas contraire.

Mieux valait que Nimitz n'ait pas été là, en effet, et puis elle devait reconnaître avoir pris une espèce de plaisir féroce à le démolir de ses propres mains. Mais la punition était complètement disproportionnée à la faute officielle de Young et personne n'avait jamais cru à sa prétendue chute. Hartley ne disposait peut-être d'aucune preuve, mais il ne serait pas tombé si durement sur le dos de Young s'il ne s'était pas fait une idée assez précise des véritables événements.

Pourtant, cela, elle ne l'avait pas compris ; et, d'ailleurs, elle avait déjà réglé le problème elle-même, non ? Elle ne souhaitait pas précipiter un scandale qui ne pouvait que rejaillir sur l'Académie ; moins elle en dirait, plus vite la plaie cicatriserait, puisque personne ne la croirait, de toute manière. C'était déjà bien assez désagréable d'être mêlée à une affaire aussi humiliante et dégradante ; inutile d'en rajouter. Elle avait cru entendre les persiflages sur la grande jument qui prenait ses désirs pour des réalités et, après tout, n'y était-elle pas effectivement allée un peu fort ? Il n'était pas nécessaire de le mettre à moitié K.-O. ; de l'autodéfense, le combat avait sombré dans la punition.

Aussi n'avait-elle pas insisté, et, ce faisant, elle avait fait le mauvais choix. Pour le service, une tentative de viol était une faute rédhibitoire ; reconnu coupable, Young n'aurait jamais porté l'uniforme d'officier, qu'il fût de haute naissance ou pas. Mais ce n'avait pas été le cas ; Honor ne l'avait pas fait renvoyer de l'Académie et elle s'en était fait un ennemi mortel, car il ne lui pardonnerait jamais la correction qu'elle lui avait administrée ni les excuses qu'il avait dû lui présenter devant le commandant Hartley et son second ; or il avait des amis haut placés, dans le service comme à l'extérieur. Plus d'une fois dans sa carrière, elle avait senti leur influence, et le plaisir sadique qu'il prenait à lui abandonner l'entière responsabilité de tout le système de Basilic – avec un seul croiseur léger hors d'âge pour accomplir le travail de toute une flottille – laissait sur la langue d'Honor un âcre goût de poison. C'était mesquin, méchant... et dans le droit fil de sa personnalité.

Elle inspira profondément alors que la porte de l'ascenseur s'ouvrait sur le hangar des embarcations.

Son sang-froid en partie retrouvé, elle serra la main de Tankersley, lui fit ses adieux d'une voix presque normale et remonta dans son cotre.

Elle se réinstalla dans son siège, le petit bâtiment se sépara du *Sorcier* et reprit la direction de l'*Intrépide*, et pendant ce temps Honor tenta d'imaginer la réaction de son équipage à la nouvelle tournure des événements. Nul doute qu'il verrait dans le départ du *Sorcier* un nouveau signe de déchéance, la preuve que la Flotte l'avait relégué au service le moins important possible, et il ne tarderait pas à sentir tout le poids du fardeau dont Young s'était déchargé sur lui. Le croiseur allait devoir assurer seul la police de tout le système, de tout le trafic qui passait par le terminus de Basilic, et c'était irréalisable. On ne peut pas être partout à la fois et, même si Honor s'y efforçait, la pression qu'endurerait l'équipage, aussi bien au physique qu'au mental, serait intolérable.

Et c'était précisément ce qu'espérait Young : il lui abandonnait un boulot impossible à exécuter avec la certitude que son échec serait porté à son dossier. Contrairement à lui, Honor n'était pas encore sur la Liste et, si elle salopait sa première mission indépendante, quelle que soit la façon dont elle lui était échue, elle n'y figurerait jamais.

Néanmoins, elle n'avait encore rien salopé et elle hocha la tête d'un mouvement sec, furieux. Young l'avait piégée, il escomptait la voir échouer et ruiner sa carrière, mais cela valait mieux que de servir sous ses ordres. Qu'il s'en aille à Manticore ; plus vite il quitterait ce système stellaire, mieux elle se porterait ! De toute manière, elle ne pouvait pas faire un pire boulot que lui.

Elle avait commis une erreur autrefois à son endroit, elle ne se laisserait pas pousser à en commettre une seconde. Quel qu'en soit le prix, elle s'acquitterait de ses devoirs et remplirait ses responsabilités ; pas seulement pour protéger sa carrière, mais parce que c'étaient ses devoirs et ses responsabilités, tout simplement. Parce qu'elle ne voulait pas laisser un taré de nobliau comme Pavel Young l'emporter.

Elle se redressa et regarda la puce de données qui contenait ses ordres, et ses yeux brillaient d'une lueur inquiétante.

Chapitre sept

Les officiers réunis dans la salle de briefing adjacente à la passerelle se levèrent à l'entrée d'Honor. Elle leur fit signe de se rasseoir et se dirigea vers son siège d'un pas vif et assuré. Une fois installée, elle leva vers eux un visage impassible.

« Mesdames et messieurs, dit-elle sans préambule, le *Sorcier* part dans l'heure à destination de Manticore pour réarmer. » McKeon se raidit, stupéfait, mais elle poursuivit d'une voix froide et sèche, presque saccadée : « Le capitaine Young l'accompagne, ce qui laisse l'*Intrépide* comme seul bâtiment de la Reine dans le système... et moi-même comme officier commandant. »

Presque inaudible, un soupir de consternation balaya la pièce et un petit sourire étira les lèvres d'Honor, mais son regard resta de glace. Elle avait essayé de les motiver en jouant sur leur ambition, sur leur amour-propre, mais elle s'était heurtée à un mur. Très bien : s'ils n'écoutaient pas ses invitations à remplir leurs obligations par amour-propre, elle emploierait d'autres moyens.

« Inutile de vous le dire, cela nous place devant de nombreuses contraintes, dont beaucoup sont contradictoires. Néanmoins, notre bâtiment est un bâtiment de la Reine. Nous accomplirons nos devoirs ou j'en demanderai raison. Est-ce clair ? »

Ses yeux noirs et froids semblèrent empaler chaque officier l'un après l'autre, et McKeon s'agita légèrement sur son siège quand ils s'attardèrent sur lui ; mais il se tut et Honor hocha la tête.

« Parfait. Dans ce cas, passons à l'étude précise de nos devoirs et responsabilités, voulez-vous ? »

Elle enfonça des touches sur son terminal à la tête de la table de conférence et une petite représentation holo du système de Basilic s'épanouit au-dessus de l'appareil. Elle manipula quelques boutons et un pointeur rouge vif apparut.

« Nous n'avons qu'un bâtiment, mesdames et messieurs, et notre problème, en termes simples, c'est qu'un bâtiment ne peut être qu'en un seul endroit à la fois. La Flotte a pour charge d'assister le Contrôle de Basilic dans la gestion du nœud en matière de trafic, y compris pour les inspections douanières de tous les échanges avec Méduse elle-même ou avec les installations orbitales de la planète, d'aider le commissaire résident et sa police de l'Agence de protection des indigènes à assurer la sécurité de tous les visiteurs extra-médusiens de la planète et, dans le même temps, de garantir la défense du système contre toute menace extérieure. Pour cela, nous devons être présents ici (le pointeur se déplaça à proximité orbitale de Méduse), ici (il glissa jusqu'au milieu des points en mouvements représentant la circulation aux environs du terminus du nœud), bref, ici. » Le pointeur décrivit un large circuit tout autour du système sur le rayon de vingt minutes-lumière de l'hyperlimite d'une étoile G5.

Elle laissa le cercle rouge clignoter plusieurs secondes autour de l'étoile centrale de l'holo, puis elle éteignit le pointeur et s'accouda, bras croisés, sur la table.

« À l'évidence, mesdames et messieurs, un seul croiseur léger ne peut se trouver à tous ces postes à la fois. Toutefois, j'ai des ordres du capitaine Young et je compte les exécuter. »

Muet, incrédule, McKeon la dévisagea. Elle plaisantait sûrement ! Un bâtiment seul ne pouvait tout faire, elle venait de le démontrer elle-même !

Pourtant, elle avait manifestement l'intention de s'y atteler, et il sentit ses joues devenir brûlantes : il avait soudain compris à quoi elle avait occupé les trois heures qu'elle avait passées dans ses quartiers après son retour du *Sorcier*. Elle s'était colletée toute seule avec sa mission impossible, acharnée à résoudre le problème sans même essayer de faire appel à ses officiers, car ils avaient prouvé qu'ils étaient incapables de l'aider – lui le premier.

Ses mains se crispèrent l'une sur l'autre sous la table. La responsabilité ultime, dans tous les cas, en aurait incombé à Harrington, mais les officiers – et particulièrement le second – étaient là pour aider leur capitaine dans ce type de situation. Pire, McKeon avait perçu la malveillance cachée derrière ses nouveaux ordres ; jusque-là, il soupçonnait qu'il y avait quelque chose entre elle et Young ; à présent, il en était sûr. Young faisait courir un grave risque à sa carrière en abandonnant son poste, mais il disposait apparemment d'un entregent et d'une influence suffisants pour éviter un désastre total ; tandis que si Harrington échouait à remplir les missions qu'il avait rejetées sur elle, toutes impossibles qu'elles soient...

Il frémit intérieurement et fit un effort pour se concentrer sur ce qu'elle disait.

« Lieutenant Venizelos.

— Oui, commandant ?

— Vous choisirez trente-cinq matelots et un officier subalterne pour service détaché. L'*Intrépide* escortera le *Sorcier* jusqu'au terminus ; dès que le *Sorcier* sera parti, vous nous quitterez, vous et le personnel désigné, à bord des deux pinasses. Vous vous rendrez au Centre de contrôle de Basilic et y assumerez les fonctions d'officier des douanes et de la sécurité pour le trafic du terminus. Vous resterez détaché auprès du Centre de contrôle pour cette mission jusqu'à nouvel ordre. Compris ? »

L'espace d'un instant, Venizelos la regarda d'un œil ahuri, et même McKeon cilla. C'était du jamais vu ! Pourtant, cela pouvait marcher, reconnut-il presque involontairement. Plus grandes que les cotres, les pinasses étaient dotées d'une propulsion à impulseur et de compensateurs à inertie, et elles étaient armées... de pistolets à bouchon et de lance-pierres, certes, à côté des vrais bâtiments de guerre, mais c'était plus que suffisant pour maintenir l'ordre parmi des navires marchands désarmés.

Cependant, Venizelos n'était que lieutenant de vaisseau et il resterait à dix heures de communication de son commandant. Il serait livré à lui-même et une seule mauvaise décision de sa part risquerait de ruiner non seulement sa propre carrière, mais celle d'Harrington aussi, ce qui expliquait sans doute son teint crayeux et son expression tendue.

Le capitaine, immobile, ne quittait pas Venizelos des yeux et sa bouche prenait un pli inquiétant. Un index effilé tapa doucement sur la table et l'officier tactique sortit de son abasourdissement en tressaillant.

« Euh... oui, commandant ! Compris !

— Bien. » Honor garda les yeux fixés sur lui encore un moment, sensible à son inquiétude et à son désarroi, et chassa de son esprit tout sentiment de compassion. Elle le jetait à l'eau, mais elle-même avait trois ans de moins quand elle avait pris le commandement du LAC 113. Et, se dit-elle, acerbe, s'il faisait des conneries, Pavel Young et ses petits copains veilleraient à ce que ce soit elle qui paie, pas Venizelos. Elle n'avait cependant pas l'intention d'en avertir le lieutenant.

« Je vous laisserai des instructions détaillées », poursuivit-elle en se radoucissant un peu, et il poussa un soupir de soulagement qu'il crut manifestement inaudible, puis se raidit à nouveau quand elle ajouta : « Mais j'attendrai de vous que vous agissiez selon votre jugement et de votre propre initiative en fonction des nécessités de la situation. »

Il hocha la tête d'un air lugubre et Honor tourna son regard dur vers Dominica Santos.

« Capitaine Santos.

— Oui, commandant ? » Le capitaine de corvette paraissait beaucoup plus sereine que Venizelos, peut-être parce qu'elle savait qu'Honor ne pouvait se séparer de son chef mécanicien pour l'envoyer en service détaché.

« Je veux que vous vous consultiez, vous et le lieutenant Venizelos, avant son départ. Voyez aussi le second. Avant que le lieutenant ne parte, je veux un inventaire exhaustif de tous nos drones de reconnaissance disponibles. »

Elle se tut et Santos hocha la tête tout en tapant une note sur son bloc mémo. « Bien, commandant. Puis-je demander le but de cet inventaire ?

— Vous pouvez. Une fois que vous l'aurez terminé, je veux que vous commenciez avec votre personnel à séparer la charge utile de senseurs de leur corps de missiles pour les munir de moteurs de maintien à poste simples et d'un programme d'astrogation. » Cette fois, Santos releva vivement les yeux, sa sérénité notablement érodée. « J'imagine qu'on peut y arriver en transformant les têtes détectrices en balises de signalisation et de navigation. Sinon, je veux un projet de système qui fonctionne sur mon bureau avant treize cents. »

Elle soutint le regard du chef mécanicien et Santos finit par baisser les yeux. Elle dissimulait bien sa consternation, mais Honor avait l'impression de l'entendre réfléchir à toute vitesse devant l'énormité de sa mission. Rien que le temps de main-d'œuvre était impressionnant ; alors, si elle devait en plus inventer un système à partir de rien...

« Dès que nous aurons débarqué le lieutenant Venizelos et son groupe, reprit Honor de la même voix froide et monocorde, l'*Intrépide* entamera un circuit de balayage sphérique à dix minutes-lumière autour de Basilic. Le lieutenant Stromboli (l'astrogateur sursauta lorsque le regard du capitaine tomba sur lui) nous calculera la trajectoire la moins longue et nous déposerons nos drones en guise de plates-formes espions fixes. J'ai bien conscience qu'ils seront en nombre insuffisant pour assurer une couverture complète, aussi nous concentrerons-nous sur l'écliptique. Avec un seul bâtiment, il nous est impossible d'organiser des zones de patrouille selon les règles, mais nous pouvons surveiller les vecteurs d'approche les plus courants.

— Vous voulez que nous les munissions tous de moteurs de maintien à poste, commandant ? demanda Santos au bout d'un moment.

— C'est ce que j'ai dit, capitaine.

— Mais... » La mécanicienne croisa le regard glacial d'Honor et modifia ce qu'elle s'apprêtait à dire. « Je pense possible de placer les têtes détectrices dans des balises standard, commandant, mais, vu la quantité dont vous parlez, notre stock sera nettoyé en moins de deux. Il va falloir bricoler des moteurs et des systèmes d'astrogation en nombre industriel ; ça ne sera pas donné, et je ne suis même pas sûre qu'on ait assez de pièces à bord.

— Ce que nous n'avons pas, nous le fabriquerons. Ce que nous ne pourrons pas fabriquer, nous le réquisitionnerons auprès du Centre de Basilic. Ce que nous ne pourrons pas réquisitionner, nous le volerons. » Honor eut un sourire sans humour qui lui découvrit les dents. « Est-ce clair, capitaine Santos ?

— Oui, commandant.

— Un mot, commandant », s'entendit dire McKeon, et les yeux d'Harrington se braquèrent aussitôt sur lui.

Son regard parut se durcir, mais il y lut aussi de la circonspection – et peut-être un soupçon de surprise.

« Oui, monsieur McKeon ?

— Je ne sais pas exactement de combien de sondes nous disposons, commandant, mais, ce dont je suis sûr, c'est que vous avez raison quand à l'impossibilité de parvenir à une couverture complète de surveillance, même si nous arrivons à... je veux dire, même après que nous les aurons toutes munies de moteurs de maintien à poste. » Il parlait d'un ton guindé, il s'en rendait bien compte, mais, pour la première fois depuis l'arrivée d'Harrington à bord, il apportait aussi sa pierre à la solution d'un problème. Cela lui faisait un effet... bizarre. Anormal.

« Et ? fit le capitaine pour l'encourager à poursuivre.

— Reste le problème de leur résistance, commandant. Elles ne sont pas prévues pour une mise en place de si longue durée. Mais il serait peut-être possible d'augmenter leur longévité en prévoyant une activation discontinue. Leur portée de détection passive est d'un peu plus de vingt minutes-lumière sur une propulsion à impulseur active ; si elles sont positionnées sur la sphère des dix minutes-lumière, elles atteindront jusqu'à plus d'une demi-heure-lumière par rapport à la primaire – soit environ quarante minutes de vol. »

Honor hocha la tête. Même le meilleur bouclier antiradiations et antiparticules limitait toujours la vitesse d'un bâtiment à un maximum de 0,8 *c* en espace normal.

« Si nous les réglons pour se déclencher pendant, disons, trente secondes toutes les demi-heures, elles devraient pouvoir détecter un vaisseau sous propulsion en espace normal au moins vingt minutes-lumière en avance ; ce qui nous donne le temps de réagir et augmente du même coup leur durée de vie d'un facteur soixante.

— Excellente suggestion, monsieur McKeon. » Honor lui sourit, soulagée qu'il soit enfin sorti de sa coquille, et il lui rendit son sourire, un tic nerveux lui agitant les muscles de la bouche. Mais soudain ils se crispèrent à nouveau, comme s'il regrettait cette défaillance momentanée, et Honor réprima un froncement de sourcils.

« Lieutenant Venizelos. » L'officier tactique paraissait tellement aux abois quand elle ramena son regard sur lui que, cette fois-ci, c'est un sourire qu'elle dut contenir.

« Oui, commandant ?

— Le lieutenant Cardones remplira vos fonctions en votre absence. En plus de vos autres tâches avant votre départ, je veux que vous calculiez avec lui le déploiement optimal des drones, en vous fondant sur les données de disponibilité que, je n'en doute pas, les capitaines Santos et McKeon vous feront parvenir dans l'heure.

— Bien, commandant.

— Parfait. À présent, une fois les pinasses détachées et les drones mis en position, je compte placer l'*Intrépide* en orbite autour de Méduse. Il faudra que j'aie un entretien avec le commissaire résident le plus tôt possible, ce qui m'obligera naturellement à descendre à terre. Cependant, le départ de nos pinasses va nous forcer à nous rabattre sur nos cotres pour les inspections des mouvements surface-surface et orbite-orbite ; étant donné qu'ils ne disposent pas d'impulseurs, il faudra peut-être employer l'*Intrépide* lui-même pour les transporter d'une orbite à l'autre afin de couvrir toutes les cibles. En outre, la planète se situe à moins de trois minutes-lumière de la limite interne de déploiement des drones et nos détecteurs de bord possèdent une portée bien supérieure à la leur. En demeurant en orbite autour de Méduse, notre position permettra à nos détecteurs de couvrir le volume le plus critique de notre sphère d'intervention et les drones ainsi libérés iront s'ajouter à ceux qui surveillent d'autres secteurs du réseau. Je veux qu'au moins un drone soit réservé à la surveillance de la planète si nous quittons l'orbite, car je compte faire des circuits périodiques du système intérieur, si possible, bien que nous risquions d'être trop occupés pour en effectuer beaucoup, je le crains. Est-ce bien compris ? »

Elle se radossa et son regard passa d'un officier à l'autre ; tous acquiescèrent, aucun ne fit le moindre signe de dénégation.

« Parfait. Dans ce cas...

— Euh... commandant... ?

— Oui, lieutenant Venizelos ?

— Je viens d'avoir une idée, commandant. Le capitaine McKeon a raison à propos de la durée de vie des drones, et, même sans parler de ça, nous aurons du mal à obtenir la couverture que vous décrivez avec ceux que nous avons à bord. Nous aurions une bien meilleure densité si nous demandions au *Sorcier* de nous laisser ceux dont il peut se passer. De toute manière, il n'en aura pas besoin à Manticore.

— Je vous remercie de votre suggestion, répondit Honor d'une voix totalement dépourvue de timbre, mais je crains que ce ne soit irréalisable. Il faudra nous débrouiller avec nos propres moyens.

— Mais, capitaine...

— Je vous répète que c'est irréalisable, lieutenant. » Sa voix était encore plus atone qu'avant et son absence même d'expression constituait une mise en garde ; Venizelos referma aussitôt la bouche. Il jeta un coup d'œil impuissant à McKeon, mais le second ne cilla pas. Il avait déjà noté qu'Harrington comptait détacher ses pinasses après le départ du croiseur lourd – et de Young ; à présent, sa réaction à l'idée de Venizelos confirmait son point de vue sur la situation. Quelle que soit l'origine du différend entre elle et Young, elle était assez grave pour qu'il essaye de la mener délibérément à la catastrophe... et pour qu'elle s'en rende compte. Et ne prenne des mesures pour l'éviter qu'une fois Young incapable de les contrer.

Tout cela laissait l'inquiétante impression que l'*Intrépide* – et ses officiers – risquaient fort de se retrouver pris entre deux feux.

Honor observa le visage impassible de son second et devina ce qui se passait derrière ce masque. Il avait raison, naturellement – et Venizelos aussi. Elle regrettait profondément d'avoir ainsi rabroué l'officier tactique, surtout alors qu'il émettait justement le genre de suggestion qu'elle implorait presque de ses officiers, mais elle ne pouvait leur expliquer l'inimitié qui régnait entre Young et elle. Quand bien même il aurait été concevable qu'un commandant révèle ces détails à ses subordonnés, l'histoire ressemblerait trop aux pleurnicheries d'un gamin mal élevé.

« D'autres commentaires ou propositions ? » demanda-t-elle au bout d'un moment. Il n'y en avait pas et elle hocha la tête.

« J'annoncerai nos nouveaux ordres et les nouvelles missions à l'équipage à quatorze cents. Lieutenant Venizelos, je vous demanderai une liste du personnel nécessaire à votre groupe avant treize cents. Le capitaine McKeon la contrôlera avant que vous ne me la soumettiez, mais je veux l'avoir approuvée avant de m'adresser à l'équipage.

— Bien, commandant.

— Parfait, mesdames et messieurs. Vous avez vos instructions. Mettons-nous au travail. »

Elle hocha la tête, les officiers se levèrent et sortirent rapidement de la salle. Ils n'avaient pas l'air particulièrement réjouis, mais au moins, pour la première fois depuis beaucoup trop longtemps, ils semblaient vouloir s'occuper activement de leurs tâches respectives. C'était peut-être bon signe.

Le panneau se referma derrière le dernier ; elle posa les coudes sur la table, se prit le visage entre les mains et se massa les tempes du bout des doigts. Seigneur, pourvu que ce soit vraiment un bon signe ! Elle avait fait de son mieux pour prendre l'air confiante, mais tant de choses pouvaient aller de travers : les navires marchands pouvaient se montrer chatouilleux sur leur droit de passage, et Venizelos risquait de déclencher un incident interstellaire s'il bousculait un peu trop le capitaine qu'il ne fallait pas ; même en appliquant l'idée de McKeon, la durée de vie de leurs détecteurs bricolés resterait épouvantablement limitée. Ils résisteraient peut-être trois mois – avec de la chance –, le temps que le *Sorcier* revienne, si Young ne trouvait pas un prétexte pour allonger son délai de « radoub ». Et, pire que tout, ces plans partaient du principe que tout se passerait à peu près bien. S'il y avait un problème, il était très vraisemblable qu'Honor en serait informée, mais encore plus vraisemblable qu'elle ne serait pas là où il faudrait pour y parer.

Elle se redressa en soupirant, posa les mains à plat sur la table et les contempla longuement.

En dernière analyse, tout dépendait de son équipage et elle frémissait à l'idée des contraintes qu'elle allait lui imposer. Venizelos n'allait guère avoir besoin de fusiliers marins, donc il demanderait presque à coup sûr uniquement des matelots, c'est-à-dire qu'il retrancherait presque dix pour cent de l'équipage de l'*Intrépide* ; et Honor se voyait mal lui refuser les meilleurs hommes, ceux qui avaient la plus grande expérience des petits bâtiments. Les équipes douanières pour le trafic orbital devraient être formées à partir de ce qui resterait, or elle avait déjà remarqué le nombre effrayant de navires marchands en orbite autour de Méduse. Que pouvaient-ils bien avoir à échanger avec les aborigènes ? Elle n'en avait pas la moindre idée, mais cela représentait visiblement un énorme volume de commerce et son devoir lui dictait de vérifier chacun de ces bâtiments.

Évidemment, la tentation, c'était de se contenter de contrôler les manifestes, mais ce n'était pas ce que lui demandait la Flotte. Ce genre d'examen suffirait pour les transports qui n'entreraient dans le système que pour utiliser le nœud ; en revanche, dans le cas de vaisseaux qui commerçaient avec des territoires manticoriens ou qui transbordaient des cargaisons autour de Méduse, elle devrait inspecter les navettes de fret et les navires eux-mêmes à la recherche d'indices de contrebande ; cela signifiait de longues heures de vérifications éreintantes pour son équipage, et chaque inspection nécessiterait la présence d'un officier ou d'un sous-officier.

Même si elle n'avait pas d'autres détachements à effectuer, elle allait se retrouver en manque chronique de personnel, et elle en voyait d'ici les répercussions : trop peu de personnel égalait des quarts plus longs, moins de temps libre et une rancœur accrue de la part d'un équipage déjà mal disposé, à un moment où elle avait besoin que tous cravachent au maximum de leurs possibilités.

Elle soupira encore, puis se leva et parcourut du regard la salle vide. Eh bien, soit. Son caractère et toute sa formation lui criaient de mener ses hommes, mais si l'autorité ne suffisait pas, elle cajolerait ses officiers, elle leur botterait le cul, elle les secouerait comme des pruniers ou elle les terroriserait, mais, d'une façon ou d'une autre et quel qu'en soit le prix, le travail serait fait.

Qu'ils la détestent si cela leur faisait plaisir, cela lui était égal du moment qu'ils faisaient leur devoir.

CHAPITRE HUIT

Le capitaine Michel Reynaud, du Service d'astrocontrôle de Manticore, se tenait debout à côté du commandant Arless et contemplait avec des sentiments mêlés son affichage sur lequel le HMS *Intrépide* tenait sa position près du Centre de contrôle de Basilic tandis que le croiseur lourd *Sorcier* glissait vers le cœur du terminus. Ses voiles Warshawski brillèrent un instant, puis il disparut, et Reynaud ne le regretta pas. Jamais la Flotte royale manticorienne n'avait envoyé un crétin comme Lord Pavel Young, un dégénéré imbu de lui-même de ce calibre pour surveiller le secteur de Reynaud. Young n'avait jamais cherché à cacher le mépris que lui inspirait le SAM, mépris que lui rendaient avec intérêt Reynaud et ses collaborateurs.

Malgré tout, Young était un mal connu, un désagrément qu'ils avaient appris à contourner ; et voici que s'en présentait un nouveau qu'il allait falloir affronter.

Le Service d'astrocontrôle était un organisme civil d'État, malgré son uniforme et ses grades militaires, et Reynaud s'en réjouissait profondément en observant le point lumineux du croiseur demeuré sur place. Il était responsable du bon fonctionnement du trafic transitant par le terminus, point final ; le reste du système de Basilic, cela regardait la Flotte, et il sentit un frisson d'effroi le parcourir en songeant à la tâche qui attendait le commandant du bâtiment isolé. Pourtant, se dit-il amèrement, ce triste imbécile ne méritait sans doute pas sa pitié ; sinon, on ne l'aurait pas relégué ici. C'était une donnée de base du poste de Basilic, et le personnel du Centre de contrôle considérait les rebuts qu'il devait se coltiner avec tout le dédain qui leur revenait.

Il s'apprêtait à s'en aller quand Arless l'arrêta.

« Une seconde, Mike. Il y a deux arrivants en provenance du croiseur.

— Comment ? » Reynaud se retourna d'un bloc vers l'affichage et fronça les sourcils : deux sources propulsives se déplaçaient en effet vers les vastes installations du Centre. Trop réduites pour appartenir à des bâtiments autonomes, les signatures de leurs impulseurs signalaient cependant des appareils plus grands que les petits engins habituels. Il devait donc s'agir de pinasses, mais pourquoi des pinasses se dirigeraient-elles vers la station de contrôle ?

« À quoi est-ce qu'ils jouent ? demanda-t-il.

— Aucune idée. » Arless haussa les épaules, puis il se radossa dans son fauteuil et fit craquer les phalanges de ses longs doigts.

« Quoi ? Ils n'ont pas déposé de plan de vol ?

— Exact. Ils... Attendez. » Le contrôleur se pencha en avant et poussa un interrupteur pour basculer ses canaux com sur l'oreillette de Reynaud.

« ...ontrôle, ici vol de la Flotte foxtrot-alpha-un. Demande instructions d'approche finale. »

Arless voulut répondre, mais Reynaud l'interrompit, l'index dressé, et manipula son propre récepteur.

« Flotte foxtrot-alpha-un, ici Centre de contrôle de Basilic. Veuillez faire part de vos intentions.

— Contrôle de Basilic, nous sommes une mission de liaison navale. J'ai à bord mes ordres enregistrés et un message d'explication pour le commandant de votre station. »

Reynaud et Arless se regardèrent, les sourcils levés. C'était tout à fait inhabituel ; une mission de liaison ? Mais quel genre de « liaison » ? Et pourquoi tout ce mystère ? Pourquoi n'avaient-ils pas déposé de plan de vol ? Le capitaine haussa les épaules.

« Très bien, Flotte foxtrot-alpha-un. Faites votre approche sur... (il tendit le cou pour consulter l'affichage d'Arless) la balise neuf-quatre. Un guide vous y attendra. Contrôle de Basilic, terminé. »

Il coupa le circuit et adressa un regard éloquent à Arless.

« Sacré nom de Dieu, qu'est-ce que vous dites de ça, Stu ?

— Ça me dépasse, patron, répondit le contrôleur, mais jetez un coup d'œil là-dessus. »

Il montra son affichage et Reynaud fronça les sourcils. À l'instant où ses pinasses l'avaient quitté, le croiseur léger s'était détourné du Centre de contrôle pour prendre un vecteur en direction de la primaire, et pas aux quatre-vingts pour cent de puissance auxquels naviguaient habituellement les bâtiments de la Flotte : il fonçait à cinq cents gravités au moins et se trouvait déjà à cinquante mille kilomètres de distance, à une vitesse de plus de sept cents km/s.

Le commandant de la station gratta le chaume de ses cheveux gris et soupira. Il fallait que ça lui tombe dessus alors qu'il avait réussi à persuader le dernier débile galonné d'arrêter de fourrer ses gros doigts dans les délicats circuits du Centre ! Il lui avait fallu des mois pour convaincre Young, avec ses airs supérieurs, que ses efforts pour réorganiser les voies de circulation bien rodées du Centre en vue d'obtenir des trajets plus « efficaces » – tellement mal conçus qu'ils ne pouvaient qu'augmenter la charge de travail des contrôleurs déjà débordés, tout en réduisant les marges de sécurité – n'étaient ni nécessaires ni désirés. Gérer un nœud de trou de ver était l'affaire de professionnels hautement qualifiés et très expérimentés, pas de corniauds condamnés à l'exil parce qu'ils faisaient leur travail comme des manches ! La Flotte aurait pu grandement faciliter les opérations de routine du SAM, si ce peigne-cul en uniforme avait seulement eu envie de lever le petit doigt ; mais voilà, il n'en avait pas envie, et en plus il avait une tendance prononcée à se mêler de tout. Autant que Reynaud avait pu le discerner, Young était totalement incapable de voir quelqu'un faire son boulot méthodiquement sans venir jouer le grain de sable dans les rouages – à condition de ne pas se fatiguer. Dès le début, il avait échauffé les oreilles de Reynaud, et le chef contrôleur, contre toutes ses habitudes, s'était surpris à le prendre à son tour à rebrousse-poil – avec pour résultat prévisible une perte d'efficacité qu'il avait néanmoins du mal à regretter.

Apparemment, le remplaçant de Young n'était pas taillé dans le même bois ; l'ennui, c'est que Reynaud ignorait de quel bois il était fait. À en juger par sa vitesse de déplacement, le nouveau venu semblait plus énergique que son prédécesseur, mais était-ce pour autant bon signe ? Probablement, s'il avait vraiment l'intention d'aider le Centre, mais, de longue et amère expérience, Reynaud avait des difficultés à imaginer un haut gradé de la Flotte qui fasse davantage de bien que de mal.

Il haussa les épaules. Quels que soient les projets du commandant de l'*Intrépide*, le départ rapide du croiseur indiquait clairement qu'il comptait laisser sa « mission de liaison » à Reynaud un bon moment, et son absence totale d'explications quant à ses intentions était pour le moins curieuse.

Il fronça encore une fois les sourcils, mais c'est d'un œil où brillait une lueur spéculative qu'il regarda s'éloigner le croiseur léger. Il ignorait tout de ce capitaine, mais une chose était sûre : ce n'était pas un nouveau Lord Pavel Young.

« Vous avez déterminé notre circuit de balayage, astrogation ?

— Oui, commandant. » Le lieutenant leva les yeux vers Honor. La fatigue tirait les traits de son visage massif, car Santos et McKeon ne cessaient de revérifier leurs chiffres de disponibilité des drones avec lui ; chaque fois qu'ils les modifiaient, il était obligé de recalculer presque tout depuis le début. Mais, fatigue ou non, il avait l'intention arrêtée de ne plus jamais – jamais ! – répondre au commandant Harrington qu'il n'avait pas le cap demandé. « Nous aurons un changement de vecteur dans (il s'assura du chiffre sur son écran) vingt-trois minutes. Nous devrions larguer le premier drone huit heures et quarante-quatre minutes après.

— Parfait. Transmettez le cap au poste de manœuvre. »

Nimitz émit un petit *blic* à l'oreille d'Honor et elle lui caressa la tête. Depuis toujours, le chat semblait savoir quand il était opportun de se faire voir sans se faire entendre, même sur la passerelle, mais ses *blics* avaient pris un ton plus joyeux depuis la disparition du HMS *Sorcier*. Honor en connaissait la raison et elle se permit un petit sourire avant d'appeler les machines.

Elle tomba sur un assistant de Santos et attendit patiemment qu'on appelle le chef mécanicien. Santos, quand elle apparut à l'écran, avait une tête épouvantable : ses cheveux sombres tressés en arrière découvraient un visage épuisé dont une trace de graisse maculait la joue droite.

« Nous commencerons le largage des drones dans environ neuf heures, mademoiselle Santos. Où en êtes-vous ?

— La première fournée est pratiquement prête, commandant, répondit Santos d'un ton las, et je pense que la seconde sera terminée quand vous en aurez besoin, mais j'en suis moins sûre pour la troisième.

— Des problèmes, mademoiselle Santos ? » demanda Honor d'un ton calme, et elle vit briller la colère dans les yeux du chef mécanicien. Tant mieux : si ses officiers prenaient le mors aux dents, peut-être commenceraient-ils à réfléchir, pour changer, au lieu de se contenter de pleurer sur leur sort. Mais le capitaine de corvette ravala ce qu'elle avait sur le bout de la langue et souffla bruyamment.

« Ce qui m'inquiète, c'est la résistance des appareils. » Elle parlait d'une voix atone. « Nous sommes déjà à court de systèmes de balise, et ils n'ont jamais été prévus pour déployer des têtes détectrices de cette taille ni de cette sensibilité. Pour les adapter, il faut y apporter des modifications qui vont bien au-delà des paramètres normaux de réparation et d'entretien, et nos servomécas ne nous sont donc pas très utiles. On est obligés de faire une grosse partie des câblages à la main et de se taper nous-mêmes des opérations de base ; notre personnel est limité, et ça n'ira pas en s'arrangeant quand on n'aura plus de systèmes tout faits.

— Je comprends, capitaine, mais le minutage est crucial pour un largage régulier. Je vous recommande de vous dépêcher. »

Honor coupa la liaison et se radossa dans son fauteuil avec un petit sourire ; Nimitz se frotta la tête contre son cou en ronronnant.

« Vous êtes quoi ? s'exclama le capitaine Reynaud, et le lieutenant Venizelos plissa le front d'un air perplexe.

— J'ai dit que j'étais votre officier des douanes et de la sécurité, capitaine. Le message du commandant Harrington vous l'expliquera sûrement en détail. »

Reynaud prit la puce avec une expression stupéfaite et la perplexité de Venizelos s'accrut. Il ne comprenait pas d'où venait l'ahurissement de l'employé du SAM ; il avait parlé clairement, non ?

« Laissez-moi essayer de comprendre, dit Reynaud au bout d'un moment. Votre commandant Harrington compte vous cantonner, vous et vos hommes, ici, au Centre ? Il vous place chez nous pour nous aider dans notre travail ?

— Oui, capitaine, ce sont les ordres qu'elle a donnés. » Le lieutenant à la beauté ténébreuse appuya sur le pronom féminin, et Reynaud hocha la tête, mais il paraissait encore tellement perdu que Venizelos se sentit contraint d'ajouter : « Pourquoi avez-vous l'air si étonné, capitaine ?

— Étonné ? » Reynaud se reprit, puis eut un curieux sourire. « En effet, c'est le terme, lieutenant. Je vais vous expliquer : je dirige le Centre de contrôle depuis près de vingt mois et, avant, j'ai été premier assistant contrôleur pendant presque deux ans. Depuis tout ce temps, vous êtes le premier – comment avez-vous dit ? officier des douanes et de la sécurité ? – qu'on se soit donné la peine de m'affecter. Si ça se trouve, vous êtes même le premier qu'un commandant de poste ait jamais affecté au Centre !

— Je suis quoi ? » bredouilla Venizelos, puis il rougit en se rendant compte qu'il avait exactement imité l'exclamation de Reynaud. Tous deux se dévisagèrent, et un grand sourire détendit les traits du capitaine du SAM.

« Maintenant que j'y pense, fit-il, il me semble en effet avoir lu quelque chose dans mes ordres d'origine sur la responsabilité de la Flotte quant aux inspections et à la sécurité du Centre. Évidemment, c'est si loin que je peux me tromper. » Il jeta un coup d'œil à la technicienne des services de la station à côté de lui. « Jayne, s'il vous plaît, trouvez où loger les hommes du lieutenant et mettez-les au courant des procédures d'urgence de base. Moi, il faut que j'exhume les règlements de la station pour savoir que faire d'eux, crénom !

— D'ac', Mike. » La technicienne fit signe de la suivre à l'enseigne Wolversham, le second de Venizelos, et Reynaud se retourna vers le lieutenant, le visage toujours fendu d'un sourire.

« En attendant, lieutenant, est-ce qu'il vous intéresserait de m'aider dans ma recherche de données ? » Venizelos acquiesça et le sourire de Reynaud s'élargit. « Et vous pourriez peut-être me dire deux, trois mots sur votre commandant en même temps. Mais doucement, s'il vous plaît ; je ne suis plus tout jeune et je ne sais pas si je supporterai l'idée d'un commandant compétent au poste de Basilic ! »

Andreas Venizelos lui rendit son sourire et, pour la première fois depuis des semaines, c'était un sourire sans contrainte.

Le capitaine de corvette Dominica Santos retint un juron quand le lieutenant Manning lui remit la dernière projection en date.

Ils avaient réussi à tenir les échéances pour les trois premiers largages, mais le croiseur se dirigeait déjà vers la zone du quatrième et Santos jeta au chronomètre un regard de haine et presque de désespoir. Moins de six heures avant le prochain largage et à peine soixante pour cent des drones avaient été modifiés. L'équipe perdait régulièrement du terrain ; il restait cinq lancers à effectuer, ses gars et ses filles étaient morts de fatigue et, pour couronner le tout, il n'y avait plus de systèmes de balise tout faits. Ils allaient désormais devoir fabriquer ces foutus appareils de conversion eux-mêmes avant d'y insérer les têtes détectrices !

Elle marmonna un juron, trouvant un compromis entre la hargne et la décence exigée à bord en pestant trop bas pour être entendue. Nom de Dieu, mais qu'est-ce qu'elle avait, Harrington ? Si seulement elle laissait deux ou trois jours à la section ingénierie, il serait possible d'inventer un appareil de conversion que les servomécas de l'entretien et de la réparation pourraient fabriquer en série ; mais, dans les conditions actuelles, rien que créer le projet et déboguer le programme des servomécas prendrait plus de temps que de monter ces saloperies à la main ! Le capitaine ne gagnerait rien à leur mettre l'épée dans les reins – et elle n'avait pas le droit de faire retomber sur eux sa fureur contre Young, quelle qu'en soit la cause !

Elle cessa de jurer et parcourut son environnement d'un regard un peu coupable. Après tout, eux n'ont plus ne s'étaient pas montrés très justes en faisant retomber sur le capitaine leur rancœur à la suite des manœuvres de la Flotte. Et, s'avoua-t-elle à contrecœur, elle-même, en tant qu'officier, n'avait pas été la dernière à faire de l'obstruction – surtout après avoir appris leur transfert au poste de Basilic. Mais quand même...

Elle se laissa tomber dans son fauteuil et inspira profondément. D'accord. Juste ou injuste, ce n'était pas la question pour le moment. Elle avait un problème ; elle pouvait appeler le commandant et lui avouer qu'elle ne tiendrait pas l'échéance (éventualité qui ne lui souriait pas du tout), ou bien elle pouvait se dire qu'en tant que chef mécanicien de ce tas de boulons elle allait trouver le moyen de le résoudre.

Elle tourna le fauteuil face au terminal et se mit à taper sur le clavier. Okay : impossible d'y arriver en fabriquant le corps des balises de bout en bout, et il n'y avait pas le temps de concevoir un nouveau modèle, mais... si on se servait du bus de poursuite d'un missile Mark cinquante ? En virant l'ogive et les assistants de pénétration, on pourrait insérer les têtes détectrices et les astrosystèmes à la place...

Non, une seconde ! En enlevant les assistants de pénétration, il devrait être possible de convertir les unités de guidage terminal des missiles en astrosystèmes ! Ça économiserait des composants tout le long de la chaîne et on mettrait de côté les unités de guidage qu'on n'utiliserait pas. Les propulseurs des bus seraient loin d'avoir la durée de vie d'une balise classique, mais ils avaient de l'énergie, et les plates-formes n'auraient que quelques mois à tenir. Elles ne se déplaceraient pas, donc elles n'auraient pas à disposer d'une endurance énorme ; et si elle prenait des composants standard, elle pourrait se servir des servomécas de l'entretien des missiles pour effectuer les deux tiers du boulot en quatre fois moins de temps, et sans reprogrammation !

Bon, maintenant, voyons... Si elle sectionnait le bus ici pour enlever les tableaux de récepteurs passifs, puis qu'elle ôte ce panneau-ci pour accoupler l'ampli à l'émetteur CME principal, elle pourrait alors...

Les doigts du capitaine de corvette Santos se mirent à voler de plus en plus vite sur sa console et une nouvelle plate-forme espion prit forme sur son écran.

« Commandant Harrington ? »

Honor leva les yeux du bloc-messages posé sur ses genoux. L'enseigne de vaisseau (de première classe) Rafael Cardones, assistant de Venizelos et faisant à présent fonction d'officier tactique à bord de l'*Intrépide*, se tenait près d'elle, l'angoisse douloureusement peinte sur ses traits juvéniles.

« Oui, enseigne ?

— Euh... je crois que nous avons un problème, commandant », dit Cardones, l'air mal à l'aise. Honor haussa les sourcils et il se crispa. « C'est... euh... à propos des drones, commandant.

— Que se passe-t-il, enseigne ?

— Je... enfin, vous voyez... Eh bien... » Le jeune officier s'interrompit et se ressaisit. « J'ai mal programmé les paramètres de détection, commandant, fit-il d'une traite. Je les ai réglés sur directionnel au lieu d'omnidirectionnel, et je... euh... je crois que j'ai commis aussi une petite erreur dans leurs programmes de télémétrie. Je... n'arrive pas à leur faire accepter la reprogrammation à distance, commandant.

— Je vois. » Honor se laissa aller en arrière dans son fauteuil, posa les coudes sur les bras et joignit le bout des doigts sous son menton. L'enseigne de vaisseau avait l'air d'un chiot qui s'attend à recevoir une punition ; pire, il avait l'air d'un chiot qui pense mériter une punition. Son humiliation était évidente et Honor avait envie de lui tapoter la tête en lui assurant que ce n'était pas grave, mais elle refoula cette bouffée de compassion.

« Eh bien, enseigne, fit-elle au bout d'un moment, que proposez-vous ?

— Moi, commandant ? s'exclama-t-il d'une voix presque couinante. Je ne... » Il se tut et prit une inspiration. « Je pense qu'il va falloir récupérer les drones et les reprogrammer, commandant, dit-il enfin.

— Inacceptable », répondit Honor sèchement. Il la regarda d'un œil atterré et elle dut se mordre fermement la langue pour rester impassible. Un officier tactique plus aguerri aurait déjà entrevu la solution : les têtes détectrices des sondes de reconnaissance étaient conçues pour se connecter directement au réseau de données tactiques de leur bâtiment mère et le canal tactique était dédié. Les éventuelles erreurs de l'enseigne n'avaient pas pu l'affecter, parce qu'il était câblé pour empêcher précisément ce genre d'accident. Passer par le canal tactique ne serait pas une mince affaire – à cause du temps que cela prendrait davantage que de la complexité de la tâche –, mais cela permettrait d'accéder à la télémétrie standard et même de la reprogrammer de fond en comble depuis la console de Cardones, *via* les connections CIC de mise à jour.

Tout cela, Honor le savait, mais elle n'avait nulle intention de lui en faire part. Cardones aurait dû parler à McKeon avant de s'exposer au mécontentement de son commandant – et McKeon aurait dû commencer par mieux encadrer un officier aussi inexpérimenté. Elle allait leur faire apprendre la leçon – à tous les deux – d'une façon qu'elle espérait inoubliable.

« Eh bien, enseigne ? » fit-elle enfin. Il battit des paupières. « Comment comptez-vous résoudre le problème ?

— Je ne... » Il s'interrompit à nouveau et détourna un instant le regard avant de le ramener sur elle. « Auriez... Le commandant aurait-il une suggestion à faire ?

— Non. » Son timbre glacé de soprano acheva de lui faire perdre contenance et Honor se gendarma pour effacer toute trace de compassion de son regard. « Vous êtes l'officier tactique du bord, monsieur Cardones, poursuivit-elle d'un ton où ne perçait ni condamnation ni sympathie. La programmation des drones était de votre responsabilité, de même donc la correction de votre erreur. Réglez le problème, enseigne. »

Il lui adressa un dernier coup d'œil suppliant, puis il renonça et hocha la tête.

« Bien, commandant », fit-il d'une toute petite voix.

Le HMS *Intrépide* effectua son dernier changement de cap et prit une trajectoire de routine, décélérant pour s'insérer doucement en orbite. Honor, sur la passerelle, l'œil fixé sur Méduse qui grossissait à l'affichage visuel, savourait l'atmosphère qui régnait autour d'elle. À l'apathie de leur arrivée n'avait pas succédé l'esprit de corps qu'elle aurait souhaité, mais au moins l'attitude actuelle de l'équipage représentait-elle un vaste progrès.

Les six derniers jours avaient été rudes pour tout le monde... et infernaux pour certains. Le capitaine de corvette Santos avait de bonnes raisons d'être épuisée ; elle avait pratiquement mené son monde au fouet lorsqu'elle avait compris qu'Honor n'avait nulle intention de ralentir le largage des drones, mais elle s'était menée encore plus durement et, à sa propre surprise, elle avait réussi à tenir les échéances. Le bricolage qu'elle avait improvisé à la dernière minute était quasiment génial et les drones étaient désormais en place ; il subsistait certes des manques inquiétants, mais au moins Honor disposait d'un réseau d'alerte qui couvrait soixante-dix degrés de part et d'autre de l'écliptique, et Santos avait peine à savoir si elle était davantage fière des réalisations de sa section ou furieuse des exigences de son commandant.

Elle n'était d'ailleurs pas la seule à balancer entre ces deux sentiments. Le lieutenant Cardones, à sa grande stupéfaction, plus sans doute qu'à celle de quiconque, était parvenu à corriger ses erreurs de programmation des drones ; il avait dû demander à McKeon de l'aider pour la reprogrammation à distance, comme l'espérait Honor, et il avait passé d'interminables heures sur le projet, mais au moins il s'en était occupé. Et, à vrai dire, Honor se réjouissait de la réaction positive de McKeon ; autant qu'elle le sût, il n'avait pas réprimandé Cardones, alors qu'il avait dû se rendre compte sans plaisir de sa négligence envers le jeune officier, et, d'après les conversations qu'elle avait surprises, il l'avait subtilement amené à trouver tout seul la solution des connexions CIC.

Le temps que Webster ait établi selon ses exigences le réseau de collecte de données des drones et que Stromboli calcule deux corrections de trajectoires différentes pour récupérer à la volée des drones mal placés, les officiers d'Honor étaient tous épuisés, sur les dents... et ils fonctionnaient enfin comme un seul homme. Elle aurait préféré aboutir à ce résultat par un autre moyen, mais si déclencher un réflexe d'autodéfense était la seule façon de leur faire se bouger le train, elle était prête à supporter la mauvaise humeur qui en résultait.

Elle tourna la tête : McKeon sortait de l'ascenseur de la passerelle et il s'installa dans le fauteuil du second. Il se montrait toujours raide et formaliste, mais elle était passée outre ses défenses à une ou deux reprises durant la semaine – en particulier lors de l'incident avec Cardones. Quelque chose le rongeait, c'était clair, mais elle avait le sentiment que lui, au moins, comprenait ce qu'elle essayait de faire... et, merveille des merveilles, il ne cherchait pas à lui mettre de bâtons dans les roues. Il lui en voulait sûrement de la façon brutale dont elle avait réveillé l'équipage, il ne faisait rien pour l'aider, et elle ne comprenait toujours pas pourquoi il la détestait depuis le début, mais son professionnalisme semblait reprendre le dessus. Il n'y avait aucune spontanéité dans leurs relations, pas d'échange d'idées, et la situation demeurait loin d'être idyllique, mais au moins ils paraissaient l'un et l'autre prêts à reconnaître, fût-ce à part soi, qu'il existait un problème. C'était un grand progrès et elle espérait qu'ils se montreraient tous deux assez professionnels pour surmonter leur antagonisme apparent.

Elle chassa ses pensées d'un haussement d'épaules et se replongea dans l'examen de son affichage tactique, les sourcils froncés. L'*Intrépide* traversait lentement les orbites de garage externes et le point holo d'un petit bâtiment isolé brillait d'un éclat rouge.

C'était un courrier, guère plus qu'une paire de voiles Warshawski et un compensateur d'inertie entassés dans la coque la plus réduite possible, mais sa présence inquiéta aussitôt Honor, car il jouissait de l'immunité diplomatique et il était enregistré sous le pavillon de la République populaire de Havre.

Elle se mordilla la joue en se demandant pourquoi sa vue la tracassait tant. Elle savait que Havre disposait d'un consulat et d'une légation commerciale sur Méduse, mais c'est seulement en lisant les données officielles fournies par Young qu'elle avait appris que la République maintenait en poste permanent un bâtiment de courrier diplomatique. Légalement, rien ne s'y opposait, mais, logiquement, la seule raison possible de l'existence d'une mission consulaire plénière sur Méduse était la couverture d'opérations secrètes.

Une simple mission aurait pu gérer les intérêts de Havre pour tout son trafic concernant le terminus de Basilic, et les aborigènes médusiens n'avaient rien d'intéressant à exporter, malgré les rapports des « navires marchands légitimes » de Havre qui commerçaient avec eux. Ces rapports tarabustaient Honor. La République, tout entière à ses idées de conquête, ne possédait plus de bâtiments marchands privés et elle ne pouvait que perdre de l'argent à traiter avec les Médusiens sur une base d'échange ; en ce qui concernait Honor, cela signifiait évidemment que les Havriens mijotaient quelque chose. Mais quoi ?

Il était concevable qu'ils cherchent à garder l'œil sur les déploiements et les déplacements intra-système de la Flotte par le terminus de Basilic. Dans cette optique, Méduse se trouvait beaucoup trop loin du terminus, mais il n'existait pas de planète plus proche ; on pouvait aussi comprendre qu'ils maintiennent une présence dans le système pour faire contrepoids à la puissance de Manticore, étant donné surtout les tentatives périodiques des libéraux au Parlement pour évacuer la Flotte de Basilic. Pour ce qu'elle en savait, le consulat havrien était peut-être le quartier général d'un éventuel réseau d'espionnage du Royaume proprement dit, encore que, selon elle, l'Étoile de Trévor eût été plus indiquée.

Quoi qu'il en soit, leur présence ne lui plaisait pas et celle de ce courrier encore moins. Les valises diplomatiques jouissaient de l'immunité, quelle que soit l'identité de leur porteur, et il y avait suffisamment de navires marchands en vue pour transporter les messages que le consul voulait envoyer ; le seul avantage à garder un courrier en station permanente était sa vitesse supérieure – et le fait que le bâtiment tout entier était couvert par l'immunité et par conséquent à l'abri de toute inspection ou fouille, sans égard pour ses autres activités. Pour Honor, cela sous-entendait un motif caché, mais elle avait néanmoins bien conscience de sa partialité dès qu'il s'agissait de Havre ; il était parfaitement possible que la présence du courrier soit aussi innocente que la République le prétendait et que seule sa paranoïa lui souffle le contraire.

Tout comme il était plausible que Pavel Young n'ait pas tout fait pour lui trancher la gorge.

Elle grogna alors que le chef Killian plaçait l'*Intrépide* en orbite avec sa précision coutumière et annonçait « Machines, terminé », puis elle se tourna pour jeter un coup d'œil à Webster.

« Com, veuillez appeler le bureau du commissaire résident ; informez dame Estelle que je lui serais reconnaissante de m'accorder un entretien le plus tôt possible.

— Bien, commandant.

— Merci. »

Elle se laissa aller contre le dossier de son fauteuil, l'oreille tendue. Des rapports se murmuraient dans l'intercom tandis que les impulseurs et le compensateur inertiel s'éteignaient et que les moteurs auxiliaires prenaient en charge la stabilisation automatique. Des sous-officiers se déplaçaient d'un poste à l'autre en tapant des notes sur leurs mémoblocs, le lieutenant Brigham travaillait d'arrache-pied à la section cartographique, avec Stromboli et son premier sous-officier, à mettre à jour leurs archives sur le réseau de drones, et Honor savoura leur façon méthodique et bien rodée d'accomplir leurs tâches. Malgré la somme écrasante de travail qu'elle avait imposée à ces hommes et ces femmes, le bâtiment était à nouveau vivant.

À elle, maintenant, de canaliser cette vigueur, de la muer en volonté d'œuvrer en équipe, avec elle-même en tant que capitaine et non comme garde-chiourme.

Chapitre neuf

Dame Estelle Matsuko, chevalier de l'Ordre du *Roi Roger* et commissaire résident affecté aux affaires planétaires de Méduse au nom de Sa Majesté Élisabeth III, reine de Manticore et défenseur du Royaume, se leva de son bureau lorsque la porte de son cabinet coulissa. Le grand commandant de marine qui la franchit se déplaçait avec la grâce et la puissance que donne une musculature accoutumée à une gravité beaucoup plus forte que les 0,85 g de Méduse, et les yeux verts du chat sylvestre perché sur son épaule regardaient tout avec intérêt. Dame Estelle examina ses deux visiteurs avec une curiosité semblable mais discrète, tout en tendant la main.

« Commandant Harrington...

— Commissaire... » L'accent sec, haché, de l'officier donnait une indication aussi évidente de son monde d'origine que son chat sylvestre ou sa manière de se déplacer, et sa poignée de main était ferme mais soigneusement contrôlée. Dame Estelle avait eu la même impression en serrant la main à d'autres Sphingiens – et les rares qui avaient oublié de surveiller leur poigne lui avaient inspiré de la reconnaissance envers ceux qui y pensaient.

« Voulez-vous vous asseoir ? » fit dame Estelle lorsque le commandant relâcha sa main ; en même temps, elle prenait mentalement une foule de notes.

Honor ne manquait pas d'assurance et dame Estelle haussa l'estimation de son âge d'environ cinq ans ; c'était une femme au visage frappant, pâle avec des traits puissants et de grands yeux expressifs presque aussi noirs que les siens ; sous le béret blanc, elle portait les cheveux coupés plus courts que la plupart des hommes et il émanait d'elle une nette aura de compétence et de professionnalisme. On était loin, se dit le commissaire, des officiers de seconde zone dont la Flotte se débarrassait chez elle, surtout depuis que Janacek dirigeait l'Amirauté. Pourtant, elle percevait une tension sous la discipline d'Harrington, comme un malaise. Elle crut d'abord à un tour de son imagination, mais un examen plus minutieux du compagnon du commandant la détourna de cette idée : le chat se montrait certes curieux de ce qui l'entourait, mais son corps élancé était tendu, trahissant la méfiance, et dame Estelle avait assez vu de ces chats pour déchiffrer l'attitude protectrice de sa queue enroulée autour du cou d'Harrington.

« Je dois avouer, commandant, avoir été assez surprise par le départ soudain de Lord Young », dit-elle, et elle cilla presque devant la réaction de sa visiteuse. Elle n'avait fait cette remarque que dans le but d'engager la conversation, or l'effet qu'elle eut sur Harrington fut profond : pas un seul de ses muscles ne bougea, mais c'était inutile : ses yeux parlèrent pour elle, étrécis, durs au point d'en être effrayants ; quant au chat, il fit preuve de beaucoup moins de réserve : il se retint de justesse de feuler, mais ses oreilles aplaties et ses crocs à demi découverts ne laissaient guère place au doute sur ses émotions, et dame Estelle se demanda ce qu'elle avait dit de mal.

Puis Harrington s'ébroua imperceptiblement, leva une main pour apaiser le chat et hocha poliment la tête à l'adresse du commissaire.

« J'ai moi-même été surprise, commissaire. » Elle parlait d'une voix de soprano froide et sans inflexion, avec une absence de passion parfaitement maîtrisée qui fit se dresser les antennes mentales de dame Estelle. « À ce que j'ai cependant compris, son bâtiment nécessitait un radoub plus urgent qu'on ne le pensait à Manticore quand mon navire s'est vu affecté ici.

— Je n'en doute pas. » Dame Estelle ne parvint pas tout à fait à empêcher l'ironie de percer dans sa réponse, et Harrington inclina légèrement la tête de côté. Puis elle se détendit un peu et la tension du chat faiblit également. Tiens, tiens ; ainsi, sa réaction ne provenait pas de la remarque de dame Estelle mais du sujet sur lequel elle portait. Eh bien, quelqu'un qui n'aimait pas Pavel Young ne pouvait pas être foncièrement mauvais.

« J'ai aussi été surprise – et ravie – d'apprendre que vous étiez prête à venir à mon bureau, commandant, reprit le commissaire. Nous n'avons hélas jamais eu l'étroite collaboration que j'aurais espérée avec la Flotte, surtout ces trois dernières années. »

Honor ne réagit pas mais acquiesça mentalement lorsque dame Estelle se tut comme pour inviter une remarque. « Ces trois dernières années », cela correspondait justement au laps de temps écoulé depuis que Janacek assumait les fonctions de Premier Lord, et la femme menue, au teint café au lait, assise derrière le bureau cherchait manifestement à savoir quelle importance Honor accordait à Basilic pour le Royaume. Le droit d'un officier d'active à critiquer ses supérieurs était limité, mais la relation d'Honor avec dame Estelle pouvait s'avérer cruciale pour la réussite ou l'échec de sa mission.

« Je suis navrée de vous l'entendre dire, dame Estelle, répondit-elle en pesant soigneusement ses termes, et je souhaite que nous parvenions à améliorer la situation. C'est un des motifs de ma présence ici ; il s'agit naturellement d'une visite de courtoisie, mais les ordres initiaux qu'on m'avait donnés partaient du principe que Lord Young demeurerait sur place en tant que commandant, si bien que l'exposé qu'on m'a fait sur les conditions actuelles de Basilic était assez général. J'espérais que vous pourriez mieux éclairer ma lanterne et faire état d'éventuelles requêtes particulières. »

Dame Estelle inspira profondément et s'assit plus confortablement dans son fauteuil avec un soulagement manifeste – teinté, observa Honor, d'une bonne dose de surprise, surprise qui lui faisait plaisir et l'embarrassait à la fois. La réaction du commissaire à son explication lui donnait le sentiment d'agir comme il le fallait, pourtant ce qu'elle demandait constituait le strict minimum pour remplir ses obligations, et l'idée que la Flotte ait failli de façon si éclatante que le commissaire s'étonne de voir un officier accomplir son devoir lui faisait honte.

« Je suis très heureuse de vous entendre parler ainsi, commandant », dit dame Estelle au bout d'un moment. Elle inclina le dossier de son fauteuil en arrière, croisa les jambes, les mains sur le genou, et poursuivit d'un ton beaucoup moins circonspect : « Je serai enchantée de vous apprendre ce que je sais, mais si vous commenciez par me raconter ce que vous savez déjà ? Ainsi, je pourrai combler vos lacunes sans vous ennuyer. »

Honor hocha la tête et fit descendre Nimitz sur ses genoux. Son corps longiligne avait perdu sa tension, indice manifeste que le commissaire lui plaisait ; il se roula confortablement en boule et se mit à ronronner sous ses caresses.

« Je pense être tout à fait au niveau en ce qui concerne les opérations du nœud, madame, qui ne sont de toute manière pas de votre ressort, j'en ai bien conscience. Mon souci va plutôt à mes devoirs d'assistance et de sécurité ici, sur Méduse ; mes données me semblent un peu dépassées, à en juger par le nombre de cargos en orbite. J'ignorais qu'il y avait tant d'échanges avec la surface planétaire.

— C'est un phénomène tout récent. » Dame Estelle fronça les sourcils, l'air songeur. « Savez-vous ce que sont les enclaves ?

— De manière vague seulement. Ce sont des comptoirs commerciaux, grosso modo, n'est-ce pas ?

— Oui et non. Aux termes de l'Acte d'annexion, le Royaume a pris possession du système dans son ensemble et établi un protectorat sur les Médusiens, tout en renonçant explicitement à toute souveraineté sur leur planète. En conséquence, ce monde tout entier constitue une immense réserve pour les indigènes, mis à part quelques sites bien précis retenus comme enclaves extraplanétaires. Ce n'est pas la procédure normale d'institution de la territorialité, mais le terminus du nœud nous intéressait davantage que les arpents de terrain de Méduse et la loi s'est efforcée de rendre cette distinction parfaitement claire ; de fait, elle fait obligation au Royaume d'accorder aux Médusiens leur complète indépendance “dès que possible”, ne serait-ce que pour manifester sans ambiguïté notre totale absence d'ambitions impérialistes. »

L'expression ne laissait aucun doute sur ce qu'elle pensait de l'Acte d'annexion.

« Le résultat immédiat de notre générosité, reprit-elle, c'est qu'on peut considérer notre position légale comme assez floue. Une ou deux nations – tel Havre – soutiennent qu'un protectorat sans souveraineté n'a aucune valeur sur le plan du droit ; selon cette interprétation des lois interstellaires – qui peut, je regrette d'avoir à le dire, s'appuyer sur des précédents tout à fait solides –, Méduse est un territoire non revendiqué et je n'ai nulle autorité pour donner des ordres aux extraplanétaires à sa surface. C'est entre parenthèses la position du consul havrien ; le gouvernement de Sa Majesté exprime un point de vue différent, selon lequel possession vaut les neuf dixièmes de la loi, mais les clauses de l'Acte d'annexion délimitent précisément mes pouvoirs.

» Aux termes de mon mandat, je dispose de l'autorité pour prendre toute mesure nécessaire afin de "prévenir l'exploitation de l'espèce indigène", mais pas pour interdire ou autoriser la création d'enclaves par d'autres nations sur la planète. Je l'ai requise et je crois que le gouvernement voudrait bien me l'accorder, mais il n'a pas réussi à faire accepter les amendements indispensables au Parlement. Ainsi, je puis fixer les emplacements des enclaves, réglementer leurs échanges avec les Médusiens, bref, jouer les agents de police une fois qu'elles sont constituées, mais je ne puis leur interdire de se créer. »

Honor hocha la tête : les libéraux s'étaient tellement démenés à s'assurer que Manticore n'exploiterait pas les « infortunés aborigènes » qu'ils avaient laissé la porte grande ouverte à d'autres, moins scrupuleux.

« Enfin bref... » Dame Estelle fit doucement osciller son fauteuil d'un côté puis de l'autre et leva le regard au plafond, les sourcils froncés. « À l'origine, le nombre d'enclaves était très réduit sur Méduse. Comme vous ne l'ignorez pas, les Médusiens en sont à peu près à l'équivalent de la fin de notre âge du bronze et, à part quelques objets véritablement magnifiques, ils ne produisent rien de grande valeur en termes de commerce interstellaire. Par conséquent, jusqu'il y a peu, il n'y avait guère d'intérêt à ouvrir des marchés planétaires et l'Agence de protection des indigènes ne rencontrait aucune difficulté.

» Cependant, au cours de mon mandat, la situation s'est modifiée, non pas tant à cause des échanges avec les Médusiens que parce que le volume de trafic qui passe par le terminus a augmenté. Il était inévitable, j'imagine, qu'un réseau de stockage et de distribution orbital apparaisse, étant donné qu'ici on peut transborder les cargaisons à moindre coût de main-d'œuvre et de frais de douane qu'à Manticore. Il existe naturellement d'autres raisons, ajouta-t-elle sèchement, et un tressaillement agita les lèvres d'Honor.

» Quoi qu'il en soit, bon nombre de maisons commerciales ont commencé à établir des bureaux locaux côté planète pour gérer leur part du réseau à mesure qu'il prenait de l'importance. De là sont nées la plupart des enclaves, et la plus grosse partie des moyens qui leur sont nécessaires doit leur être livrée de l'extérieur, si bien qu'un pourcentage considérable des échanges espace-surface est consacré à ces livraisons.

» Dans le même temps, les marchands étant ce qu'ils sont, ils ont exercé une pression croissante pour pouvoir instaurer des échanges avec les Médusiens comme à-côté leur permettant de récupérer une part de leurs frais d'exploitation. Il s'agit d'un commerce à très petite échelle – pierres précieuses, art indigène, mousse tilik destinée au négoce des épices, de temps en temps une peau de bekhnor ou une cargaison d'ivoire, ce genre d'affaires –, mais les besoins des Médusiens sont si limités que leurs articles peuvent être extrêmement bon marché. Ils commencent seulement à savoir fabriquer du fer passable et du mauvais acier, vous imaginez donc la valeur qu'ils accordent aux couteaux ou aux lames de hache en duralliage ; ils prisent aussi les textiles modernes. En fait, ces pauvres diables se font dépouiller comme au coin d'un bois par la plupart des agents ; ils n'ont aucune idée du coût ridicule auquel les articles qu'ils échangent reviennent aux importateurs, ni de la facilité avec laquelle ils risquent de devenir complètement dépendants de ces marchandises et des négociants qui les leur fournissent. Nous nous sommes efforcés de réduire le syndrome de dépendance en imposant des limites draconiennes au niveau de technologie que nous permettons d'introduire, mais notre ingérence déplaît autant aux Médusiens qu'aux extraplanétaires. »

Elle se tut et Honor hocha de nouveau la tête.

« Ce qui est particulièrement exaspérant, reprit dame Estelle avec vigueur, c'est que ce sont surtout les marchands manticoriens que la loi empêche de fournir aux aborigènes des objets au-dessus du niveau d'une technologie à base d'énergie musculaire, par peur de les rendre dépendants de nous. Notez que je trouve cette limitation avisée, mais le résultat, c'est que nos propres ressortissants nous en veulent au moins autant que certains autres extraplanétaires, voire davantage, car notre présence devrait au contraire les rendre plus compétitifs. Du coup, nous avons le plus grand mal à nous faire une idée précise de ce qui se passe réellement : les Manticoriens eux-mêmes ne lèvent pas le petit doigt pour nous aider, si bien que l'API et le commissaire que je suis se retrouvent pour ainsi dire comme des étrangers sur une planète nominalement sous notre protection. Pire encore, je suis absolument persuadée que les "échanges avec les indigènes" servent de couverture à des trafics de marchandises illégales entre extraplanétaires – Manticoriens compris –, mais je suis incapable de l'empêcher, incapable de le prouver et, apparemment, incapable de réveiller les autorités centrales pour qu'elles se penchent au moins sur la question ! »

Elle se tut et desserra ses doigts crispés sur son genou, puis elle eut un petit rire sans joie. « Excusez-moi, commandant ; je crois que je me suis laissé emporter.

— Ne vous excusez pas, commissaire. J'ai l'impression que votre liberté d'action est encore moindre que je ne le pensais.

— Oh, ce n'est pas aussi catastrophique que j'en ai parfois le sentiment, fit dame Estelle, son sang-froid revenu. La restriction physique imposée aux enclaves à un seul site central, ici, dans le delta, ajoutée à l'autorité que je détiens de contrôler l'usage de transports extraplanétaires en dehors de leur territoire limite la portée concrète des réseaux commerciaux. Cela n'empêche pas la contrebande entre extraplanétaires, si elle existe, et n'évite pas complètement l'afflux de marchandises extérieures chez les Médusiens, mais cela le ralentit et l'oblige à passer entre les mains de marchands indigènes avant d'aller vers des destinations plus lointaines. Et, à vrai dire, si je m'inquiète de l'impact de ce commerce sur les Médusiens, je m'inquiète encore davantage – en tant que représentante sur place de la Couronne – de ce qui peut se tramer sous la surface.

— Ah ? » Honor se redressa et Nimitz releva la tête en sentant qu'elle ne lui caressait plus les oreilles.

« J'ai fait part de mes soupçons – enfin, un terme plus exact serait peut-être "pressentiments" –, selon lesquels le troc avec les indigènes ni même la contrebande ne seraient les seules activités de la planète, à la comtesse Marisa, mais personne sur Manticore ne semble particulièrement inquiet de la situation. » Estelle Matsuko lança un coup d'œil aigu à Honor, qui conserva soigneusement son masque impassible. La comtesse Marisa de la Nouvelle-Kiev était la ministre déléguée aux Affaires médusiennes ; elle était également à la tête du Parti libéral.

Dame Estelle toussota ironiquement comme si l'absence d'expression d'Honor confirmait l'opinion qu'elle avait de sa supérieure, puis elle soupira.

« Je suis peut-être paranoïaque, commandant, mais la conclusion me paraît évidente que... certaines parties s'intéressent beaucoup plus à leurs droits commerciaux que la valeur monétaire du commerce lui-même – tant légal qu'illégal – ne saurait le justifier.

— Ces "certaines parties" pourraient-elles comprendre la République de Havre ? demanda Honor à mi-voix, et le commissaire acquiesça.

— Parfaitement. Leur consulat dispose d'un personnel extraordinairement étendu, je trouve, alors qu'il n'a pas besoin, à mon avis, de tant d'"attachés commerciaux". Je vous l'accorde, une grosse part de leur trafic passe par le terminus – le tiers occidental de la République est plus proche de Basilic que de l'Étoile de Trévor –, mais ils ne cessent de demander davantage de liberté pour commercer avec les Médusiens. D'ailleurs, officiellement, leur consulat est accrédité auprès d'une des cités-États médusiennes de la région et non auprès du gouvernement de Sa Majesté. Tant le gouvernement que Havre savent qu'il s'agit d'une fiction légale en l'occurrence ; j'ai pu les brider avec une relative efficacité jusqu'ici, mais mon sentiment est qu'ils cherchent à multiplier les contacts avec les indigènes, à jouer un rôle plus actif dans la direction que prendront les relations des Médusiens avec les extraplanétaires.

— Pour faire contrepoids à notre présence ?

— Parfaitement ! » répéta Estelle Matsuko d'un ton encore plus enthousiaste. Pour la première fois de l'entretien, un véritable sourire lui détendit les traits, et elle hocha fermement la tête. « À mon avis, ils espèrent que les anti-annexionnistes de chez nous obtiendront gain de cause. Si cela arrivait, Havre serait bien placé pour se faufiler dans la place et asseoir sa propre souveraineté, surtout s'il participait déjà aux affaires indigènes. Dieu sait que les Havriens n'ont pas besoin d'autre motif que celui de s'emparer du terminus, mais ils aiment fournir des "justifications morales" à leur machine de propagande pour leur propre population et la Ligue solarienne. C'est pourquoi ils tiennent tant à leur position officielle selon laquelle les termes de l'Acte d'annexion équivalent à une renonciation unilatérale de notre part à toute revendication légale. Si nous quittons un jour les lieux, ils veulent voir la planète leur tomber entre les mains comme une pomme bien mûre.

— Et vous pensez qu'il n'y a rien d'autre ? la pressa Honor.

— Je... je ne sais pas, répondit lentement le commissaire. Je ne vois pas d'autre avantage pour eux, mais je n'arrive pas non plus à me défaire de l'impression que ce n'est pas tout. Mes collaborateurs et moi surveillons d'aussi près que possible leur consulat et leurs agents, et, de fait, je n'ai jamais rien eu de concret à signaler à la comtesse Marisa ; mais il y a quelque chose chez eux – disons une attitude – qui ne me plaît guère. » Elle se secoua et son sourire se fit lugubre. « Naturellement, eux-mêmes ne me plaisent guère et il se peut que cela fausse mes perceptions. »

Honor hocha la tête, puis s'adossa dans son fauteuil et eut une moue pensive. Dame Estelle ne lui semblait pas du genre à sauter aux conclusions, quels que puissent être ses préjugés.

« Pour en revenir à nos moutons, reprit l'intéressée d'un ton plus vif, telle est donc la situation des extraplanétaires sur Méduse. En ce qui concerne les indigènes eux-mêmes, mes agents de l'API sont trop peu nombreux et trop débordés de travail pour me fournir la couverture que je désirerais, mais nos relations avec les Médusiens restent remarquablement bonnes depuis notre arrivée, bien meilleures qu'elles ne le sont d'ordinaire, apparemment, entre deux cultures aussi éloignées. Certains chefs de clan voudraient qu'on lève les restrictions sur les importations technologiques, ce qui crée des tensions, mais dans l'ensemble tout se passe assez bien, surtout avec les cités-États de notre région du delta. Nous avons certes quelques problèmes dans des zones plus lointaines de l'intérieur, mais ce qui m'inquiète le plus en ce moment, ce sont les signes d'augmentation de l'usage de la mekoha chez les Médusiens au cours de l'année écoulée. »

Honor leva les sourcils et dame Estelle haussa les épaules.

« La mekoha est une drogue indigène. Elle est difficile à raffiner, selon les critères locaux, et je n'apprécie pas les effets qu'elle produit sur ses usagers, mais cela n'a rien de nouveau. Je crois que cette histoire me tracasse parce que l'un des premiers symptômes d'une culture aborigène qui s'autodétruit est l'intensification chez ses membres de l'usage de drogues et d'intoxicants, et que je n'ai pas envie de voir les Médusiens suivre cette voie. Mon prédécesseur, le baron Hautetour, et moi-même sommes arrivés à la conclusion que la culture médusienne d'origine est inévitablement condamnée, du fait de notre simple présence et de la tentation technologique que nous apportons avec nous, mais je me plais à penser que nous pourrions la remplacer par un savant mélange de leurs valeurs et d'une technologie plus avancée – sans qu'ils y perdent leur âme, si vous voulez. C'est pourquoi tant le baron que moi-même avons consacré tous nos efforts à maîtriser autant que possible la cadence des changements opérés. C'est aussi pourquoi je suis en colère quand je pense à la quantité d'énergie que je dois distraire de ce but pour surveiller les extraplanétaires, et pourtant cela fait partie du travail de base visant à éviter la destruction de l'intégrité culturelle des Médusiens.

— Par conséquent, la mission principale que vous voudriez me confier serait de vous aider à gérer les allées et venues entre les enclaves et la circulation orbitale ?

— C'est tout à fait cela, acquiesça dame Estelle. J'aimerais pouvoir compter sur vos troupes de fusiliers en cas d'urgence au sol, mais, comme je vous l'ai dit, nous avons relativement peu de problèmes pour l'instant. Si vous pouviez vous occuper de l'inspection des navettes orbite-surface et du contrôle général du trafic, cela déchargerait une bonne partie du personnel de l'API.

— Comment ? Young n'avait même pas... ? » Honor referma la bouche avant d'en dire davantage, et le commissaire toussota derrière sa main pour dissimuler un éclat de rire.

« Très bien, commissaire, je pense que nous pouvons nous en charger. Donnez-moi un jour ou deux pour mettre les détails au point et je placerai deux cotres en réserve permanente pour l'inspection des navettes. Si vous pouvez me prêter les agents qui s'en occupent de votre côté, cela me permettra de connaître leurs idées avant d'organiser notre travail.

— Accordé, répondit aussitôt dame Estelle.

— J'aimerais aussi disposer d'une sorte d'officier de liaison permanent, poursuivit Honor, l'air méditatif. J'ai dû détacher presque dix pour cent de mon personnel pour fournir des équipes de douane et de sécurité au Centre de contrôle de Basilic (elle ne fit pas attention à l'expression surprise du commissaire) et je me retrouve avec moins de monde que je n'aime à y penser ; et je suppose que cela empirera lorsque nous commencerons le filtrage et l'inspection du trafic des navettes. Auriez-vous quelqu'un que vous pourriez affecter chez moi pour établir la coordination avec votre bureau ?

— Non seulement je peux vous fournir un officier de liaison, commandant, mais je serai ravie de le faire ! Et je crois avoir l'homme qu'il vous faut : le major Barney Isvarian est le doyen de mes agents de l'API sur le terrain, mais il était sergent chez les fusiliers avant de prendre sa retraite et d'entrer dans mes services. Je ne voudrais pas le savoir hors planète trop longtemps, mais je peux tout à fait vous le prêter pour quelques jours. C'est un homme bien, c'est un spécialiste des affaires médusiennes et il travaille avec nous à l'inspection des navettes. Qu'en pensez-vous ?

— Cela me paraît parfait, commissaire », répondit Honor avec un sourire. Elle se leva et tendit la main tandis que Nimitz se coulait à nouveau vers son épaule. « Merci. Et merci aussi pour votre exposé de la situation. Je n'abuserai pas davantage de votre temps, mais n'ayez aucun scrupule à m'appeler si je puis faire quelque chose pour vous ou si vous pensez devoir m'informer de tel ou tel élément.

— Je n'y manquerai pas, commandant. » Dame Estelle se leva elle aussi pour lui serrer la main et ses yeux avaient une expression chaleureuse. « Et merci à vous. » Elle ne précisa pas de quoi elle la remerciait et Honor réprima un sourire ironique.

Le commissaire fit le tour de son bureau pour la raccompagner à la porte et lui serra une dernière fois la main. La porte se referma derrière Honor et dame Estelle regagna son fauteuil, une expression troublée sur le visage. Elle s'assit et enfonça un bouton sur son panneau de communication.

« George, trouvez-moi Barney Isvarian, voulez-vous ? J'ai un nouveau travail pour lui.

— Oui, répondit son assistant de direction, laconique, puis, après un silence : Comment ça s'est passé, patronne ?

— Ça s'est bien passé, George. Je trouve même que ça s'est très bien passé », fit dame Estelle, et elle relâcha le bouton avec un sourire.

Chapitre dix

« ... strictement aucune aide. Aussi, comme nous ne pouvions pas compter sur la Flotte, nous nous sommes débrouillés tout seuls, commandant. » Le major Barney Isvarian, de l'Agence de protection des indigènes médusiens, était un homme trapu et costaud. Son passé de fusilier transparaissait dans sa position péniblement raide dans un fauteuil pourtant confortable, tant le fait de rester assis devant le capitaine d'un navire le mettait mal à l'aise, mais ni sa voix ni son visage n'exprimaient la moindre excuse.

« Je comprends, major. » Honor fit signe à MacGuiness, son steward, de remplir la tasse de café d'Isvarian et but une gorgée de cacao, en dissimulant derrière sa chope un coup d'œil de côté à Alistair McKeon. L'officier en second n'avait guère ouvert la bouche pendant qu'Isvarian faisait l'inventaire de tous les manquements de la Flotte, mais elle percevait la gêne derrière son masque guindé et elle se demanda s'il se sentait aussi humilié qu'elle.

« Très bien. » Elle reposa sa tasse et hocha la tête. « Si j'ai bien suivi ce que dame Estelle et vous-même nous avez dit, major Isvarian, ce dont vous avez besoin dans l'immédiat, c'est d'assistance pour l'inspection des transferts orbitaux et du trafic espace-surface. C'est bien cela ?

— Oui, commandant. » Isvarian haussa les épaules. « Comme je vous l'ai expliqué, nous faisons notre possible, mais pour la plupart nous ignorons que chercher... et où le trouver, si c'est dissimulé. Bon nombre d'entre nous possèdent une expérience militaire, mais pas du type qu'il nous faut. »

Honor hocha encore la tête. Les officiers et les troupes de l'API étaient principalement issus de l'armée, des fusiliers ou de la police. Ce n'était pas le genre de boulot propre à séduire les retraités de la Flotte et, même si celle-ci avait fait son travail, les diverses spécialités de son personnel n'auraient guère été utiles à l'API.

« Nous le savons foutrement bien – pardon, commandant –, on nous fait passer du matériel en contrebande sous le nez, mais nous n'en savons pas assez sur les navettes de transport pour le découvrir et c'est encore pire à bord des navires eux-mêmes !

— Vu. Nous pourrons nous occuper de cet aspect-là, je pense, mais nous sommes en manque d'effectifs. Si j'arrive à vous fournir des équipes d'inspection, croyez-vous que l'API pourrait compléter nos équipages de cotres ?

— Nous pouvons même faire mieux, commandant, répondit Isvarian. Dame Estelle a réussi à... euh... récupérer trois pinasses de la Flotte il y a un an environ, et il y a deux navettes d'abordage sur notre liste d'équipement. Je suis presque sûr de pouvoir les mettre tous les cinq à votre disposition, avec suffisamment de gars de l'API pour boucher les trous.

— Alors, ça, major Isvarian, c'est une bonne nouvelle ! » s'exclama Honor avec chaleur, tout en se demandant comment les agents de dame Estelle s'étaient débrouillés pour « récupérer » de petits engins de la Flotte, surtout armés. Mais elle n'allait pas faire la fine bouche devant une bonne fortune aussi inattendue ; elle avait craint de voir l'*Intrépide* lui-même contraint de convoyer ses cotres lents et à court rayon d'action d'une orbite de garage à l'autre.

Elle se passa l'index sur l'arête du nez pendant un moment, perdue dans ses réflexions, puis elle hocha la tête.

« Je pense que nous pourrons fournir pour chacun d'eux un pilote, un officier d'accostage et une équipe d'inspection, major. Ce qu'il nous faudrait, ce sont des officiers des communications, des mécaniciens navigants et du personnel d'entretien côté sol. On peut ?

— On peut, commandant ! » Isvarian lui renvoya la devise du Corps royal des fusiliers de Manticore avec un grand sourire.

« Bien. Dans ce cas, il ne reste plus que la question de la surveillance générale de la circulation. Comment vous y preniez-vous jusqu'ici ?

— Avec difficulté, commandant. Nous avons une base aérienne dans l'enceinte du commissariat, mais elle n'était prévue à l'origine que pour la surveillance atmosphérique, et encore, les concepteurs n'avaient pas anticipé la masse d'extraplanétaires qui se baladent dans le coin aujourd'hui. Nous manquons de contrôleurs et de radars et, comme nous avons détourné le matériel pour le contrôle spatial, une énorme partie de l'espace aérien de l'intérieur reste sans couverture du tout.

— Je vois. » Honor jeta un coup d'œil à son second. « Monsieur McKeon ? Serait-il possible de reconfigurer une dizaine de satellites d'observation et de brancher leur radar météo sur le réseau de surveillance du trafic aérien ?

— Ce serait possible. » Ce fut au tour de McKeon de se frotter l'arête du nez, les sourcils froncés. « Nous allons faire un gros trou dans notre matériel de réserve, commandant, fit-il.

— Je sais, mais je ne vois pas d'alternative... et puis il est là pour qu'on s'en serve, monsieur McKeon. »

L'intéressé acquiesça, pensif, les yeux à demi fermés, et Honor se demanda s'il s'était rendu compte qu'il avait dit « nous allons » au lieu de « vous allez ».

« Alors, je pense qu'on peut y arriver, mais leurs systèmes radar n'obtiendront pas un aussi bon écho d'un appareil volant qu'une installation classique au sol, et ils ne disposent pas du Doppler spécial trafic. Ils sont davantage axés sur la cartographie et l'observation météo que sur le pointage d'objets précis et plus rapides que les masses d'air. » Il fronça de nouveau les sourcils. « Si vous me laissez un ou deux jours pour m'entretenir avec Santos et Cardones, je pense qu'à nous trois nous pourrions nous arranger pour affiner leurs possibilités de différenciation des cibles, et nous devrions être capables de les équiper d'un système Doppler passable et de calcul de distance, surtout si nous les montons par paire. Ce sera grossier, mais ça fonctionnera.

— Bien », dit Honor. Les satellites d'observation faisaient partie du matériel réglementaire et servaient peu, car les bâtiments de combat classiques étaient rarement utilisés en mission de relevés. Ils disposaient en outre d'une portée limitée et d'une intelligence rudimentaire, mais ils devraient suffire en l'occurrence. Naturellement, McKeon avait raison quant au gouffre que cela laisserait dans leurs réserves d'équipement. Rien que le réseau de détecteurs qu'ils allaient mettre en place avait coûté à la Flotte aux environs de deux cents millions de dollars, même en supposant que la plupart des têtes sensibles soient récupérables, et Honor était responsable du matériel jusqu'au dernier centime. Mais il n'y avait pas d'autre moyen d'accomplir la besogne et, si l'Amirauté poussait des cris d'orfraie à cause du coût, elle n'avait qu'à affecter davantage de bâtiments à la mission ou la placer dans des paramètres plus étroits. Et d'ailleurs, les satellites augmenteraient la note « seulement » d'un demi-million pièce.

« Dans ce cas, reprit-elle à l'adresse d'Isvarian, j'aimerais laisser le trafic aérien à l'API et créer un centre de contrôle du trafic spatial dirigé par des gens de chez nous. » Elle joua un moment avec sa chope de cacao tout en réfléchissant. « Mieux vaudrait une station au sol, à mon avis, au cas où il se passerait quelque chose hors système et que nous devions nous y rendre ; nous pourrions même installer la station à côté de votre centre de contrôle du trafic aérien afin d'améliorer la coordination des deux équipes. Qu'en dites-vous, monsieur McKeon ?

— J'en dis que nous aurons de la chance si nous sommes encore à mi-effectif quand la poussière sera retombée, répondit le second en se servant du mode « calculatrice » de son bloc mémo pour vérifier les chiffres. Une fois fourni le personnel des pinasses et des navettes, ça nous fera quarante personnes de plus de chez nous en service détaché, commandant. Nous pouvons sans doute utiliser les fusiliers pour compléter les équipes d'inspection, mais s'il faut en plus installer des membres de la Flotte dans un centre de contrôle... » Il haussa les épaules.

« J'en conviens, mais je crois que c'est indispensable », répondit Honor d'un ton calme. Ses yeux ne quittèrent McKeon qu'un instant pour se porter obliquement sur Isvarian, afin de rappeler au second qu'ils n'étaient pas seuls, et McKeon hocha la tête. Il n'y mit ni grâce ni enthousiasme, mais il hocha la tête.

« Il nous reste l'ogive de reconnaissance que nous gardions pour couvrir Méduse en notre absence, reprit-elle au bout d'un moment. La question de la durée de vie ne sera pas un problème si nous la mettons en service normal ; nous pouvons donc la placer en orbite haute pour couvrir l'autre hémisphère de la planète et employer nos instruments de bord pour envoyer les données au centre au sol sur notre hémisphère. Si nous devons nous absenter, le radar de recherche aérienne que remplacent les satellites d'observation peut être rebasculé pour couvrir le trafic spatial dans notre secteur.

— À qui prévoyez-vous de donner l'autorité à terre, commandant ? demanda McKeon.

— Hum... » Honor tambourina un instant du bout des doigts sur la table, agréablement surprise de constater qu'il s'intéressait activement à la question mais regrettant qu'il ne franchisse pas le pas suivant : réendosser ses responsabilités et proposer un nom. Il connaissait la plupart des officiers depuis des mois – des années, pour certains –, bien davantage qu'elle. Mais, après leurs débuts peu prometteurs, elle préférait s'arrêter sur ce qu'il faisait de positif et elle réfléchit, le front plissé.

« Webster ou Stromboli, je pense », dit-elle enfin. McKeon s'apprêta à protester, elle le sentit, puis il se retint en passant lui-même en revue les candidats possibles. « J'aimerais mieux Webster, poursuivit-elle, à moitié pour elle-même. C'est le plus jeune, mais il me paraît plus agressif et plus assuré. Malheureusement, il nous faut quelqu'un qui possède des connaissances en astrogation et en contrôle du trafic, ce qui désigne Stromboli.

— Et l'enseigne Tremaine ? » fit McKeon. Tremaine était l'officier de surveillance du hangar des embarcations et il faisait preuve d'une sorte de génie dans la gestion de sa section, mais Honor secoua la tête.

« Pas pour le poste de contrôleur. Et il nous faut quelqu'un d'assez gradé pour assumer le commandement du détachement, à terre et dans l'espace, si l'*Intrépide* doit s'absenter. J'aimerais mieux faire d'une pierre deux coups et nommer une seule personne pour les deux fonctions. Par ailleurs, je pense que nous aurons besoin de Tremaine pour s'occuper des vols d'inspection.

— Ça va propulser Panowski au poste d'astrogateur », dit McKeon d'un ton pensif en tapotant son bloc mémo du bout de l'index. Soudain, à sa propre surprise et à celle d'Honor, un grand sourire lui détendit les traits. « À vrai dire, ça pourrait lui faire du bien. Il a tendance à se la couler un peu douce si on n'est pas derrière lui, et Max ne lui serre pas assez la vis.

— Dans ce cas, c'est décidé, ce sera Stromboli, avec Tremaine comme second. Nous aurons besoin de quelques bons sous-officiers pour commander les petits appareils, et j'aimerais qu'ils aient un peu d'expérience dans les opérations de douane, si possible. Avons-nous des gens qui correspondent ? »

McKeon se tourna vers un des gros terminaux de la table de conférence et entra la recherche ; puis il secoua la tête.

« Désolé, commandant. Le capitaine Killian a fait un temps comme timonier pour un officier d'accostage de la SD il y a deux commissions de ça, mais c'est tout ce que nous avons.

— Et il n'est pas question que je me sépare du capitaine Killian. » Honor fronça les sourcils, puis sourit. « Mais j'ai peut-être une autre idée. » Elle enfonça une touche de l'intercom.

« Officier de quart, dit la voix du lieutenant Stromboli.

— Ici le commandant, lieutenant. Veuillez prier le bosco de me rejoindre dans ma salle de briefing.

— À vos ordres, commandant. »

Honor relâcha le bouton et se radossa en dissimulant son amusement derrière un masque serein, cependant qu'Isvarian et McKeon la dévisageaient puis échangeaient un regard. Elle chantonna doucement en les laissant à leur perplexité jusqu'à ce que le panneau s'ouvre.

Le second-maître d'équipage Sally MacBride entra et se mit au garde-à-vous. Elle portait à la manche gauche cinq bandes dorées, représentant chacune trois années manticoriennes de service – plus de cinq années T –, et elle n'allait pas tarder à en arborer une sixième. C'était une femme solide au regard franc, et l'officier non cadre le plus haut gradé de l'*Intrépide*.

« Le commandant m'a demandée ?

— Oui, merci, bosco. » D'un hochement de tête, Honor fit signe à MacBride de se mettre en position de repos. « J'ai besoin de gens avec des connaissances spécialisées et j'ai songé que vous pourriez m'aider à faire le tri.

— Tout ce que voudra le commandant. » MacBride était originaire de Griffon, comme un nombre étonnant d'officiers non cadres de la Flotte, étant donné la population relativement réduite de la planète. Unique monde habitable de Manticore B, c'était la moins hospitalière et la moins colonisée des trois planètes géomorphes du système de Manticore, et les Manticoriens comme les Sphingiens de souche prétendaient que les Griffoniens n'entraient dans la Flotte que pour échapper à la météo exécrable de Griffon. De leur côté, les sujets de Sa Majesté natifs de ce monde semblaient se croire investis d'une mission divine : maintenir en forme les mauviettes de Manticore A. Les divergences d'opinion menaient parfois à des « discussions » en dehors des heures de service qui pouvaient rendre la cohabitation difficile, mais Honor était contente de la présence de MacBride. Le bosco établissait le lien indispensable entre les officiers de la passerelle et les hommes de tout bâtiment de guerre, et MacBride avait la solide assurance d'une professionnelle après de longues années de service.

« Je ne vous demande pas de trahir le moindre secret, bosco, dit Honor, mais je cherche des gens qui auraient – par expérience personnelle, disons – une connaissance approfondie de la meilleure façon de cacher du matériel de contrebande à bord d'une navette ou d'un vaisseau stellaire. » Le sourcil gauche de MacBride se souleva imperceptiblement mais, à part cela, son expression demeura inchangée. « J'en ai besoin pour former le noyau de l'équipe d'inspection de douane que je dois détacher sur Méduse ; aussi, en plus de leur... euh... savoir-faire, il faut qu'ils sachent faire preuve d'initiative et de discrétion. Pouvez-vous me trouver ça ?

— À combien de personnes le commandant pense-t-il ?

— Oh, une quinzaine, répondit Honor en feignant de ne pas remarquer l'inhabituelle lueur d'amusement qui brillait dans les yeux gris de McKeon. Nous disposerons de trois pinasses et de deux navettes, et je voudrais une personne de ce groupe à chaque tour de quart dans chacun des appareils.

— Je vois. » MacBride réfléchit un moment, puis hocha la tête. « Oui, commandant, je peux vous trouver ça. Le commandant a-t-il besoin d'autre chose ?

— Non, bosco. Remettez votre liste au second avant la fin du quart.

— À vos ordres, commandant. » MacBride se remit au garde-à-vous, opéra un demi-tour impeccable et sortit. Le panneau se referma derrière elle.

« Excusez-moi, commandant, fit Isvarian d'un ton circonspect, mais est-ce que je viens de vous entendre demander au bosco de vous trouver quinze contrebandiers pour nos appareils de douane ?

— Non, naturellement, major. Nous sommes à bord d'un bâtiment de la Reine ; qu'est-ce que des contrebandiers feraient chez nous ? D'un autre côté, je suis persuadée qu'au cours des années passées des gens de mon équipe ont observé certains de leurs collègues qui essayaient d'embarquer clandestinement du matériel prohibé. C'est triste à dire, mais ils ont peut-être même connu des individus qui pratiquaient le marché noir à bord des navires de la Flotte. J'ai simplement prié le bosco de mettre la main sur quelques-uns de ces observateurs.

— Je vois », murmura Isvarian. Il but une longue gorgée de café puis reposa sa tasse. « Je vois très bien. »

« Commandant ? »

Honor leva les yeux et vit la tête du médecin en chef Suchon apparaître à la porte de la salle de briefing. Le médecin de l'*Intrépide* arborait une mine encore plus revêche que d'habitude et elle avait dans la main droite une puce de données ; elle la tenait comme s'il s'agissait du cadavre d'un petit animal et Honor sentit son aversion pour elle monter d'un cran en reconnaissant l'objet.

« Oui, docteur ?

— Puis-je vous parler une minute ? » demanda Suchon – d'un ton geignard, ajouta Honor *in petto*.

« Entrez, docteur. » Honor réprima un soupir et enfonça un bouton près de son terminal ; le panneau se referma derrière le médecin en chef, qui s'approcha de la table et s'assit – sans attendre d'y être invitée. Ce dernier geste irrita Honor sans proportion avec l'insolence commise et elle se gendarma pour contenir sa colère.

Suchon resta silencieuse, le visage renfrogné, visiblement indécise quant à la façon d'aborder le sujet qui l'amenait. Honor patienta un moment, puis haussa les sourcils.

« Qu'y a-t-il, docteur ? demanda-t-elle.

— C'est... enfin, c'est à propos de ces ordres, commandant. » Suchon tendit la main avec, au creux de la paume, la puce de données, et Honor hocha la tête.

« Eh bien ?

— Commandant, je ne crois pas que ce soit une bonne idée de... Enfin, vous avez détaché le lieutenant Montoya et mes quatre meilleurs assistants aux équipes de douane, or j'ai besoin d'eux ici, sur l'*Intrépide*. Je ne puis garantir de pouvoir remplir mes obligations médicales sans eux. »

Suchon se laissa aller contre le dossier de son siège en achevant sa phrase. Il y avait de la suffisance dans son maintien, l'air de quelqu'un qui vient de délivrer un ultimatum à un officier supérieur, et Honor la regarda dans les yeux pendant plusieurs secondes.

« Malheureusement, vous allez devoir vous débrouiller sans eux, docteur, dit-elle finalement, et Suchon se redressa brusquement.

— Mais c'est impossible ! Si je dois me passer d'eux, le surcroît de travail va devenir insupportable, et Montoya est le seul assistant qualifié dont je dispose !

— J'en suis bien consciente. » Honor se contraignit à conserver un ton égal, mais c'est sans aménité qu'elle regardait le médecin. « Mais je sais aussi qu'il appartient à la Flotte de fournir le personnel médical afin de contrôler les dossiers de santé et d'immunisation de tous les individus qui posent le pied sur Méduse. Tous les autres services de notre bâtiment donnent leur quote-part aux équipes de douane, docteur. Je regrette, mais le service médical devra aussi supporter sa part du fardeau.

— Mais je ne peux pas y arriver, vous dis-je ! s'exclama Suchon sur un ton très proche de l'exaspération. Vous ne vous rendez peut-être pas bien compte des responsabilités auxquelles doit faire face le service médical, commandant. Nous ne sommes pas comme les autres serv...

— Ça suffit, docteur. » Honor n'avait pas élevé le ton, mais il y perçait une âpreté si glaciale et si mordante que Suchon se rejeta au fond de son siège, effrayée. Les yeux bruns et glacés l'examinèrent avec une impassibilité mortelle et elle pâlit sous son teint hâlé.

« Vous êtes en train de me dire, docteur, reprit Honor, la voix polaire, que si je détache vos assistants – et surtout Montoya, qui assume les deux tiers de votre charge depuis mon arrivée à bord –, c'est vous qui allez devoir vous extraire de votre confortable fauteuil pour faire vous-même votre propre travail. »

Le rouge de la colère remplaça la pâleur de l'effroi et le visage de Suchon s'assombrit. Elle ouvrit la bouche, mais Honor l'interrompit d'un geste de la main, un mince sourire aux lèvres.

« Avant que vous ne m'expliquiez que j'ignore tout des arcanes de votre profession, docteur, dit-elle d'une voix douce, je crois devoir mentionner que mes deux parents sont médecins. » Suchon blêmit à nouveau. « Pour tout vous dire, mon père était lui-même médecin en chef avant de prendre sa retraite. Le docteur Alfred Harrington – peut-être avez-vous entendu parler de lui ? »

Le sourire d'Honor s'amincit encore en voyant que Suchon reconnaissait le nom. Alfred Harrington avait été sous-directeur du service de neurochirurgie du centre médical Basingford, le plus grand hôpital de la Flotte sur Manticore, avant sa retraite.

« En conséquence, docteur, vous comprendrez, je pense, que j'aie une notion tout à fait précise de vos devoirs à bord de notre bâtiment. Et j'ajouterai, puisque l'occasion s'en présente, que je ne suis pas du tout satisfaite de la façon dont vous les accomplissez depuis mon entrée en fonction. » Son sourire disparut et Suchon se raidit.

« Si toutefois les cinq personnes dont vous parliez s'avèrent indispensables au service médical de l'*Intrépide*, poursuivit Honor après un bref silence lourd de sous-entendus, je puis certainement prendre d'autres dispositions afin de les maintenir à bord. Naturellement, il sera nécessaire dans ce cas de trouver une personne dotée d'une expérience médicale suffisante pour les remplacer toutes les cinq au détachement des douanes. Une personne comme vous, docteur Suchon. »

Elle fixa sur le médecin-chef un regard froid et impassible, et Suchon dut détourner les yeux.

« Est-ce tout, docteur ? » demanda Honor d'une voix mesurée. Le médecin acquiesça nerveusement et Honor hocha la tête.

« Dans ce cas, rompez, docteur. » Elle se retourna vers son terminal pendant que le médecin-chef Suchon quittait son siège et sortait en silence.

Très droit, son bloc mémo sous le bras, le lieutenant regardait avec un sourire poli le capitaine du navire marchand havrien au bord de l'apoplexie.

« ... alors, vous et votre "équipe douanière" de pouilleux, vous pouvez aller vous faire voir ! » Sa diatribe terminée, le Havrien braqua un regard furibond sur le mince officier.

« Ce n'est malheureusement pas possible, capitaine Merker, répondit le lieutenant avec une courtoisie pointilleuse. D'après le Centre de contrôle de Basilic, vous avez débarqué du fret à... (il consulta son bloc mémo) l'entrepôt orbital Baker-Tango-quatorze. Comme vous le savez sans doute, capitaine, cela constitue un transfert de matériel en espace manticorien ; par conséquent, en application du paragraphe dix, alinéa trois, des règlements commerciaux tels qu'amendés par le Parlement en 278 A.A., l'officier des douanes le plus haut gradé a pour obligation d'inspecter votre cargaison avant de vous autoriser à poursuivre vers le nexus central du nœud. Par suite, je dois hélas insister pour effectuer mon devoir avant de vous laisser continuer. Je regrette naturellement tout dérangement que cela pourrait causer. »

Le capitaine Merker avait pris une teinte alarmante brun-rouge foncé et bredouillait des paroles incohérentes. Venizelos se contenta d'incliner la tête de côté et d'attendre avec une civilité inébranlable que son appareil vocal se décoince.

« Nom de Dieu ! Ça fait cinq années T que je fais ce circuit, rugit enfin le capitaine, et c'est bien la première fois qu'un cul-pincé de bleusaille en uniforme de parade m'arraisonne, moi, pour inspecter ma cargaison ! Vous pouvez toujours courir, mon petit bonhomme !

— Peut-être, capitaine, dit Venizelos en effaçant son sourire, mais si vous décidez de refuser l'inspection, vous n'aurez pas l'autorisation de passer.

— Ah ouais ? Et comment vous comptez m'en empêcher, petit morveux ? ricana Merker.

— En faisant tirer sur votre navire si vous tentez de forcer le passage », répondit Venizelos d'une voix glaciale et qui ne tremblait pas.

L'homme cessa brusquement de ricaner et regarda le frêle lieutenant d'un air incrédule.

« Mais ce serait un acte de guerre !

— Au contraire, capitaine, ce serait le simple exercice de l'autorité policière dans l'espace manticorien, en stricte observation de la loi interstellaire communément acceptée.

— Vous n'oseriez pas, fit Merker un ton plus bas. Vous bluffez.

— Je suis officier de la Flotte royale manticorienne, capitaine (Venizelos sentit une indéniable poussée d'adrénaline et de plaisir à affronter le grossier Havrien), et la Flotte royale manticorienne ne “bluffe” pas. »

Il soutint sans ciller le regard de l'officier, dont la colère s'effrita visiblement. Il baissa les yeux sur le pont, puis haussa les épaules d'un mouvement irrité.

« Bon, comme vous voudrez !

— Euh... capitaine ? » Le commissaire du cargo, qui avait gardé bouche close pendant tout l'échange, avait l'air nettement inquiet.

« Quoi ? Qu'est-ce qu'il y a ? gronda Merker.

— Eh bien, capitaine, c'est que je crois... Enfin, il est possible que quelques... euh... erreurs se soient glissées sur notre manifeste. » La transpiration se mit à perler au front du commissaire lorsque son supérieur, à bout de nerfs, le regarda d'un air mauvais. « Ce ne sont sûrement que... euh... que de petites négligences, poursuivit-il. Je peux... du moins, nous pouvons, mes assistants et moi, les réparer en vue de l'inspection d'ici deux ou trois heures. Capitaine ? »

Il adressa à son officier un regard suppliant et la congestion recommença de gagner le visage de Merker sous l'effet de la colère. Venizelos observa sa couleur avec intérêt, puis il toussota.

« Pardonnez-moi, capitaine Merker... » L'homme se tourna d'un bloc vers lui, les poings serrés, et le lieutenant haussa les épaules d'un air d'excuse. « Je comprends très bien que de telles petites erreurs se produisent, capitaine, et je suis tout prêt à laisser le temps à votre commissaire de corriger ses rôles ; malheureusement, cela signifie que votre navire perdra sa place dans la file d'attente des départs, et nous ne pourrons sans doute pas vous y réintégrer avant demain dans la matinée.

— Demain dans la matinée ! explosa Merker. Alors, je vais devoir poireauter dans ce trou à rats de... » Il se tut brutalement, lança un regard assassin à l'infortuné commissaire, puis se retourna vers Venizelos, un rictus mauvais à la bouche. « Bon ! S'il n'y pas moyen de faire autrement, d'accord ! Mais mon ambassade sur Manticore en entendra parler, lieutenant !

— Naturellement, capitaine. » Venizelos se mit au garde-à-vous, salua aimablement de la tête et s'engagea d'une démarche alerte dans le boyau qui le ramenait à sa pinasse. Le panneau se referma, le tube se décrocha et le pilote enclencha les réacteurs pour dégager l'appareil du périmètre de sécurité des impulseurs avant de brancher la propulsion principale.

Venizelos posa son bloc mémo sur son bureau rétractable, s'adossa dans son fauteuil et se mit à siffloter une rengaine populaire tandis que la pinasse prenait la direction du navire suivant de la liste, un grand cargo balafré de Silésia. La seconde pinasse demeura le long du bâtiment havrien, tel un symbole d'avertissement, jusqu'à ce que Merker coupe sa propulsion et repasse le seuil de départ en sens inverse.

« Grands dieux, Andreas ! » Hayne Duvalier, l'officier de liaison du capitaine Reynaud auprès de l'équipe de Venizelos, dévisageait le lieutenant avec une expression incrédule. « Vous n'auriez tout de même pas fait tirer sur lui... Si ?

— Si, répondit Venizelos.

— Mais...

— Je fais mon boulot, c'est tout, Hayne.

— Je sais, mais, sacré nom d'une pipe, Andreas, on n'applique plus les réglementations dans le coin depuis... Merde, je crois bien qu'on ne les a jamais appliquées ! Le SAC n'a jamais eu le personnel nécessaire !

— Je sais. » Venizelos fit pivoter son siège pour lui faire face. « Depuis mon arrivée, je me rends compte qu'un tas de trucs réglementaires n'ont jamais été faits. Je n'accuse d'ailleurs pas le capitaine Reynaud ni vos hommes ; ce n'est pas votre rôle, c'est le nôtre, et nous ne l'avons pas rempli. Eh bien, maintenant, nous le remplissons.

— J'ai comme l'impression que votre capitaine ne va pas vous remercier du boucan que ça va faire, fit Duvalier d'un air dubitatif.

— Peut-être, mais j'obéis à ses ordres, et je peux vous dire un truc sur le commandant Harrington, Hayne : quand elle donne un ordre, on l'exécute, point final.

— Elle n'a pas l'air commode, grommela Duvalier.

— Ça, c'est sûr, fit Venizelos avec un sourire. Je commence tout juste à me rendre compte à quel point elle n'est pas commode. Et vous voulez que je vous dise, Hayne ? Ça me plaît. »

CHAPITRE ONZE

Le lieutenant Max Stromboli se redressa avec un grand soupir et rangea proprement ses outils. Les autres membres de sa petite équipe étaient occupés à monter des paraboles de transmission sur le toit de la tour, mais ils étaient trop peu nombreux pour lui permettre de rester à l'écart en laissant le travail aux techniciens. D'ailleurs, il était encore capable de bricoler un bon panneau de circuits, se dit-il en contemplant la console avec un orgueil paternel.

Pourtant, l'orgueil était loin d'être son sentiment dominant lorsqu'il avait atterri sur Méduse. Il commençait à peine à reprendre ses repères à bord de l'*Intrépide* après le choc de l'annonce de l'exil au poste de Basilic lorsqu'il s'était de nouveau retrouvé exilé. Et, cette fois, carrément hors du bâtiment !

Il se laissa tomber dans le siège baquet rembourré, brancha la console sur le nouveau réseau de données du centre de contrôle spatial qu'alimentaient les détecteurs de l'*Intrépide* et les sondes de reconnaissance en orbite, et sourit en voyant l'holo transplanté s'allumer. Tout paraissait parfait, mais il lança une vérification complète du système par mesure de sécurité et s'installa commodément dans son fauteuil pendant que l'ordinateur travaillait.

Le commandant, se dit-il, ne faisait pas les choses à moitié – et elle ne manifestait guère de patience pour ceux qui avaient ce travers. Comme un certain Maxwell Artois Stromboli, lieutenant de vaisseau qui, il fallait bien l'avouer, n'avait fait que traîner les pieds en pleurant sur son sort depuis les manœuvres de la Flotte. Max Stromboli ne se considérait pas comme l'officier le plus brillant qu'ait jamais porté la planète Manticore, mais il valait mieux que ce à quoi il s'était laissé aller, il le savait. Il était resté dans son coin sans rien faire, comme un gamin boudeur, et quand le commandant Harrington lui avait demandé une trajectoire pour Méduse alors qu'il ne l'avait pas...

Il eut un frisson d'angoisse rétrospective. De Dieu, il avait bien cru qu'elle allait lui arracher la tête et lui ch... cracher à la figure ! Et il l'aurait bien mérité. Mais elle n'avait pas bougé ; elle avait attendu patiemment et il s'était senti humilié, mais humilié !... tout en calculant le cap, surtout parce qu'elle ne lui avait pas remonté les bretelles devant toute l'équipe de quart de la passerelle !

Et puis cette affectation à Basilic n'était pas le camouflet qu'il avait cru tout d'abord, il devait bien le reconnaître. D'accord, l'atmosphère de Méduse évoquait les effluves d'une usine chimique qui aurait ses systèmes de filtration en rideau et les indigènes ressemblaient à des monstres de foire, mais la mission était plus importante qu'il ne l'avait imaginé. Il s'en était rendu compte à l'instant où il avait vu l'installation bricolée avec laquelle l'API surveillait tant bien que mal les orbites hautes ; les gars l'avaient accueilli, lui et son équipe, avec toute la ferveur d'une garnison qu'on vient relever et ils n'avaient que des éloges à adresser au commandant, mais leurs compliments même lui avaient fait cruellement toucher du doigt à quel point – et depuis combien de temps – la Flotte les avait laissés tomber.

Avec un soupir, il fit pivoter son siège pour examiner la sortie imprimante du premier test. Ç'avait l'air bon ; laissant le listing s'accumuler dans le bac de réception, il regarda par la fenêtre.

Grands dieux, quelle planète minable ! Son centre de contrôle nouvellement établi se trouvait au premier étage d'une des tours d'angle de l'enceinte gouvernementale et il disposait d'une vue épouvantablement imprenable sur des kilomètres et des kilomètres d'une mousse pommelée gris-vert qui s'étendait jusqu'aux rives d'un machin que les indigènes appelaient « fleuve ». Le chenal où roulait un flot graisseux, épais, alourdi de limon, faisait partie des centaines d'autres qui circulaient à travers le delta marécageux, et au-delà se dressaient les murs d'une cité d'Échassieux.

Il prit une paire de jumelles électroniques sur une console et observa la courtine qui faisait face au fleuve. Avec l'impression de pouvoir la toucher, il s'émerveilla de la dimension des blocs qui la composaient ; ils avaient été extraits d'une carrière très loin en amont et convoyés par bateau jusqu'à leur emplacement actuel, et le moindre d'entre eux devait avoir un mètre de côté. Sacrée réalisation, même sous cette gravité, pour une civilisation qui ne connaissait que la force musculaire, et surtout pour une créature aussi apparemment maladroite et dégingandée qu'un Échassieux.

Il se fixa sur un des indigènes, incapable au fond de lui-même de croire qu'ils aient pu bâtir ces énormes fortifications. Comme sur Sphinx, l'équivalent des mammifères sur Méduse (il n'existait pas d'oiseaux) étaient hexapodes, mais là s'arrêtait la similitude. Les animaux sphingiens étaient trapus, carrés, en dehors des espèces arboricoles comme les chats sylvestres, à cause de la gravité locale ; les médusiens, eux, étaient grands, minces et dotés par-dessus le marché d'une symétrie trilatérale. Les indigènes étaient indéniablement à sang chaud et vivipares, mais ils rappelaient bien davantage à Stromboli un insecte de la

Vieille Terre qu'on nommait la mante religieuse, vu sur une émission holo, qu'un véritable mammifère. Sauf que, naturellement, aucun insecte solarien n'avait les membres disposés de façon équidistante tout autour du corps.

À l'instar de l'Homme, la forme de vie dominante avait libéré ses membres supérieurs pour manipuler les objets, mais elle avait des jambes d'une longueur et d'une maigreur excessives selon les critères humains. Évidemment, leur disposition tripodique donnait aux créatures une stabilité extraordinaire une fois bloquées les six articulations, mais ces articulations, c'était justement encore un élément de gêne pour Stromboli : pas plus que celles des hanches, elles ne se pliaient ; elles pivotaient, et, quand il regardait un Échassieux se déplacer, le lieutenant Stromboli se sentait un vague malaise au creux de l'estomac. Dieu seul savait à quoi ils ressemblaient quand ils couraient !

L'ordinateur émit un petit bruit pour signaler la fin de la vérification ; Stromboli reposa ses jumelles et se retourna vers son panneau. C'était peut-être une planète minable, mais il avait la responsabilité de son trafic orbital et il éprouva soudain une envie inattendue de se mettre au travail.

L'énorme navette de fret antigrav avait l'air d'un insecte, blottie contre le vaisseau mère sous pavillon manticorien, et la pinasse des douanes qui s'y raccorda ressemblait à un microbe. Deux membres d'équipage de la navette se tenaient, raides comme des piquets, à l'extrémité du tube, telles des sentinelles revêches. L'enseigne de vaisseau Scotty Tremaine n'avait pas tout à fait treize ans manticoriens et c'était sa première affectation depuis l'obtention de son diplôme, mais il sentit, à leur attitude, que quelque chose clochait. Ils avaient déjà paru extrêmement mal à l'aise la première fois qu'il était monté à bord de leur navire, aussi se tourna-t-il pour observer Harkness, mine de rien.

Le second-maître Harkness était ce qu'on appelle un personnage, du moins Tremaine en avait-il l'impression ; il avait jeté un coup d'œil sur son dossier personnel avant de quitter le bâtiment (geste que les instructeurs de l'Académie recommandaient à tout officier avant de prendre le commandement de son détachement), et il regrettait de n'avoir pas eu davantage le temps de se plonger dans cette passionnante lecture. Harkness faisait partie de la Flotte depuis plus de vingt ans, soit presque trente-cinq années T, et il avait été cité douze fois, selon le décompte de Tremaine, pour passer premier-maître. Il y était d'ailleurs arrivé, une fois. Mais le second-maître Harkness avait une faiblesse – deux, en fait : il était constitutivement incapable, lorsqu'il n'était pas de service, de croiser une veste de fusilier dans un bar sans chercher aussitôt à massacrer celui qui la portait, et, par ailleurs, il se croyait une obligation humanitaire de fournir à ses camarades de bord toutes les petites choses qu'on ne trouve normalement pas dans le magasin d'un navire.

C'était aussi un des meilleurs techniciens missiles du service, ce qui expliquait peut-être qu'il appartenait toujours à ce même service.

Mais, en l'occurrence, ce qui intéressait Tremaine, c'était ce que lui avait dit le bosco MacBride avant qu'ils ne quittent le bord. Tremaine aimait bien le bosco ; même si elle le considérait comme un gosse pas trop futé, elle semblait penser qu'un jour, convenablement formé par les boscos dont le devoir sacré était d'essuyer le nez et de torcher les fesses des enseignes et de les empêcher de s'emmêler les pieds, il ferait peut-être un officier valable. En attendant, les suggestions infiniment respectueuses de MacBride l'arrêtaient en général juste avant qu'il ne mette le pied en plein dedans.

« L'enseigne aurait peut-être intérêt à lâcher les rênes au second-maître Harkness, avait dit MacBride *sotto voce*. Si quelqu'un peut reconnaître une cargaison foireuse, c'est bien lui. Et puis (elle l'avait regardé avec une de ses fameuses expressions pince-sans-rire) j'ai... discuté avec lui de l'importance de son affectation. »

Voilà donc pourquoi Tremaine changea légèrement de position et s'écarta pour s'accouder sur un transporteur, d'où il pouvait observer Harkness tout en surveillant les hommes d'équipage.

Une copie du manifeste à la main, Harkness se déplaçait parmi les palettes antigrav proprement rangées et vérifiait les étiquettes des conteneurs métalliques. Un lecteur à bande magnétique déformait la poche de son bleu de travail, mais le rabat de l'appareil était toujours fermé. Soudain il ralentit le pas, puis se baissa pour examiner une palette, et Tremaine nota qu'un des hommes d'équipage se raidissait.

« Monsieur Tremaine ? fit Harkness sans se retourner.

— Oui, second-maître ?

— Je crois que ceci va vous intéresser. »

C'était étonnant, ce ton paternel chez un homme au visage meurtri de boxeur. On aurait dit un professeur qui s'apprêtait à faire une expérience pour le bénéfice d'un élève particulièrement apprécié, et Tremaine traversa la soute pour se placer à ses côtés.

« Qu'y a-t-il, second-maître ?

— Ceci, monsieur Tremaine. » Un doigt carré aux phalanges couturées de cicatrices indiqua la bande argentée des douanes qui entourait le conteneur et, en particulier, le cachet des services douaniers royaux, avec le petit vaisseau stellaire surmonté de la manticore couronnée et flanqué du sphinx et du griffon cabrés, les armes du Royaume. Tout parut normal à Tremaine.

« Eh bien ?

— Ma foi, monsieur Tremaine, fit Harkness d'un ton pensif, je ne suis pas sûr, mais... » Le large index souleva le cachet et Tremaine cilla lorsqu'il se détacha avec un claquement de la bande dont il faisait normalement partie intégrante. L'enseigne se pencha et distingua le ruban de plastique qui passait à l'endroit d'où avait été découpé le cachet d'origine.

« Vous savez, monsieur Tremaine, reprit Harkness du même ton songeur, je parie que ces pauvres conn... pardon, monsieur (il n'avait pas l'air spécialement embarrassé, mais Tremaine glissa ; il avait d'autres chats à fouetter) : ces pauvres gars de l'API ont dû se débrouiller si longtemps sans matériel qui vaille qu'ils en sont devenus négligents. » Il secoua la tête avec l'expression d'un homme de l'art qui déplore un travail bâclé. « Avec un vrai douanier, ça ne serait jamais passé.

— Je... vois. »

Tremaine jeta un coup d'œil par-dessus son épaule aux deux hommes d'équipage à présent très mal à l'aise. L'un d'eux se déplaçait en crabe vers le pont d'envol de la navette et Tremaine fit un signe de tête au soldat Kohl. Le fusilier changea légèrement de position et dégrafa le holster de son étourdisseur. L'homme se pétrifia.

« Qu'y a-t-il là-dedans, à votre avis, second-maître ? demanda l'enseigne d'un ton enjoué, car il commençait à bien s'amuser.

— Eh bien, monsieur, d'après le manifeste, ce truc (il donna un coup sur la caisse) contient des charrues à traction animale en duralliage à destination de l'agent du cartel Hauptman sur Méduse.

— Ouvrons et voyons ça.

— À vos ordres, monsieur. » Avec un large sourire qui découvrit des dents beaucoup trop régulières pour être naturelles, Harkness tira une forceuse d'une de ses vastes poches. Il poussa le bouton, déclenchant le gémissement strident que la loi manticorienne imposait à titre d'avertissement sur ce type d'outils, puis il passa la lame invisible le long de la bande douanière falsifiée. Le plastique argenté partit en éclats, puis on entendit le doux chuintement des pressions qui s'équilibrent lorsqu'il libéra le couvercle.

Il le souleva, puis s'interrompit à mi-mouvement.

« Tiens, tiens, tiens », murmura-t-il, à quoi il ajouta d'un air absent « monsieur » en se rappelant vaguement la présence de l'enseigne à ses côtés. Il acheva d'ouvrir le conteneur jusqu'à ce que le dessus se bloque. « Drôlement bizarres ces charrues, je trouve, monsieur Tremaine.

— En effet », fit Tremaine au bout d'un moment en se penchant pour caresser la fourrure lustrée, d'un fauve doré. Le conteneur faisait deux mètres de long sur un de large et un de profondeur, et il paraissait entièrement rempli. « Est-ce bien ce que je crois, second-maître ?

— Si vous croyez que ce sont des fourrures de maxikodiak de Griffon, c'est bien ça, monsieur. » Harkness secoua la tête et Tremaine eut l'impression d'entendre cliqueter le terminal de crédit sous son crâne. « Il doit y en avoir pour deux ou trois cent mille dollars, dit le second-maître d'un air méditatif. Dans ce seul conteneur, ajouta-t-il.

— Et le maxikodiak figure sur la liste des espèces protégées. » Le ton de Tremaine était si menaçant que le second-maître se redressa et le regarda, étonné. Le jeune homme n'avait plus l'air jeune du tout ; il contempla le conteneur, puis se retourna pour poser des yeux furieux sur les hommes d'équipage qui essayaient de se faire tout petits. « Croyez-vous qu'ils allaient convoyer ces fourrures à la surface, second-maître ?

— À la surface ou à l'entrepôt. Je ne vois pas ce qu'ils auraient pu faire d'autre, monsieur. En tout cas, ce genre de marchandise ne sert à rien aux Échassieux, ça, c'est sûr.

— C'est bien ce que je pensais. » L'enseigne hocha la tête à part lui, puis parcourut du regard la soute mal éclairée. « Second-maître Harkness, je crois qu'il vaut mieux vérifier tous les autres cachets de douane. » Le sous-officier acquiesça et Tremaine adressa un sourire glacial à l'équipage de la navette qui n'en menait pas large. « Pendant ce temps, ces messieurs et moi-même allons rendre une petite visite à leur capitaine. Je voudrais faire un tour dans sa soute principale, également.

— À vos ordres, monsieur. » Le sous-officier au visage peu amène se mit au garde-à-vous, manifestation de respect qu'il se donnait rarement la peine d'adresser aux enseignes qui ne lui signalaient pas vertement sa négligence, puis, de la tête, il fit signe à ses deux équipiers de le suivre, cependant que Tremaine, le soldat Kohl et deux hommes d'équipage vraiment très mal à l'aise quittaient la soute.

Honor secoua la tête en terminant d'écouter le message enregistré de l'enseigne Tremaine, puis elle coupa le terminal, non sans noter que l'enseigne avait attribué la découverte initiale de la fraude au second-maître Harkness et non à lui-même. C'était inhabituel chez un officier si peu gradé, mais cela confirmait sa première impression du jeune homme.

Elle avait espéré cette attitude de sa part en l'affectant au détachement de Méduse ; ce qu'elle n'avait pas espéré, en revanche, c'est qu'il vérifie si rapidement l'hypothèse de la contrebande formulée par dame Estelle. Et, elle devait bien l'avouer, elle ne s'était pas non plus attendue à y trouver mêlé un navire manticorien – à destination du cartel Hauptman, par-dessus le marché.

Elle fit pivoter son fauteuil pour regarder McKeon, de l'autre côté du bureau. L'officier en second avait la mine de quelqu'un qui vient de mordre dans un fruit aigre et Nimitz leva le menton de son juchoir capitonné pour l'observer d'un air songeur.

« J'ignore ce qui l'emporte chez Tremaine : la fierté de ce qu'il a fait ou l'incertitude quant à ce qu'il doit faire, dit-elle, et les épaules contractées de McKeon tressaillirent. Cette histoire, je pense, va connaître d'intéressantes répercussions sur Manticore.

— Oui, commandant. » Les lèvres de McKeon s'agitèrent un moment sans produire aucun son, puis il croisa le regard d'Honor. « Vous savez que Hauptman va nier toute participation à cette affaire.

— Quarante-trois millions en fourrures illégales ? Naturellement – tout comme le capitaine du *Mondragon* soutient que ce sont les fées de l'espace qui les ont placées dans ses soutes, fit Honor avec ironie. Je me demande ce que Tremaine va nous rapporter d'autre lorsqu'il va s'attaquer aux cales principales du bâtiment.

— Des ennuis, commandant. » McKeon parlait à mi-voix, comme en proie à un conflit intérieur, et Honor leva les sourcils. Le second s'agita d'un air embarrassé dans son siège, puis il soupira et parut perdre un peu de son formalisme. « Quoi que trouve Tremaine, Hauptman affirmera n'avoir rien à y voir et vous pouvez parier qu'ils auront tous les documents pour le prouver, soi-disant. Le mieux que nous pourrons faire, ce sera d'épingler le capitaine du *Mondragon* et, probablement, son commissaire de bord.

— C'est un début, monsieur McKeon. Et les documents ne seront peut-être pas aussi bétonnés que vous le pensez.

— Écoutez, commandant, je sais que souvent nous ne nous... » Le capitaine de corvette s'interrompit et se mordit la lèvre. « Enfin, vous allez vous mettre le cartel à dos et ils ont des amis haut placés qui sauront traduire leur mécontentement. Vous avez mis la main sur une cargaison de fourrures illégales, mais cela en vaut-il la peine ? Cela en vaut-il vraiment la peine ? »

Le regard d'Honor se durcit de façon inquiétante et il poursuivit aussitôt : « Ce fret est illégal – Dieu sait ! –, ce n'est pas ce que je veux dire, et je vois bien ce que vous essayez de faire. Mais le jour où nous quitterons le poste de Basilic, tout redeviendra comme avant. Pour eux, c'est sans doute une goutte d'eau dans l'océan de leurs revenus, mais ils ne vous oublieront pas.

— J'y compte bien, capitaine », répondit Honor d'une voix glaciale, et McKeon la dévisagea, l'air inquiet. Pour la première fois depuis trop longtemps il se faisait du souci pour son commandant parce que c'était son commandant, mais ce regard sombre et blindé était inébranlable.

« Vous allez mettre en danger toute votre carrière pour un geste qui ne changera rien à l'affaire ! protesta-t-il. Commandant, ce genre d'incident, c'est...

— C'est ce à quoi nous devons mettre un terme. » La voix d'Honor coupa la sienne comme une dague, et il fit une grimace en percevant comme une souffrance sous la colère qui brûlait dans ses yeux. Une souffrance et autre chose... Du mépris peut-être, douloureux, trop douloureux. Il se tut et les narines d'Honor s'évasèrent.

« Capitaine McKeon, reprit-elle de la même voix glacée, mon devoir ne varie pas en fonction de ce que d'autres doivent ou ne doivent pas faire pour remplir le leur. Et peu m'importe la personnalité de ceux qui se livrent à des activités délictueuses sous mon mandat. Nous soutiendrons l'enseigne Tremaine jusqu'au bout. En outre, je veux qu'on porte un intérêt accru à tous les bâtiments – tous, capitaine – affrétés par le cartel Hauptman. Est-ce clair ?

— C'est clair, commandant, répondit-il avec regret. Je voulais seulement...

— Je vous remercie de votre souci, le coupa-t-elle sèchement, mais l'*Intrépide* remplira ses obligations. Toutes ses obligations.

— Oui, commandant.

— Merci. Rompez, capitaine. »

Il se leva et quitta la cabine, inquiet, les pensées embrouillées, en emportant avec lui le fardeau d'une étrange et profonde honte.

Chapitre douze

L'huissier de l'Amirauté ouvrit la porte du bureau et s'inclina devant le grand amiral aux cheveux sombres qui la franchit, puis il la referma derrière lui. L'amiral des verts Lord Hamish Alexander s'approcha des immenses baies vitrées pour contempler les flèches aux reflets éblouissants et les tours aux teintes pastel de la cité d'Arrivée, capitale du royaume stellaire de Manticore.

Les eaux bleu marine de la baie Jason, en réalité une mer intérieure de plusieurs centaines de kilomètres de long, s'étendaient jusqu'à l'horizon méridional, étincelantes sous les feux de Manticore A, et, malgré l'air conditionné du bureau, l'amiral sentait la chaleur du soleil sur son visage à travers le plastique isolant des fenêtres. Il appréciait la température extérieure, bien qu'elle soit élevée au point d'en devenir presque désagréable, car il arrivait de la propriété de sa famille, dans le duché de Haut-Sligo, et c'était l'hiver dans l'hémisphère nord de Manticore. Arrivée, en revanche, était située à moins de quinze cents kilomètres de l'équateur, et une verdure brillante ondulait dans la brise de l'autre côté de la baie constellée de voiles.

Il se détourna des fenêtres, les mains dans le dos, et examina le bureau du Premier Lord des Forces spatiales. La pièce était lambrissée de bois indigène aux tons clairs, ce qui ne constituait pas l'extravagance que c'eût été sur un monde intérieur, et il y avait une cheminée dans un angle, fonctionnelle et pas seulement ornementale ; ça, en revanche, se dit Alexander, c'était une extravagance. Le siège de l'Amirauté était un bâtiment vieux de plus d'un siècle et demi manticorien et d'un peu plus de cent étages, édifice modeste pour une civilisation qui connaissait l'antigravité, mais le conduit de cet âtre devait traverser une trentaine d'étages de puits d'aérage et de ventilation. On ne pouvait que rester stupéfait devant l'opiniâtreté de celui qui avait conçu ce bâtiment, surtout dans un climat qui exigeait bien davantage l'air conditionné que le chauffage.

Il eut un petit rire et regarda sa montre. Le Premier Lord des Forces spatiales était en retard – rien d'extraordinaire chez un homme aussi occupé – et Alexander se mit à déambuler sans hâte dans le bureau familier en observant les maquettes de vaisseaux stellaires et les portraits démodés à l'huile et à l'acrylique de vieux amis, avec lesquels il refit connaissance, et de nouvelles têtes.

Il admirait le détail d'une réplique d'un mètre de long du HMS *Manticore*, orgueil de la Flotte, lorsque la porte s'ouvrit derrière lui. Il se retourna et son visage rugueux s'éclaira d'un sourire en voyant apparaître l'amiral Sir James Bowie Webster. Le Premier Lord avait le menton Webster et il eut un grand sourire en serrant fermement à deux mains la poigne d'Alexander.

« Hamish ! Vous avez l'air en forme, à ce que je vois. Désolé de vous obliger à sortir de chez vous si près de l'anniversaire d'Émily, mais il fallait que je vous parle.

— C'est ce que j'ai cru comprendre », répondit sèchement Alexander tandis que Webster lui lâchait la main et s'effondrait sans grâce dans son fauteuil. Négligeant l'offre d'un autre siège, Alexander s'assit sur un coin du bureau, assez grand pour servir de pas de tir à une navette.

« À propos, comment va Émily ? Et votre père ? demanda Webster dont le sourire s'était un peu éteint, et Alexander haussa les épaules.

— Aussi bien qu'on peut l'espérer, l'un comme l'autre. Le docteur Gagarian a une nouvelle thérapie qu'il veut faire essayer à Émily, et Père supporte l'hiver couci-couça, mais... »

Il haussa encore une fois les épaules, comme un homme qui tâte une vieille blessure et trouve inchangée la douleur familière, et Webster hocha la tête sans rien dire. Le père d'Alexander, le comte de Havre-Blanc, douzième du nom, avait près de soixante-quatre ans – soit plus de cent dix années T – et faisait partie de la dernière génération pré-prolong ; il ne lui restait sans doute guère d'hivers à vivre. Quant à lady Émily Alexander, son histoire était une des plus grandes tragédies de Manticore, que Webster – comme toute personne qui la connaissait personnellement et comme des milliers de gens qui ne l'avaient jamais rencontrée – ressentait comme la sienne propre. Autrefois portée aux nues comme la plus grande actrice d'holothéâtre du royaume, elle demeurait une de ses dramaturges et productrices les plus aimées et les plus respectées, mais elle avait dû quitter la scène de l'HT à la suite d'une collision d'aérocar qui l'avait laissée totalement invalide. Ses nerfs endommagés refusaient obstinément greffes et régénération, et même la science médicale moderne était impuissante à reconstruire les centres locomoteurs détruits.

Webster retint l'expression bien inutile de sa sympathie, qui ne ferait que mettre son ami mal à l'aise, et, se reprenant, observa l'officier qui se tenait devant lui. Hamish Alexander avait quarante-sept ans – un peu plus de quatre-vingts années standard – et, bien qu'il parût le tiers de l'âge de son père, de récentes rides de souci se dessinaient autour de ses yeux et de nouveaux fils blancs ornaient ses tempes.

« Et votre frère ?

— L'Honorable Willie ? » Hamish se dérida aussitôt et dans ses yeux naquit une étincelle rieuse. « Notre noble Lord de l'Échiquier est en excellente forme ! Il ne m'a pas caché le fond de sa pensée – exprimée de façon très crue – sur le prochain budget de la Flotte.

— Il le trouve trop élevé ?

— Non, il prévoit simplement de passer un mauvais quart d'heure à essayer de le faire approuver par le Parlement. Mais enfin, il doit commencer à s'y habituer.

— Je l'espère, parce que celui de l'année suivante sera probablement pire, fit Webster en soupirant.

— J'imagine. Mais je ne pense pas que vous m'ayez fait venir pour entendre les réflexions de Willie sur le budget, Jim. Qu'y a-t-il ?

— À vrai dire, d'une certaine façon, je voulais effectivement sonder Willie – à travers vous – à propos d'une question récemment apparue. Ou plutôt non, pas tant Willie que le gouvernement dans son ensemble.

— Vous commencez à m'inquiétez.

— Ce n'est peut-être pas inquiétant, mais complexe, certainement. » Webster se passa la main dans les cheveux avec une expression tourmentée qui ne lui ressemblait pas. « Il s'agit du poste de Basilic, Hamish.

— Oho ! » murmura Alexander. Il balança une jambe en contemplant le bout de sa botte impeccablement cirée. Politiquement, Basilic était depuis toujours une affaire épineuse, et, considérant le point de vue du Premier Lord actuel sur le système, rien d'étonnant à ce que Webster cherche à connaître discrètement – et officieusement – la position du gouvernement sur la question sans y impliquer son supérieur civil.

« Oho, comme vous dites, fit Webster d'un ton acide. Vous savez ce qui se passe là-bas ?

— J'ai cru comprendre que ça s'agitait un peu. » Alexander haussa les épaules. « Rien de précis, seulement des rumeurs sans doute exagérées.

— Dans le cas présent, peut-être ne sont-elles pas si exagérées que ça. » Le ton de Webster fit lever les sourcils à Alexander, et le Premier Lord des Forces spatiales fit la grimace. Il plongea la main dans un tiroir de son bureau et en tira un respectable paquet de puces à messages.

« Hamish, ce que vous voyez là, ce sont quatorze protestations officielles émanant de l'ambassadeur havrien, six du consul havrien de Basilic, seize de divers cartels marchands aussi bien manticoriens qu'étrangers, et les déclarations sous serment de neuf capitaines de navires marchands havriens qui se disent victimes de harcèlement et de fouille illégale de leur vaisseau. J'ai également, ajouta-t-il d'un ton presque indifférent, cinq déclarations similaires de la part de capitaines non havriens et trois plaintes pour “menaces injustifiées d'emploi d'armes meurtrières” proférées par des officiers de la Flotte. »

À mesure qu'avançait l'inventaire des messages, les sourcils d'Alexander étaient montés presque à la rencontre de la racine de ses cheveux. Il cilla. « On dirait que ça s'agite vraiment, murmura-t-il.

— C'est le moins qu'on puisse dire.

— Eh bien, contre qui sont dirigées ces protestations et ces déclarations sous serment ?

— Elles concernent une certaine Honor Harrington, capitaine de frégate.

— Comment ? » Alexander glousssa soudain. « Celle qui a descendu Sebastian d'une seule bordée ?

— Elle-même », acquiesça Webster avec un sourire involontaire. Il se reprit. « Pour le moment, le capitaine Harrington fait fonction d'officier commandant au poste de Basilic.

— Elle fait quoi ? Nom de Dieu, qu'est-ce qu'un officier capable de réussir une manœuvre pareille fabrique au poste de Basilic ?

— Je n'y suis pour rien, protesta Webster. C'est tombé d'en haut, pourrait-on dire, après que la géniale stratégie de Sonja est partie en eau de boudin pendant le reste des exercices de la Flotte.

— Ah ! Elle a donc préféré balayer son erreur sous le tapis, sans s'occuper du prix à payer pour l'officier qui l'avait appliquée ? » Le mépris d'Alexander était évident et Webster haussa les épaules.

« Je sais que vous n'aimez pas Sonja, Hamish ; d'ailleurs, je n'ai moi-même qu'une affection limitée pour elle, mais je crois que cette fois elle n'y était pour rien non plus. À mon avis, c'est Janacek. Vous savez à quel point ce vieux réactionnaire de... » Webster s'interrompit soudain. « Enfin, vous savez qu'il veille aux intérêts de la famille.

— Hum. » Alexander hocha la tête et Webster haussa de nouveau les épaules.

« Bref, il m'a fait part de ses désirs, et j'étais trop occupé à barguigner avec lui à propos de la nouvelle aile d'ingénierie de Saganami pour dire non.

— D'accord, mais pourquoi un capitaine de frégate est-il commandant ? Il faudrait qu'elle soit au moins capitaine de vaisseau.

— Je le reconnais. » Webster inclina son fauteuil en arrière. « Que savez-vous de Pavel Young ?

— Qui ça ? fit Alexander en battant des paupières, égaré par l'apparent coq-à-l'âne. Le fils de Nord-Aven, vous voulez dire ?

— C'est ça.

— Pas grand-chose – et le peu que j'en sais ne me plaît pas. Pourquoi ?

— Parce que, normalement, c'est le capitaine de vaisseau Lord Pavel Young qui est commandant de

Basilic. Malheureusement, son bâtiment nécessitait un “radoub urgent” et il a jugé les travaux trop compliqués pour les laisser aux soins de son second. Il est donc rentré sur Manticore – en abandonnant Harrington et un seul croiseur léger au poste. »

Alexander le dévisagea d'un air incrédule et Webster rougit sous son regard abasourdi.

« Jim, je vous connais depuis de longues années, dit enfin Alexander. Alors, si vous m'expliquiez pourquoi vous ne l'avez pas relevé de ses fonctions ?

— Pour des motifs de politique, fit Webster en soupirant. Vous devez bien vous en douter. C'est une des raisons pour lesquelles je veux vos impressions sur la manière dont le gouvernement va réagir à cette affaire, selon vous. J'ai ces fichus Havriens qui crient vengeance, une demi-douzaine de cartels – menés par celui de Hauptman – plus excités qu'un boisseau de puces, la comtesse Marisa qui s'apprête à combattre le budget de la Flotte bec et ongles, soutenue par ces satanés “Hommes Nouveaux”, et vous savez comme moi que, politiquement, Nord-Aven est une grosse pointure ! J'ai fait ce que j'ai pu pour dégager Young en touche. Mais croyez-vous vraiment que le duc me remerciera si je fous l'Association conservatrice en pétard à un moment pareil en mettant à pied le fils préféré et gâté-pourri du numéro deux de Haute-Crête ?

— Non, sans doute », reconnut Alexander au bout d'un moment ; mais cet aveu lui laissa un goût amer dans la bouche. La majorité de l'aristocratie manticorienne respectait une tradition de service public alimentée par un puissant sentiment de noblesse oblige* ; ceux qui n'y obéissaient pas étaient parmi les plus égocentriques et les plus intolérants de l'univers connu, et l'Association conservatrice du baron Michael de Haute-Crête leur servait de repaire. Le but

* En français dans le texte.

avoué de l'Association était de « rétablir l'équilibre historique du pouvoir tel que le concevaient nos fondateurs » entre la noblesse et la roture arrogante – équilibre qui, comme le savait pertinemment Alexander, n'avait jamais existé que dans leurs fantasmes.

Il rumina un instant ses réflexions puis fronça les sourcils. « À quoi ressemble ce Young ?

— C'est un petit morveux suffisant qui ne pense qu'à couchailler, doublé d'un incompétent à l'esprit rétréci », répondit Webster du tac au tac, et son visiteur réprima un petit sourire. « Un vrai petit Nord-Aven.

— Je veux bien le croire, s'il s'est déchargé de ses responsabilités sur un officier moins gradé pour regagner en vitesse la civilisation.

— C'est plus moche que ça, Hamish, bien plus moche. » Alexander haussa les sourcils et Webster eut un geste agacé. « À moins que je ne me trompe, en laissant Harrington sur place, il s'est arrangé pour qu'elle ruine sa carrière.

— Qu'est-ce qui vous fait penser ça ?

— Il y a beaucoup de rancœur entre eux depuis le temps où ils étaient à l'Académie. J'ignore les détails – c'était Hartley le commandant à l'époque et vous savez comme il est difficile de lui tirer les vers du nez –, mais Young a écopé d'une réprimande officielle pour conduite inconvenante. Il saute sur les femmes comme un maxikodiak sur un bison de Beowulf, à l'imitation de son père et de ses deux frères, et, semble-t-il, il n'a pas accepté qu'elle refuse ses avances. Si j'ai bien compris, ç'a dégénéré.

— Vous voulez dire qu'il... ? » Alexander se leva à demi du bureau avec une expression menaçante, mais Webster l'immobilisa d'un sourire.

« J'imagine qu'il a essayé, mais Harrington est originaire de Sphinx. » Les yeux d'Alexander se mirent à pétiller et Webster hocha la tête. « En plus, elle était seconde de l'équipe de démonstration de combat à mains nues en dernière année. D'après les renseignements que j'ai pu glaner, c'est lui qui a commencé, mais c'est elle qui a fini. » Son sourire s'effaça. « Voilà pourquoi il lui a collé le poste de Basilic sur le dos, et je crains fort qu'il n'ait réussi à la coincer.

— Comment ça ? Sur quoi portent tous ces messages de protestation ?

— Personne n'a prévenu le capitaine Harrington, dirait-on, que le poste de Basilic, c'est là que nous envoyons tous nos incompétents et nos ratés. Elle n'a qu'un seul bâtiment, mais ça ne l'empêche pas d'appliquer à la lettre les réglementations commerciales au trafic de Basilic. Et, par-dessus le marché, au cours des trois dernières semaines, elle a largué pour quelques centaines de millions de dollars de sondes de reconnaissance pour couvrir le système intérieur tout entier, mis sur pied un système de contrôle du trafic spatial dirigé par la Flotte autour de Méduse et enfin pris à sa charge les services douaniers dont l'API s'occupait jusque-là. Pour tout dire, elle fait un tel ramdam que, d'après l'amiral Warner, Young n'apprécie plus tellement le congé qu'il s'est octroyé et il commence à essayer d'expédier ses réparations pour retourner là-bas mettre le holà. À mon avis, il craint d'avoir créé un monstre qui risque de l'entraîner dans sa chute, avec ou sans protection. Malheureusement, les gars et les filles de Warner, sur l'*Héphaïstos*, ont ouvert le bâtiment de Young comme une vieille boîte de singe ; je n'ai pas de certitude, mais j'ai la nette impression que Warner fait traîner le radoub rien que pour le plaisir de voir Young sur les charbons ardents ; et, comme notre jeune Nord-Aven ne peut pas repartir en laissant son vaisseau sur place sans avouer sa petite manigance, il est bel et bien coincé.

— Grands dieux ! fit Alexander en mesurant ses termes. Voudriez-vous dire qu'il y a enfin un commandant qui fait son boulot au poste de Basilic ? C'est extraordinaire !

— Oui, elle fait son boulot et même sacrément bien, autant que je puisse en juger, mais c'est justement à ce propos qu'on m'adresse tout ça. » Webster indiqua les puces à messages. « Elle a placé des détachements dans tout le système, et celui ou celle à qui elle a confié les inspections du terminus ne plaisante pas du tout. Il applique à tout le monde, et je dis bien tout le monde, les règlements jusqu'au moindre chapitre et alinéa, et je ne pense pas qu'il le ferait sans le soutien exprès d'Harrington. Naturellement, les Havriens sont montés sur leurs grands chevaux, mais il impose les mêmes inspections à nos propres navires marchands ; rien que ça suffirait à remettre à leur place toutes les maisons commerciales du royaume après la liberté totale dont elles ont toujours joui là-bas, mais ce n'est pas le pire. Vous rappelez-vous les rumeurs sur des opérations de contrebande qui transiteraient par Méduse ? » Alexander hocha la tête et Webster sourit d'un air lugubre. « Eh bien, les équipes d'inspection orbitales d'Harrington ont saisi pour plus de cent millions de dollars de matériel frauduleux – aux dernières nouvelles – et elle a lancé des procédures de jugement et de condamnation à l'encontre des propriétaires. Et, au passage, elle a épinglé le cartel Hauptman alors qu'il essayait de passer en fraude des fourrures de maxikodiak par Méduse et lui a remis une citation à comparaître. Elle a saisi un cargo de quatre millions de tonnes et demie affrété par Hauptman – le *Mondragon* – et l'a fait mettre sous équipage de prise, sacré nom de Dieu !

— Oh là là ! » Alexander se tenait les côtes dans un vain effort pour s'empêcher d'éclater de rire à l'idée de la pagaille que la fameuse Harrington devait laisser dans son sillage.

— Vous trouvez peut-être ça drôle, grommela Webster, mais Klaus Hauptman en personne s'est présenté à mon bureau en jurant ses grands dieux que ses employés étaient innocents comme l'agneau qui vient de naître, que la faute en incombait au seul capitaine du *Mondragon* et qu'Harrington ne cessait de harceler ses autres affrètements, tout à fait légaux ceux-là. Il veut sa tête et les Havriens sont en train de lui affûter une hache avec toutes leurs “protestations” ! Ce qui arrive à leur trafic au niveau du nœud les énerve déjà, mais vous connaissez leur position officielle quant à notre annexion de Méduse. Leur consul est au bord de l'apoplexie lorsqu'il parle de “fouilles totalement illégales de navires marchands en règle durant leurs activités commerciales légitimes avec une planète indépendante”. Cette affaire contient tous les ingrédients d'un incident diplomatique de première classe et ça ne va pas en s'arrangeant.

— Les Havriens peuvent aller se faire foutre ! s'exclama Alexander, oubliant de rire cette fois-ci. Et Hauptman aussi ! Pour moi, j'ai l'impression qu'Harrington fait exactement ce que nous aurions dû faire depuis des années, Jim !

— Ah oui ? Et vous croyez que Sir Edward Janacek partagera votre point de vue ?

— Non, mais ce n'est pas une raison pour tomber à bras raccourcis sur Harrington parce qu'elle fait son boulot. Crénom, d'après ce que vous me dites, Young a tout fait pour la poignarder dans le dos ! Vous voulez le faire à sa place ?

— Bien sûr que non ! » Webster se passa de nouveau la main dans les cheveux. « Merde, Hamish, mon petit-neveu est à bord de l'*Intrépide*. Si je relève Harrington, je lui envoie exactement le message contraire à ce que je veux faire savoir quant aux obligations d'un officier. Et d'ailleurs tous les officiers de la Flotte en tireront la même conclusion.

— Tout à fait.

— Nom de Dieu ! soupira Webster. Je suis Premier Lord des Forces spatiales, ce n'est pas à moi de juger ce qu'il faut faire d'un foutu capitaine de frégate ! »

Alexander fronça les sourcils et retomba dans la contemplation du bout de sa botte ; Webster inclina encore davantage son fauteuil en arrière. Il connaissait cette expression.

« Écoutez, Jim, dit enfin Alexander. Je suis moins gradé que vous, je le sais, mais il me semble que nous devons à cette Harrington un vote de remerciement, pas une claque dans les gencives. Pour la première fois, nous avons un officier au poste de Basilic qui est prêt à secouer le cocotier pour faire son travail. Ça me plaît. Ça me plaît même foutrement plus que ce qui se passait jusqu'ici, et à vous aussi. Elle fait quelques vagues et elle en remet certains à leur place ? Parfait. Même Janacek ne peut modifier la mission de la Flotte à Basilic – Dieu merci, sans quoi nous n'y serions plus depuis longtemps. Mais si nous approuvons ce qu'elle fait, nous ne pouvons pas en même temps lui tirer le tapis sous les pieds. » Il se tut un instant. « Vous m'avez fait toute une tartine sur ceux qui se plaignent d'elle, mais qu'est-ce que les gens de Basilic en disent, eux ?

— Michel Reynaud et ceux du SAC sont aux anges, répondit Webster à contrecœur. J'ai deux ou trois rapports enthousiastes de Reynaud sur un certain lieutenant Venizelos qu'elle lui a affecté. Notez que ce Venizelos doit être du genre cinglé si la moitié de ce que disent les Havriens est exact, mais Reynaud l'apprécie. Quant à Estelle Matsuko, elle a l'air convaincue qu'Harrington pourrait traverser la baie Jason sans se mouiller les chaussures. Elle était tellement écœurée par les précédents commandants du poste qu'elle avait renoncé à se plaindre ; aujourd'hui, je reçois des lettres de remerciement pour notre “excellente coopération” !

— Eh bien, ça devrait vous indiquer la marche à suivre, non ?

— Donc, selon vous, je devrais ne pas intervenir, tout simplement. » Ce n'était pas une question.

« Un peu, oui ! Basilic est la honte de Manticore depuis que nous nous y sommes installés. Il est plus que temps que quelqu'un y mette son grain de sel ; pas impossible que ça mène à repenser toute la question.

— Est-ce bien le moment ? » Webster paraissait soucieux et Alexander haussa les épaules.

« Si vous voulez, je sonderai Willie sur le sujet et je vous donnerai sa réponse, mais je pense que Cromarty dirait oui. Pendant des années, nous avons refusé d'attaquer le problème de front à cause de la "situation politique" et il n'a fait que s'aggraver. Les conservateurs vont sûrement ronchonner et grincer des dents, et les libéraux aussi, mais on ne peut pas avoir le beurre et l'argent du beurre. Les conservateurs peuvent toujours courir après leur cher isolement si nous ne nous accrochons pas bec et ongles à ce terminus, et les libéraux ne peuvent pas protéger les Médusiens de la contamination extraplanétaire si nous ne surveillons pas le trafic espace-planète. Pour la première fois, nous avons un officier au poste de Basilic qui a le cran nécessaire pour le leur faire comprendre, et, s'ils essayent de lui mettre des bâtons dans les roues, la Chambre des Communes les bloquera aussitôt. Moi, je dis qu'il faut foncer, et je pense que Willie sera du même avis.

— J'espère que vous ne vous trompez pas », dit Webster. Il se leva, poussa de la main les puces dans le tiroir de son bureau, puis tapota Alexander sur l'épaule. « Je l'espère vraiment, parce que, que vous ayez raison ou non du point de vue politique, je sais comme vous que vous avez raison du point de vue du service. »

Il regarda la pendule murale et sourit joyeusement.

« Je vois qu'il est presque l'heure du déjeuner. Vous voulez m'accompagner à la salle à manger des officiers généraux ? Je crois que deux ou trois verres bien tassés m'aideraient à me débarrasser du goût que me laisse la politique dans la bouche. »

Chapitre treize

« Arrivée au dernier repère. Pare à tirer. » L'enseigne de vaisseau Rafael Cardones parlait à mi-voix, les yeux étrécis, le regard concentré sur son écran de visée. Sa main droite avança doucement, son index se posa légèrement sur le gros bouton carré au centre de sa console d'armement, tandis que la main de son officier supérieur restait au-dessus du panneau des doubles commandes.

« Attention... feu ! »

L'index de Cardones s'abaissa brutalement et une vive lumière envahit son affichage quand la touche générale de tir s'enfonça. Une seconde s'écoula, puis l'écran s'illumina de nouveau, pour afficher cette fois une estimation des coups au but.

Cardones se redressa et essuya la sueur qui lui couvrait le front, les épaules raides et douloureuses de tension au bout de quarante-cinq minutes d'exercices tactiques. Il avait presque peur de regarder les résultats, mais il se ressaisit pour s'obliger à poser les yeux sur l'écran – et la surprise lui fit battre des paupières. Quatre-vingt-trois pour cent sur les armes à énergie, nom de Dieu ! Et presque aussi bien sur les missiles : trois coups sur cinq tirés !

« Excellente exécution, monsieur Cardones », dit une voix de soprano ; il pivota soudain et trouva le commandant debout à ses côtés. Il n'était pas encore tout à fait habitué à sa façon silencieuse de se déplacer et il ne s'était pas rendu compte de sa présence. Pourtant, elle était bien là et ses yeux bruns étaient pensifs lorsqu'elle enfonça une touche pour appeler le poste de suivi de l'officier superviseur. Les vecteurs complexes et tire-bouchonnés de l'approche soigneusement travaillée de Cardones repassèrent à l'accéléré, et le capitaine hocha la tête.

« Vraiment très bien, canonnier », dit-elle, et Cardones, tout à sa fierté, se retint tout juste de prendre l'air satisfait de lui-même. C'était la première fois que le capitaine le gratifiait de ce titre ancien et informel, et cela valait les longues minutes de concentration qu'il venait de vivre – et les interminables heures d'entraînement qui y avaient mené. On était loin de ce jour épouvantable où il avait dû avouer qu'il avait salopé les programmes de largage des détecteurs.

« Cependant, poursuivit le capitaine en faisant défiler l'enregistrement en arrière, que pensez-vous de cette manœuvre-ci ? » Elle mit l'affichage sur pause en tapotant l'écran du doigt, et son chat sylvestre pencha la tête comme s'il étudiait les lignes lumineuses entremêlées, puis il regarda Cardones d'un air curieux.

« Commandant ? fit Cardones, circonspect.

— À ce moment-ci, vous avez opéré un changement de cap dans le même plan à trois cents g pour passer sur zéro-trois-cinq », dit-elle. Il se détendit un brin : il n'y avait aucune sécheresse dans sa voix ; elle lui rappelait même plutôt un de ses instructeurs de l'Académie. « Vous vous êtes retrouvé sur le cap que vous recherchiez, mais regardez ceci. » Son index se déplaça jusqu'aux chiffres de portées et de direction en haut de l'affichage. « Vous voyez où était pointée sa batterie principale ? »

Cardones étudia l'écran, puis sa gorge se serra et le rouge envahit ses joues. « Droit sur l'avant de mes bandes, commandant, dit-il à contrecœur.

— Exactement. Vous auriez dû virer de biais et changer de plan pour dresser vos bandes ventrales afin de vous couvrir, vous ne croyez pas ?

— Si, commandant, répondit-il en sentant son exultation fondre comme neige au soleil. Mais le commandant lui tapota l'épaule avec un sourire.

« Ne vous en veuillez pas trop ; dites-moi plutôt pourquoi l'ordinateur ne vous a pas épinglé.

— Commandant ? » Les yeux de Cardones se reportèrent sur son affichage et il fronça les sourcils. « Je n'en sais rien, commandant. La fenêtre d'attaque était pourtant assez large.

— Peut-être pas. » Le capitaine tapota de nouveau les chiffres. « L'élément humain, enseigne ; n'oubliez jamais l'élément humain. L'ordinateur tactique est programmé pour assigner un temps de réaction à votre adversaire prétendument de chair et de sang, et, cette fois – cette fois-ci, canonnier –, vous avez eu de la chance. La distance était suffisante pour que votre adversaire dispose de moins de trois secondes pour voir l'ouverture, la reconnaisse et en profite, et l'ordinateur a estimé qu'il n'avait pas réagi assez vite pour tirer. Je pense qu'il a eu raison, mais ne comptez pas là-dessus dans la réalité. D'accord ?

— D'accord, pacha ! » répondit Cardones, son sourire rayonnant retrouvé, et Honor lui tapota gentiment l'épaule avant de regagner son fauteuil de commandement.

Ce qu'elle ne lui dit pas, c'est qu'elle avait fait le même exercice du point de vue de l'adversaire depuis les affichages de son fauteuil, en suivant les manœuvres de Cardones en temps réel, et qu'elle avait, elle, tiré dans la fenêtre. Le jeune homme avait fait des progrès énormes au cours des dernières semaines et il méritait bien de se réjouir ; en outre, elle n'était pas du tout certaine que, lors d'un véritable combat, elle aurait vu l'ouverture et réagi aussi rapidement ; elle n'avait donc pas l'intention de doucher son enthousiasme en évoquant de pures éventualités.

Elle s'assit et laissa Nimitz se couler jusqu'à sa place favorite, sur ses genoux, tandis qu'elle observait la passerelle. Le lieutenant de vaisseau Panowski faisait ses propres exercices d'astrogation et, d'après les regards qu'il échangeait avec son supérieur, le lieutenant de vaisseau Brigham, cela n'allait pas tout seul. Elle dissimula un sourire. McKeon ne s'était pas trompé sur la tendance de l'assistant astrogateur à se laisser vivre, et ce dernier avait eu l'air de prendre comme une trahison l'annonce d'Honor selon laquelle, à court d'effectifs ou non, en orbite de garage ou non, l'*Intrépide* poursuivrait sans interruption ses exercices programmés. Elle avait du mal à traiter Panowski avec toute l'intransigeance qu'il méritait sans doute, car elle avait bien conscience de ses propres faiblesses en mathématiques. En tant qu'astrogatrice, elle ne valait pas un clou et elle le savait, mais McKeon, efficacement secondé par Brigham, compensait parfaitement son indulgence.

Son regard revint sur l'affichage général et elle étudia les navires en orbite autour de Méduse. L'*Intrépide* était en poste depuis presque un mois manticorien, et ils étaient beaucoup moins nombreux qu'à son arrivée cinq semaines plus tôt ; résultat direct, sans doute, de la campagne de l'enseigne Tremaine contre les trafics illégaux. Méduse n'était plus l'endroit rêvé où transborder des marchandises interdites et la rumeur s'en propageait. Honor n'avait pas prévu le personnage de grand inquisiteur qu'allait incarner Tremaine – on aurait dit qu'il avait acquis une espèce de sixième sens pour détecter les fraudeurs – et l'œil d'aigle que Stromboli posait sur le trafic de navire à navire avait permis à l'enseigne de fondre sur trois proies à mi-espace, pour une nouvelle saisie de contrebande de près d'un demi-milliard de dollars. Honor avait veillé à ce qu'ils soient tous deux complimentés de leurs succès, et le lieutenant Venizelos en avait eu sa part pour son travail au terminus. À en juger par la violence et le volume des protestations qu'ils soulevaient, eux et leurs subordonnés mettaient des bâtons extrêmement gênants dans les roues de quelqu'un, et elle les avait fait informer qu'elle en était au courant.

Et, comme elle l'espérait, la reconnaissance que l'équipage de l'*Intrépide* obtenait, non seulement de sa part mais aussi de dame Estelle, de l'API et du SAC, commençait à porter ses fruits : elle n'avait plus besoin de harceler ni de secouer son petit monde comme un prunier pour qu'il exécute ses tâches. L'idée qu'ils étaient efficaces, à la différence de tous ceux qui avaient été affectés au poste de Basilic avant eux, suffisait à les souder. Ils étaient débordés de travail, exténués, et ils n'avaient que trop conscience de réussir malgré le système plutôt que grâce à lui, et cela ne faisait que renforcer leur estime d'eux-mêmes.

Ils pouvaient être légitimement fiers. De fait, elle, Honor, était fière d'eux, et leur sens du travail bien fait commençait à lui valoir leur considération. Les récompenses qu'ils avaient gagnées pour leurs saisies n'avaient rien gâté non plus ; la gratification traditionnelle d'un demi pour cent de la valeur de toute contrebande saisie pouvait paraître maigre, mais ils avaient mis la main sur plus d'un milliard et demi de dollars de matériel. Si le tribunal de l'Amirauté jugeait ce matériel illégal, comme Honor en était sûre, c'étaient plus de sept millions et demi de dollars que l'équipage aurait à se partager – en supposant que les propriétaires du *Mondragon* ne soient condamnés qu'à payer une amende. Si leur bâtiment était confisqué, chose fort possible, sa valeur estimée serait ajoutée au pot commun. La part du capitaine se montait à six pour cent du total, ce qui donnait à Honor – jusqu'à présent – un petit demi-million de dollars tout rond (elle s'était découvert une étonnante aptitude à ce genre de mathématiques), soit pas loin de sept années de solde d'un commandant de la Flotte ; quant à ses officiers non cadres et ses engagés, ils recevraient soixante-dix pour cent de la somme à se partager, c'est-à-dire que même le moins gradé d'entre eux toucherait presque douze mille dollars ; et, par tradition et malgré les tentatives périodiques de l'Échiquier de changer l'état de fait, l'argent des récompenses n'était pas soumis à l'impôt.

Inutile de préciser que l'enseigne Tremaine et le lieutenant Venizelos avaient acquis une grande popularité auprès de l'équipage, mais ils avaient mérité le moindre sou de leur prime, et elle savait qu'ils plaçaient leur estime de soi encore plus haut. De fait, ces récompenses avaient plus de valeur à leurs yeux en tant que justification de leurs efforts et preuve de leur efficacité que pour leur valeur fiduciaire, et c'était visible. Le capitaine de corvette Santos avait été la première à appeler Honor « pacha », ce titre honorifique familier que nul ne voulait lui donner après les exercices catastrophiques de la Flotte mais, l'un après l'autre, tous ses officiers commençaient à y venir.

Tous ? se dit-elle en se renfrognant intérieurement. Non, pas tous. Lois Suchon restait environnée d'une aura palpable de rancœur et Honor avait fini par conclure que cela ne changerait pas. La chirurgienne faisait simplement partie de ces individus – heureusement rares – incapables par nature de travailler en équipe.

Et puis il y avait McKeon. Il faisait son travail ; elle ne pouvait lui reprocher le temps qu'il avait passé avec Cardones, ni ses longues heures à donner des leçons particulières et des coups de pied au cul à Panowski, ni le talent qu'il mettait à jongler avec leurs ressources humaines réduites pour couvrir toutes les bases. Mais les barrières restaient néanmoins en place. Elle se rendait bien compte du pilier qu'il aurait pu devenir ; d'ailleurs, le fait qu'il réussissait si bien sans laisser son capitaine l'approcher soulignait sa compétence ; mais, apparemment, il était incapable de franchir la dernière étape qui le séparait d'un véritable partenariat avec son supérieur, et elle avait la nette impression, d'après son attitude tendue, que cette situation était aussi frustrante pour lui que pour elle. On aurait dit qu'il avait besoin de sauter le pas mais qu'il n'y arrivait pas, et Honor regrettait de ne pas comprendre la nature du problème. Une seule certitude : c'était plus profond que le malaise dont avait été saisi l'équipage lors de leur affectation à Basilic, et...

Un doux carillon interrompit ses réflexions et elle se tourna vers Webster qui accusait réception du signal. Le lieutenant dit quelques mots, hocha la tête, puis fit pivoter son fauteuil face à son capitaine.

« J'ai une transmission pour vous de la surface, commandant. Du bureau du commissaire résident.

— Transférez-la sur mon écran, fit Honor, mais l'officier des communications secoua la tête.

— Dame Estelle demande à vous parler en privé, commandant. »

Honor sentit ses sourcils se hausser et recomposa son expression, puis elle déposa Nimitz sur le dossier de son siège et se leva.

« Je la prends dans ma salle de briefing, Samuel.

— Bien, commandant. »

Honor acquiesça, puis passa la porte et la referma derrière elle. Elle se laissa tomber dans le fauteuil du commandant à la tête de la table de conférence, tapa un code d'acceptation sur le terminal, puis sourit en voyant apparaître dame Estelle sur l'écran intégré.

« Bonjour, commandant, dit le commissaire.

— Voilà une agréable surprise, dame Estelle. Que puis-je faire pour vous ?

— En vérité je viens pleurer sur votre épaule, je crois, Honor, dit Estelle Matsuko d'un air lugubre.

— C'est à ça que sert la Flotte, madame », répondit Honor, et le commissaire eut un toussotement dédaigneux. Honor glissa sur le sujet, mais il ne lui avait pas échappé que dame Estelle ne semblait pas la considérer comme un véritable membre de la Flotte ; c'était à rapprocher de sa façon de l'appeler par son prénom, comme pour bien la distinguer des « vrais » officiers de la Flotte (c'est-à-dire des incompétents et des tire-au-flanc) auxquels elle avait si souvent eu affaire.

« Oui, enfin, bref, reprit Estelle Matsuko au bout d'un moment, pour vous dire la vérité, je commence à croire que nous avons un plus gros problème que prévu sur les bras, ici au sol.

— Comment ça ?

— Depuis que vous avez envoyé le lieutenant Stromboli et ses hommes pour s'occuper du centre de contrôle spatial, mon personnel du trafic aérien s'est retrouvé libre de se consacrer aux questions plus locales. Il a bouché beaucoup de trous dans notre couverture aérienne de l'intérieur grâce au personnel supplémentaire et à vos satellites d'observation – pas tous ; il en reste quelques-uns – et il a relevé un petit nombre de vols non identifiés dans des zones d'accès restreint.

— Ah ? » Honor se redressa dans son fauteuil et fronça les sourcils. « Quel genre de vols ?

— Impossible à dire. » Le ton du commissaire était dégoûté. « Leurs transpondeurs ne réagissent pas quand nous les interrogeons, ce qui, ajouté au fait que ces appareils n'ont pas déposé de plan de vol, semble indiquer clairement qu'ils mijotent quelque chose qui ne nous plairait pas. Nous avons tenté de les intercepter, mais l'antigrav de l'API est davantage conçu pour l'endurance et la fiabilité que pour la vitesse, et ils nous échappent sans difficulté. Si vous n'aviez pas tant réduit notre trafic espace-surface, je croirais à des rendez-vous de contrebandiers.

— Ce n'est pas impossible, fit Honor d'un ton pensif. Nous ne travaillons sur eux que depuis un mois ; peut-être distribuent-ils encore de la marchandise qu'ils avaient déjà déposée à la surface.

— J'y ai songé, mais, même dans ce cas, il leur faudrait encore la remonter sous votre nez pour qu'elle leur soit utile. De plus, ça se passe beaucoup trop loin dans la brousse pour que ce soit vraisemblable.

— Hum. » Honor se frotta le bout du nez, puis fronça les sourcils. Les véhicules de l'API, songeait-elle, travaillaient tout près des enclaves, pour la plupart. « Se pourrait-il qu'ils opèrent leurs transbordements si loin justement pour échapper à nos détecteurs ?

— Ça m'étonnerait. Bien sûr, c'est un effet possible, mais apparemment ils opèrent chacun de son côté, autant que nous puissions nous en rendre compte, et il faudrait qu'ils travaillent avec des marchandises de très faible masse, à moins qu'ils ne disposent quelque part d'une base équipée de matériel pour traiter les cargaisons. Et même si leur fret était assez léger et réduit pour qu'on le déplace à la main, nos radars ne les perdent, à l'arrivée comme au départ, que dans la région des montagnes Chat-Fou ou au-dessus des Dos-Moussus. Si leur seule activité consistait à entrer en contact avec d'autres véhicules aériens, pourquoi sortir des montagnes au risque que nous les repérions ? Ils pourraient se donner rendez-vous dans une des vallées du massif et jamais nous ne les apercevrions, à moins de les survoler juste au bon moment. En outre, je commence à nourrir de sinistres soupçons sur ce qu'ils peuvent manigancer.

— À savoir, madame ?

— Vous vous rappelez votre première visite à mon bureau, où je vous ai parlé de la mekoha ? » Honor fit oui de la tête et dame Estelle haussa les épaules. « Comme je vous l'ai dit alors, la mekoha est un produit diablement sophistiqué pour la technologie des Médusiens. Ils se débrouillent étonnamment bien en alchimie, mais il s'agit en l'occurrence d'un alcaloïde très complexe – et puissant –, analogue à un stimulant du genre endorphine. Ce n'est pas une endorphine, du moins le pensons-nous, mais, comme nous commençons seulement à comprendre la biochimie médusienne, nous pouvons nous tromper. Quoi qu'il en soit (elle fit la moue et secoua la tête), l'important, c'est que le processus de fabrication est long, compliqué et dangereux pour les alchimistes locaux, surtout lors des dernières étapes de séchage et de broyage, où ils doivent faire attention à ne pas inhaler les poussières. Tout cela pour dire que l'emploi fréquent ou systématique de cette drogue est réservé, grosso modo, aux indigènes les plus fortunés, simplement à cause de son prix. »

Elle se tut et attendit qu'Honor lui fasse signe qu'elle avait compris.

« Très bien. L'autre aspect de la mekoha à garder en mémoire est qu'elle a des effets secondaires extrêmement déplaisants. Elle provoque une réaction de dépendance très puissante et la dose mortelle varie amplement d'un individu à l'autre, surtout avec le piètre contrôle de qualité auquel peuvent prétendre les alchimistes, si bien que le fumeur de mekoha finit un jour ou l'autre par se tuer sans le faire exprès. À court terme, ce produit procure un sentiment d'euphorie, de bonheur et des hallucinations, légères en général, mais à long terme il cause dans l'organisme de graves dégâts respiratoires et moteurs, une perte graduelle des fonctions nerveuses et une diminution notable de la capacité d'attention et du QI mesurable. Et, comme si ça ne suffisait pas, avec un produit suffisamment raffiné, on obtient une forte réaction semblable à une décharge d'adrénaline qui débranche presque complètement les récepteurs de la douleur ; sans crier gare, l'euphorie de départ se transforme en une sorte de psychose artificielle, due sans doute aux propriétés hallucinogènes de la drogue. Normalement, les Médusiens ne se laissent guère aller à la violence ; ils sont aussi rebelles que tous les aborigènes de l'univers et certains des nomades sont des pilleurs nés, mais la violence d'une foule hystérique qui se soulève sans prévenir ne fait pas partie de leur matrice sociale. Sauf si la mekoha s'en mêle ; dans ce cas, plus rien n'est prévisible.

— A-t-on essayé d'en restreindre ou d'en contrôler l'usage ?

— Oui et non. Elle est déjà illégale dans la plupart des cités-États du delta – pas dans toutes mais dans la majorité – et limitée d'emploi dans les autres. D'un autre côté, c'est dans les cités que la plus grosse partie de la mekoha consommée en dehors du delta est traditionnellement fabriquée, et même les conseils du delta évitent de marcher sur les pieds des marchands de mekoha : ils rapportent beaucoup d'argent et ne sont guère regardants sur les moyens à adopter pour protéger leur trafic. En outre, cette drogue tient une place bien établie dans plusieurs religions médusiennes.

— Quel sac de nœuds ! soupira Honor, et dame Estelle fit la grimace.

— En effet. L'API ne peut pas se mêler des pratiques religieuses, d'abord parce que notre charte nous l'interdit formellement, ensuite, bien que ça me fasse mal de l'avouer, parce que ce serait le plus sûr moyen de réduire à néant tout le prestige et l'achalandage que nous avons réussi à acquérir. Certains prêtres du delta – et davantage encore de chamanes de l'intérieur – sont déjà convaincus que les extraplanétaires ont une influence mauvaise et corruptrice. Si nous tentons de les priver de leur drogue sacrée, nous ne ferons que confirmer leur opinion de nous ; nous travaillons donc sur l'éducation, qui n'est pas le moyen le plus efficace de toucher des esprits de l'âge du bronze, et nous faisons pression en coulisse sur les fabricants. »

Honor hocha de nouveau la tête quand dame Estelle se tut, mais elle réfléchissait à plein régime. Si le commissaire lui faisait tout un cours sur la pharmacologie médusienne, ç'avait sûrement un rapport avec les déplacements d'appareils aériens non identifiables, mais cela...

« Dame Estelle, soupçonnez-vous que quelqu'un hors planète fournit cette mekoha aux Médusiens ? »

Lugubre, le commissaire acquiesça. « Précisément, Honor. Nous savons que son usage augmente même dans les régions où nous assurons la police régulièrement. Depuis que vous avez libéré les gens que j'avais assignés à l'inspection du trafic orbital et orbite-surface, j'ai pu envoyer nos patrouilles de routine plus loin dans l'intérieur et, apparemment, là-bas, les niveaux de consommation sont encore plus élevés. Plus encore, nous avons obtenu des échantillons de mekoha de la région des Dos-Moussus, et ce n'est pas la même que celle qu'on produit dans le delta ; les proportions sont légèrement différentes et le taux d'impureté inférieur, ce qui signifie, d'après mes agents, que cette nouvelle version est sans doute plus puissante.

— Et vous pensez qu'elle est fabriquée hors planète, conclut Honor sans ambages.

— C'est ce que je crains. Nous ne pouvons pas le prouver, mais, comme je vous l'ai dit, cette substance coûte très cher selon les critères médusiens. Et, si difficile soit-elle à produire pour les indigènes, n'importe quel labo extraplanétaire sans grande compétence pourrait en fournir en grosses quantités s'il avait accès à la mek, la mousse dont elle est tirée.

— Mais d'abord il faudrait sortir cette mousse de Méduse, fit Honor en réfléchissant tout haut. Et, après en avoir extrait la drogue, il faudrait la réintroduire sur la planète.

— Ce qui, dans l'un et l'autre cas, n'aurait rien eu d'insurmontable avant votre arrivée, à vous et à l'*Intrépide* », glissa Estelle Matsuko. Honor secoua la tête.

« Je n'en suis pas si sûre... et puis ça me paraît toujours trop compliqué pour être très profitable, à moins que le prix de vente ne soit encore plus élevé que vous ne le dites. Combien faut-il de cette... mek, c'est ça ? pour produire, disons, un gramme de drogue raffinée ?

— Beaucoup. Une seconde... » Le commissaire enfonça des touches sur sa console de données, puis hocha la tête. « Il faut environ quarante kilos de mousse verte pour produire un kilo de pâte de mekoha brute, et à peu près dix kilos de pâte pour obtenir un kilo du produit final. Soit un rapport de quatre cents pour un.

— Et les doses les plus courantes ?

— Mon Dieu, je n'en sais rien. » Estelle Matsuko soupira. « Peut-être trente grammes pour un usager débutant, mais cela augmente avec la dépendance. Naturellement, étant donné la pureté supérieure de ce nouveau produit, les doses initiales sont peut-être moindres mais, à mon avis, les Médusiens doivent maintenir leur niveau normal de consommation et s'octroyer simplement des trips plus forts.

— Par conséquent, pour chaque dose vendue, ils doivent transporter... quoi ? » Honor calcula de tête, puis regarda le commissaire en fronçant les sourcils. « Plus de treize kilos de mousse ou un kilo trois cents de pâte hors de la planète ? Ça vous semble juste ? » Dame Estelle refit rapidement le calcul et hocha la tête ; Honor eut un geste incrédule. « Ça me paraît une masse trop volumineuse pour que ce soit pratique, dame Estelle. D'ailleurs, s'il existait un trafic de quelque importance, nos premières inspections douanières auraient dû en apercevoir les derniers signes, même si l'équipe du major Isvarian était passée à côté, ce qui m'étonnerait. Sans parler de la drogue proprement dite, la mousse ou la pâte ne doivent pas être faciles à dissimuler, et l'enseigne Tremaine surveille de près les navettes entrantes et sortantes, je puis vous l'assurer.

— Vous ne pensez donc pas qu'il y ait d'implication extraplanétaire ?

— Je n'ai pas dit ça. Il me semble simplement que les produits bruts représenteraient une trop grosse masse pour que leurs transporteurs interstellaires passent inaperçus. Barney Isvarian et son équipe n'ont peut-être pas une formation d'agent des douanes, mais je suis bien certaine qu'ils auraient remarqué de tels chargements de mousse en train de quitter la planète et qu'ils vous en auraient avertie. Toutefois (les yeux sombres d'Honor s'étrécirent), ça ne veut pas dire que quelqu'un n'a pas pu apporter le matériel pour créer un labo de production sur place. Il aurait alors suffi de passer les patrouilles d'Isvarian – ou les nôtres – dans un seul sens et, d'après ce que vous dites, la masse à transporter n'aurait pas été énorme.

— Non... fit dame Estelle, pensive. Non, en effet. Et, dans ce cas, nos déplacements suspects n'auraient pas pour but de distribuer de la mekoha importée ; la production serait locale et le fait que vous avez tordu le cou aux opérations de contrebande ne la ralentirait pas d'un iota.

— Je le crains. Je ne cherche pas à me décharger de mes responsabilités, dame Estelle, mais j'ai l'impression que la drogue ne provient pas d'une source extraplanétaire.

— Le problème relève donc de l'API. » Estelle Matsuko inspira profondément, puis elle poussa un long soupir sifflant. « J'aimerais que vous vous trompiez, mais je ne le pense pas.

— Peut-être. Et peut-être est-ce effectivement du ressort de l'API, mais il est de mon ressort à moi d'aider l'API avec tous les moyens dont je dispose. » Elle se frotta de nouveau le bout du nez. « De quelle quantité d'énergie un labo de mekoha aurait-il besoin ?

— Je l'ignore. » Le commissaire réfléchit en fronçant les sourcils. « Cela dépendrait, j'imagine, de son niveau de production, mais le processus est très complexe. À mon avis, le coût énergétique total serait sacrément élevé. Mais pas excessivement, puisque les Médusiens se débrouillent avec des systèmes hydrauliques, de l'huile de coude et la chaleur du soleil pour l'évaporation lors des dernières étapes de séchage ; il est vrai qu'ils produisent en très petites quantités dans des "labos" proportionnellement réduits. Ça m'étonnerait que nos extraplanétaires – en supposant que vous voyiez juste – s'en remettent à ce genre de technologie, surtout s'ils produisent les volumes que nous suspectons. Pourquoi ?

— Parlez-en avec Barney Isvarian, répondit Honor. Si vos employés peuvent définir une fourchette de l'énergie nécessaire, il n'aura qu'à surveiller le réseau électrique central et vérifier si quelqu'un tire une quantité anormale de courant. Je sais que beaucoup d'enclaves possèdent leurs propres générateurs ou leurs collecteurs orbitaux, mais ça vous permettrait au moins, si ça marche, d'éliminer quelques suspects et de réduire le champ des possibilités.

— C'est une bonne idée, acquiesça dame Estelle en tapant des notes sur son terminal.

— Hum... Et, tant que vous y êtes, voyez si vos techniciens peuvent vous fournir une estimation de la consommation normale et légitime des enclaves qui ne font pas partie de votre réseau électrique. Nous ne tirerons pas grand-chose de celles qui disposent de générateurs indépendants, mais je peux placer quelques capteurs discrets sur les collecteurs orbitaux.

— Même si vous tombez sur un gros débit, ça ne constituera pas une preuve, observa Estelle Matsuko, et Honor hocha la tête.

— Non, c'est vrai, mais, comme je vous l'ai dit, nous pourrons au moins éliminer certains des innocents, et qui sait si ça ne nous fournira pas une piste ? »

Elle prit l'air pensif. « En attendant, je vais demander à l'enseigne Tremaine d'effectuer quelques circuits orbitaux pour repérer d'éventuelles sources d'énergie en dehors des enclaves. » Un sourire soudain lui fendit le visage. « Il ne faudrait pas qu'il commence à s'ennuyer, maintenant que son équipe et lui ont rabattu le caquet des contrebandiers, n'est-ce pas ?

— Vous êtes épouvantable, commandant Harrington, fit Estelle en lui rendant son sourire.

— Vous ne pouvez pas savoir à quel point, dame Estelle », répondit Honor avec entrain. Puis, reprenant un peu son sérieux : « Ce n'est pas grand-chose, mais c'est le mieux que je puisse vous proposer. S'il vous vient à l'esprit un autre moyen par lequel je puisse vous aider, informez-m'en et je ferai mon possible.

— Merci, dit le commissaire d'un ton empreint de gratitude. Ça me change agréablement de... » Elle s'interrompit, haussa les épaules avec un léger sourire, et Honor hocha encore une fois la tête.

« De rien, madame », fit-elle, et elle coupa la communication.

Chapitre quatorze

Denver Summervale leva la tête du terminal avec un froncement de sourcils lorsque la porte de son bureau s'ouvrit et que la femme qui la franchit déglutit bruyamment. Summervale était un homme dur, dangereux, avec à son actif plusieurs cadavres pour le prouver, et il détestait être dérangé ; mais elle ne faiblit pas : elle n'avait pas le choix. En outre, il travaillait à la comptabilité et son air revêche provenait sans doute plus de sa haine de la paperasserie que de l'arrivée de sa visiteuse.

« Qu'y a-t-il ? demanda-t-il d'une voix froide et aristocratique.

— Un appel pour vous », répondit-elle. Il s'assombrit encore et elle se hâta d'ajouter : « Ça vient du patron. »

Aussitôt, Summervale recomposa son expression en un masque lisse et calme, et il se leva avec un bref hochement de tête. La femme recula dans le couloir et il passa devant elle avec un mot d'excuse curieusement courtois.

Elle le regarda s'éloigner dans le corridor en direction de la salle des communications avec sa grâce féline habituelle et elle ressentit un frisson d'angoisse familier. Il y avait quelque chose de reptilien et de glacé chez lui, à mettre en parallèle avec son accent de la haute et l'espèce de courtoisie instinctive qu'il manifestait à tous ceux qui l'entouraient. Il évoquait une rapière, élégante et bien équilibrée, mais affûtée, mortelle et froide comme l'acier. Elle avait connu plus que sa part d'hommes dangereux, sans foi ni loi, mais aucun n'était tout à fait comme lui, et il la terrifiait, elle devait le reconnaître, même à contrecœur.

La porte de la salle des communications se referma derrière lui ; elle se détourna avec un nouveau frisson inquiet, rajusta son masque antipoussière tout en poussant la porte du labo et revint à son travail.

Summervale regarda un instant le visage qui apparaissait sur l'écran com, puis fit un petit signe de la tête à l'opérateur. L'homme sortit sans un mot et Summervale prit son siège. Par une habitude bien ancrée, il promena son regard sur le panneau pour vérifier les circuits de brouillage avant de lever les yeux vers l'écran.

« Eh bien ? dit-il sans préambule.

— Nous avons peut-être un problème », répondit l'autre d'un ton circonspect. Il avait un accent sphingien prononcé – trop prononcé, pensa Summervale pour la énième fois ; c'en était presque théâtral, comme un masque pour dissimuler quelque chose d'autre, mais Summervale n'en avait cure. L'homme le payait bien pour ses services ; s'il préférait en rajouter dans la sécurité, ça le regardait.

« Quel problème ?

— L'API a repéré la nouvelle mekoha, répondit l'homme, et Summervale pinça la bouche.

— Comment ?

— Nous n'en savons rien – notre informateur n'a rien pu nous dire – mais, à mon avis, c'est un résultat des opérations d'Harrington. Elle a libéré pas mal d'agents de l'API et ils élargissent le champ de leurs patrouilles. »

Au nom de « Harrington », un éclair de colère passa dans les yeux de Summervale et un rictus tordit sa bouche. Il ne connaissait pas le commandant, mais il n'avait pas besoin de la rencontrer pour la détester. Elle représentait trop d'éléments de son propre passé et une brûlure familière lui titilla les nerfs. Cependant, en vrai professionnel, il savait le danger des réactions viscérales, si agréables soient-elles.

« Que savent-ils ?

— Là encore, nous l'ignorons, mais ils ont fait des analyses du produit qu'ils ont trouvé et il y a toutes les chances qu'ils découvrent qu'il n'est pas d'origine échassieuse – si ce n'est pas déjà fait. J'ai appris par une autre de mes sources qu'Harrington a retiré une de ses pinasses du détachement des douanes.

— Pour effectuer des balayages orbitaux, dit Summervale abruptement.

— Probablement.

— Non, pas probablement : certainement. Je vous avais prévenu qu'il était risqué de tant raffiner le produit.

— Les Échassieux le préfèrent ainsi.

— Fichus Échassieux. » Le ton de Summervale était presque mesuré mais son regard était dur. « C'est vous qui payez la cargaison, donc c'est vous qui décidez, mais quand un de ces ostrogoths s'envoie en l'air avec une pipe de ce truc, on dirait une bombe nucléaire à deux doigts de la masse critique.

— Ça, ce ne sont pas nos oignons, répondit son employeur, cynique.

— Possible. Mais je parie que c'est ce qui a attiré l'attention de l'API ; et les éléments mêmes qui donnent sa puissance à ce produit fourniront la preuve qu'il n'est pas fabriqué par les Échassieux, c'est-à-dire qu'il est importé ou élaboré quelque part sur la planète. Ici, par exemple. » L'homme à l'écran s'apprêtait à répliquer lorsque Summervale l'interrompit de la main, d'un geste encore une fois étrangement courtois. « Peu importe. Ce qui est fait est fait, et c'est vous le commanditaire. Qu'attendez-vous de moi ?

— Que vous soigniez votre sécurité, surtout au niveau du trafic aérien. S'ils effectuent des survols, nous ne devons pas attirer leur attention.

— Je peux arrêter les vols de transport, je peux même réduire la circulation à pied autour du complexe, fit Summervale ; mais je ne peux pas nous dissimuler aux détecteurs de la Flotte. Notre relais énergétique leur apparaîtra aussi visible que le nez au milieu de la figure et, une fois qu'ils l'auront repéré, tous nos boucliers ne les empêcheront pas de repérer nos émissions résiduelles. Vous le savez. »

Il se retint d'ajouter que, dès le début, il était contre l'idée d'un relais énergétique à transmission sans fil. Le surcoût en temps et en travail qu'aurait exigé l'installation d'un câble d'alimentation souterrain aurait été négligeable à côté des investissements qu'avaient déjà opérés ses commanditaires, et toute l'opération y aurait gagné une sécurité largement accrue. Mais il s'était trouvé en minorité. Et, s'il n'avait nulle intention de se laisser flanquer sur le dos la responsabilité d'un mauvais camouflage, il ne voyait pas non plus l'intérêt, pour l'instant, de mettre le nez de son employeur dans ses propres erreurs.

« Nous le savons, acquiesça l'homme. Nous n'avions pas prévu d'être confrontés à des détecteurs de la Flotte (Summervale comprit qu'il n'obtiendrait pas mieux en fait d'excuses), mais, maintenant que c'est le cas, nous n'attendons pas que vous fassiez des miracles. De toute manière, je ne pense pas que ce soit nécessaire. N'oubliez pas que nous avons des gens à l'intérieur ; peut-être pas assez influents pour placer sur écoute le bureau ou les communications de Matsuko, mais suffisamment pour nous prévenir si l'API se met à préparer un gros truc contre vous. Nous allons essayer de nous brancher sur les canaux de renseignements d'Harrington et de surveiller ses rapports de reconnaissance mais, même si c'est impossible, nous devrions être en mesure de vous avertir six ou sept heures à l'avance si une opération doit être lancée contre vous. »

Summervale hocha lentement la tête tout en étudiant mentalement les éventualités. En six heures, il aurait amplement le temps d'évacuer tout le monde, mais il faudrait au moins une journée entière pour sortir ne serait-ce qu'un dixième du matériel ; et c'était sans parler des archives qu'il avait méticuleusement tenues sur ordre de son commanditaire ; il ne pouvait lui reprocher de vouloir garder la trace du moindre gramme de mekoha produit – rien n'aurait suscité davantage la fureur d'Estelle Matsuko que de découvrir des extraplanétaires en train de vendre sous le manteau de la fumée-à-rêves aux Échassieux, et, si l'un de ses hommes s'était établi comme dealer à son compte, les risques de se faire repérer auraient augmenté de façon astronomique –, mais conserver des copies sur papier de toutes les opérations était stupide. Leur vulnérabilité s'en trouvait accrue et dépassait largement les avantages du système, mais, là encore, il n'avait pas eu le dernier mot.

Il haussa les épaules intérieurement. Son employeur avait son propre point de vue et, pour sa part, il avait pris grand soin de n'apparaître nommément sur aucun document.

« Que dois-je faire du matériel ? demanda-t-il au bout d'un moment.

— Si vous en avez le temps, emportez-le ; sinon... (son interlocuteur haussa les épaules) ce n'est que du matériel. Ça se remplace.

— Compris. » Summervale tambourina un instant sur le bord de sa console, puis haussa les épaules, physiquement cette fois. « Autre chose ?

— Pas pour le moment. Je vous rappelle s'il se passe autre chose

— Compris », répéta Summervale, et il coupa le circuit.

Il resta plusieurs minutes plongé dans ses réflexions devant l'écran vide, puis il se mit à faire les cent pas dans la petite salle. Divers aspects de l'opération l'avaient toujours laissé perplexe, et l'absence de souci que manifestait son employeur quant à la perte éventuelle du labo tout entier venait s'y ajouter. D'accord, l'équipement ne revenait pas si cher – la production de la mekoha n'avait rien de particulièrement difficile ni complexe –, mais l'introduire sur la planète sans se faire remarquer avait été une opération délicate et de grande envergure. En le perdant, ils perdaient aussi leur base de production, du moins en attendant qu'une nouvelle puisse être installée, ce qui les exposerait encore une fois au risque d'être repérés.

Mais était-ce bien sûr ?

Il se figea et haussa les sourcils d'un air spéculateur. Et s'ils disposaient déjà d'une installation de secours sur place ? C'était tout à fait concevable, surtout à la lumière de certaines autres questions restées sans réponse, comme, par exemple, pourquoi l'Organisation se donnait tant de mal pour vendre de la drogue, spécialement une drogue comme la mekoha, à une bande de primitifs. Il n'arrivait pas à se persuader que Méduse puisse receler un trésor inconnu et inestimable que les Échassieux échangeraient contre la came, et il ne voyait pas de denrée médusienne qui ne se puisse acheter au prix d'un investissement (et d'un risque) bien moindre en même temps que des marchandises légales. Naturellement, il n'était pas au courant des détails de la distribution ; lui et ses hommes remettaient une partie de leur production aux chefs et aux chamanes du coin en échange d'un réseau d'éclaireurs et de sentinelles échassieux, mais le plus gros du produit était transporté ailleurs.

Et, s'il fallait vendre de la drogue, pourquoi de la mekoha ? Il existait une demi-douzaine d'autres drogues et alcools échassieux que l'Organisation aurait pu choisir, qui n'auraient peut-être pas rapporté les mêmes sommes mais qu'on aurait pu fabriquer à des coûts encore plus bas – et qui risquaient beaucoup moins d'attirer les foudres de l'API. Les violents effets secondaires de la mekoha ne pouvaient que mettre Estelle Matsuko dans tous ses états, et pas seulement parce qu'elle se sentait investie de la mission de protéger les Échassieux de toute exploitation extraplanétaire : il fallait être complètement cinglé pour rester indifférent à la distribution massive d'un produit capable de transformer l'indigène le plus pacifique en psychopathe enragé.

Mais, comme il l'avait dit à son interlocuteur, c'était l'Organisation que cela regardait, pas lui. D'ailleurs (et un sourire affreux lui vint aux lèvres), tout ce qui pouvait agacer le commissaire résident, l'API et, mieux, la Flotte royale manticorienne valait la peine d'être entrepris.

Il se remit à faire les cent pas, les yeux assombris par des souvenirs détestables. Il avait été une époque où l'Honorable Denver Summervale, capitaine du Corps royal manticorien des fusiliers marins, se serait trouvé de l'autre côté de la barrière ; mais aujourd'hui il était dans son élément, dans le camp qui aurait dû être le sien depuis toujours, car les Fusiliers avaient estimé avoir fait une erreur le jour où ils avaient accepté son serment d'allégeance, une erreur qu'ils avaient corrigée par le spectacle solennel et théâtral d'une cour martiale en grande tenue.

Un rictus menaçant lui découvrit les dents et son pas s'accéléra tandis qu'il se remémorait la scène. Le silence bourdonnant des spectateurs, la pointe de son épée de parade tournée vers lui sur la table devant les officiers commandants bardés de leurs décorations, cependant que le président de la cour lisait le verdict. Le roulement des tambours tandis qu'on le menait devant son régiment en uniforme de cérémonie, officier de la Reine splendide en noir et vert, droit, le visage impassible, pendant que l'engagé le plus récent de son propre bataillon arrachait boutons et décorations de sa veste au rythme lent et triste du tambour ; l'expression de son colonel quand on lui avait ôté ses épaulettes et ses galons pour les écraser sous le talon d'une botte ; le claquement plat et métallique de la lame de son archaïque épée de parade quand elle s'était brisée entre les mains gantées du colonel.

Oh oui, il s'en souvenait ! Et, malgré sa haine, il savait qu'ils avaient raison. C'étaient des moutons, Denver Summervale était un loup et, déjà à l'époque, il avait fait son chemin à la manière d'un loup : à coups de crocs.

Il se laissa retomber dans le fauteuil devant le terminal avec un sourire sinistre. Son père était présent aussi ; son père si noble, si pieux, qui se raccrochait désespérément aux derniers restes de la splendeur des Summervale en dépit de son indigence personnelle. Que leur avait donc donné cette hautaine et puissante famille qui valût de singer ses manières et d'honorer son nom ? Leur branche n'avait ni la fortune ni le pouvoir attachés à la lignée directe des ducs de Cromarty !

Les mains de Summervale se crispèrent sur ses genoux et il ferma les yeux. Sa propre chair, son propre sang occupaient le siège du Premier ministre ; à l'époque, le précieux duc de Cromarty était Lord de l'Échiquier, numéro deux du gouvernement de Sa Majesté, mais avait-il levé le petit doigt pour aider son cousin éloigné ? Non, pas lui ! Pas ce salaud aristocratique, cagot et compassé !

Mais cela non plus, ce n'était pas grave. Il força ses mains à se décrisper et se réjouit à l'idée des potins et des regards en coin que sa dégradation avait dû valoir au noble duc, autant que de l'expression de son père lorsque l'épée s'était brisée. Toute sa vie, son père lui avait prêché le sens du devoir et de la responsabilité, il lui avait rebattu les oreilles du rôle glorieux que sa famille avait joué dans l'histoire du Royaume ; mais le sens du devoir et de la responsabilité, ça ne payait pas les dettes ; l'histoire de la famille ne lui avait pas valu le respect et la crainte qu'inspirait désormais la « véritable » lignée.

Non, tout cela, Summervale l'avait acquis lui-même sur le « champ d'honneur » tout en riant de leurs prétentions.

Il rouvrit les yeux et contempla son reflet dans l'écran en se rappelant l'aube tranquille et le poids du pistolet dans sa main, les secondes qui passaient et l'expression austère du maître de la lice tandis qu'il regardait, par-delà trente mètres d'herbe rase, son adversaire au visage blême. C'était... Bullard ? Non. La première fois, c'était Scott ; un frisson le parcourut au souvenir du recul du pistolet dans sa paume et de la fleur écarlate qui s'était épanouie sur la chemise blanche de Scott avant qu'il ne tombe.

Il se secoua. C'était une transaction, rien d'autre, se dit-il, tout en sachant qu'il mentait. Certes, c'était une affaire d'argent, et celui que son commanditaire secret lui avait remis avait payé ses dettes... pour quelque temps. Jusqu'à la prochaine fois. Mais l'excitation sensuelle de savoir, alors que Scott s'effondrait, que sa balle s'était enfoncée dans son cœur d'aristocrate... cela, ç'avait été sa vraie récompense. Et la raison pour laquelle il avait été si facile d'accepter la mission suivante, et toutes les autres.

Pourtant, à la fin, ceux-là mêmes qu'il haïssait de toute son âme l'avaient emporté. Ils l'avaient traité de « duelliste professionnel » alors qu'ils voulaient dire « tueur à gages ». Et c'était vrai, il le reconnaissait aujourd'hui dans la solitude de la petite salle. Mais il avait trop tué, tué trop d'entre eux, même lorsque le commanditaire se serait contenté d'une simple blessure. Mais le goût du sang était trop suave, l'aura de la peur trop capiteuse, et pour finir le Corps en avait eu assez.

Il avait tué un « frère officier » – comme si l'uniforme que portait un cadavre avait la moindre importance ! Ce n'était pas le premier officier d'active à se livrer au duel, mais il y avait trop de morts dans son passé, trop de dettes d'honneur envers trop de familles. Ils ne pouvaient pas le juger pour meurtre, puisque les duels étaient légaux ; il avait fait face au feu de son adversaire et on ne pouvait pas prouver qu'il avait accepté de l'argent pour cela. Mais ils savaient tous la vérité et ils pouvaient faire fonds sur l'ensemble de son dossier : les jeux d'argent, les femmes, les affaires d'adultère dont il s'était servi pour attirer ses victimes sur le pré, la morgue dont se teintaient ses relations avec ses supérieurs à mesure que croissait sa réputation de terreur. Et cela avait suffi à le juger « indigne de porter l'uniforme de la Reine » et à le conduire au soleil éclatant de cette matinée, au roulement lent et dégradant des tambours.

Cela l'avait conduit là où il en était aujourd'hui, également, là où l'argent affluait ; mais l'argent n'était qu'un aspect de sa vie, le moyen qui lui permettait de se moquer de la noblesse autoproclamée de leurs intentions et de se venger d'eux à répétition, même s'ils ne s'en doutaient jamais.

Ses narines frémirent et il s'extirpa du fauteuil.

Très bien. Il était informé que l'opération était en danger et il était responsable de sa sécurité. C'était ainsi. Il y avait trop de documents, trop de preuves dans cette installation et, comme l'avait dit son employeur, le labo n'était que du matériel.

Il y avait évacuation et évacuation, se dit-il avec un sourire carnassier. S'il devait abandonner l'équipement sur place, qu'au moins ce soit d'une façon dont il tirerait une satisfaction personnelle.

Il ouvrit la porte de la salle des communications et enfila le couloir d'un pas vif. Il avait des dispositions à prendre.

Chapitre quinze

L'homme paraissait vaguement déplacé dans le fauteuil capitonné du luxueux bureau et dans ses vêtements civils, malgré leur coupe coûteuse. Il avait les yeux durs et le visage sombre et mince, un de ces visages exercés à ne manifester que ce que leur propriétaire souhaite exprimer. Il prit le rafraîchissement qu'on lui tendait et en but une gorgée ; les glaçons émirent un cliquetis musical quand il baissa son verre, tandis que son hôte s'asseyait dans le fauteuil en vis-à-vis en s'efforçant de ne pas avoir l'air inquiet.

« J'ai appris avec regret la nouvelle de vos... problèmes imprévus, monsieur Canning. » Le visiteur parlait d'une voix grave et bien modulée, presque douce, mais celui qui lui faisait face s'agita nerveusement sur son siège. « J'ose espérer qu'ils ne sont pas de nature à remettre en cause notre programme ? »

Wallace Canning, consul de la République populaire de Havre sur Méduse, sentit la transpiration perler à son front. Son interlocuteur était en civil mais, chaque fois que Canning le regardait, il voyait l'uniforme qu'il aurait dû porter – l'uniforme vert et gris d'un contre-amiral de la Marine populaire, frappé du sablier et de l'épée du service de renseignements de la Marine.

« Je n'en sais rien, dit-il finalement en choisissant soigneusement ses termes. Tout est encore trop incertain. Tant que nous ignorons quel sera le prochain mouvement de cette Harrington, nous en sommes réduits à émettre des hypothèses et à surveiller nos points faibles potentiels.

— Je vois. » L'amiral en costume d'affaires s'adossa dans son fauteuil en faisant tournoyer les glaçons dans son verre ; il pinça les lèvres en écoutant le tintement des cubes, et Canning conserva tant bien que mal une expression impassible sous son regard qui ne cillait pas.

« J'ai le sentiment, reprit l'amiral au bout d'un moment, qu'il y a eu du laisser-aller chez vous, monsieur le consul. On nous avait assuré que la situation restait sous contrôle ; je considérais ma venue comme une visite de routine où l'on devait simplement m'annoncer que tout était prêt, or j'apprends maintenant que vous ne pouvez qu'émettre des "hypothèses" sur les mouvements à venir de l'adversaire. » Il secoua la tête. « Il y a toujours un élément de risque dans une opération secrète, mais nous avons investi trop de temps dans celle-ci, et l'opération Ulysse est trop importante pour jouer aux devinettes ou lancer des manœuvres qu'un seul élément imprévu peut faire avorter.

— On n'y peut rien et ce n'est la faute de personne, ni ici ni sur le terrain, dit Canning en endossant le rôle de celui qui défend ses subordonnés plutôt que lui-même. Et l'"élément imprévu" dont vous parlez était en effet totalement imprévisible et nul ne l'avait vu venir, ni ici ni sur Havre. Il était impossible de le voir venir, amir... monsieur, parce qu'il n'y avait aucun moyen d'imaginer, au bout de tant d'années, qu'on assignerait quelqu'un comme cette folle au poste de Basilic.

— J'en suis bien conscient. D'ailleurs, monsieur Canning, c'est moi-même qui ai choisi la date d'exécution d'Ulysse lorsque Pavel Young a été nommé chez vous.

— Eh bien, tout se déroulait selon le plan avant que cette femme n'arrive. Et depuis... » Canning s'interrompit et haussa les épaules en levant une main, la paume en l'air.

« Je conçois que les conditions aient changé, monsieur le consul. » L'amiral s'exprimait du ton patient que l'on prend avec un tout petit enfant, une douceur trompeuse dans le regard ; le consul tremblait intérieurement mais se garda bien de protester.

« De plus, contrairement à vous, je possède un dossier sur le capitaine Harrington, poursuivit l'amiral. Il n'est pas aussi complet que je le souhaiterais. Comme vous le savez peut-être, les Renseignements de la Marine effectuent rarement des recherches de fond sur les officiers qui ne figurent pas encore sur la Liste, à moins qu'ils ne soient issus d'une famille particulièrement en vue. Tout ce dont nous disposons sur elle, ce sont les coupures de journaux habituelles et son dossier public, mais c'est déjà suffisant pour indiquer qu'elle est d'une tout autre catégorie qu'un crétin d'aristo comme Young. Et, tout bien considéré, je dois admettre qu'Harrington n'est pas du tout le genre d'officier qu'on aurait pu s'attendre à voir ce lourdaud de Janacek assigner à son petit enfer privé. »

Canning se détendit un peu, pour se raidir aussitôt devant le mince sourire de son visiteur.

« Néanmoins, monsieur Canning, je ne puis m'empêcher d'arriver à la conclusion que vous avez pris la question de la sécurité trop à la légère. Depuis le début, vous semblez vous être reposé, non pas sur vos précautions, mais sur la seule inefficacité de la Flotte. J'en conviens (il fit un petit geste de la main), cette inefficacité entrait pour partie dans notre plan d'origine, mais votre tort a été de compter sur sa pérennité. Il paraît évident qu'il fallait radicalement réévaluer vos dispositions dès qu'Harrington a commencé à donner des coups de pied dans la fourmilière.

— Je... » Canning se leva brusquement et se dirigea vers l'armoire aux alcools. Il se versa un martini d'une main légèrement tremblante, en avala une gorgée, puis se retourna vers l'amiral. « J'ai pris des précautions, monsieur, quoi que vous en pensiez. Je l'avoue, c'étaient des mesures de routine, à long terme, et je reconnais aussi avoir mis du temps à comprendre ce qui se passait et à réagir à la présence d'Harrington. Mais je suis à ce poste depuis plus de six années locales et c'est le premier officier manticorien qui ait seulement pris la peine de contrôler qu'il y avait le même nombre de boîtes de conserve sur un manifeste et dans la cargaison correspondante !

— Si elle se contentait de cela, monsieur Canning, ou même si elle ne faisait qu'arrêter des contrebandiers, nous serions beaucoup moins inquiets, répondit son hôte d'un ton glacé. Mais elle ne s'en tient pas là. Elle apporte une assistance active au commissaire Matsuko et à l'API ; rien que la main-d'œuvre locale qu'elle a libérée des tâches de douane et de surveillance spatiale constitue une grave menace pour la sécurité de l'opération. Si on y ajoute les survols qu'elle a ordonnés, selon ce que signalent vos informateurs... » Il secoua la tête d'un air attristé et Canning prit une longue gorgée d'alcool.

« Nous ne sommes tout de même pas complètement démunis, monsieur, fit-il. Je sais que ce n'est qu'une question de temps avant que ses vols de reconnaissance décrochent la timbale mais, comme je l'ai déjà dit, et malgré la confiance excessive dont j'ai pu faire preuve, nous disposons d'une couverture à plusieurs niveaux contre ce genre d'éventualité, précisément. Et, en dépit de ses activités dans l'espace, elle n'a fait strictement aucun ennui au capitaine Coglin. Quant à ses autres initiatives, ajouta-t-il, sur la défensive, j'ai fait ce que j'ai pu pour la faire rappeler. J'ai déposé plus de vingt plaintes distinctes et je fais jouer mes relations avec d'autres agents commerciaux extraplanétaires pour en générer de nouvelles. L'amirauté manticorienne finira bien par réagir, surtout à la lumière des ramifications politiques de l'affaire.

— Je suis au courant de ces plaintes, monsieur Canning. Mais, si vous avez certainement raison quant aux pressions qu'elles exercent sur l'amirauté, avez-vous songé qu'elles ont sans aucun doute abondamment confirmé aux supérieurs d'Harrington que ses activités nous gênent ? »

Canning rougit et, pour la première fois, une étincelle de colère franchit la barrière de son inquiétude. L'amiral avait beau jeu d'arriver tout pimpant après la bataille et de tout critiquer, mais que voulait-il donc que Canning fasse ? Nom de Dieu, déposer des plaintes, c'était la seule arme efficace dont il disposait ! Et, se dit-il avec rancœur, s'il ne les avait pas déposées, l'amiral serait en train de lui découper les oreilles pour manque d'initiative !

« Enfin, ce qui est fait est fait. » L'amiral soupira, posa son verre sur une table basse et se leva. « Pourquoi ne me parlez-vous pas plutôt de ce qui va bien ? »

Il s'approcha du bureau de Canning et se pencha sur la carte déroulée sur le buvard. En papier, elle était beaucoup moins détaillée et bien plus difficile à manipuler qu'une carte holo, mais elle n'apparaissait nulle part dans la base de données du consulat. Et, au contraire d'un lecteur holo individuel, on pouvait la rouler et la cacher dans un coffre-fort muni d'un système de sécurité à destruction thermique, toutes considérations qui rendaient triviaux les inconvénients de l'objet.

L'amiral considérait la carte les sourcils froncés, en suivant du doigt certains tracés du terrain. À la différence de la plupart de ses contemporains de la Marine, il était aussi à l'aise devant une projection planétaire que devant une représentation stellaire, car la branche particulière et anonyme des Renseignements à laquelle il appartenait se préoccupait davantage de chevaux de Troie que de guerre ouverte. Il tapota le papier, puis regarda Canning.

« Le labo du plateau, ici, possède-t-il une liaison directe avec notre collecteur orbital ?

— Non, monsieur. » À son tour, Canning s'approcha du bureau, et il eut son premier sourire de l'entretien. « L'énergie est relayée par des stations au sol, ici et là (il indiqua deux sommets de l'intérieur), et la station réceptrice n'est pas reliée à notre collecteur. » Il croisa le regard interrogateur de l'amiral et son sourire s'agrandit. « Nous sommes branchés sur le propre collecteur de secours de dame Estelle.

— Comment ? Vous puisez votre énergie dans le réseau manticorien ?

— Non, monsieur. Cette énergie ne passe pas par le réseau. Il s'agit de leur collecteur secondaire qui ne sert qu'au cas où l'on coupe le principal à fin d'entretien ou de réparation. En dehors de leurs tests normaux de débit, nous sommes les seuls à l'utiliser. Même s'ils découvrent notre dérivation, cela ne leur indiquera pas qui l'a posée et, s'ils cherchent à savoir comment elle est arrivée là, leur enquête devrait prendre des directions très... intéressantes.

— Je vois. » L'amiral hocha la tête, première manifestation d'un début d'approbation. « Mais, naturellement, s'ils la découvrent, ils découvriront aussi la station au sol qu'elle alimente, n'est-ce pas ?

— En effet, mais c'est là qu'intervient le plan de couverture dont je parlais. C'est le colonel Westerfeldt qui a la responsabilité des opérations sur le terrain et il s'est parfaitement débrouillé pour dissimuler nos traces et poser des leurres. Pour tout vous dire, nous voulons qu'ils trouvent les stations – et le labo – s'ils cherchent sérieusement. »

L'amiral leva les sourcils et Canning poursuivit avec un sourire presque naturel : « Nous avons installé un labo de repli qui fonctionne sur ses propres générateurs à hydrogène et, s'ils tombent sur celui-là, ils n'en apprendront guère – à moins qu'ils ne cueillent certains de nos gars, évidemment. Et encore, aucune pièce de matériel n'a été fabriquée en République populaire. L'essentiel de l'équipement a été manufacturé par... un certain cartel marchand de Manticore, dirons-nous. » Il se tut et, cette fois, ce fut au tour de l'amiral d'avoir un petit sourire entendu. « Plus important, le responsable de la sécurité et les techniciens sont aussi manticoriens et ils ignorent qu'ils travaillent pour nous ; ils croient être employés par un groupement illégal de chez eux. Nous avons dû introduire des gens de chez nous pour faire fonctionner le labo de repli le cas échéant, mais là encore, le matériel provient de Manticore. Enfin, nous avons imposé à nos pigeons de tenir des comptes rendus soigneux pour leurs employeurs fictifs ; si l'API découvre le labo, ils trouveront des documents parfaitement authentiques aux yeux des techniciens et qui pointent dans la direction opposée à la nôtre.

— Je vois », répéta l'amiral. Il promena distraitement son index sur la carte et son sourire s'effaça tandis qu'il l'étudiait, les sourcils froncés. Puis il désigna du doigt une zone loin au sud de l'immense plateau. « Et le site principal ?

— Il est parfaitement protégé, monsieur, répondit Canning avec assurance. Il est entièrement souterrain et il n'y a jamais eu le moindre contact entre lui et l'un ou l'autre de nos labos, même par air. Toutes les cargaisons transitent par cette zone de relais (du doigt, il désigna une région plus à l'ouest), puis elles continuent par voie de terre avec des caravanes échassieuses. De plus, les hommes sur place du colonel Westerfeldt ont été choisis avec soin pour pouvoir être sacrifiés si jamais l'API tombe sur eux. Contrairement aux techniciens de notre labo de secours, ils sont tous manticoriens, avec de gros casiers judiciaires, et aucun d'entre eux ne sait exactement pour qui le colonel travaille.

— Ah ! » L'amiral pencha la tête de côté et se permit un nouveau sourire, plus franc que le premier. « Peut-être me suis-je montré exagérément pessimiste, monsieur Canning. Apparemment, vous avez pris davantage de précautions que je ne le croyais.

— Je n'étais pas seul, répondit Canning. Comme je l'ai dit, le colonel Westerfeldt est notre homme de terrain et vos propres agents ont choisi une excellente couverture pour Coglin. Et puis, naturellement, l'ambassadeur Gowan a coordonné la plus grande partie de l'opération depuis Manticore. » Il dissimula un sourire en voyant l'amiral hocher la tête. Gowan était une très grosse huile, directeur à la retraite de l'Allocation et pourvu d'amis influents sur Havre. Il n'est jamais mauvais de partager le mérite (et les reproches éventuels) avec plus solide que soi, et même les Renseignements hésiteraient avant de s'en prendre à Gowan.

— Bien », fit l'amiral au bout d'un moment en retournant à son fauteuil pour récupérer son verre. Il but une gorgée en contemplant par la fenêtre, l'air songeur, la nuit et les jardins du consulat illuminés par des projecteurs. « Votre sécurité au sol est en meilleur état que je ne le craignais, mais le flanc orbital reste béant, et c'est par là que cette Harrington peut nous faire le plus de tort.

— Oui et non, monsieur. » Canning vint se placer à côté de l'amiral et observa lui aussi les jardins. « Il est trop tard pour qu'elle intercepte les chargements réellement importants ; tout ce dont nous avons besoin se trouve d'ores et déjà sur la planète, à part la mekoha encore en cours de fabrication, et j'ai annulé de ma propre initiative les deux derniers transports extraplanétaires quand j'ai compris ce qui se passait. Je préférerais qu'ils soient au sol, mais nous pouvons nous débrouiller sans eux, et, s'ils se faisaient repérer, cela serait très dangereux. Quant à Coglin, il ne devrait rien risquer s'il se contente de rester sans bouger à bord de son bâtiment. S'il n'établit aucun contact avec la surface, Harrington n'a aucun motif de venir fourrer son nez chez lui.

— Très bien. » Le ton de l'amiral était sensiblement moins hostile et Canning se détendit encore. Mais brusquement l'amiral pinça de nouveau les lèvres. « Néanmoins, même si tout se passe parfaitement, l'*Intrépide*, par sa simple présence en orbite médusienne, risque de faire échouer l'opération lorsqu'elle sera lancée. Je n'aime pas voir Harrington travailler main dans la main avec l'API. Elle dispose d'une compagnie presque complète de fusiliers manticoriens là-haut, avec un matériel de combat qui pourrait bien nous mettre à mal.

— Sauf votre respect, monsieur, je crois que c'est peu probable. Il faudrait qu'ils sachent ce qui se prépare et qu'ils aient prévu des plans de rechange pour affecter l'opération de façon appréciable. Oh, je ne nie pas qu'ils puissent limiter les dégâts, mais je ne vois absolument pas comment ils pourraient les limiter assez pour faire une quelconque différence. Tant qu'ils ne peuvent pas empêcher toute l'opération, la porte reste ouverte, et même une compagnie entière de fusiliers déjà en place dans les enclaves ne pourrait nous barrer la route.

— Peut-être. » L'amiral se balança un instant sur la pointe des pieds en suivant le bord de son verre du bout de l'index. « Mais peut-être que non. Que disent vos informateurs de Manticore sur Young ?

— Il a ramené son bâtiment sur l'*Héphaïstos* et, bien que notre réseau de renseignements soit assez faible du côté militaire, tout indique qu'il a pris conscience d'avoir gaffé. À mon avis – mais c'est seulement une opinion –, il fait tout pour revenir à Basilic avant que les agissements d'Harrington ne donnent de lui une image encore pire.

— On aurait du mal à donner pire image de lui, de toute façon », observa l'amiral avec un sourire ironique.

Il continua de se balancer quelques secondes, puis il hocha la tête.

« Tâchez d'apprendre combien de temps il va demeurer sur l'*Héphaïstos*, monsieur Canning. Je suis sûr que son premier geste, en revenant ici, sera d'envoyer Harrington aussi loin de Méduse que le permettent les limites du poste de Basilic et j'aimerais bien mieux le savoir, lui, en orbite là-haut quand tout se déclenchera. S'il doit rentrer dans moins de... allons, un mois manticorien à peu près, je veux qu'on retarde l'opération jusque-là.

— Cela risque d'être difficile, fit Canning d'un ton circonspect. Presque tout est déjà prêt, et notre chamane est mûr. Je ne suis pas certain qu'il puisse les tenir aussi longtemps. L'heure H définitive est toujours restée imprécise, vous savez. Et puis il y a sans doute une limite au temps que Coglin peut demeurer là-haut sans bouger avant que quelqu'un du genre d'Harrington commence à nourrir des soupçons.

— Peut-être ; mais, je vous l'ai dit, je n'ai pas envie de voir Harrington dans le coin quand l'opération se déclenchera ; si possible, j'aimerais qu'elle se trouve à plusieurs heures d'ici, assez loin pour nous donner l'avance dont nous avons besoin. Quant à Coglin, je pense que sa couverture tiendra encore un peu et je peux m'arranger pour conserver nos autres atouts en place trois ou quatre mois manticoriens si nécessaire.

— Je vais voir ce que je peux faire, monsieur. » Canning avait l'air dubitatif et l'amiral sourit.

« Je n'en doute pas, monsieur Canning. Et, entretemps, je vais voir ce que nous pouvons faire pour... recanaliser l'énergie du capitaine Harrington.

— J'ai pratiquement épuisé toutes les ressources diplomatiques, observa Canning.

— Non, monsieur le consul. Vous avez épuisé les ressources diplomatiques de Havre, nuance. » L'amiral se tourna vers lui avec un sourire élargi et Canning leva les sourcils.

« Je ne suis pas sûr de bien vous suivre, monsieur.

— Allons donc ! Ne venez-vous pas de me dire que vous vous êtes donné bien du mal pour fournir aux Manticoriens un coupable proche d'eux ? À quoi bon avoir un bouc émissaire si vous ne vous en servez pas ?

— Vous voulez dire...

— Naturellement, monsieur Canning. » L'amiral, à la surprise de son hôte, émit un petit rire. « Il est évident qu'Harrington agace les cartels marchands de Manticore autant que nous. D'après ce que vous me dites de ses opérations, elle leur a déjà coûté chaud, sans parler de l'humiliation qu'elle leur a fait subir en les prenant la main dans le sac. J'imagine que la plupart ont tout aussi envie que nous de lui voir rogner les griffes, vous ne croyez pas ?

— Oui, acquiesça Canning, et un sourire apparut lentement sur son visage. Oui, j'imagine, en effet. Mais, selon la même logique, ne peut-on penser qu'ils ont déjà exercé toutes les pressions possibles sur le gouvernement et l'Amirauté ?

— Voire. Mais je songeais à une action un peu plus directe, fit l'amiral d'un air inquiétant, et j'étudie le dossier du capitaine Harrington depuis que j'ai appris la situation actuelle. Je vous l'ai dit, il n'est pas aussi complet que je le souhaiterais, mais on y trouve néanmoins des renseignements potentiellement utiles. Par exemple, saviez-vous que son père et sa mère sont tous deux médecins ? » Canning fit non de la tête. « Eh bien, si. Ils sont même associés principaux de la Corporation médicale Duvalier sur Sphinx. C'est un excellent établissement qui jouit d'une haute réputation en chirurgie neurale et génétique... et il se trouve justement que soixante-dix pour cent des actions publiques de Duvalier appartiennent à Christy & Fils, qui est à son tour une filiale à part entière du cartel Hauptman. » L'amiral eut un sourire presque rêveur. « J'ai toujours su que garder un œil sur Hauptman nous serait utile un jour, avant même qu'on ait l'idée de cette opération.

— Mais Hauptman le sait-il seulement, monsieur ?

— Peut-être pas encore, mais nous pouvons sans doute attirer son attention sur ce point – discrètement, cela va de soi. Nous avons d'ailleurs déjà attiré son attention sur d'autres points par le passé, n'est-ce pas ?

— En effet », répondit Canning. Le front plissé, il réfléchit aux ficelles à tirer. « Mon courrier régulier adressé à l'ambassadeur Gowan part demain matin, dit-il, pensif.

— Excellente suggestion, monsieur Canning. » L'amiral hocha la tête et leva son verre pour porter un toast. « Au capitaine Harrington, puisse-t-elle avoir bientôt d'autres chats à fouetter », murmura-t-il.

CHAPITRE SEIZE

Scotty Tremaine enfonça la touche de réglage automatique puis s'étira tandis que le moteur ronronnant éloignait le siège du copilote de la console de la pinasse. Il fit rouler ses épaules en grimaçant à cause des contractures et se leva.

« Je reviens dans quelques minutes, Ruth, dit-il au pilote.

— Pas de problème, monsieur Tremaine, répondit le patron de troisième classe Ruth Kleinmeuller en souriant. La planète devrait toujours être là à votre retour.

— Sûrement. » Il ouvrit le panneau du poste de pilotage et s'engagea dans l'étroit couloir (les pinasses étaient à peine plus grandes que les Jumbo jets de l'ère préspatiale) en direction du réduit du mécanicien de vol ; il passa la tête par la porte.

« Comment ça va ?

— Rien en vue, monsieur. » La femme d'équipage en poste aux détecteurs fronça le nez. « Pour ce matériel, on vole au milieu de rien du tout.

— Je vois. » Tremaine réprima un sourire ; la réponse avait été faite sur un ton respectueux et relativement enjoué, mais il avait perçu l'agacement qui la sous-tendait. Au début, ses subordonnés avaient accueilli fraîchement leur détachement aux douanes, mais ils avaient changé de point de vue au cours des dernières semaines, particulièrement agitées. Ils avaient fini par prendre un plaisir un peu sadique à opérer de grosses saisies, plaisir alimenté par l'inflation proportionnelle de leur compte en banque. Aujourd'hui, ils voyaient d'un mauvais œil toute mission qui les distrayait de leurs coups de filet de moins en moins fréquents.

« Vous savez, monsieur, dit une voix dans son dos, si on nous donne pas davantage de pinasses, ça risque de durer un moment. »

Tremaine se retourna et se retrouva nez à nez avec le second-maître Harkness.

« Oui, second-maître, je sais, répondit-il d'un ton mesuré. Mais, à moins que vous n'en cachiez une demi-douzaine dans votre placard, je ne vois pas qui d'autre nous pourrions y affecter. Et vous ?

— Non, monsieur. » L'enseigne de vaisseau, songea le sous-officier, avait fait du chemin depuis sa première découverte de produits de contrebande. Harkness aimait bien Tremaine : ce n'était pas un morveux bouffi de prétention, au contraire de trop nombreux enseignes qui redoutaient de trahir leur inexpérience, et il n'était pas du genre à fuir ses responsabilités – mais il le testait constamment. Il existait de nombreux moyens de découvrir ce qu'un officier avait dans le ventre et le jeune Tremaine dissimulait des profondeurs insoupçonnées.

« Je réfléchissais, monsieur, c'est tout, reprit le sous-officier au bout d'un moment.

— Et à quoi donc ?

— Eh bien, monsieur, je me suis dit qu'on utilisait une pinasse à plein temps et que ça en fait donc une de moins aux douanes, d'accord ? » Tremaine hocha la tête. « Avec les passages rasants qu'on doit faire, il va nous falloir des jours pour tout survoler ; mais si on se servait des autres embarcations ? » Tremaine inclina la tête et lui fit signe de poursuivre. « Ce que je me disais, monsieur, c'est que chacune effectue au moins six trajets sol-espace tous les jours – un aller-retour chaque fois qu'elle change d'équipage – et ça m'a donné à penser. Est-ce qu'on ne pourrait pas modifier leurs trajets d'atterrissage et de décollage ? Après tout, ces bâtiments ont les mêmes détecteurs que nous, non ?

— Hmm. » Tremaine se frotta le menton. « C'est exact. Nous pourrions élargir les routes de vol pour couvrir l'hémisphère tout entier ; et ça nous laisserait libres de survoler l'autre côté de la planète. » Il hocha lentement la tête, perdu dans ses pensées, les yeux mi-clos, et Harkness acquiesça.

« Cela mérite réflexion, second-maître, dit l'enseigne d'un air méditatif. Merci.

— De rien, monsieur », répondit Harkness, et Tremaine repartit en direction du poste de pilotage et de communication.

Le capitaine de corvette Santos entra dans la salle de briefing et s'arrêta derrière le fauteuil du commandant. Honor examinait les dernières données de consommation d'énergie sur la planète et ne l'avait pas entendue arriver, mais un bruit de dents en train de croquer dans quelque chose de juteux lui fit soudain lever la tête.

Le ronronnement vibrant de Nimitz confirma ses soupçons et elle jeta un coup d'œil mi-agacé, mi-amusé à Santos en voyant la branche de céleri dans la patte préhensile droite du chat. Les crocs de Nimitz n'étaient pas adaptés aux matières végétales, malgré ses origines arboricoles ; les chats sylvestres de Sphinx, situés au sommet de leur chaîne alimentaire propre, se nourrissaient des petits herbivores et omnivores qui habitaient leur domaine, et les dents effilées de Nimitz réduisaient le céleri en filaments verdâtres – et mouillés.

Devant le chat qui transformait joyeusement le légume en charpie, Santos adressa un regard d'excuse à Honor, qui secoua la tête.

« Vous savez bien que ce n'est pas bon pour lui, Dominica, fit-elle d'un ton de reproche.

— Mais il aime tellement le céleri, pacha, répondit Santos.

— Je sais, mais il est incapable de le métaboliser – pas complètement, en tout cas. Il n'a pas les enzymes qu'il faut pour assimiler la cellulose terrestre. Ça ne fait que le bourrer, et ensuite il chipote au dîner. »

Nimitz interrompit sa mastication. Il avait beau posséder un appareil vocal totalement inutile pour articuler le moindre semblant de langage humain, il n'en comprenait pas moins un vocabulaire étonnamment étendu et, ce dernier discours, il l'avait trop souvent entendu dans la bouche de sa compagne au cours des dernières années. Il lui jeta un regard dédaigneux, agita la queue et se dressa sur les pattes arrière pour se frotter la tête contre le bras de Santos, exposant ainsi de façon parfaitement claire son point de vue sur la question. La mécanicienne était sa préférée de tous les officiers de l'*Intrépide* – sans doute, songea Honor, lugubre, parce qu'elle avait toujours sur elle une branche de céleri depuis quelque temps – et Santos regarda le chat avec un grand sourire.

« Enfin, soupira Honor au bout d'un moment, je devrais y être habituée. Ce petit démon trouve toujours quelqu'un pour flatter ses vices.

— Ah, ça, il est adorable », acquiesça Santos. Elle gratta affectueusement le chat sous le menton, puis se laissa tomber sur une chaise vide et Honor sourit. Elle était, et elle le savait, absolument incapable de résister aux gens qui montraient de l'affection pour les chats sylvestres.

« Vous vouliez me voir ? demanda Santos au bout d'un instant.

— Oui. » Honor tapota l'affichage de données du bout de son stylet. « J'ai étudié les chiffres fournis par Barney sur la consommation probable d'énergie. Je les trouve épouvantablement vagues.

— Vous savez, pacha, ce n'est pas facile à quantifier. » Santos se passa les doigts dans les cheveux et fronça les sourcils d'un air songeur. « Il ne dispose pas de données solides sur l'usage qu'ils font de leur énergie, donc ses hommes ont dû travailler à partir de pas mal de HAP. » Honor leva les sourcils et Santos eut un sourire espiègle. « C'est un terme de notre jargon à nous autres, mécaniciens. Ça veut dire "hypothèses au pif". Ils peuvent entrer des données sûres obtenues par l'observation – des trucs comme l'éclairage public, les taux de communication, les échangeurs de chaleur – mais, sans renseignements sur le matériel interne d'une enclave, ils naviguent dans le brouillard. Rien que le fait de savoir si telle ou telle communauté pense ou non à éteindre en quittant une pièce peut faire varier les estimations d'un sacré facteur.

— Hum. » Honor se frotta le bout du nez et se radossa dans son fauteuil en écoutant Nimitz croquer bruyamment son céleri. « Où en sommes-nous sur les dérivations du collecteur ? demanda-t-elle soudain.

— Il nous en reste trois – non, quatre – à vérifier, répondit Santos. Désolée que ça prenne tant de temps, mais avec seulement les cotres... »

Honor l'interrompit de la main et sourit.

« Ne vous excusez pas. Vous travaillez très bien, étant donné surtout que nous essayons de ne pas nous faire remarquer. » Elle fit balancer légèrement son siège, les yeux fixés sur son terminal, puis elle haussa les épaules.

« D'accord, voyons si on ne peut pas aborder le problème sous un autre angle, Dominica, murmura-t-elle en appuyant sur la touche de l'intercom.

— Officier de quart, fit la voix du lieutenant Webster.

— Communications, ici le capitaine. Le second est-il sur la passerelle ?

— Non, commandant. Je crois qu'il est dans la soute à missiles deux. La section tactique a des ennuis avec l'alimentation des chargeurs.

— Je vois. Eh bien, appelez-le, voulez-vous ? S'il est libre, j'aimerais qu'il monte dans ma salle de briefing. Et demandez aussi au lieutenant Cardones de venir, je vous prie.

— À vos ordres, commandant. » L'intercom resta silencieux quelques instants, puis : « Ils arrivent, commandant.

— Merci, Samuel. » Honor coupa l'intercom et regarda Santos. « Si Barney ne peut pas nous fournir de chiffres sûrs, peut-être pouvons-nous nous débrouiller pour que ses HAP nous servent.

— Comment ça ?

— Ma foi, j'ai l'idée que... »

Honor s'interrompit : Cardones venait de franchir le panneau de la salle. Il salua Santos d'un air un peu timide, puis se tourna vers Honor.

« Vous vouliez me voir, commandant ?

— Oui. Asseyez-vous, canonnier. J'ai un problème et je souhaite que le second et vous-même m'aidiez à le résoudre.

— Un problème, commandant ? » Cardones s'exprimait avec circonspection et Honor sourit.

« Ça n'a rien à voir avec votre section. C'est seulement... »

Elle se tut à nouveau car la porte s'était rouverte. McKeon avait enfilé un bleu de travail par-dessus son uniforme et il était maculé de cambouis. C'était un côté de son second qu'elle appréciait sans réserve : il n'hésitait jamais à se salir les mains.

« Vous m'avez fait demander, commandant ? » fit-il d'un ton beaucoup plus formaliste que Cardones. Honor acquiesça en sentant ses traits se figer par réaction, et elle indiqua le siège en face de Santos.

« En effet », répondit-elle. McKeon s'assit. « Quel est le problème, pour l'alimentation des missiles ? demanda-t-elle en s'efforçant – encore une fois – de le faire sortir de sa réserve.

— Rien de grave, commandant. Je pense qu'il est pratiquement réglé », répliqua-t-il d'un ton guindé, et Honor contint un soupir. Derrière elle, Nimitz cessa un instant de dévorer son céleri, puis se remit à la tâche, mais avec moins d'enthousiasme.

« Eh bien, dit-elle, comme je l'expliquais à Rafe, nous avons un problème nous aussi. Nous essayons de détecter des circulations inhabituelles d'énergie, mais nous ne disposons pas d'une base de consommation fiable pour les repérer. » McKeon hocha la tête ; ses yeux gris étaient songeurs mais gardaient leur expression froide.

« Rafe et vous, poursuivit Honor, j'aimerais que vous récupériez toutes les données d'entrée des dérivations du collecteur solaire et que vous les compariez aux estimations du major Isvarian. Je cherche un chiffre total de consommation sur plusieurs jours pour chaque enclave, que nous puissions mettre en vis-à-vis de ses estimations sur une base proportionnelle. »

Elle se tut et Cardones jeta un coup d'œil au second, comme s'il attendait qu'il pose une question. McKeon s'étant contenté de hocher la tête, il s'éclaircit la gorge.

« Excusez-moi, commandant, mais à quoi est-ce que ça va nous servir ?

— Pas à grand-chose, peut-être, Rafe, mais je veux voir quelle précision atteignent les approximations de Barney. Si ses chiffres se rapprochent des nôtres, ou s'ils s'en écartent, mais toujours dans la même proportion, nous aurons à la fois une indication sur la fiabilité de ses chiffres et une idée des besoins en énergie normaux de telle ou telle enclave. Si nos chiffres correspondent dans la plupart des cas mais qu'ils divergent en une ou deux occasions, nous saurons que les enclaves qui s'écartent de ses chiffres méritent un examen plus approfondi. »

Cardones acquiesça ; McKeon ne bougea ni pied ni patte.

« En outre, reprit Honor, je veux qu'on surveille heure par heure les changements dans les demandes d'énergie, voir si on peut en dégager un schéma ; en particulier, je veux savoir si certaines enclaves tirent de grosses quantités durant des périodes de consommation générale réduite – tard dans la nuit, par exemple. Comparez les fluctuations entre les enclaves sur une base temporelle. Si la demande baisse d'un pourcentage moindre dans le cas d'une ou deux, je veux qu'on me prévienne. D'après le major Isvarian et le personnel de l'API, un labo qui traite de la mekoha ne peut pas tout interrompre à mi-processus, donc si le niveau d'énergie de quelqu'un demeure élevé alors que celui de ses voisins chute, ce sera peut-être l'indication que nous nous rapprochons du but. »

Cardones acquiesça encore, les yeux brillants d'intérêt, contrairement à ceux de McKeon, comme Honor s'en fit la remarque.

« Je m'y mets tout de suite, commandant, dit le second au bout de quelques instants. Y a-t-il autre chose ?

— Non », répondit Honor à mi-voix, et McKeon se leva avec un bref hochement de tête. Sur un signe de lui, Cardones sortit à sa suite. La porte se referma derrière eux et Honor soupira.

« Pacha ? » C'était Santos, la voix douce, et Honor rougit. Elle avait oublié la mécanicienne et elle se réprimanda intérieurement d'avoir manifesté devant un de ses officiers le souci que lui causait McKeon. Elle se tourna raidement en dissimulant sa contrariété.

« Oui, Dominica ?

— Je... » La mécanicienne s'interrompit, les yeux baissés sur ses mains accrochées au bord de la table, puis carra les épaules. « C'est à propos du capitaine McKeon, commandant, dit-elle. Je ne...

— Ce que fait le capitaine de corvette McKeon ne vous regarde pas, coupa Honor calmement.

— Je sais, commandant, mais... » Santos prit une profonde inspiration sans se préoccuper de la volonté affichée de son commandant de laisser tomber le sujet. « Pacha, je sais que vous vous faites du souci à cause de lui. D'ailleurs (et son visage s'assombrit), je sais que nous vous avons tous donné du souci. Nous... nous n'étions pas ce qu'on peut appeler au mieux en arrivant ici, n'est-ce pas ?

— M'avez-vous entendue me plaindre ? demanda Honor, et elle soutint le regard de la mécanicienne lorsque Santos releva les yeux.

— Non, commandant. Mais, de toute manière, ce n'est pas votre genre. » Sa voix était aussi ferme que le regard d'Honor, et celle-ci eut un petit geste gêné de la main. Nimitz se coula jusque sur ses genoux sans lâcher son moignon de céleri et hissa le tiers antérieur de son corps sur la table pour observer alternativement les deux femmes.

« Pacha, je voulais vous dire que je connais Alistair McKeon depuis longtemps, poursuivit Santos d'un ton mesuré. C'est un ami – et je suis votre officier le plus gradé après lui. »

Honor se laissa aller contre son dossier avec un soupir. Elle songea qu'elle devrait ordonner à Santos de se taire ; s'il y avait une chose qu'elle détestait, c'était bien discuter d'un officier dans son dos, surtout avec un de ses subalternes. Mais elle était presque au bout du rouleau en ce qui concernait McKeon ; elle avait tout essayé pour percer sa carapace – pour obtenir le vrai second dont elle avait besoin et pas simplement un automate efficace qui ne s'impliquait dans rien – et elle avait échoué. Et il n'y avait nulle malveillance, nul mépris dans le ton de Santos, uniquement de la préoccupation. De plus, elle avait raison : après McKeon, elle était le plus haut gradé d'Honor, à la troisième place de la hiérarchie à bord de l'*Intrépide*, et elle avait non seulement le droit mais le devoir de prendre la parole si elle remarquait un problème.

L'expression de la mécanicienne se détendit devant la réaction de son commandant, et elle tendit la main pour caresser Nimitz, les yeux fixés sur ses doigts.

« D'habitude, Alistair est un bon officier, pacha, dit-elle. Mieux, c'est quelqu'un de bien. Mais, si vous me permettez de le dire, il est visible que lui et vous n'êtes pas sur la même longueur d'ondes, et, de votre part, ce n'est pas faute d'avoir essayé. Je ne l'ai jamais vu comme ça et je m'inquiète pour lui. »

Honor considéra Santos en réfléchissant. Elle ne percevait aucun égoïsme dans les paroles de la mécanicienne, seulement de l'inquiétude ; elle ne cherchait pas à s'attirer les bonnes grâces de son commandant ni à poignarder son supérieur immédiat dans le dos.

« Et ?... » fit-elle, incapable – et ne le souhaitant pas – de critiquer McKeon en acquiesçant aux déclarations de Santos et en exprimant son propre souci.

« Je veux juste... » Santos s'interrompit sans quitter des yeux sa main qui caressait le chat. « Je veux juste vous dire que, même si je ne sais pas ce qui ne va pas, ça lui fait mal à lui aussi, pacha. Il le cache, mais, à mon avis, il a l'impression de vous laisser tomber – vous et le bâtiment. Et il a raison, dans un sens. J'ignore pourquoi, mais il ne participe pas comme il le faisait sous le capitaine Rath, alors qu'il vénère jusqu'à la moindre éraflure de cette vieille coque de noix. » Elle leva la tête et parcourut la salle d'un œil légèrement embué, puis elle sourit. « Elle est vieille et ils l'ont violée en lui arrachant son armement, mais c'est une vieille garce qui a de l'honneur. Elle ne nous laissera pas tomber dans les moments difficiles et... (elle croisa le regard d'Honor) et Alistair non plus. Quel que soit son problème, il ne vous laissera pas tomber lorsque vous aurez vraiment besoin de lui. C'est... » Elle se tut à nouveau et agita la main. « C'est tout ce que je voulais dire.

— Je comprends, Dominica, répondit Honor à mi-voix.

— Oui, commandant. » Santos se leva, inspira brusquement, puis fit une dernière caresse à Nimitz et carra les épaules. « Bon, je crois que je dois retourner à mes dérivations, pacha », fit-elle d'un ton plus alerte, et elle sortit.

Nimitz se réinstalla confortablement sur les genoux d'Honor pour terminer son céleri et elle se radossa en le caressant à longs gestes tandis qu'elle songeait aux paroles de Santos. Il avait dû falloir que la mécanicienne ait du cran – et se fasse beaucoup de souci – pour prendre le risque de s'exposer ainsi (pas un instant Honor n'envisagea que son propre exemple, ses propres façons d'agir aient un rapport avec la franchise dont avait fait preuve Santos). La plupart des officiers, se dit-elle, auraient eu grand soin de prendre leurs distances avec un second mal vu de son commandant, de peur de se faire éclabousser. Et la manière dont Dominica s'était exprimée comptait au moins autant que ce qu'elle avait dit : sa préoccupation était évidente, d'abord pour le bâtiment dans son ensemble, ensuite pour McKeon lui-même, mais il demeurait clair qu'elle s'en faisait tout de même pour le second.

Clair et important, jugea Honor. C'était tout à l'honneur d'un officier qu'un de ses subordonnés prenne sa défense, surtout si ce subordonné avait le plus à gagner à ce que son supérieur déplaise au commandant. Mais, davantage encore, les déclarations de Santos renforçaient le sentiment d'Honor que McKeon était en lutte avec une partie de lui-même, une partie que même la mécanicienne ne cernait pas tout à fait.

Dominica Santos n'aurait pas plaidé pour un officier qu'elle n'en aurait pas jugé digne, quelle que soit son amitié pour lui. Honor en était certaine et, en se remémorant ses contacts avec McKeon, elle se rendit compte que la mécanicienne avait raison. Quel que soit ce qui le rongeait, quelque difficulté qu'il ait à faire le premier pas vers son commandant, il effectuait son travail ; pas aussi bien qu'il l'aurait pu, non sans un manque d'implication et une fragilité dangereux, et pas du tout à la façon qu'aurait préférée Honor, mais il l'effectuait. Il s'obligeait à le faire, alors même qu'à l'évidence il était déchiré de l'intérieur.

Elle soupira et quitta son siège en transférant sur son épaule Nimitz qui engloutissait le dernier demi-centimètre de céleri. Il appuya son menton dans les cheveux courts en mâchant allègrement et, les mains dans le dos, elle se dirigea vers la porte.

Ce n'était pas juste. Elle n'aurait pas dû avoir à se montrer indulgente pour son second, à s'inquiéter de son soutien ni de ce que ses problèmes personnels affectent son efficacité. Mais personne n'avait jamais dit que la vie était juste et, selon la tradition de la Flotte, il n'y avait pas de mauvais équipages, seulement de mauvais commandants. Cela s'appliquait aussi aux officiers du commandant. Quel que soit son désir, voire son besoin, d'abattre les murailles de McKeon, elle avait pour devoir de travailler avec lui – ou de le remplacer. Or elle ne pouvait pas le remplacer simplement parce qu'il n'y avait pas d'atomes crochus entre eux.

Ni, songea-t-elle alors que la porte s'ouvrait, en sachant que Santos ne se trompait pas. Honor en était sûre : malgré ce qui le tourmentait, Alistair McKeon ne la laisserait pas tomber au mauvais moment.

CHAPITRE DIX-SEPT

« Tenez, monsieur Tremaine, voulez-vous jeter un coup d'œil là-dessus ? » Yammata, technicien 1/c sur détecteur, tapota son affichage et Scotty Tremaine se pencha pour mieux voir. Pour l'observateur non averti, la vague tache de lumière au centre de l'écran aurait pu représenter n'importe quoi ; étant donné ce qu'ils recherchaient, il comprit que ce ne pouvait être qu'une seule chose.

« Quelle puissance ? demanda-t-il.

— Ma foi, répondit Yammata en manipulant les commandes, l'air songeur, j'imagine qu'ils sont protégés, monsieur – en tout cas, je n'ai pas de relevé précis sur la consommation –, mais le rayon d'alimentation monte apparemment aux environs de deux cents kilowatts. » Il leva les yeux et croisa le regard de l'enseigne sans changer d'expression. « Ça fait pas mal de jus pour une bande d'Échassieux.

— En effet, Hiro, murmura Tremaine. En effet. » Il se secoua. « Quelle position ?

— Soixante-trois kilomètres à l'ouest-sud-ouest de la vallée Fangeuse, monsieur. » Il désigna une autre tache lumineuse, plus petite mais beaucoup plus vive. « Ça, c'est leur station d'alimentation directe, mais ce doit être un relais. Elle se trouve sur le versant d'une crête, bien en dessous du sommet, et je n'aperçois aucun lien satellite.

— Hum. » Tremaine observa l'écran quelques secondes encore, tandis que la pinasse poursuivait son survol en orbite basse vers l'horizon ; puis il hocha la tête et donna une tape amicale sur l'épaule du technicien. « Beau travail, Hiro. Je veillerai à ce que le pacha sache que c'est vous qui les avez repérés.

— Merci, monsieur », répondit Yammata avec un large sourire, et Tremaine se tourna vers son officier de communication de l'API.

« Appelez l'*Intrépide*, Chris. Je crois que la Vieille sera contente de la nouvelle. »

« On dirait que vous aviez vu juste, Honor. » Le visage de dame Estelle Matsuko, à l'écran, affichait une expression lugubre. « Il y a bel et bien quelque chose là-bas ; je ne sais pas ce que c'est, mais c'est évidemment illégal. Toute la chaîne des Dos-Moussus est en dehors de notre juridiction, tout comme le plateau du même nom.

— Il ne s'ensuit pas obligatoirement qu'il s'agit d'un labo de fabrication de drogue, remarqua Honor, et dame Estelle eut un grognement ironique.

— Naturellement... et si vous êtes capable de me répéter ça trois fois de suite sans rire, je vous paye un dîner à cinq services au Cosmo ! »

Honor fut prise d'un petit rire à la mention du restaurant le plus cher et le plus sélect d'Arrivée, puis elle reprit son sérieux.

« Vous avez évidemment raison, fit-elle. Et, même s'il ne s'agit pas du labo, c'est de toute manière illégal. La question, maintenant, est de savoir ce que vous allez faire, madame.

— Que croyez-vous ? » L'expression de dame Estelle était sinistre. « En ce moment même, Barney Isvarian est en train de mettre sur pied un groupe d'intervention.

— Avez-vous besoin de renfort ? Je pourrais vous prêter quelques fusiliers du capitaine Papadapolous...

— Nous devrions avoir ce qu'il nous faut, mais merci néanmoins. Je demanderai à Barney ; s'il pense avoir besoin d'aide, je vous en informerai, n'ayez crainte », répondit dame Estelle d'un ton empreint de reconnaissance.

Le major Barney Isvarian, de l'Agence de protection des indigènes médusiens, se faufilait parmi les monticules de mousse de shemak qui lui arrivaient à la taille en s'efforçant de se boucher le nez à la puanteur chimique de la sève. Son treillis tacheté et son armure corporelle n'avaient pas la qualité du camouflage réactif des fusiliers, mais ils se fondaient bien dans le paysage monochrome. Les monstrueux insectes qui tenaient lieu d'oiseaux sur Méduse exécutaient des piqués et des remontées en chandelle au-dessus de la mousse, et il ralentit encore le pas pour éviter de les effrayer ; il y avait peu de chances que quiconque regarde de son côté et remarque une soudain éruption de bestioles, mais c'était néanmoins possible et il n'avait aucune envie de faire capoter l'opération.

Il parvint au sommet de la butte et s'arrêta le temps de reprendre son souffle, tandis que le sergent Danforth arrivait sans bruit à ses côtés. Comme Isvarian, Danforth était un ancien fusilier, et il décrocha l'avant-train de son énorme fusil à plasma avec une compétence rassurante. Il y eut un cliquetis d'alliage contre plastique quand il monta l'arme de cent cinquante centimètres sur son bipode, inséra la batterie à haute puissance et enclencha le viseur électronique. Du pouce, il enclencha l'autotest, puis hocha la tête, appuya la crosse contre son épaule et se mit à étudier les bâtiments en contrebas, l'œil collé au viseur.

De son côté, Isvarian vérifia son arme de poing puis prit ses jumelles électroniques pour observer le même tableau, et il fit une moue involontaire d'admiration. Pas étonnant que les photos aériennes n'aient rien montré ; le Corps des fusiliers lui-même n'aurait pas fait mieux en matière de camouflage.

Les édifices étaient manifestement d'origine extra-planétaire – de solides préfabriqués qui pouvaient venir de n'importe où – mais ils étaient enterrés presque jusqu'aux toits, lesquels avaient été recouverts de terre ; les mottes de shemak qui poussaient dessus en estompaient complètement les lignes, et Isvarian était prêt à parier que chaque toiture était munie, par-dessous, d'une épaisse couche d'isolant pour bloquer toute fuite de chaleur qui aurait pu trahir leur présence ; ç'aurait été logique, surtout avec les sources volcaniques à deux kilomètres à l'est : il suffisait d'y envoyer la chaleur en excès et elle se perdait dans cette signature thermique naturelle.

Isvarian ravala un juron bien senti en songeant que toute cette foutue base avait été bâtie au nez et à la barbe de l'API ; d'accord, le personnel était débordé à l'époque, mais ce labo ne s'était pas construit en une nuit. Ses gars auraient eu tout le temps de repérer les travaux et ils n'en avaient rien fait.

Eh bien, ils s'apprêtaient à rattraper le coup, se dit-il avec une farouche satisfaction.

Il abaissa ses jumelles, activa deux fois son com sans parler, puis attendit. Personne ne répondit par le même signal qui aurait indiqué qu'une équipe de périmètre n'était pas encore en position, et il porta de nouveau ses jumelles à ses yeux.

Aucun signe de vie. Cela traduisait une assurance – ou une bêtise – qu'il ne se serait pas autorisée. Il aurait dû y avoir au moins une sentinelle, quelle que soit leur confiance en leur camouflage ; mais à cheval donné on ne regarde pas les dents, et si ses adversaires voulaient lui laisser l'avantage de la surprise, Isvarian n'allait certainement pas protester.

Il porta son bracelet-com à ses lèvres sans quitter les bâtiments des yeux.

« Allez-y », dit-il à voix basse, et des turbines qui tournaient au ralenti s'éveillèrent en hurlant cinquante kilomètres plus au sud. Six glisseurs armés de l'API s'élevèrent sur leurs antigravs, pointèrent le nez au nord et bondirent en avant à pleine puissance.

Les jumelles d'Isvarian ne frémirent même pas lorsque le rugissement des turbines s'enfla derrière lui. Faible au début, à peine plus sonore que le bruit du vent, il s'enfla rapidement à mesure que les glisseurs se rapprochaient à plus de neuf cents kilomètres à l'heure. Ils passèrent au-dessus de lui dans une explosion de tonnerre artificiel, le sillage des turbines le heurta de plein fouet, et ils survolèrent la base hors la loi dans des sifflements stridents. Deux appareils freinèrent violemment pour s'arrêter en vol plané exactement au-dessus des bâtiments, et les quatre autres s'éloignèrent sur les flancs pour encercler la base avant de se poser et d'ouvrir leurs sabords.

Des policiers armés de l'API en sortirent, huit par engin au sol, et se mirent en route aussitôt, couverts par les tourelles dorsales de leurs transports ; ils se déployèrent tout en avançant prudemment, courbés en deux, l'arme au poing, mais rien ne bougeait du côté des bâtiments et Isvarian fronça les sourcils. À moitié enterrés ou pas, il fallait que les occupants soient sourds comme des pots pour n'avoir pas remarqué une visite aussi bruyante ; l'un d'eux au moins aurait dû jeter un coup d'œil pour voir ce qui se passait !

Il levait à nouveau son com pour ordonner au commandant du groupe d'assaut de tenir ses positions quand une explosion retentit à sa gauche. Il pivota vers le bruit, un gargouillis horrible monta du bracelet-com et une seconde explosion sèche se répercuta sur la lande vallonnée. Cette fois, il vit un jaillissement de fumée – une fumée gris-blanc qui s'élevait de la mousse –, puis les échos des deux détonations furent noyés par le gémissement des fusils pulseurs en automatique.

De méchants éclairs de feu blanc fleurirent autour du champignon de fumée lorsque les dards pulsés déchiquetèrent la mousse tels des fléaux pris de folie, et Isvarian sortit de sa paralysie passagère.

« Cessez le feu ! aboya-t-il. Cessez le feu, nom de Dieu ! »

Les fusils pulseurs se turent presque instantanément et il jeta un bref coup d'œil à la base. Toujours aucun signe de vie ; son groupe d'assaut – figé au moment où les détonations avaient retenti derrière lui – avait repris sa marche en avant. Les hommes se déplaçaient plus rapidement afin d'atteindre les bâtiments avant que quelqu'un d'autre ait l'idée d'ouvrir le feu, et Isvarian se tourna vers le flanc gauche. L'âcre fumée de la shemak en train de brûler montait de la mousse réduite en charpie et il fut pris d'une quinte de toux.

« Ici Leader-un ! dit-il dans le com. Qu'est-ce qui s'est passé chez vous, bordel ?

— Leader-un, ici Flanc-trois », répondit une voix. Elle était monocorde et tendue, et ce n'était pas celle de Flanc-deux. « Matt est mort, Barney. Je ne sais pas ce que c'était ; une arme à projectile, mais pas un pulseur. Ça lui a fait un trou gros comme le poing en le traversant, mais ça n'a pas explosé.

— Et merde ! » gémit Isvarian. Matt Howard ! Il devait prendre sa retraite deux ans plus tard.

« O.K., Flanc-trois, dit-il au bout d'un moment. Faites un survol du coin et essayez de savoir ce qui s'est passé. Et faites gaffe ! Je ne veux pas d'autre surp... »

Une déflagration de fin du monde le projeta en arrière lorsque la base sauta au milieu d'une boule de feu rouge et blanc d'explosifs chimiques.

« Putain de nom de... »

Le panache de fumée et de poussière s'épanouit au-dessus de la base et l'enseigne Tremaine ravala la fin de sa phrase. Un glisseur de l'API s'envola en faisant des tonneaux, presque paresseusement, sur cinquante mètres avant de se désintégrer dans un nuage de feu. Un des glisseurs en vol s'engloutit dans l'enfer de la base lorsqu'un projectile heurta ses bobines antigrav, le privant de sustentation. Une nouvelle explosion ébranla l'amas de ruines en feu et le dernier des six glisseurs s'éloigna comme un homme ivre, puis descendit vers le sol avec une gîte considérable, presque livré à lui-même, et son moteur bâbord s'arracha lorsque l'appareil toucha le sol. Le pilote perdit le contrôle – soit qu'il fût mort, inconscient ou simplement incapable de maîtriser la poussée inégale qui jeta sa monture mutilée dans un saut périlleux destructeur au-dessus du terrain raboteux –, mais au moins l'appareil n'explosa pas et ne prit pas feu.

« Là, commandant ! s'exclama Hiro Yammata. Zéro-six-cinq ! »

Tremaine s'arracha au spectacle infernal qui se déroulait à ses pieds et une lueur meurtrière s'alluma dans son regard habituellement doux lorsqu'il aperçut le mince aérocar à haute vitesse qui jaillissait de sa cachette. L'appareil accéléra comme un forcené en se servant d'une crête rocheuse aiguë comme couverture contre l'équipe de périmètre encore sous le choc.

« Ruth ! Donnez-moi un vecteur de poursuite sur cet enfant de salaud ! » gronda Tremaine, et la lourde pinasse tomba comme une pierre lorsque Kleinmeuller ramena ses antigravs à zéro. Elle ne s'arrêta pas là : elle bascula le nez de l'appareil presque à la perpendiculaire, l'aligna sur l'aérocar en fuite et lança au maximum ses réacteurs aérobies.

La pinasse descendit du ciel en hurlant et Tremaine enfonça la touche d'armement. Il n'avait jamais tiré sur un être humain, mais il ne ressentit pas la moindre hésitation quand l'écran de visée s'alluma. Il ne lui vint pas non plus à l'idée d'appeler l'aérocar pour lui intimer de s'arrêter ; il n'était ni policier ni magistrat, et la soudaine fuite de l'engin juste après l'explosion le désignait suffisamment comme coupable. Un rictus découvrit les dents de l'enseigne : le pointeur de visée se dirigeait droit vers l'appareil. Son doigt caressa la poignée de déclenchement.

Le pilote de l'aérocar ne s'était probablement même pas aperçu de la présence de la pinasse – ce qui ne changeait d'ailleurs rien. Sa machine était assez puissante pour distancer toutes celles de l'API, mais aucun appareil atmosphérique ne pouvait échapper à une pinasse de la Flotte.

Le pointeur se fondit à l'écho de l'aérocar et une note retentit. La main de Tremaine se referma et un laser de deux centimètres déchiqueta la cible en minuscules fragments qui s'éparpillèrent sur l'étendue infinie de la mousse telles des larmes de feu.

Sur l'écran de la salle de briefing, le visage de dame Estelle était d'une pâleur mortelle, et Honor savait que le sien exprimait le même bouleversement. Le triomphe de la découverte du labo avait pris un goût de cendre à mesure que le commissaire lui avait lu la liste des pertes. Elle aurait dû insister pour envoyer les fusiliers de Papadapolous, songea-t-elle avec accablement ; au moins, ils auraient eu des armures de combat.

Mais elle n'avait pas insisté. Cinquante-cinq morts et six blessés ; plus de quatre-vingt-dix pour cent de la troupe d'assaut avait été anéantie et tous les survivants étaient blessés, dont deux grièvement. Un des hommes de l'équipe du périmètre était mort. Soixante et un hommes et femmes, tués ou bons pour l'hôpital en l'espace de deux minutes ; c'était un coup terrible pour la petite équipe si soudée de l'API, et Honor ressentait un malaise physique à l'idée du rôle qu'elle avait joué, bien involontairement, dans la genèse de ce massacre.

« Dame Estelle, finit-elle par dire, je suis désolée. Jamais il ne me serait venu à l'esprit que...

— Ce n'est pas votre faute, Honor, coupa Estelle Matsuko d'un ton las. Ni celle de Barney Isvarian, même si, à mon avis, il lui faudra longtemps avant de l'accepter. Il a dû y avoir une fuite chez nous ; ils devaient savoir que nous arrivions, c'est obligatoire. »

Honor hocha la tête. Le piège dans lequel la troupe d'assaut d'Isvarian était tombée avait été conçu pour tuer autant d'attaquants que possible. Les fabricants de drogue avaient évacué les lieux bien avant leur intervention et ils auraient pu faire sauter leur base dès leur départ ; mais ils avaient attendu que ceux de l'API aient le nez dessus, et cela, ça s'appelait du meurtre de sang-froid.

« Au moins, l'enseigne Tremaine a eu ceux qui ont déclenché l'explosion, poursuivit dame Estelle. C'est déjà quelque chose. J'aurais aimé faire des prisonniers, mais n'allez surtout pas le lui répéter. Il a agi exactement comme je l'aurais fait.

— Entendu, madame. » Honor eut un triste sourire. « C'est ce que je lui dirai, et je n'ai nullement l'intention de le réprimander pour une réaction de combat parfaitement normale.

— Tant mieux. » Dame Estelle se frotta les yeux avec le talon des paumes puis se redressa en faisant un effort. « À vrai dire, ce qui est arrivé à Matt Howard me préoccupe plus que le sort subi par la troupe d'assaut. » Honor cilla, perplexe.

Un tic nerveux agita la bouche du commissaire devant la réaction de son interlocutrice et elle quitta son bureau en faisant pivoter la caméra du terminal com vers la table à café. Une arme étrange y était posée ; on aurait dit un fusil pulseur grossier, en dehors du fait qu'il ne possédait pas de chargeur ni de crosse à proprement parler ; au lieu d'une crosse verticale, il s'achevait par un arc aplati et horizontal de métal, perpendiculaire au canon.

« Vous voyez cet objet ? demanda la voix de dame Estelle.

— Oui. Qu'est-ce que c'est ?

— C'est ce qui a tué Matt, Honor. D'après mes équipes, il s'agit d'un fusil à pierre à un seul coup et qui se charge par la culasse. Conçu pour un Médusien.

— Quoi ? » Sous le coup de la stupéfaction, la question avait jailli sans qu'Honor ait pu la retenir, et les mains de dame Estelle apparurent sur l'écran pour saisir l'arme bizarrement conformée.

« J'ai réagi comme vous, fit-elle d'un ton sinistre. Voici la plaque de crosse (elle indiqua l'arceau incurvé) ; elle est en métal parce qu'il n'existe pas de bois valable sur la planète, et elle présente cette forme parce que les Médusiens ne possèdent pas d'épaules à proprement parler. Elle est faite pour s'appuyer sur la poitrine du tireur afin d'absorber le recul. Mais il y a plus intéressant. Regardez ceci. »

Elle tourna l'arme de côté, saisit un petit bouton sur le pontet et fit pivoter la sous-garde d'un demi-tour. Une tige métallique descendit du canon et le commissaire la souleva pour montrer la culasse ouverte à l'écran.

« Il s'agit d'un système très archaïque d'obturation de culasse pour arme à poudre nitratée, bien que d'habitude, si j'ai bien compris, il fonctionne non pas verticalement mais dans l'axe du canon. » Dame Estelle parlait d'une voix lointaine, une voix sèche de conférencier qui la mettait à distance de l'émotion qu'elle ressentait. « On appelle ça un "filetage interrompu", poursuivit-elle. Fondamentalement, c'est simplement un filetage grossier interrompu des deux côtés, si bien qu'il suffit de lui imprimer un demi-tour pour l'engager ou la dégager. Une de mes techniciennes de communication est une fana des armes anciennes et, d'après elle, c'est le seul moyen pratique d'obtenir une obturation efficace de la culasse sur une arme qui utilise une charge propulsive peu tassée. On place ici un projectile à base creuse en plomb doux d'environ dix-huit millimètres de diamètre, on rajoute de la poudre par-dessus et on referme la culasse. »

Sur l'écran, ses mains exécutaient l'opération décrite et elle tourna l'arme de côté.

« Ensuite, on tire ce percuteur en arrière, ce qui ouvre ce petit bassinet dans lequel on place aussi de la poudre. Et quand on appuie sur la détente... »

Le chien en forme de S se rabattit brutalement, le morceau de silex qu'il tenait heurta la surface rugueuse du couvercle du bassinet et une étincelle éclatante jaillit.

Dame Estelle laissa tomber l'arme sur la table et retourna derrière son bureau, sans oublier de faire pivoter le terminal vers elle ; le visage qu'elle présenta à Honor était lugubre.

« Un Médusien serait capable de recharger ce fusil beaucoup plus vite que nous, reprit-elle. En plaçant la crosse sur un bras, il pourrait même le recharger et le réamorcer avec ce même bras sans écarter les deux autres de leur position de tir. Et cette arme a une précision et une portée bien supérieures à ce que vous pourriez croire. Le canon est rayé, et l'explosion de la poudre – de la poudre noire à l'ancienne, même pas de la nitrocellulose, à ce qu'on m'a dit – évase la base creuse du projectile, ce qui l'enfonce de force dans les rayures et le stabilise par rotation. Ce n'est pas un fusil pulseur, Honor, mais, selon les meilleures hypothèses de ma spécialiste des armes, cet objet doit être précis jusqu'à deux, voire trois cents mètres... et nous ignorons combien il s'en trouve dans l'intérieur.

— Grand Dieu ! murmura Honor qui voyait d'ici des milliers de Médusiens munis de ces armes primitives mais mortelles.

— Comme vous dites, fit sèchement le commissaire. C'est un engin grossier, très grossier même, mais c'est parce que quelqu'un s'est donné beaucoup de mal pour qu'il ait cet aspect. La facture proprement dite est de qualité et, vu le niveau technologique actuel des Médusiens, c'est une arme idéale pour eux : simple, solide, et la fabrication est à leur portée – tout juste, mais à leur portée. Or il est impossible, je dis bien, impossible, qu'autant de progrès aient eu lieu d'un seul coup ; ma technicienne m'a révélé qu'il avait fallu des siècles à la Vieille Terre pour passer des premières armes à feu, toutes embryonnaires, à amorce et à canon lisse, à des armes inférieures à celle-ci. D'ailleurs, elle affirme que personne sur la Vieille Terre n'en a jamais produit qui incorporent tous ces éléments, à part un fusil, le "Fergusson" ou quelque chose comme ça, qui n'a de toute manière jamais été fabriqué en série. Alors...

— Alors, l'idée de cette arme, tout au moins, doit avoir une origine extraplanétaire. » Honor parlait elle aussi d'un ton dur, et dame Estelle acquiesça.

« C'est exactement ce que je pense. Un crétin appâté par le gain a fait faire à la capacité des Médusiens à s'entre-tuer – ou à nous tuer, nous – un bond d'à peu près mille cinq cents années T. » Le commissaire Matsuko parut soudain vieille et fatiguée, et sa main tremblait légèrement lorsqu'elle repoussa une mèche de cheveux de son front. « Il a fait franchir à cette horreur mes systèmes de sécurité et il l'a donnée aux nomades de l'intérieur, même pas aux cités-États du delta. Mais, même si nous mettons la main sur lui, pas question de faire disparaître le génie dans sa bouteille s'il a montré aux Médusiens comment fabriquer ces armes ; de toute façon, ils finiront par trouver le moyen de construire des armes plus lourdes – une vraie, bonne artillerie en état de marche –, donc, à moins de vouloir prendre sur nous de garantir la sécurité du delta avec du matériel extraplanétaire, nous allons devoir encourager les cités-États à apprendre à fabriquer ces saletés afin de pouvoir s'en défendre ! Et le pire, c'est que nos légistes ont l'impression que les Médusiens qui ont tué Matt étaient bourrés de mekoha jusqu'aux ouïes – la même mekoha que nous avons trouvée de l'autre côté des Dos-Moussus.

— Mais... pourquoi ? demanda Honor d'une voix lente.

— Je l'ignore, soupira dame Estelle. Je l'ignore complètement. Je ne vois aucun produit de cette planète qui vaille un tel investissement, Honor ; pas un seul. Et, acheva-t-elle dans un murmure, l'ignorance m'effraie bien davantage. »

En l'absence d'une réponse, le doux bourdonnement du vibreur devint strident ; Andreas Venizelos émergea du sommeil en sursaut et avec un juron étouffé quand l'appareil entreprit d'émettre des rafales de bruits éraillés qui auraient réveillé un mort. Le lieutenant se mit debout avec difficulté, se frotta les yeux et traversa la cabine plongée dans l'obscurité. Soudain, il poussa un glapissement quand son orteil nu entra violemment en contact avec un obstacle invisible, puis il se mit à sautiller à cloche-pied et enfin s'effondra à demi dans le fauteuil du terminal de communication. Le vibreur continuait à beugler et Venizelos jeta un regard noir à l'horloge : deux heures quinze. Moins de trois heures qu'il était au lit.

Y a intérêt à ce que ce soit important ! se dit-il férocement.

Il se passa les doigts dans ses cheveux ébouriffés et enfonça le bouton « audio » avec le pouce, refusant le contact visuel dans l'état où il était.

« Oui ? » C'est tout juste s'il n'avait pas aboyé.

« Andy ? fit l'écran vide. Ici Mike Reynaud.

— Capitaine Reynaud ? » Venizelos se redressa, les dernières traces de sommeil enfuies, et fronça les sourcils.

« Désolé de vous déranger, poursuivit aussitôt Reynaud ; je sais que vous n'êtes rentré qu'il y a quelques heures, mais j'ai préféré vous avertir de ce qui circule là-haut. » Le commandant du SAC avait l'air inquiet, voire un peu effrayé, et le froncement de sourcils de Venizelos s'accentua.

« Qu'est-ce qui circule, capitaine ?

— Un bâtiment courrier de la Couronne est arrivé de Manticore il y a une heure et s'est dirigé vers l'intérieur du système. Il ne s'est pas arrêté à l'inspection, naturellement (Venizelos hocha la tête ; les courriers de la Couronne avaient la préséance absolue et toute liberté de se déplacer dans l'espace manticorien), mais j'ai vu la liste des passagers. »

À la façon dont il dit ces mots, Venizelos ressentit une pointe d'angoisse, mais il se mordit la lèvre et attendit la suite.

« C'est Klaus Hauptman, Andy, fit Reynaud à mi-voix. Je ne sais pas ce qu'il fiche sur un courrier de la Couronne, mais il y est bel et bien. Et il se dirige vers Méduse. Après ce qui s'est passé avec le *Mondragon*, j'ai songé que... enfin... »

Il laissa sa phrase en suspens et Venizelos hocha de nouveau la tête à l'adresse de son interlocuteur qui ne le voyait pas.

« Je comprends, capitaine Reynaud, et je vous remercie. » Il se frotta les yeux un moment, puis inspira profondément. « Il me faut quelques minutes pour m'habiller. Pouvez-vous prévenir le centre com que j'arrive et que j'ai besoin d'une ligne brouillée avec l'*Intrépide* ?

— Bien sûr, Andy. » C'est avec un soulagement perceptible que Reynaud coupa le circuit. Venizelos resta sans bouger à contempler le terminal silencieux pendant de longues secondes, tandis que son cerveau tournait à plein régime.

Les civils, quel que soit leur statut, n'avaient rien à faire à bord d'un courrier de la Couronne ; mais Klaus Hauptman n'était pas n'importe quel civil et il aurait été très difficile de lui refuser l'embarquement ; d'ailleurs, songea Venizelos, personne n'avait dû dire

« non » à Hauptman depuis plusieurs dizaines d'années. Cependant, le comment de sa venue importait beaucoup moins que le pourquoi, et Venizelos n'y voyait qu'une seule raison possible, surtout en secret, à bord d'un navire officiel du gouvernement, plutôt qu'ouvertement, embarqué sur un transport civil.

Il se leva et prit son pantalon d'uniforme.

Chapitre dix-huit

« Nom de Dieu, Westerfeldt, mais qu'est-ce que c'est que ce bordel que vous m'avez foutu ? »

Wallace Canning était penché sur son bureau, les mains appuyées sur son buvard comme s'il allait sauter à la gorge de son visiteur ; il avait le visage congestionné de fureur et ses yeux lançaient des éclairs, mais le colonel Bryan Westerfeldt ne broncha pas.

« Je n'ai rien fait », répondit-il. Il parlait d'un ton mesuré, mais quelque chose dans sa voix – pas tout à fait un tremblement – indiquait qu'il était moins calme qu'il n'y paraissait.

« Eh bien, quelqu'un a fait une grosse connerie ! cracha Canning. Espèce de pauvre... »

Il referma brusquement la bouche, se reprit avec effort et se contraignit à se rasseoir. Westerfeldt voulut parler, mais un geste tranchant de la main le fit taire, et Canning ferma les yeux. Il prit une profonde inspiration, les muscles frémissant de tension, et se mit à réfléchir.

Dieu merci, l'amiral était reparti pour la République avant que ce fiasco n'éclate ! Il ravala le ricanement amer, à demi hystérique, que suscitait en lui le choix du terme et rouvrit les yeux. Tout ce travail minutieux, le plan de couverture du labo, les faux documents, tout ça pour rien ! Pire que rien, même : l'API ne les lâcherait plus, maintenant que les « criminels » avaient assassiné près de soixante de ses agents de terrain ! Et si elle ne découvrait pas la fausse piste qu'elle aurait dû trouver, alors...

« Très bien, grinça-t-il d'un ton plus modéré. J'attends. Que s'est-il passé et comment ?

— J'ai transmis l'avertissement initial à Summervale, exactement comme prévu, dit Westerfeldt avec circonspection. Comme vous le savez, il fallait le prévenir puisqu'il était au courant de notre contact à l'API ; sinon, Isvarian et le commissaire auraient sûrement eu la puce à l'oreille lors de l'interrogatoire de ses gars après leur descente, en s'apercevant que l'"Organisation" n'avait même pas cherché à sauver leur base, et...

— Je sais pourquoi nous avions décidé de le prévenir, merci, coupa froidement Canning. Mais je sais aussi que vous n'aviez pas à lui dire que l'assaut était imminent. Merde, colonel, ils devaient se faire prendre !

— C'est justement ce que j'essaye de vous expliquer, monsieur, reprit Westerfeldt presque avec désespoir. Je ne les ai pas prévenus de l'assaut ! Je ne leur en ai pas dit un seul mot !

— Quoi ? » Canning renversa brusquement son fauteuil et posa un regard noir sur son subordonné. « Alors, comment ont-ils su ?

— Ce n'est qu'une hypothèse, monsieur, mais Summervale s'estimait responsable de la sécurité ; à mon avis, il devait avoir ses propres informateurs comme deuxième source de renseignements, et ce sont eux qui lui ont appris l'attaque d'Isvarian, parce que ce n'est pas moi, en tout cas !

— Mais pourquoi faire sauter le labo ? s'exclama Canning d'une voix moins furieuse et presque geignarde. Nous ne lui avons jamais dit de faire ça !

— Là... c'est peut-être ma faute, monsieur, avoua Westerfeldt d'un air pitoyable. Il m'a demandé que faire de l'équipement et je ne lui ai pas donné d'ordre précis. » Canning le regarda d'un œil mauvais et la colère de Westerfeldt s'embrasa soudain. « Sacré nom de Dieu, je pensais qu'il allait simplement foutre le camp ! C'était normal, non ? Je ne savais pas qu'il était complètement cinglé ! Ce sont les gens de l'ambassadeur Gowan qui l'ont recruté sur Manticore ; s'ils savaient qu'il était aussi tête brûlée, jamais ils n'auraient dû l'approcher, même s'il avait la meilleure carte de visite du monde, ou la plus gênante politiquement parlant !

— D'accord, d'accord ! » Canning fit un geste à la fois d'exaspération et d'apaisement et se mordit la lèvre. « Ce qui est fait est fait, et au moins ces salauds de Manticoriens l'ont descendu pour nous. Mais vous deviez bien être au courant de la présence de quelques fusils dans le secteur, colonel ?

— Je vous jure que non, monsieur. » Le visage de Westerfeldt était un masque rigide. « Pour autant que je sache, tous les fusils que nous avons livrés sont toujours dans leur cachette, dans les cavernes du chamane ; d'ailleurs, j'ai ordonné qu'on les recompte au site un dès que ce bordel a éclaté. L'inventaire n'est pas encore fini, mais jusque-là les chiffres collent parfaitement. Je pense que ces fusils ne venaient pas de chez nous, monsieur.

— Ah, merde ! marmonna Canning en se passant les mains dans les cheveux, le regard fixé sur le buvard.

— Ils ont dû être fabriqués par les Échassieux, poursuivit Westerfeldt plus posément. Le chamane en distribue pour les séances d'exercice ; nous les récupérons après, mais peut-être qu'un de ces fichus aborigènes en a rapporté l'idée chez lui. S'il faut leur fournir des armes qui aient l'air manufacturées par les indigènes, il faut qu'ils soient réellement capables de les fabriquer, après tout ; le hic, c'est que personne n'a jamais imaginé qu'ils trouveraient le moyen de produire aussi de la poudre et de créer un atelier de leur côté.

— Alors ça, c'est merveilleux ! » gémit Canning. Il ferma les yeux, l'air douloureux, puis les rouvrit et empala Westerfeldt d'un regard furieux. « Même si vous n'avez pas donné l'ordre de faire sauter le labo, colonel, c'est vous qui êtes chargé des opérations sur le terrain. C'est votre merdier : à vous de le nettoyer !

— Mais comment ? fit Westerfeldt d'un ton plaintif en s'avançant d'un pas vers le bureau.

— Je n'en sais rien. » Canning tapa doucement du poing sur le buvard pendant un moment, puis inspira profondément. « Très bien. L'API a compris qu'il s'agissait d'une opération extraplanétaire, mais pas encore que nous en étions les auteurs. Et l'autre dingue n'a pas fait exploser les stations de relais électriques ; par conséquent, quand ils suivront cette piste, elle indiquera toujours une opération d'origine manticorienne, d'accord ? »

Westerfeldt hocha la tête sans répondre et Canning réfléchit. Il fallait signaler ce qui s'était passé, il le savait ; mais alors, les huiles annuleraient probablement toute l'opération, et, s'il n'arrivait pas à faire porter le chapeau à Westerfeldt, l'amiral et l'ONI ne le rateraient pas. D'un autre côté, comme il venait de le dire au colonel, il n'existait encore pas de preuve directe rattachant Havre au massacre.

Très bien. Si Harrington et Matsuko ignoraient que Havre était derrière l'affaire, que savaient-elles qui pouvait lui nuire ? Les fusils. Elles étaient au courant pour ces saloperies de fusils et il y avait peu de chances qu'elles restent aveugles au danger potentiel qu'ils représentaient, ce qui signifiait qu'elles risquaient de dresser des plans pour parer à tout imprévu ; mais si elles ne devinaient pas l'envergure du projet de Havre, leurs précautions seraient insuffisantes pour le contrecarrer.

Il serra les dents, parfaitement conscient qu'il se raccrochait à des fétus de paille ; cependant, il n'avait pas mieux. S'il signalait le massacre en haut lieu et que l'opération soit annulée, sa carrière coulait avec elle. On le ramènerait à Havre par la peau du cou et on le fourrerait dans une unité de résidence prol, où on lui donnerait l'Allocation du minimum vital comme la racaille des assistés, pour faire un exemple de ce qui arrivait à ceux qui salopaient le travail, alors qu'il sortait d'une des familles aristocratiques de la Législature ! Tous ses amis, tous les parasites qui survivaient grâce à l'AMV, tout le monde serait au courant de son humiliation. On se moquerait de lui, on le raillerait, et il ne pourrait pas le supporter. Il ne le pourrait pas.

Pourtant, quelle alternative avait-il ? À moins que...

Il desserra les mâchoires et se redressa. S'il prévenait l'ONI et que l'opération soit annulée, il était foutu ; s'il ne disait rien et que l'opération soit lancée à la date prévue mais échoue, il était encore foutu parce qu'il ne les aurait pas avertis ; mais si l'opération réussissait, il pouvait survivre. Sa famille était créancière d'assez de législateurs ; elle pourrait accepter son gambit, voire applaudir ses nerfs d'acier et sa détermination à faire réussir l'opération malgré les handicaps...

Cela ne faisait qu'une chance sur trois, mais trente-trois pour cent valaient infiniment mieux que zéro, et c'était la seule qui lui offrît une possibilité de s'en tirer.

« D'accord, colonel, dit-il d'un ton froid. Voici ce que vous allez faire : d'abord, entrez en contact avec vos informateurs de l'API ; si Harrington ne trouve pas toute seule la dérivation installée sur le collecteur d'énergie de Matsuko, je veux que quelqu'un soit là pour la lui coller sous le nez. Par ailleurs, je veux qu'on surveille les mouvements de la Flotte ; s'ils commencent à envahir les enclaves ou si des fusiliers d'Harrington se déploient sur la planète, je veux être prévenu. Ensuite, dégagez du site principal ; je me fous de savoir comment vous vous y prenez, mais faites patienter le chamane encore trois semaines. Trois semaines, colonel ! Si Young n'est pas revenu à ce moment-là, nous lancerons l'opération sans lui. Compris ? »

Westerfeldt pencha la tête, les yeux étrécis et calculateurs, et Canning soutint son regard sans ciller. Il avait l'impression d'entendre les rouages tourner dans l'esprit du colonel, de suivre l'homme dans son cheminement le long de sa propre chaîne de logique. Enfin, Westerfeldt acquiesça lentement lorsque les chiffres eurent fini de s'additionner : si Canning s'en tirait, il s'en tirait ; si Canning tombait, il tombait avec son supérieur.

« Oui, monsieur, dit le colonel d'un ton monocorde. Je comprends. Je comprends parfaitement, monsieur Canning. »

Et, avec un bref salut de la tête, il sortit du bureau.

« Votre billet, monsieur. » L'agent commercial silésien tendit la petite puce avec un sourire. La ligne de transport de marchandises qui l'employait offrait un nombre réduit de places pour des voyageurs à bord de ses cargos, mais c'était le premier embarquement à partir de Méduse que l'agent avait jamais dû réserver.

« Merci », répondit poliment l'homme qui ne ressemblait en rien à Denver Summervale (et qui avait les papiers pour prouver qu'il n'avait rien à voir avec lui). Il fourra la puce dans une de ses poches, se leva avec un hochement de tête courtois et quitta le bureau.

Il s'arrêta un instant à l'extérieur pour contempler le consulat de Havre et un sourire flotta sur ses lèvres. Les pièces du puzzle avaient commencé à s'assembler lorsqu'un de ses contacts locaux s'était présenté à sa cachette pour lui signaler avoir vu le « patron » sortir précipitamment de l'enclave havrienne et se diriger vers l'intérieur. Cela avait suffi à lui faire comprendre que lui-même et tout le personnel du labo avaient été piégés par leurs vrais employeurs – et pourquoi.

Il avait été tenté de réagir sur-le-champ, mais il avait préféré réfléchir froidement. Après tout, s'il s'en était tiré, c'était parce que lui-même avait piégé le pilote de l'aérocar en le faisant appuyer sur le bouton. Et puis ce que manigançait Havre était peut-être – sûrement, même – plus dérangeant pour l'API et la Flotte que ce que représentait le labo. Si le « patron » menait finalement son opération à bien, cela vaudrait à Summervale un pardon, même donné à contrecœur ; s'il coulait, ceux-là mêmes que Summervale méprisait de tout son cœur le puniraient pour sa trahison.

Avec un sourire renouvelé, il se mit en route d'un pas vif vers la navette.

« Je suis désolé, capitaine McKeon, dit Rafael Cardones, mais nous faisons aussi vite que nous pouvons. Il n'y a pas de charge sur le relais pour l'instant et, à la dernière étape, nous étions sur un récepteur omnidirectionnel. Nous cherchons sur toutes les lignes de visée possibles mais, sans courant d'énergie à suivre, nous sommes obligés de travailler à vue. Ça va sûrement prendre du temps, monsieur.

— Compris. » Alistair McKeon hocha la tête et tapota l'épaule du jeune officier avec une gentillesse distraite. « Je sais que vous faites de votre mieux, Rafe. Prévenez-moi dès que vous aurez quelque chose.

— À vos ordres, capitaine. » Cardones se retourna vers son poste et McKeon se dirigea vers le fauteuil de commandement ; il s'y installa et regarda d'un air amer la porte close de la salle de briefing du commandant. Les résultats désastreux de l'attaque contre le labo l'avaient profondément bouleversé et le bâtiment baignait dans une atmosphère d'abattement qui ne disait pas son nom. Il savait que le commandant se rendait responsable des conséquences du raid ; elle avait tort. Ce n'était pas sa faute, ni celle de personne à bord de l'*Intrépide*, mais l'équipage tout entier semblait partager un sentiment de culpabilité quant à la catastrophe, d'autant plus douloureux qu'il succédait à l'impression unanime de faire du bon travail.

Cependant, sous la culpabilité et l'abattement, il y avait autre chose : de la colère. Une haine bouillonnante contre celui qui avait placé les charges dans l'intention de tuer. McKeon la sentait palpiter autour de lui, crocs dénudés, terrifiante, et elle battait au fond de lui aussi. Pour la première fois depuis qu'Harrington avait pris le commandement, il faisait réellement partie de l'équipage, il n'en était plus retranché par sa rancœur et son désespoir intime, et l'envie de mordre et de détruire courait dans ses veines.

Il croisa les mains sur ses genoux, puis leva le visage en entendant le carillon de la section com. Il tourna la tête et ses yeux s'étrécirent en voyant Webster se raidir puis se mettre à enfoncer des touches. Il s'était déplacé sur le côté droit du panneau, dans la partie des canaux protégés, et la façon dont il bougeait les mains déclencha un signal d'alarme dans le cerveau de McKeon.

Il quitta le fauteuil de commandement et vint se placer derrière l'officier des communications à l'instant où Webster branchait un bloc-messages sur son terminal et téléchargeait la missive en clair. Le lieutenant fit pivoter son siège et s'apprêtait à se lever lorsqu'il vit le second.

« Qu'y a-t-il, Webster ? demanda vivement McKeon, inquiet de la pâleur et de l'expression tendue du jeune officier.

— Un message prioritaire, monsieur, du lieutenant Venizelos, du Centre de contrôle de Basilic. Il dit... » Le lieutenant s'interrompit soudain et tendit le bloc à

McKeon, dont le visage se figea à la lecture de la communication laconique. Il releva les yeux et les planta dans ceux du lieutenant.

« Personne ne doit en entendre parler jusqu'à nouvel ordre du commandant ou de moi-même, Webster, fit-il à voix basse. C'est clair ?

— Oui, monsieur », répondit Webster sur le même ton.

Le second hocha la tête et, faisant demi-tour, se dirigea vers la sortie de la passerelle à pas pressés. « À vous le quart, monsieur Webster », lança-t-il par-dessus son épaule avant de frapper sèchement à la porte de la salle de briefing. Le panneau s'ouvrit en sifflant et il entra.

Honor finit de lire le message et reposa doucement le bloc sur la table. Son visage était pâle mais composé ; seuls ses yeux exprimaient l'extrême tension qui l'habitait quand elle les leva vers McKeon ; le second s'agita nerveusement.

« Eh bien », dit-elle enfin en jetant un coup d'œil au chronomètre. Il avait fallu dix heures au message pour leur parvenir ; le courrier d'Hauptman arriverait dans les vingt suivantes.

« Oui, commandant. C'est vous qu'il vient voir personnellement, fit McKeon à mi-voix.

— D'où vous vient cette certitude, monsieur McKeon ?

— Commandant, sur un courrier de la Couronne, il ne peut pas y avoir d'autre raison. C'est une affirmation manifeste, la preuve de son poids politique. S'il venait simplement faire une tournée d'inspection de ses agents, il aurait pris un de ses bâtiments ; et il n'est pas là pour voir dame Estelle non plus : il a déjà dû tirer toutes les ficelles sur Manticore et, s'il n'a pas réussi à faire bouger la comtesse Marisa, il sait pertinemment que dame Estelle ne bougera pas non plus. Ça ne laisse que vous, commandant. »

Honor hocha lentement la tête. Il y avait d'énormes lacunes dans le raisonnement de McKeon, mais il avait raison ; elle en avait l'intuition, et elle percevait une inquiétude non feinte dans ses yeux et dans sa voix ; de l'inquiétude non pas pour lui-même, songea-t-elle, mais pour son navire et peut-être, peut-être, pour son commandant.

« Très bien, capitaine, dit-elle. Il est possible que vous vous trompiez, bien que je ne le pense pas. Mais, dans un cas comme dans l'autre, cela ne change rien à nos devoirs ni à nos priorités, n'est-ce pas ?

— Non, commandant, répondit McKeon entre haut et bas.

— Très bien », répéta Honor ; elle parcourut des yeux la salle sans la voir pendant un moment, tout en essayant de réfléchir. « Je veux que vous mettiez tous vos efforts à travailler avec Rafe et l'équipe au sol de l'enseigne Tremaine ; trouvez-moi la source d'énergie du relais. Pendant ce temps, je vais appeler dame Estelle pour lui annoncer qui vient nous rendre visite.

— Bien, commandant.

— Parfait. » Honor se massa les tempes et perçut la tension de Nimitz couché sur le dossier de son fauteuil. Elle se donnait des airs sereins et confiants, se dit-elle, des airs de commandant consciencieux seulement préoccupé de son devoir, alors que son estomac se tordait sous l'effet d'une émotion beaucoup trop proche de la peur et que son esprit pataugeait dans l'incertitude. Mais elle n'avait pas le choix : elle ne savait faire que son devoir ; pourtant, aujourd'hui, pour la première fois de sa carrière, endosser le poids rassurant de la responsabilité ne suffisait plus. Ce n'était pas assez.

« Parfait », répéta-t-elle en baissant les mains. Elle observa une seconde le bout de ses doigts, puis leva les yeux vers McKeon, et le second lui trouva l'air plus jeune – et beaucoup plus vulnérable – que jamais. Une vaguelette familière de rancœur se souleva en lui comme un réflexe mental involontaire mais, en même temps, surgit une autre impulsion, plus puissante.

« On va régler ça, commandant », s'entendit-il dire, et il lut de la surprise au fond des yeux d'Honor. Il aurait voulu ajouter autre chose, mais c'était encore au-delà de ses forces.

« Merci, capitaine. » Elle inspira profondément et il vit son visage se transformer. Le commandant était revenu, plaqué sur ses traits anguleux comme un bouclier ; elle carra les épaules.

« En attendant, reprit-elle d'un ton plus vif, je vais demander à dame Estelle si elle peut nous envoyer Barney Isvarian. Je voudrais discuter avec lui et Papadapolous de ces nouvelles armes médusiennes.

— Oui, commandant. » McKeon recula d'un pas, se mit un instant au garde-à-vous puis pivota. La porte se referma derrière lui en sifflant.

« C'est là-bas, monsieur Tremaine. Vous voyez ? »

Le soldat de l'API s'écarta de l'oculaire des jumelles électroniques installées sur le toit du relais, sur la lèvre du cratère qui abritait autrefois un laboratoire de fabrication de drogue. Il avait fallu des heures pour suivre le câble souterrain depuis le transmetteur, dans la plaine, jusqu'ici, et c'est alors que les vraies difficultés avaient commencé, car le récepteur n'avait pas de liaison directe avec l'orbite et il était omnidirectionnel ; on ignorait entièrement où se trouvait son relais. Mais, les yeux collés aux jumelles, Tremaine distinguait à présent l'arc révélateur d'un disque parabolique et son visage se durcit. L'objet était situé sur une crête beaucoup plus élevée que la leur, à près de vingt kilomètres de là, pourtant son arrondi impeccable ne pouvait être dû à une formation naturelle, même si on l'avait peint pour le fondre aux rochers environnants.

« Je pense que vous avez raison, Chris. » Il examina la bague de relèvement de l'oculaire des jumelles, puis leva son bracelet-com à ses lèvres. « Hiro ?

— Oui, commandant. » La voix de Yammata tombait de la pinasse qui flottait au-dessus d'eux.

« Je crois que Rodgers l'a repéré. Jetez un coup d'œil à la crête, là-bas, au nord, situation... (il regarda de nouveau la bague) zéro-un-huit depuis le relais.

— Une seconde, commandant. » La pinasse se déplaça légèrement et Yammata revint au com presque aussitôt. « Dites à Chris qu'il a de bons yeux, commandant. C'est bien ça, pas de problème.

— Parfait. » Tremaine adressa un petit signe d'approbation au soldat de l'API, puis leva les yeux vers la pinasse. « Demandez à Ruth de nous récupérer et allons-y.

— À vos ordres, commandant. C'est parti. »

« Le major Papadapolous, commandant », annonça McKeon en s'écartant pour laisser entrer le capitaine Nikos Papadapolous du Corps royal des fusiliers marins de Manticore dans la salle de briefing d'Honor.

Il ne pouvait y avoir qu'un seul « commandant » à bord d'un bâtiment de guerre, où la moindre incertitude sur celui dont on parlait pendant une opération cruciale pouvait être fatale ; aussi Papadapolous bénéficiait-il d'une promotion de courtoisie pour éviter cette confusion. Et il portait son nouveau grade sur toute sa personne, malgré ses insignes de commandant, fier comme un engagé sur une affiche de recrutement, lorsqu'il s'arrêta à l'entrée de la salle. Barney Isvarian était un vrai major, lui, mais il avait l'air beaucoup moins faraud ; pour tout dire, il avait tout du cadavre ambulant. Il n'avait pas fermé l'œil au cours des vingt-neuf heures qui s'étaient écoulées depuis que soixante et un de ses meilleurs amis s'étaient fait tuer ou blesser, et Honor était tout à fait certaine qu'il n'avait pas non plus changé de vêtements.

Papadapolous jeta un coup d'œil au major de l'API et se mit au garde-à-vous, mais il y avait une lueur dubitative dans son regard. Le fusilier avait le teint sombre malgré ses cheveux châtain roux, des yeux vifs, et l'assurance et la souplesse que lui conféraient l'exigence des programmes d'entraînement physique du CFMM confinaient chez lui à l'arrogance. Il n'était sans doute que cuir et acier, et aussi dangereux qu'un maxikodiak, comme disait l'affiche, songea Honor avec ironie, pourtant il avait l'air d'une recrue fraîchement débarquée à côté d'un Isvarian sale et fatigué mais aguerri sur le terrain.

« Vous m'avez fait demander, commandant ? fit-il.

— En effet. Prenez place, major. » Honor indiqua un fauteuil vacant et Papadapolous s'y assit d'un mouvement impeccable en regardant alternativement ses supérieurs d'un œil alerte.

« Avez-vous lu le rapport que je vous ai fait parvenir ? s'enquit Honor, et il acquiesça. Bien. J'ai prié le major Isvarian ici présent de vous fournir tous les détails complémentaires dont vous avez besoin.

— Besoin pour quoi, capitaine ? fit Papadapolous lorsque Honor se tut.

— Pour mettre au point un plan d'intervention, major, dans le cas d'une attaque des enclaves du delta par des Médusiens munis d'armes comme celle-ci.

— Ah ? » Papadapolous fronça les sourcils un moment, puis haussa les épaules. « Je m'y attellerai, commandant, mais je ne vois pas où est le problème. »

Son sourire s'effaça devant le regard impassible que lui adressa Honor. Il jeta un coup d'œil oblique à Isvarian et se raidit soudain, car le major de l'API, lui, n'était pas impavide ; ses yeux injectés de sang étaient fixés sur le fusilier avec une expression trop proche du mépris pour le bien-être de Papadapolous, qui se retourna vers Honor en quête de soutien.

« Je regrette, mais je ne puis partager votre confiance, major, fit-elle d'un ton calme. Je pense que la menace risque d'être plus grave que vous ne le croyez.

— Commandant, répondit sèchement Papadapolous, j'ai quatre-vingt-treize fusiliers sous mes ordres dans ce bâtiment ; je dispose d'armures de combat pour une section entière – trente-cinq hommes et femmes –, plus des fusils pulseurs et des armes lourdes pour le reste de la compagnie. Nous pouvons régler son compte à n'importe quelle bande d'Échassieux armés de fusils à pierre. » Il se tut, les mâchoires crispées, puis ajouta « commandant », comme s'il venait d'y penser.

« Mon cul. » Les deux mots prononcés sur un ton froid ne venaient pas d'Honor mais de Barney Isvarian, et Papadapolous rougit en adressant un regard noir à son aîné.

« Je vous demande pardon ? fit-il d'une voix polaire.

— J'ai dit “mon cul”, répliqua Isvarian, tout aussi glacial. Vous allez vous pointer en bas avec votre bel uniforme tout propre et vous allez foutre une branlée terrible à tous les Médusiens qui vous tomberont entre les pattes ; mais pendant ce temps-là, les nomades boufferont les autres extraplanétaires pour leur petit-déjeuner, nom de Dieu ! »

Le visage de Papadapolous devint aussi blanc qu'il avait été rouge. Il faut dire à sa décharge qu'une moitié de sa colère provenait de l'emploi d'un tel langage en présence de son officier supérieur – mais une moitié seulement, et il posa un regard méprisant sur l'uniforme froissé et le visage hagard et mal rasé d'Isvarian.

« Major, mes gars sont des fusiliers ! Si vous avez la moindre notion de ce qu'est un fusilier, vous savez que, quand on nous donne un boulot, nous le faisons ! »

La voix hachée, il ne faisait aucun effort pour cacher son dédain, et Honor s'apprêta à lever la main pour calmer la discussion. Mais Isvarian se dressa d'un bond avant qu'elle puisse achever son geste et elle laissa retomber sa main tandis que le major se penchait vers Papadapolous.

« Je vais vous en parler, moi, des fusiliers, mon petit bonhomme ! cracha Isvarian. Je sais tout sur eux, croyez-moi ! Je sais que vous êtes courageux, loyaux, francs et dignes de confiance. » La dérision amère qui dégoulinait de sa voix aurait décapé la peinture des cloisons. « Je sais que vous pouvez dégommer un maxikodiak à deux kilomètres avec un fusil pulseur ; je sais que vous pouvez viser un moucheron dans une nuée de mouches avec un flingue à plasma et que vous êtes capables d'étrangler un hexapuma à mains nues. Je sais même que vos armures de combat vous donnent la force de dix hommes parce que votre cœur est pur ! Mais il ne s'agit pas d'une opération d'arraisonnement, "major" Papadapolous, ni d'une manœuvre d'exercice ; c'est pour de vrai, et vos gars n'ont pas la moindre idée du merdier dans lequel ils vont mettre les pieds ! »

Papadapolous prit une inspiration rageuse, mais cette fois Honor leva la main jusqu'au bout avant qu'il puisse s'exprimer.

« Major Papadapolous... » Le calme soprano de sa voix fit pivoter l'homme et elle eut un petit sourire. « Peut-être ignorez-vous qu'avant de travailler pour l'API le major Isvarian était fusilier. » Papadapolous sursauta et le sourire d'Honor se renforça. « Pour ne rien vous cacher, il a servi presque quinze ans dans le Corps et a terminé sergent-chef des cadres du détachement des fusiliers de l'île de Saganami. »

Papadapolous regarda à nouveau Isvarian et ravala la réplique cinglante qu'il s'apprêtait à lui assener. Les fusiliers de Saganami étaient choisis pour former l'élite du Corps. Ils composaient les détachements d'exercice et de sécurité de l'Académie de la Flotte, ils servaient à la fois d'exemple et de défi pour l'enseigne qui aspirait à commander un jour à des fusiliers, et ils étaient là parce qu'ils étaient les meilleurs. Les tout meilleurs.

« Major, dit-il à mi-voix, je... je m'excuse. » Il croisa le regard fatigué de son aîné et le soutint ; le soldat de l'API se laissa retomber dans son fauteuil.

« Ah, bah ! » Isvarian agita la main d'un geste vague. « Ce n'est pas votre faute, major. Et puis je n'aurais pas dû m'énerver comme ça. » Il se frotta le front et cligna des yeux d'un air las. « Mais ça n'empêche pas que vous n'avez aucune idée de ce qui vous attend.

— Peut-être, en effet, major. » Papadapolous avait pris un ton plus mesuré, maintenant qu'il avait perçu l'épuisement et le chagrin sous l'agressivité du fusilier de l'API. « Vous avez raison ; j'ai parlé sans réfléchir. Si vous avez des conseils à me donner, je vous en serais très reconnaissant, major.

— Bon, d'accord. » Isvarian eut un sourire torve. « Le problème, c'est que nous n'avons aucune idée du nombre de ces fusils en circulation ni de ce que les nomades ont l'intention d'en faire. Mais n'oubliez pas ce que je vais vous dire, major Papadapolous : nous avons fixé une crosse standard sur ce truc et nous l'avons testé ; le recul est effrayant, mais Sharon Koenig ne s'était pas trompée : sa portée efficace se situe bel et bien à plus de deux cents mètres. Le cran de mire n'est pas terrible, mais à cette distance ça vous tue un homme sans armure du premier coup. »

Il s'adossa dans son fauteuil et inspira profondément.

« L'ennui, dans cette affaire, c'est que vos gars peuvent sûrement régler leur compte à tous les Médusiens qu'ils verront mais qu'ils ne les verront que si l'ennemi veut bien se montrer, surtout dans l'arrière-pays. Un nomade médusien serait capable de traverser une table de billard sous votre nez sans que vous le repériez. Quant à vos armures de combat, elles vous protégeront peut-être, vous, mais pas les civils.

— Oui, major, répondit Papadapolous encore plus bas. Mais un soulèvement de masse est-il réellement vraisemblable ?

— Nous n'en savons rien. Franchement, j'en doute, mais je n'ai aucune certitude. Si ça se cantonne à une suite d'incidents mineurs, mes gars peuvent sans doute s'en charger, mais quelqu'un s'est amusé à livrer aux nomades de la mekoha par camions aériens entiers et à leur apprendre à fabriquer des fusils ; à partir de là, on ne peut écarter la possibilité d'un incident grave. Si c'est une des cités-États du delta qui se fait attaquer, elle devrait au moins pouvoir se protéger derrière ses murailles en attendant qu'on arrive ; mais si c'est une des enclaves extraplanétaires... » Isvarian eut un haussement d'épaules fatigué. « La plupart sont sans défense, major Papadapolous, et elles ne s'en rendent pas compte. Leurs responsables de la sécurité n'ont même pas repoussé la mousse aux abords pour établir des périmètres d'exclusion ou de contre-attaque ; et puis (il sourit à nouveau, d'un sourire douloureusement las mais sincère) ce ne sont pas des soudards comme nous.

— Je comprends, major. » Papadapolous lui rendit son sourire, puis regarda Honor. « Commandant, je regrette d'avoir eu l'air trop sûr de moi. Avec votre permission, j'aimerais emmener le major Isvarian à la section des fusiliers pour m'entretenir avec lui, mes commandants de section et l'adjudant Jenkins, après quoi j'essaierai de vous présenter un plan d'intervention bien pensé, pour changer.

— Cela me paraît raisonnable, major, fit Honor d'un ton calme, puis elle jeta un coup d'œil à Isvarian. D'un autre côté, il serait peut-être encore plus judicieux de donner à manger au major Isvarian et de l'enfermer dans sa cabine, qu'il dorme quelques heures avant votre entretien.

— Ça, c'est une très bonne idée, commandant ! » Isvarian parlait d'une voix bredouillante et il présentait une gîte considérable en se levant lourdement de son fauteuil. « Mais, si ça ne dérange pas le major

Papadapolous, je voudrais d'abord prendre une douche.

— On peut, major », répondit promptement Papadapolous en reprenant la devise des fusiliers, et Honor sourit en le regardant escorter un Isvarian titubant dans le couloir.

Chapitre dix-neuf

La pinasse de l'enseigne Tremaine flottait en orbite à deux cents mètres du monstrueux collecteur d'énergie tandis que Tremaine, Harkness et Yammata traversaient le vide qui séparait les deux engins. Aucun des trois hommes n'arrivait à croire à la piste sur laquelle les avait lancés l'examen de la station relais.

« Vous êtes sûr de vouloir faire ça, commandant ? marmonna Harkness dans le com de sa combinaison. Après tout, c'est le boulot de l'API.

— Le commandant m'a ordonné d'aller jusqu'au bout, second-maître, répondit Tremaine, beaucoup plus sèchement que d'ordinaire. De plus, si nous avons raison, envoyer une équipe d'entretien de l'API serait la dernière des choses à faire.

— Monsieur Tremaine, vous ne croyez tout de même pas... » intervint Yammata.

L'enseigne le coupa d'un geste de sa main gantée. « Je ne crois rien. Tout ce que je sais, c'est ce que nous avons découvert jusqu'ici. Tant que je n'ai rien appris de plus – appris de façon certaine –, pas un mot à quiconque. C'est clair ?

— Oui, monsieur », murmura Yammata.

Tremaine hocha la tête, satisfait, et dégagea une clef électrique de sa ceinture à matériel. Ses réacteurs individuels le poussèrent doucement en avant et il saisit la barre d'accrochage au-dessus du panneau d'accès. Il se hala vers le bas, fixa le bout de ses bottes dans les cliquets prévus à cet effet, attacha le cordon de sa combinaison à la barre et enfonça la tête de sa clef sur le premier boulon.

Il pressa le bouton, perçut le gémissement de l'instrument transmis par ses bras jusqu'à ses oreilles et s'efforça de ne pas regarder le sceau royal manticorien apposé au-dessus du panneau.

« Vous voulez plaisanter, j'espère ? » Dame Estelle dévisageait le lieutenant Stromboli sur son écran com, et le massif officier secoua négativement la tête. « Notre propre collecteur d'énergie secondaire ?

— Oui, com... dame Estelle. Ça ne fait aucun doute. L'enseigne Tremaine et son équipe ont suivi le relèvement depuis la station réceptrice primaire et ils ont trouvé l'origine. Il n'a pas eu la tâche facile, même une fois parvenu au collecteur : l'appareil n'a pas été rajouté, il est directement intégré à l'anneau principal de captage. J'ai un schéma des circuits modifiés dans ma base de données protégées.

— Oh, mon Dieu », soupira Estelle Matsuko. Elle se laissa aller contre le dossier de son fauteuil, les yeux fixés sur l'écran, pendant qu'elle réfléchissait à toute vitesse. Était-il possible que toute l'opération soit dirigée par quelqu'un de chez elle ? Rien que d'y penser, elle en avait la nausée, mais bravement elle fit face.

« À qui en avez-vous parlé, lieutenant ? demanda-t-elle au bout d'un moment, les yeux étrécis.

— À vous, madame, répondit aussitôt Stromboli avant de fournir les renseignements sous-entendus dans la question : Monsieur Tremaine m'a informé par faisceau directif, par conséquent mon technicien com est au courant, moi aussi, l'équipage de Tremaine également, et vous de même. C'est tout.

— Bien. Très bien, lieutenant. » Dame Estelle se tirailla le lobe de l'oreille, puis hocha la tête. « Servez-vous de votre propre matériel pour avertir le capitaine

Harrington, je vous prie. Et demandez-lui de faire passer le mot au major Isvarian – il est toujours à bord de l'*Intrépide*, je crois. Ne dites rien à personne d'autre sans autorisation de votre commandant ou de moi-même.

— Bien, madame. C'est compris. » Stromboli acquiesça, et le commissaire coupa la communication sur un salut de la tête courtois quoique distrait.

Elle resta songeuse de longues minutes, essayant de saisir toutes les implications de la nouvelle. C'était délirant... mais c'était aussi la couverture parfaite. Elle se remémora les holos qu'Isvarian avait pris de la base avant l'explosion, revit le soin méticuleux avec lequel les bâtiments avaient été camouflés. Tout cela faisait partie d'un ensemble, d'un ensemble où la dissimulation confinait à l'obsession, et pourtant il y avait une fausse note. Dissimulation, certes, mais une fois déchiré le paravent protecteur, les mesures qu'on avait prises pour le maintenir en place allaient déclencher un vaste hallali sur les coupables à tous les niveaux.

Et la façon de procéder, la dérivation sur le propre système de captage d'énergie de Manticore, l'échelle de la production de la mekoha... tout cela indiquait une opération d'envergure qui visait – qui devait viser – bien plus loin que les profits réalisés en vendant de la drogue à des indigènes de l'âge du bronze !

Mais pourquoi ? Que visait-on... et dans quel but ? Dame Estelle, seule dans une salle obscure, essayait d'attraper des ombres, et rien n'avait de sens. Pas le moindre.

Elle quitta son fauteuil, s'approcha de l'immense baie vitrée du bureau et contempla sans le voir, par-delà le mur bas de l'enceinte gouvernementale, le paysage monotone de Méduse. Ce ne pouvait pas être quelqu'un de chez elle. C'était impossible ! Quel que soit l'objectif final, quel que soit le prix payé, elle ne pouvait ni ne voulait croire qu'un de ses agents puisse fournir de la mekoha aux indigènes et se mêler au meurtre de sang-froid de ses propres compatriotes !

Pourtant, quelqu'un avait placé une dérivation au seul endroit où ni elle ni personne de chez Harrington n'avait pensé à chercher. Et si l'appareil était intégré au collecteur, s'il n'avait pas été rajouté...

Elle ferma les yeux, appuya le front contre l'épaisse vitre de plastique et serra les dents pour contenir sa douleur.

« C'est confirmé, commandant. »

De la tête, Rafe Cardones indiqua le terminal de données et McKeon se pencha plus près. Le schéma du collecteur d'énergie ne manquait pas d'intérêt, mais il y avait bien d'autres surprises dans les données. La dérivation reliée au système électrique du labo faisait bel et bien partie intégrante des circuits du satellite, insérée dans leur cœur même, là où seul un démontage complet aurait pu la repérer ; mieux encore, tous les sceaux d'entretien étaient intacts, sans le moindre signe qu'on les ait bricolés, or, même avec du matériel gouvernemental ou de la Flotte, briser et remplacer tous ces sceaux aurait représenté une tâche de longue haleine. Dieu seul savait comment cette dérivation était arrivée là, mais ce n'était pas un travail bâclé, fait au dernier moment.

McKeon fronça les sourcils, appuya sur une touche et l'historique de l'installation et de la maintenance du collecteur se mit à défiler sur l'écran. Il scruta les lignes de texte en se tapotant doucement les incisives avec un stylet, à la recherche de missions d'entretien d'une durée suspecte, d'un nom qui reviendrait trop souvent parmi les équipes de maintenance lors des visites programmées, mais il n'y avait rien. Soit une partie suffisante du personnel chargé du dépannage était mêlée à l'affaire pour que chacun à tour de rôle participe à la maintenance régulière, soit...

Il hocha la tête et enfonça une autre touche ; l'écran s'effaça et McKeon se tourna vers Cardones.

« Transférez toutes ces données sur une puce protégée, Rafe, et portez-la au commandant. Et... n'en discutez avec personne, compris ?

— Compris, monsieur. » Cardones acquiesça et McKeon s'en alla avec une étrange lueur dans les yeux. Il avait une expression singulière – mélange d'abattement lugubre et d'une sorte de joie – et il réfléchissait intensément.

Le courrier de la Couronne acheva son insertion en orbite et dépêcha presque aussitôt un cotre vers la planète. Dans son fauteuil de commandement, Honor surveillait le déplacement de l'embarcation d'atterrissage sur son affichage en espérant paraître plus calme qu'elle ne l'était.

Une ombre tomba sur son visage ; elle leva les yeux et vit McKeon debout à côté d'elle. Il regardait lui aussi l'affichage, la mine soucieuse, dépouillé de son masque habituel de formalisme.

« D'autres nouvelles de dame Estelle, commandant ? demanda-t-il à mi-voix.

— Non. » Sur les genoux d'Honor, Nimitz émit un pépiement inquiet et elle caressa sa tête ronde sans baisser les yeux. « On l'a avertie d'attendre un envoyé personnel de la comtesse Marisa ; à part ça, pas un mot sur un éventuel autre passager à bord.

— Je vois. » McKeon parlait d'une voix basse mais âpre. Il parut sur le point d'ajouter un commentaire, puis il haussa les épaules, adressa un regard à Honor par lequel il paraissait presque s'excuser et retourna à son poste. Elle-même reporta son attention sur l'affichage en attendant l'atterrissage.

Un carillon retentit derrière elle.

« Commandant ? » Le ton du lieutenant Webster était plus tendu que d'habitude. « J'ai une transmission personnelle du courrier pour vous. » Il se tut un instant. « Je la transfère sur l'écran de votre salle de briefing ?

— Non, lieutenant. » Honor s'exprimait aussi calmement et courtoisement que d'ordinaire, mais l'officier des communications, l'ouïe aiguisée par l'inquiétude, détecta la tension sous les mots. « Transférez-la sur mon écran, ici.

— À vos ordres, commandant. Transfert en cours. »

L'affichage com du fauteuil de commandement s'alluma et Honor se retrouva face à celui qui était peut-être l'homme le plus riche du royaume stellaire de Manticore. Elle ne l'avait jamais rencontré en chair et en os, mais elle n'eut aucun mal à reconnaître son visage carré de bulldog.

« Commandant Harrington ? » D'innombrables interviews holo avaient rendu sa voix célèbre, un baryton grondant trop velouté pour être naturel. Il s'exprimait avec courtoisie, mais les yeux bleus de ce masque trop séduisant étaient durs.

« Oui ? » répondit-elle avec affabilité, refusant de s'aplatir devant sa réputation et même d'admettre qu'elle le connaissait, et elle vit ses yeux se rétrécir imperceptiblement.

« Je suis Klaus Hauptman, reprit le baryton. La comtesse Marisa a eu la bonté de me permettre de prendre place à bord de son courrier quand j'ai appris qu'elle en envoyait un.

— Je vois. » Hauptman se maîtrisait trop bien pour exprimer autre chose que ce qu'il voulait bien montrer, mais Honor crut percevoir chez lui un tressaillement de surprise devant son calme apparent. Peut-être n'avait-il pas envisagé que l'équipe d'Honor détachée au Centre de contrôle de Basilic aurait l'esprit assez vif pour comprendre l'importance de son arrivée et en prévenir son commandant. À moins, au contraire, que, la supposant prévenue, il s'étonne de ne pas la trouver tremblant de tous ses membres. Eh bien, si elle ne montrait pas sa crainte, il ne pourrait pas s'en servir contre elle, songea Honor.

« En venant ici, commandant, poursuivit-il, j'avais pour but de vous faire une... visite de courtoisie. Me serait-il possible de monter à bord de votre navire pendant mon séjour à Basilic ?

— Naturellement, monsieur Hauptman. La Flotte est toujours heureuse d'étendre son hospitalité à un personnage aussi éminent que vous. Voulez-vous que j'envoie mon cotre vous chercher ?

— Tout de suite ? » Hauptman ne parvint pas à cacher tout à fait sa surprise et Honor hocha la tête d'un air aimable.

« Si cela vous convient, monsieur. Je suis pour l'instant dégagée de tout devoir urgent ; bien entendu, si vous préférez repousser votre visite à plus tard, je me ferai un plaisir de vous recevoir à un moment où je pourrai me libérer. À condition que nos emplois du temps respectifs le permettent.

— Non, non. Tout de suite, c'est parfait, commandant. Merci.

— Très bien, monsieur Hauptman. Mon cotre viendra vous chercher dans une demi-heure. Au revoir.

— Au revoir, commandant », répondit Hauptman. Honor coupa la communication et se laissa aller contre les courbes matelassées de son fauteuil. Il faudrait qu'elle enferme Nimitz dans ses quartiers avant l'arrivée de Hauptman, se dit-elle en sentant la tension glaciale qui bourdonnait au fond d'elle. Le chat était beaucoup trop sensible à ses humeurs pour...

« Commandant ? »

Honor réprima un sursaut de surprise et leva les yeux : McKeon était revenu auprès d'elle.

« Oui, capitaine ?

— Commandant, je... je crois que vous ne devriez pas le recevoir seule. » McKeon parlait avec hésitation mais ses yeux gris étaient soucieux.

« Je vous remercie de votre sollicitude, monsieur McKeon, répondit-elle à mi-voix, mais je commande ce bâtiment, et monsieur Hauptman est un simple visiteur à son bord.

— C'est bien compris, mais... » McKeon s'interrompit, se mordit la lèvre d'un air chagrin puis carra ses épaules comme un homme devant le peloton d'exécution. « Commandant, je ne crois pas une seconde à cette histoire de visite de courtoisie. Et...

— Un instant, capitaine. » Elle se leva en lui faisant signe de se taire, puis prit Nimitz dans ses bras et se tourna vers Webster. « Samuel, à vous le quart. Le second et moi serons dans ma salle de briefing si vous avez besoin de nous.

— Bien, commandant. À moi le quart », répondit l'officier des communications, et Honor, sans mot dire, indiqua à McKeon de la suivre.

Ils pénétrèrent dans la salle de briefing et elle déposa Nimitz sur un coin de la table tandis que la porte se refermait sur les trop nombreuses oreilles de la passerelle. Le chat ne protesta pas ; il s'assit simplement sur ses quatre membres postérieurs et observa McKeon.

« Et maintenant, capitaine, fit Honor, que disiez-vous ?

— Commandant, Klaus Hauptman vient à bord pour se plaindre de nos façons d'agir – les vôtres – dans le système de Basilic, répondit McKeon sans ambages. Je vous avais déjà prévenue qu'il en serait furieux. Vous l'avez mis dans l'embarras, vous l'avez humilié, pour dire le moins, et je ne serais pas étonné si lui ou ses cartels se retrouvaient devant le tribunal sous de graves accusations.

— J'en ai bien conscience. » Honor croisa les bras sur sa poitrine et regarda le capitaine de corvette bien en face ; elle avait parlé d'un ton impassible.

« Je le sais, commandant, et je sais aussi que vous connaissez sa réputation. » Honor acquiesça. L'implacable ambition de Klaus Hauptman, ses violentes éruptions de colère, tout cela faisait les beaux jours des médias.

« Je ne pense pas qu'il aurait fait tout ce chemin seulement pour se plaindre, commandant. » McKeon soutint lui aussi le regard d'Honor avec une expression où se mêlaient l'inquiétude et plus qu'un soupçon de gêne. « À mon avis, il compte faire pression sur vous pour que vous changiez vos modalités d'intervention. Au moins.

— Auquel cas il aura fait le voyage pour rien, répliqua Honor d'un ton sec.

— Je le sais, commandant, répéta McKeon. D'ailleurs... » Il se tut, incapable encore à cet instant d'exprimer ses propres sentiments, trop complexes et ambigus. Harrington devait être rongée d'inquiétude, c'était certain, mais il ne doutait pas – et ce depuis le début – qu'aucune menace ne l'obligerait à faire moins que ce qu'elle considérait comme son devoir. Les conséquences potentielles pour le bâtiment et lui-même, McKeon, en seraient effrayantes, mais il éprouvait une curieuse espèce de fierté envers elle, malgré son ressentiment. Et cela ne faisait qu'accroître sa honte à se voir toujours incapable de surmonter ses émotions et d'être enfin le second qu'elle méritait.

« Commandant, ce à quoi je veux en venir, c'est que Hauptman est connu pour ne pas faire de cadeaux. Il est dur, influent et méprisant. Si vous refusez de modifier votre façon d'agir, il essaiera par tous les moyens de vous... convaincre. » Il se tut encore et Honor leva les sourcils. « Commandant, je crois que vous ne devez pas le laisser faire ça en privé. Je crois (il se hâta de prononcer les mots avant de pouvoir se rétracter) qu'il faut un témoin à votre entretien. »

Honor faillit cligner des yeux de stupéfaction. Jusque-là, McKeon n'avait guère à redouter, personnellement, même d'un personnage comme Klaus Hauptman, qui avait la réputation d'avoir la mémoire longue et vindicative. Il était son second ; il obéissait aux ordres et les ordres venaient d'elle. S'il assistait comme témoin à la discussion avec Hauptman, surtout comme témoin en sa faveur, la situation ne serait plus la même. Or il avait cinq ans de plus qu'elle et il était officier subalterne. S'il se faisait un ennemi d'un homme comme Hauptman, il pouvait pratiquement faire une croix sur sa carrière.

Elle inclina la tête de côté et scruta son visage tendu avec l'impression d'être presque capable de palper l'angoisse qu'il dissimulait. Elle fut tentée de décliner son offre, d'abord parce que c'était son combat à elle et non le sien, ensuite parce qu'elle ne pouvait pas oublier qu'il avait constamment évité de s'exposer depuis qu'elle était montée à bord. Mais, les yeux plantés dans les siens, elle sut que c'était impossible. Quelles que soient ses raisons, il avait fait un geste et elle ne pouvait pas le refuser sans le rejeter, lui, sans rejeter son offre, si tremblante soit-elle, de devenir enfin son véritable officier en second.

« Merci, monsieur McKeon, finit-elle par dire. Je vous remercie de votre proposition et je l'accepte. »

Chapitre vingt

Honor, au débouché du tube d'accès des passagers au quai, regardait par l'écran relié aux capteurs du débarcadère son cotre s'accoler à l'autre extrémité du tube. Le petit engin, qui se déplaçait avec précision dans le vide brillamment illuminé du hangar d'appontage, déposa sans heurt ses quatre-vingt-quinze tonnes dans le ber, puis les vérins poussèrent les amortisseurs du tube pour appliquer le collier d'étanchéité sur le sabord. Le signal vert d'égalisation des pressions s'alluma et Honor prit une inspiration discrète lorsque le panneau s'ouvrit.

Klaus Hauptman en sortit tel un monarque. Il était plus petit qu'elle ne l'imaginait, mais solide, et il affichait ses spectaculaires rouflaquettes blanches qu'elle soupçonnait depuis toujours d'être artificielles. Son visage carré, sa mâchoire puissante étaient sûrement le résultat d'interventions esthétiques – personne ne possédait des traits aussi réguliers –, mais l'architecture fondamentale avait été préservée. Il y avait de la force dans ce visage, une assurance sans compromission bien au-delà de la pure morgue, de la simple pugnacité, et ses yeux étaient durs.

« Commandant Harrington... » La voix grave était bien modulée, cultivée, et ne laissait paraître nulle animosité. Il tendit la main.

Elle la prit et dissimula un sourire en sentant ses doigts se mouvoir imperceptiblement pour trouver la meilleure prise afin de lui broyer les phalanges. Elle n'avait jamais envisagé qu'il fût adepte de ce petit jeu ; cela paraissait un peu mesquin chez un personnage de son poids, mais peut-être avait-il besoin d'affirmer sa domination en toutes matières. Et peut-être avait-il oublié qu'elle était sphingienne, se dit-elle en le laissant serrer tout son soûl. La main aux doigts effilés d'Honor était grande pour une femme, trop pour que Hauptman trouve les prises qu'il cherchait ; elle attendit qu'il y ait mis toute sa force, puis elle serra à son tour avec une vigoureuse aisance. Elle avait conservé son sourire aimable qui ne laissait rien paraître de la lutte muette, mais elle vit le regard de son visiteur vaciller sous l'effet inattendu de sa poigne d'acier.

« Bienvenue à bord de l'*Intrépide*, monsieur Hauptman », dit-elle, et elle sourit un peu plus largement lorsqu'il abandonna le combat et lâcha sa main. Elle fit signe à McKeon, qui vint se placer à ses côtés. « Mon officier en second, le capitaine de corvette McKeon.

— Capitaine McKeon. » L'homme salua de la tête mais ne tendit pas sa main une deuxième fois. Honor l'observa qui ouvrait et refermait ses doigts, et espéra qu'il avait mal.

« Aimeriez-vous visiter le bâtiment, monsieur ? demanda-t-elle d'un ton courtois. Une grande partie est interdite d'accès aux civils, mais je suis sûre que le capitaine McKeon se ferait un plaisir de vous montrer les zones autorisées.

— Je vous remercie, mais non. » Hauptman sourit à McKeon, sans quitter Honor des yeux toutefois. « Mon temps risque d'être limité, commandant. J'ai appris que le courrier retourne à Manticore aussitôt terminées ses affaires avec le commissaire Matsuko, et, si je ne repars pas avec lui, je devrais prendre des dispositions spéciales pour rentrer.

— Dans ce cas, puis-je vous proposer l'hospitalité du mess des officiers ?

— Là encore, non. » Hauptman sourit à nouveau, d'un sourire d'où n'était peut-être pas absente une certaine tension cette fois. « Ce que j'apprécierais vraiment, commandant Harrington, ce serait quelques minutes de votre temps.

— Je vous en prie. Si vous voulez bien m'accompagner dans ma salle de briefing... »

Elle s'écarta poliment en faisant signe à Hauptman de la précéder dans l'ascenseur, et McKeon y pénétra à la suite d'Honor. Tous trois demeurèrent silencieux pendant que la cabine les emportait jusqu'à la passerelle, mais ce silence-là n'avait rien de serein. Sous sa surface, Honor voyait des crocs qui se dénudaient et des griffes qui sortaient de leur fourreau, et elle ordonna à son cœur de ne pas battre la chamade. Elle était sur son bâtiment et le fait que le cartel Hauptman avait certainement les moyens de se l'acheter sur sa petite monnaie n'y changeait rien.

L'ascenseur s'arrêta au niveau de la passerelle. C'était le lieutenant Panowski qui était de garde et l'astrogateur en charge quitta le fauteuil de commandement en voyant son supérieur sortir de la cabine.

« Continuez, lieutenant », dit-elle en conduisant son hôte vers la salle de briefing, et Panowski se rassit. Personne d'autre sur la passerelle ne quitta sa tâche des yeux ; c'était un refus étudié de reconnaître la présence de Hauptman, et Honor réprima un sourire torve en constatant l'aversion tacite de son équipage envers l'homme devant qui s'ouvrait la porte de la salle. Naturellement, tous avaient leur idée sur les motifs de sa visite et leur soutien muet était d'autant plus précieux après l'indifférence apathique et l'hostilité voilée qu'eux-mêmes avaient autrefois manifestées à leur commandant.

La porte se referma et Honor désigna un fauteuil à Hauptman. Le magnat des affaires s'en approcha, mais, sans y prendre place, jeta un coup d'œil à McKeon.

« Si cela ne vous dérange pas, commandant Harrington, je préférerais discuter avec vous seul à seul, dit-il.

— Le capitaine McKeon est mon second, monsieur, répondit-elle avec une courtoisie affable.

— Je sais, mais j'aurais aimé parler de certaines... questions confidentielles avec vous. Avec tout le respect dû au capitaine McKeon et à mon grand regret, je dois insister pour les aborder en privé.

— Je suis navrée, mais c'est impossible, monsieur Hauptman. » Honor conservait un masque serein ; personne n'avait besoin de savoir le mal qu'elle se donnait pour empêcher sa voix de trembler. Elle tira son propre fauteuil et s'y assit en faisant signe à McKeon de s'installer à sa droite ; puis elle sourit à Hauptman.

Pour la première fois, le vrai visage de son hôte apparut brièvement – une légère rougeur des pommettes puissantes et un frémissement imperceptible des narines – lorsqu'elle eut rejeté ses exigences. Visiblement, Klaus Hauptman n'avait pas l'habitude que l'on contrarie sa volonté. C'était bien dommage, mais mieux valait qu'il s'y fasse tout de suite.

« Je vois. » Avec un sourire pincé, il s'assit dans son fauteuil, s'adossa et croisa les jambes avec élégance et naturel, comme s'il prenait possession de la salle de briefing. Honor attendait la suite sans bouger, la tête légèrement inclinée, un sourire attentif aux lèvres ; le visage de McKeon était moins ouvert : il affichait le masque guindé qu'Honor connaissait bien et qu'elle en était venue à détester. Mais cette fois il ne lui était pas destiné.

Sans changer d'expression, elle étudia Hauptman en attendant qu'il ouvre le feu et se repassa mentalement tout ce qu'elle savait et avait entendu dire à son propos.

La clan Hauptman était l'un des plus riches de toute l'histoire de Manticore, alors qu'il n'avait strictement aucun lien avec l'aristocratie. C'était un cas rare chez une famille aussi influente mais, d'après tous les observateurs, Klaus Hauptman tirait une certaine fierté de cette absence de sang bleu en lui.

À l'instar de la famille d'Honor, le premier Hauptman n'était arrivé sur Manticore qu'après l'épidémie de 22 A.A. – 1454 post Diaspora, selon le calendrier standard. En 774 P.D., la Colonie Manticore SA avait enchéri très haut pour acquérir les droits sur le système manticorien justement parce que Manticore III, la planète désignée aujourd'hui sous le nom de Manticore, était très semblable à la Vieille Terre. En général, même le monde le plus terrestre nécessitait un minimum de terraformation pour l'adapter à sa population humaine, mais, en l'occurrence, l'intervention s'était limitée à l'introduction de céréales terriennes essentielles et d'une faune soigneusement sélectionnée, et, malgré l'année et les saisons à rallonge de la planète, les formes de vie extraplanétaires avaient négocié sans difficulté leur installation dans leur nouvel environnement.

Malheureusement, cette adaptation facile avait un revers, car Manticore s'était avérée un des très rares mondes capables de produire une maladie indigène qui s'attaque aux humains. Au bout de quarante années T, un virus manticorien avait muté en une variété propre à s'en prendre aux hôtes humains et, dès lors, l'épidémie avait frappé avec une puissance incroyable.

Il avait fallu plus d'une décennie standard aux chercheurs pour vaincre la maladie, qui, entre-temps, avait tué au moins soixante pour cent des colons – et près de quatre-vingt-dix pour cent de ceux qui étaient nés sur la Vieille Terre. Les habitants avaient été décimés jusqu'à une population bien inférieure à celle qui était nécessaire pour assurer à coup sûr la survie de la colonie et un nombre effrayant des spécialistes indispensables comptaient parmi les morts. Cependant, comme pour compenser la catastrophe occasionnée par l'épidémie, le destin avait fourni à la colonie la possibilité de s'injecter le sang neuf dont elle avait besoin.

Les fondateurs étaient partis pour Manticore avant que l'invention de la voile Warshawski et des détecteurs de gravité réduisent les risques de l'hypervoyage à un taux acceptable pour les bâtiments de ligne. À l'époque, même la propulsion par impulseur n'existait pas, et le trajet en cryo-hibernation à bord du vaisseau colonisateur subluminique, le *Jason*, avait pris plus de six cent quarante années T, mais les mécanismes du déplacement interstellaire avaient connu une révolution durant le sommeil multiséculaire des voyageurs.

Grâce à la nouvelle technologie, on pouvait désormais recruter les colons sur les mondes sources dans un délai raisonnable, et Roger Winston, président et rédacteur principal de la SA Colonie Manticore, avait anticipé ces possibilités : avant son départ, il avait créé la Société financière zurichoise de la Colonie de Manticore et y avait investi jusqu'au dernier sou des actionnaires, une fois réglés aux fonctionnaires cadastraux les droits d'installation et l'équipement de l'expédition. Peu d'autres entrepreneurs avaient eu cette idée, étant donné les longues années de trajet entre leur nouveau monde et Sol, mais Winston voyait loin et six siècles d'intérêts composés avaient fourni à la colonie un solde créditeur enviable sur la Vieille Terre.

C'est ainsi que Winston et ses compagnons survivants avaient pu non seulement recruter les renforts nécessaires mais aussi payer leur voyage jusqu'à leur lointaine destination le cas échéant. Mais, soucieux de préserver leur domination politique devant un tel afflux, les survivants de l'expédition originelle et leurs enfants avaient adopté une constitution qui faisait passer leur colonie, jusque-là régie par un conseil d'administration élu, au statut de royaume stellaire de Manticore, sous l'intendance de Roger Ier, premier monarque de la Maison des Winston.

Les actionnaires originaux de la Colonie Manticore SA avaient reçu d'immenses étendues de terrain et/ou des droits sur les minéraux des planètes du système en proportion directe de leur contribution financière initiale. La récente constitution en fit une aristocratie héréditaire, mais il ne s'agissait pas d'une noblesse fermée, car des territoires encore plus immenses étaient restés libres. Les nouveaux colons capables de payer leur voyage reçurent l'équivalent de son coût en créances foncières à leur arrivée, et ceux qui pouvaient contribuer au-delà du prix de leur traversée se voyaient garanti le droit d'acheter des terrains supplémentaires pour un peu moins de la moitié de leur valeur « comptable ». La possibilité de s'anoblir de plein droit avait éveillé l'intérêt d'un nombre extraordinairement élevé de jeunes spécialistes formés et bien payés : médecins, ingénieurs, éducateurs, chimistes et physiciens, botanistes et biologistes – précisément ceux dont une population au bord de l'abîme avait besoin et que trop peu de mondes extérieurs avaient les moyens d'attirer. Ils étaient arrivés pour prendre possession de leur crédit garanti et l'accroître, et nombre de ces « seconds actionnaires », selon l'expression consacrée, étaient devenus comtes et même ducs.

Parmi ceux qui n'avaient pas pu payer complètement leur voyage, beaucoup avaient réussi quand même à en acquitter une bonne part et avaient reçu la différence en créances foncières à leur débarquement ; petits pour Manticore, les terrains demeuraient énormes selon les critères des mondes sources. Ces gens avaient fini par former les francs-tenanciers de Manticore, tels les ancêtres d'Honor, et, encore aujourd'hui, leurs descendants perpétuaient un solide sens de l'indépendance.

Néanmoins, la majorité des nouveaux arrivants étaient des « zéro-créanciers » qui, incapables de payer tout ou partie de leur traversée, se présentaient souvent sur Manticore avec toute leur fortune sur le dos. Des gens comme Heinrich Hauptman.

De nos jours, à part l'ancienneté des propriétés foncières et certains titres de politesse purement honorifiques et de moins en moins employés, il n'y avait guère de différence entre les francs-tenanciers et les zéro-créanciers. Mais le souvenir traditionnel des statuts sociaux demeurait et le clan Hauptman n'avait jamais oublié ses racines prolétaires. L'ascension de la famille jusqu'à sa présente grandeur avait débuté deux siècles manticoriens plus tôt par l'arrière-petit-fils de Heinrich Hauptman ; pourtant Klaus Hauptman, qui aurait pu acheter ou vendre une dizaine de duchés, se décrivait toujours – en public tout au moins – comme le champion des « petits ». Cela ne l'empêchait pas de conclure de solides alliances avec l'aristocratie, ni de jouir du pouvoir et du luxe que lui assurait sa position de prince marchand, ni de s'engager activement dans la politique manticorienne, mais son « ascendance roturière » constituait la pierre angulaire de l'image brutale et orgueilleuse qu'il se faisait de lui-même. Il se considérait comme un *self-made man* issu de *self-made men*, malgré la fortune qui lui était échue à sa naissance.

Et c'était cette image qui l'amenait à bord de l'*Intrépide*, songeait Honor, car elle l'avait mise à mal. Elle l'avait surpris, lui ou ses employés, à fricoter dans des trafics illégaux et, pour un homme aussi imbu de son importance, ce n'était pas un simple revers commercial ou un embarras juridique : c'était une attaque personnelle. À ses propres yeux, Klaus Hauptman était l'incarnation du cartel Hauptman, et cela faisait des interventions d'Honor une insulte intolérable.

« Très bien, commandant Harrington, dit-il enfin, j'irai droit au but. Pour des raisons qui vous sont propres, vous vous croyez obligée de vous acharner sur les affaires que je possède dans le système de Basilic. Je veux que ça cesse.

— Je regrette que vous preniez cela pour de l'acharnement contre vous, monsieur Hauptman, répondit Honor avec calme. Malheureusement, le serment que j'ai prêté à la Couronne me contraint à faire appliquer les règlements établis par le Parlement.

— Votre serment ne vous contraint pas à les appliquer au seul cartel Hauptman, commandant. » Hauptman n'avait pas haussé le ton, mais on sentait du mordant sous la courtoisie.

« Monsieur Hauptman (Honor le regarda bien en face, les mains crispées l'une sur l'autre sous la table), nous inspectons tous les bâtiments sans exception qui ont des contacts avec la surface de Méduse ou les entrepôts orbitaux de Basilic, et pas seulement ceux qui appartiennent à vos entreprises.

— Ridicule ! cracha Hauptman. Aucun des autres officiers commandants de ce poste ne s'est jamais autant mêlé du commerce légitime autour de Basilic. Et, pour en revenir au problème, de nombreux rapports envoyés par mes agents indiquent que vos soi-disant équipes de douane passent beaucoup plus de temps à "inspecter" mes cargaisons que celles de quiconque. Si ça, ce n'est pas du harcèlement, j'aimerais bien savoir ce que vous considérez comme tel, commandant !

— Ce qu'ont fait ou n'ont pas fait les précédents officiers en charge ne change rien à mes responsabilités ni à mes devoirs, monsieur Hauptman, répondit Honor d'un ton amène en choisissant ses termes. Et si, de fait, mes équipes d'inspection passent plus de temps sur les cargaisons du cartel Hauptman, c'est uniquement parce que notre expérience démontre que nous avons plus de chances d'y découvrir des marchandises illégales qu'ailleurs. »

Le visage de Hauptman s'assombrit de façon inquiétante, mais Honor se força à continuer de le regarder sans rien laisser paraître de la tension qu'elle éprouvait.

« M'accusez-vous de contrebande, commandant Harrington ? » La voix de baryton était encore descendue dans les graves et avait pris un ton presque doucereux.

« Je dis, monsieur Hauptman, que nos dossiers démontrent une présence de matériel de contrebande dans les cargaisons inscrites au nom de votre firme supérieure de trente-cinq pour cent aux autres compagnies qui traitent avec Méduse. Que vous soyez ou non personnellement impliqué dans ces activités illégales, je n'en sais naturellement rien. J'aurais tendance à en douter. Néanmoins, tant que nous n'aurons pas la certitude qu'aucun produit frauduleux ne passe plus sous couvert des manifestes du cartel Hauptman, mes officiers d'accostage porteront, sur mon ordre, une attention particulière à vos transports. » Le visage de Hauptman n'avait cessé de s'assombrir et Honor s'interrompit en le regardant avec calme. « Si vous désirez mettre un terme à ce que vous considérez comme du harcèlement, monsieur, je vous suggère d'exiger de vos directeurs qu'ils fassent le ménage chez eux.

— Comment osez-vous ? » éclata Hauptman en se dressant à demi. Les mains d'Honor se crispèrent davantage sous la table, mais elle ne broncha pas. « Je ne sais pas pour qui vous vous prenez, mais je refuse de me laisser insulter de cette façon ! Je vous conseille d'être prudente quand vous proférez des allégations sans fondement !

— J'ai exposé des faits et non des “allégations sans fondement”, monsieur Hauptman, répondit-elle, imperturbable. Si vous refusez de les écouter, je suggère que vous vous en alliez.

— Que je m'en aille ? Que je m'en aille ? » Hauptman était à présent debout, appuyé de tout son poids sur la table, tandis que sa voix emplissait la salle de briefing comme le tonnerre. « Je suis venu vous donner la possibilité de corriger la façon affligeante dont vous traitez la situation ! Mais, si vous préférez, je peux soumettre l'affaire à l'Amirauté – ou au gouvernement – au lieu de négocier avec un petit commandant arriviste qui veut se faire aussi gros que le bœuf et qui m'insulte en m'accusant d'activités illégales !

— Vous en avez naturellement le droit. » Honor sentait McKeon tendu comme un ressort à côté d'elle, mais, en ce qui la concernait, son angoisse s'effaçait, submergée par la montée régulière de sa colère. « Entre-temps, toutefois, vous êtes l'hôte de mon bâtiment, monsieur Hauptman, et je vous conseille d'y observer un ton poli ou je vous fais jeter dehors. »

Son ton glacial laissa Hauptman bouche bée ; elle en profita pour continuer.

« Je ne vous ai jamais accusé personnellement d'activités illicites. J'ai affirmé, et nos dossiers le confirment amplement, que des gens de votre société s'y livrent. Vos menaces d'en référer à une autorité supérieure ne modifient en rien ce fait, et elles ne changent pas non plus les obligations qu'il me faut remplir. »

Hauptman se rassit, les muscles des mâchoires saillants. Un ange passa dans la salle de briefing, puis le magnat sourit. Ce n'était pas joli à voir.

« Très bien, commandant ; puisque vous tenez à considérer l'éventualité que j'aille demander réparation à l'Amirauté comme une "menace" et puisque vous semblez refuser de reconnaître la justice d'un traitement équitable de votre part envers mes intérêts dans ce système, je vais m'adresser à vous en termes que vous comprendrez peut-être. Vous allez cesser de vous acharner sur mes bâtiments et mes cargaisons ou bien je vous tiendrai – vous, pas la Flotte ni le gouvernement : vous – pour personnellement responsable des dommages que vous infligez à mes affaires et à ma réputation.

— Désignez qui vous voudrez comme responsable pour les motifs de votre choix, c'est vous que ça regarde, pas moi, fit Honor d'une voix polaire.

— N'essayez pas de vous réfugier derrière votre uniforme, commandant, avec moi ça ne marche pas, reprit Hauptman d'un ton venimeux. Je ne demande que les marques de courtoisie et d'égard dues à un particulier respectueux des lois. Si vous décidez de vous servir de votre position d'officier de la Couronne pour engager une vendetta personnelle contre moi, je n'aurai d'autre choix que d'y répondre en employant mes propres ressources.

— Comme je l'ai déjà dit, je n'ai pas porté d'accusation contre vous en tant que personne et je n'en ai pas l'intention, sauf si j'ai la preuve nette et irrécusable que vous avez permis en toute connaissance de cause à vos employés de se livrer à des activités illicites. En attendant, proférer des menaces contre moi-même en tant qu'individu n'aura pas davantage d'effet que tenter de m'intimider en vous déclarant prêt à faire pression sur moi par le biais de mes supérieurs. » Le feu glacé de sa colère avait laissé son esprit limpide comme le cristal et ses yeux étaient deux puits d'acier brun. « Si vous voulez que vos frets passent l'inspection en ne subissant qu'un retard minimum, il vous suffit de veiller à ce qu'ils ne contiennent aucun article de contrebande. Ce qui, ajouta-t-elle froidement, ne devrait pas constituer une tâche insurmontable pour un particulier respectueux des lois doté de vos moyens et de votre autorité, monsieur.

— Très bien, commandant, grinça-t-il. Vous avez décidé de m'insulter, même si vous présentez ça sous un emballage juridique. Je vous offre encore une chance de reculer ; si vous ne l'acceptez pas, c'est moi qui vous y forcerai, nom de Dieu !

— Vous n'y arriverez pas, monsieur », dit Honor calmement, et Hauptman éclata d'un rire méprisant. Toute son attitude irradiait la rage et la morgue, bien qu'il bridât sa célèbre colère, mais ce fut d'une voix dure et froide qu'il reprit :

« Oh, mais si, commandant, mais si. Je crois que vos parents sont associés principaux de la Corporation médicale Duvalier, n'est-ce pas ? »

Le coq-à-l'âne prit Honor au dépourvu et elle tressaillit involontairement ; puis elle plissa les yeux et inclina la tête de côté avec un calme inquiétant.

« Eh bien, commandant ? » C'est tout juste si Hauptman ne ronronnait pas. « Est-ce exact ?

— C'est exact, répondit-elle d'une voix sans inflexion.

— Alors, si vous persistez à vouloir faire de la présente situation une affaire personnelle entre vous et moi, vous devriez réfléchir aux répercussions qu'elle risque d'avoir sur votre propre famille, madame, parce que le cartel Hauptman détient soixante-dix pour cent des actions publiques de cette organisation. Suis-je assez clair, commandant ? »

Honor s'était raidie sur son fauteuil, pâle comme la mort, et l'acier de son regard n'était plus du tout glacial : il flamboyait et un tic agitait violemment le coin de sa bouche. Se méprenant sur la signification de ce spasme musculaire, Hauptman se radossa, les yeux brillants, le sourire aux lèvres, triomphant.

« À vous de décider, commandant. Je ne suis qu'un honnête marchand qui s'efforce de protéger ses intérêts et ceux de ses actionnaires dans ce système. Si vous continuez à contrecarrer ces intérêts légitimes, vous ne me laissez d'autre solution que de me défendre par tous les moyens possibles, aussi déplaisantes soient les mesures auxquelles vous m'acculez... et aussi regrettables en soient les conséquences pour vos parents. »

Les muscles d'Honor tremblaient de haine, ses doigts s'enfonçaient comme des serres dans ses cuisses et elle sentit ses lèvres se retrousser pour cracher au visage de Hauptman le mépris que lui inspiraient ses propos ; mais à cet instant une voix froide et monocorde se fit entendre.

« Je pense que vous devriez reconsidérer cette menace, monsieur Hauptman », dit Alistair McKeon.

Son intervention était si totalement inattendue qu'Honor se tourna vers lui, stupéfaite. Le visage de son officier en second n'avait plus rien d'un masque : la colère tendait ses traits, ses yeux gris étincelaient, et Hauptman le regarda comme s'il s'agissait d'un meuble dont il aurait oublié la présence.

« Je n'ai pas pour habitude d'accepter les conseils de larbins en uniforme, fit-il, hautain.

— Dans ce cas, vous feriez bien de la prendre, rétorqua McKeon, la voix métallique. Depuis votre entrée dans cette salle, vous cherchez à présenter le moindre geste du commandant Harrington comme une attaque personnelle contre vous et, ce faisant, vous l'avez insultée, ainsi que la Flotte royale et l'accomplissement de nos devoirs envers la Couronne. De fait, vous avez abondamment démontré que ni la loi ni les obligations qu'elle vous impose n'ont autant d'importance à vos yeux que votre précieuse réputation. Malgré votre insolence délibérée, le commandant a conservé un ton courtois et respectueux, ce qui ne vous a pas empêché, lorsqu'elle a refusé de négliger son devoir d'officier de la Reine ou de s'en écarter pour accéder à vos exigences, de proférer des menaces non seulement contre sa personne mais aussi contre les moyens de subsistance de ses parents. » Le mépris flamboyait dans les yeux du capitaine McKeon. « En conséquence, je vous préviens, monsieur, que je suis prêt à en porter témoignage devant n'importe quel tribunal.

— Tribunal ? » Stupéfait, Hauptman se rejeta en arrière, et Honor éprouva une surprise presque identique en dépit de sa rage. Qu'est-ce que McKeon...

« Oui, monsieur, au tribunal, où vos tentatives renouvelées d'obliger la Flotte de la Reine à renoncer à ses responsabilités seront sans nul doute considérées comme une preuve de complicité de trahison et de meurtre.

— Vous êtes malade ! Vous avez perdu l'esprit ! Il n'y a aucune... »

McKeon interrompit le magnat bredouillant d'une voix cassante. « Monsieur Hauptman, il y a quarante-sept heures, soixante et un policiers de l'Agence de protection des indigènes se sont fait tuer ou blesser en accomplissant leur devoir. Ils ont été assassinés par des individus extraplanétaires qui vendent des drogues illégales aux aborigènes médusiens. Le laboratoire qui fabriquait ces drogues recevait son énergie d'une dérivation illicite installée dans le collecteur orbital secondaire de l'enclave médusienne du gouvernement de Sa Majesté. Cette dérivation, monsieur Hauptman, que des membres de la Flotte ont découverte et identifiée sans risque d'erreur il y a huit heures à peine, n'a pas été installée après la mise en orbite du collecteur autour de Méduse ; elle a été installée lors de la fabrication du collecteur... par le cartel Hauptman ! »

Hauptman ne pouvait que dévisager McKeon bouche bée, trop sidéré pour l'interrompre, et le capitaine poursuivit de la même voix grinçante.

« Étant donné que cette dérivation constitue une preuve physique irrécusable liant votre cartel ou des personnes qui y sont employées à l'opération de distribution de drogue et, par conséquent, au meurtre des officiers précités, vos efforts flagrants pour détourner l'attention officielle de vos activités dans le système ne peuvent être perçus que comme une tentative de dissimulation de culpabilité – la vôtre ou celle de vos employés. Cela, monsieur, s'appelle de la collusion et vous place personnellement en position de complicité de meurtre *a posteriori*, à tout le moins. Et je vous rappelle que l'emploi de la propriété de Sa Majesté pour commettre un crime capital – surtout s'il en résulte la mort d'officiers de la Couronne – constitue une trahison selon les termes de la loi de notre Royaume. Je vous avise donc respectueusement (malgré son effarement, Honor songea qu'il n'avait nullement l'air respectueux) qu'il est de votre intérêt et de celui de la future réputation commerciale de votre cartel de coopérer pleinement avec le commandant Harrington pour découvrir les véritables coupables plutôt que de risquer d'attirer sur vous de graves soupçons en faisant obstruction à l'enquête officielle des agents de Sa Majesté dans ce système.

— Vous êtes malade, répéta Hauptman, mais cette fois dans un murmure. Trahison ? Meurtre ? Vous savez bien que Hauptman n'a jamais... que je n'ai jamais...

— Monsieur, je ne connais que les faits que je viens d'exposer. Étant donné les circonstances, et en supposant que vous poursuiviez votre vendetta contre le commandant – la vôtre, monsieur, et non la sienne –, je pense qu'il serait de mon devoir d'officier de la Reine de présenter ces faits devant un tribunal. »

Alistair McKeon fixa sur le magnat incrédule un regard gris et froid, et Klaus Hauptman blêmit. Honor se maîtrisait pour demeurer immobile et tenir la bride à la fureur qui bouillonnait encore en elle ; elle ne croyait pas un instant que Hauptman soit personnellement impliqué ni dans l'affaire de la dérivation ni dans celle du labo ; d'ailleurs, elle avait la quasi-certitude qu'il n'était mêlé à aucune des activités illicites de son cartel dans le système de Basilic ; mais, à cause de son outrecuidance et de son orgueil, il n'avait pu considérer les conséquences des mesures prises par Honor autrement que comme des attaques personnelles et il s'était abaissé aux procédés les plus vils et les plus méprisables simplement pour faire cesser l'humiliation et punir le commandant qui avait l'audace d'accomplir son devoir. Cet abus irréfléchi de son pouvoir et de sa position emplissait Honor de révulsion autant que de colère et elle n'avait nulle intention de tempérer la contre-attaque inattendue de McKeon. Hauptman lui-même avait donné le ton, qu'il se débrouille à présent.

« Vous n'oseriez pas, dit Hauptman à mi-voix.

— Si, monsieur. » La voix de McKeon était dure comme un éclat de silex, et Hauptman se radossa dans son fauteuil en regardant alternativement d'un œil noir le capitaine et Honor.

« D'accord, finit-il par grincer. Je vois que vous êtes couverte, commandant Harrington. Alors, allez-y, jouez les despotes au petit pied dans votre coin, je me lave les mains de cette histoire. Inspectez tout ce qui vous fera plaisir, mais ne vous imaginez surtout pas que l'affaire est close ! »

McKeon s'apprêtait à se remettre en selle, mais Honor posa la main sur son bras en secouant la tête. Elle se dressa sans un mot et, quand le second fit mine de l'imiter, elle lui fit signe de rester assis. Elle s'inclina d'un air glacial vers Hauptman puis indiqua de la main la porte, et le magnat sortit à grands pas, bouillant de rage.

La passerelle était aussi vivante qu'un tombeau quand ils y pénétrèrent, mais Honor s'en aperçut à peine. Elle conduisit Hauptman à l'ascenseur et descendit avec lui jusqu'au hangar d'appontement dans un silence aussi profond que l'espace. Mais alors qu'ils arrivaient à destination, Honor enfonça le bouton d'arrêt d'urgence pour maintenir la porte close et elle se tourna vers son hôte.

« Monsieur Hauptman, dit-elle d'une voix froide comme l'hélium liquide, vous avez cru bon de nous insulter, mes officiers et moi, et de menacer mes parents. Vous avez usé des procédés de la plus vile racaille et, à mon avis, monsieur, vous avez démontré que vous en faites partie. » Les narines de Hauptman frémirent au milieu de son faciès congestionné, mais Honor poursuivit du même ton glacial.

« Je sais parfaitement que vous ne comptez pas oublier cet incident. Moi non plus, je vous l'assure, pas plus que je n'oublierai vos menaces. Je suis officier de la Reine et, en tant que tel, je ne réagirai aux attaques personnelles qu'au moment où elles se produiront et si elles se produisent. À la fois comme personne et comme officier de la Reine, je n'aime pas la coutume du duel ; néanmoins, monsieur Hauptman, si jamais vous tentez de mettre à exécution la menace que vous avez proférée contre mes parents (ses yeux étaient des batteries de missiles en position et le coin de sa bouche tressautait, comme douée d'une vie propre), je dénoncerai publiquement vos actes méprisables et j'en exigerai réparation. Et, quand vous aurez relevé mon défi, monsieur Hauptman, je vous tuerai comme la bête nuisible que vous êtes. »

Hauptman recula jusqu'à toucher la paroi de la cabine en dévisageant Honor avec une expression effarée.

« Croyez-moi, monsieur Hauptman », dit-elle d'une voix très basse avant de libérer enfin la porte.

Chapitre vingt et un

L'adrénaline courait toujours dans ses veines et dans ses nerfs lorsqu'elle reprit l'ascenseur pour remonter à la passerelle. C'était un aspect bien laid de sa personnalité qui s'était manifesté, mais l'inconsistance mesquine et répugnante que dissimulait la riche façade de Hauptman l'avait mis au jour et elle ne regrettait pas un seul mot de ce qu'elle avait dit. Plus important, il s'était rendu compte qu'elle ne mentait pas et tous deux savaient que sa réputation – sa précieuse et narcissique réputation – ne survivrait pas s'il refusait son défi.

Elle prit une profonde inspiration au moment où la cabine s'arrêtait ; la porte s'ouvrit et Honor pénétra sur la passerelle. Panowski leva vivement la tête, l'air inquiet, et elle comprit que des éclats de leur violent entretien avaient dû franchir la porte de la salle de briefing, à moins que la tension qui régnait entre Hauptman et elle n'eût été perceptible, tout simplement, alors qu'ils regagnaient le hangar d'embarquement.

C'était sans importance : le lieutenant savait ce qui s'était passé. Sa mine soucieuse était révélatrice de sa réaction et Honor observa des expressions similaires chez la plupart de ses subordonnés.

Elle fit halte un instant sur la passerelle en se forçant à sourire ; Panowski garda son expression préoccupée mais il se détendit manifestement, et c'est d'un pas délibérément lent et calme qu'Honor gagna le milieu de la salle ; elle chercha McKeon des yeux mais ne le vit nulle part ; cependant, la porte de la salle de briefing était fermée.

Elle s'y dirigea et l'officier en second leva les yeux quand le panneau s'ouvrit en coulissant. C'est sans aucun plaisir qu'elle entra : les cloisons avaient trop récemment été baignées de trop de haine glacée, et elle sentit comme un picotement, celui de la fureur résiduelle qu'irradiait encore McKeon, qui se mêlait et résonnait avec la sienne ; pourtant, il parvint à faire un sourire crispé et voulut se lever.

Elle lui fit signe de se rasseoir et gagna son propre fauteuil ; elle s'y laissa tomber et se tourna face au second.

« Vous avez pris un risque, Alistair », dit-elle. C'était la première fois qu'elle se servait de son prénom, mais il ne parut même pas s'en apercevoir.

« Je... » Il haussa les épaules. « Il m'a mis hors de moi, commandant, à se présenter ici comme Dieu soi-même venu frapper les pécheurs. Et ce dernier coup tordu qu'il a inventé... » Le second serra les dents et secoua la tête.

« Il n'oubliera pas de sitôt la façon dont vous lui avez rabattu son caquet. » McKeon acquiesça et Honor s'aperçut non sans ironie que ses propres paroles faisaient écho à l'avertissement que le capitaine lui avait lancé après que Tremaine avait découvert la première cargaison illégale de chez Hauptman. « Vous n'auriez pas dû intervenir, poursuivit-elle d'un ton égal. J'étais la seule visée, ainsi que ma responsabilité, mais... merci. »

McKeon releva la tête et il rougit. « Vous n'étiez pas seule visée, commandant : la Flotte aussi. Et l'*Intrépide* aussi, nom de Dieu, par conséquent j'étais visé également. » Il rougit davantage et baissa les yeux sur ses mains soudain croisées sur ses genoux.

« Je... je ne suis pas un très bon second, n'est-ce pas, commandant ? » fit-il dans un murmure.

Honor faillit répondre aussitôt, mais elle se retint en contemplant le sommet du crâne de McKeon. Cet homme avait pris d'énormes risques pour elle ; il s'était dressé contre un des personnages les plus influents du Royaume et elle frémit à l'idée de l'issue qu'aurait pu connaître la confrontation avec Hauptman s'il n'était pas intervenu. Elle n'aurait jamais pensé à se servir de la dérivation du collecteur pour retourner les manipulations de Hauptman contre lui-même : elle n'avait pas l'esprit assez clair pour cela ; elle ne songeait qu'à la haine, au dégoût et à l'envie de vengeance qu'il lui inspirait. Elle se connaissait : dans sa fureur, elle avait été sur le point de l'agresser physiquement, et ç'aurait été la fin pour elle, quelle que fût la provocation.

McKeon l'en avait empêchée. Il avait vu l'ouverture et s'y était précipité pour obliger Hauptman à se replier en position défensive et donner le temps à Honor de reprendre en partie son sang-froid. Elle avait une dette envers lui, une énorme dette excessivement personnelle qu'elle doutait de pouvoir un jour lui rembourser ; à cause de cela, elle aurait voulu lui dire de ne pas s'inquiéter, glisser sur ses insuffisances en tant qu'officier en second.

Mais elle commandait un navire de guerre, et les sentiments personnels, la gratitude, si profonds et si mérités soient-ils, devaient impérativement passer au second plan. Aussi s'éclaircit-elle la gorge et répondit-elle d'une voix calme et sans inflexion :

« En effet, monsieur McKeon. » Il accusa le coup, ses épaules se raidirent et elle eut envie de lui tendre une main amicale. Mais elle se retint et demeura assise sans bouger.

Le silence dura, tendu, douloureux, et McKeon se tordait les mains sur les genoux. Elle l'entendait respirer, elle écoutait les battements de son propre pouls et elle attendait toujours. Elle sentait le besoin qu'il éprouvait d'ajouter quelque chose et savait qu'il lui fallait du temps pour le dire ; ce temps, au moins, elle pouvait le lui donner, autant qu'il lui serait nécessaire.

« Je sais, commandant, déclara-t-il enfin. Et... je le regrette. » Un haussement nerveux lui secoua les épaules et il regarda Honor. « Ce n'est pas grand-chose, mais je ne vois rien d'autre à dire. Je vous ai fait faux bond – à vous et au bâtiment tout entier – et je le regrette.

— Pourquoi, McKeon ? » demanda-t-elle doucement. Sa compassion le fit grimacer, mais il comprit la question. L'espace d'un instant, elle crut qu'il allait jaillir de son fauteuil et s'enfuir, mais il n'en fit rien.

« Parce que... » Il déglutit péniblement et parcourut la salle des yeux sans la voir vraiment. « Parce que j'ai laissé mes sentiments personnels prendre le pas sur mon devoir, commandant. » Il fit l'effort de la regarder en prononçant cet aveu et, en cette seconde, leurs âges respectifs semblèrent s'inverser. Le grand officier en second à la carrure puissante parut soudain jeune et vulnérable, malgré ses années d'expérience, les yeux levés vers Honor, implorants, comme s'il la suppliait de le comprendre.

« Quand vous êtes arrivée à bord, vous aviez l'air d'une gamine, reprit-il d'un ton qui dégoulinait de mépris de soi-même. Je savais que vous méritiez votre affectation : il me suffisait de lire votre dossier ! Mais j'en avais tellement envie, de ce commandement ! Je n'avais pas l'ancienneté de grade nécessaire... » Il s'interrompit pour éclater d'un rire sec.

« Je ne l'aurai sans doute jamais. Je suis un besogneux, commandant, un laborieux du genre à ne pas prendre de risques. Mais, bon Dieu, que je le voulais, ce vaisseau ! Plus même que je ne me l'avouais. Et voilà que vous arrivez, cinq ans de moins que moi, avec déjà un commandement hypercapable à votre actif, tout droit sortie du CPT avec le béret blanc auquel j'aspirais tant. »

Il serra les poings entre ses genoux, puis se leva et se mit à marcher de long en large dans la petite salle comme un animal en cage ; il irradiait l'angoisse et la condamnation de soi. Honor avait l'impression de distinguer le brouillard de sa détresse qui se collait à lui comme un poison, mais elle réprima un soudain désir d'interrompre son monologue, de l'arrêter ou de le défendre contre lui-même. C'était impossible ; il avait besoin d'exprimer sa faute... et elle avait besoin qu'il l'exprime, si elle voulait que subsiste un espoir de voir les barrières tomber entre eux.

« Je vous ai haïe. » Il lui tournait le dos et sa voix ne lui parvenait qu'étouffée, répercutée par la paroi devant lui. « J'ai essayé de me persuader du contraire, mais c'était pourtant vrai. Et ça n'allait pas en s'arrangeant ; ça empirait chaque fois que je vous voyais agir comme il fallait : je me rendais compte que j'avais envie que vous vous trompiez afin de justifier ce que je ressentais.

» Ensuite, il y a eu les manœuvres. » Il se retourna, les traits déformés par l'angoisse. « Je savais qu'on vous avait confié un boulot impossible après nous avoir enlevé notre armement, nom de Dieu ! Je le savais – mais au lieu de m'accrocher et de vous aider à vous en tirer quand même, je vous ai laissée porter tout le fardeau parce que, tout au fond, je voulais vous voir échouer. Commandant, je suis officier tactique de formation, et chaque fois qu'un truc allait de travers, chaque fois qu'un de ces foutus Agresseurs nous "détruisait", une voix me disait que j'aurais pu mieux faire. Je savais que ce n'était pas vrai, mais je m'en fichais : c'était ce que je ressentais. J'essayais de faire tout de même mon devoir, mais je n'y arrivais pas. Pas comme je l'aurais dû. » Il s'approcha de la table, s'y appuya des deux mains et se pencha vers Honor.

« Et enfin, ça. » D'une main, il désigna ce qui les entourait. « Le poste de Basilic. » Il ramena sa main sur la table et la regarda. « Je me suis répété que c'était votre faute, que c'était vous qui nous aviez fait reléguer ici, et c'était encore un mensonge. Mais chaque fois que je m'en racontais un, je devais en inventer un autre pour justifier le précédent. C'était donc votre faute, pas la mienne, et tous ces beaux discours selon lesquels nous devions accomplir notre devoir, être à la hauteur de nos responsabilités même si personne d'autre ne s'en était préoccupé... tout ça, c'étaient des conneries, commandant. Des conneries que se racontent les petits morveux idéalistes de l'Académie ; ce n'était pas la réalité. »

Il releva le regard vers Honor.

« Mais ce n'était pas vrai, n'est-ce pas, commandant ? fit-il doucement. Pas pour vous. J'ignore pourquoi Young vous a flanquée dans ce guêpier et ça n'a pas d'importance. Ce qui compte, c'est que vous ne vous êtes pas mise à pleurnicher. Vous, au moins, vous ne vous êtes pas laissée aller ; vous avez serré les dents et... » Il secoua la tête et se redressa.

« Vous nous avez botté le cul, commandant, et, à force de coups de pompe dans le train, vous nous avez obligés à cesser de pleurer sur notre sort et à nous conduire à nouveau comme des officiers de la Reine. Et moi je savais ce que vous étiez en train de faire et pourquoi, et je bouillais de rage, littéralement, parce que, chaque fois que vous agissiez comme il fallait, j'y voyais une preuve supplémentaire que vous méritiez la place que je guignais. »

Il se laissa tomber dans un fauteuil en face d'elle et leva la main dans un geste presque implorant.

« Commandant, vous aviez raison et j'avais tort. Les incidents qui se produisent actuellement dans le système le prouvent, et, si vous voulez me débarquer, je ne vous le reprocherai pas. »

Il se tut enfin, le dos voûté sous le poids de son désespoir, et Honor se pencha.

« Je ne veux pas vous débarquer, capitaine », dit-elle à mi-voix. Il releva la tête en sursaut et elle agita la main.

« C'est exact, vous avez tout laissé retomber sur moi. Je voulais que nous fassions chacun la moitié du chemin – c'était une nécessité – mais vous refusiez. Toute la galaxie était en train de me dégringoler sur le dos et vous restiez les bras ballants, vous ne disiez rien et vous me laissiez tout le boulot. Ah oui, capitaine, il y a eu des jours où je vous aurais volontiers renvoyé dans vos foyers avec un rapport d'efficacité qui vous aurait cloué au sol pour toujours, si je n'avais été autant à court de personnel, si j'avais eu assez d'officiers expérimentés pour vous remplacer par quelqu'un sur qui je puisse compter. Mais... »

Elle laissa le silence s'étirer, puis eut un petit hochement de tête.

« Mais, monsieur McKeon, j'aurais eu tort. » Il battit des paupières, stupéfait, et un mince sourire passa sur les lèvres d'Honor. « Oh, il y a eu des moments où l'envie me démangeait de vous botter le train ou de vous étrangler, ou de vous remonter les bretelles devant toute la passerelle, mais j'ai fini par m'apercevoir que vous faisiez des efforts. J'ignorais quel était le problème, et vous ne faisiez pas votre travail à ma façon, mais au moins vous faisiez des efforts. Je vous ai observé lorsque vous œuvriez avec Rafe à la reprogrammation des sondes, et vous l'avez parfaitement encadré ; je vous ai vu passer du temps avec Panowski, j'ai constaté que vous n'étiez jamais trop occupé pour résoudre les questions qui pouvaient se poser – du moment que je n'y étais pas impliquée. Et j'ai compris quelque chose, monsieur McKeon : quoi que vous soyez par ailleurs, vous n'êtes ni un besogneux ni un laborieux. »

Elle se radossa sans le quitter des yeux.

« Vous avez déconné ; vous nous avez bel et bien laissés tomber, le bâtiment et moi, et ç'aurait pu être une catastrophe pour tout le monde. Mais on déconne tous un jour ou l'autre, monsieur McKeon, et ce n'est pas la fin du monde. »

Le second la regarda un long moment sans rien dire, puis il laissa échapper une longue expiration convulsive et secoua la tête.

« Je ne peux pas... » Il s'interrompit et s'éclaircit la gorge. « C'est justement une des raisons pour lesquelles je redoutais de vous parler : je craignais, si vous saviez ce que je pensais, que vous réagissiez exactement comme vous venez de le faire, dit-il d'une voix rauque. Que vous ne me réduisiez pas en purée, que vous ne me crachiez pas à la figure. Et ça... ça me flanquait une trouille bleue ; ç'aurait été la preuve ultime que vous méritiez bien le commandement – et pas moi. Vous comprenez ce que je veux dire, commandant ? »

Honor acquiesça et il hocha la tête.

« C'était idiot, non ? Je ne considère pas des gamins tels Cardones ou Tremaine comme de lamentables ratés quand ils font une erreur ou avouent leurs difficultés. Mais moi, je ne pouvais pas l'avouer. Pas à vous.

— Ce n'était pas idiot, monsieur McKeon : seulement très humain.

— Peut-être », répondit McKeon dans un souffle, et il se plongea dans la contemplation de ses mains. Honor ne dit rien le temps de quelques battements de cœur, puis s'éclaircit la gorge à son tour.

« Mais le passé, quel qu'il ait été, c'est le passé, fit-elle d'un ton plus enjoué. N'est-ce pas, monsieur McKeon ?

— Oui, commandant. » Le second se redressa dans son fauteuil et hocha la tête avec une vivacité renaissante. « Oui, commandant, vous avez raison.

— Tant mieux. » Honor se leva et lui sourit par-dessus la table. « Parce que, dans ce cas, monsieur l'officier en second, je vous préviens : la prochaine fois que vous me donnez l'impression de vous laisser aller, je vous propulse jusqu'au Centre de contrôle de Basilic à grands coups de pied au cul ! Est-ce clair, monsieur McKeon ?

— Oui, commandant. » Il se leva à son tour avec un sourire radieux qui paraissait anormal et déplacé sur un visage qu'elle avait toujours connu compassé, mais qui pourtant semblait aussi tout à fait naturel.

« Tant mieux », répéta Honor d'un ton plus calme. Elle eut une infime hésitation, puis elle tendit la main par-dessus la table. « Dans ces conditions, capitaine McKeon, bienvenue à bord. Ça fait plaisir de vous retrouver.

— Merci. » Il prit sa main et la serra fermement. « Moi aussi, ça me fait plaisir de me retrouver... pacha. »

Chapitre vingt-deux

Dehors, de gros flocons de neige tombaient, silencieux spectres plumeux dans le calme de la nuit subarctique. Hamish Alexander les regardait à travers un solide double vitrage de plastique en savourant la douce chaleur du feu dans son dos. Son bureau se trouvait dans la partie la plus ancienne de Havre-Blanc, le manoir du vaste clan Hamish, et les murs de roche vive faisaient plus de deux mètres d'épaisseur. Au contraire de certaines matières premières, la roche ne manquait pas lors de la construction de la demeure et, avec une jouée suffisante, elle égalait en efficacité les isolants extraplanétaires.

Il revint auprès de l'énorme cheminée, y ajouta une bûche puis se servit du tisonnier pour bien placer le morceau de bois d'if indigène (qui n'avait en réalité qu'une lointaine ressemblance avec son homonyme terrien) sur le lit de braises, enfin se redressa et rangea l'ustensile sur la servante tout en jetant un nouveau coup d'œil à la pendule murale. Il était comp douze, c'est-à-dire qu'était bien entamée l'« heure » compensatrice de vingt-sept minutes, située après minuit, qui régularisait la journée de vingt-deux heures et quarante-cinq minutes de Manticore afin de permettre l'emploi des unités de temps du système de calcul standard, et Alexander leva de nouveau les sourcils. Même en tenant compte de la différence de fuseau horaire, son frère n'avait pas pour habitude de l'appeler si tard – encore moins de spécifier à l'avance l'heure exacte de son appel.

Le terminal com de son bureau sonna comme pour ponctuer ses réflexions, et il se dépêcha d'aller répondre. Il s'installa dans le vaste fauteuil rembourré que son arrière-grand-père avait commandé aux artisans du système de Santal plus d'un siècle T plus tôt et accepta la communication.

Le visage de son frère cadet apparut sur l'écran.

« Salut, Hamish, fit l'Honorable William MacLeish Alexander.

— Salut, Willie. » Alexander inclina son dossier en arrière et croisa les jambes. « Qu'est-ce qui me vaut le plaisir ?

— Ton capitaine Harrington, répondit William en entrant dans le vif du sujet encore plus vite que d'habitude.

— *Mon* capitaine Harrington ? » Alexander haussa les sourcils et William lui fit un sourire espiègle.

« Ne prends pas cet air étonné avec moi, Hamish ! Tu t'es assez méchamment réjoui de ses initiatives.

— "Méchamment" est excessif, protesta Alexander sans pouvoir s'empêcher de sourire. Cependant, il est possible que j'aie parlé une fois ou deux de ses succès, en effet.

— Et, en général, en enfonçant vigoureusement le clou quand il y avait un libéral ou un progressiste dans le coin, fit William.

— C'est de famille. Mais que voulais-tu me dire à son sujet ?

— Eh bien, je joue plus ou moins le rôle d'une espèce d'émissaire pour mon estimé Premier ministre. » William avait gardé un ton badin, mais il y avait de la gravité dans son expression. « Savais-tu que Klaus Hauptman est allé la voir en personne pour l'obliger à faire machine arrière ?

— Non. » Alexander ne chercha pas à cacher son dégoût. « Pourtant, j'aurais dû le prévoir. J'imagine qu'il n'est arrivé à rien ?

— En effet – mais j'aimerais savoir comment tu peux en être aussi sûr.

— Si Harrington était du genre à lâcher pied, ce serait déjà fait ; et puis je jette régulièrement un coup d'œil aux rapports de Jim Webster : elle n'arriverait pas à faire ce qu'elle fait ni à semer un tel foutoir si elle n'était pas intelligente et si elle n'avait pas conçu toute l'opération à l'avance ; par conséquent, elle avait dû prévoir les réactions qu'elle susciterait avant même de décider de poser le pied sur la mine.

— L'expression est appropriée, acquiesça William, soudain très sérieux, parce que, si elle avait flanché, c'est plus que sa carrière qui aurait pu être réduite en miettes. »

Alexander se tut, mais son frère haussa les épaules en réponse à sa question muette.

« Avant de partir pour Basilic, Hauptman a tiré toutes les ficelles à sa disposition dans Arrivée. Il n'a pas obtenu grand-chose du duc, mais Janacek lui a prêté une oreille attentive ; et il a fait jouer ses relations avec la comtesse Marisa et chez les "Hommes Nouveaux" de Sheridan Wallace. Je crois que nous avons sous-estimé ses contributions aux caisses de certains partis, y compris les Hommes Nouveaux ; en tout cas, il est plus solidement implanté chez les libéraux que nous ne le pensions. Marisa ne peut rien céder – officiellement – sans rompre avec le gouvernement et perdre son poste de ministre des Affaires médusiennes ; elle en est loin, mais il est évident qu'on leur a soufflé, à Wallace et elle, de dénigrer la façon dont la Flotte s'occupe du poste de Basilic. Si Harrington avait cané à ce moment-là, ils auraient pu soutenir que la Flotte, en sa personne, avait lamentablement pataugé avant, premièrement, de faire du Royaume la risée de la galaxie en déclenchant des incidents interstellaires avec nos voisins, et, deuxièmement, de faire la preuve de son indécision en refusant de faire face à ses responsabilités sous la pression. »

Alexander émit un grognement méprisant et un sourire sinistre apparut sur les lèvres de son frère. « Naturellement, ç'aurait été du flan de bout en bout. Ils ne se sont jamais plaints de la situation à Basilic jusqu'ici, et faire grief à Harrington d'en revenir au *statu quo ante* tout en lui reprochant d'avoir bouleversé ce même statu quo serait aussi stupide qu'illogique. D'un autre côté, les libéraux n'ont jamais brillé par la logique avec laquelle ils traitent la question de Basilic. Et, en parlant assez vite et assez fort, ils pourraient probablement semer le doute, surtout dans l'esprit des pairs et des membres du Parlement non engagés, pour qui tout recul de la part d'Harrington serait un accroc au prestige du Royaume, suffisamment, en tout cas, pour remettre à l'ordre du jour une motion visant à annuler l'annexion.

— Pour ce que ça leur servirait... grogna Alexander.

— Ça dépend de la façon dont ils s'y prendraient, Hamish, rétorqua William, et des appuis qu'ils recevraient. Par exemple, il semble que Haute-Crête soit prêt à soutenir au moins leurs premières approches.

— Haute-Crête s'aboucherait avec Marisa et Wallace ? C'est nouveau !

— Et ça n'annonce rien de bon quant à la poursuite du soutien de l'Association conservatrice au duc. Je suppose que ce sont surtout Janacek et Nord-Aven les responsables ; chaque jour, Harrington noircit un peu plus l'image de ce crétin de Young – et, par contrecoup, celle de Janacek. Mais l'important, c'est que tous les partis de l'opposition ont rameuté leur ban et leur arrière-ban en vue d'une action d'éclat une fois que Hauptman aurait forcé Harrington à battre en retraite, et c'est Wallace qui devait se charger de la besogne. Il est allé jusqu'à inscrire son nom suivi de “la situation du poste de Basilic” sur la liste des Questions officielles du mois prochain.

— Oh là là ! » Alexander secoua la tête avec un petit sourire. La liste des Questions officielles donnait la possibilité à l'opposition d'obliger le gouvernement à permettre la discussion publique (et généralement partisane) d'affaires qu'il aurait préféré passer sous silence. Le Premier ministre pouvait refuser une de ces Questions seulement s'il attestait, avec l'appui de la Couronne et du président du Tribunal du Banc de la reine, qu'y répondre mettrait en danger la sécurité du Royaume ; et, même dans ce cas, le gouvernement ne pouvait interdire à certains membres du Parlement de débattre de la question en séance secrète. Ce système faisait de la liste une arme potentiellement très efficace, mais c'était une arme à deux tranchants qu'il fallait employer au bon moment, ce qui n'était pas le cas dans l'affaire de Basilic ; selon la tradition non écrite de Manticore, une fois sur la liste, une question ne pouvait plus être retirée, même par son auteur.

« Très maladroit, murmura Alexander d'un air songeur.

— Tu peux le dire. Comme Wallace ne peut plus reculer, Harrington nous fournit le parfait bélier pour débarrasser l'Acte d'annexion original de tous ses amendements. Mais c'est valable uniquement si elle est encore commandant du poste quand la Question sera posée.

— Ma foi, je sais que Jim n'a aucune intention de la relever, et que Janacek en est incapable si Jim et Lucien Cortez ne mollissent pas. Et ça m'étonnerait de leur part.

— Et si Young retourne au poste ?

— Ah, ça, reconnut Alexander, c'est plus délicat. Jim et Lucien ne peuvent pas plus l'empêcher de repartir que Janacek relever Harrington, sauf s'ils tiennent à déclarer franchement la guerre aux conservateurs ; et, si l'on en vient à une confrontation ouverte avec le Premier Lord, ils perdront. Ils doivent perdre, sans quoi c'est le principe même du contrôle de l'armée par les civils qui passe à la trappe.

— C'est ce que je craignais. » William poussa un soupir. « Nos espions infiltrés dans le camp ennemi ont l'impression que Haute-Crête fait pression sur Nord-Aven pour qu'il "suggère" à son fils de ravaler sa fierté et de repartir, sans son bâtiment s'il le faut.

— Marchera pas, fit Alexander, catégorique. Dans un sens, il n'était commandant de Basilic que parce que son navire y était affecté ; or il est rentré à son bord.

— Comment ça ? » William avait l'air intrigué et son frère eut un sourire sarcastique.

« C'est un des vieux problèmes de ce poste, Willie. Officiellement, vois-tu, il n'y a pas de "poste de Basilic" à commander – au sens où il existe un territoire manticorien ou un territoire griffonnien de la Flotte – grâce à l'Acte d'annexion et à la politique même de Janacek. Ça veut dire que le commandant du poste n'est pas dans la même position que, disons, un chef d'escadre ; dans le cas d'une escadre, d'une station ou d'un territoire officiel, l'officier commandant est responsable de toutes les opérations dans sa zone désignée et de tous les bâtiments qui y sont assignés. Mais avec le méli-mélo qui règne actuellement à Basilic, où il ne se trouve aucune zone de commandement officiellement désignée, la responsabilité première de Young était d'agir en tant que capitaine de son croiseur lourd ; c'est seulement parce qu'il était le plus haut gradé sur place de la Flotte qu'il était commandant du poste. Ou, pour décrire la situation autrement, le *Sorcier* constitue sa "zone de commandement désignée", et son autorité outre sa coque se restreint à la localisation physique de son bâtiment et varie donc au gré des circonstances. Ah, s'il s'était détaché lui-même à bord de l'*Intrépide*, l'Amirauté n'aurait soulevé aucune objection ; c'est d'ailleurs ce qu'il aurait dû faire. Mais quand il a officiellement "délégué" la fonction de commandant à Harrington en faisant quitter le poste à son navire, il a renoncé – unilatéralement – à toute responsabilité et à toute autorité envers Basilic jusqu'à l'achèvement de son radoub. Techniquement, il ne peut pas repartir sans le *Sorcier*, sans quoi il est coupable d'abandon de poste, à moins que Lucien ne lui donne des ordres dans ce sens ; mais je ne vois pas Lucien agir ainsi, alors que j'imagine très bien Jim se montrant extrêmement tatillon sur le règlement si Young décide tout à coup de reprendre son commandement sans le *Sorcier*.

— Mais dans combien de temps le *Sorcier* va-t-il sortir de réarmement ? demanda Willie d'un ton inquiet. Young peut-il être de retour à Basilic avec son navire avant que la Question de Wallace ne soit posée ?

— C'est possible. » Alexander s'adossa dans son fauteuil et tambourina du bout des doigts des deux mains sur son buvard. Il réfléchit quelques secondes, puis secoua la tête. « C'est même très possible.

— D'accord. » William prit une grande inspiration. « Tu comprendras naturellement que tout ceci doit rester tout à fait officieux, Hamish. » Alexander hocha la tête ; il avait déjà deviné la suite. « Le duc m'a prié de te transmettre le message suivant : le gouvernement de Sa Majesté apprécierait que Lord Pavel Young ne regagne pas le poste de Basilic avant un mois.

— Je comprends, Willie. » Alexander regarda un moment son frère sans rien dire, puis il haussa les épaules. « Je verrai ce que je peux faire – officieusement, bien entendu.

— Merci, Hamish. Nous t'en sommes reconnaissants.

— Pour une bonne cause, je suis prêt à tout. À plus tard, Willie. »

Son frère le salua de la tête et Alexander coupa le circuit. Il demeura songeur un instant, puis tapa un numéro à brouillage automatique sur le com ; sur l'écran apparut un message : VEUILLEZ PATIENTER, qui s'effaça bientôt pour laisser place à l'image de James Webster, les cheveux ébouriffés, visiblement tiré du lit.

« Qui... Ah, sacré nom de Dieu, Hamish ! Tu ne peux pas laisser dormir les gens qui travaillent ?

— Je regrette. Je viens de parler au com à Willie et il a un petit boulot à nous confier. » Et Alexander rapporta sa conversation en quelques phrases brèves ; à mesure que les derniers lambeaux de sommeil l'abandonnaient, Webster ouvrait des yeux de plus en plus grands.

« Ce sera tout ? demanda-t-il avec ironie quand Alexander en eut terminé.

— Rien de plus que ce que nous voulons nous-mêmes. Je crois que c'est l'occasion idéale de surprendre l'opposition la culotte baissée, Jim. D'après ce que Willie a pu me dire dans le passé, une nette majorité de Lords sont assez impressionnés par les exploits d'Harrington pour soutenir le gouvernement, et nous disposons déjà d'une solide majorité aux Communes ; si Wallace est obligé de poser sa Question alors qu'elle est encore commandant en charge du poste, le gouvernement pourra répondre en prenant appui sur ses résultats plutôt que sur ceux de Young et la présenter sous des traits qui sont d'ailleurs les siens : ceux d'un officier qui sait où il va et qui – grande première à Basilic depuis vingt ans – endosse complètement les responsabilités de la Flotte ; de là, il sera possible d'affirmer qu'il est indispensable de veiller à ce que tous les commandants soient en position d'agir de même à l'avenir. Si ça marche, on pourra faire de Basilic un poste qui fonctionne au lieu du cauchemar bancal qu'il est actuellement. Harrington nous a bien rendu service ; à nous maintenant de faire en sorte que Young reste sur Manticore et la laisse tranquille encore un moment.

— Hamish, je suis le premier à reconnaître que je rêve depuis longtemps d'une occasion pareille, mais comment proposes-tu de réussir ce coup-là ? Je peux te garantir que Lucien ne donnera pas la permission à Young d'abandonner son bâtiment et que je ne le laisserai pas repartir sans lui, mais le *Sorcier* doit être tout près d'avoir achevé son radoub.

— Je sais. Mais n'oublie pas, Jim, que même les meilleures équipes de réarmement peuvent prendre du retard parfois.

— À mon avis, il vaut mieux que le Premier Lord des Forces spatiales ne soit pas mis au courant.

— Eh bien, ne lui dis rien. » Un sourire gamin illumina soudain le visage d'Alexander. « Ne me fais pas croire que tu n'omets pas quelquefois de signaler certains détails à ton personnage officiel !

— C'est arrivé de temps en temps, reconnut Webster. Alors, qu'est-ce que je vais me cacher cette fois ?

— Je vais monter tenir une petite conversation avec Craig, je pense. Puis-je lui glisser à l'oreille que j'ai ta bénédiction... officieuse, bien entendu ?

— Officieuse mais fervente.

— Parfait. Merci, Jim ; désolé de t'avoir tiré du lit.

— Ne t'inquiète pas de ça ; occupe-toi de faire du bon boulot avec Craig.

— Oh, sois tranquille, fit Alexander avec un sourire. Sois tranquille. »

Le vice-amiral des rouges, Sir Craig Warner, commandant de la station spatiale de Sa Majesté l'*Héphaïstos*, prit sur son emploi du temps pour accueillir personnellement le yacht privé. Il y avait longtemps, bien plus qu'il n'aimait à se le rappeler, un très jeune capitaine Warner s'était trouvé embarqué dans un duel à propos d'une insulte faite sous l'empire de la boisson à la réputation d'une dame ;

son supérieur de l'époque, un aristocrate d'excellente naissance, désapprouvait fermement la pratique du duel mais, une fois mis au courant des circonstances et du caractère hautement coloré de l'insulte, il avait stupéfié le capitaine Warner en se proposant comme témoin. La dame en question était aujourd'hui l'épouse du vice-amiral Warner et la mère de ses quatre enfants, et l'officier supérieur de l'époque un ami très proche – et parrain du fils aîné de Warner. Aussi, quand Hamish Alexander demandait quelques heures de son temps, il n'était que trop heureux de l'obliger.

Le yacht acheva ses manœuvres d'accostage et Warner s'approcha du tube d'accès pour accueillir son visiteur. Il s'agissait d'une rencontre officieuse et Alexander était en costume civil – il ne touchait plus qu'une demi-solde depuis l'arrivée de Sir Edward Janacek à la tête de l'Amirauté –, si bien qu'on pouvait se dispenser des salamalecs.

« Ça fait plaisir de te revoir, Craig, dit Alexander en lui serrant vigoureusement la main. Prêt pour une véritable affectation en espace profond ?

— Les plantons et les soudeurs servent aussi, répliqua Warner d'un ton solennel. D'un autre côté, j'ai entendu parler d'une escadre de combat qui aurait besoin d'un bon officier général.

— Ah ? fit Alexander avec un grand sourire. Quand ça ?

— Je dois encore tirer sept mois ici, malheureusement. ConstNav m'apprécie plus que je ne le voudrais.

— C'est à cause de ta redoutable efficacité, le taquina Alexander tandis qu'ils se dirigeaient vers les capsules de transport.

— Exact, tout à fait exact... Mais que puis-je pour toi, Hamish ? Tu veux visiter mon petit atelier ?

— Plus tard peut-être. Sûrement, même ; mais d'abord j'ai besoin que tu me prêtes l'oreille quelques minutes en privé. »

Warner lança un coup d'œil acéré à son supérieur, puis haussa les épaules et l'invita à prendre place dans la capsule.

« Dans ce cas, allons dans mon bureau », dit-il tout en enfonçant des touches, et Alexander acquiesça de la tête.

L'appareil les déposa dans un terminal à moins de cinquante mètres du bureau en question et les deux amiraux s'engagèrent dans le couloir en bavardant aimablement de la pluie et du beau temps. L'aide de camp et le sous-officier chargé de l'administration de Warner attendaient leur supérieur, mais il les fit sortir du bureau et ferma la porte derrière eux ; puis il indiqua un fauteuil à Alexander, prépara deux verres et s'assit derrière son bureau.

« Et maintenant, dit-il, quel est le but de cette "visite officieuse", Hamish ?

— C'est à propos du poste de Basilic, répondit Alexander, et Warner, surpris, battit des paupières. Plus précisément, à propos de la possibilité d'y avoir enfin les coudées franches. Ça t'intéresse ?

— Beaucoup. Mais qu'est-ce que j'ai à y voir ?

— Eh bien, Craig, voilà... » Alexander s'installa confortablement, croisa les jambes et répéta la conversation qu'il avait eue avec son frère. Warner l'écouta attentivement, hocha la tête à chaque point important puis inclina son propre fauteuil en arrière.

« Ainsi, l'amiral Webster et toi voulez que je fasse mariner Young ? dit-il quand Alexander en eut terminé.

— Plus ou moins – et tout à fait officieusement. Qu'en penses-tu ? Tu peux nous arranger ça ?

— Je n'en sais rien, Hamish. » Warner se tirailla la lèvre inférieure, pensif, les sourcils froncés, puis il haussa les épaules. « Le hic, c'est que, je l'avoue, je fais traîner les choses depuis que j'ai appris à quoi joue Harrington, rien que pour voir trépigner ce petit peigne-cul ; il n'a pas obtenu les travaux prioritaires auxquels il estime avoir droit et il passe ici se plaindre tous les deux jours.

— Ça veut dire que tu as déjà employé tous les trucs possibles ?

— Voire... » Warner se replongea un moment dans ses réflexions puis se tourna vers son terminal et appela les dossiers des réparations effectuées sur le HMS *Sorcier*. Il étudia les données, le front plissé, et fit défiler les pages en sifflotant entre ses dents tandis qu'Alexander rongeait son frein.

« Tiens, tiens ! murmura Warner au bout de plusieurs minutes. Ça, c'est intéressant.

— Quoi donc ?

— À l'arrivée du *Sorcier*, Young voulait une révision complète de ses syntonisateurs Warshawski avant ; il l'a même exigée haut et fort mais, comme tu le sais, ConstNav – c'est-à-dire moi en l'occurrence – doit donner son accord pour des travaux de cette importance. » Il se tourna vers Alexander avec un sourire torve, et celui-ci le lui rendit avec un regard où s'était soudain allumée une lueur d'espoir.

« Et quelle a été votre réponse, amiral Warner ?

— Je ne lui en ai pas fourni, amiral Alexander. D'après ce que je lis ici, il lui reste encore huit ou dix mois d'hypertemps à tirer sur ses syntonisateurs actuels avant qu'il approche seulement de la limite de remplacement obligatoire. J'ai refusé de lui donner ma réponse rien que pour le faire endêver, ce morveux prétentieux, mais, de toute manière, en temps normal, je n'autoriserais pas ces travaux alors que ses composants ont encore une telle durée de vie.

— Et en la circonstance ?

— Ma foi, n'écoutant que mon bon cœur, il n'est pas impossible que je donne le feu vert pour la révision, dit Warner, généreux.

— Excellent ! Mais tu crois qu'il va mordre à l'hameçon ? Il me semblait, d'après ce que tu m'as raconté, qu'il essayait de te faire activer, au contraire.

— En effet. Et je suis presque sûr qu'il ne me remerciera pas si je lui propose l'affaire de but en blanc. Mais il y a moyen de se débrouiller.

— Par exemple... ?

— Voyons... » Warner éteignit son terminal et fit face à son ami. « À mon avis, il faudrait commencer par n'annoncer la bonne nouvelle qu'à la fin du quart en cours. Young passe une bonne partie de son temps sur la planète, dans les boîtes de nuit, tandis que le capitaine Tankersley, son second, se tape tout le boulot – ce n'est pas le grand amour entre eux, à propos – et, pendant qu'il fait la tournée des bars, il laisse son lien com à bord et c'est son service de messagerie qui gère les appels. Donc, si on attend qu'il soit parti en virée pour autoriser les travaux, nous aurons un quart et demi, dix heures minimum, pour bien entamer le boulot avant son retour. Normalement, ses voiles Warshawski devraient être éparpillées dans tout le bassin avant qu'il soit au courant de quoi que ce soit.

— Mais Tankersley ne va pas flairer un coup foireux et le prévenir ?

— Je te l'ai dit, ce n'est pas le grand amour entre eux. Tankersley est un type bien ; selon moi, il n'a pas dû apprécier que Young fasse un coup en vache à Harrington, et, en plus, on n'est pas second d'un type comme Young sans s'apercevoir bientôt que c'est une nullité. Dans ces conditions, ça m'étonnerait que Young lui ait fait part de ses véritables motivations, si bien que Tankersley a toute la marge voulue pour jouer les officiers en second sérieux mais mal informés ; il appellera sûrement Young, mais il se contentera sans doute de lui laisser un mot sur sa messagerie – et sans lui affecter de priorité particulière. » Warner tapota un moment son bureau du bout des doigts, puis hocha la tête. « Ça ne peut pas faire de mal de nous en assurer quand même. Mon aide de camp n'est pas seulement jolie ; c'est aussi une jeune fille très intelligente et elle passe une partie de son temps libre avec Tankersley. C'est une des raisons qui me font penser que c'est un gars bien ; sinon, Cindy ne perdrait pas son temps avec lui. Ça ira, si je lui demande de signaler à Tankersley que je lui serais reconnaissant de rester vague dans le prochain rapport qu'il remettra à Young sur l'avancement des travaux ?

— Attention : pas question de nommer Jim ni le gouvernement, fit Alexander. Si tu te trompes sur son compte, c'est sur toi que ça retombera.

— Je ne crois pas me tromper et je suis tout à fait prêt à prendre le risque. Et puis qu'est-ce que j'ai à foutre d'une escadre de combat ? De toute manière, Carol aimerait bien me voir poser mon sac sur la planète pour de bon. »

Il parlait d'un ton badin, mais tous deux savaient possible voire probable qu'il perde sa prochaine affectation et la moitié de sa solde si l'affaire s'ébruitait. Leurs regards se croisèrent un instant, puis Warner sourit.

« Ne te prends pas la tête, Hamish. J'y arriverai ; et, une fois ouverte la coque avant du *Sorcier*, je te garantis qu'il ne quittera pas le chantier avant sept semaines bien pesées. Ça suffira ?

— Ça suffira, répondit Alexander. Et merci.

— De rien. Je n'ai jamais pu sentir son père non plus. Et Carol va être aux anges en apprenant cette histoire ; Nord-Aven lui courait après avant notre mariage, tu sais.

— Non, je ne le savais pas. Je me demandais pourquoi tu avais une telle dent contre son fils.

— Bah, cette vieille affaire n'a rien à y voir. Enfin, pas trop. Ce petit faux jeton déshonore l'uniforme. »

Warner passa un instant ses plans en revue, puis il hocha la tête et se leva.

« Eh bien, parfait, dit-il avec une satisfaction non dissimulée. Et maintenant, en attendant que je mette mes infâmes projets à exécution, que dirais-tu d'effectuer la visite que je te proposais ? Ensuite, on pourra finir par un dîner au mess des officiers généraux avant que tu rentres chez toi.

— Ça me va », répondit Alexander, et les deux amiraux se dirigèrent vers la porte. « À propos, comment vont tes enfants ? demanda-t-il en sortant. J'ai vu Carol la semaine dernière, mais nous n'avons pas eu le temps de parler.

— Oh, ils vont bien. Sandra vient de passer capitaine de frégate et on dirait bien que Bob va entrer à l'Académie en avance ; quant à Keith et Fred, ils poursuivent encore leurs études, naturellement, et ni l'un ni l'autre n'a l'air attiré par la Flotte, mais... »

Ils s'éloignèrent dans le couloir en devisant gaiement.

Chapitre vingt-trois

Parmi toutes les planètes qu'elle avait vues, Méduse offrait encore le plus triste spectacle, songeait Honor, plongée dans ses réflexions devant l'affichage visuel principal, mais il semblait que les apparences puissent être trompeuses ; elle se rappela un texte qu'elle avait lu autrefois, une ancienne malédiction de la Vieille Terre sur le fait de vivre « une époque intéressante ». Elle en comprenait bien mieux le sens aujourd'hui.

Elle réprima un soupir, se dirigea vers son fauteuil et s'y assit sans reprendre officiellement le quart à McKeon, l'esprit occupé.

Deux jours s'étaient écoulés depuis la visite de Hauptman ; deux jours entiers sans nouvelle catastrophe, et l'attente de la tuile suffisait presque à lui donner la chair de poule. Il y avait tout de même eu des suites « intéressantes », parmi lesquelles la description au vitriol que dame Estelle avait donnée de son entrevue avec le courrier de la comtesse Marisa. Jamais Honor n'aurait imaginé le commissaire résident aux manières si courtoises et composées capable de se mettre dans une rage aussi violente ; dame Estelle avait l'air prête à mordre le mobilier, et Honor, à mesure qu'elle l'avait écoutée, en avait de mieux en mieux compris la raison.

Apparemment, la comtesse de la Nouvelle-Kiev réagissait aux pressions de la communauté financière et, semblait-il, surtout à celles du cartel Hauptman ; d'après les remarques de dame Estelle, Honor commençait à soupçonner les grands cartels marchands de Manticore d'avoir davantage contribué au financement du Parti libéral qu'elle ne l'avait cru. L'idée d'une alliance entre les avocats parlementaires des dépenses sociales accrues et les capitaines d'industrie paraissait un peu curieuse à Honor, mais quelque chose leur donnait certainement une énorme influence sur l'opposition, car la comtesse Marisa avait décidé de serrer la vis à dame Estelle pour les apaiser.

Honor avait été sidérée d'apprendre qu'on avait ordonné en termes clairs à la comtesse de ne pas s'occuper des activités de la Flotte au poste de Basilic. Ç'avait dû être un rude coup pour elle, songea Honor avec un plaisir dissimulé, tout en se sentant renforcée dans sa conviction que quelqu'un de haut placé approuvait son attitude. C'était aussi, se dit-elle, la première fois depuis l'annexion de Basilic qu'on signifiait – assez brutalement, si elle avait bien compris – au ministre des Affaires médusiennes que son champ d'intervention s'arrêtait à l'atmosphère de la planète. C'était une façon d'affirmer l'autorité et la responsabilité de la Flotte, bien que, étant donné la qualité des officiers et des bâtiments qu'on assignait au poste de Basilic, Honor doutât que cette affirmation eût beaucoup d'effet à long terme.

Mais, pour l'instant, elle en avait, et cela ne plaisait pas du tout à la comtesse Marisa, d'autant qu'apparemment son influence dans son propre domaine planétaire en avait pris un coup.

Honor n'avait pas réussi à déchiffrer clairement le sens de la lueur qui s'était allumée dans l'œil du commissaire une fois qu'elle eut fini de tempêter et commencé de spéculer sur la situation politique à Manticore, mais, naturellement, Honor n'était guère informée des manigances au sein du Parlement ; elle préférait de loin la Flotte, où la chaîne de commandement était en général limpide, en dépit des batailles que se livraient les factions et les groupements d'influence. En revanche, dame Estelle semblait connaître par cœur les règles de ce jeu sophistiqué, et elle paraissait convaincue qu'il se tramait un complot profond, complexe et de vastes proportions... et qui n'annonçait rien de bon pour la comtesse Marisa.

Honor parvenait à suivre une partie de son raisonnement car, comme dame Estelle l'avait souligné, la comtesse, membre des plus hautes sphères de l'opposition, ne devait qu'à la coutume le poste qu'elle occupait : le ministère des Affaires médusiennes revenait traditionnellement au Parti libéral, dans une sorte de geste de compensation, vestige de la tortueuse bataille parlementaire qui avait eu lieu lors de l'annexion. Cependant, elle ne pouvait s'écarter de la ligne gouvernementale que dans certaines limites et elle les avait apparemment franchies, car son messager s'était présenté chez dame Estelle avec des « suggestions » et non des directives.

Le commissaire n'en avait tenu aucun compte et, autant qu'Honor pût les décrypter, elles semblaient se résumer à des variations autour d'un même thème : dame Estelle ne devait pas oublier le poids commercial des grandes maisons marchandes dans le Royaume, elle devait s'efforcer d'adopter un ton « plus conciliant » lorsqu'elle traitait avec elles, et « intervenir afin de trouver le juste milieu » entre « l'application excessivement rigoureuse par la Flotte » des règlements et « l'inquiétude légitime des cartels devant une modification soudaine et brutale de la façon de faire respecter ces mêmes règlements ». Surtout, elle devait « ne pas oublier la nature transitoire de nos fonctions de surveillance sur Méduse » et éviter tout geste qui risquerait d'éveiller la colère des indigènes ou de ceux qui négocieraient un jour avec eux en égaux. Et, naturellement, elle devait « s'efforcer de modérer » la manière peut-être un peu trop zélée avec laquelle le commandant actuel du poste semblait user de son autorité sur le reste du système planétaire.

Aux oreilles d'Honor, le message avait sonné comme le plus bel exemple de tentative de contrainte enrobée de formules patelines à double sens qu'elle eût jamais entendu ; de plus, il était très mal tombé : dame Estelle était dans son bureau depuis dix minutes à peine, retour d'une visite à l'hôpital de l'enceinte gouvernementale où les plus grièvement touchés des soldats de l'API venaient de mourir, quand le courrier de la comtesse Marisa s'était présenté.

Sans mâcher ses mots, elle avait dit au malheureux ce qu'elle pensait de son message puis l'avait chargé de transmettre ses déclarations à son envoyeur, avec un rapport détaillé sur la nature et la gravité des atteintes nouvellement découvertes aux lois du protectorat médusien de Sa Majesté. Ce rapport, avait-elle dit à Honor avec un plaisir sinistre, se concluait sur une observation de sa part : la mise au jour de ces infractions n'avait été rendue possible que grâce aux « efforts dévoués, professionnels, constants et remarquablement efficaces, tant par eux-mêmes qu'en association avec l'API » (c'était une citation textuelle) du capitaine Honor Harrington et de l'équipage du HMS *Intrépide*. Étant donné les circonstances, avait ajouté dame Estelle, elle n'avait aucune intention d'essayer de modérer les façons d'agir du capitaine Harrington et elle s'efforcerait tout au contraire de les appuyer et de les encourager par tous les moyens. Et, si le gouvernement de Sa Majesté désapprouvait son attitude, elle lui ferait naturellement parvenir sa démission.

Que son offre de démission n'ait pas été relevée semblait, aux yeux de dame Estelle, conforter sa conclusion que la comtesse avait des ennuis sur Manticore. Honor n'en était pas aussi convaincue mais, en rapprochant cette hypothèse du soutien inattendu qu'elle avait reçu de ses supérieurs, elle devait admettre que le commissaire n'avait peut-être pas tort.

Le hic, évidemment, c'était que ce soutien risquait de s'évanouir si dame Estelle et elle-même n'arrivaient pas à aller jusqu'au bout de l'enquête et à mettre la main sur les criminels responsables de l'introduction du labo (et, presque à coup sûr, des nouvelles armes aussi), ou bien à prouver qu'il avait été mis un terme définitif à leurs activités. Et la triste vérité, c'est qu'elles n'étaient arrivées à rien depuis que Hauptman et le courrier étaient repartis pour Manticore en empruntant le terminus de Basilic.

Honor inclina son fauteuil en arrière, croisa les jambes et posa le menton sur ses doigts joints, tandis que Nimitz dormait sur son dossier, puis s'efforça d'imaginer ce qu'elle aurait pu faire de plus. Ou ce qu'elle pourrait encore faire.

La piste de la dérivation du collecteur d'énergie ne menait nulle part, elle en était presque certaine. Certes, l'appareillage avait sans doute été mis en place dès la fabrication du collecteur dans les usines Hauptman, mais, en dépit de la farouche contre-attaque de McKeon sur le magnat et des enquêtes qui avaient sûrement lieu sur Manticore, on ne pourrait probablement jamais prouver comment. Si c'était un membre haut placé du cartel qui l'avait ordonné, les traces écrites possibles avaient dû être détruites depuis belle lurette, et si quelqu'un avait installé l'appareil subrepticement, pendant le montage des composants préfabriqués du collecteur à Basilic, il pouvait s'agir d'une ou deux personnes parmi les équipes qui avaient participé au projet. Dans les deux cas, les chances de découvrir l'auteur étaient astronomiquement faibles.

Mais dame Estelle avait raison sur un point : le fait de se brancher sur le propre collecteur du gouvernement traduisait une assurance et une présomption qui contrastaient très curieusement avec le soin méticuleux qu'on avait pris pour dissimuler le labo lui-même.

Il n'était pas indispensable de se brancher sur ce collecteur en particulier ; même si ces gens n'avaient pas voulu employer leur propre collecteur, une usine géothermique ou même une simple génératrice hydraulique installée sur les sources volcaniques à deux kilomètres du labo auraient fourni toute l'énergie nécessaire, qu'on aurait pu convoyer par des fils, sans les risques que représentent des récepteurs et des relais à faisceau. D'un côté, ils mettaient un soin obsessionnel à cacher l'existence de leur labo, mais de l'autre ils prenaient des risques parfaitement inutiles, comme s'ils voulaient afficher leur culot en volant l'énergie de leurs ennemis.

Et, songea Honor, lugubre, il se pourrait même qu'il y ait un troisième larron, étant donné la façon dont le labo avait été anéanti ; c'était un geste d'une stupidité sans borne de la part d'une organisation illégale : l'API n'aurait désormais de cesse qu'elle n'ait trouvé les coupables. On aurait presque dit une provocation délibérée conçue par un esprit malveillant pour déclencher la réaction la plus violente possible chez les autorités.

Le problème, c'est que rien de tout ça n'était logique. Non seulement ces salopards semblaient orienter leur opération dans une dizaine de directions à la fois, mais l'échelle même de cette opération était grotesque. Dame Estelle avait raison : ce que ces gens cherchaient, ce n'étaient pas les profits issus de la distribution de la drogue ni même des ventes d'armes aux indigènes. Ça sentait son opération extraplanétaire camouflée, mais quel en était le but ? Armer les Médusiens et leur fournir des drogues qui attisaient la violence semblait indiquer une volonté de fomenter une insurrection indigène, mais aucun « soulèvement » des autochtones ne pouvait espérer venir à bout des forces que Manticore enverrait à Basilic pour y mettre fin. Le sang coulerait peut-être à flots, mais surtout le sang médusien, et le résultat le plus probable en serait l'installation définitive d'une présence militaire forte sur Méduse au lieu des troupes légèrement armées de l'API actuellement stationnées sur la planète.

À moins, bien sûr, que ceux qui étaient derrière l'affaire (elle faisait un effort conscient pour éviter de partir du principe qu'il s'agissait de la République de Havre) attendent une réaction tout à fait différente. On pouvait toujours imaginer qu'un bain de sang apporte de l'eau au moulin des libéraux et des progressistes et soulève un tel sentiment de révulsion au Parlement que les anti-annexionnistes obtiendraient gain de cause et obligeraient Manticore à laisser tomber la planète. Pour Honor, c'était excessivement improbable mais c'était possible. Cependant, même si ce plan fonctionnait, jamais Manticore ne renoncerait au terminus de Basilic ; dans ce cas, quel profit tirerait-on – Havre, par exemple – de chasser simplement l'API de Méduse ?

Non, il se tramait autre chose, qui échappait à dame Estelle et à Honor, mais certainement lié à des intérêts extraplanétaires ; il ne s'agissait sûrement pas que d'une opération illégale purement manticorienne. Honor en avait la conviction, même si elle n'arrivait pas tout à fait à distinguer le maillon suivant de la chaîne, et cela signifiait...

« Commandant ? »

Avec un tressaillement, elle sortit de ses réflexions au son de la voix du commandant Papadapolous. Son mouvement réveilla Nimitz qui se redressa et bâilla en regardant le fusilier.

« Oui, major ? » À cet instant, elle remarqua Barney Isvarian près de la porte de la salle de briefing, et ses yeux se plissèrent. « Vous avez les plans de déploiement ?

— Oui, commandant. Je regrette que ça ait pris si longtemps, mais le major Isvarian... enfin, il était complètement à plat, commandant, et ensuite il a fallu chercher des cartes convenables et des chiffres sûrs quant à ce dont dispose l'API sur la planète.

— Je comprends, major », dit Honor, et elle était sincère. Si le ton de Papadapolous avait indiqué le moins du monde qu'il était sur la défensive, ç'aurait peut-être été faux, mais il exposait simplement des faits sans chercher à s'excuser. Elle quitta son fauteuil en s'étirant discrètement puis s'adressa à l'officier de quart.

« Monsieur McKeon ?

— Oui, pacha ? » Le second quitta ses affichages des yeux et Honor vit une ou deux têtes s'agiter comme si elles voulaient se tourner vers lui. Le terme « pacha » ne paraissait plus incongru dans sa bouche, mais il n'était pas tout à fait naturel non plus. Pas encore.

« Je vous serais reconnaissante de nous accompagner, le major Papadapolous, le major Isvarian et moi-même, dans la salle de briefing. J'aimerais avoir votre avis.

— Bien sûr, commandant. » Il se leva et, au lieutenant Cardones : « À vous le quart, monsieur Cardones.

— À vos ordres, monsieur. À moi le quart », répondit Cardones, et McKeon suivit d'un pas vif Honor et Papadapolous dans la salle.

Le fusilier, qui de toute façon ne semblait guère s'intéresser aux relations qu'entretenait Honor avec ses officiers navals, ne parut se rendre compte d'aucun changement entre McKeon et elle ; il se dirigea vers la table et enfonça quelques puces dans l'un des terminaux, puis attendit le résultat pendant qu'Honor et le second s'asseyaient. Isvarian, qui avait bien meilleure mine qu'à leur dernière rencontre, prit aussi un siège, et Papadapolous s'éclaircit la gorge.

« Tout d'abord, commandant, capitaine McKeon, j'aimerais passer brièvement nos idées en revue avant de vous montrer l'ordre de déploiement. Ça vous convient ?

— Naturellement, répondit Honor.

— Merci, commandant. Très bien : tout d'abord, il y a trois problèmes fondamentaux à prendre en compte ; un, nous devons réagir à une menace dont nous ne pouvons pas établir les paramètres avec le moindre degré de certitude ; deux, nos contingents sont limités, et ceux qui se trouvent actuellement hors planète – le détachement de fusiliers de l'*Intrépide* – ne sont pas concentrés en ce moment ; trois, la solution idéale nécessite l'intégration de nos fusiliers, avec leur puissance de feu, et des troupes de l'API, avec leur connaissance du terrain, en une seule force qui opérerait selon un plan d'intervention commun.

» Après de longues discussions avec le major Isvarian, mes chefs de section et moi-même sommes parvenus à la conclusion que nous n'aurons une idée claire de la puissance de l'adversaire qu'au moment où il nous attaquera ; nous n'avons strictement aucun moyen de l'évaluer pour l'instant, bien que la situation puisse changer si des moyens de renseignements sont mis en place sur Méduse. Tout ce qui pourrait nous fournir une image nette de la force de l'ennemi aurait une valeur inestimable, et le major Isvarian nous a donné l'assurance que ses hommes feraient l'impossible pour obtenir ces informations.

» Ensuite, il y a la question de la concentration de nos propres forces. L'API ne dispose que d'à peu près cinq compagnies sur le terrain, une fois constitués les détachements indispensables, et la mienne est actuellement déjà en sous-effectif. Aussi, avec votre permission, commandant, j'aimerais rappeler les fusiliers détachés aux douanes et aux équipes d'inspection ; je crois que le volume du trafic spatial est tombé à un niveau qui peut nous permettre de réduire le nombre de bâtiments d'inspection et de n'y placer que des gens de la Flotte, ce qui libérerait nos fusiliers pour d'éventuels combats à terre. Dans ce cas de figure, j'aurais quatre sections complètes pour travailler et trois autres à effectif partiel. »

Papadapolous s'interrompit pour regarder Honor d'un air interrogateur ; à son tour, elle regarda McKeon, les sourcils levés.

« Ce doit être réalisable, commandant, dit le second après un instant de réflexion. Nous devons pouvoir nous débrouiller avec deux bâtiments d'inspection à plein équipage, vu le trafic actuel.

— Très bien, major Papadapolous, déclara Honor, je vous rends vos fusiliers.

— Merci, commandant ; ça me donnera une plus grande souplesse d'action. » Le fusilier eut un bref sourire et Isvarian hocha la tête d'un air satisfait.

« Étant donné les forces dont nous disposons donc, reprit Papadapolous, j'aimerais les débarquer le plus vite possible ; notre plan de déploiement est conçu pour couvrir au maximum les enclaves extraplanétaires et pour offrir, à la demande de dame Estelle et du major Isvarian, la plus grande capacité à nous porter également au secours de n'importe quelle cité-État indigène.

» Dans cette optique, j'ai l'intention de reconfigurer en mode de reconnaissance les armures de combat pour l'équivalent de deux pelotons. Comme vous n'êtes sûrement pas sans le savoir, commandant (le ton du fusilier laissait entendre qu'elle n'en savait peut-être rien mais que la diplomatie lui dictait de supposer le contraire), notre armure asservie est conçue pour donner une flexibilité tactique maximale en nous permettant de la configurer selon divers paramètres de mission. Normalement, nous opérons avec un armement assez lourd, mais cela limite notre efficacité sous deux aspects : d'abord, les armes elles-mêmes sont munies de batteries qui pourraient nous servir autrement et, ensuite, la plupart de nos armes lourdes consomment beaucoup d'énergie, ce qui taxe durement les batteries que nous pouvons emporter.

Ça nous procure une grande puissance de feu, mais sur une période relativement brève.

» En mode de reconnaissance, l'armement est réduit au strict minimum en faveur de systèmes détecteurs supplémentaires, ce qui nous permet de transporter davantage de batteries, de diminuer les besoins en énergie et d'améliorer sensiblement nos capacités détectrices. Un fusilier en configuration normale d'armure a une durée opérationnelle de moins de quatre heures en conditions de combat soutenu ; en configuration de reconnaissance, il dispose de plus de cinquante heures d'autonomie, il peut courir à soixante kilomètres à l'heure, même en terrain accidenté, et il y "voit" beaucoup mieux. La contrepartie, c'est que sa puissance offensive est à peine supérieure à celle d'un fusilier en tenue de combat classique. »

Il fit une pause pour observer ses auditeurs, comme s'il voulait s'assurer qu'ils le suivaient, et Honor hocha la tête.

« Parfait ; j'ai donc l'intention d'employer mes deux pelotons en armure de reconnaissance comme équipes d'éclaireurs. Quand on nous signalera un incident en cours, les éclaireurs se mettront en quête d'agresseurs potentiels pour essayer de les identifier, afin que les frappes aériennes les empêchent d'approcher des enclaves, si c'est possible. Ils auront la vitesse et la capacité de détection nécessaires pour couvrir un maximum de terrain, et leurs armures devraient les protéger de toute marque d'hostilité des indigènes. D'après le major Isvarian, même un nomade ne peut échapper aux détecteurs toute gamme d'une armure de combat une fois connue la zone où il se cache, si bien que, s'ils atteignent les enclaves, je pense que nous pourrons quand même obtenir des données tactiques complètes sur eux.

» Un troisième peloton en armure sera configuré pour une capacité de combat maximale et posté en position centrale par rapport aux enclaves ; il se déplacera en fonction des renseignements obtenus sur les mouvements de l'ennemi. Étant donné la puissance de feu de chaque fusilier, je pense pouvoir le scinder en petits groupes, voire en équipes de deux, qui traiteront tout ce qui n'est pas attaque massive, et qui représenteront ma principale force de frappe. » Il se tut un instant avec un léger froncement de sourcils. « Franchement, dans un sens, je préférerais les garder en réserve, vu leur mobilité et leur puissance, mais ils auront un rôle trop important en cas de combat pour que ce soit pratique.

» En attendant, je compte diviser deux de mes trois autres sections et les intégrer aux troupes de l'API. Nos hommes ont de meilleures armures et des armes plus puissantes que ceux du major Isvarian, et ils sont formés aux situations de guerre, tandis que les gars de l'API sont fondamentalement des policiers. J'aimerais les fractionner par pelotons qui seraient attachés à des commandants expérimentés de section ou de compagnie de l'API, pour leur apporter leur puissance de feu et leur flexibilité tactique ; en même temps, je voudrais attacher à mon peloton en armure lourde au moins un officier de l'API qui connaisse bien le terrain ; si c'est possible, il m'en faudrait plusieurs, au cas où je devrais scinder le peloton, car, pour tirer le meilleur parti de nos hommes, ils doivent savoir où ils vont exactement et à quoi ressemble le terrain.

» Soutenue par nos fusiliers, l'API fournira les principales troupes de surveillance de périmètre ; leur mission sera de couvrir les enclaves et de bloquer tout agresseur en attendant que le peloton en armure de combat de la zone ou même des éclaireurs du secteur puissent se charger de la riposte. Ils auront pour instruction de ne pas s'exposer inutilement, étant donné leur protection moindre, mais ils devraient pouvoir se débrouiller en cas de coup dur.

» Mon quatrième groupe, le dernier, et la section armes lourdes formeront notre réserve centrale. La section armes lourdes sera de garde pour tout le contingent, et le major Isvarian assure pouvoir fournir une quantité suffisante d'antigravs pour nous donner une bonne mobilité. J'espère ne devoir détacher la section, voire de petites équipes armées, qu'à titre temporaire et pouvoir la remettre en réserve le plus vite possible, mais il faudra improviser lorsque ça commencera à s'agiter. La quatrième section, en revanche, restera en l'état et sera maintenue sur place le plus longtemps possible pour contrer toute tentative de pénétration. Là encore, d'après le major Isvarian, l'API est en mesure de nous procurer des moyens de transport pour atteindre les points chauds et ramener très vite les fusiliers une fois les problèmes réglés. »

Il s'interrompit une nouvelle fois, les yeux mi-clos comme s'il passait en revue ce qu'il venait d'exposer, puis il hocha la tête.

« Dans le meilleur des cas, commandant, nos troupes seront très clairsemées ; d'un autre côté, nos communications devraient être infiniment supérieures à celles de l'ennemi, de même que nos capacités de détection et notre puissance de feu. Le major Isvarian et moi avons pris en compte l'efficacité connue des nouveaux fusils des indigènes et nous croyons nos gens capables de régler rapidement son compte à n'importe quel groupe d'ennemis, même largement supérieur en nombre. Ce que nous redoutons le plus, ce sont plusieurs petites incursions simultanées qui disperseraient nos forces et permettraient à quelques éléments de passer à travers le filet. Ce risque est particulièrement à craindre dans les zones relativement construites du delta ; le champ de vision y sera beaucoup plus limité qu'en terrain découvert, ainsi que les distances d'engagement et les lignes de tir. C'est pourquoi il nous faut absolument des éclaireurs, et c'est ce qui motive aussi la dissémination de nos troupes : il s'agit de nous donner le délai de réaction le plus bref possible devant n'importe quelle menace.

— Je comprends, major », fit Honor, impressionnée par la différence entre ce qu'elle venait d'entendre et la désinvolture avec laquelle Papadapolous avait abordé la question à l'origine.

« Dans ce cas, commandant, dit le fusilier en tapant des commandes sur le clavier du terminal, je vais vous montrer la grille de déploiement que le major Isvarian et moi-même avons mise au point. » Un holo à très grande échelle des enclaves et de la région du delta qui les entourait apparut au-dessus de la table. « Comme vous le voyez, commandant, nous placerons notre premier groupe d'éclaireurs ici, le long du canal affluent de la Sable, puis un autre ici et encore un là. Après ça... »

Honor se radossa et regarda fleurir les codes lumineux dans l'hologramme à mesure que Papadapolous, avec la participation occasionnelle d'Isvarian, détaillait leur plan. Elle était officier de la Flotte, pas du Corps des fusiliers, mais le projet lui semblait très au point ; plus important, Isvarian en paraissait tout à fait satisfait ; aussi se contenta-t-elle de prendre un air informé en s'efforçant de hocher la tête aux bons moments. Cependant, alors qu'elle écoutait l'exposé, une idée insidieuse lui titillait l'esprit, mais elle ne parvint à mettre le doigt dessus que lorsque Papadapolous, en ayant terminé, se tourna vers elle et attendit sa réaction, la silhouette découpée sur le fond lumineux du grand holo.

« Très impressionnant, major, dit-elle alors. Apparemment, vous avez soigneusement réfléchi à la façon de maximiser nos capacités tout en réduisant celles de l'ennemi. Me permettez-vous de vous poser quelques questions ?

— Naturellement, commandant.

— Merci. D'abord, avez-vous, le major Isvarian et vous, parlé de ce plan avec quiconque sur la planète ? »

Papadapolous jeta un coup d'œil à son compagnon, qui répondit à sa place. « Nous en avons parlé à nos deux gradés sur le terrain, à dame Estelle et à George Fremont, son adjoint. C'est tout jusqu'à maintenant, commandant.

— Je vois. Et pourriez-vous me dire combien de temps à l'avance il faudrait avertir et briefer vos troupes pour mettre ce plan à exécution, major Isvarian ?

— Au moins une semaine, avec l'intégration prévue. Pour tout dire, je préférerais dix jours.

— Je vois », répéta Honor, et c'est avec la plus grande répulsion qu'elle posa la question suivante : « Et avez-vous découvert comment les utilisateurs du labo avaient appris l'imminence de votre assaut, major Isvarian ? »

Les traits de l'homme se pétrifièrent et elle comprit qu'il voyait soudain où elle voulait en venir ; il fit pourtant un effort pour répondre d'un ton uni :

« Non, commandant.

— Dans ce cas, messieurs, je crains fort que nous n'ayons un problème, fit-elle à mi-voix.

— Un problème, commandant ? » Papadapolous avait l'air un peu perdu et Honor se tourna vers lui, mais Isvarian leva la main.

« Puis-je, commandant ? » demanda-t-il d'une voix sourde, et Papadapolous le dévisagea par-dessus la table tandis qu'Honor acquiesçait de la tête.

« On a merdé, Nikos, soupira Isvarian. J'ai merdé, plus précisément. Nous avons un problème de sécurité sur la planète.

— Je ne comprends pas, major. » Papadapolous se tourna vers Honor. « Commandant ? Si les Médusiens savent quelque chose sur nous, en quoi cela peut-il affecter nos opérations ? L'écart technologique est trop immense pour qu'ils se rendent compte de la menace que représentent nos armes.

— Pour ce qui est des indigènes, vous avez sans doute raison, major, répondit Honor. Mais nous avons d'excellentes raisons de penser que les armes qui nous inquiètent tant leur ont été fournies par des extraplanétaires, et ces mêmes personnes semblent disposer de sources de renseignements au cœur même de l'API ou – ce qui est plus vraisemblable, selon moi – à l'intérieur de la structure civile de l'API. Quoi qu'il en soit, mettre vos troupes en place à l'avance les éclairerait aussitôt sur nos projets.

— Jusque-là, je vous suis, commandant, fit Papadapolous, le front plissé, mais je ne vois toujours pas où vous voulez en venir. S'ils étaient au courant, est-ce que ça ne les découragerait pas plutôt de tenter des actions directes ?

— L'ennui, c'est que nous ne savons pas ce qu'ils recherchent, Nikos, intervint Isvarian. Pour dame Estelle, c'est autre chose que de l'argent, et, apparemment, le commandant Harrington partage cette opinion. » Il haussa les épaules. « Si elles sont du même avis toutes les deux, je n'ai pas l'intention de discuter ; mais ça veut dire que, même au courant de nos projets, ils ne se laisseront pas obligatoirement décourager – et en plus ça leur ouvrira la porte pour adapter leurs propres plans aux nôtres s'ils décident d'agir.

— Mais dans quel but ? demanda Papadapolous.

— Nous n'en savons rien », coupa Honor avant qu'Isvarian ait eu le temps de répondre. Elle se mordilla un instant la lèvre en essayant de déterminer si elle devait faire part de ses inquiétudes au fusilier. Manifestement, Papadapolous se concentrait – c'était d'ailleurs son travail – sur le problème tactique qu'on lui avait soumis et, c'était aussi évident, il ignorait tout des tensions et des manœuvres en coulisses destinées empêcher l'*Intrépide* – et Honor – d'agir. En tout cas, il ne se rendait pas compte de l'impact qu'elles pouvaient avoir sur ses propres problèmes.

« Un des résultats possibles, c'est que nous leur fassions peur et qu'ils se terrent dans leur trou sans plus en bouger, déclara-t-elle finalement en choisissant ses mots. On peut supposer qu'ils mijotent un gros coup, car ce que nous avons vu jusqu'ici évoque une préparation de longue date. Notre objectif immédiat doit être d'empêcher les pertes en vies et de limiter les dégâts, mais une dissuasion trop efficace risque de nous handicaper dans notre objectif à long terme, qui est de mettre un terme à leurs activités, car nous ne pouvons rien faire pour contrarier leurs intentions finales tant qu'ils n'essayent pas de les réaliser au grand jour. » Elle s'apprêtait à parler des éventuelles contraintes de temps qui pesaient sur elle-même, mais elle jugea préférable de se taire.

Papadapolous la regardait avec un froncement de sourcils attentif. Il parut se rendre compte qu'elle lui cachait quelque chose, mais elle lui avait fourni amplement matière à réflexion.

« Je vois », dit-il au bout d'un moment. Il se perdit dans la contemplation de l'holo puis se retourna vers Honor. « Auriez-vous des suggestions, commandant ?

— Une seule, répondit-elle, et, s'adressant à McKeon : Nous avons convenu que nous pouvions réduire les vols d'inspection ; pouvons-nous les limiter encore aux seules navettes d'abordage ?

— Je n'y vois pas d'impossibilité, fit McKeon après quelques secondes de réflexion. Elles ont été fabriquées pour ça, après tout.

— Dans ce cas, je veux qu'on réaffecte les trois pinasses de l'enceinte gouvernementale à l'*Intrépide*, dit Honor à Isvarian. Avec elles, si nécessaire, on pourra déposer au sol tout le contingent du major Papadapolous d'un seul coup.

— Et le maintenir à bord, en attendant, sans dévoiler nos plans de déploiement, embraya Isvarian avec un hochement de tête.

— Exactement. Major ?

— Ma foi... » Papadapolous ne semblait même pas s'être aperçu qu'il avait commencé à répondre, les yeux plissés, fixés sur ses affichages ; Honor eut l'impression d'entendre les pensées circuler à toute allure dans son cerveau. Il ouvrit à nouveau la bouche, se ravisa puis hocha lentement la tête.

« Ça va mettre un peu la pagaille, dit-il enfin, et, avec tout mon contingent ici, dans le vaisseau, ça va augmenter les risques que nous repérions les incidents avec du retard ou bien que nous nous emmêlions dans la coordination et que certains éléments hostiles arrivent à se faufiler dans les enclaves. C'est ce qui m'inquiète le plus, mais, de toute manière, pour intégrer mes pelotons aux formations de l'API, il faudra du temps pour les entraîner à se coordonner avec leurs unités parentes ; par conséquent, nous allons perdre pas mal de flexibilité et de vitesse de réaction une fois au sol. Néanmoins, je pense que nous devrions arriver à nous débrouiller. » Il se frotta le menton sans quitter l'holo du regard, puis il se tourna vers Isvarian.

« Pouvez-vous rester à bord une journée de plus, major ? Il va falloir repenser tout le plan et votre avis me serait précieux.

— J'en serai heureux, Nikos. » Isvarian se leva et vint observer l'holo à ses côtés. « Et je ne suis pas aussi certain que vous que nous allons perdre tant de flexibilité. Nous pouvons prévoir les positions de mes troupes de façon qu'elles s'adaptent à vos différents déploiements éventuels ; en outre, nous pourrions nous servir des sections un et deux comme forces de réaction au niveau des brigades plutôt que tenter l'intégration unité par unité.

— Oui, c'est justement ce que je me disais, répondit Papadapolous. Et puis... » Il s'interrompit et se tourna vers Honor d'un air d'excuse. « Excusez-nous, commandant. Le major et moi allons vous laisser pour discuter technique ; j'essaierai de vous fournir un plan préliminaire d'ici ce soir.

— Ce sera parfait, major », dit Honor. Elle se leva en souriant aux deux hommes. « Je répète néanmoins que vous m'avez impressionnée, messieurs, et je ne doute pas que votre nouvelle solution sera aussi astucieuse que la première. »

Elle leur sourit à nouveau et sortit de la salle de briefing après avoir fait signe à McKeon de la suivre. En se retournant, elle vit, par la porte qui se refermait, les deux officiers penchés ensemble sur l'holo, plongés dans une grave discussion.

CHAPITRE VINGT-QUATRE

Le lieutenant Samuel Houston Webster triait la montagne de transmissions quotidiennes en fredonnant. Une vénérable et sacro-sainte tradition voulait que tous les officiers des communications détestent la paperasserie inhérente à leur fonction, mais Webster, non sans un certain sentiment de culpabilité, n'arrivait pas à partager ce dégoût ; certains jours, il s'exaspérait du temps que cette tâche lui prenait, mais le fait d'être le seul de tous les officiers du bâtiment à en savoir autant que le commandant sur les informations qu'émettait et recevait l'*Intrépide* lui titillait l'ego. De plus, à sa grande surprise, il avait beaucoup de mal à trouver désagréable d'exécuter des « corvées » pour le commandant Harrington.

Ses doigts dansaient sur la console avec l'aisance que donne la pratique et, bien qu'il surveillât d'un œil d'aigle les transmissions codées qu'il transcrivait en clair, un petit coin de son cerveau pensait à tout autre chose. Le commandant, c'est quelqu'un de bien, se disait-il ; dans son vocabulaire, c'était à peu près le compliment suprême, et bien rares étaient ses supérieurs qui l'avaient mérité. Sans être vaniteux ni orgueilleux, Webster se rendait très bien compte que le hasard heureux de sa naissance lui vaudrait un jour de devenir officier supérieur ; de ce fait, il s'était aperçu qu'il avait tendance à observer ses supérieurs du moment à travers deux paires d'yeux : l'une appartenait à l'officier très peu gradé qu'il était, désireux d'apprendre de leur expérience et de leur exemple, mais l'autre était celle du futur officier général, et cette seconde paire se montrait plus critique que les dehors chaleureux du lieutenant ne le laissaient deviner.

Le capitaine McKeon, par exemple, l'avait beaucoup déçu : s'il y avait une personne à bord qui aurait dû comprendre le but du commandant et l'aider à le réaliser, c'était bien son second. Mais enfin, McKeon semblait être revenu à de meilleurs sentiments ; Webster avait pourtant noté, avant cela, que le commandant évitait de lui adresser le moindre reproche et il avait trouvé dommage en certaines occasions qu'elle ne lui secoue pas les puces, mais le résultat qu'elle avait finalement obtenu lui avait dessillé les yeux.

C'était drôle, en un sens. Le commandant Harrington n'élevait jamais la voix ; or la Flotte avait ses personnages hauts en couleur et Webster avait connu des maîtres à bord capables de cloquer un blindage d'acier d'un coup de gueule quand on les énervait. Mais le commandant Harrington ne disait jamais un mot plus haut que l'autre et pas une fois il ne l'avait entendue jurer. Seul un idiot aurait pu croire cependant que ses manières calmes autorisaient toutes les libertés, et Webster s'était aperçu avec étonnement que son équanimité était d'autant plus efficace qu'elle tranchait sur le tonnerre et les éclairs qu'aurait brandis un autre commandant.

Cela, il l'admirait, tout comme il admirait la façon dont elle maintenait ses distances avec ses subordonnés, toujours présente, toujours accessible, mais sans jamais laisser oublier que c'était elle qui menait la barque. Pourtant, en même temps, elle était capable de remonter les bretelles à n'importe quel membre d'équipage – par exemple le jour où elle avait obligé Rafe Cardones à trouver une solution au problème des sondes – et elle paraissait au courant de tout ce qu'il y avait à savoir sur chacun d'eux. Elle savait même que Cardones appréciait de se faire appeler « Rafe » alors que lui-même, Webster, détestait le diminutif de « Sam ». Ce genre de renseignement n'apparaissait sûrement nulle part dans les dossiers personnels et il était bien incapable d'imaginer par quel moyen elle l'avait appris.

Un nouveau message clignota sur l'écran ; les groupes de symboles du brouillage se transformèrent comme par magie en texte clair et Webster cessa soudain de rêvasser ; il haussa les sourcils, puis il se mit à sourire tout en terminant de lire. Il resta un moment plongé dans ses réflexions à tapoter le bord de la console, puis il hocha la tête. Celui-ci passerait en dernier dans la trémie, décida-t-il ; ce n'était qu'un message « informatif » de routine, mais Webster avait une perception plus aiguë que la plupart des querelles intestines infiniment courtoises qui se déroulaient entre les premières familles de la Flotte. C'était une belle victoire pour le commandant et ça lui ferait une jolie surprise pour achever la lecture des transmissions.

Il tapa un numéro de priorité sur le clavier et appela le message suivant avec un sourire radieux.

Au calme dans sa cabine, Honor travaillait sur son propre terminal. Elle avait passé trop de temps dans la salle de briefing ; savoir que le commandant se trouvait juste derrière la porte, prêt à surgir, pouvait avoir un effet inhibiteur sur les jeunes officiers, et, maintenant que McKeon faisait son travail, cette menace n'était plus nécessaire. Leurs relations avaient fait de grands progrès au cours des dix derniers jours, pas suffisamment pour compenser le temps perdu, mais assez pour abandonner à McKeon la marche quotidienne du bâtiment. Elle avait donc rapporté son travail « à la maison ».

Elle termina de lire le rapport hebdomadaire d'entretien de Dominica Santos, approuva les suggestions que le chef mécanicien et McKeon avaient faites pour régler divers petits problèmes, puis se frotta les yeux. La porte du salon s'ouvrit et MacGuiness apparut, porteur d'une tasse de cacao brûlant, comme prévenu par les pensées d'Honor.

« Merci, James. » Elle but une gorgée, sourit, et il lui rendit son sourire.

« De rien, commandant », dit-il avant de s'éclipser sans plus de bruit qu'il n'était entré. Elle but une nouvelle gorgée de chocolat puis posa sa tasse en s'apprêtant à se replonger dans les détails des rapports, mais, à cet instant, le vibreur de l'entrée retentit. Elle appuya sur la touche de l'intercom.

« Oui ?

— L'officier des communications, commandant, annonça le fusilier de garde, et Honor fit la grimace, non parce qu'il s'agissait de Webster mais parce que cela signifiait qu'il lui apportait les transmissions de la journée.

— Entrez, Samuel », répondit-elle en ouvrant la porte.

Webster pénétra dans la cabine, un bloc-messages sous le bras, se mit brièvement au garde-à-vous et tendit l'objet.

« Les...

— ... transmissions du jour. » Honor acheva la phrase à sa place avec une expression mi-figue mi-raisin, et il sourit.

« Oui, commandant. Pas de priorité spéciale.

— C'est déjà ça. »

Elle prit le bloc et en accusa réception en posant le pouce sur le panneau de sécurité, se demandant pour la centième fois pourquoi la Flotte exigeait qu'un officier perde son temps à livrer en personne le courrier quotidien d'un bâtiment : Webster aurait aussi bien pu lui télécharger tout le bazar directement sur son terminal depuis la passerelle d'une pression sur une touche. Mais ce n'était pas ainsi que procédait la

Flotte ; peut-être, songea-t-elle, la livraison des messages en mains propres avait-elle pour but de s'assurer que le commandant les lisait bel et bien.

« Oui, commandant. » Webster salua de nouveau, fit encore un sourire et ressortit.

Honor resta un moment à regarder alternativement le bloc-messages et son terminal en s'interrogeant : par laquelle des deux corvées commencer ? Les transmissions l'emportèrent – au moins, elles provenaient d'une source extérieure à l'*Intrépide* –, elle tira le bloc vers elle et l'alluma.

Elle s'étonnait toujours des informations que les Lords de l'Amirauté, dans leur grande sagesse, jugeaient nécessaires de porter à la connaissance de leurs commandants. Elle ne voyait pas bien en quoi, par exemple, l'officier en charge du poste de Basilic avait besoin de savoir que, selon un décret de Const-Nav, tous les cuirassés de la Flotte devaient troquer deux de leurs cotres contre une sixième pinasse. Peut-être était-il plus simple de transmettre la circulaire à tous les commandants que de rechercher les noms de ceux à qui elle était indispensable...

À cette idée, un sourire amusé flotta sur ses lèvres et c'est d'un œil plus vif qu'elle parcourut les messages suivants ; certains étaient à la fois pertinents et connexes à ses devoirs, tel celui concernant l'ajout des poignards électriques à la liste des objets dont l'introduction était interdite sur Méduse, et d'autres avaient un petit côté modérément comique ; mais la plupart étaient assommants à l'extrême.

Toutefois, quand elle parvint au dernier, elle écarquilla les yeux. Elle se redressa brusquement dans son fauteuil en remarquant du coin de l'œil que Nimitz s'était lui aussi dressé sur son juchoir rembourré, et elle relut la transmission.

Elle ne lui était même pas adressée, mais un grand sourire s'épanouit sur le visage d'Honor et une étincelle de plaisir dansait dans ses yeux quand elle la lut pour la troisième fois. C'était une copie transmise « pour information », sans exigence d'action, et elle se mit à rire tout haut en se rappelant qu'elle avait soupçonné quelqu'un d'approuver sa conduite. Eh bien, ce quelqu'un avait apparemment décidé de lui faire parvenir une preuve évidente de son approbation, car il n'y avait pas d'autre motif concevable à l'envoi de ce message à l'attention du commandant de l'*Intrépide*.

Il s'agissait d'un courrier de routine de l'officier commandant le HMS *Héphaïstos* à l'attention de l'amiral Lady Lucy Danvers, troisième Lord des Forces spatiales. Danvers dirigeait ConstNav et le message du vice-amiral Warner était une réponse du style « nous avons le regret de vous informer que, etc. » à la récente demande, déposée par le capitaine de vaisseau Lord Young auprès de ConstNav, de réarmement prioritaire. Les équipes d'inspection de l'amiral Warner avaient apparemment confirmé l'estimation initiale du capitaine Young et jugé que la forte usure des syntonisateurs des voiles Warshawski du croiseur lourd de Sa Majesté *Sorcier* rendait leur remplacement urgent et impératif. Cette opération obligeait malheureusement à prolonger le radoub du vaisseau d'au moins huit semaines afin d'effectuer l'installation et les tests indispensables. Naturellement, le vice-amiral Warner ferait son possible pour accélérer le travail et demeurait le serviteur obéissant de l'amiral Danvers, etc.

Honor reposa délicatement le bloc sur son bureau et s'efforça de se retenir de glousser de joie : elle détestait la sonorité de son rire dans ces cas-là ; mais cette fois elle ne put s'en empêcher. Elle se leva sans cesser de rire sous cape comme une sale gosse qui aurait surpris un secret et elle prit Nimitz sur son juchoir ; elle le tint à bout de bras et le chat sylvestre se mit à émettre l'équivalent chez lui d'un rire tandis qu'elle dansait avec lui en tournoyant dans la cabine.

« Eh bien, c'est fini, monsieur. » Le second-maître Harkness s'épongea le front à l'aide d'un mouchoir douteux qu'il remit au fond de la poche d'avant-bras de son bleu de travail.

« En effet », répondit l'enseigne Tremaine. Il massa les muscles courbatus de son dos d'une main en se demandant s'il était indigne de son rang d'officier de s'essuyer le front lui aussi.

« Merci, monsieur Tremaine. » Canon Jenkins – pour une raison connue des seuls fusiliers, l'officier non cadre le plus haut gradé des fusiliers à bord d'un bâtiment était toujours surnommé « Canon », même si, comme c'était le cas de Jenkins, il était adjudant de compagnie –, Canon Jenkins, donc, ne transpirait pas, lui, comme le remarqua Tremaine avec une certaine jalousie. Il parcourut une dernière fois du regard les armures de combat vides accrochées dans la soute de la pinasse, inscrivit une note sur son bloc mémo et referma le sabord.

« De rien, Canon », répondit Tremaine. Harkness ne dit rien et toisa le fusilier avec une expression d'infinie supériorité, à quoi Jenkins répliqua en se désintéressant totalement du sous-officier aux manières bourrues.

« Il ne reste plus que les palettes de munitions pour la pinasse deux », reprit gaiement Jenkins tandis qu'ils descendaient le tube d'accès qui succédait au sas étanche, et Tremaine réprima un gémissement. Il avait espéré reporter la corvée au quart suivant, et, d'après la tête qu'il faisait, Harkness avait nourri le même espoir ; l'enseigne voulut protester, puis il se mordit la lèvre : on ne pouvait pas dire que Jenkins arborait un sourire suffisant, mais cela s'en rapprochait nettement. Peut-être, songea Tremaine, le jugement d'Harkness sur les fusiliers n'était-il pas tout à fait erroné... mais il n'avait pas l'intention de faire à Jenkins le plaisir de le dire tout haut. Aussi...

« Bien sûr, Canon, répondit-il d'un ton enjoué. Par là, s'il vous plaît. Monsieur Harkness ?

— Avec plaisir, monsieur Tremaine », fit aigrement le sous-officier, et Jenkins fit signe à son équipe de les suivre vers l'arrière tandis qu'ils traversaient le hangar d'appontement en direction des palettes.

« ... en conclusion, les pinasses sont aptes au combat, si jamais il faut les lancer. »

Son rapport achevé, McKeon éteignit son bloc mémo, et Honor hocha la tête. Il était tard, selon l'horaire de bord de l'*Intrépide* ; la nappe blanche était parsemée des reliefs du dîner et Nimitz était toujours attablé devant son assiette, en bout de table. Honor croisa les jambes et, tout en jouant avec une fourchette, observa ses crocs effilés qui détachaient avec une précision chirurgicale la chair d'un pilon de saute-buisson ; pour la millième fois au moins, elle s'étonna de ses excellentes manières à table, du moment qu'on ne lui donnait pas de céleri.

« Nous sommes donc parfaitement parés, me semble-t-il, dit-elle finalement.

— Oui, mais ce que j'aimerais savoir, c'est parés pour quoi ? fit McKeon d'un ton un peu acerbe, et Honor eut un léger sourire.

— Il y a presque quinze jours, depuis le départ de Hauptman, que nous n'avons plus ni alertes ni tentatives d'atterrissage clandestin, observa-t-elle.

— Ce qui m'incite seulement à penser qu'on nous prépare un coup fourré modèle grand luxe. » McKeon soupira, puis se leva avec un sourire mi-figue mi-raisin. « Enfin, ce qui doit arriver arrivera. Bonne nuit, commandant.

— Bonne nuit, monsieur McKeon. »

Avec un petit salut de la tête, il quitta la cabine. Eh bien, quel changement ! se dit-elle avec une satisfaction non dissimulée. Quel changement !

Elle se leva à son tour et prit le saladier aux trois quarts vide. Nimitz leva aussitôt la tête de son assiette avec une vive lueur d'intérêt dans ses yeux verts et Honor sourit.

« Tiens, gros gourmand », lui dit-elle en lui tendant la branche de céleri, avant de se diriger vers son cabinet de toilette privé. Elle savourait d'avance la longue douche brûlante qu'elle allait prendre.

La stridulation rauque du vibreur la réveilla.

Elle ouvrit les yeux quand l'appareil retentit une seconde fois. Par nature c'était une grosse dormeuse, mais sa première affectation en tant que commandant d'un bâtiment de Sa Majesté avait changé cela, et Nimitz émit une protestation ensommeillée quand elle s'assit brusquement dans son lit. Mi-glissant, mi-roulant, le chat dégringola de son emplacement préféré, sur sa poitrine, et elle le poussa doucement de côté d'une main tout en enfonçant la touche de communication de l'autre.

Le vibreur se tut et elle se passa rapidement les doigts dans ses cheveux courts. C'était l'avantage de les porter à la garçonne ; de toute manière, elle ne se faisait pas d'illusion : elle n'avait rien d'une beauté, et ainsi, au moins, elle ne perdait pas de temps à se pomponner quand on la réveillait au milieu de la nuit. Elle attrapa sur la chaise près du lit le kimono que sa mère lui avait offert pour son dernier anniversaire, l'enfila puis appuya une deuxième fois sur la touche pour recevoir l'appel en mode vidéo.

Dans l'obscurité de la cabine, l'éclat de l'écran lui fit mal aux yeux. C'était un appel de conférence à deux images, et le visage de dame Estelle apparaissait sur l'une d'elles. L'*Intrépide* avait ajusté son horaire circadien à celui de l'enceinte gouvernementale et, comme Honor, Estelle Matsuko portait une robe de chambre par-dessus sa chemise de nuit ; mais Barney Isvarian, sur l'autre moitié de l'écran, était en uniforme. Derrière lui, Honor aperçut le chirurgien de première classe Montoya, son propre médecin assistant, et elle reconnut le décor aseptisé d'une des cliniques de l'API.

« Je regrette de vous réveiller, Honor, mais c'est important. » Le commissaire avait un ton presque effrayé, et Honor se raidit sur son siège tout en achevant de nouer son kimono.

« Que se passe-t-il, dame Estelle ?

— Nous avons reçu deux renseignements. L'un nous est parvenu il y a deux jours, mais il était si vague que j'ai préféré le garder sous le coude un moment avant de vous en faire part ; l'autre, Barney vient de me le transmettre et il modifie le sens du premier. »

Honor inclina la tête, invitant le commissaire à poursuivre.

« J'ai reçu mercredi la visite de Gheerinatu, un des chefs de clan nomade de Méduse, reprit Estelle Matsuko. Comme tout bon nomade, il n'aime guère les cités-États du delta, mais nous avons donné un coup de main à son clan il y a deux ans : étant donné le climat de la planète, les nomades migrent d'un hémisphère à l'autre – ou plutôt ils font l'aller-retour entre la zone tempérée et la zone équatoriale – en fonction des saisons, mais le clan de Gheerinatu a été pris dans une tempête précoce en traversant le delta ; grâce aux antigravs de l'API, nous avons pu sauver la plupart de ses membres et à peu près la moitié de leurs bêtes d'une crue éclair avant qu'elle ne les emporte tous, et depuis nous sommes amis. »

Elle s'interrompit, les sourcils levés comme pour demander si Honor la suivait, et l'intéressée acquiesça de la tête.

« Très bien ; Gheerinatu est originaire du Nord – son clan fait partie de l'Hyniarchie... appelons ça une fédération clanique. Bref, il fait route vers le Sud pour l'hiver, mais il a des parents partout dans l'hémisphère nord et il est passé me voir pour m'apprendre que l'un d'eux, de la région des Dos-Moussus, lui avait envoyé un message. Ça ne disait rien de très précis, mais Gheerinatu a jugé bon de nous prévenir ; traduit grosso modo, on avertissait Gheerinatu qu'il ferait bien d'éviter de s'installer pour l'hiver dans le delta avec ses troupeaux. »

Les traits d'Honor se tendirent et dame Estelle hocha la tête.

« C'est la réaction que j'ai eue moi aussi, mais c'était la première fois que nous obtenions quelque chose du côté des indigènes et, je vous l'ai dit, c'était extrêmement vague. C'est pourquoi je ne vous l'ai pas transmis – jusqu'à ce qu'un nouvel élément se présente. » Le commissaire fit un signe de tête en regardant le côté de son écran où apparaissait Isvarian. « Vous voulez prendre la suite, Barney ?

— Oui, madame. » Isvarian s'agita sur son fauteuil et regarda Honor droit dans les yeux. « Je me trouve à la clinique que nous avons installée près de Dauguaar, au bord du Trois-Fourches, commandant », dit-il. Honor évoqua mentalement une carte du delta, puis elle hocha la tête : le fleuve Trois-Fourches coulait très au nord, et Dauguaar était la cité-État la plus septentrionale de toutes – par conséquent la plus proche des Dos-Moussus.

« On nous a appelés en fin de matinée, poursuivit Isvarian une fois qu'elle se fut repérée. Un nomade s'était présenté à demi inconscient aux portes de la cité, où il s'était écroulé ; les gardes l'avaient emporté à la clinique et nous l'avaient remis. Le toubib de service a aussitôt identifié les symptômes : intoxication à la mekoha, et grave, avec ça, mais il a aussi remarqué que l'indigène avait un sac d'allure bizarre à la ceinture et il l'a ouvert pendant que ses assistants indigènes installaient le nomade dans une chambre. » La main d'Isvarian quitta le cadre de l'écran puis réapparut avec une poche faite d'une sorte de cuir. Il l'entrebâilla et la bouche d'Honor se durcit lorsqu'elle vit l'éclat sourd des projectiles de plomb en forme de balle de fusil.

« Il avait aussi une corne à poudre, reprit Isvarian d'un ton sinistre. Il ne portait pas de fusil, mais ç'a suffi à déclencher toutes les alarmes et à me faire rappliquer à la vitesse maximum d'un aérocar. Fritz ici présent (de la main, il indiqua Montoya, qui fit un sourire las à son commandant) voulait m'accompagner pour voir de ses yeux un cas d'empoisonnement à la mekoha et je l'ai donc amené. Nous sommes restés presque tout le temps au chevet du nomade à l'écouter délirer, jusqu'à ce qu'il meure il y a une dizaine de minutes. »

Le soldat de l'API haussa les épaules, le regard lugubre.

« Il était camé jusqu'aux yeux. Avec la mekoha, on a le QI en chute libre quand on en arrive à un stade aussi avancé, et, comme son système moteur était cramé, on avait encore plus de mal à comprendre ce qu'il disait, mais j'en ai capté suffisamment pour me flanquer une trouille de tous les diables, commandant. Il n'arrêtait pas de parler de nouvelles armes – les fusils – et d'un chamane nomade dont "les mains débordent de mekoha sacrée". C'est une traduction presque littérale.

— Ah, merde ! murmura Honor avant de pouvoir se retenir, et Isvarian acquiesça de la tête.

— Et ce n'est pas fini, commandant, dit-il. Ce que nous avons encore appris a suffi à nous confirmer que ce foutu chamane est en contact direct avec ceux qui ont construit le labo et ceux qui ont introduit les fusils, en supposant que ce ne soient pas les mêmes ; mais, à mon avis, nous pouvons laisser tomber cet espoir. D'après le nomade mourant, le chamane a reçu une vision des dieux : il est temps que les indigènes chassent les extraplanétaires maudits du sol sacré de Méduse et les dieux lui ont fourni ces armes magiques pour faire le boulot. Pire encore, ils lui ont dit que tous les extraplanétaires n'étaient pas mauvais ; certains sont au service des dieux et les vénèrent avec tout le respect qui leur est dû, et ce sont ces dévots qui fournissent la "mekoha sacrée". D'après ce que nous avons compris, le chamane aurait formé une espèce d'armée de nomades, en leur promettant qu'une fois les mauvais étrangers chassés ou sacrifiés aux dieux, les bons extraplanétaires viendraient à eux pour leur donner des armes encore plus prodigieuses et toute la mekoha qu'ils voudraient. »

Le major se tut, les traits figés par la tension et l'inquiétude, et Honor se mordit durement la lèvre. Au bout d'un long moment, le commissaire résident rompit enfin le silence.

« Et voilà, Honor : ce n'est donc pas une quelconque opération illégale ; c'est une tentative délibérée pour fomenter un immense soulèvement indigène afin de chasser le Royaume de la planète.

— Havre, dirent ensemble Honor et Isvarian avant d'échanger un regard en battant des paupières.

— C'est la première idée qui m'est venue aussi, fit le commissaire à mi-voix. Mais c'est justement parce que c'est la première hypothèse qui nous vient que nous devons tâcher de garder l'esprit ouvert. D'un autre côté, je ne vois pas qui ce pourrait être d'autre ; en tout cas, de tous nos voisins, Havre est celui qui répète depuis toujours que nous ne disposons d'aucune souveraineté réelle ici.

— C'est exact », dit Honor. Elle se passa le doigt sur le bout du nez en regardant l'écran les sourcils froncés. « Rien n'interdit de soupçonner l'Empire andermien, fit-elle enfin. Gustav XI n'aurait rien contre le fait de glisser son pied dans la porte de Basilic, et il aurait pu partir de l'idée que nous songerions aussitôt à la République populaire. Mais j'ai beau faire, je n'y crois guère : il est tout entier tourné vers la Silésie pour l'instant et il doit davantage s'inquiéter de la Fédération de Midgard que de nous. Un geste déplacé dans notre direction ne ferait que nous dresser contre lui et ce n'est pas le moment s'il envisage d'affronter les Silésiens et leurs alliés.

— Quelqu'un d'autre ? Une des nations monosystèmes de la région ?

— Ça m'étonnerait, dame Estelle. Par ici, tout le monde est occupé à se faire tout petit pour ne pas attirer l'attention de Havre ; d'ailleurs, à quoi leur servirait Méduse ?

— Mais à quoi Méduse servirait-elle à Havre ? fit Isvarian d'un ton perplexe.

— Je ne sais pas. » Honor se frotta le nez avec une vigueur redoublée. « L'objectif final de Havre doit être le terminus, et je ne vois pas en quoi nous chasser de Méduse les aiderait à y parvenir, même s'ils prenaient notre place sur la planète. Mais ce n'est pas parce que je ne saisis pas en quoi ça les aiderait qu'ils ne le feront pas.

— Je dois hélas tomber d'accord avec vous, soupira Estelle Matsuko. Mais le fait de ne pas trouver de raison logique à leurs opérations m'oblige à obtenir des preuves absolues de leurs activités avant de pouvoir déposer une plainte ou porter une accusation officielle.

— C'est exact. » Honor se radossa et croisa les bras. « Il nous faut davantage de renseignements. » Elle regarda Isvarian. « Savons-nous d'où venait ce nomade mourant, Barney ?

— Pas avec précision. D'après le style de ses vêtements et son dialecte, il se trouvait très loin de chez lui pour quelqu'un qui voyageait à pied ou à dos de jehr. À mon avis, il venait sans doute de la région du plateau des Dos-Moussus, peut-être un peu au sud. Disons de sept ou huit cents kilomètres au nord du delta.

— Dans son état, aurait-il pu parcourir cette distance ? »

Isvarian interrogea Montoya du regard, et le médecin secoua la tête. « Je ne pense pas, commandant. Je ne suis pas spécialiste des Médusiens, mais j'ai discuté avec le toubib de la clinique : étant donné l'état du patient et la vitesse avec laquelle il a décliné une fois ici, ça m'étonnerait qu'il soit resté debout plus de vingt ou trente heures après sa dernière pipe.

— Combien de kilomètres aurait-il pu parcourir en trente heures, Barney ?

— Certainement pas sept cents kilomètres, commandant. Les Médusiens marchent plus vite que nous mais, même avec un jehr, il n'aurait pas pu avaler plus de deux ou trois cents kilomètres maximum.

— D'accord. Ça nous donne une idée générale de la zone où commencer à chercher quelqu'un qui aurait pu l'accompagner.

— Exact. » Le commissaire approuva fermement de la tête. « Barney, je veux qu'on envoie une patrouille dans cette zone le plus vite possible.

— Oui, madame.

— Ne lésinez pas sur le nombre d'hommes, renchérit Honor ; ne prenons pas de risques inutiles.

— Et mettez-la sous les ordres de quelqu'un qui sache garder la tête froide », ajouta Estelle Matsuko ; Isvarian acquiesça.

« Très bien ; en attendant, fit Honor avec un sourire crispé, maintenant que ma nuit est fichue, autant que j'écourte celle de certains autres sur l'*Intrépide*. J'ignore s'il nous viendra quelques idées géniales, mais ça ne coûte rien de demander ; et je vais aussi avertir Papadapolous. Il voudra sans doute vous parler directement, Barney.

— Pas de problème ; dame Estelle a mon code com personnel et le bâtiment du gouvernement peut me transmettre les communications sur un canal de sécurité où que je sois.

— Parfait. Dans ce cas, dame Estelle, si vous et Barney voulez bien m'excuser, je vais m'habiller. Je vous rappelle dans quelques heures pour vous tenir au courant des idées que nous aurons eues – ou de leur absence.

— Merci, Honor. » Le soulagement de dame Estelle était évident, et Honor lui sourit en coupant le circuit.

Mais son sourire disparut aussitôt, remplacé par un froncement de sourcils soucieux. Elle quitta brusquement son fauteuil et alla chercher son uniforme.

Chapitre vingt-cinq

Honor parcourut du regard ses officiers réunis autour de la table de conférence ; à part Cardones, de quart, tous les chefs de section ou faisant fonction étaient présents ; l'enseigne Tremaine était là aussi, car Honor désirait sa contribution, étant donné son expérience de la planète. Les visages étaient tendus lorsqu'elle acheva de les informer de l'appel de dame Estelle.

« Telle est donc la situation, fit-elle à mi-voix. Pour la première fois, nous disposons d'un indice positif que nous avons affaire aux activités d'un gouvernement extraplanétaire et non à une entreprise illégale interne. Nous ignorons quels sont ses objectifs, nous ignorons aussi quand et comment l'opération doit se déclencher, mais nous en savons tout de même un peu plus long. »

McKeon hocha la tête et réfléchit en traçant distraitement des cercles sur la table avec un stylet informatique. Puis il leva les yeux vers Honor.

« Il y a, je pense, un élément à ne pas oublier, commandant : jusqu'à quel point peut-on se fier aux informations fournies par ce nomade mourant ? La mekoha n'aurait-elle pas pu lui faire voir et entendre des choses qui n'existaient pas ? Ou mal interpréter la réalité ?

— Vous avez raison », répondit Honor. Elle se tourna vers Lois Suchon, en bout de table. « Docteur ? Votre avis ?

— Mon avis, commandant ? » Il y avait un soupçon d'irritation dans la voix de Suchon, qui eut un bref haussement d'épaules boudeur. « J'appartiens à la Flotte ; je ne connais rien à la physiologie des abos. »

Honor pinça les lèvres et braqua sur le médecin un regard qui ne cillait pas ; Suchon rougit mais garda les yeux obstinément fixés sur son commandant, l'air provocateur. Elle se savait couverte, songea Honor, écœurée ; elle avait été tenue au courant de l'évolution de la situation et n'ignorait pas que tout élément de connaissance concernant les effets de la mekoha sur les Médusiens pouvait prendre une importance considérable, mais personne ne lui avait spécifiquement demandé d'étudier les documents disponibles auprès de l'API. Quelqu'un aurait dû, se dit Honor ; quelqu'un comme le commandant Honor Harrington, qui savait pertinemment que seul un ordre direct pouvait obliger Suchon à quitter son fauteuil douillet.

« Très bien, j'en discuterai avec dame Estelle – et le lieutenant Montoya – après la réunion, monsieur McKeon. » Honor tapa une note sur son bloc mémo et sourit légèrement en voyant Suchon tiquer à la mention de son subordonné absent. Elle soutint le regard brûlant du médecin d'un œil froid jusqu'à ce que le chirurgien du bord se détourne, rageuse.

« Je crois que c'est une bonne question, reprit alors Honor, mais, pour le moment, partons du principe que ces informations sont exactes. »

McKeon acquiesça de la tête et Papadapolous leva la main.

« Oui, major ?

— Il y a peut-être de bonnes nouvelles au milieu des mauvaises, commandant, dit le fusilier. L'équipe du major Isvarian devrait pouvoir tirer de tout ça au moins quelques renseignements sur les capacités des Échassieux ; au mieux, ils arriveront peut-être à nous désigner une cible en dehors du delta. Si le major parvient à repérer ce chamane, nous devrions être capables d'organiser un raid éclair en armure de combat pour lui faucher ses armes – et peut-être même l'épingler lui-même – avant qu'il soit assez près des enclaves pour constituer un danger.

— En effet, répondit Honor. D'un autre côté, il va nous falloir n'agir dans cette direction qu'avec la plus grande prudence. Dame Estelle n'a absolument pas le droit d'employer l'API pour s'immiscer dans les questions religieuses des indigènes, et je ne puis intervenir sur la planète sans son accord. Si nous ne pouvons apporter la preuve qu'il y a bien ingérence extraplanétaire, elle est pieds et poings liés – et nous aussi, par conséquent – tant que les partisans du chamane ne font pas usage de leurs armes.

— D'accord, commandant : mais je me sens déjà beaucoup mieux rien que de savoir où chercher et quoi. Je préfère nettement les surprendre en terrain découvert, où notre soutien aérien, notre mobilité et nos armes à longue portée jouent pour nous, que tomber nez à nez avec eux dans les enclaves. »

Honor acquiesça de la tête et le fusilier se radossa : il avait apporté sa contribution, le reste regardait la Flotte, et c'est avec un intérêt relatif qu'il attendit la suite des débats.

« Vous savez, pacha, fit Dominica Santos d'une voix lente, j'ai réfléchi à ce que vous avez dit sur ces incidents qui ne seraient qu'une partie d'une opération plus vaste... » Honor inclina la tête et la mécanicienne fit un geste vague.

« À mon avis, le seul suspect logique, c'est Havre, commandant. On ne peut pas le prouver, je sais, mais je ne vois personne d'autre pour agir ainsi. D'ailleurs, est-ce qu'il ne vaut mieux pas partir de l'hypothèse que c'est eux, même si nous nous trompons ? Après tout, c'est la République qui représente le plus grand danger pour nous ; par conséquent, si on suppose que c'est eux et qu'on se trompe, on courra beaucoup moins de risques ; mais si c'est bien Havre et que nous faisons des contorsions pour éviter de partir de cet a priori, on a des chances de rater un détail important, non ?

— Elle a raison, pacha, intervint McKeon. Elle a tout à fait raison.

— D'accord. » Honor tambourina sur la table du bout des doigts puis se tourna vers son second. « Posons un moment l'hypothèse qu'il s'agit d'une opération secrète de Havre, monsieur McKeon. Croyez-vous qu'ils lanceraient un pavé pareil pour ensuite rester les bras croisés en attendant que la situation évolue toute seule ?

— À mon avis, il n'y a aucun moyen de le savoir, répondit McKeon après réflexion. Viscéralement, je dirais que non, mais, comme je ne connais pas leur objectif ultime, je ne peux pas me prononcer.

— Commandant ? » La voix était hésitante et très jeune, et Honor lança un sourire rassurant à son propriétaire.

« Oui, monsieur Tremaine ?

— Euh... je voulais simplement mentionner un détail, commandant. Je l'ai remarqué il y a quelques jours, mais je n'y ai guère attaché d'importance sur le coup. Toutefois, aujourd'hui... » L'enseigne haussa les épaules, l'air mal à l'aise.

« Quel détail, monsieur Tremaine ?

— Eh bien, j'ai plus ou moins surveillé le trafic espace-surface depuis que vous m'avez rappelé à bord, commandant ; la force de l'habitude, sans doute ; et j'ai noté une absence apparemment totale de circulation de bâtiments havriens.

— Ah ? » Honor se tourna vers McKeon, les sourcils levés ; l'espace d'une seconde, le second eut l'air surpris, puis il grimaça un sourire.

« La vérité sort de la bouche des enseignes », fit-il, et Tremaine rougit tandis qu'une vague de rire balayait la table. Puis il rendit son sourire au second.

« J'ignore ce que cela signifie, reprit McKeon d'un ton plus sérieux, mais il a raison : il n'y a plus de trafic havrien entre l'espace et la surface, et ce depuis presque une semaine.

— Voilà qui est intéressant, murmura Honor en tapant une note sur son bloc mémo. Ont-ils retiré des gens de leur enclave ? A-t-on observé des signes d'évacuation ?

— Il faudrait interroger le major Isvarian ou le commissaire sur ce sujet, mais, pour ma part, je n'ai rien relevé qui aille dans ce sens.

— Ils n'ont peut-être pas besoin d'évacuer, commandant. » C'était à nouveau Tremaine. « À la différence de la plupart des enclaves, leur consulat est bâti comme un fort et il s'y trouve une force de sécurité sacrément imposante. » L'enseigne se tut un instant et se frotta le menton, les sourcils froncés. « Néanmoins, commandant, ils disposent de quelques autres enclaves – des postes de commerce avec les indigènes, juste à la limite du delta... et très au nord, maintenant que j'y pense. Elles risqueraient d'être aux premières loges si le chamane lançait une attaque sur le delta, non ?

— Ces enclaves, sont-elles étendues ? demanda McKeon avec un regard profond.

— Je n'ai fait que les survoler, monsieur, répondit Tremaine, l'air de s'excuser, mais, non, elles ne sont pas très grandes : peut-être une dizaine d'extraplanétaires et du personnel indigène dans chacune ; ce n'est cependant qu'une estimation.

— Vous pensez que leur taille a de l'importance ? demanda Honor à McKeon, et le second haussa les épaules.

— Je n'en sais rien, commandant. Mais je me dis que, si leur objectif est de nous chasser pour prendre notre place, quelques blessés dans leur camp ne feraient peut-être pas mal dans le tableau. Et encore ceci, ajouta-t-il d'un ton encore plus songeur : si la situation s'achève en bain de sang et qu'ils n'aient pas la moindre perte, il est bien possible que certains autres extraplanétaires, et pas seulement nous, se demandent comment il se fait qu'ils aient eu autant de chance.

— Vous avez peut-être raison. » Honor entra une nouvelle note dans son bloc mémo en essayant de réprimer un frisson glacé à l'idée de la préméditation qu'impliquait l'hypothèse de McKeon. Le second hocha lentement la tête, puis fronça les sourcils et se redressa dans son fauteuil.

« Une seconde, pacha, je viens de penser à quelque chose. » Il appela des données sur son terminal puis secoua la tête. « Il me semblait bien me rappeler ça. » Il regarda son commandant. « Nous venons de parler de la baisse du trafic havrien en direction de Méduse, n'est-ce pas ? » Honor acquiesça. « Eh bien, le fait est que leur trafic par le nœud est resté à un niveau constant, mais, actuellement, il n'y a que deux bâtiments de la République en orbite autour de Méduse : le courrier du consulat et un cargo, le *Sirius*. »

Honor plissa le front : ce nom lui évoquait un souvenir ; soudain, elle écarquilla les yeux.

« Précisément, dit McKeon : ce navire est en orbite de garage depuis plus de trois mois. Je deviens peut-être paranoïaque, mais ça me semble une coïncidence tout à fait remarquable, à la lumière des rapports de l'API.

— Excusez-moi, pacha, mais quels renseignements a-t-on sur ce *Sirius* ? demanda Santos. Sait-on ce qu'il fait ici ? »

Honor fit un signe de la main à McKeon, qui étudia son écran puis se tourna vers Santos.

« C'est un gros morceau : cargo de classe Astra, sept virgule six mégatonnes, dit-il. Capitaine Johan Coglin, de la marine marchande de la République populaire. D'après nos dossiers, le bâtiment subit une avarie

– ou, plus exactement, le capitaine craint d'en déclencher une s'il poursuit sa route ; Coglin dit que ses mécaniciens ont repéré une fluctuation des syntonisateurs Warshawski à la sortie de l'hyper et il a déclaré l'état d'urgence ; il attend des syntonisateurs de remplacement de Havre.

— Pardon ? » Santos se redressa brusquement dans son fauteuil et fronça les sourcils.

« Un problème, capitaine ? demanda Honor.

— Cette histoire me paraît drôlement bizarre, c'est tout, pacha. C'est vrai, je n'en sais pas très long sur les systèmes d'entretien havriens, et il ne s'agit pas de rigoler avec une fluctu des Warshawski. Si c'est bien ce qui se passe, le capitaine Coglin a sans doute bien fait de déclarer l'état d'urgence. Mais ce qui me gêne, c'est qu'une fluctu ne vous tombe pas dessus sans prévenir ; de tous les éléments d'une voile, ce sont les syntos qui supportent le plus de contraintes, si bien qu'à moins d'être complètement idiot on guette les moindres sautes de fréquence ; quand on en arrive à une véritable fluctuation, c'est qu'on a largement dépassé la date normale de réarmement ; or tous les cargos sous pavillon havrien appartiennent au gouvernement de la République et ils sont auto-assurés, ce qui fait qu'en cas de perte personne ne les rembourse ; à partir de là, ça m'étonnerait qu'ils rognent sur l'entretien comme le font certains armateurs privés.

— Un autre détail, intervint McKeon, les yeux brillants : on a plus de chances de repérer une fluctuation en entrant en hyper qu'en en sortant, parce que, lorsqu'on redescend, la fuite d'énergie tend à la dissimuler.

— Mais à quoi leur servirait-il d'inventer un prétexte pour maintenir un cargo en orbite ? » demanda le lieutenant Panowski d'un ton un peu plaintif. Honor se tourna vers lui et il prit l'air gêné. « Ils ont déjà un courrier en orbite permanente, commandant ;

qu'est-ce qu'un cargo peut faire et qu'un courrier ne peut pas faire ?

— Je n'en sais rien, répondit Santos, mais je viens de penser à une autre bizarrerie dans l'histoire du *Sirius*. Ils ont un problème de fluctuation de synto, d'accord ? Alors, pourquoi rester les bras ballants à attendre des pièces détachées de la mère patrie ? Ça fait déjà trois mois qu'ils sont ici, mais, à moins d'avoir atteint un niveau de panne dangereux, ils pourraient se rendre à Manticore en passant par le terminus : c'est un saut très bref, qui ne tire qu'à peine sur les syntos, et un des grands chantiers navals de là-bas pourrait leur changer une voile complète, à plus forte raison des syntonisateurs, en moins de deux mois. Et même en admettant qu'ils aient peur d'emprunter le nœud, pourquoi ne pas commander les pièces de rechange sur Manticore ? Ça leur reviendrait drôlement moins cher, ça irait beaucoup plus vite que les faire venir de chez eux, et en plus nous avons des flottilles entières de bâtiments de réparation privés ; si les Havriens envoient de nouveaux syntos, ils devront soit dépêcher leur propre navire de réparation pour les installer, soit louer les services d'un des nôtres, et le temps qu'ils passent en orbite doit leur coûter bien plus en profits perdus que ce qu'ils nous paieraient les pièces. » Elle secoua la tête. « Non, ils doivent manigancer quelque chose, pacha. Il n'y aucune raison économique ni mécanique qui explique leur façon de s'y prendre.

— Que sait-on de sa cargaison, commandant ? demanda le lieutenant Brigham. Sait-on ce qu'il transporte et quelle était sa prochaine destination, par exemple ?

— Le capitaine McKeon vient de vous exposer tous les renseignements que nous possédons, répondit Honor en faisant la moue. Ce cargo était en orbite avant notre arrivée, c'est donc le capitaine Young qui lui en a donné l'autorisation. »

Chacun se radossa autour de la table en faisant très attention à ne pas manifester son dégoût et, malgré ses soucis, Honor dut porter la main à ses lèvres pour dissimuler un sourire.

« Dans ce cas, commandant, dit l'enseigne Tremaine, nous devrions peut-être y opérer une inspection douanière ? Je pourrais emmener le second-maître Harkness à bord d'un cotre et...

— Non, Scotty. » Honor avait parlé presque distraitement et elle ne vit pas le jeune officier piquer un fard de plaisir à l'entendre employer son diminutif. « C'est impossible : le *Sirius* a déjà été inspecté par le *Sorcier*... » Quelqu'un émit un grognement ironique et Honor dut se mordre la langue ; puis elle adressa à ses officiers un regard aussi sévère que possible et revint à Tremaine.

« Bref, le bâtiment dispose d'une autorisation d'orbite officielle. Nous ne pouvons pas le réinspecter sans preuve solide que son capitaine a menti à Lord Young, et, même si je suis persuadée que l'ingénieur en chef Santos a vu juste et que leur excuse pour rester autour de Méduse n'est qu'un prétexte, nous n'en avons aucune preuve, n'est-ce pas ? »

Tremaine acquiesça d'un air morose et Honor haussa les épaules.

« Plus important, peut-être : si nous retournions y jeter un coup d'œil, nous abattrions nos cartes ; ils sauraient que nous avons repéré quelque chose de louche dans leur attitude. Si nous abordons d'un point de vue "paranoïaque" (elle adressa un petit sourire à McKeon) ce qui n'est en fait qu'une coïncidence innocente, nous n'aurons pas fait grand mal ; en revanche, s'ils mijotent réellement quelque chose, ils risquent de prendre peur et de faire machine arrière ou de trouver un autre moyen pour parvenir à leurs fins – un moyen dont nous ignorerons tout.

— Il y a un autre élément à considérer, pacha. » McKeon soupira. « Vous l'avez dit, le *Sirius* a reçu l'autorisation de rester en orbite ; son capitaine pourrait tout simplement nous refuser l'accès à son bord et, comme nous n'avons aucune preuve qu'ils sont impliqués dans les incidents sur la planète ni qu'ils ont menti à Lord Young, nous ne disposerions d'aucun motif valable pour leur forcer la main ; nous n'arriverions qu'à soulever une vague de protestations interstellaires.

— Je m'en remettrais, répondit Honor d'un ton froid ; mais je ne vois aucun moyen d'inspecter ce navire sans leur mettre la puce à l'oreille.

— Vous savez, pacha, fit Santos d'un ton songeur, nous ne pouvons peut-être pas monter à son bord, mais un bon examen détaillé de l'extérieur nous en apprendrait peut-être pas mal. » Honor se tourna vers elle et la mécanicienne haussa les épaules. « J'ignore quoi, mais ça pourrait être intéressant. » Elle se tut un instant, puis elle plissa les yeux. « D'abord, j'aimerais bien comparer leur propulsion aux relevés techniques qu'ils ont fournis au *Sorcier* ; si ce Coglin a bidouillé un rapport sur une fausse avarie, il est possible qu'il se soit planté et qu'une incohérence s'y soit glissée.

— Par exemple ?

— Ça dépend. » Santos se laissa aller contre son dossier et se tirailla la lèvre. « Il n'y a peut-être rien – s'ils sont futés, il n'y aura même rien du tout – mais, s'ils ont vraiment un problème de fluctu, on devrait distinguer clairement de grosses traces d'usure sur leurs noyaux alpha : le métal devrait être au moins piqué, peut-être même carrément brûlé, et le poinçon de remplacement de la bobine principale devrait être sacrément ancien. »

Honor hocha la tête, méditative. On remplaçait toujours les bobines gravifiques principales des noyaux alpha d'un bâtiment lorsqu'on changeait les syntonisateurs ; dans un sens, les bobines faisaient partie des syntonisateurs, car elles s'usaient à égalité, et chacune portait un poinçon avec la date d'installation. Plus intéressant encore, les bobines gravifiques étaient visibles de l'extérieur, et il y avait de très bonnes chances qu'un examen rapproché permette de distinguer le poinçon.

« Si nous nous approchons suffisamment pour cet examen, commandant, intervint Webster, je devrais pouvoir mesurer facilement leur activité com ; peut-être même l'intercepter. » Il rougit sous le regard d'Honor, car ce qu'il proposait était interdit par une bonne demi-douzaine de conventions interstellaires tout ce qu'il y avait d'officielles et il risquait un châtiment rigoureux simplement pour en avoir fait la suggestion.

« Je suis pour, dit soudain McKeon. Si nous trouvons une incohérence comme celle dont parle Dominica, ça peut constituer la preuve dont vous avez besoin, pacha.

— Il n'est pas impossible qu'un synto tombe en panne avant la date prévue, fit Santos, mais ce n'est pas courant. Si nous observons une différence entre l'usure réelle des noyaux alpha du *Sirius* et l'usure normale d'un syntonisateur, je peux vous rédiger une déclaration où j'exposerai mes soupçons, pacha ; ce sera un témoignage d'expert, et ça constitue un motif de supposition du bien-fondé d'une accusation devant n'importe quel tribunal de l'Amirauté.

— N'importe quel tribunal de l'Amirauté manticorienne », la reprit Honor en essayant de conserver une voix claire malgré la boule qui lui obstruait la gorge : ces officiers autrefois si hostiles étaient aujourd'hui prêts à prendre des risques pour elle ; elle baissa les yeux sur ses mains pendant un moment.

« Très bien, mesdames et messieurs ; je vais informer dame Estelle de vos commentaires et suggestions. En attendant, je veux que nous modifiions notre orbite. » Elle regarda Panowski. « Nous allons nous placer à deux cents kilomètres du *Sirius*. Une fois là (elle se tourna vers Tremaine), je veux que vous vous rendiez avec un cotre à bord du plus proche bâtiment manticorien. Je vous fournirai un message sur papier pour le capitaine.

— Un message, commandant ? Quel genre de message ?

— Je vous le dirai quand nous saurons de quel navire il s'agit, répliqua-t-elle sèchement. Mais je trouverai quelque chose. L'important, c'est que votre déplacement nous fournira un prétexte pour changer d'orbite – c'est pourquoi vous prendrez un cotre et non une pinasse, et aussi pourquoi je veux que votre déplacement soit le plus ostensible possible.

— Ah ! » Tremaine réfléchit un instant puis hocha la tête. « Oui, commandant ; je comprends.

— Je n'en doute pas. » Elle revint à McKeon. « Pendant que les lieutenants Panowski et Brigham calculeront notre nouvelle trajectoire, monsieur McKeon, je veux que vous assistiez le lieutenant Cardones ; tout devra être fait à l'aide de capteurs passifs : je sais que notre gamme de détection sera moindre, mais employer une sonde active serait aussi discret que les arraisonner directement. Il va donc nous falloir le détecteur passif le plus efficace que nous pourrons fabriquer et je désire que vous arrangiez ça avec Rafe à l'avance.

— Oui, commandant. » McKeon soutint son regard avec assurance. « Nous allons nous en occuper.

— Parfait. » Honor prit une inspiration et se leva en parcourant à nouveau des yeux ses officiers réunis. « Nous savons tous ce que nous avons à faire ; alors, au travail. » Ils se levèrent à leur tour mais se figèrent quand elle leva la main.

« Avant que vous ne sortiez, dit-elle à mi-voix, je tiens simplement à vous remercier tous. »

Elle ne précisa pas de quoi ; mais, en observant leur expression, elle sut que ce ne serait jamais nécessaire.

Chapitre vingt-six

Sans tapage ni cérémonie, le HMS *Intrépide* s'écarta doucement de son ancienne orbite et gagna la nouvelle, puis un cotre sortit de son hangar d'appontement et se dirigea vers un gigantesque cargo manticorien, porteur d'un message invitant le capitaine à souper avec le commandant Harrington. Sans nul doute, le marchand serait surpris – et peut-être un peu inquiet – de cette invitation, mais personne sur la passerelle de l'*Intrépide* n'y accordait la moindre attention, non plus qu'au cotre : tous étudiaient attentivement les écrans où s'affichaient les résultats de l'examen prudent que les instruments passifs faisaient subir au VSMRP *Sirius*.

C'était un bâtiment énorme, songeait Honor en observant l'affichage de son fauteuil de commandement. L'*Intrépide* lui-même aurait tenu à l'aise dans une de ses grandes cales, et cette capacité même confirmait les remarques de Santos : immobiliser un navire de cette taille plus longtemps que nécessaire revenait à jeter son argent par les sabords ; aucun propriétaire – même une administration gouvernementale comme le ministère du Commerce de Havre – n'agirait ainsi sans une excellente raison.

Elle se laissa aller contre le dossier de son fauteuil et jeta un coup d'œil en direction du poste tactique. Cardones et McKeon, côte à côte, se penchaient sur la console du capteur principal, et Webster ne lâchait pas ses panneaux de communication des yeux ; si des messages étaient émis de ce bâtiment, c'était en faisceaux directifs, c'est-à-dire épouvantablement difficiles à intercepter, mais, avec des gestes de chirurgien, l'officier des transmissions fouillait délicatement l'espace à l'aide de ses ordinateurs : s'il y avait le moindre faisceau dans cette zone, Webster le détecterait, Honor en était certaine.

Un signal intercom retentit sur sa console et elle enfonça un bouton sur son accoudoir.

« Passerelle ; ici le commandant, dit-elle.

— Pacha, le poste tactique nous a transmis le résultat de ses recherches en visuel (Dominica Santos paraissait ne pas tenir en place) et je suis en train de me repasser l'examen des noyaux arrière du *Sirius*. Je ne vois pas trace de piqûres ni de brûlures, et le poinçon dateur n'est pas visible, mais je vous garantis que ces noyaux ont quelque chose de vraiment étrange. »

Nimitz émit un petit *blic* aux oreilles d'Honor, mais elle le fit taire d'une caresse.

« Pouvez-vous envoyer vos images sur mon écran, Dominica ?

— Bien sûr, commandant. Une seconde. » Le *Sirius* disparut de l'affichage d'Honor, remplacé presque aussitôt par une photo énormément agrandie de la coque arrière du cargo ; un de ses noyaux de propulsion, plus petit qu'une tête d'épingle au milieu de la masse titanesque du navire qui occupait l'écran principal, emplissait le centre de l'affichage, et Honor fronça les sourcils. Il y avait quelque chose qui n'allait pas dans cette image, mais Honor était incapable de mettre le doigt sur l'erreur.

« Qu'est-ce qui cloche, Dominica ? demanda-t-elle au bout d'un moment.

— Ce truc est beaucoup plus gros que la normale, voilà ce qui cloche, commandant, et il a une forme bizarre, répondit Santos. Regardez. » Un curseur apparut sur l'écran, indiquant l'endroit où le noyau émergeait du blindage externe du *Sirius*, et Honor pencha la tête en remarquant une large bande d'ombre noire comme de la poix. « Vous voyez ce trou autour de la base de l'ogive du noyau ? Il n'a rien à faire là ; et regardez encore ça. » Le curseur disparut et une ligne vert vif se dessina le long du noyau ; elle partait au ras de la base, mais s'incurvait ensuite beaucoup plus vite et, lorsqu'elle arrivait à l'ogive arrondie du noyau, plus du tiers de la masse totale de l'objet se trouvait au-delà d'elle.

« Ce que je vous ai dessiné, c'est le profil normal d'un noyau, pacha, reprit Santos en faisant clignoter la ligne verte. Ce machin est beaucoup trop large pour sa longueur, et il ne s'agit pas d'une simple question de design : on ne peut pas fabriquer un noyau avec ce profil, la physique l'interdit. D'ailleurs, jetez un coup d'œil là-dessus. » Le curseur réapparut, pointé sur un épais cylindre courtaud qui saillait non loin de l'extrémité du noyau. « Ça, c'est la bobine gravifique principale, et elle a un diamètre presque deux fois supérieur à ce qu'il devrait être pour un noyau de cette taille ; un truc de ce calibre conviendrait mieux à un supercuirassé qu'à n'importe quel cargo de ma connaissance, et, s'ils le font fonctionner sous un carter de régulation pas plus costaud que ce qu'on voit d'ici, toute leur coque arrière aurait dû se transformer en mâchefer depuis belle lurette.

— Je vois. » Honor observa l'écran en se frottant l'arête du nez. « D'un autre côté, ils ont manifestement fabriqué ce que nous avons sous les yeux et ils sont arrivés ici en utilisant leur propulsion.

— Je sais, répondit Santos, mais je crois que c'est l'explication du trou à la base du noyau : à mon avis, tout ce fourbi est monté sur une espèce de vérin ; quand ils mettent la gomme, ils sortent le reste du noyau – la partie cachée par le blindage – pour l'écarter de la coque. C'est pour ça que l'ouverture est très grande : la plus grande largeur de l'ogive se tient à l'intérieur de la coque externe et ils sont obligés de la pousser en arrière pour naviguer sans danger. Pacha, si ce n'est pas un noyau d'impulseur de classe militaire bien camouflé, je mange ma console.

— Excellent travail, Dominica », murmura Honor. Elle garda le regard fixé sur l'image encore un instant puis hocha la tête. « Calculez-moi votre estimation la plus précise possible de leur capacité d'accélération – en modes impulseur et Warshawski – et mettez-la par écrit ; veillez aussi à sauvegarder toutes vos données : il faut les transmettre à ConstNav pour évaluation.

— À vos ordres, commandant. » Santos coupa le circuit, et Honor, relevant les yeux, découvrit McKeon debout près de son fauteuil, les sourcils levés.

« D'après l'ingénieur Santos, il y a une anomalie très nette dans ce bâtiment, monsieur McKeon, dit-elle, et le second acquiesça de la tête.

— Oui, commandant ; j'ai entendu la fin de votre conversation ; et, de mon côté, j'ai un élément à y ajouter : le lieutenant Cardones et moi-même avons découvert que les noyaux du *Sirius* sont chauds. »

Ce fut au tour d'Honor de hausser les sourcils. « Est-ce qu'il pourrait s'agir d'un test des systèmes ?

— Ça m'étonnerait, commandant. Nous mesurons une pleine charge de prépropulsion à la fois sur les noyaux alpha et bêta du côté de la coque où nous nous trouvons, à l'avant et à l'arrière ; pour un test des systèmes, on ferait chauffer les alpha ou les bêta, mais pas les deux. Et puis pourquoi tester les noyaux avant et arrière en même temps ? En outre, le niveau d'énergie est constant depuis plus de dix minutes. »

Honor s'adossa pour le dévisager, songeuse, et elle vit ses propres pensées défiler derrière les yeux gris du second. Aucune loi n'interdisait à un bâtiment de maintenir ses impulseurs en prépropulsion sur une orbite de garage, mais cela n'arrivait pratiquement jamais : l'énergie était relativement peu chère à bord d'un vaisseau stellaire, mais même la centrale à fusion la plus efficace avait besoin de masse de réaction et les impulseurs consommaient beaucoup d'énergie, même en prépropulsion ; maintenir un tel niveau de charge alors que ce n'était pas indispensable était le meilleur moyen de faire grimper les frais généraux ; en outre, cela ne faisait pas de bien au matériel : les ingénieurs et mécaniciens étaient dans l'impossibilité d'exécuter les tâches d'entretien normales tant que les moteurs étaient chauds, et les composants eux-mêmes n'avaient qu'une durée de vie limitée ; les garder en mode de prépropulsion quand ce n'était pas absolument nécessaire réduisait leur espérance de vie, ce qui, à son tour, augmentait les frais généraux.

Tout cela pour dire qu'aucun capitaine de cargo n'aurait maintenu ses moteurs en prépropulsion sans un motif extrêmement valable ; mais ce n'était pas vrai pour un capitaine de bâtiment de guerre : en partant à froid, il fallait presque quarante minutes pour monter les bandes gravitiques des impulseurs ; avec des noyaux chauds, on pouvait réduire ce temps à un peu plus de quinze minutes.

« C'est très intéressant, monsieur McKeon, murmura Honor.

— Ce bâtiment me paraît de plus en plus curieux, acquiesça le second, avec ses noyaux d'impulseur disproportionnés et en pleine charge de prépropulsion ; à mon avis, vous tenez l'anomalie qui vous permet de monter à son bord, commandant.

— Peut-être que oui, peut-être que non. » Honor se mâchonna la lèvre et sentit Nimitz, qui avait perçu son humeur soucieuse, lui mordiller le lobe de l'oreille. Avec un sourire, elle le déposa sur ses genoux pour mettre ses oreilles à l'abri puis, redevenue grave, regarda McKeon.

« Le problème, reprit-elle, c'est que rien ne les oblige à nous montrer les véritables spécifications de leur propulsion, et aucune loi ne dit qu'ils doivent construire un cargo dont les moteurs respectent une logique économique. Le fait que leurs noyaux soient chauds et ne présentent pas l'usure qu'on attendrait en cas de panne de syntos semble bel et bien indiquer qu'ils ont menti au *Sorcier* sur la nature de leurs ennuis techniques, mais ça s'arrête là. Un bon avocat n'aurait sans doute pas grand mal à réfuter ces arguments et nous serions forcés de reconnaître qu'ils n'ont même pas envoyé une seule navette sur la planète – ni ailleurs, si on va par là – depuis plus de deux mois et demi qu'ils sont en orbite ; s'ils n'ont de contact physique avec personne, nous pouvons difficilement les accuser de contrebande. Ils restent à leur place autour de Méduse et s'occupent de leurs petites affaires comme de bons marchands respectueux des lois ; à partir de là, la possibilité d'agir sur notre conviction reste extrêmement précaire et, en outre, je n'aime pas trop l'idée d'abattre notre jeu. »

Elle caressa les oreilles de Nimitz, en proie à une indécision qui ne lui était pas coutumière. D'un côté, elle pouvait sans doute trouver une justification, même des plus minces, à l'envoi d'une équipe d'inspection sur la base de ses observations ; mais, dans ce cas, et si les Havriens manigançaient bel et bien un coup fourré, ils sauraient aussitôt qu'elle avait des soupçons, sans compter qu'ils déposeraient instantanément toutes sortes de plaintes diplomatiques. Ce qui la tracassait le plus, c'était son incapacité à déterminer ce qui l'intimidait davantage : la crainte de révéler sa suspicion ou celle de déclencher des protestations. Elle penchait pour la première, mais une petite voix insistante se demandait si ce n'était pas plutôt la seconde.

Elle ferma les yeux et s'efforça d'examiner les différentes options avec tout le détachement dont elle était capable. La pierre d'achoppement, dans cette affaire, c'était que, selon les lois interstellaires, le capitaine du cargo avait le droit de refuser l'entrée à ses inspecteurs, si fondés que fussent leurs soupçons, sauf si Honor avait la preuve qu'il avait enfreint la loi manticorienne ou mis clairement en péril la sécurité manticorienne, et aucun des éléments dont elle disposait ne constituait une véritable infraction. Si le capitaine Coglin lui interdisait de monter à son bord, elle n'aurait qu'une alternative : accepter le soufflet ou expulser le *Sirius* de l'espace manticorien. Elle en avait l'autorité nécessaire pour tout navire qui refusait l'inspection, quel que soit le faisceau de soupçons qui pesait sur lui, si elle le décidait, mais elle devrait justifier son geste devant l'Amirauté et elle voyait d'ici les gros titres des journaux : LA FLOTTE EXPULSE UN NAVIRE MARCHAND MALGRÉ SES MOTEURS ENDOMMAGÉS. UN OFFICIER MANTICORIEN INCONSCIENT ENVOIE UN CARGO À LA MORT DANS L'HYPERESPACE. HAVRE PROTESTE CONTRE L'EXPULSION INHUMAINE D'UN CARGO ENDOMMAGÉ PAR LE COMMANDANT HARRINGTON.

Elle eut un frisson d'angoisse tout en songeant qu'elle saurait faire face aux retombées, le cas échéant ; Dieu savait que certains organes de presse sur Manticore avaient déjà trouvé des horreurs à écrire sur elle – surtout ceux que contrôlaient Hauptman et ses affidés ! Non, le véritable hic, c'était que, si elle expulsait le *Sirius*, elle mettrait certes des bâtons dans les roues de Havre, mais elle ne saurait jamais quels étaient leurs plans et elle n'aurait jamais la certitude qu'ils n'allaient pas essayer de les exécuter par d'autres moyens, d'autant que, très vraisemblablement, une opération aussi lourde devait comporter des plans de rechange, si bien que...

« Commandant ? »

Elle ouvrit les yeux et découvrit Webster à côté de McKeon.

« Oui, monsieur Webster ?

— Excusez-moi, commandant, mais j'ai pensé que vous voudriez être au courant : il y a un réseau com de sécurité tripolaire entre le *Sirius*, le consulat havrien et le courrier du consulat. » Honor pencha la tête et Webster eut un petit haussement d'épaules. « Je ne peux guère vous en dire plus, pacha ; ils utilisent des lasers extrêmement étroits, pas des lasers com normaux, et ils ne se transmettent pas grand-chose. J'ai largué quelques détecteurs passifs, mais ils ne captent que l'enveloppe de la porteuse ; je ne peux pas les brancher directement sans placer un des capteurs dans l'axe d'un des lasers, et ça, ils s'en apercevraient sûrement.

— Vous pouvez déterminer si les messages sont brouillés ?

— Non, commandant, mais, vu l'étroitesse des rayons, ça ne m'étonnerait pas ; aucune raison technique ne justifie d'employer des lasers aussi concentrés sur des distances aussi réduites ; par conséquent, ce doit être un système de sécurité.

— Je vois. » Honor hocha la tête et, en elle, l'indécision fit place à la sérénité. « Monsieur McKeon, dès que monsieur Tremaine sera revenu à bord, je veux que nous retournions sur notre orbite d'origine, mais sur l'arrière du courrier havrien.

— À vos ordres, commandant », répondit automatiquement McKeon, mais Honor lut la perplexité dans son regard.

« Gardez l'œil sur le *Sirius*, reprit-elle, mais tâchez également de découvrir si les noyaux du courrier sont chauds eux aussi. Nous avons, je pense, établi assez clairement qu'il se passe des événements curieux dans la région et que Havre en est à l'origine, mais nous ignorons encore de quoi il s'agit. Je veux le savoir, monsieur McKeon ; je veux les prendre la main dans le sac devant tout le monde.

— Oui, commandant. » Le second avait compris et Honor hocha la tête.

« En attendant, je veux qu'on place l'*Intrépide* en prépropulsion lui aussi. Si l'un ou l'autre de ces bâti ments commence à se déplacer, je veux être capable de le prendre en chasse. Compris ?

— Compris, commandant.

— Bien. » Elle se tourna vers son officier des communications. « Monsieur Webster, il me faut une ligne sécurisée avec dame Estelle.

— À vos ordres, commandant. Je m'en occupe tout de suite. »

Honor regarda ses deux subordonnés reprendre leur poste, puis elle se radossa et caressa Nimitz en contemplant d'un œil lointain l'image du noyau d'impulseur du *Sirius*.

« Vous avez raison, Honor ; ils mijotent quelque chose, c'est évident. » À l'écran, le visage de dame Estelle paraissait fatigué, et Honor se demanda si elle était retournée se coucher après leur conversation de la nuit.

« Je ne pense pas que cela fasse le moindre doute, en effet, répondit-elle ; surtout maintenant que nous avons confirmation que la propulsion du courrier est chaude elle aussi. Je vous l'avoue sans plaisir, dame Estelle : je n'aime pas ça du tout.

— Je ne vous le reprocherai pas. » Le commissaire se frotta les yeux puis reposa les mains sur son bureau avec un soupir. « Ils ne se tiendraient pas en prépropulsion s'ils ne prévoyaient pas de se déplacer, et ce fichu courrier bénéficie de l'immunité diplomatique : nous ne pourrons pas l'arrêter s'il fait mine de s'en aller.

— Je m'inquiète moins de savoir si j'ai le droit de l'arrêter ou non que du fait qu'ils sont deux, madame », répondit Honor d'un air morne. Dame Estelle lui jeta un coup d'œil perçant et Honor haussa les épaules. « Je n'ai aucune envie de déclencher un incident diplomatique mais, ce qui me tracasse, c'est que je ne dispose que d'un seul bâtiment ; si j'ai deux proies qui partent dans deux directions différentes, je ne pourrai en prendre qu'une en chasse.

— Mais quel est le rapport ? fit le commissaire d'un ton presque gémissant. De mon côté, j'ai des indigènes drogués jusqu'aux yeux, armés de fusils à poudre et endoctrinés pour massacrer les extraplanétaires à la chaîne, et du vôtre vous avez deux navires spatiaux en mode de prépropulsion ! Quel est le rapport ?

— Je l'ignore... pour l'instant. Mais je suis sûre qu'il en existe un, et leur volume de transmissions me paraît important à cet égard.

— J'en conviens. » Dame Estelle avait la mine lugubre. « Je vais voir ce que je peux en tirer.

— En tirer ? » Honor leva les sourcils, étonnée, et dame Estelle eut un sourire las.

« Je ne suis pas aussi confiante que le souhaiteraient mes supérieurs haut placés du ministère des Affaires médusiennes. Mes agents et moi-même avons... euh... récupéré, disons, quelques appareils de communication qui ne figurent pas sur la liste du matériel officiel de mon enceinte ; nous nous en servons pour surveiller de près les communications des enclaves extraplanétaires.

— Ah bon ? » Honor battit des paupières, abasourdie, et dame Estelle laissa échapper un petit rire.

« Vous n'êtes pas obligée de le crier sur tous les toits, Honor. Cela pourrait créer beaucoup de remous.

— J'imagine », acquiesça Honor ; elle commençait à sourire à son tour.

« Vous imaginez bien. Pour en revenir aux Havriens, nous pouvons garder l'œil sur leur volume de communications, mais pas écouter leurs transmissions : non seulement ils brouillent leurs signaux, mais en général ils les codent, en plus. Nous avons réussi à casser leurs derniers systèmes de brouillage – à moins qu'ils ne les aient encore modifiés depuis hier et que je n'en aie pas été informée – mais nous n'arrivons pas à grand-chose avec leur encodage.

— Sont-ils au courant de vos activités, à votre avis ?

— Difficile à dire ; mais ce n'est pas impossible, surtout s'il y a une communication directe entre leur courrier et leur fameux cargo, répondit dame Estelle d'un air songeur. D'ici, nous n'interceptons pas leurs transmissions de navire à navire ; cela leur laisserait donc au moins un canal sûr.

— Mais cela impliquerait que le cerveau de l'opération soit dans l'un ou l'autre, observa Honor, sans quoi ils seraient obligés de faire transiter tous les ordres par le consulat.

— Exact. » Les doigts de Matsuko frappèrent nerveusement son bureau sur un rythme syncopé, puis elle fit la grimace. « J'ai horreur de ce travail de devinettes, soupira-t-elle.

— Moi aussi », dit Honor. Elle se frotta le bout du nez. « Enfin, quoi qu'ils manigancent, ils y travaillent manifestement depuis un bon moment et, d'après le parent de votre chef de clan, il vaudra mieux éviter de passer l'hiver dans le delta. C'est dans combien de temps ? Deux mois, c'est cela ?

— À peu près. Vous pensez donc que nous disposons de ce laps de temps pour aller au fond de l'affaire ?

— Je n'en sais rien ; nous commençons seulement à assembler les pièces du puzzle, mais le résultat devrait suffire à nous inciter à nous dépêcher, qu'ils soient ou non sur le point de déclencher l'opération. D'un autre côté, nous en avons assez découvert pour que je puisse prendre des mesures officielles.

— Des mesures officielles ? Comment ça ?

— Je suis en train de préparer un message où j'expose tous les faits, mes soupçons et mes conclusions, à remettre en mains propres au Premier Lord des Forces spatiales, répondit Honor, sombre. Il va peut-être me prendre pour une folle, mais peut-être aussi nous enverra-t-il de l'aide.

— Combien de temps cela prendrait-il ?

— Dans le meilleur des cas, étant donné la minceur de nos informations, il faudrait probablement dans les cinquante heures, et cela en supposant qu'il ne me juge pas délirante et qu'il ait quelqu'un dans les parages à détourner de sa route pour nous l'envoyer. Franchement, je serais étonnée d'obtenir une réaction utile avant trois ou quatre jours, mais au moins ce serait un pas dans la bonne direction.

— Et jusque-là nous sommes livrés à nous-mêmes.

— Oui, madame. » Honor se frotta de nouveau le bout du nez. « Où en est la patrouille de Barney ?

— Elle devrait se mettre en route d'ici... (dame Estelle jeta un coup d'œil à son chronomètre) vingt minutes. Barney se trouve au hangar pour le dernier briefing ; ensuite, il reviendra ici. Les hommes ont l'ordre exprès de ne pas atterrir sans en référer préalablement à la base, mais il va leur demander d'ouvrir l'œil sur tout ce qu'ils survoleront de bizarre en se rendant à la zone cible ; ainsi, nous devrions au moins déterminer où le chamane et ses ouailles ne sont pas.

— Très bien. J'aimerais adjoindre leurs découvertes, bonnes ou mauvaises, à ma dépêche à l'amiral Webster. En tout cas, je me sentirai personnellement beaucoup mieux une fois que nous aurons une idée un peu plus précise de la gravité de la situation à la surface.

— Moi aussi. » Dame Estelle se redressa. « Parfait, Honor ; merci. Je vais travailler de mon côté. Avertissez-moi s'il se produit du nouveau du vôtre.

— Je n'y manquerai pas, madame. »

Honor coupa la communication et croisa les jambes. Elle joignit le bout de ses doigts sous son menton, sa pose préférée pour réfléchir, et se laissa bercer par le doux murmure des ordres et des réponses qu'échangeaient ses officiers de passerelle. Au bout d'un laps de temps indéterminé, elle inspira profondément et baissa les mains.

« Monsieur McKeon ?

— Oui, commandant ? » Le second se tourna vers elle et elle lui fit signe d'approcher ; il se dirigea vers son fauteuil alors qu'elle se mettait debout.

« Je crois que nous en arrivons à la phase finale du jeu, murmura-t-elle afin de n'être entendue que de lui. Il est possible que je me trompe, mais il y a trop d'éléments convergents. » Elle se tut et McKeon acquiesça de la tête.

« J'ai étudié le plan de déploiement de Papadapolous et il me paraît bon, poursuivit-elle, mais je veux qu'on y apporte deux modifications.

— Oui, commandant ?

— D'abord, je désire qu'on embarque dès maintenant les fusiliers à bord des pinasses ; la place est suffisante pour qu'ils y logent – ils devront dormir à tour de rôle sur les couchettes, mais en se serrant ils devraient tous y tenir –, et je veux qu'ils se tiennent prêts à se faire larguer à tout instant. Ils auront le temps d'enfiler leur armure en descendant ou même une fois au sol.

— Oui, commandant. » McKeon sortit son bloc mémo et y tapa quelques notes. « Et la seconde modification ?

— Je veux qu'on ramène le lieutenant Montoya et tout notre personnel médical à bord de l'*Intrépide*, à mi-quart si c'est possible.

— Pardon, commandant ? » McKeon cligna des yeux, surpris, et Honor réprima un sourire acerbe.

« Officiellement, j'estime injuste d'obliger dame Estelle et l'API à n'avoir droit qu'à l'assistance de notre médecin subalterne en cas d'incident sur Méduse ; étant donné le nombre bien supérieur d'années de service du médecin-chef Suchon, il me semble beaucoup plus raisonnable de les faire profiter de son expérience.

— Je comprends, commandant. » Une petite étincelle avait commencé à s'allumer dans les yeux de McKeon. « Et la raison... euh... officieuse ?

— Officieusement, monsieur McKeon, fit Honor d'un ton austère, dame Estelle et Barney Isvarian disposent de leur côté d'un excellent personnel médical, sans compter tous les médecins civils qui résident dans les enclaves. À eux tous, ils devraient arriver à traîner le poids mort que constitue Suchon. » L'aigreur du ton d'Honor fit faire la grimace à McKeon, mais il acquiesça.

« En outre, reprit-elle au bout d'un moment, le lieutenant Montoya a beau avoir dix ans de moins de Suchon, il est meilleur praticien qu'elle ne le sera jamais ; si jamais nous avons besoin d'un médecin ici, il nous le faudra tout de suite et je veux le meilleur possible.

— Pensez-vous vraiment que nous en aurons besoin ? » McKeon ne put dissimuler son étonnement et Honor haussa les épaules, mal à l'aise.

« Je l'ignore. Disons que j'ai un pressentiment, à moins que ce ne soient mes nerfs. Mais je me sentirai beaucoup mieux avec Suchon à terre et Montoya à bord de l'*Intrépide*.

— Compris, pacha. » McKeon rangea son bloc mémo et hocha la tête. « Je vais m'en occuper.

— Très bien. Pendant ce temps, je serai dans mes quartiers ; j'ai un message à écrire. » Elle sourit – d'un sourire étrange où se mêlaient la fatigue, l'inquiétude, la pénible conscience de sa propre ignorance, le tout sous-tendu par ce qui était peut-être de l'exaltation – et McKeon sentit lui venir la chair de poule.

« Qui sait ? fit-elle encore, toujours avec le même sourire bizarre. Peut-être aurai-je des éléments intéressants à y ajouter d'ici quelques heures. »

Elle pénétra dans l'ascenseur avec son chat, et McKeon resta quelques secondes immobile à contempler la porte qui s'était refermée derrière elle, en se demandant pourquoi son sourire lui avait à ce point fait froid dans le dos.

Chapitre vingt-sept

Le lieutenant Frances Malcolm de l'Agence de protection des indigènes médusiens s'étira en bâillant dans son siège baquet. Le glisseur survolait rapidement les piémonts cahoteux et les étendues interminables de mousse dans le murmure assourdi de ses turbines. Il y eut un choc derrière la jeune femme ; elle se retourna et vit que le caporal Truman, le canonnier, venait de se délester un peu brutalement de sa tourelle dorsale.

« Excusez, Franny. » Malcolm réprima une grimace : comme Barney Isvarian, elle sortait du corps des fusiliers, mais l'API n'était pas très rigoureuse sur le formalisme des rapports entre ses agents et Truman était un ancien policier de carrière qui avait demandé sa mutation de la police de San Giorgio City, sur Manticore. Elle avait renoncé à essayer d'en faire un soldat ; d'ailleurs, se réprimanda-t-elle, c'était sans doute inutile : l'API n'était pas le Corps des fusiliers marins, mais ses membres avaient beau paraître désinvoltes à l'observateur étranger, ils savaient garder la tête froide quand on les jetait dans la mêlée.

« J'ai oublié mon thermos », poursuivit Truman ; il ramassa le récipient isolé puis remonta d'un bond sur le marchepied de tir. Malcolm entendit la bouteille s'ouvrir puis le café couler en glougloutant, et elle secoua la tête avec un vague sourire : en effet, on était très loin des fusiliers !

« On arrive au kilomètre trois cents, Franny », murmura son pilote, et elle hocha la tête. Ils effectuaient leur vol en mode de balayage standard depuis le delta, ce qui avait ralenti leur taux de progression à près de soixante-quinze kilomètres à l'heure ; elle avait l'impression de se traîner, surtout après le briefing où Isvarian avait insisté sur l'urgence de la situation, mais au moins ils approchaient de la limite que les estimations donnaient à la distance parcourue par le nomade mourant, et ils pouvaient affirmer avec une relative assurance qu'il ne se dissimulait pas de groupes considérables de Médusiens armés de fusils dans la zone survolée : personne ne pouvait cacher autant de canons en acier ni d'organismes qui dégageaient de la chaleur à ses détecteurs, et...

« C'est quoi, ça ? » La voix du sergent Hayabashi interrompit ses pensées et elle leva la tête. Le sergent observait ses instruments, le front plissé, et Malcolm pinça les lèvres en apercevant le point clignotant sur son écran.

« Une source d'énergie, dit-elle bien inutilement ; le système électrique d'un appareil aérien ou un petit générateur.

— De toute façon, ça n'a rien à faire dans le coin, n'est-ce pas ? fit Hayabashi, et Malcolm secoua la tête.

— Non ; mais ne sautons pas aux conclusions, sergent, dit-elle d'un ton sentencieux. Nous sommes là pour chercher des indigènes camés ; il pourrait s'agir d'un appareil qui s'est posé à cause d'une panne.

— C'est ça ; et moi, je suis ma vieille fille de tante », répliqua Hayabashi. Malcolm sourit en entendant le ton acide du sergent. « En tout cas, ce truc... »

Le sergent se tut : le point lumineux venait de s'éteindre. Il enfonça quelques touches puis regarda le lieutenant, les sourcils froncés. « Le scan a été coupé, annonça-t-il.

— J'ai vu. » Malcolm régla ses propres instruments. « On a perdu le LOS ; peut-être une colline qui s'est interposée... ou bien il est caché derrière quelque chose et on l'a aperçu par hasard.

— Caché ? » Hayabashi lui lança un regard perçant et elle haussa les épaules.

« Je n'ai jamais dit que cet écho était innocent, sergent, seulement que c'était possible. » Puis, s'adressant au pilote : « Faites demi-tour en cercle, Jeff, et descendez à une centaine de mètres ; je veux un contact visuel avec ce truc si nous arrivons à le repérer.

— Demi-tour engagé », répondit le pilote. Le glisseur opéra un virage serré et Hayabashi émit un grognement tout en passant en mode visuel.

« Eh ben, merde », marmonna-t-il au bout d'un instant, puis il fit la grimace. « Excusez, lieutenant, mais vous aviez raison. Vous voyez, là ? »

Le sergent tapotait l'écran du bout du doigt. Malcolm tendit le cou, puis elle plissa les yeux en découvrant l'aérocar recouvert d'un filet de camouflage posé juste à l'entrée d'une grotte apparemment naturelle. Elle hocha la tête et jeta un coup d'œil à ses détecteurs thermique et magnétique : ils n'indiquaient rien.

« Maintenez-nous en sur-place, Jeff, dit-elle au pilote ; et vous, Truman, ouvrez l'œil, ajouta-t-elle pardessus son épaule en activant le lien com avec le centre de contrôle de l'API. Je ne pense pas qu'il y aura de problème, mais n'oublions pas l'attaque du labo. Tout ça m'a l'air rudement sus... »

Une alarme se mit à hurler sur sa console et elle se retourna, saisie : des signatures magnétiques apparaissaient soudain, accompagnées de sources thermiques ; tels des éclairs de chaleur, elles envahirent son affichage comme si elles surgissaient du sol – et, au même instant, elle comprit que c'était précisément ce qui se passait. La grotte n'était qu'une des entrées de ce qui devait être un immense système de cavernes situé presque à la verticale du glisseur, et des indigènes en jaillissaient comme si le demi-tour de l'appareil avait constitué un signal !

Et ils avaient ouvert le feu. Des bouffées de fumée naissaient de la mousse comme des champignons vénéneux et se mélangeaient en un étonnant tapis de brume gris-blanc. Le glisseur se cabra sous l'impact de centaines de projectiles de dix-huit millimètres et quelqu'un poussa un cri derrière Malcolm.

Le glisseur n'était pas blindé ; les composants de la coque étaient à la fois élastiques et résistants, mais ils ne formaient pas un caparaçon, et des balles traversaient cette peau fine. Malcolm entendit Truman lâcher un juron incrédule d'une voix de fausset, mais sa tourelle à pulseur était déjà en action et chacun de ses canons crachait des carreaux explosifs revêtus d'une chemise à fragmentation en céramique, à une cadence de plus de mille coups à la minute. Son tir déchira le sol comme un fouet de feu, éventrant la mousse et les Médusiens avec une égale indifférence ; cependant, il ne pouvait tirer que dans une seule direction à la fois et les indigènes continuaient à surgir de nouveaux trous.

Les turbines hurlèrent quand le pilote les lança à plein régime, mais il était trop tard : le sergent Hayabashi se convulsa brusquement dans son siège avec un rauque gémissement de souffrance lorsqu'une balle de gros calibre lui traversa le corps de bas en haut ; elle ressortit entre ses épaules en éclaboussant le toit de la cabine de sang et de morceaux de chair, et le sergent s'effondra sur ses écrans. Malcolm sentit l'odeur du sang et des organes déchirés, et soudain des trous déchiquetés apparurent dans le carter de la turbine tribord ; le moteur se mit à laisser fuir la flamme vive de l'hydrogène en train de brûler.

C'était un cauchemar. Commotionnée, horrifiée jusqu'au plus profond d'elle-même, elle laissa ses doigts agir d'eux-mêmes ; ils ne tremblaient pas et sa voix était parfaitement calme lorsqu'elle approcha le micro de ses lèvres.

« Contrôle API, ici Sierra-un-un, position trois cents kilomètres au nord de la Trois-Fourches. » La turbine endommagée explosa en enveloppant de flammes tout un flanc du fuselage, jusqu'à ce que le pilote éperdu coupe enfin l'arrivée d'hydrogène ; Malcolm sentit le glisseur commencer à vibrer selon une étrange et violente harmonique sous l'incroyable pluie des balles grossières qui heurtaient ses bobines antigrav. « J'essuie le feu d'indigènes armés ; nous avons des pertes ; nous perdons de l'altitude. » Truman poussa un cri suraigu et tomba de sa tourelle en tenant son abdomen d'où jaillissait le sang ; les lourds pulseurs se turent.

« Procédure d'atterrissage forcé ! » brailla le pilote sans cesser de se battre avec ses commandes : à chaque seconde qui passait, il s'efforçait de mener son appareil en perdition un peu plus loin des Médusiens qui tentaient de l'abattre.

« Je répète, Sierra-un-un perd de l'altitude, contrôle API, fit Malcolm, toujours du même ton anormalement monocorde. Demande secours, je répète, demande secours ! »

Elle arracha le casque com de sa tête et se précipita vers Truman, qui criait en se tordant à terre, pour récupérer sa tourelle dorsale ; elle s'inséra dans l'appareil tout en contrebalançant les ruades du glisseur à l'agonie et boucla sur ses épaules le harnais antichoc qu'aurait dû porter Truman ; les agrafes descendirent et se verrouillèrent, et elle déversa une tornade de feu sur la foule hurlante des Médusiens qui se ruaient vers la seule zone plane où le pilote pouvait espérer poser son engin.

Ils touchèrent terre avec une violence à pulvériser les os des passagers, et Malcolm s'accrocha à ses armes avec un grognement de douleur quand les sangles du harnais mordirent dans sa chair. Quelqu'un poussa un cri, mais le pilote connaissait son boulot : le glisseur marsouina sur le sol en poussant devant lui une vague de mousse déchiquetée et en laissant derrière un sillage d'éclats et de pièces métalliques, au milieu d'un nuage de poussière tourbillonnante, mais ils s'arrêtèrent sains et saufs.

Et des milliers de nomades médusiens se précipitaient sur eux en hurlant.

Malcolm entendit les sanglots, les gémissements et les cris étranglés des membres de son équipage blessés ou mourants, mais elle entendit aussi les sabords de tir s'ouvrir brutalement et le premier fusil pulseur se mettre à siffler. Malgré le harnais antichoc, elle s'était cogné la tête durant la glissade chaotique de l'appareil et du sang lui coulait dans l'œil gauche, mais le droit y voyait bien ; le témoin de charge brillait toujours sur les canons jumeaux de la tourelle et les organes de pointage émirent un bourdonnement régulier quand elle appuya sur la pédale.

Elle leva ses armes et, les faisant aller et venir de droite à gauche, se mit à tirer sur l'effrayante marée de Médusiens. Elle les massacrait par dizaines, par centaines, et il en arrivait toujours de nouveaux. Des éraflures se dessinèrent sur la tourelle, provoquées par les balles qui continuaient à pleuvoir sur le glisseur ; certaines provenaient de derrière le lieutenant et des éclats de plastique lui entaillèrent le visage, arrachés à la surface interne de l'épaisse verrière du cockpit, mais Malcolm, agrippée à ses poignées, continua de cracher son feu dans la masse vociférante.

Elle tirait toujours quand des gourdins et des crosses de fusils défoncèrent la tourelle et que des dizaines de mains indigènes l'extirpèrent du harnais.

Les couteaux attendaient.

Le terminal de communication sonna discrètement sur le bureau d'Honor.

Elle sortit de la douche en séchant vigoureusement sa courte tignasse, puis enfila son kimono sur sa peau humide et prit l'appel.

« Commandant ? » C'était Webster ; Honor se tendit en notant sa voix anxieuse. « Transmission prioritaire du lieutenant Stromboli.

— Passez-le-moi.

— À vos ordres, commandant. » Le visage de Webster disparut, remplacé par celui, inquiet, de Max Stromboli.

« Qu'y a-t-il, lieutenant ? » Honor fit exprès de parler d'une voix plus grave que d'habitude, avec un débit plus lent, et le lieutenant prit le temps de respirer.

« Commandant, je crois qu'il faut que vous le sachiez – nous avons reçu des messages d'un glisseur de l'API il y a de ça un quart d'heure ; ils disaient que des Échassieux leur tiraient dessus et que l'appareil perdait de l'altitude ; ensuite, plus rien. Le contrôle aérien essaye toujours de les contacter mais sans succès.

— Était-ce la patrouille du major Isvarian ? » Malgré sa maîtrise d'elle-même, Honor n'avait pu s'empêcher de prendre un ton abrupt.

« Oui, commandant, je crois. Et... » Stromboli s'interrompit pour écouter un interlocuteur invisible à l'écran, puis il fit de nouveau face à Honor. « Commandant, je ne sais pas s'il y a un rapport – je ne vois pas lequel il pourrait y avoir –, mais le cargo havrien, le *Sirius*, vient de commencer à se dégager de son orbite sans nous prévenir. »

Cette dernière donnée paraissait laisser Stromboli plus perplexe qu'inquiet, mais Honor sentit un picotement lui parcourir la peau. Elle fut soudain saisie du même sentiment de certitude qui l'envahissait lorsqu'elle avait à effectuer une manœuvre tactique complexe : par un coup d'intuition, toutes les pièces du puzzle venaient brusquement de tomber en place. Mais c'était impossible ! C'était complètement grotesque ! Pourtant, c'était la seule solution qui correspondît aux éléments en sa possession.

Stromboli eut un mouvement de recul devant le regard soudain durci de son commandant. Elle remarqua sa réaction et lui sourit.

« Merci, lieutenant. Vous avez bien fait ; je m'occupe du reste. »

Elle coupa le circuit et souleva un petit panneau en plastique transparent sur le flanc de son terminal ; seule la console de la cabine du commandant possédait ce système et elle appuya le pouce sur le gros bouton rouge ainsi découvert.

Le hululement strident de l'alerte aux postes de combat de l'*Intrépide* retentit à travers tout le croiseur léger. Les hommes d'équipage roulèrent à bas de leurs couchettes, lâchèrent leurs tasses de café, jetèrent cartes à jouer et lecteurs, et se ruèrent à leurs postes. L'alarme, brutale et suraiguë, était conçue pour résonner jusque dans la moelle des os et il aurait fallu être mort pour ne pas y réagir.

Laissant la sirène hurler, Honor appela la passerelle. C'était Panowski qui était de garde et il écarquilla les yeux d'un air ahuri en reconnaissant le commandant sur l'écran de l'intercom.

« Mettez les moteurs en route – et tout de suite, lieutenant ! ordonna-t-elle.

— À vos ordres, commandant ! » Panowski salua sa caméra puis se passa la langue sur les lèvres. « Qu'est-ce qui se passe, commandant ? bafouilla-t-il, mais elle l'interrompit d'un geste sec.

— Plus tard, les explications. Que les transmissions appellent dame Estelle ; je veux lui parler quand j'arriverai à la passerelle. Et maintenant faites-moi démarrer ces moteurs, lieutenant ! »

Elle éteignit son écran et, d'un bond, gagna son placard ; d'un seul mouvement fluide, elle l'ouvrit à la volée, en sortit sa combinaison antivide et se débarrassa de son kimono ; puis elle s'assit sur le bord du lit et enfila les pieds dans la combinaison souple de la Flotte, à peine plus encombrante que celles de plongée de l'ère préspatiale et beaucoup moins que celles, rigides, des mineurs de météorites et des ouvriers de construction ; Honor s'en réjouit tandis qu'elle branchait les divers tuyaux avec une hâte douloureuse avant de continuer à enfiler le vêtement sur sa peau encore humide. Elle enfonça les bras dans les manches, boucla hermétiquement la combinaison, puis prit son casque et ses gants dans le placard tout en passant en revue les témoins lumineux : tout était au vert.

Nimitz avait sauté de son juchoir dès le début de l'alerte ; il avait effectué l'exercice aussi souvent qu'Honor et il avait galopé jusqu'à l'espèce de boîte qu'elle avait fixée à la paroi dès son arrivée à bord, juste en dessous de la plaque immortalisant son record de vol à voile. Ce n'était pas du matériel fourni par la Flotte et Honor avait payé une petite fortune pour le faire fabriquer, car il s'agissait d'un module de survie fait sur mesures, à la taille de Nimitz, et muni de la même balise de recherche et de secours qu'une combinaison spatiale ordinaire, avec une capacité de survie de cent heures. La porte se referma automatiquement derrière le chat dès qu'il fut entré ; il ne pouvait pas l'ouvrir de l'intérieur mais, à moins d'un coup au but, il pouvait s'en tirer même si, au cours d'un combat, la cabine se trouvait exposée au vide.

Honor prit seulement le temps de vérifier le verrouillage de la porte, puis elle disparut par le panneau de la cabine et se rua vers l'ascenseur.

La sirène se tut alors qu'elle était encore en train de monter et c'est d'un pas délibérément vif mais assuré qu'elle pénétra sur la passerelle. Tous les officiers étaient à leur poste et elle les entendit annoncer à mi-voix l'état de préparation des systèmes, tandis que le tableau de combat passait avec une rapidité réjouissante de l'ambre au rouge signalant qu'il était paré.

McKeon l'avait coiffée au poteau : il se tenait déjà auprès du fauteuil de commandement, les mains dans le dos, le visage calme mais le haut du front emperlé de gouttelettes de transpiration. Elle le salua de la tête et se glissa dans son siège ; affichages et écrans se déployèrent autour d'elle, l'entourant d'un flot d'informations qui n'attendaient que son regard, mais ses yeux restaient fixés sur McKeon.

« Situation ?

— Tous les postes sont parés, commandant, répondit le second avec raideur. Impulseurs en préparation : nous devrions avoir la capacité de déplacement dans dix minutes. Le *Sirius* est parti depuis six minutes huit... à quatre cent dix g. »

Il se tut et Honor serra les dents ; c'était une vitesse faible pour la plupart des bâtiments de guerre mais inaccessible pour un cargo, et elle confirmait les déductions de Santos : seuls des impulseurs militaires pouvaient donner une telle accélération à un navire de la taille du *Sirius*... et seul un compensateur d'inertie de classe militaire pouvait permettre à son équipage d'y survivre.

« Le courrier ? » Elle s'exprimait d'un ton sec et McKeon fronça les sourcils.

« Il a commencé à mettre ses impulseurs sous tension juste après nous, commandant.

— D'accord. » Honor jeta un coup d'œil par-dessus son épaule. « Avons-nous une ligne ouverte avec le commissaire résident, monsieur Webster ?

— Oui, commandant.

— Passez-la sur mon écran. » Honor ramena son regard sur la console à l'instant où apparaissait le visage blême de dame Estelle. Le commissaire ouvrit la bouche, mais Honor leva la main. « Pardonnez-moi, dame Estelle, mais le temps nous est compté. Je pense avoir compris ce qui se passe. Avez-vous d'autres nouvelles de votre patrouille ? » Estelle Matsuko secoua la tête sans répondre et les traits d'Honor se figèrent un peu plus.

« Très bien. Je débarque mes fusiliers. » Elle lança un coup d'œil de biais à McKeon, qui acquiesça et enfonça une touche d'intercom pour transmettre l'ordre. « À part cela, il n'y a pas grand-chose que je puisse faire pour vous, je regrette ; et, à moins que je ne me trompe fort, nous n'allons pas tarder à avoir des problèmes de notre côté.

— Je comprends, fit dame Estelle, mais il faut que vous sachiez quelque chose avant d'entreprendre quoi que ce soit, commandant. » Honor inclina la tête en faisant signe au commissaire de poursuivre. « Nous avons capté une transmission de la zone où notre patrouille a disparu juste après avoir perdu le contact avec le lieutenant Malcolm ; elle était brouillée mais pas codée, et nous venons d'éliminer le brouillage. Le transmetteur ne s'est pas identifié et il s'est servi d'un nom de code pour le destinataire, mais, aussitôt après, nous avons détecté une communication du consulat havrien au cargo ; je pense donc que nous pouvons deviner de qui il s'agissait.

— Que disait le message ? » demanda Honor d'une voix tendue. Sans répondre, dame Estelle fit rejouer la transmission et le regard d'Honor devint froid et inexpressif lorsqu'une voix d'homme jaillit de son com.

« Ulysse ! Ulysse a commencé, nom de Dieu ! Ce taré de chamane a pété les plombs ! Ils sont tous en train de sortir des grottes et je ne peux pas les retenir ! Ces connards de camés ont déclenché l'opération ! »

En arrière-plan, on entendait le mugissement de voix médusiennes et les détonations sèches d'innombrables fusils ; soudain, ce fut le silence : le commissaire venait d'arrêter l'enregistrement.

« Merci, dame Estelle, dit Honor d'une voix monocorde. Je comprends ce qui se passe. Bonne chance. »

Elle coupa le circuit puis, sans un regard pour McKeon, se pencha sur son affichage principal, entra les chiffres de leur orbite de garage et y superposa différents vecteurs. Ç'allait être juste, mais la circulation orbitale était bien moindre que naguère et, si elle réussissait son coup...

« Combien de temps avant l'impulsion ? demanda-t-elle sans lever les yeux.

— Quatre minutes et vingt secondes », répondit McKeon d'une voix tendue et Honor hocha la tête. C'était faisable – probablement. Elle injecta les données d'état de préparation des différents postes que lui fournit McKeon et un décompte avant exécution commença de défiler régulièrement sur son écran.

« Merci. Les fusiliers sont partis ?

— Oui, commandant, avec le médecin-chef Suchon. Le lieutenant Montoya est arrivé à bord il y a une heure. »

Cette fois, elle leva les yeux et ses traits pétrifiés s'illuminèrent d'un sourire bref mais sincère à la vue de la lueur amusée qui dansait dans le regard de McKeon. Puis le sourire s'évanouit et elle revint à son affichage de manœuvres.

« Nous nous lançons à la poursuite du *Sirius*, monsieur McKeon. Nous devons impérativement l'arrêter avant qu'il ne quitte le système. Quel est son cap actuel ?

— Il court sans dévier sur deux-sept-quatre par zéro-neuf-trois direct par rapport à la primaire, commandant, répondit sèchement le lieutenant Brigham à la place du second.

— Qu'y a-t-il là-bas, Mercedes ?

— Selon son cap et son accélération actuels, il atteindra le mur hyper à environ une minute-lumière de notre côté de la vague Tellerman, commandant », dit Brigham au bout d'un moment, et Honor retint une bordée de jurons : elle redoutait quelque chose de ce genre.

« Impulseurs dans trois minutes, commandant, annonça McKeon.

— Monsieur Webster !

— Oui, commandant ?

— Tenez-vous prêt à enregistrer un message pour le lieutenant Venizelos, au Centre de contrôle de Basilic, à relayer immédiatement au QG de la Flotte. Brouillage de la Flotte, pas d'encodage ; priorité un. »

Des têtes se tournèrent vers elle et la pomme d'Adam de Webster fit un bond subit.

« À vos ordres, commandant. Prêt à enregistrer.

— Monsieur Venizelos, vous réquisitionnerez le premier transporteur disponible du nœud pour transmettre le message suivant au QG de la Flotte. Début de message : Code d'authentification Lima-Mike-Écho-neuf-sept-un. Urgence Zoulou. Je répète : Zoulou, Zoulou, Zoulou. Fin de message. » Elle entendit McKeon inspirer brusquement derrière elle. « C'est tout, monsieur Webster, reprit-elle calmement. Transmettez quand vous voulez. » Webster ne répondit pas tout de suite, mais ce fut d'une voix anormalement égale.

« À vos ordres, commandant. Transmission urgence Zoulou. » Encore un court silence, puis : « Urgence Zoulou transmise, commandant.

— Merci. » Honor aurait aimé se laisser aller contre son dossier et respirer un bon coup, mais elle n'en avait pas le temps : le message qu'elle venait d'ordonner à Webster d'envoyer et à Venizelos de transmettre à Manticore n'était jamais utilisé pendant les exercices, pas même durant les manœuvres les plus acharnées ou les plus réalistes de la Flotte. « Urgence Zoulou » avait une seule et unique signification : invasion imminente.

« Commandant, êtes-vous sûre... ? fit McKeon, mais la main levée d'Honor l'interrompit.

— Décompte avant impulseurs, monsieur McKeon ?

— Quarante-trois secondes.

— Merci. » Elle entra l'estimation en notant au passage que Dominica Santos retranchait plusieurs secondes à ses chiffres d'origine. Une nouvelle valeur de temps avant exécution apparut sur son affichage, puis le défilement reprit. « Monsieur Killian ?

— Oui, commandant ? » Les épaules du pilote étaient visiblement contractées, mais sa voix demeurait calme.

« Cap à trois-cinq-sept par un-sept-un, monsieur Killian. À mon commandement, je veux une accélération de trois cents gravités sur ce cap pendant dix secondes, puis cap à deux-sept-quatre par zéro-neuf-trois direct à puissance militaire maximum. »

Un silence stupéfait s'abattit sur la passerelle, encore plus profond que celui qui avait succédé à son message d'urgence ; puis le chef Killian regarda Honor par-dessus son épaule.

« Commandant, ce cap...

— Je sais exactement où ce cap nous emmène, monsieur Killian, coupa sèchement Honor.

— Commandant... (c'était Brigham cette fois, qui parlait d'un ton très formaliste) la loi m'oblige à vous signaler qu'en suivant ce cap vous allez couper les réseaux de circulation planétaire.

— C'est noté. Monsieur Braun (Honor ne regarda même pas le timonier et elle s'exprimait d'un ton presque distrait), veuillez inscrire dans le journal de bord l'avertissement du maître de manœuvres et ajouter que j'en endosse la pleine responsabilité.

— À vos ordres, commandant. » Braun avait répondu d'un ton parfaitement égal, mais il avait l'air inquiet, comme s'il s'attendait à voir Honor se mettre soudain à délirer.

« Bandes gravitiques en place et nominal, commandant », dit McKeon d'une voix rauque ; Honor, les yeux fixés sur son affichage, regardait les secondes filer.

« Le cap est entré, monsieur Killian ?

— Euh... oui, commandant. Trois-cinq-sept, un-sept-un ; accélération trois cents gravités pendant dix secondes ; changement de cap à deux-sept-quatre, zéro-neuf-trois direct entré aussi, commandant.

— Merci. » Honor sentit la tension de McKeon toujours à côté d'elle, mais elle n'avait pas le temps de s'en occuper. « Combien de temps avant que les impulseurs du courrier soient parés ?

— Trente-six secondes, commandant, répondit le lieutenant Cardones d'une petite voix.

— Très bien. » Le temps d'un battement de cœur et le compte à rebours atteignit son terme. « Exécution, monsieur Killian !

— Exécution », répéta le patron d'embarcation d'un ton presque dévot, et le HMS *Intrépide* bondit aussitôt en avant et vers le « bas » à une accélération d'un peu plus de quatre mille six cents m/s2.

Les doigts d'Honor se crispèrent sur les accoudoirs de son fauteuil, mais elle ne cilla même pas lorsque les quatre-vingt-huit mille tonnes de son croiseur plongèrent en hurlant au cœur du trafic orbital de Méduse. Elle avait établi ce vecteur à l'estime, sans les calculs ni les contre-vérifications minutieux qu'exigeait le Manuel mais qu'elle n'avait pas le temps d'effectuer, et son esprit fonctionnait selon l'étrange mode de surrégime qui était le sien dans ces moments-là. Elle savait que le vecteur était correct, avec une certitude absolue qui n'admettait pas le moindre doute, et l'*Intrépide* suivait le rail invisible qu'elle avait fixé dans l'espace à une vitesse qui augmentait de près de trois kilomètres par seconde à chaque seconde qui passait.

Le courrier havrien apparaissait droit devant sur l'affichage visuel d'Honor ; ses noyaux d'impulseur commençaient à luire mais ils n'étaient pas encore fonctionnels. De la vapeur jaillissait de ses réacteurs de manœuvre d'urgence : le capitaine, affolé, tentait d'éviter la charge aveugle de l'*Intrépide* ; mais, vu le temps dont il disposait, ces réacteurs trop faibles ne pourraient déplacer le bâtiment que de quelques mètres, tandis que le croiseur léger fondait sur lui tel un faucon vengeur.

Avec une brusque inspiration, les officiers d'Honor se raidirent dans l'attente de l'impact inévitable et suicidaire, mais le visage de leur commandant resta de marbre : la périphérie du champ de propulsion de l'*Intrépide* frôla violemment le courrier à moins de deux kilomètres, très à l'intérieur du périmètre de sécurité de ses moteurs. Un geyser d'alliage vaporisé jaillit de l'arrière du petit bâtiment lorsque les bandes gravitiques du croiseur, infiniment plus puissantes que les siennes, transformèrent ses noyaux arrière en gaz incandescents ; puis l'*Intrépide* poursuivit sa course et le fond d'étoiles tournoya follement sur les écrans comme le navire militaire prenait un brutal virage en oblique pour s'éloigner de la planète et passait aussitôt en pleine puissance d'urgence, sous une accélération de cinq cent vingt gravités.

« Mon Dieu ! » s'exclama quelqu'un : l'*Intrépide* venait de filer sous le nez d'un cargo de quatre millions de tonnes en orbite à une distance d'à peine dix kilomètres. Honor ne daigna même pas tourner la tête : du regard, elle cherchait déjà le point rouge du *Sirius* en fuite.

« Commandant ? » À son ton, Webster paraissait aussi ébranlé que ses collègues.

« Oui, Samuel ? répondit Honor distraitement.

— Commandant, j'ai un message du courrier. Ils ont l'air plutôt énervés, à bord, commandant.

— J'imagine. » Honor se surprit à sourire ironiquement et perçut aussitôt une baisse de la tension qui tenaillait ses officiers. « Passez-le-moi sur mon écran.

— Oui, commandant. »

Sur l'affichage apparut l'image d'un très jeune officier vêtu de l'uniforme vert et gris de la Marine populaire. Il arborait des galons de lieutenant et son visage était un curieux mélange moucheté du rouge de la colère et du blanc de l'effroi.

« Commandant Harrington, je proteste contre votre façon de piloter illégale et irresponsable ! s'écria le jeune homme. Vous avez failli détruire mon bâtiment ! Tout notre arrière...

— Je regrette profondément, le coupa Honor de son ton le plus apaisant. Je crois que je ne regardais pas où j'allais.

— Vous ne regardiez pas où... ? » Le lieutenant havrien s'interrompit et serra les mâchoires. « J'exige que vous vous arrêtiez et que vous m'aidiez à faire face aux avaries que vous nous avez infligées ! gronda-t-il.

— Je regrette, mais c'est impossible, commandant.

— Selon la convention interstellaire de... » Honor le coupa de nouveau avec un sourire amène.

« Techniquement, je suis dans mon tort, je sais, commandant, fit-elle, toujours d'un ton apaisant, mais je suis sûre que le commissaire résident de Sa Majesté saura vous fournir toute l'assistance nécessaire. En attendant, nous sommes un peu trop occupés pour pouvoir nous arrêter. Au revoir, commandant. »

Elle éteignit le com, interrompant du même coup les protestations que bredouillait le lieutenant, et se laissa aller contre son dossier.

« Eh bien, quel chauffard je fais ! » murmura-t-elle.

Ses officiers la regardèrent bouche bée pendant une seconde, puis un éclat de rire où perçait le soulagement ébranla la passerelle. Elle sourit mais, quand elle leva les yeux vers McKeon, il avait une expression lugubre et son regard n'avait rien d'amusé.

« Vous avez arrêté le courrier, pacha, dit-il à mi-voix en se servant des éclats de rire pour couvrir ses propos, mais le cargo ?

— Je vais l'arrêter aussi. Par tous les moyens.

— Mais pourquoi, commandant ? Vous disiez avoir compris ce qui se passait, mais du diable si j'y comprends quoi que ce soit, moi !

— Le départ du *Sirius* constituait le dernier élément qui me manquait. » Honor parlait à voix si basse qu'il dut se pencher pour entendre. « Je sais où il va, voyez-vous.

— Comment ? » McKeon sursauta, puis reprit son sang-froid et parcourut la passerelle du regard. Une dizaine de paires d'yeux étaient braquées sur lui et son commandant, mais elles retournèrent bien vite à leurs instruments sous le coup d'œil noir qu'il leur lança. Puis il se retourna vers Honor, l'air interrogateur.

« Quelque part par là, Alistair, sans doute à quelques heures d'hypervol, se trouve une escadre de combat havrienne, peut-être même une force opérationnelle entière, et le *Sirius* a rendez-vous avec elle. »

McKeon devint pâle comme un mort et ses yeux s'agrandirent.

« C'est la seule réponse qui tienne debout, poursuivit-elle. Les drogues et les fusils débarqués sur la planète devaient déclencher contre les enclaves une attaque indigène censée nous prendre par surprise et déboucher sur un bain de sang ; les Médusiens devaient massacrer tous les extraplanétaires qui leur tomberaient sous la main – y compris, comme vous l'avez vous-même souligné, les agents commerciaux de Havre dans les enclaves du Nord. D'ailleurs, fit-elle en parlant plus lentement, les lèvres dures et les yeux étincelants d'une soudaine intuition, je parierais que le gouvernement havrien a officiellement affecté le *Sirius* à l'une de ces enclaves. » Elle hocha la tête. « Ça couronnerait parfaitement l'affaire, vous ne croyez pas ?

— Comment ça, commandant ? » McKeon avait perdu pied et il s'en rendait compte.

« Ils tentent un coup de main pour s'emparer de la planète, déclara Honor tout de go. Le capitaine du *Sirius*, "affolé", s'enfuit devant l'insurrection indigène ; au cours de sa fuite, il va tomber "par hasard" sur une escadre ou une force opérationnelle de la République "en manœuvres de routine" dans la région ; naturellement, il va tout raconter au commandant havrien, qui, horrifié et saisi de la volonté de sauver la vie des extraplanétaires, va aussitôt se précipiter vers Méduse avec toute sa flotte pour écraser le soulèvement des indigènes. » Elle regarda McKeon et vit une lueur de compréhension s'allumer dans ses yeux.

« Et cela fait, poursuivit-elle à voix très basse, il proclamera la mainmise de Havre sur tout le système, en se fondant sur l'incapacité manifeste de Manticore d'assurer l'ordre et la sécurité publique à la surface de la planète.

— C'est délirant ! » murmura McKeon, mais il s'exprimait comme un homme qui essaye de se convaincre lui-même, pas sur le ton de la protestation. « Ils savent bien que nous ne nous soumettrions jamais !

— Vraiment ?

— Sûrement ! Et toute la Flotte n'est qu'à un transit par trou de ver de Méduse, pacha !

— Peut-être s'imaginent-ils pouvoir réussir. » La voix d'Honor était froide et sans passion, au contraire de ses pensées. « Il a toujours existé un courant contre l'annexion au Parlement ; ils croient peut-être qu'un bain de sang sur Méduse auquel s'ajouterait leur présence sur les lieux fournirait l'appui nécessaire à ce courant pour enfin prendre le dessus.

— Ça n'arrivera jamais ! gronda McKeon.

— Sans doute, en effet ; mais ils portent sur la situation un regard extérieur et ne se rendent peut-être pas compte que leurs chances sont infimes ; peut-être aussi pensent-ils réussir leur coup quelle que soit la réaction des xénophobes du Parlement. Si leur plan avait fonctionné comme ils l'avaient prévu – en supposant que je ne me trompe pas quant à leurs intentions –, nous n'aurions eu aucun motif préalable de suspecter une implication de leur part ; étant donné les circonstances, le bâtiment en poste, pris de court, aurait probablement été trop occupé à tenter de régler la situation en surface pour s'inquiéter du départ du *Sirius*. Nous aurions très bien pu ne pas nous en rendre compte tout de suite, auquel cas il se serait éclipsé pour alerter leur force tactique ou Dieu sait quoi et la ramener sans que nous ne nous soyons aperçus de rien. Si cela s'était déroulé ainsi, les Havriens auraient pris pied dans le système de Basilic avant même que notre Flotte ait seulement eu le temps de se retourner. »

Elle s'interrompit et entra des chiffres dans sa console de manœuvres avec une vitesse et une précision qui laissèrent McKeon pantois. Les résultats apparurent à l'écran et elle les désigna du doigt.

« Regardez : s'ils sortent d'hyper juste à la limite d'une réciproque du cap actuel du *Sirius*, ils se trouveront à peine à douze minutes-lumière de Méduse ; s'ils poussent jusqu'à la vélocité maximale de sécurité, ils peuvent arriver en orbite planétaire moins de trois heures et demie plus tard, même au taux d'accélération d'un supercuirassé. Ils seront aussi à un peu plus de onze heures-lumière virgule trois du terminus, ce qui veut dire qu'ils pourront l'atteindre en vingt-huit heures et quarante-cinq minutes. Si nous ignorions leur arrivée avant leur sortie d'hyper, ils auraient tout le temps nécessaire pour se disposer autour du terminus et attendre que la Flotte essaye de l'emprunter. »

McKeon pâlit. « Ce serait un acte de guerre ! protesta-t-il.

— Ce qui se passe là-bas aussi, fit Honor en indiquant du pouce la direction générale de Méduse. Mais les événements à terre ne constitueraient un acte de guerre que si nous en connaissions les responsables, et ils ont tout fait pour nous convaincre que les fusils et la drogue ont été fournis par des criminels manticoriens. Selon le même raisonnement, leur blocus du terminus ne deviendrait un acte de guerre que si nous tentions de le franchir et qu'ils nous tiraient dessus. Si j'ai bien deviné leur plan, ils n'ont pas dû placer toute leur flotte dans la région ; d'ailleurs, dans le cas contraire et s'ils étaient prêts à combattre, ils n'auraient pas besoin de prétextes : ils n'auraient qu'à foncer sur Basilic, prendre possession du terminus et tout serait dit. Mais s'ils ne disposent que d'une ou deux escadres, alors là, oui, nous pourrions les chasser du système même s'ils nous attendaient ; nos pertes seraient considérables, mais les leurs atteindraient pratiquement cent pour cent, et ils doivent bien s'en douter.

— Mais alors, nom de Dieu, à quoi jouent-ils ?

— Je crois qu'ils nous la font au bluff, répondit Honor à mi-voix. Ils espèrent que nous n'oserons pas engager le combat s'ils sont en position de nous mettre vraiment à mal, que nous prendrons le temps de négocier et que nous découvrirons alors chez nous une opinion publique opposée à de lourdes pertes pour reprendre un système dont les anti-annexionnistes ne veulent de toute manière pas. Mais s'il s'agit bien d'un bluff, c'est une raison supplémentaire pour n'employer qu'une force relativement réduite : ils peuvent toujours désavouer les initiatives du commandant responsable, en prétendant qu'il s'est laissé emporter par une inquiétude légitime pour les extraplanétaires exposés au massacre médusien et qu'il a outrepassé son autorité ; ça leur laisse une porte de sortie pour faire machine arrière tout en sauvant la face, surtout si personne ne sait qu'ils sont responsables des tueries. Mais réfléchissez bien, Alistair : les événements de Méduse ne sont en réalité qu'un à-côté de la question, un prétexte ; ce n'est pas la planète qu'ils veulent, c'est le contrôle d'un deuxième terminus du nœud. Même s'ils n'ont qu'une chance sur cinquante de réussir, le jeu n'en vaudrait-il pas la chandelle de leur point de vue ?

— Si. » Il n'y avait plus trace de doute dans la voix de McKeon et il hocha la tête d'un air sinistre.

« Je peux néanmoins me tromper quant à l'importance de leur force dans la région ou à leurs dispositions à se battre, dit Honor. Après tout, leur flotte est plus grande que la nôtre, et ils peuvent supporter de perdre quelques escadres de combat à l'engagement d'une guerre, surtout s'ils peuvent nous infliger un taux de pertes favorable en retour. Ça va être une véritable course contre la montre pour amener des renforts ici à temps pour les arrêter, même avec notre code Zoulou : notre message va mettre treize heures et demie pour parvenir au QG de la Flotte, mais le *Sirius* peut entrer en hyper d'ici deux heures cinquante minutes – mettons trois heures ; disons qu'ils retrouvent ceux qui les attendent trois heures plus tard : en supposant une accélération de leur escadre de quatre cent vingt g, leurs unités pourraient arriver en douze heures et au nœud en quarante et une, ce qui ne laisserait au QG que vingt-sept heures et demie tout juste à partir de la réception de notre code Zoulou pour couvrir le terminus ; en prenant l'hypothèse que l'amiral Webster réagisse aussitôt et dépêche la Flotte depuis son orbite manticorienne sans une minute de retard, le trajet prendra... » Elle tapa de nouveaux chiffres sur sa console de manœuvres, mais McKeon la devança.

« À peu près trente-quatre heures pour des supercuirassés, ou trente heures et demie s'ils n'envoient rien de plus lourd qu'un croiseur de combat, murmura-t-il entre ses dents serrées, et Honor acquiesça.

— Par conséquent, s'ils sont disposés à combattre, ils auront plus de trois heures pour larguer des mines à énergie autour du terminus et prendre les positions les plus avantageuses avant que la Flotte arrive ; ce qui signifie que le seul moyen de ne pas nous retrouver avec un engagement massif sur les bras, c'est d'arrêter le *Sirius* avant qu'il parvienne à son rendez-vous.

— Comment comptez-vous vous y prendre, commandant ?

— Nous sommes encore en espace manticorien et les événements de Méduse constituent à l'évidence une "situation d'urgence". Étant donné les circonstances, j'ai l'autorité nécessaire pour arraisonner n'importe quel navire, quelle que soit sa nationalité.

— Vous savez que Havre ne souscrit pas à cette interprétation de la loi interstellaire, commandant », fit McKeon à mi-voix, et Honor hocha la tête. Depuis des siècles, Havre soutenait le point de vue selon lequel ce droit d'inspection n'était rien de plus que le droit d'interroger un bâtiment à l'aide de signaux, sauf s'il avait l'intention de faire escale ou avait effectivement, depuis la dernière inspection, fait escale sur le territoire du système stellaire qui demandait l'inspection. Depuis qu'elle avait des visées expansionnistes, la République avait modifié sa position (à l'intérieur de sa sphère d'autorité) pour l'accorder à celle que la majorité de la galaxie acceptait : le droit d'inspection incluait de pouvoir arrêter physiquement et fouiller tout navire suspect dans l'espace territorial de l'inspecteur sans tenir compte de ses mouvements passés ou projetés. Mais les Havriens avaient refusé cette interprétation concernant le territoire des autres puissances stellaires ; à terme, ils seraient obligés de réviser là encore leur position, car cette norme à deux vitesses irritait fort le reste de la galaxie (y compris la Ligue solarienne, qui, hormis la guerre, disposait de toutes sortes de moyens de rétorsion), mais ce n'était pas encore le cas, à partir de quoi le capitaine du *Sirius* pouvait parfaitement arguer de la traditionnelle interprétation havrienne de la loi et refuser de s'arrêter lorsqu'on le lui ordonnerait.

« S'il ne met pas en panne de bon gré, eh bien, je l'y forcerai », dit Honor. McKeon la dévisagea en silence et elle lui rendit son regard sans ciller. « Si Havre peut désavouer les actes d'un amiral ou d'un vice-amiral, Sa Majesté peut en faire autant de ceux d'un capitaine de frégate », reprit-elle, toujours à mi-voix.

McKeon demeura un moment les yeux fixés sur elle, puis il hocha la tête. Il n'était pas nécessaire d'évoquer l'étape suivante du raisonnement car il la connaissait aussi bien qu'elle : un officier général pouvait survivre à un désaveu officiel, mais pas un capitaine de frégate. Si Honor tirait sur le *Sirius* et, de ce fait, provoquait un incident interstellaire à la suite duquel la reine Élisabeth ne pouvait plus que renier son geste, la carrière d'Honor était finie.

Comme il s'apprêtait à souligner ce point, elle le fit taire d'un petit mouvement de la tête ; il fit demi-tour et se dirigea vers la section tactique, puis il s'arrêta à mi-chemin ; il resta immobile une seconde, et enfin revint auprès du fauteuil de commandement.

« Commandant Harrington, déclara-t-il d'un ton empreint de solennité, je partage entièrement vos conclusions et j'aimerais inscrire mon accord au journal de bord, si vous le permettez. »

Honor leva les yeux vers lui, abasourdie, et ses yeux bruns s'adoucirent. McKeon lui-même avait du mal à croire qu'il venait de prononcer ces mots car, en inscrivant son accord au journal de bord, il apportait noir sur blanc son soutien officiel à toutes les actions qu'elle pouvait commettre suite à ses conclusions ; il en partagerait la responsabilité – et le déshonneur, le cas échéant. Mais cela lui paraissait étrangement insignifiant parce que, pour la première fois depuis qu'Honor avait mis les pieds sur l'*Intrépide*, Alistair McKeon lisait dans les sombres profondeurs de ces yeux qui le regardaient une approbation totale et sans réserve.

Mais elle secoua doucement la tête.

« Non, monsieur McKeon ; je suis responsable de l'*Intrépide* – ainsi que de mes actes. Mais merci ; merci beaucoup de cette proposition. »

Elle lui tendit la main et il la serra.

Chapitre vingt-huit

« Contrôle API, ici Faucon. Nous arrivons. Estimation du temps de positionnement sur la source du dernier signal de Sierra-un-un : trois minutes. Avez-vous d'autres informations à nous communiquer ? »

En attendant la réponse, le commandant Nikos Papadapolous jeta un coup d'œil par-dessus son épaule : malgré l'espace intérieur réduit de la pinasse, l'adjudant Jenkins et le lieutenant Kilgore avaient déjà fait s'équiper la plupart des hommes des trois pelotons de la troisième section de leurs armures de combat ; à chacun d'eux était assigné un fusilier, maladroit dans son armure corporelle hors tension et occupé à passer en revue sa liste de vérifications sur des moniteurs externes ; un brouhaha d'ordres secs et de bruits métalliques emplissait le grand habitacle.

Le médecin-chef Suchon était installée juste derrière le capitaine, le dos voûté ; son visage ordinairement sombre était d'une pâleur maladive et, les doigts crispés, elle serrait sa trousse médicale d'urgence sur son plastron blindé.

« Faucon, ici contrôle API, dit soudain une voix, et Papadapolous se retourna vers sa console. Informations : négatif.

— Contrôle API, Faucon reçu. Pas d'informations supplémentaires. Nous vous tenons au courant.

— Merci, Faucon, et bonne chasse. Contrôle API, terminé.

— Faucon, terminé », répondit Papadapolous avant de porter son attention sur l'affichage topographique près de son coude. On ignorait où Sierra-un-un était tombé précisément mais on en avait une assez bonne idée ; malheureusement, le terrain était mauvais, pour dire le moins. Le commandant sentit une présence à ses côtés et leva les yeux : c'était l'enseigne Tremaine.

« Nos scanners ont relevé quelques sources d'énergie en bas, capitaine, dit le jeune homme. Nous avons transmis les données au contrôle API. »

Il avait une expression tendue, mais c'est presque avec timidité qu'il se pencha pour appuyer sur des boutons de l'affichage de Papadapolous. Deux points lumineux apparurent à un peu plus de cinq kilomètres d'écart ; les signaux étaient faibles, mais l'un des deux clignotait beaucoup plus faiblement que l'autre. Le commandant examina l'écran un moment, le front plissé, puis indiqua du doigt le plus actif.

« C'est Sierra-un-un, dit-il avec assurance.

— Comment le savez-vous, commandant ?

— Regardez le terrain, monsieur Tremaine. Celui-ci (il tapota l'affichage) n'est pas seulement plus faible, il se trouve au milieu d'une vallée qui offre la seule zone plane à des kilomètres à la ronde, mais celui-là (il désigna l'autre point) est situé au sommet d'une colline. Ou en dessous, ajouta-t-il d'un ton pensif.

— En dessous ?

— Nous ne captons qu'une trace de signal, monsieur Tremaine, or la terre constitue un excellent écran contre les détecteurs ; par conséquent, il serait logique qu'ils aient enterré la source mais, dans ce cas, ils n'ont pas fait du bon boulot : nous la repérons et quelqu'un ou quelque chose a abattu Sierra-un-un pour que les Échassieux puissent l'assaillir. Peut-être l'équipage avait-il repéré la source et voulu y jeter un coup d'œil de plus près.

— Je comprends. » Tremaine observa le point lumineux suspect et son jeune visage se durcit alors qu'il se remémorait une autre attaque contre une source d'énergie dans l'intérieur. Il se frotta le menton puis regarda le fusilier. « Vous croyez qu'il s'agissait d'un leurre ? Qu'ils ont fait exprès de s'en prendre à l'API ?

— C'est possible, répondit Papadapolous, mais j'incline à penser que c'était plutôt une maladresse. Je ne vois pas pourquoi ils auraient voulu lancer leur "insurrection" dans ce coin perdu, en pleine cambrousse. Et vous ?

— Moi non plus, commandant. Mais, avec votre permission, je vais détacher une des pinasses pour garder l'œil sur cette source ; ça en laissera deux en soutien à vos gars et, si quelqu'un a fait exprès d'attirer l'attention de l'API et qu'il essaye de décamper, nous le coincerons.

— Excellente idée, monsieur Tremaine. D'ailleurs...

— Faucon, ici API deux. » La voix de Barney Isvarian ramena le commandant à sa console com.

« API deux, ici Faucon. Je vous écoute, dit-il sèchement.

— Nikos, il nous reste encore quinze minutes avant d'arriver, mais je suis en train d'étudier les données transmises par les détecteurs de la Flotte ; à mon avis, la source à l'ouest doit être notre appareil. Vous êtes d'accord ?

— Affirmatif, major.

— Quelles sont vos intentions ?

— Je vais débarquer ma première équipe d'éclaireurs dans... (Papadapolous jeta un coup d'œil à son chronomètre puis au panneau d'état du premier peloton de la troisième section) quatre-vingt-quinze secondes ; leur premier objectif sera de boucler la zone du crash probable et de chercher des survivants. Le reste de mes hommes débarquera dans vingt kilomètres au sud-sud-est le long de la crête un-trois-cinq. Il y a une belle vallée qui court jusque-là selon un axe nord-sud, avec des versants raides ; nous allons essayer de former un bouchon pour y retenir l'ennemi, puis d'en faire notre champ de bataille.

— Compris. J'ai deux compagnies avec moi ; j'ajouterai la première à votre force principale puis j'utiliserai les antigravs pour déposer la seconde plus au nord. Nous pourrions peut-être les prendre à revers et les coincer entre nous s'ils tentent de s'enfuir. » Il y eut un silence et Papadapolous se prépara à la question qui allait inévitablement suivre. D'une voix très basse, Isvarian demanda : « Y a-t-il le moindre signe que l'équipe du lieutenant Malcolm soit encore en vie, Nikos ?

— Négatif, major », répondit Papadapolous d'une voix monocorde ; Isvarian soupira.

« Faites de votre mieux, Nikos, dit-il.

— Certainement, major. » Un vibreur retentit brutalement et une lumière vive se mit à clignoter au-dessus du sabord de troupes de la pinasse. « Nous larguons le premier peloton, major. Nous vous tiendrons au courant. Faucon, terminé. »

Le sergent Tadeuz O'Brian franchit le sabord béant et se jeta dans un millier de mètres de vide tandis que la pinasse poursuivait son chemin à toute allure. Il se laissa tomber, le reste de son peloton juste derrière lui, et ouvrit son dais antigrav ; il ne s'agissait pas d'une unité antigrav normale – la place manquait pour ce genre d'appareil : la sienne générait une force anti-g à l'autre bout de son harnais de fixation, et O'Brian poussa un grognement involontaire quand une mule enragée lui flanqua une violente ruade. Mais il y était habitué et, sans même ciller sous le choc, il déclencha les réacteurs de son armure ; il pivota sur lui-même, dans un mouvement presque instinctif à force d'heures interminables d'exercice, pour aligner ses détecteurs et ses jumelles électroniques intégrées sur le glisseur endommagé de l'API. Même les systèmes d'une combinaison d'éclaireur étaient insuffisants pour scanner au travers de la coque brisée, mais les traits du sergent se figèrent lorsque ses instruments détectèrent les corps éparpillés tout autour.

Il devait y avoir trois ou quatre cents cadavres d'Échassieux répandus sur le sol moussu, la plupart déchiquetés, lacérés par les gros carreaux à pulseur des tourelles dorsales du glisseur. Ils n'étaient pas seuls et O'Brian réprima un haut-le-cœur en repérant le premier corps humain ; apparemment, au moins un des soldats de l'API avait essayé de se sauver et s'était fait coincer en terrain découvert : son arme gisait non loin des restes atroces de ce qui avait été un homme. O'Brian forma le vœu qu'il ait été déjà mort quand les Échassieux l'avaient rattrapé, mais les poignards enfoncés dans ses membres pour clouer à terre son corps éviscéré laissaient penser le contraire.

L'exosquelette de l'armure absorba le choc de l'atterrissage et le sergent jeta un coup d'œil à son écran de contrôle : ç'avait l'air bon – un largage digne des manuels. Les balises du peloton suivaient un alignement précis tout autour du glisseur, et O'Brian plaça son propre fusil pulseur en position de tir.

« Sharon, vous vous chargez du périmètre de sécurité ; je prends les gars de Bill pour examiner le glisseur.

— À vos ordres, sergent », répondit la voix du caporal Sharon Hillyard dans son oreillette. Hillyard était une dure à cuire, jeune mais avec déjà sept ans de service à son actif, et pourtant il perçut son soulagement ; elle appela les deux plasma-canonniers de sa section. « Stimson, Hadley, prenez cette crête au nord et installez-vous pour nous couvrir. Ellen, je veux que vous et... »

O'Brian coupa la réception, fit un signe de la main à son autre caporal, et les cinq membres de la seconde escouade du peloton lui emboîtèrent le pas tandis qu'il s'approchait de l'épave.

Triste spectacle, encore pire que ce qu'avait craint O'Brian. La canonnière du glisseur avait été arrachée à sa tourelle démantelée, et il était difficile de concevoir que ce corps mutilé, écorché, ait pu être celui d'une femme. Difficile même de concevoir qu'il ait pu appartenir à un être humain, nom de Dieu ! Il contint un haut-le-cœur et poursuivit son chemin sur le sol gorgé de sang. Il allait falloir l'intervention des experts légistes pour identifier les cadavres, se dit-il – une fois qu'on aurait récupéré tous les morceaux.

Il se dirigea vers un trou béant dans le flanc du glisseur ; ses détecteurs audio captaient les crachotis et les crépitements des circuits qui crachaient des étincelles, mais pas un son vivant ne sortait de l'intérieur, et il prit une profonde inspiration. Il passa le torse par la déchirure et contempla l'horreur.

Il se rejeta brutalement en arrière, la gorge nouée, et ses traits blêmes se couvrirent de sueur. Rien ne peut ressembler à ça en dehors de l'enfer, lui dit une petite voix au milieu de l'horreur où se débattait son esprit. Il ferma les yeux puis se contraignit à regarder à nouveau, en essayant de croire qu'il s'agissait d'une scène d'holofilm et pas de la réalité.

Cela n'y changea rien. L'intérieur du glisseur était éclaboussé, barbouillé de rouge, comme si une bande de déments munis de seaux pleins de sang y avaient piqué une crise. Les consoles étaient en pièces, éventrées, et partout des tronçons humains gisaient épars ; le magma de membres tranchés, de torses défoncés et de têtes énucléées l'emplissait d'un sentiment pire que l'horreur, mais il se força à pénétrer dans l'appareil ; il cadenassa ses émotions, refusa de penser et s'en remit à son instinct et à sa formation tandis qu'il visitait le glisseur.

Il n'y avait aucun rescapé et, tout en s'efforçant d'empêcher le hideux cauchemar dans lequel il déambulait de s'imprimer dans sa conscience, il s'en réjouit, heureux qu'aucun n'ait survécu à la boucherie des Échassieux. Le visage de marbre, il acheva son examen puis fit demi-tour d'un pas raide pour sortir de l'épave, et une pensée horrifiée naquit, vacillante, dans son esprit pétrifié : Grand Dieu ! Grand Dieu, mais qu'est-ce qui peut pousser quiconque à infliger ce qu'ont subi ces gens ?

Il s'arrêta à la sortie de la coque, bloqua son armure et se laissa aller contre le soutien qu'elle lui fournissait ; puis il ferma les yeux et s'efforça de refouler ses larmes. Tout en remerciant le Ciel de sa combinaison étanche qui l'isolait de la puanteur du sang et de la mort qui l'environnait, il inspira de grandes goulées d'air jusqu'à ce qu'il se sente enfin capable d'ouvrir les yeux. Alors il s'éclaircit la gorge.

« Pas de survivant », annonça-t-il au peloton. À ses propres oreilles, sa voix sonnait vieille, éraillée, et il se réjouit que nul ne posât de questions. Il passa sur le canal de commandement.

« Faucon-cinq, Faucon-trois-trois, dit-il, puis il attendit la réponse.

— Faucon-trois-trois, Faucon-cinq, dit l'adjudant Jenkins. Allez-y.

— Faucon-cinq, il n'y a pas de survivant. Je répète, pas de survivant.

— Faucon-cinq reçu, Faucon-trois-trois. Attendez une seconde. »

O'Brian resta le dos résolument tourné au glisseur, les yeux dans le vide, cependant que Jenkins conférait avec Papadapolous ; enfin le commandant lui-même vint en ligne.

« Faucon-trois-trois, Faucon leader. Pas de survivant, bien compris. Y a-t-il des signes d'indigènes hostiles dans votre zone ?

— Négatif, Faucon leader. Il y a plusieurs centaines de cadavres mais pas signe de vivants hostiles. » Il voulut ajouter quelque chose mais s'interrompit : la balise d'Hillyard clignotait selon le code d'attention sur son écran. « Une seconde, Faucon leader. » Il commuta les canaux. « Oui, Sharon ?

— J'écoutais la conversation, sergent, et il faudrait peut-être avertir le commandant que je n'ai vu aucun fusil dans le coin ; on dirait qu'ils ont dépouillé leurs propres morts avant de dégager.

— Reçu, Sharon. » Il rebascula sur le réseau de commandement de la compagnie. « Faucon leader, Faucon-trois-trois, information : nous ne voyons pas de fusils échassieux sur le site. Il semble qu'ils aient dépouillé leur morts avant de partir.

— Pas de fusils sur le site, bien compris, Faucon-trois-trois. Ils avaient peut-être plus de cadavres que d'armes. Des indices qu'ils aient pris aussi les armes de l'API ?

— Négatif, Faucon leader. Ils... ils auraient eu le temps de les récupérer, mais j'ai repéré plusieurs fusils pulseurs et des armes de poing ; ils n'ont peut-être pas compris comment ça s'utilise.

— Espérons, Faucon-trois-trois. Très bien ; j'ai une nouvelle mission à vous confier. »

Le premier groupe de glisseurs de l'API passa au-dessus d'eux, virant au sud pour déposer leurs troupes derrière la vague de Médusiens qui avançait vers le fleuve Trois-Fourches et les enclaves. Tout en écoutant les ordres de Papadapolous, O'Brian observa la façon dont les appareils s'inclinèrent brusquement pour examiner le terrain au moment où ils survolaient l'épave souillée de Sierra-un-un.

« D'après la Flotte, il y aurait une autre source d'énergie à cinq kilomètres trois cents de votre position, orientation zéro-trois-neuf direct ; c'est peut-être ce qui a attiré le glisseur, par conséquent, vérifier ce que c'est a probablement autant d'importance qu'arrêter les Échassieux. L'enseigne Tremaine la surplombe avec sa pinasse, mais vous êtes la troupe au sol la plus proche de la zone. La Flotte est sur le canal quatre, code d'appel Gerfaut-trois, prête à intervenir au sol en cas de besoin. Allez voir sur place et faites votre rapport. Si vous trouvez quelqu'un, ne le laissez pas s'échapper. Reçu ?

— D'accord, Faucon leader. Faucon-trois-trois reçu. Vérifier la source d'énergie à zéro-trois-neuf, boucler le site et rendre compte. Appel Flotte Gerfaut-trois. On y va, mon commandant.

— Parfait, trois-trois. Tenez-moi au courant. Faucon leader, terminé.

— Faucon-trois-trois, terminé. »

O'Brian passa sur le canal du peloton tout en appelant sa carte à l'écran. S'il y avait une source d'énergie dans le secteur en question, elle devait être enterrée, mais lui et ses gars disposaient des détecteurs nécessaires pour la trouver.

« Sharon, Bill, vous avez reçu ?

— Oui, sergent, répondit Hillyard, imitée par le caporal Lévine.

— O.K. Bill, vous partez en avant-garde avec votre escouade ; soyez vigilants et faites attention : si des extraplanétaires y sont impliqués, on risque d'avoir affaire à des armes sophistiquées ; n'oubliez pas ce qui est arrivé à l'API lors de l'attaque du labo.

— D'accord, sergent.

— Sharon, placez Stimson et Hadley sur les flancs pour couvrir Bill, mais je veux que le reste de votre escouade surveille nos arrières. Compris ?

— Compris, sergent, fit Hillyard, puis, après une hésitation : Sergent, est-ce que le commandant a précisé s'il voulait ces types vivants ?

— Il n'a rien dit et je ne lui ai rien demandé », laissa tomber O'Brian. Le silence de ses deux subordonnés fut éloquent. « Allez, on se bouge le cul. »

Le peloton de fusiliers tourna le dos à la scène d'horreur et partit en direction de l'est.

« Faucon leader, Faucon-trois. Faucon-trois-deux signale un mouvement dans sa direction venant de zéro-trois-sept. »

Le lieutenant Kilgore parlait bas comme s'il voulait éviter d'être entendu par les Médusiens. Papadapolous jeta un coup d'œil à l'affichage du poste de commandement qu'il avait choisi à la hâte et il hocha la tête : apparemment, le major Isvarian ne s'était pas trompé quant aux effets de la mekoha sur les Échassieux ; ces dingues fonçaient tout droit depuis le lieu de l'embuscade vers les enclaves, ce qui ne paraissait pas indiquer de grandes mesures de prudence ni de préparation – et qui convenait parfaitement au commandant Nikos Papadapolous.

« Faucon leader, reçu, Faucon-trois. Continuez à faire reculer vos gars et restez à l'écart de nos lignes de tir.

— À vos ordres, Faucon leader.

— Faucon leader à tous : ennemi en approche par zéro-trois-sept. Paré au combat à mon commandement. »

Il leva les yeux en entendant un cliquetis de métal contre du plastique derrière lui : une demi-douzaine de médecins de l'API travaillaient d'arrache-pied à installer un poste médical d'urgence, et Papadapolous fronça les sourcils. Il fit un signe au sergent-chef de la quatrième section qui se tenait près de lui.

« Oui, mon capitaine ?

— Où est le docteur Suchon, Regiano ? »

Le sergent-chef Regiano détourna un instant le regard puis croisa celui de son supérieur.

« Elle est restée là où la navette nous a débarqués, mon commandant. » Papadapolous pencha la tête de côté, une lueur inquiétante dans les yeux, et le sous-officier répondit à sa question muette. « Elle refuse de s'approcher davantage du front, mon commandant.

— Je vois. » Papadapolous inspira profondément, le regard dur. « Sergent Regiano, vous allez retourner au LZ et vous allez informer le médecin-chef Suchon, en lui présentant mes compliments, que sa présence est indispensable ici. Si elle refuse de vous accompagner au poste médical, vous emploierez tous les moyens nécessaires – jusques et y compris la menace et la force – pour la ramener. C'est compris, sergent ?

— À vos ordres, mon commandant ! » Et c'est avec une satisfaction non dissimulée que Regiano salua vivement et s'en alla vers l'arrière. Papadapolous contint un juron acerbe puis se secoua, chassa de son esprit la colère que lui inspirait Suchon et se remit au travail.

Il se tourna vers l'affichage visuel près du genou droit de l'adjudant Jenkins ; on y voyait une représentation aérienne de la vallée, transmise par l'une des deux pinasses très loin au-dessus de lui, et il eut la chair de poule tant était forte l'impression que la terre elle-même fonçait droit vers ses positions : les Échassieux se dirigeaient sur lui en une foule de plus de deux kilomètres de large sur trois de profondeur qui ruisselait sur la mousse comme une immense marée désordonnée. Ils devaient être au moins dix mille, c'est-à-dire bien davantage que les pires estimations. Même avec les renforts de l'API, l'ennemi était à trente ou quarante contre un ; encore heureux que l'affrontement dût avoir lieu en dehors des enclaves !

Il avait choisi son champ de bataille là où la vallée formait l'ouverture la plus large dans la chaîne tortueuse de collines qui couraient d'est en ouest et par conséquent le passage le plus logique pour les indigènes qui marchaient vers le sud ; et justement le raz-de-marée des Médusiens s'y jetait tout droit, exactement comme il l'avait espéré ; arrivant par le nord, le flot y pénétra en commençant de s'étrangler, et le commandant vérifia une dernière fois ses déploiements.

L'inquiétant, c'était qu'une grande partie de son plan reposait sur les armures de combat de la troisième section ; il aurait bien voulu rappeler le peloton d'O'Brian pour étoffer ses lignes, mais c'était impossible : il fallait absolument voir ce qu'était cette source d'énergie inconnue avant que ceux qui en étaient la cause puissent déguerpir. On n'y pouvait rien, mais, du coup, la section de Kilgore en était durement affaiblie : son peloton en armure lourde formait le bouchon à l'extrémité sud de la vallée, appuyé par la plus puissante unité de feu de Papadapolous. Ils devraient pouvoir se débrouiller, surtout avec le soutien du peloton d'armes lourdes du sergent Howell et les tourelles des glisseurs au sol d'Isvarian, mais cela ne laissait à Kilgore qu'une équipe d'éclaireurs pour surveiller la progression des Échassieux et en couvrir les deux flancs, et c'était très loin de suffire à la tranquillité d'esprit du commandant.

Il entendit des éclats de voix derrière lui, dont la stridulation geignarde du médecin-chef de l'*Intrépide*, puis le bruit qu'un coup aurait pu provoquer, mais il se concentra sur des événements autrement importants : les éclaireurs remontaient sur les versants de la vallée en bondissant d'abri en abri à l'aide de leur harnais de saut, et Papadapolous observa leurs déplacements en se mordant la lèvre.

Il ne s'inquiétait pas pour ses soldats en armure de combat, mais le reste de ses troupes était en armure standard, et la compagnie de l'API que le major Isvarian avait amenée pour garnir les rangs disposait d'une protection encore plus légère. Il ne faisait pas le moindre doute que ses armes pouvaient transformer la vallée en abattoir mais, même avec un soutien aérien, un certain nombre d'ennemis risquaient de parvenir à sortir de la zone, ce qui paraissait absurde face à des armements modernes : tous les manuels qu'ils avait lus, toutes les conférences qu'ils avaient écoutées affirmaient que des aborigènes mal armés ne pouvaient pas faire front devant une puissance de feu à la pointe du progrès ; mais les auteurs des manuels et les conférenciers n'avaient jamais songé se trouver confrontés à une pareille horde, justement parce les systèmes de destruction actuels rendaient suicidaire une telle concentration de troupes. Cela signifiait qu'il ne disposait d'aucun moyen efficace d'estimer quelle puissance d'artillerie les Médusiens – surtout s'ils étaient sous l'influence de la mekoha – pouvaient absorber avant de se débander, or il n'avait qu'une seule équipe d'éclaireurs sur chaque flanc pour les intercepter. Si les indigènes continuaient d'avancer sous l'effet de la drogue, s'ils fonçaient dans les rangs des soldats en armure légère...

— Surveillez les flancs de près, Canon », murmura-t-il à Jenkins, puis il brancha le canal de la Flotte. « Gerfaut-un, Faucon leader. Gardez les versants à l'œil ; si jamais ils réussissent une percée, je veux que vous soyez tout de suite sur place.

— Gerfaut-un, reçu, Faucon leader, répondit l'enseigne Tremaine. Nous ouvrirons l'œil sur vos flancs.

— Merci, Gerfaut-un. » Il reporta son attention sur l'affichage topographique ; les codes lumineux de l'ennemi affluaient dans la vallée. Encore un quart d'heure, se dit-il.

Le lieutenant Liam Kilgore surveillait son écran d'armure d'un œil tout en vérifiant son fusil pulseur de l'autre. Ses éclaireurs avaient rempli leur première mission en repérant les Échassieux, puis ils avaient battu en retraite sans se faire remarquer ; il était temps pour eux de foutre le camp et de se préparer à la bagarre, et Kilgore eut un grognement approbateur en les voyant prendre les positions qu'il avait choisies en hâte. Ses gars en armure avaient pour rôle d'intercepter toute percée des Échassieux et de les empêcher d'atteindre les lignes des soldats moins bien protégés. Il regretta que le peloton d'O'Brian ne soit pas là pour renforcer les flancs mais, même dans le cas contraire, son apport aurait été insuffisant. Néanmoins, si les Échassieux étaient nombreux, il y avait aussi une forte puissance de feu positionnée sur les crêtes au-dessus de ses hommes ; peut-être suffirait-elle.

Nom de Dieu, il y en avait un paquet, de ces salauds-là ! Il en arrivait sans arrêt de nouveaux et il n'avait plus besoin de ses détecteurs pour les voir : l'œil nu suffisait amplement car les nomades ne faisaient pas le moindre effort pour se cacher. Leur talent tant vanté de dissimulation les avait abandonnés et les capteurs audio du lieutenant lui transmettaient les notes stridentes d'un chant barbare qui cadençait l'étrange démarche balancée des Médusiens. La moitié d'entre eux étaient montés sur des jehrns, ces bizarres animaux à la stature verticale qu'employaient les nomades de l'hémisphère nord ; les autres allaient à pied, et tous brandissaient des fusils, des épées, des lances et même des massues en s'encourageant mutuellement à grands cris. La plupart des fusils étaient munis de baïonnettes, et il y avait quelque chose de glaçant dans les hurlements frénétiques des Médusiens et leur indifférence évidente quant à leur propre sécurité. Kilgore avait presque l'impression de sentir la puanteur âcre de la mekoha flotter jusqu'à ses narines, et il frémit : l'idée de se battre contre un adversaire qui n'éprouvait pas de douleur et encore moins de crainte était tout à fait étrangère à la formation des fusiliers.

D'un autre côté, pensa-t-il avec une satisfaction sinistre, les Échassieux n'avaient pas l'habitude des armements modernes. Ils allaient avoir une surprise, et...

« Faucon leader à tous les Faucons ! Engagez le combat ! » ordonna sèchement une voix, et le fusil pulseur de Kilgore se retrouva aussitôt en position sans qu'il y eût seulement songé. Du pouce il bascula le sélecteur sur « automatique intégral » sans s'arrêter sur le mode semi-automatique normal et, du petit doigt, il enfonça le bouton qui sélectionnait les balles explosives. Le temps d'un battement de cœur, il contempla la masse des Médusiens d'un œil froid et soudain distant, puis il pressa la détente.

Ce ne fut pas une boucherie, ce fut pire. Les Médusiens, qui n'avaient jamais entendu parler de tactique de dispersion, étaient serrés les uns contre les autres et formaient une énorme et unique cible. Le projectile qui ne touchait pas l'un ne pouvait que toucher l'autre.

Le fusil de Kilgore recula imperceptiblement lorsque sa petite mais puissante bobine à gravité cracha un jet continu de carreaux de quatre millimètres à courte portée. Les explosions des carreaux ne se signaient plus par les éclairs blancs et propres de l'exercice : elles étaient rouges et fumantes, et les corps des Échassieux se fragmentaient en geysers de sang. Il balaya les indigènes hurlants en vidant sur eux un magasin de cent cartouches en moins de vingt secondes, et son arme n'était que l'un des trois cents fusils pulseurs qui cinglaient cette foule stridente.

Des carreaux descendaient en hurlant au-dessus de sa tête, partis du sommet des versants de la vallée, et du sud montait le tonnerre fracassant des pulseurs lourds multicanons qui déchiquetaient les Médusiens. Des jets de plasma brûlant calcinèrent les Échassieux par vingtaines lorsque la section des armes lourdes se mit en branle, et certains des soldats de l'API étaient munis de lance-grenades et de bazookas qui éparpillaient des membres et des tronçons de corps sur la mousse et les rochers. La vallée pierreuse devint un enfer miniature, et même la mekoha était incapable d'isoler les Échassieux de l'horreur ambiante : ils hurlaient d'effroi et de souffrance, se tordaient comme des fourmis dans les flammes, et pourtant, alors même qu'ils mouraient à grands cris, d'autres se précipitaient à l'assaut des pentes avec l'agilité insensée de leur trois jambes et fonçaient droit sur le feu qui les déchiquetait.

C'était incroyable. Kilgore engagea un nouveau magasin dans son fusil et le vida ; il le remplaça par un autre et fit feu à nouveau, les oreilles sonnant du vacarme violemment discordant des cris et des explosions qui retentissait dans ses capteurs audio, et il n'en croyait pas ses yeux : les Échassieux chargeaient si vite, en une masse si compacte, qu'il n'arrivait pas à les tuer assez rapidement pour les arrêter ! Un adversaire normal aurait rompu les rangs et fui devant ce feu assassin ; pas les Échassieux. Telle une vague vivante, ils étaient prêts à toutes les pertes pour atteindre leurs ennemis ; ils passaient par-dessus leurs morts et leurs mourants, ils montaient toujours plus haut le long des versants de la vallée, et ses éclaireurs étaient en nombre trop insuffisant pour les contenir.

« Faucon-trois, Faucon leader ! Reculez, Faucon-trois ! Dégagez les pentes pour la Flotte !

— Reçu, Faucon leader. » Au milieu du tonnerre et du massacre, la voix de Kilgore lui paraissait étrange à ses propres oreilles, plate et unie, dépouillée de toute expression par le spectacle d'horreur qui se déroulait sous ses yeux ; il s'entendit transmettre les ordres à ses éclaireurs, puis il quitta son abri dans le miaulement des balles rustiques qui grêlèrent contre son armure lorsque les Médusiens l'aperçurent ; ses soldats enclenchèrent leur harnais de saut et se mirent à remonter les pentes à grands bonds, et les fusiliers et les hommes de l'API cessèrent le feu en les voyant soudain apparaître dans leur champ de tir. Les Échassieux poussèrent un hurlement de triomphe en constatant que l'ouragan de mort faiblissait, et ils foncèrent sur leurs ennemis en fuite alors même que leurs compagnons restés au fond de la vallée continuaient à mourir dans l'ouragan de destruction qui les martelait du sud ; les oreilles de Kilgore tintèrent sous le choc d'une balle de fusil qui ricocha sur son casque en plastoblinde.

Enfin, les éclaireurs eurent dégagé le terrain et les pinasses fondirent vers le sol dans la stridence des lasers et des autopulseurs. Elles longèrent les flancs de la vallée, suivies d'éruptions de bombes antipersonnel et de napalm, précédées par les impacts des lasers et des canons qui ouvraient un andain de dévastation absolue sur dix mètres de large parmi les Médusiens hurlants ; puis elles firent demi-tour et recommencèrent, et recommencèrent encore.

Et encore et encore... jusqu'à ce que les cadavres s'amoncellent sur cinq et six corps d'épaisseur et qu'il ne reste plus rien de vivant dans le cauchemar dévasté de cette vallée de mort.

Le sergent O'Brian entendit la soudaine explosion des combats loin derrière lui, mais son attention se portait ailleurs. Son peloton était accroupi en position de tir le long de la crête étroite et peu élevée, et lui-même observait à la jumelle l'entrée de la grotte de l'autre côté de la ravine, en contrebas.

Le nez d'un aérocar en pointait, et le sergent serra les mâchoires en apercevant, de part et d'autre du carter avant, telles des défenses, des canons de pulseurs. Autant qu'il pût en juger, l'appareil élancé ne portait aucun signe distinctif et, même s'il avait été normalement immatriculé, la présence des armes lourdes l'aurait placé dans l'illégalité. Le problème, c'était que faire : il n'était pas policier et le sort horrible du glisseur de l'API ne l'incitait nullement à jouer les flics.

Avec un grognement résolu, il enfonça le bouton qui remettait les jumelles à leur place.

« Gerfaut-trois, Faucon-trois-trois, dit-il dans son com. Vous êtes prêts à les épingler s'ils déguerpissent ?

— Affirmatif, Faucon-trois-trois, répondit le commandant de la pinasse. Mais, si nous intervenons, il ne restera plus grand-chose comme pièces à conviction.

— Compris, Gerfaut-trois. On essayera de les maintenir au sol, mais restez sur le qui-vive.

— D'accord, Faucon-trois-trois. Bonne chance.

— Merci. » O'Brian repassa sur le canal du peloton. « Vous voyez le surplomb au-dessus de l'aérocar, Stimson ?

— Ouais, sergent. » Laconique, le tirailleur à plasma paraissait presque s'ennuyer, mais O'Brian n'était pas dupe.

« Je veux bloquer l'aérocar dans la grotte ; comme il s'agit peut-être d'une pièce à conviction, je ne veux pas qu'on le détruise. Vous croyez pouvoir lui faire tomber ce surplomb sur le nez ?

— Possible, fit Stimson d'un ton songeur, mais la roche est salement épaisse et je ne parierais pas d'y réussir d'ici. Mon joujou n'a pas un pouvoir de pénétration énorme et l'angle est mauvais. Mais je devrais y arriver en descendant un peu plus bas, sergent.

— Vous pouvez descendre sans vous faire repérer ?

— Il n'a qu'à contourner l'extrémité nord de la crête, sergent, intervint Hillyard. Elle se termine par un terrain accidenté et des blocs de rocher.

— Ça m'a l'air valable, sergent, acquiesça Stimson.

— Alors au boulot, Stimson.

— C'est parti. »

O'Brian poussa un grognement de satisfaction, mais les détecteurs de son armure captaient déjà des turbines en train de monter en régime et d'autres bruits de machines qui venaient à la fois de la grotte et d'une autre entrée de caverne, aussi vaste, juste en dessous de la première. Peut-être s'y trouvait-il d'autres aérocars, voire des véhicules de surface.

« Hadley, vous me surveillez l'entrée du dessous, dit-il. Si quelque chose fait mine d'en sortir, vous le clouez au sol et tant pis pour les pièces à conviction.

— Avec plaisir, sergent.

— Sharon, une fois que Stimson aura bloqué l'aérocar, je veux que vous et vos hommes alliez couvrir la petite grotte sur la gauche. Bill, occupez-vous de l'autre, à l'extrême droite, avec Parker et Lovejoy. Turner et Frankowski, vous serez avec moi sur celle du milieu ; Hadley et Stimson resteront en arrière pour nous couvrir. Reçu, tout le monde ? »

Un chœur de réponses affirmatives lui parvint et il se contraignit à la patience tandis que Stimson se faufilait jusqu'à sa position prévue ; il eut l'impression d'une attente interminable, tout en sachant que c'était faux. Le tonnerre des armes s'amplifiait au sud et il se mordit la lèvre en en prenant conscience ; il devait y avoir encore davantage de ces salauds qu'on ne le pensait. S'efforçant de chasser de son esprit l'image de ce que les Échassieux avaient fait aux pauvres gars de l'API et celle de ce qu'ils pourraient faire aux siens, il se concentra sur sa mission.

« En position, sergent, dit Stimson.

— Alors faites sauter », grinça O'Brian, et une boule incandescente surgit en dessous de lui.

Le globe de plasma libéra son énergie presque instantanément sur la partie inférieure de la saillie rocheuse. De la terre vaporisée et des gravillons de quartz rougeoyants jaillirent du point d'impact, mais le surplomb tint bon... l'espace d'une seconde. Un nouveau trait frappa le trou porté au rouge, une nouvelle portion de roche et de terre disparut, et l'énorme bloc de pierre se décrocha et tomba en travers de l'entrée de la grotte. Telle une lame de guillotine émoussée, il trancha le fuselage de l'aérocar juste derrière le nez de l'appareil et bloqua l'accès de la grotte. O'Brian se leva d'un bond.

« En avant ! » cria-t-il, et son peloton blindé démarra instantanément.

O'Brian couvrit la distance qui le séparait de la grotte centrale en moins de trente secondes et se jeta derrière un épaulement de roc et de terre pour s'abriter d'éventuels tirs. Il jeta un bref coup d'œil à son affichage et hocha la tête, satisfait : tous ses soldats étaient à proximité de leurs objectifs. À présent, il fallait un volontaire pour passer la tête par la porte en espérant que personne ne la lui ferait sauter.

« Faites gaffe à mon cul, Turner », gronda-t-il, et il s'avança prudemment vers l'ouverture.

Un goulet étroit aux parois rugueuses, qui évoquait plus un tunnel qu'une grotte, s'ouvrit devant lui. Il s'y engagea lentement, le fusil prêt, les détecteurs en alerte, et grogna encore en captant de nouvelles sources d'énergie devant lui. Tiens, tiens... Elle était donc là, la fameuse base qu'ils cherchaient et, quelque part dedans, les pourris qui avaient fourni leurs putain de fusils aux Échassieux. Ses lèvres se retroussèrent en un sourire carnassier à cette idée, mais il conserva son allure lente et précautionneuse.

Le tunnel faisait un coude vers la gauche avant de s'élargir et de s'illuminer. Il s'approcha du virage à pas de loup et plissa les yeux en apercevant une dizaine d'hommes en train de tousser comme des damnés, accroupis derrière des affleurements rocheux, des entassements de conteneurs d'origine extraplanétaire et du matériel de manipulation de fret, au milieu du brouillard de poussière et de fumée que les tirs de Stimson avaient projetés dans la caverne. Apparemment, ils étaient en train de charger l'aérocar pour une évacuation d'urgence, mais il y avait eu un changement de plan, songea froidement O'Brian. Leur fuite s'arrêtait là.

La plupart portaient des armures corporelles hors tension, et le sergent reconnut auprès d'eux quelques armes assez lourdes ainsi que des armes de poing et une demi-douzaine de fusils pulseurs ; mais ses gars à lui étaient en armure de combat et pas un de ces salauds devant lui ne se doutait qu'il se trouvait à quelques pas d'eux.

Au moment où il s'apprêtait à presser la détente, il retint son geste : il n'était pas policier, mais il supposait que les huiles voudraient des prisonniers – et des preuves physiques.

« N'utilisez pas d'explosifs, murmura-t-il dans le com. Si vous devez tirer, essayez de ne pas trop abîmer le matériel – il nous faut des preuves –, mais ne courez pas de risques stupides. »

Ses soldats accusèrent réception et, du petit doigt, il bascula sur les munitions non explosives du magasin secondaire. En prenant une longue inspiration, il s'avança subrepticement, courbé en deux au maximum, pendant que Turner se faufilait sur sa droite ; aussi discrète et minutieuse que son sergent, elle se positionna de façon à lui voir le dos. Ils échangèrent un regard et O'Brian hocha la tête.

« Jetez vos armes ! » aboya-t-il soudain. Sa voix roula comme le tonnerre dans la caverne, monstrueusement amplifiée par le haut-parleur extérieur de son armure, et les hommes devant lui sursautèrent convulsivement. Des visages se tournèrent vers lui et deux ou trois individus lâchèrent leurs armes et levèrent les mains par pur réflexe.

« Jamais, nom de Dieu ! » cria quelqu'un. Les hommes regardèrent éperdument autour d'eux et, soudain, une lumière aveuglante accompagnée d'une chaleur de fournaise jaillit de la paroi trois mètres à droite d'O'Brian : celui qui avait crié essayait de l'atteindre avec une mitraillette à plasma. Le sergent ne cilla même pas, mais une lueur de haine s'alluma dans ses yeux ; le canon de son fusil pivota légèrement sur la droite et, un rictus aux lèvres, froidement, il appuya deux fois sur la détente.

En hurlant, les carreaux non explosifs traversèrent la grotte à deux mille mètres par seconde. Tadeuz

O'Brian avait qualité de tireur d'élite au fusil pulseur : l'armure corporelle de l'homme ralentit les projectiles, mais elle ne pouvait les arrêter à si courte portée et ils s'enfoncèrent exactement là où le sergent l'avait prévu : un centimètre sous le nombril du colonel Bryan Westerfeldt.

O'Brian se redressa de toute sa taille au bruit des armes jetées à terre. Il s'avança dans la caverne et, dans la haine froide et acerbe qui se nichait au fond de lui, il espéra que les fantômes de la patrouille massacrée de l'API entendaient les hurlements suraigus du salaud qui agonisait devant lui, les tripes perforées.

Chapitre vingt-neuf

Installée dans son fauteuil de commandement, Honor Harrington surveillait ses affichages tandis que l'*Intrépide* fonçait dans l'espace sous puissance maximum d'urgence. Le croiseur accélérait régulièrement à cinq cent vingt gravités – plus de cinq kilomètres par seconde par seconde – à la poursuite du cargo *Sirius* ; le visage d'Honor, froid et rigide, servait de masque à son anxiété, et elle réfléchissait intensément.

Elle était presque sûre d'avoir raison... mais presque seulement. Et si elle se trompait, si ses déductions étaient erronées, si...

Elle coupa court à ces pensées et fit un effort conscient pour se radosser. Le moment choisi par le *Sirius* pour démarrer ne pouvait avoir qu'une seule signification, se répéta-t-elle, et la projection de son cap établie par Brigham la confirmait : le cargo se dirigeait bel et bien vers la vague Tellerman, et la Tellerman faisait partie des « abîmes rugissants », les vagues gravitationnelles les plus puissantes jamais cartographiées ; plus important encore, il se dirigeait droit sur la République populaire de Havre : s'il y avait une escadre de combat ennemie dans cette direction, la Tellerman porterait le *Sirius* à sa rencontre à deux mille cinq cents ou trois mille fois la vitesse de la lumière.

Aux premiers jours de l'hypervol, les spationautes auraient fui comme la peste les objets du genre de la Tellerman, car c'était la mort assurée pour le vaisseau stellaire qui les rencontrait.

L'hyperpropulsion des origines avait fait d'innombrables victimes mais il avait fallu du temps pour comprendre précisément pourquoi. Certains dangers évidents étaient faciles à reconnaître et à éviter tandis que d'autres s'étaient avérés beaucoup plus difficiles à identifier et à expliquer – surtout parce que ceux qui les approchaient ne revenaient jamais pour relater leur expérience.

On avait découvert très tôt qu'entrer dans une bande alpha, la plus basse des bandes hyper, ou en sortir à une vitesse supérieure à trente pour cent de celle de la lumière équivalait à un suicide, pourtant des gens avaient continué pendant des siècles à se faire tuer en essayant de passer à des vitesses plus grandes, non pas qu'ils fussent suicidaires, mais une vélocité aussi réduite limitait gravement l'utilité de l'hypervoyage.

Le passage d'une bande hyperspatiale à l'autre se faisait au prix d'un complexe transfert d'énergie qui coûtait au vaisseau en translation la plus grande partie de sa vitesse d'origine – jusqu'à quatre-vingt-douze pour cent dans le cas de la bande alpha. La perte d'énergie se réduisait légèrement à mesure que l'on « montait » dans les hyperbandes, mais sa présence demeurait une constante et, pendant plus de cinq siècles standard, tous les navires hyper avaient utilisé des propulseurs à réaction.

Il y avait des limites à la masse de réaction qu'un bâtiment pouvait emporter et les champs de capture d'hydrogène n'opéraient pas dans les conditions extrêmes de l'hyperespace. Cela confinait les navires aux bandes les plus basses (et les plus « lentes »), car aucun ne pouvait embarquer suffisamment de masse de réaction pour récupérer de la vitesse après de multiples translations ; cela expliquait aussi que des inventeurs opiniâtres eussent persévéré dans leurs efforts coûteux pour effectuer les translations à de plus hautes vélocités afin de conserver en hyperespace autant de la vitesse de départ que possible. Il avait fallu plus de deux cents ans pour qu'on accepte sans restriction l'existence de la limite des 0,3 *c* et, de nos jours encore, certains hyperphysiciens continuaient à chercher un moyen de la contourner.

Cependant, même une fois résolus les problèmes d'une vitesse de translation sans risque, restait la question de la navigation. L'hyperespace ne ressemble pas à l'espace normal ; les lois de la physique relativiste s'appliquent à tous les points de l'hyperespace, mais un observateur hypothétique qui l'observerait de l'intérieur verrait ses instruments indiquer une distorsion en croissance rapide. La portée maximale d'observation est d'à peine vingt minutes-lumière ; au-delà, le gauchissement gravifique, les particules hautement chargées et l'extrême radiation de fond de l'hyper rendent les instruments totalement inefficaces, ce qui, naturellement, signifiait à l'époque l'impossibilité d'effectuer des relevés d'astrogation ; or un navire qui ne voit pas où il va rentre rarement au port.

La réponse à cette question, ç'avait été l'hyperloch, équivalent interstellaire des anciens systèmes de guidage à inertie mis au point sur la Vieille Terre longtemps avant la Diaspora. Les hyperlochs des premières générations manquaient de précision mais ils fournissaient au moins aux astrogateurs une idée grossière de leur position ; c'était une grande amélioration par rapport aux systèmes précédents. Pourtant, même munis de l'hyperloch, tant de vaisseaux ne s'en revenaient jamais que seuls les navires spatiographiques se servaient de l'hyperespace. Leurs équipages étaient réduits, payés les yeux de la tête et probablement un peu fêlés, mais ils avaient maintenu l'usage de l'hyperespace jusqu'à ce que finalement un ou deux d'entre eux tombent sur ce qui avait détruit tant d'autres vaisseaux stellaires et survivent pour en parler.

La meilleure façon de considérer l'hyperespace, c'était de le voir comme une dimension comprimée qui correspondait point par point à l'espace normal mais rapprochait énormément ces points et « raccourcissait » ainsi la distance qui les séparait. En réalité, il existait de multiples « bandes », ou dimensions discrètes mais associées, d'hyperespace ; plus « haute » était la bande, plus courte la distance entre les points de l'espace normal, plus grande la vitesse apparente des vaisseaux qui la traversaient... et plus élevé le coût en énergie cumulative pour y pénétrer.

Voilà ce qu'avaient compris les théoriciens des débuts. Ce qu'ils n'avaient pas saisi, c'est que l'hyperespace, formé par la distorsion gravitationnelle combinée de la masse d'un univers tout entier, est traversé en tous sens par des vagues ou des courants permanents de gravité concentrée. Ces courants sont séparés par de très grandes distances, naturellement, mais ils peuvent atteindre plusieurs dizaines d'années-lumière de largeur et de profondeur, et ils sont mortels pour le vaisseau qui s'y heurte. L'effet de cisaillement gravitationnel qu'ils exercent sur la coque d'un navire déchire le bâtiment impuissant avant même qu'il puisse seulement envisager une manœuvre d'échappement quelconque, sauf s'il se trouve qu'il a pénétré le courant exactement selon le bon angle et le bon vecteur et que son équipe de passerelle possède à la fois les réflexes et la masse de réaction nécessaires pour s'en arracher.

Le temps passant, les navires spatiographiques qui survivaient à leurs voyages finirent par tracer des itinéraires relativement sûrs dans les régions de l'hyperespace les plus fréquentées ; on ne pouvait pas entièrement se fier à ces cartes, car les vagues gravitationnelles changent de position de temps en temps, et, pour coller aux routes sans risque, il était nécessaire d'effectuer des changements de vecteurs inaccessibles aux bâtiments à propulsion à réaction. Cela signifiait que les hypervoyages étaient souvent longs et louvoyants, mais le taux de survie avait augmenté ; et, à mesure qu'il augmentait et que les physiciens allaient sonder les vagues gravitationnelles à présent connues à l'aide d'instruments toujours plus élaborés, la masse de données d'observation allait croissant et des théories de la gravité de plus en plus raffinées voyaient le jour.

Il avait fallu pour cela un peu plus de cinq cents ans mais, enfin, en 1246 P.D., les scientifiques en avaient assez appris pour que la planète Beowulf mette au point la propulsion par impulseur, qui faisait appel à ce qu'on peut de fait considérer comme des vagues gravitationnelles « apprivoisées » en espace normal. Cependant, si utile que fût l'impulseur en espace normal, il devenait excessivement dangereux en hyper : s'il rencontrait une vague gravitationnelle naturelle, immensément plus puissante que lui, le choc pouvait vaporiser un vaisseau stellaire tout entier, exactement comme Honor elle-même avait fait exploser les noyaux du courrier havrien au contact des bandes gravitiques de l'*Intrépide*.

Plus de trente années s'étaient écoulées lorsque le docteur Adrienne Warshawski, de la Vieille Terre, avait trouvé le moyen de contourner ce danger ; c'est elle qui avait finalement inventé un détecteur de gravité qui permettait de prévoir cinq secondes-lumière à l'avance la rencontre d'une vague gravitationnelle. Ç'avait été une découverte inestimable qui autorisait l'emploi de la propulsion par impulseur avec une sécurité amplement accrue entre les vagues, et, encore aujourd'hui, on appelait les détecteurs de gravité des « Warshawski » en l'honneur de leur inventeur, qui ne s'en était d'ailleurs pas tenue là : poursuivant ses recherches, elle avait pénétré plus avant que quiconque dans le phénomène des vagues gravitationnelles, pour se rendre compte soudain qu'il existait un moyen de se servir de la vague elle-même. Une propulsion par impulseur modifiée de telle façon qu'elle projette, non pas une bande à gradient de gravité inclinée au-dessus et en dessous d'un vaisseau, mais deux plaques légèrement incurvées à angle droit par rapport à la coque pouvait se servir de ces plaques comme de gigantesques « voiles » immatérielles pour capter la radiation concentrée qui accompagnait une vague gravitationnelle. Mieux encore, l'interface entre une voile Warshawski et une vague produisait un remous d'énergie à des niveaux extraordinairement élevés, énergie dans laquelle on pouvait puiser pour alimenter le vaisseau ; une fois qu'un bâtiment avait « fait voile » sur une vague gravitationnelle, il pouvait couper tous les groupes de production d'énergie de son bord.

C'est ainsi que la vague gravitationnelle, autrefois promesse d'une mort quasi certaine, était devenue le secret d'hypervoyages plus rapides, moins chers et moins risqués. Les capitaines, qui jusque-là les évitaient à tout prix, les recherchaient désormais activement en déclenchant leurs impulseurs pour passer de l'une à l'autre, et la cartographie des vagues avait avancé à grands pas.

Il demeurait néanmoins quelques points noirs ; le plus gênant était que les vagues, constituées de couches de gravité concentrée, cachaient des zones de flux inversé et connaissaient des crises imprévisibles de « turbulences » le long de l'interface de flux opposés ou dans les régions où une vague mordait sur une autre. Ces turbulences pouvaient détruire un navire, mais il existait un autre problème, presque plus exaspérant : celui de ne pouvoir profiter pleinement du potentiel de la voile Warshawski (ni d'ailleurs de la propulsion par impulseur) parce que les humains étaient incapables de survivre aux accélérations théoriquement possibles.

Améliorées, les Warshawski avaient compensé la première difficulté par l'extension de leur portée détectrice, qui permettait de prévoir les turbulences ; averti suffisamment à l'avance, un bâtiment pouvait en général orienter ses voiles de façon à traverser la turbulence en ajustant leur densité et leur « facteur d'accroche » ; cependant, cette manœuvre, à défaut d'être effectuée à temps, demeurait extrêmement périlleuse, ce qui expliquait que la fluctuation des syntonisateurs prétextée par le *Sirius* avait été prise très au sérieux. Un capitaine devait toujours rester sur ses gardes, mais les détecteurs de dernière génération étaient capables de déceler une vague à huit minutes-lumière et une turbulence ponctuelle à l'intérieur d'une vague à la moitié de cette distance ; en revanche, le problème de la tolérance à l'accélération était resté insoluble pendant plus d'un siècle standard, jusqu'au jour où le docteur Shigematsu Radhakrishnan, sans doute le plus grand hyperphysicien après le docteur Warshawski elle-même, avait inventé le compensateur à inertie.

Il avait été aussi le premier à émettre l'hypothèse de l'existence des nœuds de trou de ver, mais le compensateur restait son plus beau présent à la diaspora humaine. Le compensateur transformait la vague gravitationnelle (naturelle ou artificielle) associée à un vaisseau en un puisard dans lequel il pouvait déverser son inertie ; dans les limites de sécurité de son compensateur, le bâtiment, qu'il accélère ou décélère, se trouvait alors intérieurement en état de chute libre, sauf s'il générait sa propre gravité, mais l'efficacité du compensateur dépendait de deux facteurs : la zone contenue dans son champ et la puissance de la vague qui lui servait de déversoir. Ainsi, un petit navire auquel s'associait une zone de champ de compensation réduite était apte à supporter une plus forte accélération d'une vague d'une force donnée qu'un vaisseau plus grand, et les vagues gravitationnelles naturelles, infiniment plus puissantes, de l'hyperespace permettaient des accélérations beaucoup plus élevées sous voiles Warshawski que ce qu'autorisaient les impulseurs dans l'espace normal.

Toutefois, malgré les taux d'accélération que rendait possibles le compensateur, aucun vaisseau habité ne pouvait se déplacer dans l'espace normal à plus de quatre-vingts pour cent de la vitesse de la lumière car, à de telles vélocités, il n'existait pas de protection contre les particules et les radiations. Dans l'hyperespace, la moyenne de sécurité était encore plus basse, à peine plus de 0,6 *c*, à cause des particules de charges plus élevées et des densités qu'on y rencontrait, mais, grâce à la plus grande proximité des points de l'espace normal, un bâtiment pouvait s'y mouvoir à une vitesse apparente de plusieurs fois multiple de celle de la lumière. Équipé de voiles Warshawski, de détecteurs de gravité et d'un compensateur inertiel, un navire de guerre moderne pouvait atteindre des hyperaccélérations de cinq mille cinq cents g et pousser des pointes de vitesse apparente de trois mille *c*. Les bâtiments commerciaux, eux, incapables de sacrifier autant de masse pour se munir des voiles et des compensateurs les plus puissants, demeuraient interdits des hyperbandes les plus hautes et des vagues gravitationnelles les plus énergétiques, et devaient s'estimer heureux quand ils dépassaient les mille deux cents *c*, bien que certains transports de passagers puissent atteindre les mille cinq cents.

Ce qui ramena les pensées d'Honor vers le *Sirius*, car le vaisseau qui la précédait disposait manifestement d'une propulsion et d'un compensateur de classe militaire. Par sa simple masse, il devait posséder un champ de compensation plus étendu et par conséquent moins efficace que celui de l'*Intrépide*, mais aucun cargo normal n'aurait pu atteindre son accélération. Même un supercuirassé, le seul bâtiment de guerre qui approchât sa masse, ne pouvait prétendre qu'à quatre cent vingt g environ, et le *Sirius* filait à quatre cent dix, ce qui laissait à l'*Intrépide* un avantage d'à peine cent dix g, un peu plus d'un kilomètre par seconde au carré – et le *Sirius* avait une avance de près de quinze minutes.

La situation aurait été bien pire si le croiseur ne s'était pas trouvé en prépropulsion ou si Dominica Santos, allant au plus court, n'avait pas gagné presque une minute entière sur le temps nécessaire pour enclencher la propulsion. Dans l'état actuel des choses, Honor pouvait encore rattraper le *Sirius* avant qu'il atteigne l'hyperlimite, mais avec une marge moindre qu'elle ne l'aurait souhaité : le cargo franchirait l'hyperlimite presque cent soixante-treize minutes après avoir quitté son orbite, et Honor l'avait pris en chasse depuis près de dix minutes ; en réduisant la marge de sécurité de son propre compensateur à zéro, elle pourrait atteindre la vitesse du *Sirius* d'ici quarante-six minutes, mais il lui faudrait un peu plus d'une heure pour parvenir à portée effective de missiles. Quant à le rattraper, il y faudrait plus de cent sept minutes, ce qui laisserait moins de vingt minutes avant que le transporteur atteigne l'hyperlimite ; et, même si elle le rattrapait, le forcer à mettre en panne ne serait pas une tâche facile. Pire encore, du simple fait de son élan, le *Sirius* franchirait la limite même s'il freinait à pleine puissance en réponse à l'ordre d'Honor, sauf s'il commençait à décélérer au cours de l'heure et demie à venir ; or Honor n'avait aucun moyen de savoir à quelle distance au-delà de l'hyperlimite une escadre havrienne pouvait rôder : aucun détecteur en espace normal ne voyait à travers l'hypermur. Si cela se trouvait, la Marine havrienne tout entière attendait moins d'une seconde-lumière de l'autre côté de la limite sans que personne n'en sache rien dans le système de Basilic, si bien que le *Sirius* n'avait peut-être qu'à passer en hyper pour réussir sa mission.

Cela signifiait qu'Honor devait à tout prix l'arraisonner dans les quatre-vingt-dix-sept minutes à venir ; sinon, le seul moyen de l'empêcher de passer en hyper serait de le détruire.

Le capitaine Johan Coglin était assis dans son fauteuil sur la passerelle ; à court de jurons depuis dix minutes, il observait son affichage d'un œil noir tandis que la fureur coulait dans son esprit comme un lent fleuve de lave.

Pourtant, l'opération Ulysse lui avait paru raisonnable la première fois qu'on la lui avait exposée ; un peu trop alourdie de fioritures et de chichis, mais raisonnable. Il n'y avait pas de raison particulière pour qu'on utilise son navire à lui, mais personne ne l'avait écouté quand il avait suggéré d'employer un véritable cargo : les responsables souhaitaient disposer des niveaux d'accélération et de la vitesse hyper du *Sirius* « au cas où », et il était beaucoup trop peu gradé pour discuter. D'ailleurs, si tout s'était passé comme prévu, ça n'aurait guère eu d'importance à terme. Seulement, dès l'instant où l'*Intrépide* avait remplacé le *Sorcier* au poste de Basilic, les idiots qui avaient orchestré l'opération auraient bien dû se douter qu'elle allait capoter. Ils auraient dû la revoir de fond en comble des semaines plus tôt, et il ne l'avait pas caché à Canning.

Dès l'origine, Ulysse avait été fondée sur des principes de faux-semblant, de diversion, et sur le laisser-aller avec lequel la Flotte royale manticorienne assurait la police de Basilic, et aujourd'hui ça leur revenait en pleine figure ; ce qui devait être un attrape-nigaud vite fait bien fait s'achevait en un fiasco qui pouvait encore tourner au désastre, ce en grande partie parce que c'était le navire de Coglin dont on s'était servi, et le capitaine savait que les Renseignements de la Marine, l'état-major général et le ministère de la Guerre allaient tous chercher un bouc émissaire.

Il ne faisait aucun doute pour lui que le commandant de l'*Intrépide* avait compris l'essentiel de l'opération Ulysse et, malgré sa colère, le professionnel qu'il était ne pouvait s'empêcher d'admirer avec quelle vivacité et quels nerfs d'acier Harrington avait réagi. Griller la propulsion du courrier du consulat était un coup risqué mais génial qui avait réduit les joueurs en lice aux seuls *Sirius* et *Intrépide* au lieu d'obliger le croiseur à courir deux lièvres à la fois ; de plus, les détecteurs du cargo avaient repéré trois pinasses qui s'étaient séparées de l'*Intrépide* : il ne pouvait s'agir que du détachement tout entier de fusiliers, et la vitesse avec laquelle Harrington l'avait dépêché prouvait clairement que Canning et Westerfeldt avaient grossièrement sous-estimé les plans destinés à parer à toute éventualité qu'elle avait mis au point avec l'API. Étant donné le nombre de fusils que Westerfeldt avait fournis au chamane, ces plans n'auraient peut-être guère servi si les Échassieux étaient tombés par surprise sur les enclaves, mais une compagnie complète de fusiliers disposant du soutien aérien de la Flotte massacrerait les indigènes en terrain découvert.

Cela signifiait que le rôle tenu par Coglin dans l'opération Ulysse n'avait sans doute déjà plus d'objet : sans massacre dans les enclaves, Havre pouvait difficilement prétendre que ses forces navales étaient intervenues pour sauver des vies extraplanétaires.

Coglin serra les dents. Ce peigne-cul de Canning était aussi bête qu'aveugle ! Il avait déclenché prématurément l'opération en ordonnant au *Sirius* de sortir d'orbite avant même que les Échassieux aient atteint les enclaves ; s'il avait attendu vingt minutes – vingt petites minutes ! –, l'intervention des fusiliers leur aurait été connue, ce qui aurait encore permis d'annuler toute la partie spatiale du plan. Mais Canning s'était affolé et Coglin n'avait pas assez de renseignements sur la situation à terre pour discuter, même s'il avait disposé de l'autorité nécessaire pour refuser les ordres du consul.

Et il se retrouvait en train de fuir devant l'*Intrépide*, confirmant par là même les soupçons d'Harrington, tandis que tout espoir de réaliser Ulysse s'évanouissait derrière lui.

Mais il n'avait plus le choix : Canning avait alerté la force tactique qui devait intervenir six jours plus tard seulement. Si le courrier était resté hypercapable, on aurait pu l'envoyer discrètement retenir l'unité, mais c'était désormais impossible ; par conséquent, si Coglin n'atteignait pas le lieu de rendez-vous avec le *Sirius*, toute la force tactique risquait de se mettre en route. Il fallait l'empêcher et, même dans le cas contraire, il était hors de question de laisser Harrington monter à bord du cargo car ce serait lui fournir la preuve absolue de la complicité de Havre dans le soulèvement échassieux : il était impossible de cacher à une équipe d'inspection ce qu'était réellement le navire.

Il appela sur l'écran les fichiers des Renseignements sur l'armement de l'*Intrépide*. C'était un des derniers exemplaires de la vieille classe des Courageux, qui datait de presque quatre-vingts années T, et il était petit pour son rang selon les normes actuelles ; mais cela ne voulait pas dire qu'il était sénile. Les unités survivantes de ce modèle avaient été constamment remises en état au cours des ans et elles embarquaient un méchant poids de métal pour leur âge et leur taille. Peu pourvues en défense, pratiquement démunies de blindage et relativement mal protégées contre les radiations (pour des bâtiments de guerre), elles possédaient en revanche une paire de grasers, deux lasers de trente centimètres et sept lance-missiles sur chaque travers. Elles n'avaient pas la capacité de stockage pour un combat de missiles soutenu, mais elles pouvaient lancer des salves étonnamment puissantes pour leur taille tant que leurs munitions duraient, et c'était plus que suffisant pour transformer un cargo en vapeur lumineuse. Enfin, normalement.

Quittant l'écran des yeux, il revint à l'affichage principal. Toujours derrière lui, le point représentant l'*Intrépide* perdait encore du terrain mais accélérait régulièrement ; Coglin serra les poings, le regard furieux. Taré de Canning ! Et tarée d'Harrington aussi ! Pourtant, alors même qu'il maudissait son obstination, il ressentit au fond de lui comme de la tristesse pour elle : c'était un officier remarquable qui le poursuivait, assez vive et intelligente pour faire des plans soigneusement mis au point par Havre un échec humiliant en moins de deux mois manticoriens.

Malheureusement, son succès même allait lui coûter la vie.

« Bientôt cinquante-six minutes, commandant. Vitesses égales à dix-sept mille cent six km/s.

— Merci, monsieur McKeon. » Honor se frotta les mains sur les cuisses en regrettant que les gants de sa combinaison ne lui permettent pas de sentir le contact. Elle se tourna vers Webster.

« Lieutenant, apprêtez-vous à enregistrer une transmission pour le *Sirius*.

— Paré, commandant, répondit Webster.

— Commandant Coglin, dit Honor en articulant soigneusement, ici le capitaine de frégate Honor Harrington du vaisseau stellaire manticorien de Sa Majesté l'*Intrépide*. Je vous ordonne de vous arrêter pour examen. Veuillez couper votre propulsion et attendre mon équipe d'inspection. Harrington, terminé.

— C'est dans la puce, commandant, fit Webster. Prêt à transmettre.

— Merci. » Elle se laissa aller contre le dossier de son fauteuil et, l'œil sur l'affichage des manœuvres, attendit que la vitesse de son bâtiment égale précisément celle du *Sirius* ; alors elle hocha la tête. « Envoyez.

— À vos ordres, commandant. Transmission en cours. »

Presque sept millions sept cent mille kilomètres séparaient les deux vaisseaux lorsque le message d'Honor rattrapa le *Sirius*. La transmission mit plus de vingt-cinq secondes pour franchir ce gouffre spatial – vingt-cinq secondes pendant lesquelles le *Sirius* progressa de quatre cent quarante et un mille kilomètres. La durée totale message était de plus de vingt-sept secondes et le visage de Johan Coglin devint un masque de pierre lorsque son officier des communications le lui passa ; il baissa les yeux sur le point lumineux derrière lui – le point lumineux qui avait cessé de perdre du terrain et commencé, ô combien lentement, à en grignoter – et il se tut.

« Pas de réponse, commandant », annonça Webster.

Honor se mordit la lèvre mais se força à acquiescer calmement de la tête comme si elle s'y était attendue. Et c'était peut-être le cas ; peut-être n'avait-elle simplement pas voulu s'avouer qu'elle le savait depuis le début : le *Sirius* refuserait de s'arrêter. Elle avait la quasi-certitude que Johan Coglin n'était pas officier de marine marchande ; ou alors il était aussi officier de réserve de la marine militaire. Havre n'aurait pas confié cette mission à un capitaine marchand, et un militaire devait avoir ses ordres : il ne s'arrêterait pas davantage qu'Honor dans le même cas – sauf à y être contraint.

L'idée de tirer sur un cargo désarmé la fit frémir mais, si Coglin refusait de mettre en panne, elle n'aurait pas le choix, et elle se mordit les doigts d'avoir employé les trois pinasses pour le débarquement des fusiliers ; elle aurait dû garder une des navettes d'arraisonnement pour cela, en lui adjoignant ses cotres si nécessaire, et conserver au moins une pinasse à bord de l'*Intrépide*. Elle disposait de l'accélération et du temps pour rattraper le *Sirius*, et les pinasses étaient spécialement conçues, entre autres, pour déposer des équipes à bord des bâtiments en mouvement. La vitesse du croiseur lorsqu'il arriverait à hauteur du cargo serait d'à peine quatre mille km/s supérieure à celle de sa proie ; les impulseurs d'une pinasse étaient beaucoup plus faibles que ceux d'un bâtiment de guerre classique mais, en en larguant une remplie de fusiliers ou même de matelots et d'officiers de la Flotte au moment de rattraper le *Sirius*, la propulsion de l'embarcation aurait suffi à la mettre à portée pour un arraisonnement.

Elle n'avait pas assez réfléchi lorsqu'elle avait compris ce qui se passait, se dit-elle avec reproche ; il est vrai qu'elle n'aurait de toute manière pas eu le temps de changer son fusil d'épaule une fois que le *Sirius* avait démarré ; et puis priver dame Estelle et Barney Isvarian d'un tiers des hommes de Papadapolous alors qu'ils avaient une insurrection indigène sur les bras aurait été criminel. Néanmoins, elle aurait dû en envisager la possibilité à l'avance.

« Monsieur Webster, fit-elle.

— Oui, commandant ?

— Enregistrez : Commandant Coglin, si vous refusez de mettre en panne, je n'aurai pas d'autre solution que d'ouvrir le feu sur votre bâtiment. Je répète : je vous ordonne de couper immédiatement votre propulsion.

— Enregistré, commandant, annonça Webster dans un murmure tant il s'efforçait de maîtriser sa tension.

— Transmettez immédiatement.

— Transmission en cours, commandant.

— Monsieur Cardones ?

— Oui, commandant ?

— Préparez-vous à tirer un coup de semonce ; réglez-le pour exploser à une distance du *Sirius* d'au moins cinq mille kilomètres.

— Bien compris, commandant. Réglage pour détonation à cinq-zéro-zéro-zéro kilomètres de la cible.

— Merci. »

Honor se radossa dans son fauteuil et fit le vœu que Coglin écoute la voix de la raison.

« ... d'ouvrir le feu sur votre bâtiment. Je répète : je vous ordonne de couper immédiatement votre propulsion. »

Coglin émit un grognement et son second leva les yeux de ses propres instruments. « Une réponse, commandant ?

— Non. » Coglin fronça les sourcils. « Elle va tirer au moins un coup de semonce, et plus nous parcourrons de chemin avant qu'elle passe à des moyens plus radicaux, mieux ça vaudra.

— Faut-il nous préparer à nous retourner vers elle, commandant ?

— Non. » Coglin rumina un moment puis hocha la tête. « Nous continuons à fuir, mais faites sauter les panneaux arrière.

— À vos ordres, commandant. Panneaux arrière à faire sauter. »

« Pas de réponse, commandant, fit Webster d'une voix très basse.

— Merci, lieutenant. Monsieur Cardones, je... » Honor s'interrompit et observa son affichage tactique, le front plissé : quelque chose venait de quitter le *Sirius*.

« Commandant, je capte...

— Je vois, monsieur Cardones. » Honor recomposa son expression et regarda son second. « Un commentaire, monsieur McKeon ?

— J'ignore ce que c'est, commandant. » McKeon se repassa la lecture tactique et secoua la tête. « On dirait des débris, mais je ne vois pas ce que ça peut être. »

Honor hocha la tête. En tout cas, les objets n'émettaient pas d'énergie et ils étaient beaucoup trop petits pour qu'il s'agisse d'une arme quelconque. Se pouvait-il que le *Sirius* se débarrasse d'une cargaison compromettante ? « Calculez leur cap, monsieur Panowski, dit-elle. Nous aurons peut-être besoin de les rattraper pour les examiner ultérieurement.

— À vos ordres, commandant. » Panowski entra des commandes dans sa console pour fournir la trajectoire des débris aux ordinateurs.

« Monsieur Cardones, distance et temps jusqu'à la cible ?

— Vingt-cinq secondes-lumière virgule soixante-deux, commandant. Temps de vol, cent quatre-vingt-douze secondes virgule huit.

— Très bien, monsieur Cardones. Envoyez le coup de semonce.

— À vos ordres, commandant. Missile lancé. »

Le projectile jaillit du lance-missiles numéro deux de l'*Intrépide* et se mit à filer sous une accélération de quatre cent dix-sept km/s2 qui s'ajoutait à la vitesse du croiseur lui-même, un peu plus de dix-huit mille kilomètres à la seconde. Il aurait pu accélérer deux fois plus mais réduire son accélération à 42 500 g augmentait la durée de vie de son petit impulseur d'une minute à trois, ce qui non seulement lui donnait trois fois plus de temps pour manœuvrer mais accroissait aussi sa vitesse finale de près de cinquante pour cent.

Lancé à la poursuite du *Sirius*, il semblait avancer à pas de tortue, malgré sa vitesse, tandis que le cargo accélérait toujours. Au bout de trois minutes, à plus de dix millions de kilomètres de son point de lancement et avec une vitesse finale tout juste supérieure à quatre-vingt-treize mille km/s, son impulseur rendit l'âme et, passant en chute libre, il continua de gagner du terrain sur sa cible par sa seule erre.

Le capitaine Coglin le regardait approcher. Il avait eu la certitude qu'il ne s'agirait que d'un coup de semonce, certitude qu'avait rapidement confirmée le vecteur du missile. Même s'il s'était trompé, il aurait disposé de presque treize secondes après l'extinction de l'impulseur du missile pour opérer une manœuvre d'évitement, cependant que son vaisseau aurait parcouru près de deux cent quarante mille kilomètres. Le changement de vecteur maximum qu'il pouvait se permettre était d'à peine plus de quatre km/s2, mais le missile n'aurait plus été en état de suivre ses mouvements et l'effet cumulatif aurait fait du *Sirius* une cible impossible à toucher à cette distance.

Mais la question ne se posait pas : le missile filait parallèlement au cargo, à cinq mille kilomètres de distance, quand il explosa en une violente tête d'épingle de feu thermonucléaire ; le capitaine Coglin grogna.

« Le brouillage est fonctionnel, Jamal ?

— Oui, commandant, répondit son officier tactique.

— Tenez-vous prêt. Ça m'étonnerait qu'elle gaspille un autre missile de semonce, mais il nous reste vingt minutes avant qu'elle arrive à portée effective de tir.

— Bien, commandant ; paré. »

Coglin hocha la tête et se mit à observer le chronomètre.

« Rien, commandant », dit McKeon à mi-voix, et Honor acquiesça : elle n'avait pas vraiment espéré de modification de cap de la part du *Sirius*. Elle jeta un coup d'œil à son affichage ; encore dix-neuf minutes avant d'atteindre la plus longue distance à laquelle elle pouvait raisonnablement escompter toucher le cargo. Ses nerfs se tendirent lorsqu'elle prit conscience qu'elle ne pouvait plus reculer, mais une autre idée lui tiraillait l'esprit : ces débris que le *Sirius* avait éjectés... Si son capitaine n'avait pas l'intention de s'arrêter, pourquoi se débarrasser si vite de sa cargaison ? Il avait encore presque une heure avant que l'*Intrépide* puisse physiquement le rattraper et l'arraisonner. Ça ne rimait à...

Elle se raidit dans son fauteuil, les yeux écarquillés. Grand Dieu, mais si, ça rimait peut-être à quelque chose !

« Monsieur McKeon. » Le second leva les yeux et Honor lui fit signe de s'approcher.

« Oui, commandant ?

— Ces débris qu'a rejetés le *Sirius*, pourrait-il s'agir de blindage de coque ?

— De blindage de coque ? » McKeon cilla, surpris. « Ma foi, oui, c'est possible, pacha. Mais pourquoi ?

— Nous savons que ce bâtiment possède une propulsion et un compensateur de classe militaire, expliqua Honor à voix très basse. Imaginons qu'il dispose d'autres équipements de classe militaire ? Dissimulés derrière un faux blindage ? »

McKeon la dévisagea, abasourdi, puis il blêmit lentement.

« Un navire-Q ? souffla-t-il.

— D'après l'ONI, Havre a quelques bâtiments de transport lourdement armés, répondit Honor, toujours à mi-voix. Peut-être celui-ci en fait-il partie, mais les Havriens se sont servis de marchands pirates déguisés pour attaquer l'Étoile de Trévor et Sheldon. » Elle planta ses yeux dans ceux de McKeon. « Et si nous avons bien affaire à un navire-Q, il risque d'être encore mieux armé que nous ne l'étions avant qu'on ne modifie notre armement.

— Et il est beaucoup plus gros que nous, renchérit McKeon, lugubre. C'est-à-dire qu'il dispose peut-être de soutes à munitions bien plus vastes que les nôtres.

— Exact. » Honor prit une profonde inspiration tandis que les réflexions traversaient son esprit comme des éclats de glace tranchants. « Prévenez Rafe, puis appelez notre base de données et voyez ce que nous avons, si nous avons quelque chose, sur les navires-Q employés par Havre dans le passé.

— Oui, commandant.

— Et avertissez aussi Dominica. » Honor eut un sourire froid et amer. « Notre officier de contrôle d'avarie risque d'avoir bientôt fort à faire. »

Chapitre trente

« Je regrette, mais nous n'avons pas grand-chose sur leurs marchands pirates, pacha. » La passerelle était rafraîchie par l'air conditionné, pourtant Alistair McKeon essuya d'un geste agacé les gouttelettes de transpiration qui perlaient sur son front tout en téléchargeant ses informations sur l'affichage tactique secondaire d'Honor.

« Rien n'indique qu'ils aient modifié des bâtiments de classe alpha comme le *Sirius* ; impossible donc de savoir ce qu'ils ont pu bricoler à bord ; mais certains réfugiés de l'Étoile de Trévor ont fourni à l'ONI quelques éléments d'information sur un navire-Q fabriqué à partir d'une coque de classe Trumball : il avait une masse inférieure d'un peu plus d'un million et demi de tonnes à celle du *Sirius*, mais c'est tout ce que nous savons. »

Honor hocha la tête en étudiant l'affichage et en s'efforçant de cacher sa consternation. Plus petit que le *Sirius* ou non, le navire-Q de classe Trumball était plus puissamment armé que la plupart des croiseurs lourds modernes ; elle fit défiler les données jusqu'à ce qu'elle tombe sur les notes concernant son armement de chasse : trois lance-missiles et deux lasers axiaux à l'avant et à l'arrière. Si les pièces de chasse et de retraite du *Sirius* étaient proportionnelles à sa taille, il disposait d'une puissance de feu deux fois supérieure à tout ce que pouvait lui opposer l'*Intrépide*.

Elle se laissa aller contre le dossier de son fauteuil, sensible à la tension de son équipage de passerelle. Il ne s'agissait plus d'une manœuvre de la Flotte et, même dans le cas contraire, aucune ruse ingénieuse ne pouvait permettre de tendre un guet-apens au *Sirius* : une stricte poursuite réduisait les choix au minimum, et le seul avantage, infime, dont disposait l'*Intrépide*, c'était sa taille qui en faisait une cible difficile à toucher. Mais même cet avantage était contrebalancé par le fait que l'ouverture de ses bandes gravitiques béait deux fois plus que celle de l'arrière du *Sirius* et, malgré sa faible accélération, le « cargo » possédait une masse qui permettait à ses impulseurs de générer des bandes gravitiques – et sans doute des remparts latéraux – plus puissantes.

Elle se mordit la lèvre tout en cherchant une solution, mais ses pensées ne cessaient de déraper comme un véhicule de surface sur du verglas. Une fois qu'elle aurait atteint une vitesse suffisante pour rattraper aisément le *Sirius*, elle pourrait essayer de se tourner alternativement d'un côté puis de d'autre ; à plus de deux ou trois millions de kilomètres, elle ne pourrait pas se tourner assez pour opposer complètement ses remparts latéraux au feu ennemi – en tout cas, pas sans y perdre une trop grande partie de son accélération si elle tenait à barrer la route à l'autre vaisseau avant l'hyperlimite –, mais elle pourrait au moins empêcher le *Sirius* de lui tirer droit dans la gorge en zigzaguant dans son sillage. Ce n'était pas grand-chose mais elle n'avait absolument aucune autre réponse. Un pli amer lui tordit les lèvres : toutes ces belles manœuvres apprises au CPT, toute l'astuce qu'elle avait déployée pour piéger le vaisseau de l'amiral d'Orville, et cela pour se retrouver aujourd'hui à se tortiller comme un ver sur des charbons ardents afin d'éviter la destruction !

Elle regarda McKeon en essayant de déchiffrer ses pensées derrière ses yeux gris. Il était officier tactique de formation : que devait-elle faire, à son avis ? Avait-il songé qu'il lui suffisait d'interrompre la poursuite ? L'*Intrépide* était le chasseur, pas le chassé ; si Honor laissait Coglin s'échapper, le *Sirius* disparaîtrait simplement dans l'hyperespace et le croiseur survivrait.

Mais ce n'était pas une solution. Elle se trompait peut-être quant à la mission du *Sirius* ; elle s'apprêtait à mettre en péril son bâtiment et son équipage pour rattraper un adversaire au moins cinq fois plus puissant, alors que cet adversaire ne constituait peut-être nullement une menace pour le Royaume. Cependant, elle n'en savait rien ; ce qu'elle savait, en revanche, c'est que, si Havre était prêt à risquer une guerre ouverte pour s'emparer de Basilic, il était possible que le cargo de Coglin ramène une puissance de feu écrasante dans le système avant que la Flotte ait le temps de réagir.

Elle n'avait donc pas le choix.

Elle jeta un nouveau coup d'œil à son chronomètre : déjà soixante-trois minutes de poursuite. Elle avait parcouru trente-six millions et demi de kilomètres et la distance entre les deux navires n'était plus que de sept millions six cent mille ; encore treize minutes et quelque, et les missiles pourraient toucher le *Sirius* avant de tomber en panne de combustible. Elle observa le point lumineux qui représentait le Havrien et se demanda à quoi il pensait.

« Quelle est la portée, Jamal ?

— Vingt-cinq secondes-lumière virgule trente-cinq, commandant.

— Délai avant l'hyperlimite ?

— Quatre-vingt-quatorze minutes virgule six.

— Leur excès de vitesse par rapport à nous ?

— Quatre cent cinquante-huit km/s, commandant.

— Temps de vol des missiles ?

— Approximativement cent quatre-vingt-neuf secondes, commandant. »

Coglin hocha la tête et se frotta la lèvre inférieure. Ses missiles perdraient leur poussée neuf secondes avant d'atteindre l'*Intrépide* et une partie de lui-même préférait prendre patience afin de cacher le fait que le *Sirius* était armé : une fois l'*Intrépide* assez proche, les projectiles resteraient en impulsion jusqu'au contact avec leur cible ; de plus, les chances de faire mouche seraient accrues, quoique de peu à une telle distance, s'ils conservaient leur propulsion afin de suivre les manœuvres d'évitement de l'*Intrépide*. Mais, à vrai dire, cela ne ferait guère de différence : sous impulsion ou en chute libre, leur durée de vol serait amplement suffisante pour permettre à la défense active du croiseur de les détruire.

D'un autre côté, se dit-il avec aigreur, qui savait si Harrington ne se doutait pas déjà que le *Sirius* était armé ? Après tout, elle avait apparemment deviné tout le reste ! Dans ce cas, retenir son feu dans l'espoir de la prendre par surprise était inutile. Néanmoins, même si elle soupçonnait la vérité, il y avait peu de chances qu'elle ait une idée de la véritable puissance du grand navire-Q. Le temps passant, Coglin avait acquis un vif respect pour le cran de l'officier manticorien, mais la présente situation évoquait trop une souris en train de pourchasser un chat.

Il réfléchit posément à tous les choix possibles. Le meilleur, reconnut-il à contrecœur, aurait été d'obéir à l'ordre d'Harrington de mettre en panne. S'il s'était arrêté, avait laissé le croiseur venir à portée de missiles et seulement à ce moment-là fait sauter ses panneaux, il aurait pu la pulvériser avant qu'elle se rende compte de rien. Mais il n'avait pas obéi et cette erreur lui laissait une gamme d'options beaucoup moins plaisantes.

L'armement de l'*Intrépide* était inférieur au sien d'un facteur dix, qu'Harrington le sache ou non, mais les croiseurs de la Flotte étaient plus résistants que les simples chiffres ne le laissaient entendre. S'il l'attaquait, non seulement l'*Intrépide* disposerait d'une vitesse de base plus élevée, mais sa meilleure accélération et sa masse moindre lui donneraient l'avantage de la manœuvrabilité en combat rapproché. La façon dont Harrington avait détruit la propulsion du courrier indiquait un pilote à prendre au sérieux et, si les remparts latéraux du « cargo » étaient plus solides que ceux du croiseur, les bandes gravitiques des deux appareils étaient également impénétrables. S'il se laissait entraîner dans un engagement à courte distance contre un adversaire plus agile, Harrington risquait de toucher des points sensibles avant de mourir ; en admettant qu'elle endommage ses voiles Warshawski, par exemple, la question ne se poserait même plus de savoir s'il parviendrait ou non à passer en hyper : il finirait par regagner la République, évidemment, mais il n'arriverait certainement pas au rendez-vous à temps pour arrêter la force tactique, avec pour seul moyen de propulsion ses impulseurs et dans l'obligation, surtout, de contourner la vague Tellerman au lieu de la chevaucher.

D'un autre côté, en conservant son cap actuel, il présentait sa proue vulnérable au croiseur, qui risquait d'envoyer un missile par-delà ses défenses actives et l'arrière des bandes, sur un coup de chance. C'était statistiquement improbable étant donné l'angle selon lequel les missiles devraient arriver, mais c'était possible. Cependant, sa puissance de feu arrière était trois fois celle de l'armement de proue de l'*Intrépide*, dont, par ailleurs, la forme de coque impliquait que ses noyaux d'impulsion avant étaient plus exposés que ceux de l'arrière du *Sirius*. Et puis Coglin avait des missiles à revendre, bien davantage que ce que pouvaient embarquer les soutes d'un croiseur de classe Courageux ; grâce à quoi, il pouvait commencer à tirer très tôt en espérant faire mouche tandis que les munitions limitées d'Harrington la forceraient à réserver son feu en attendant d'avoir de bonnes chances de mettre dans le mille ; et, enfin, la maniabilité supérieure du croiseur ne lui servirait guère tant qu'il le maintiendrait à distance tout en le mitraillant.

Le seul inconvénient, c'est qu'elle risquait de rompre le combat une fois qu'elle aurait compris à quoi elle s'attaquait et, dans ce cas, il serait obligé de la laisser s'en aller. Cette idée lui déplaisait souverainement : dès l'instant où il ouvrirait le feu, elle tiendrait la preuve qu'il était armé, et ce serait grave : non seulement ce serait l'aveu que Havre avait armé certains de ses bâtiments de classe Alpha en flibustiers, mais la confirmation qu'un navire-Q s'était trouvé dans le système de Basilic constituerait un indice accablant du rôle majeur joué par Havre dans l'apparition des troubles sur Méduse. En outre, s'il ouvrait le feu avant elle, Havre serait coupable d'avoir perpétré le premier acte de guerre. D'un autre côté, les seules preuves dont disposerait Harrington seraient les relevés de ses instruments, et chacun sait qu'on peut falsifier des données ; de fait, ce serait la parole de Manticore contre celle de Havre et, bien que cela puisse s'avérer gênant pour certains crétins de haut rang qui avaient combiné ce magistral fiasco, ce ne serait pas obligatoirement catastrophique pour la République. Et surtout ce ne serait pas catastrophique pour le VSMP *Sirius*, la force tactique en attente ni le capitaine Johan Coglin.

Non : la meilleure solution serait de détruire l'*Intrépide* avant qu'il puisse annoncer à Manticore – et à toute la galaxie – que le *Sirius* était armé, et si Harrington ne se dégageait pas ou si l'occasion se présentait de l'anéantir sans mettre en danger sa mission principale, le commandant du « cargo » comptait bien s'y employer. Entre-temps, il devait tout faire pour la décourager ou l'empêcher de prévenir ses supérieurs si la chance s'offrait de la liquider, mais cela en continuant à fuir... même si son bâtiment était le plus puissant des deux.

« Avertissez-moi quand le temps de vol des missiles tombera à cent quatre-vingt-huit secondes, Jamal, dit-il. Et préparez-vous au brouillage à mon ordre de tir.

— Oui, commandant. »

La distance entre les deux navires se réduisait peu à peu à mesure que sa meilleure accélération permettait à l'*Intrépide* d'augmenter sa vitesse par rapport au *Sirius*. L'avantage n'était pas énorme si l'on comparait les vitesses absolues des adversaires, mais il croissait régulièrement et, petit à petit, une singulière sérénité envahissait Honor.

Elle ne pouvait plus reculer. Le premier coup restait encore à porter – car elle n'avait toujours pas de véritable preuve que le *Sirius* était armé – mais elle savait ce qui allait se passer ; peut-être pas comment ç'allait se terminer, mais bien comment ç'allait commencer... et ce qu'elle-même allait faire.

« Monsieur Cardones, dit-elle à mi-voix.

— Oui, commandant ? » Cardones paraissait tendu, un peu haletant peut-être, très jeune en tout cas, et elle lui sourit.

« Nous allons sans doute essuyer des tirs avant d'être en mesure de répliquer, canonnier, fit-elle, et elle remarqua la brève rougeur de plaisir qui lui monta aux joues et l'imperceptible détente de ses épaules à l'énoncé de son titre officieux. Je ne veux rien faire pour suggérer que nous soupçonnons le *Sirius* d'être armé tant qu'il n'ouvre pas le feu, si tant est qu'il l'ouvre – peut-être compte-t-il nous laisser approcher s'il nous croit ignorants du danger –, mais tenez-vous prêt à déclencher les CME et la défense active dès l'instant où un projectile se dirigera vers nous. N'attendez pas mon ordre.

— Bien compris, commandant.

— Monsieur Panowski ?
— Oui, commandant ? »

À son ton, le navigateur semblait beaucoup plus inquiet que Cardones, peut-être parce que, un peu plus âgé, il était plus conscient de sa propre mortalité.

« Nous sommes dans le sillage du *Sirius* mais, arrivés à moins de deux millions de kilomètres, je veux que nous nous mettions à zigzaguer sur son cap de base pour interposer au maximum nos remparts latéraux. Calculez votre tracé de route en fonction et maintenez-en informé le chef Killian.

— À vos ordres, commandant. » Panowski se retourna vers sa console avec une énergie renouvelée, comme soulagé d'avoir quelque chose à faire – à moins, songea Honor, que ce ne fût la perspective de survivre même à moins de deux millions de kilomètres de leur proie. Elle sourit encore une fois et, à sa grande stupéfaction, s'aperçut que son sourire était sincère. Elle leva les yeux et vit McKeon qui le lui rendait en secouant la tête ; puis il haussa les épaules et, l'espace d'un instant, son sourire se fit singulièrement complice. Honor reporta son attention sur le chronomètre : soixante-six minutes de poursuite.

« Temps de vol des missiles : cent quatre-vingt-huit secondes, commandant.

— Très bien. » Coglin prit place dans son fauteuil et croisa les jambes. « Commencez à brouiller et ouvrez le feu avec les tubes vingt et vingt et un. »

Les alarmes aboyèrent à bord de l'*Intrépide*.

Honor ouvrit la bouche pour lancer ses ordres mais Rafael Cardones, avec les réflexes des très jeunes, avait déjà réagi ; des lumières s'allumèrent sur la console tactique lorsque ses CME s'activèrent et que deux leurres de cinquante tonnes jaillirent d'orifices dans les flancs du croiseur pour franchir les remparts latéraux par des brèches spécialement ouvertes. Des faisceaux tracteurs retinrent les leurres privés de moteurs près de l'*Intrépide* afin de couvrir ses travers, cependant que des capteurs passifs écoutaient les missiles en approche pour essayer de trouver la fréquence de leur système de visée actif, que des brouilleurs répondaient en émettant du bruit blanc dans l'espoir de les aveugler et que les instruments de contrôle de tir se verrouillaient sur les petites cibles zigzaguantes.

Cardones tendit le doigt vers la touche de tir antimissile, puis il interrompit son geste et jeta un coup d'œil à Honor par-dessus son épaule.

« Pas tout de suite, monsieur Cardones, dit-elle à mi-voix. Attendez que leur tracé de cap se stabilise, puis faites feu à un demi-million de kilomètres pour les épingler au moment où leur propulsion s'éteindra.

— Bien, commandant. »

Le jeune officier tactique entra l'ordre dans ses ordinateurs puis attendit la suite, tendu. Honor tourna le regard vers Webster à l'instant où l'officier des communications s'écartait de sa console et s'adossait dans son fauteuil, l'air écœuré. Elle leva un sourcil interrogateur et Webster hocha la tête.

« Ils nous brouillent l'écoute, commandant. Nous sommes trop loin et sur le mauvais vecteur pour contacter un des satellites en orbite de Méduse avec un laser, et ils couvrent tout le reste.

— Compris, monsieur Webster. » Elle reporta son attention sur l'affichage tactique où les missiles fonçaient toujours vers eux et elle surveilla la distance. Là ! Les contre-missiles de Cardones s'élancèrent à leur rencontre à plus de quatre-vingt-dix mille gravités tandis que la propulsion des armes en approche s'éteignait. Elles continuèrent d'avancer, cibles impuissantes, incapables de manœuvrer, et les contre-missiles ajustèrent leurs propres vecteurs avec une précision pointilleuse ; ils n'étaient pas équipés d'ogives explosives : leurs bandes gravitiques, réduites mais puissantes, en tenaient lieu et balayaient l'espace devant eux. Les missiles du *Sirius* disparurent de l'affichage.

Mais il en arrivait deux autres, et une nouvelle paire fut lancée sous les yeux d'Honor. Cardones, de sa console, appela en ligne ses grappes de lasers de défense active, et Honor, prenant sur elle, observa calmement, consciencieusement, les données que fournissait son propre affichage tactique.

Encore dix minutes avant qu'elle puisse riposter avec une chance raisonnable de faire mouche, et ses soutes avant contenaient moins de soixante missiles : impossible de les gaspiller dans l'espoir d'un coup heureux comme le faisait le *Sirius* ; avec une rage froide mais en silence, elle fulmina contre Lady Sonja Hemphill. Si elle n'avait pas pratiqué de coupes sombres dans son armement, Honor aurait peut-être pu se tourner suffisamment pour ouvrir son travers et envoyer une salve entière de sept missiles au *Sirius* rien que pour tester les limites de sa défense active ; mais elle n'avait plus de travers à sept tubes et, même si elle en avait encore un, elle ne disposait plus du nombre de missiles nécessaire pour alimenter une pareille salve.

Elle regarda Cardones à l'instant où il détruisait deux nouveaux projectiles et trompait la troisième paire à l'aide de leurres.

Johan Coglin émit un grognement lorsque ses détecteurs, limités à la vitesse de la lumière, lui transmirent ce qui s'était passé vingt-cinq secondes-lumière derrière lui. La rapidité avec laquelle les leurres et les CME de l'*Intrépide* s'étaient mis en action répondait clairement à la question de savoir si Harrington se doutait que le *Sirius* était armé ! Et ils étaient plus efficaces que ne l'avaient estimé les Renseignements de la Marine, observa-t-il ; l'état-major de la Marine avait été incapable de lui fournir des données factuelles sur les capacités des systèmes manticoriens, et ses estimations devaient être apparemment révisées à la hausse.

Les yeux sur son affichage, il nota le calme professionnalisme avec lequel l'*Intrépide* avait attendu d'avoir des cibles parfaites pour lancer ses contre-missiles et il classa cette observation avec les autres indications qu'il avait des compétences du capitaine Harrington. Une femme dangereuse, très dangereuse, se dit-il alors que deux de ses missiles, déviés de leur trajectoire par des leurres, explosaient, inoffensifs, devant les remparts latéraux de l'*Intrépide*. Mais pas assez dangereuse pour compenser la différence d'armement.

« Passez en tir accéléré sur les tubes vingt et vingt et un, Jamal », dit-il.

Honor broncha intérieurement en voyant le navire-Q qui la précédait commencer à cracher des missiles deux par deux à quinze secondes d'intervalle. Ils jaillissaient de la poupe du gros cargo, et la simple prodigalité de cette averse de projectiles mortels était effrayante. À cette cadence, le *Sirius* tirerait en sept minutes davantage de missiles que n'en contenaient les soutes avant de l'*Intrépide*, et Honor doutait qu'il s'agisse d'une réaction due à l'affolement : le capitaine Coglin se comportait de façon trop froide et calculée depuis le début de la poursuite. Il savait pertinemment ce qu'il faisait, et cela signifiait qu'il avait les réserves nécessaires pour dévorer ainsi ses munitions.

« Manœuvre d'évitement Écho-sept-un, chef Killian, dit-elle.

— À vos ordres, commandant. Écho-sept-un en cours. »

Écho-sept-un, la manœuvre de dérobement la plus simple qu'Honor avait répétée avec Killian, n'était guère plus qu'une succession de tonneaux effectués selon un rythme aléatoire le long d'un seul et même vecteur. Chaque tonneau n'éloignait l'*Intrépide* que de quelques dizaines de kilomètres de sa trajectoire de base, mais le croiseur n'avait guère d'autre possibilité d'esquiver les tirs du cargo, sauf si Honor acceptait de s'écarter assez de son cap pour présenter ses remparts latéraux, ce qui lui ferait perdre du même coup une grande partie de l'avantage que lui donnait son accélération. Cependant, la manœuvre n'était pas aussi vaine qu'on aurait pu le croire, car Honor avait fait participer Cardones et McKeon aux exercices ; l'officier tactique garda le contrôle de ses défenses actives, mais McKeon prit celui des systèmes passifs et entreprit d'activer apparemment au hasard les leurres de flanc. La progression en vrille de l'*Intrépide* leur faisait accomplir un circuit complet autour du croiseur et l'officier en second modifiait leurs niveaux d'énergie selon un plan soigneusement minuté qui donnait l'impression que le bâtiment virait aussi d'un bord à l'autre. Ce n'était pas vrai, naturellement, mais on pouvait espérer que, dans le doute, l'officier tactique du *Sirius* soit obligé de puiser davantage dans ses réserves de missiles pour couvrir les modifications de trajectoire que le croiseur risquait d'effectuer.

C'était en tout cas le souhait d'Honor. La propulsion des projectiles du navire-Q s'éteignait toujours avant d'arriver sur la cible, mais le délai d'engagement entre les salves était trop court pour que Cardones se permette d'attendre l'extinction : il devait tirer plus tôt, avec une fourchette de possibilités plus réduite et une accélération moindre de ses contre-missiles afin de gagner du temps – et de la portée – sur leur propulsion par impulseur. Les grappes de lasers commencèrent à faire feu : une poignée de missiles avait franchi la barrière des contre-missiles, et Honor vit sur son affichage principal des explosions brillantes piqueter le champ d'étoiles. Si elle avait bien deviné quel type d'ogive ces missiles transportaient, il fallait les arrêter au moins à vingt mille kilomètres du croiseur, et ces éclats de lumière paraissaient épouvantablement proches.

Mais en réalité aucun projectile ne parvenait à moins de cent mille kilomètres... pour l'instant.

« On arrive à la portée des vingt-quatre secondes-lumière, commandant, annonça le capitaine de corvette Jamal. Nos missiles parviennent à s'approcher de plus en plus, mais les leurres de ce croiseur sont les meilleurs que j'aie jamais vus. »

Coglin acquiesça d'un grognement sans quitter son affichage tactique des yeux. Jamal avait raison. Bien sûr, par cette remarque, il cherchait en grande partie à esquiver les reproches, mais les CME de l'*Intrépide* étaient sacrément supérieures à ce que les Renseignements croyaient possible et le travail de Jamal n'était pas une partie de rigolade. De plus, les munitions filaient à toute allure et le capitaine frémissait en pensant au coût de chacun de ces missiles : à tous les coups, un crétin galonné allait lui souffler dans les bronches à cause de la dépense. N'empêche que ces projectiles coûtaient moins beaucoup cher que le *Sirius* lui-même.

Honor se raidit lorsque Cardones finit par rater un missile. L'engin continua sa course jusqu'à vingt-deux mille kilomètres de distance puis disparut dans un éclair brillant, et Honor se mordit la lèvre en voyant ses pires craintes confirmées : le *Sirius* employait des ogives laser qui transformaient chaque missile en une grappe de lasers à rayons X pompés par des bombes et à désignation de cible à distance.

Leur vitesse de rapprochement dépassait les soixante-dix-sept-mille km/s, ce qui ne permettait pas une grande précision de la part du système de contrôle de tir que transportait l'ogive, surtout si les instruments étaient aveuglés par les CME de McKeon, mais un des rayons détruisit le leurre de bâbord.

McKeon en largua un nouveau sans attendre d'ordre ni faire de commentaire, mais tout commentaire était inutile : il ne restait plus que trois leurres de remplacement. Une fois ceux-ci disparus, l'efficacité des CME se verrait réduite plus que de moitié, et ce alors que l'*Intrépide* n'était pas encore arrivé à portée de tir.

Le capitaine Coglin eut un mince sourire en voyant sa première ogive s'approcher assez pour exploser. Apparemment, elle n'avait pas causé de dommage, mais cela viendrait.

« Distance vingt-trois secondes-lumière virgule quatre. » La voix sèche de Cardones exprimait la tension des treize minutes qu'il venait de passer sous le feu sans pouvoir riposter, mais on y sentait aussi de l'exultation.

« Très bien, canonnier. » Honor perçut l'ombre d'une jubilation similaire dans sa propre voix. Ils avaient perdu un autre leurre, mais ils avaient eu une chance incroyable jusque-là : l'*Intrépide* était indemne et ils arrivaient enfin à portée de tir.

« Plan de tir Tango à mon commandement, dit-elle.

— Reçu, commandant. Mise en œuvre du plan de tir Tango. » Le lieutenant entra des ordres dans ses systèmes. « Plan de tir Tango verrouillé.

— Vous pouvez enclencher, canonnier.

— Enclenché. »

« Missile en vue ! » s'exclama Jamal, et Coglin étouffa un juron. Bon Dieu, mais qu'est-ce qu'il fallait faire pour toucher ce fichu croiseur ? Il avait tiré plus de quatre-vingt-dix ogives ; six avaient franchi le contre-feu de l'*Intrépide*, mais les CME du croiseur étaient d'une efficacité diabolique et aucune n'avait touché sa cible ! Et voilà qu'Harrington contre-attaquait ! Malgré sa puissance de feu supérieure, le capitaine sentit un frisson d'inquiétude le parcourir. Mais si la distance était assez réduite pour permettre au bâtiment de Manticore de tirer à pleine puissance, c'était aussi vrai pour lui, se dit-il fermement.

« Nom de Dieu ! »

L'exclamation incrédule de Jamal lui fit lever la tête. Une sonnerie d'avarie se mit à hurler, la passerelle tressaillit et il se retourna vivement vers ses instruments, affolé, puis se détendit brusquement. L'ogive laser avait frappé le flanc du *Sirius* en éventrant, telle une gigantesque serre de rapace, la cale numéro quatre, mais elle était vide et nulle perte humaine n'était à déplorer. Les capacités du cargo étaient intactes et le capitaine braqua un regard froid sur l'officier tactique.

« Eh bien, Jamal ? cracha-t-il.

— Ils m'ont roulé, commandant », avoua Jamal. La sueur perlait à son front mais ses doigts volaient déjà sur son clavier. « Ils ont tiré deux ogives laser l'une après l'autre. » Il enfonça la touche d'enclenchement pour verrouiller ses nouveaux ordres de tir dans les ordinateurs de défense active, puis se retourna vers son commandant. « L'intervalle était de moins d'une demi-seconde, mais le missile de tête était muni d'une espèce d'émetteur CME ; je ne sais pas exactement comment ça fonctionne, mais il a camouflé la différence entre les temps de lancement ; du coup, les ordinateurs ont cru qu'ils arrivaient simultanément et nos systèmes de riposte n'ont pas enregistré l'écart, si bien que nous avons détruit le premier missile en laissant passer le second. Ça ne se reproduira plus, commandant.

— Il vaudrait mieux, gronda Coglin. On n'est pas tout près de chez nous. » Il fixa un regard furieux sur ses instruments et un rictus lui découvrit les dents. Comme ça, le capitaine Harrington voulait lui faire des niches, hein ? Eh bien, il lui en réservait une lui aussi.

« Passez en tir accéléré sur tous les tubes arrière », dit-il d'un ton glacé.

« Un coup au but, commandant ! » croassa Cardones. Tel le sang du flanc d'un animal blessé, l'air s'échappait du *Sirius*, clairement visible par les détecteurs, et un murmure réjoui parcourut la passerelle.

Honor ne partageait pas l'enthousiasme général ; elle surveillait ses propres capteurs et ils n'annonçaient aucune modification du profil d'énergie du *Sirius*. Elle comprenait parfaitement la jubilation de Cardones – un coup semblable aurait infligé de graves dégâts à l'*Intrépide* – mais il oubliait la taille du cargo, capable de supporter bien davantage de destruction que le croiseur, et...

L'affichage tactique clignota et Honor sentit son souffle se bloquer. Le *Sirius* ne tirait plus des salves de deux missiles chacune mais de six.

Les deux vaisseaux fonçaient dans l'espace et l'*Intrépide* zigzaguait de droite et de gauche pour éviter le pilonnage régulier de son adversaire. Un ruisselet de sueur coula sur la tempe d'Honor et elle l'essuya d'un geste agacé, en espérant que nul ne s'en était aperçu. Elle dissipait une infime fraction de l'avantage que lui donnait son accélération, mais elle n'avait pas le choix : les petits crochets qu'elle avait ajoutés aux brusques tonneaux aléatoires de Killian ne la ralentissaient guère, mais elle avait perdu encore un leurre. Il ne lui en restait plus qu'un et le *Sirius* persistait à la bombarder d'une grêle effarante de missiles ; un bâtiment de ligne standard aurait pu en lancer davantage en une seule salve, mais aucun navire de guerre – même un supercuirassé – ne disposait de soutes assez vastes pour nourrir si longtemps une telle densité de feu. Elle-même ne pouvait tirer qu'un peu plus d'une salve à la minute ; pour chaque missile qu'elle lançait à la poursuite du *Sirius*, le navire-Q lui en envoyait douze.

Cardones, les cheveux collés au crâne par la transpiration, et McKeon, le visage creusé par la tension, bataillaient contre l'incroyable déluge de missiles tout en s'efforçant de riposter. Ils étaient surclassés, Honor le savait ainsi que tous ses officiers, mais elle ne songeait même plus à rompre le combat. Il fallait absolument qu'elle arrête ce bâtiment et, d'une façon ou d'une autre...

L'*Intrépide* fit une embardée. Le croiseur se cabra comme un animal terrifié, des alarmes se mirent à hurler et Killian releva brutalement la tête.

« Les impulseurs avant ne répondent plus ! » aboya-t-il.

Au poste central de sécurité, Dominica Santos blêmit lorsque les rayons X concentrés déchirèrent l'étrave de l'*Intrépide*. Des sirènes se déclenchèrent et hululèrent comme des voix de damnés jusqu'à ce que le lieutenant Manning abatte la main sur le bouton d'arrêt.

« Cale avant ouverte sur le vide ; tracteur d'amarrage un en rideau ; lourdes pertes sur fusion un, annonça sèchement Manning. Oh, nom de Dieu ! on a perdu le noyau alpha deux, chef !

— Merde ! » Santos tapa sur son clavier pour interroger les ordinateurs centraux et jura encore une fois en voyant apparaître à l'écran le schéma barbouillé de rouge vif des noyaux d'impulseur avant. Elle étudia un instant les dégâts, ses yeux sombres durs comme l'acier, puis appuya sur la touche d'intercom.

« Passerelle, ici le commandant, dit une voix calme de soprano, tout juste un peu éraillée.

— Pacha, ici Santos. Tout le segment de propulsion avant s'est mis en coupure automatique. Le noyau alpha numéro deux est mort et on dirait bien que le bêta trois est dans le même état.

— Pouvez-vous les réparer ? » demanda Honor d'un ton pressant, et Santos, fermant les yeux, se mit à réfléchir furieusement.

« Impossible, commandant », répondit-elle enfin, les dents serrées. Elle rouvrit les yeux et elle suivit du doigt le schéma clignotant tout en cogitant à toute allure ; enfin, elle hocha la tête. « L'anneau principal est rompu au niveau d'alpha deux et de bêta trois ; j'ai l'impression que bêta quatre en a pris aussi un coup, mais le reste de l'anneau m'a l'air bon. Je devrais pouvoir dévier le circuit des noyaux en panne et pousser bêta deux et quatre – si le quatre marche toujours – pour compenser la perte sur les bandes gravitiques, mais ça va prendre du temps.

— Combien ?

— Dix minutes, peut-être quinze, commandant. Au mieux.

— Très bien, Dominica. Mettez-vous-y le plus vite possible.

— Tout de suite, commandant ! » Santos déverrouilla son harnais antichoc et quitta son fauteuil d'un bond. « Allen, je vais à l'avant. Vous faites fonction d'officier de sécurité jusqu'à mon retour.

— Mais qu'est-ce qu'on fait pour la salle de fusion un ? demanda Manning d'une voix tendue. Elle est ouverte sur le vide et on a perdu les deux tiers de l'équipe de quart du générateur de proue !

— Ah merde ! » Santos se pencha sur l'affichage de son subordonné, examina les données, et son visage se crispa : non seulement la plupart de ses gars étaient morts, mais un déséquilibre thermique apparaissait déjà dans le vase de fusion un. Elle frappa sèchement quelques touches et poussa un soupir de soulagement en voyant les données changer.

« Le vase tient le coup, dit-elle aussitôt. Mettez le réacteur hors circuit par mesure de sécurité – fusion deux peut traiter la surcharge – et gardez l'œil sur la température. Si elle se met à grimper plus vite qu'actuellement, avertissez-moi.

— Oui, chef. » Manning se pencha sur sa console et Santos se précipita vers le sabord.

« Un coup au but, commandant ! » annonça le capitaine Jamal, et Coglin hocha raidement la tête. Enfin ! Il était temps : cela faisait dix-sept minutes qu'ils bombardaient l'*Intrépide*.

« Son accélération baisse, commandant. » L'exultation faisait monter la voix de Jamal vers les aigus et un large sourire détendit ses traits. « Nous avons dû faire sauter ses impulseurs avant !

— Bien, Jamal. Très bien. Maintenant, recommencez, gronda Coglin.

— À vos ordres, commandant ! »

Honor se mordit la lèvre si durement qu'elle sentit le goût du sang dans sa bouche, mais elle réussit, Dieu sait comment, à ne pas laisser paraître d'angoisse sur son visage. L'*Intrépide* venait de tomber à mi-puissance, ce qui était déjà grave, mais la perte du noyau alpha pouvait mener à la catastrophe. Malgré la baisse d'accélération, elle continuait à gagner du terrain sur le *Sirius*, bien que moins vite qu'auparavant, car sa vitesse était de presque mille cinq cents km/s supérieure à celle du navire-Q ; cependant, celui-ci accélérait à présent plus vite qu'elle de près d'1,5 km/s2 et, si Santos n'arrivait pas à réparer les noyaux avant, l'écart entre les deux bâtiments recommencerait à se creuser dans moins de dix-sept minutes.

Pourtant, c'était le cadet des soucis d'Honor. Elle observa son visuel où surgissaient étincelles et éclairs à mesure que la défense active surmenée de l'*Intrépide* repoussait les missiles qui arrivaient à intervalles de plus en plus réduits, et elle lutta contre le désespoir.

Sans le noyau alpha, l'*Intrépide* était incapable de reconfigurer ses impulseurs avant en voile Warshawski ; si le *Sirius* passait en hyperespace et atteignait la Tellerman, il s'échapperait à plus de dix fois l'accélération maximum du croiseur... qui ne pourrait de toute manière pas le suivre dans la vague en se servant de ses seuls impulseurs.

Il restait quarante-trois minutes pour détruire le navire-Q ; sans quoi, toute la poursuite aurait été vaine.

CHAPITRE TRENTE ET UN

Le médecin de première classe Montoya ne leva même pas les yeux quand le sabord de l'infirmerie s'ouvrit encore une fois en sifflant. Trois hommes d'équipage apparurent, chancelants, livides, porteurs d'un autre survivant de fusion un. Ils s'efforçaient d'éviter tout choc et toute secousse à leur fardeau gémissant, mais l'impact brutal d'un second missile les déséquilibra au moment où ils pénétraient dans l'infirmerie. Ils allèrent heurter une cloison, et la femme qu'ils transportaient poussa un cri aigu de souffrance quand ses jambes brisées donnèrent à leur tour contre le métal.

Montoya tourna les yeux vers elle. Son visage était un masque inexpressif qui reflétait l'état d'insensibilité auquel l'avait conduit l'horreur qui l'entourait, et c'est d'un regard atone qu'il observa la victime. Le cri de la malheureuse mourut dans un sanglot douloureux et Montoya, son rapide examen achevé, la classa parmi les blessés dont l'état n'était pas immédiatement critique ; il ramena le regard sur la table d'opération, avec un petit mouvement de tête pour faire tomber ses lunettes grossissantes de son front sur ses yeux, tandis que ses mains gantées de rouge s'activaient dans les décombres du torse d'un technicien de la salle des moteurs.

Un assistant surmené – le seul dont il pouvait se passer en chirurgie d'urgence pour trier les blessés – se précipita vers les nouveaux venus et les mains de Montoya continuèrent de virevolter pour sauver la vie déclinante de son patient. Il n'y parvint pas.

La sonnerie monocorde et rauque des moniteurs l'en avertit et il s'écarta du cadavre, déjà occupé à retirer ses gants afin d'en enfiler de nouveaux pour le blessé suivant. Un autre corps inerte remplaça le premier, celui d'une femme à laquelle manquait un bras et qui risquait de perdre le second. Avec des gestes de robot, Montoya mit les gants et s'approcha de la table, puis il se pencha sur le champ opératoire stérile, le visage de marbre... et le sabord s'ouvrit encore une fois derrière lui.

« Pas là ! Ici ! aboya Dominica Santos. Amène ton cul et tire, bordel de Dieu ! »

D'énormes étincelles blanc-bleu éclataient sans bruit autour d'elle dans le vide du compartiment de propulsion éventré, et le maître d'équipage MacBride attrapa un des hommes de son équipe de réparation pour le traîner littéralement jusqu'à la position demandée.

« Au boulot, Porter ! » gronda le bosco à l'électronicien en s'approchant de lui.

Le temps comme la place manquaient pour atteindre l'intérieur du conduit avec des instruments, aussi l'homme et la femme attrapèrent-ils de leurs mains gantées le faisceau de câbles à demi fondus d'où jaillissaient des cascades d'étincelles ; de violentes décharges lumineuses leur remontaient le long des bras et auréolaient leurs épaules, et ils se mirent à tirer avec des grognements râpeux qui retentissaient dans le com de la combinaison de Santos. Une des extrémités du harnais des câbles lâcha soudain, les étincelles moururent et Santos s'approcha, armée d'un tranchoir à laser ; elle enfonçait jusqu'aux chevilles dans les cartes à circuits et les fragments de cloison arrachés par l'explosion ou défoncés par son équipe de contrôle d'avarie. Les débris dansaient à ses pieds et elle eut un hoquet de triomphe lorsqu'elle parvint à glisser son tranchoir dans le conduit et à couper le câble endommagé.

MacBride et Porter, déséquilibrés, partirent soudain à la renverse et se cognèrent contre la cloison arrière du compartiment tandis que la mécanicienne appelait son équipe au travail à gestes frénétiques.

« Glissez le câble de remplacement là-dedans ! Bougez-vous, bande de lavettes ! »

Johan Coglin tressaillit quand un nouveau missile de l'*Intrépide* passa outre les défenses de Jamal. Il explosa et les lames destructrices de ses grappes de lasers griffèrent le vaisseau ; l'une d'elles transperça le bouclier antiradiations, à l'intérieur des bandes, comme s'il s'agissait de papier de soie, et un torrent d'air s'échappa du flanc du *Sirius*.

« Lourdes pertes au contrôle arrière ! cria une voix. On a perdu le poste de contrôle d'avarie trois, commandant ! »

Avec un juron, Coglin examina son affichage tactique. Foutredieu, mais comment ce putain de croiseur pouvait-il encore fonctionner ? Il l'avait touché au moins à deux, voire trois reprises, et il était toujours là – boiteux peut-être, surclassé tant en armement qu'en masse, perdant de l'air de tous les côtés, mais toujours là et toujours en train de lui porter des coups ! Ses salves étaient moins denses que celles du cargo, pourtant il plaçait presque autant de coups au but parce que ses missiles faisaient des cibles extrêmement difficiles à toucher pour la défense active ; leurs assistants de pénétration électroniques étaient au moins aussi efficaces que les CME défensives du croiseur, c'est-à-dire bien supérieurs à ce qu'en disaient les estimations. Coglin le savait et cela ne rendait pas moins amers les dégâts et les pertes que subissait son navire ; il se tourna vers Jamal, les yeux flamboyants, et ouvrit la bouche... puis il se pétrifia.

Une des ogives de l'officier tactique venait d'exploser à moins de mille kilomètres de la proue de l'*Intrépide*.

La folie s'empara de l'univers. Des stylets de rayons X perforèrent le blindage léger de la coque du croiseur, transpercèrent les compartiments, tuèrent les occupants, déchiquetèrent les cloisons et les membrures. Et puis, une fraction de seconde plus tard, le petit bâtiment heurta le front d'explosion de l'ogive.

Il le prit par la tangente ; ce ne fut donc pas la collision frontale dont rien n'aurait pu le sauver, mais une violente éruption de plasma jaillit en dessous de lui dans le vide spatial. Les générateurs protestèrent en hurlant quand le monstrueux front de radiations et de particules percuta son bouclier comme un marteau-pilon, mais ils tinrent le coup – tout juste – et l'*Intrépide* se cabra comme un cheval éperonné sur le bouillonnement destructeur.

Dominica Santos poussa un cri en se sentant projetée en l'air. Elle ne fut pas la seule, et son com s'emplit des hurlements de ses hommes et femmes brutalement éparpillés dans le compartiment comme autant de pantins désarticulés. Le choc lui fit percuter un panneau à demi fondu de coupe-circuits qu'elle pulvérisa dans une explosion de débris ; elle rebondit en battant des bras dans un effort désespéré pour s'accrocher à quelque chose, et un horrible cri gargouillant emplit ses oreilles. Elle attrapa le bord vitrifié d'un panneau d'accès découpé au tranchoir à laser et s'arrêta brutalement de tournoyer, puis elle ravala le vomi qui lui montait dans la gorge lorsqu'elle vit l'électronicien 2/c Porter les mains crispées sur le fragment de coque qui saillait comme une lance de son abdomen. Il s'était empalé sur l'objet qui pointait de la cloison derrière lui et se tordait sur cette broche atroce en hurlant comme une âme en enfer, tandis que son sang et ses organes internes s'échappaient en bouillonnant de sa blessure. Des globules de sang et d'autres fragments plus affreux jaillissaient dans le vide ; puis, miséricordieusement, les cris hideux de l'électronicien s'étranglèrent en hoquets avant de cesser tout à fait, et ses bras retombèrent, inertes. Il resta cloué à la cloison, sa visière rendue opaque par le sang qui avait surgi de sa bouche et de son nez, et Santos ne put que le regarder, pétrifiée par l'horreur et la nausée, incapable de détourner les yeux.

« Debout, tout le monde ! » La voix de Sally MacBride claqua comme un coup de fouet. « Bougez-vous le cul et au galop ! »

À grand-peine, Dominica Santos s'extirpa de l'abîme où elle avait sombré et retourna d'un pas chancelant vers les circuits de propulsion éventrés.

Honor s'agrippa aux accoudoirs de son fauteuil et sa tête se rejeta violemment en arrière malgré son harnais antichoc tandis que l'*Intrépide* bondissait autour d'elle. De nouvelles sirènes d'avarie se déclenchèrent et elle secoua la tête pour se clarifier la vue et l'esprit choqués par l'impact.

Avec un effort, elle examina sa console de combat : au moins une dizaine de compartiments étaient ouverts sur l'espace, et le lieutenant Webster abattit ses deux poings sur ses propres instruments.

« Un coup direct sur la section des communications, commandant », annonça-t-il d'une voix empreinte d'une brûlante détresse. Il tourna vers Honor un visage bouleversé, pâle comme la mort, et des larmes brillaient dans ses yeux. « Elle est entièrement détruite. Dieu du Ciel, la moitié de mes gars y sont restés !

— Compris, lieutenant. » Honor fut surprise de sa propre voix, trop calme, trop détachée. Elle était en train d'assassiner son bâtiment à le mesurer au *Sirius*, elle le savait bien... tout comme elle savait qu'elle ne romprait pas le combat, qu'elle ne le pourrait pas. Elle aurait voulu ajouter quelque chose, dire à Webster qu'elle partageait sa douleur, mais les mots ne venaient pas et elle se tourna vers Cardones à l'instant où il enfonçait à nouveau sa touche de tir.

Un missile jaillit du croiseur, mais un seul, et un avertisseur retentit. Cardones sursauta et tapa sur un bouton de test des systèmes, puis ses épaules se raidirent et il regarda son commandant.

« Missile un ne répond plus, commandant. Nous n'avons plus qu'un tube. »

Honor appuya sur sa touche d'intercom. « Poste de sécurité, ici le commandant. Quelle est la situation de missile un ? demanda-t-elle sèchement.

— Excusez-moi, commandant. » Le lieutenant Manning parlait d'une voix chuintante et indistincte. « Deux de mes gars sont morts, ici, on a des rapports d'avarie qui arrivent de tout le bâtiment et... » L'officier de sécurité s'interrompit et sa voix s'affermit à mesure qu'il prenait sur lui. « Pardon. Que disiez-vous, commandant ?

— Missile un. Quelle est la situation de missile un ?

— Détruit, commandant. Il y a un trou de quatre mètres de diamètre dans le bossoir tribord. Tout le compartiment a disparu et son personnel avec.

— Compris. » Honor relâcha le bouton et se tourna vers Cardones. « Continuez le combat avec missile deux, canonnier », dit-elle.

« Celui-ci a dû leur faire très mal, commandant », dit le capitaine de corvette Jamal, et Coglin lui rendit son sourire victorieux. La distance entre les navires étaient passée sous la barre des six millions de kilomètres et le panache d'alliage vaporisé et d'air qui s'échappait de la proue de l'*Intrépide* était nettement visible sur les écrans des détecteurs. Mieux, le croiseur ne tirait plus qu'un seul missile à la fois. À présent, si seulement...

Le *Sirius* tressaillit : un autre missile manticorien venait d'exploser à sa poupe et des signaux d'alarme se mirent à rougeoyer sur la console de Coglin.

« Axial quatre détruit, commandant ! annonça quelqu'un. Nous avons aussi perdu les capteurs de contrôle de tir secondaires. Les primaires sont intacts. »

Coglin jura violemment. « Touchez-moi encore une fois cette saloperie de croiseur, Jamal ! » gronda-t-il.

Dominica Santos fit signe à MacBride de s'écarter et enfonça brutalement la dernière boîte de remplacement dans sa cavité. La lumière verte s'alluma et elle bascula sur le canal du poste de sécurité.

« On est prêts, Al ! fit-elle.

— Compris, chef. Je lance les tests de circ...

— Rien à foutre ! aboya Santos. Pas le temps de faire des tests. Dites au commandant qu'on est opérationnels et branchez-moi tout de suite ces impulseurs ! »

Les yeux d'Honor flamboyèrent comme de l'acier en fusion quand l'accélération de l'*Intrépide* revint brusquement. Le croiseur estropié reprit de la vigueur et bondit en avant, et Honor perçut comme la sienne la résolution du navire. Les chiffres remontèrent sur son affichage principal et un rictus féroce lui découvrit les dents tandis que Killian annonçait les progrès.

« Cinq cents... cinq cent trois... cinq cent six... cinq cent huit gravités, commandant ! s'exclama la timonière. Stabilisé à cinq cent huit.

— Excellent, chef Killian ! Prenez le cap Delta-neuf-six.

— À vos ordres, commandant. Cap Delta-neuf-six. »

« Ils reprennent de l'accélération commandant, dit Jamal d'une voix tendue. On ne dirait pas... Non, commandant, elle ne revient pas complètement ; elle se stabilise.

— À combien ? aboya Coglin.

— À peu près cinq cent huit g, commandant ; mettons cinq km/s au carré. Et ils recommencent de vraies manœuvres d'évitement.

— Merde ! » Coglin se retint de frapper à nouveau l'accoudoir de son fauteuil et observa d'un œil furieux le point lumineux qui zigzaguait sur son affichage. Mais, sacrée vérole de nom de Dieu, que fallait-il donc faire pour arrêter ce croiseur ?

Le capitaine de corvette Santos se précipitait à l'arrière, vers le poste de sécurité ; elle ignorait ce qui s'était passé pendant qu'elle était à l'avant, mais c'était grave et...

Un nouvel impact la jeta par terre et elle se mit à glisser dans le couloir sur le ventre.

L'ogive explosa à mille cinq cents kilomètres et vingt-cinq rayons d'énergie jaillirent de son cœur.

Deux d'entre eux touchèrent l'*Intrépide*.

L'un s'enfonça presque au milieu du croiseur et perfora une demi-douzaine de compartiments ; dix-neuf personnes moururent instantanément sur son chemin, il mit en pièces les systèmes de régulation vitale avant, traversa le carré avant de l'équipage et réduisit deux des lance-torpilles à énergie de tribord à l'état d'épaves. Mais il ne s'arrêta pas là : il poursuivit encore plus loin, manqua de peu le centre d'opérations de combat et creva ponts, plafonds et cloisons jusqu'à la passerelle elle-même.

Le blindage explosa et Honor ferma son casque à l'instant où l'air commençait à s'échapper en hurlant par le trou béant. Sa combinaison se verrouilla automatiquement, la protégeant du vide, mais certains de ses officiers eurent moins de chance : le lieutenant Panowski n'eut même pas le temps de pousser un cri ;

le rayon fit éclater d'énormes morceaux de cloison, une hache d'acier le décapita au milieu d'une fontaine de sang et continua sa route jusqu'à une console aussitôt réduite en une masse de débris où crépitaient des étincelles. Deux des sous-officiers du lieutenant moururent presque aussi vite ; le maître de timonerie Braun, qui avait quitté un instant son fauteuil et la protection de son harnais antichoc, fut projeté dans l'atmosphère de plus en plus raréfiée contre une cloison et resta ainsi, à demi assommé, incapable du moindre mouvement. Il mourut, tout son sang aspiré dans le vide, avant que quiconque ait eu le temps de fermer son casque.

La combinaison de Mercedes Brigham était éclaboussée du sang de Panowski ; elle regardait l'astrogateur lorsqu'il était mort, et des ruisselets écarlates dégoulinaient sur son visage, projetés sur elle avant qu'elle ait fermé son propre casque. Elle ne pouvait pas les essuyer mais elle cracha pour se débarrasser du sang qu'elle avait dans la bouche tout en configurant ses ordinateurs pour remplacer Panowski.

Honor parcourut la passerelle des yeux. Des étincelles et de la fumée s'élevaient dans le quasi-vide du poste de commande de Panowski en train de se consumer, et elle pinça les lèvres en voyant Webster s'agripper la poitrine à travers sa combinaison. L'officier des communications s'affaissa en avant dans son fauteuil, le visage gris, des bulles de sang aux narines.

« Poste de sécurité, à la passerelle ! Infirmier, à la passerelle ! » aboya-t-elle en détournant les yeux de l'officier blessé.

Le second rayon frappa plus loin vers l'avant et le lieutenant Allen Manning resta horrifié devant sa console où une lumière s'était mise à clignoter. Il déboucla son harnais antichoc et repoussa le cadavre d'un ami pour dégager un pupitre d'urgence sur lequel ses doigts se mirent aussitôt à voltiger.

Rien ne se produisit ; le signal continuait à clignoter et une sinistre et stridente sirène se déclencha. Il entra vivement une séquence de commandes de secours dans la console, puis en essaya une troisième, mais la lumière ne fit que clignoter de plus belle.

« Capitaine Santos ! » bredouilla-t-il dans son intercom. Pas de réponse. « Capitaine Santos, c'est Manning ! Je vous en prie, répondez !

— Que... qu'est-ce qu'il y a, Allen ? » À sa façon de parler, le chef mécanicien paraissait choquée et groggy, mais Manning faillit pleurer de joie en l'entendant.

« C'est fusion un, chef ! Le vase magnétique fluctue et je ne peux pas le couper d'ici : les circuits sont morts !

— Bon Dieu ! » Santos avait retrouvé une voix normale, mais sèche et empreinte d'effroi. « J'arrive. Rejoignez-moi à l'avant !

— Mais, chef, je ne peux pas quitter le poste de...

— Bordel, Allen, venez tout de suite ! Faites-vous remplacer par Stevens !

— Je ne peux pas ! » s'exclama Manning, éperdu, avant de se maîtriser. « Stevens est mort et Rieson ne peut pas s'éloigner de fusion deux. Je suis tout seul ! Il n'y a personne pour me remplacer !

— Alors demandez au pacha de vous trouver quelqu'un, putain de merde ! gronda Santos. J'ai besoin de vous tout de suite, nom de Dieu !

— Oui, chef ! »

Honor pâlit en entendant le message affolé de Manning. L'*Intrépide* pouvait évoluer et se battre avec un seul réacteur ; il n'en possédait que deux, pour la sécurité de la redondance, ce qui expliquait leur position aux extrémités opposées de la coque ; mais si le vase magnétique tombait en panne...

« Compris, Manning. Allez-y ; je vais envoyer quelqu'un vous remplacer. »

L'homme ne perdit pas de temps à répondre et Honor parcourut la passerelle du regard en cherchant qui dépêcher. Soudain, avec un calme glacé, elle se rendit compte qu'il n'y avait qu'une seule solution.

« Monsieur McKeon !

— Oui, pacha ? » Il avait répondu sur le mode interrogatif, mais elle lut dans ses yeux qu'il savait déjà.

« Vous êtes le seul qui ait l'expérience nécessaire. Asservissez votre pupitre CME à mes télécommandes et allez-y. »

Il avait envie de discuter, de protester, Honor le vit à son expression, mais il n'en fit rien.

« À vos ordres, commandant. » Il déboucla son harnais antichoc et se dirigea au pas de course vers l'ascenseur tandis qu'Honor vérifiait rapidement les CME. On en était aux deux derniers leurres, mais le programme qu'avait mis en place McKeon semblait bien fonctionner. Elle s'apprêtait à y apporter une modification quand Cardones déclara, sans lever les yeux de sa console :

« Pacha, nous n'avons plus que douze projectiles pour missile deux et je n'ai plus d'ogive laser.

— Et dans la soute de missile un ?

— Il reste vingt-trois missiles, dont onze ogives laser, mais le tube de transfert a été perforé.

— Continuez avec des atomiques standard », ordonna-t-elle, puis elle brancha le com de sa combinaison sur le canal du poste de sécurité.

« Bosco, ici le commandant. Où en êtes-vous ?

— On termine juste de réparer une cloison à la membrure quarante, commandant, répondit MacBride du tac au tac.

— Prenez une équipe et rendez-vous à l'avant. Je veux que vous transfériez les munitions de missile un à missile deux ; le tube ne fonctionne plus. Occupez-vous d'abord des ogives laser.

— À vos ordres, commandant. J'y vais, dit MacBride d'une voix atone.

— Merci, bosco », fit Honor, et MacBride haussa les sourcils. Elle n'avait même pas protesté contre la tâche impossible qu'on lui assignait parce qu'elle avait dépassé le stade des protestations ; c'était une professionnelle et elle savait qu'il n'était plus réaliste d'espérer survivre. Pourtant, il y avait comme une courtoisie distraite dans le ton du commandant malgré la tension qu'elle devait subir.

Le bosco prit une profonde inspiration, puis foudroya ses équipiers du regard. « Vous avez entendu la Vieille ! aboya-t-elle. Harkness, Lowell, trouvez-moi une dizaine de colliers antigrav Mark neuf ; Yountz, il me faut des câbles, dégottez-moi une bobine de numéro deux et un tranchoir. Jeffries, vous et Mathison, allez à l'avant et vérifiez le tracteur de la coursive dix-neuf. Je veux savoir si... »

Elle continua de débiter des ordres et d'aiguillonner ses subordonnés, et, loin derrière elle, sur la passerelle de l'*Intrépide*, Honor reporta son attention sur ses CME à l'instant où une nouvelle salve de missiles arrivait.

Johan Coglin contemplait son affichage sans parvenir à en croire ses yeux. Il pilonnait le croiseur depuis près de trente minutes, il l'avait touché au moins cinq ou six fois, et le bâtiment le talonnait toujours ; et non seulement il le talonnait, mais il rattrapait l'avantage de vitesse qu'il avait perdu lorsque ses impulseurs avant avaient lâché ! Mais, bordel de merde, pourquoi Harrington ne pouvait-elle pas lui foutre la paix ? Tout ce qu'il voulait, lui, c'était se tirer de là et avertir la force tactique de ne pas intervenir !

Un missile explosa à courte distance et il fit la grimace devant l'énorme boule de feu qui s'épanouit derrière son vaisseau. Ils ne devaient plus avoir d'ogives laser car, ce qui venait de sauter, c'était une ogive mégatonne classique, et cela pouvait s'avérer très dangereux : les atomiques classiques n'étaient pas des armes à longue portée ; ils devaient éclater à courte distance pour causer des dégâts, ce qui laissait le temps aux grappes de lasers de les détruire, mais, même s'ils ne touchaient pas la cible, la déflagration d'un de ces monstres à proximité pouvait provoquer d'indicibles ravages.

La transpiration se mit à perler à son front et il l'essuya d'un geste rageur. Son navire était beaucoup plus puissant que celui d'Harrington, qu'il avait réduit à l'état d'épave ; cette femme était-elle donc une sorcière pour le faire tenir en un seul morceau, sans parler de continuer à bombarder le *Sirius* ? Il n'avait qu'une envie : faire front, achever l'*Intrépide* et foutre le camp ! Mais les arguments contre un combat rapproché demeuraient.

Quoique...

Il pencha la tête de côté, les yeux plissés, et se mit à se frotter le menton d'un air spéculateur. Elle ne le lâchait pas d'une semelle, c'était vrai, mais elle ne tirait qu'un seul missile à la fois, bien qu'à intervalles plus courts, et le fait qu'elle emploie des atomiques classiques indiquait clairement que ses soutes avant étaient presque à sec... ce qui était absurde. Un bâtiment de classe Courageux possédait un travers de sept tubes, voyons, et son avantage actuel de vélocité était de plus de onze cents km/s. Pourquoi ne virait-elle pas pour braquer ces tubes ? Il lui suffisait de zigzaguer dans son sillage et de faire feu à chaque passage pour le toucher davantage de fois qu'il ne tirait de missiles, nom de Dieu !

À moins que... à moins que le croiseur ne soit plus endommagé qu'il ne s'en doutait ? C'était peut-être pour ça qu'elle fonçait toujours droit derrière lui. Ses coups avaient-ils porté plus loin à l'arrière qu'il ne le croyait ? S'étaient-ils étendus sur une plus vaste zone et avaient-ils détruit son armement de flanc ou ses systèmes de contrôle de tir ? C'était possible, voire probable, quand on songeait à la chute brutale qu'avait connue son feu avant, parce que, si elle disposait toujours de sa puissance de feu de travers, elle devrait s'en servir au lieu de se précipiter aveuglément sous ses missiles comme un boxeur ivre de coups !

Et, dans ce cas, peut-être pourrait-il...

Le *Sirius* se souleva comme un galion en plein naufrage.

« Oui ! » s'écria Rafael Cardones, et Honor sentit son cœur faire un bond en voyant un violent éclair jaillir à proximité de l'arrière du travers tribord du navire-Q.

« Graves dégâts à l'arrière. Quatorze morts à missile deux-cinq. Plus de contact avec deux-quatre et deux-six. Commandant, on a perdu un noyau bêta ; notre accélération chute. »

Le capitaine de corvette Jamal était blanc comme un linge, sa voix monocorde d'un calme anormal, tendu, et Coglin le dévisagea, incrédule. La moitié de leurs lance-missiles arrière détruits d'un seul coup ? Cette Harrington n'était pas une sorcière : c'était un démon !

Les deux bâtiments filaient dans l'espace et s'entre-déchiraient à coups d'ogives thermonucléaires, suivis de traînées de débris et d'air qui leur faisaient comme un sillage de sang. L'énorme cargo avait commencé à louvoyer et à effectuer des crochets de plus en plus violents pour échapper au feu de son minuscule ennemi qui, meurtri, s'accrochait pourtant obstinément à ses talons. Le *Sirius* en était réduit à des salves de trois missiles et l'*Intrépide* le remontait de plus en plus vite.

En s'efforçant de ne pas entendre les plaintes et les gémissements qui s'élevaient tout autour de lui, le lieutenant Montoya recula pour permettre à ses assistants d'extraire le lieutenant Webster de sa combinaison. Il était incapable de regarder la foule des blessés ; la porte était bloquée en position ouverte et les couchettes de l'étroite infirmerie débordaient de corps brûlés et mutilés. Les nouveaux arrivants gisaient dans les coursives, encombraient les ponts, et de plus en plus nombreux étaient ceux qui ne bénéficiaient pas de la protection des tentes transparentes des combinaisons d'environnement d'urgence. Avec un frisson d'horreur, il chassa de son esprit l'image de ce qui se passerait si la pression tombait soudain dans l'infirmerie et il s'approcha de la table d'opération ; un de ses aides passa un dépilateur stérilisant sur la poitrine du lieutenant tandis que l'autre, quittant ses moniteurs des yeux, croisait le regard de Montoya.

« Ça s'annonce mal, chef : il a au moins deux côtes enfoncées dans le poumon gauche. La poitrine est complètement écrasée et il n'est pas impossible qu'il y ait des dégâts au cœur dus à des esquilles. »

Montoya hocha la tête, lugubre, et prit un scalpel.

« C'est bon ! Poussez ! »

Sally MacBride se joignit à l'effort général et les soixante-dix tonnes du missile s'engagèrent dans la coursive. Les rails suspendus du tracteur étaient hors service et la coursive était ouverte sur l'espace. Avec force grognements, les membres de l'équipe du second-maître déplaçaient le projectile de dix mètres de long en s'appuyant de tout leur poids pour le pointer vers le puits d'accès à la soute de missile deux. Grâce aux colliers antigrav, il ne pesait plus rien, mais cela ne changeait rien à son inertie ni à son moment cinétique.

Les pieds de MacBride dérapaient sur le pont alors que, accrochée au câble de traction, elle tirait de toutes ses forces sur le nez du missile pour le faire pivoter, aidée par Horace Harkness qui poussait de l'autre côté ; la longue forme menaçante commença de tourner vers elle.

Un choc terrible ébranla le navire ; le hangar d'embarquement fut pulvérisé et le missile s'ébroua telle une bête féroce. Il échappa aux mains de ceux qui le manipulaient, décrivit un arc de cercle comme la défense d'un monstrueux éléphant enragé, et MacBride se jeta éperdument de côté.

Elle crut lui échapper mais elle n'y parvint pas. La masse de soixante-dix tonnes s'abattit sur elle, lui broya la cuisse droite et le bassin contre la cloison à la façon d'un marteau contre une enclume, et elle hurla sa souffrance dans son com tandis que le missile continuait de l'écraser.

Harkness intervint. Il s'opposa au projectile, les épaules carrées contre la cloison, les talons calés contre un panneau de service en creux, et ses grognements explosifs se firent entendre par-dessus même les cris de MacBride. Les veines saillant comme des câbles sur ses tempes, il raidit convulsivement le dos, repoussa le missile, et le bosco s'effondra en gémissant sur le pont comme une poupée brisée.

Son équipe se porta vers elle et Harkness écarta les uns et les autres à coups de poing.

« Reprenez-moi ces foutus câbles ! gronda le sous-officier. Il faut déplacer ce missile ! »

Les matelots reculèrent en chancelant, se saisirent à nouveau des câbles avec des mains engourdies et se mirent à tirer, pendant qu'Harkness s'accroupissait aux côtés du bosco. Elle avait le visage crayeux et ses pommettes saillaient comme des boutons d'ivoire, mais ses yeux étaient ouverts et ses dents serrées en un rictus de douleur pour s'empêcher de crier. Harkness appuya sur son panneau médical qui inonda aussitôt son organisme d'antalgiques, et elle fut parcourue d'un grand frisson de soulagement tandis que le sang se mettait à ruisseler sur son menton, là où ses dents avaient transpercé ses lèvres. Le sous-officier lui tapota gauchement l'épaule.

« Infirmier, à missile deux ! » aboya-t-il, puis, clignant des yeux pour se débarrasser des larmes qui lui brouillaient la vue, il repartit se colleter avec le missile.

Dominica Santos s'arrêta en dérapant à l'entrée du compartiment du réacteur avant, les yeux écarquillés. La cause de la rupture des liens entre le poste de sécurité et fusion un était épouvantablement évidente : un trou d'un mètre de diamètre béait dans les systèmes de contrôle principaux, produit par un impact contre la coque qui avait crevé la cloison interne du compartiment comme avec un couteau à dents de scie. Seule une femme de l'équipe du réacteur était encore vivante, et elle était coincée : à gestes faibles, elle s'efforçait de repousser la membrure pliée qui la maintenait clouée au pont. Elle tourna sa tête casquée vers Santos.

« Vous êtes gravement blessée, Earnhardt ? » Tout en parlant, Santos cherchait à atteindre les ordinateurs de secours.

« Je ne suis pas blessée du tout, nom de Dieu ! » s'exclama Earnhardt. Elle paraissait plus furieuse qu'effrayée. « C'est juste que je n'arrive pas à me dégager de ce truc !

— Bon, alors, un peu de patience, je vais voir ce que je peux faire dans une minute », répondit Santos, distraite, tout en entrant des commandes dans les ordinateurs. « Je suis occupée pour l'instant.

— Oh, y a pas le feu ! » acquiesça Earnhardt d'une voix rauque, et Santos eut un sourire las.

Il disparut aussitôt : des signaux d'avarie écarlates s'étaient mis à clignoter devant elle. Son visage se crispa : le projectile qui avait éventré les systèmes principaux avait dû envoyer une surtension d'alimentation dans les systèmes de secours, car la moitié des fichiers de commande étaient brouillés, voire complètement effacés.

Quelqu'un vint se placer à ses côtés et elle tourna la tête : c'était Manning. Son assistant contempla le pupitre avec une moue atterrée.

« Bon Dieu, chef, qu'est-ce qu'on fait maintenant ? »

Avec un juron étouffé, Santos abaissa un interrupteur. Rien ne se produisit et elle jeta un coup d'œil apeuré au réacteur. C'était sûrement un effet de son imagination, mais elle avait presque l'impression de percevoir les fluctuations du champ de contention.

« On a perdu la plupart des programmes du vase – je ne sais pas comment ça se fait qu'il tienne encore, dit-elle très vite tout en arrachant des panneaux d'accès. Et on a perdu tous les fichiers d'alimentation en hydrogène. Cette saleté est en train de nous filer entre les doigts ! »

Manning hocha la tête et continua de démonter des panneaux de son côté.

« Si le plasma atteint des niveaux de surcharge avec un vase instable... » Santos s'interrompit, se mit à plat ventre pour examiner l'intérieur de la console, puis elle émit un grognement.

« Il nous reste peut-être cinq minutes avant que ce bazar explose et j'ai la trouille de manipuler le régulateur magnétique.

— Si on coupait l'alim' ? demanda Manning d'une voix tendue.

— On n'a pas d'autre solution, mais je vais devoir installer à la main une dérivation sur cette saloperie. J'ai perdu mon trancheur lors du dernier impact ; trouvez-m'en un autre et rapportez-moi aussi quatre – non, cinq – harnais de branchement alpha-sept. Grouillez !

— Oui, chef ! »

Manning bondit et Santos, toujours à plat ventre, tourna la tête ; ses yeux se posèrent un instant sur un gros interrupteur rouge fixé à la cloison à côté d'elle, puis elle détourna vivement le regard.

« Passerelle, ici missile deux. » La voix qui sortait de l'intercom était rauque d'épuisement. « On a déplacé deux ogives laser. Ce sont les numéros cinq et six sur la file de tir. Je m'occupe de déplacer la numéro trois.

— Missile deux, ici le commandant. Où est le bosco ? demanda Honor en parlant très vite.

— On l'emmène à l'infirmerie, pacha. C'est Harkness, ici. Je la remplace, on dirait.

— Compris. Mettez le missile en place le plus vite possible, monsieur Harkness.

— On y travaille, commandant. »

Pendant cet échange, les doigts de Cardones s'étaient activés sur sa console pour modifier les priorités de sa séquence de chargement. Quinze secondes plus tard, une nouvelle tête laser jaillissait du dernier tube en état de marche.

La passerelle du *Sirius* était un enfer miniature ; des nuages de fumée ondoyaient dans l'air, des plaques de circuits crépitaient en crachant des arcs électriques rageurs et Johan Coglin était agité de haut-le-cœur provoqués par la puanteur des isolants en train de brûler. Il entendit Jamal tousser comme un damné tout en s'évertuant à remettre le contrôle tactique en état, et quelqu'un criait de douleur.

« Nous avons perdu... perdu... » Une nouvelle quinte de toux convulsive interrompit Jamal et il ferma son casque ; Coglin suivit son exemple et avala goulûment de l'air relativement pur tandis que les filtres de sa combinaison aspiraient la fumée âcre, et il entendit la voix de Jamal dans son com.

« Nous avons perdu un autre noyau bêta, commandant. Et... » À travers la brume, Coglin vit l'officier tactique travailler sur sa console. Soudain, Jamal jura. « La défense active en a pris un sérieux coup, commandant. J'ai perdu quatre grappes de lasers et la moitié de mes antennes radar phasées. »

À son tour, Coglin émit un juron haineux : avec deux noyaux bêta en moins, son accélération maximale allait être réduite de plus de neuf pour cent ; il aurait même de la chance s'il atteignait les trois cent quatre-vingts g. Il lui restait ses noyaux alpha, ce qui signifiait qu'il pouvait toujours reconfigurer en Warshawski, mais pour combien de temps encore ? Surtout sans ses grappes de lasers de dernier recours ?

« Contrôle de tir des missiles ? demanda-t-il sèchement.

— Toujours opérationnel. Et ma batterie de CME aussi – pour le bien que ça nous fait, ajouta Jamal d'un ton amer.

— Distance ?

— Bientôt un million et demi de kilomètres, commandant. »

Coglin hocha la tête, le regard sombre. Avec l'ouverture de proue des bandes gravitiques de l'*Intrépide* dirigée vers lui et sans rempart de protection, la portée efficace des lasers était d'un million de kilomètres ; l'ennui, c'est que le *Sirius* avait perdu ses propres lasers axiaux et que l'arrière de ses bandes était aussi béant que l'avant de celles de son adversaire. Si l'*Intrépide* parvenait à portée d'armes à énergie...

Portée d'armes à énergie, mon cul ! Sa défense active n'était plus qu'à cinquante pour cent de ses capacités ! Si Harrington s'en rendait compte et lui balançait par ses tubes de travers une salve multimissile...

Il réprima un nouveau juron. Ça ne pouvait pas lui arriver à lui ! Un moucheron de croiseur léger tout seul et hors d'âge ne pouvait pas lui faire ça !

« Je crois qu'il est mal en point, canonnier, dit Honor en observant les données transmises par les capteurs passifs de sa batterie de CME. J'ai l'impression que vous venez de détruire la plus grande partie de sa capacité de riposte aux missiles.

— J'espère, pacha, répondit Cardones d'une voix rauque, parce qu'il ne me reste plus que trois missiles et... »

« Ça y est ! » brailla Santos en bouclant le dernier by-pass et en commençant à sortir en rampant de sous la console. Elle n'avait plus qu'à couper l'alimentation en hydrogène et...

L'*Intrépide* fit un bond. Le violent mouvement plaqua brutalement la mécanicienne au sol et la paroi de son casque heurta le pont ; elle poussa un gémissement, un instant sonnée.

Mais cet instant, elle n'y avait pas droit. Elle cligna des yeux et sa bouche s'assécha : elle n'entendait pas la sirène qui retentissait dans la salle à cause du vide qui y régnait, mais elle distinguait les chiffres rouge sang qui défilaient sur le pupitre. Le vase magnétique était en train de s'arrêter, les chiffres descendaient à la vitesse de l'éclair et il ne restait plus de temps pour couper le flux de plasma.

Elle roula sur le pont en essayant de ne pas réfléchir ; elle savait ce qu'elle devait faire. Elle abattit la main sur le bouton rouge de la cloison.

« Sacré nom de Dieu, on l'a eue ! hurla Jamal. On l'a descendue, cette garce ! »

Les charges d'éjection d'urgence projetèrent tout un pan de la salle de fusion un dans l'espace une microseconde avant que les charges d'évacuation expulsent le réacteur à sa suite. Ce délai était nécessaire, si infime fût-il, pour éviter qu'un vase magnétique défaillant ne se fracasse contre une cloison intacte et ne libère son plasma à l'intérieur du vaisseau ; mais, si court que fût ce délai, il fut presque trop long.

Dominica Santos, Allen Manning et Angela Earnhardt moururent instantanément. Le champ de contention à l'agonie cessa de fonctionner alors même que le carter du réacteur jaillissait par l'ouverture, et la terrible fureur du cœur d'une étoile se déchaîna à moitié dans le compartiment et à moitié dans le vide. La salle de fusion un disparut en même temps que sept cents mètres carrés de la coque externe de l'*Intrépide*, missile deux, laser trois, défense active un, bouclier anti-rad'un, tous les capteurs de contrôle de tir avant, les générateurs de remparts latéraux de bâbord avant et quarante-deux hommes d'équipage. Un torrent d'énergie pure se déversa par l'affreuse blessure et, en réaction, le croiseur léger se déjeta violemment sur tribord.

Honor, agrippée à son fauteuil de commandement, sentit la douleur de son navire torturé la fouailler. Son pupitre de CME s'éteignit, l'affichage tactique principal se figea lorsque les capteurs avant se vaporisèrent, le harnais antichoc du chef Killian se rompit ; le maître d'équipage fut projeté par-dessus sa propre console, heurta une cloison et glissa par terre, inerte ; tous les détecteurs d'avarie du vaisseau semblaient flamboyer furieusement devant les yeux d'Honor.

D'un coup de poing, elle enfonça la déclenche de son harnais antichoc et bondit vers la barre.

« Regardez ça, commandant ! s'écria Jamal d'un ton exultant.

— Je vois. » Coglin luttait contre sa propre jubilation mais c'était difficile : l'*Intrépide* n'avançait plus qu'en crabe et ses tirs avaient cessé. Il ignorait ce que Jamal avait touché, mais enfin le croiseur se trouvait éventré.

Cependant, il n'était pas mort ; ses bandes, affaiblies et fluctuantes, fonctionnaient toujours et, alors même qu'il observait le navire, quelqu'un était en train de le reprendre en main. Les yeux fixés sur le croiseur mutilé, Coglin sentit une émotion primitive et brûlante bouillonner en lui : il avait tout loisir de s'enfuir, mais l'*Intrépide* était toujours vivant ; non seulement vivant, mais réduit à l'état d'épave sanglante et brisée. S'il lui laissait la vie sauve, la Flotte royale manticorienne disposerait de preuves autrement solides que de simples données de mesure pour démontrer que le *Sirius* était armé.

Il prit conscience du danger de ses propres émotions et s'efforça de se raisonner. Ce qui se passait là, entre les deux bâtiments, était un acte de guerre – comment l'appeler autrement ? – et Havre avait tiré le premier. Mais personne ne le savait à part le *Sirius* et l'*Intrépide*, et le croiseur était juste derrière lui, impuissant.

Et les morts, songea Coglin, ne parlent pas.

Il essaya de se convaincre qu'il devait envisager toutes les possibilités, évaluer la situation et prendre une décision calmement, en gardant la tête froide, mais c'était un mensonge : ce croiseur l'avait trop fait souffrir pour lui permettre de réfléchir sereinement.

« Faites-nous virer, monsieur Jamal », dit-il sèchement.

« ... reste plus rien du travers bâbord, fit la voix rauque d'Alistair McKeon dans l'intercom branché sur le poste central de sécurité, et le rempart latéral bâbord est éteint jusqu'à la membrure deux cents. Nous avons perdu une torpille à énergie et le laser numéro deux du travers tribord, mais au moins, de ce côté-là, le rempart latéral tient toujours.

— Et la propulsion ? demanda Honor, tendue.

— Toujours en marche, mais pas pour longtemps, commandant. Tout l'anneau d'impulsion bâbord est déséquilibré vers l'avant ; je ne pense pas pouvoir le maintenir en état encore un quart d'heure. »

Honor parcourut la passerelle du regard, observa l'épuisement des siens, goûta leur peur. Son navire mourait autour d'elle et c'était sa faute ; c'est elle qui avait condamné son équipage en refusant de rompre le combat, en ne se montrant pas plus rapide et plus intelligente.

« Le *Sirius* est en train de virer, pacha. » Rafael Cardones, assis de guingois sur son fauteuil pour ménager des côtes manifestement cassées, surveillait néanmoins les données de ses capteurs survivants. « Il revient sur nous ! »

Honor reporta vivement le regard sur l'affichage principal de la timonerie, devant elle ; il n'était pas aussi précis qu'un affichage tactique proprement dit, mais au moins il fonctionnait, et elle vit le point rouge sang du navire-Q qui fondait sur elle en décélérant brutalement. Coglin venait porter le coup de grâce.

« Pacha, si vous nous faites pivoter sur bâbord, je peux lâcher quelques coups du lance-missiles tribord, dit Cardones d'un ton pressant, mais Honor secoua la tête.

— Non.

— Mais, pacha...

— Nous n'allons rien faire, Rafe », coupa-t-elle d'un ton sans réplique. Cardones la dévisagea, incrédule, et elle lui sourit, les yeux durs comme des silex. « Rien, sauf le laisser approcher... et préparer la lance gravifique », termina-t-elle à voix très basse.

Le pouls de Johan Coglin sonnait comme le tonnerre à ses propres oreilles cependant que son vaisseau freinait de toute sa puissance. L'*Intrépide* virait lentement, péniblement, pour lui présenter son flanc tribord, et son accélération était infime : même avec ses avaries de noyaux, il ne faudrait pas plus de cinq minutes au *Sirius* pour arriver à distance de tir à bout portant.

À la section tactique, Jamal, raide et silencieux, se tenait prêt à intervenir sur son pupitre de contrôle des missiles. Un petit soupir de soulagement lui avait échappé lorsque, à la faveur du demi-tour du *Sirius*, ses capteurs intacts de l'avant s'étaient retrouvés dirigés vers le croiseur, mais il redoutait manifestement les capacités de rétorsion du travers de l'*Intrépide*.

Cependant, le petit bâtiment ne réagissait pas et Coglin sentit un rire vengeur lui monter dans la gorge. Il ne s'était pas trompé ! L'armement du croiseur devait être détruit : aucun capitaine ne laisserait passer l'occasion de canonner avec tout son travers dans l'ouverture béante des bandes gravitiques !

Il acheva son demi-tour, ce qui écarta l'avant vulnérable de ses bandes de la ligne de feu de l'*Intrépide*, et s'approcha selon un angle oblique en présentant son flanc bâbord. La distance décroissait à toute allure et un rictus de joie malsaine défigura le capitaine Coglin.

« Distance cinq cent mille, annonça Cardones d'une voix tendue. Vitesse d'approche trois mille trois cent quatre-vingt-douze km/s. »

Honor hocha la tête et poussa la barre d'encore un degré à bâbord. Le vaisseau mutilé pivota comme un requin à l'agonie et le *Sirius* continua de fondre sur le croiseur.

« Quatre cent quatre-vingt-cinq mille. » Cardones avait la voix rauque. « Quatre cent soixante-quinze. Quatre cent soixante. Quatre cent quarante-cinq. Vitesse d'approche quatre mille vingt km/s. Délai avant portée d'armes à énergie : onze secondes neuf. Délai avant lance gravifique : quatre-vingt-deux secondes soixante-cinq.

— Tenez prête la lance gravifique », murmura Honor en réfléchissant à toute vitesse. Allait-il venir au plus près ou bien garderait-il ses distances ? Il restait moins d'une minute et demie au capitaine du *Sirius* pour se décider, et s'il n'essuyait aucun tir...

Assise parfaitement immobile à la barre, sa main droite gantée à peine appuyée sur le levier, elle regardait descendre les chiffres des distances.

« Envoyez-lui une bordée à quatre cent mille, dit Coglin à mi-voix. On va voir si ça lui plaît. »

« Quatre cent mi... »

Cardones n'eut pas le temps de terminer qu'Honor fit basculer l'*Intrépide* sur le flanc.

« Merde ! »

Coglin abattit le poing sur son accoudoir : le croiseur boiteux s'était soudain tourné de côté. Sacré nom de Dieu, cette Harrington ne voyait donc pas que tout était fini ? Elle était foutue. Elle ne pouvait plus que faire durer l'agonie, mais elle n'avait pas l'air de s'en rendre compte et sa manœuvre avait présenté au feu du *Sirius* son impénétrable bande gravitique ventrale, comme si elle avait lu dans son esprit. Il s'y était plus qu'à moitié attendu, mais ce n'était pas une consolation.

Du flanc du *Sirius* s'était déchaînée la fureur d'un croiseur de combat et Honor avait déclenché sa manœuvre une fraction de seconde trop tard. Les bandes ventrales de l'*Intrépide* s'étaient interposées à temps pour bloquer les missiles, mais deux des lasers étaient passés à travers. Le rempart latéral les dévia et atténua leur impact, mais pas suffisamment, et le croiseur fit une embardée quand ils perforèrent sa coque et détruisirent son dernier lance-missiles encore inutilisé ainsi que deux de ses torpilles à énergie.

Pourtant, il survécut... et sa lance gravifique aussi.

« D'accord, bordel de Dieu ! gronda Coglin. Droit dessus, Jamal !

— À vos ordres, commandant. »

L'œil fixé sur le chronomètre qui décomptait les secondes, Honor se sentait l'esprit froid et limpide, résolu à ne pas accepter l'échec. Les capteurs qui lui restaient étaient incapables de suivre clairement le *Sirius* à travers la bande gravitique ventrale, et le vecteur du navire-Q lui laissait quatre possibilités : battre en retraite et rompre l'engagement, rouler sur le flanc par rapport à l'*Intrépide* et tirer « de haut en bas » à travers le rempart latéral tribord en passant au-dessus du croiseur, lui couper la route par l'avant ou par l'arrière. Coglin pouvait choisir l'une ou l'autre de ces solutions, mais Honor était prête à parier son bâtiment – et sa vie – qu'il lui couperait la route par l'avant : c'était la manœuvre classique, celle que recherchait instinctivement tout officier naval – et il savait que l'armement de proue de l'*Intrépide* avait été annihilé.

Et si c'était le cas, il allait se mettre en position... à peu près... maintenant !

Elle tourna brutalement la barre ; son navire pivota davantage sur bâbord tout en roulant de côté à la vitesse de l'éclair pour placer son flanc jusque-là protégé face au *Sirius*.

Le capitaine de corvette Jamal cilla. Son hésitation dura à peine un instant. Il n'y avait pas de raison logique pour que l'*Intrépide* se retourne et, l'espace d'un battement de cœur, il ne put se persuader que le croiseur avait effectué cette manœuvre.

Et, durant ce battement de cœur, Rafael Cardones pointa sa lance gravifique et fit feu.

Le *Sirius* chancela. Le capitaine Coglin se redressa en sursaut dans son fauteuil, les yeux écarquillés, l'incrédulité peinte sur son visage devant le spectacle de son rempart latéral qui s'évanouissait, et puis les quatre derniers lance-torpilles à énergie de l'*Intrépide* se déclenchèrent en tir continu et accéléré.

Le marchand pirate *Sirius* disparut à jamais dans une monstrueuse explosion de lumière et de fureur.

Chapitre trente-deux

Le capitaine de vaisseau Honor Harrington, de la Flotte royale manticorienne, se trouvait à nouveau sur la galerie d'un bassin spatial à bord du HMS *Héphaïstos*, les mains derrière le dos, Nimitz assis, très digne, sur ses épaules ; une des pattes préhensiles du chat reposait avec délicatesse sur son béret – le béret noir, tout simple, de la tenue de service de la Flotte – et ses yeux verts reflétaient les émotions de la jeune femme devant l'épaisse vitre de plastique blindé.

De l'autre côté, le HMS *Intrépide* flottait dans le vide et sa coque brisée, fracassée, évoquait un jouet écrasé par un enfant sans soin. Le trou béant où Dominica Santos avait trouvé la mort s'ouvrait devant Honor et se prolongeait sur le flanc du croiseur en une blessure noire dans laquelle on distinguait des cloisons éventrées et des membrures fondues ; d'autres plaies marquaient la coque autrefois lisse et immaculée, et leur faible dimension dissimulait la réalité de la destruction qui avait fait rage derrière elles ; Honor sentit un picotement lui monter aux yeux au souvenir de tous ceux qui étaient morts sous son commandement.

Elle battit des paupières, agacée, prit une profonde inspiration, se redressa et revécut le moment où, pétrifiés, son équipage survivant et elle avaient compris qu'ils avaient remporté la victoire, tandis que la terrible fureur de l'annihilation du *Sirius* persistait sur l'affichage visuel, telle une malédiction. À en juger par ses performances et l'armement qu'il avait révélé, le *Sirius* devait avoir à son bord au moins mille cinq cents personnes ; pas une n'en avait réchappé. Rien qu'en fermant les yeux, Honor voyait encore les hideux détails de la fournaise de lumière et d'énergie, et elle éprouvait la même révulsion devant l'œuvre qu'elle avait accomplie de ses propres mains... mêlée à un sentiment de triomphe et d'exultation démesuré.

Mais triompher à ce prix... Elle se mordit la lèvre, envahie par le chagrin. Cent sept hommes et femmes de son équipage avaient péri, plus du tiers des personnes à bord au début de cette sanglante poursuite ; cinquante-huit autres étaient blessés mais retrouveraient sans doute leur poste au cours des mois à venir grâce aux médecins et aux équipes hospitalières de la base.

Le coût en vies humaines et en souffrance avait été effrayant : cinquante-neuf pour cent de son équipage total avant détachements, y compris Dominica Santos et deux de ses trois assistants mécaniciens cadres. Il ne lui restait plus que cent vingt personnes indemnes pour réparer les dégâts alors que l'*Intrépide* était en capilotade : les noyaux d'impulseur avant étaient morts quelques secondes après la destruction du *Sirius*, sans espoir de les réparer ; pire encore, l'anneau d'impulsion arrière s'était éteint pendant quarante-cinq minutes – trois quarts d'heure durant lesquels le croiseur s'était encore éloigné de Basilic de quatre-vingt-quatorze millions de kilomètres, tandis que les rapports d'avarie pleuvaient dans la passerelle dépressurisée.

Honor avait cru un moment que son équipage allait suivre celui du *Sirius* dans la mort ; la plupart des systèmes de maintenance des conditions de vie sur l'*Intrépide* étaient en panne, les trois quarts des ordinateurs hors service, la lance gravifique avait court-circuité trois des noyaux bêta arrière, le compensateur d'inertie ne fonctionnait plus et soixante-dix pour cent du personnel de la section mécanique et du poste de sécurité étaient morts ou blessés. Dans tout le bâtiment, des matelots, souvent blessés, étaient restés bloqués dans des compartiments exposés au vide ; les propres quartiers d'Honor avaient essuyé un coup direct qui les avait laissés sans pression pendant plus de six heures. Nimitz n'avait dû la vie sauve qu'à son module de survie blindé, tandis que la plaque commémorative du record de vol à voile, tordue par la chaleur de l'explosion, avait perdu un angle. Nimitz l'avait échappé de peu, et Honor leva la main pour toucher le chat sylvestre et s'assurer une nouvelle fois qu'il était bien vivant.

Alistair McKeon et Ilona Rierson, le seul lieutenant survivant de Dominica Santos, avaient travaillé comme des Romains dans les ruines du croiseur ; quant au sous-officier Harkness et son équipe, ils se trouvaient dans la soute missile un lorsque missile deux avait été détruit ; ils avaient survécu, et Harkness n'avait pas eu besoin d'ordres pour se frayer un chemin vers l'arrière afin de faire la jonction avec McKeon et Rierson. Ensemble, ils avaient non seulement remis le compensateur en état, mais même réussi à relancer deux des noyaux arrière endommagés, ce qui avait fourni au croiseur une capacité de décélération de plus de deux km/s2 et demi.

Il avait fallu au bâtiment blessé d'Honor encore quatre heures uniquement pour décélérer au point de se retrouver immobile par rapport au système de Basilic, mais l'équipage n'était pas resté inactif pendant ce temps : McKeon et Rierson avaient poursuivi leurs réparations et remis en état de plus en plus de systèmes de contrôle interne, tandis que le lieutenant Montoya (Dieu merci, Honor s'était débarrassée de Suchon !) et son équipe médicale avaient travaillé d'arrache-pied pour extraire les blessés des décombres et opérer les corps meurtris à l'infirmerie. Trop nombreux avaient été les patients de Montoya qui lui avaient glissé entre les doigts, beaucoup trop pour qu'il s'en remette un jour, mais c'était grâce à lui que des gens comme Samuel Webster et Sally MacBride avaient survécu.

Et puis ç'avait été le long voyage de retour, le long et lent voyage qui avait paru durer une éternité car les communications de l'*Intrépide* étaient mortes ; impossible d'annoncer à dame Estelle ni à l'Amirauté ce qui s'était passé, qui l'avait emporté ni le prix que l'équipage d'Honor avait payé, jusqu'au moment où le croiseur estropié avait laborieusement regagné son orbite autour de Méduse, treize heures après l'avoir quittée, et où un Scotty Tremaine pâle comme un fantôme avait rangé sa pinasse le long de l'épave qui perdait son atmosphère par tous les côtés.

Il avait encore fallu deux mois de réparations aux navires d'entretien de la Flotte pour qu'Honor puisse ramener son bâtiment sur l'*Héphaïstos* en empruntant le nœud, deux mois pendant lesquels la Flotte manticorienne tout entière, alertée par le code Zoulou d'Honor, avait effectué des « exercices de combat non programmés » à Basilic – et accueilli les trois escadres havriennes qui s'étaient présentées pour une « visite de routine » six jours après le massacre des nomades médusiens par les fusiliers du commandant Papadapolous et les soldats de l'API de Barney Isvarian.

Le chagrin d'Honor pour celles et ceux qui étaient morts sous son commandement ne s'effacerait jamais tout à fait, pourtant elle ne regrettait pas le moindre instant de ce crève-cœur, pas la plus petite seconde de doute et de résolution, tant le dénouement en valait la peine : la consternation à peine voilée dans la voix de l'amiral havrien lorsqu'il avait accusé réception de l'aimable message de bienvenue de l'amiral d'Orville, la mine des officiers havriens obligés de supporter le barrage impitoyable de visites de courtoisie préparées par d'Orville pour leur faire bon accueil – et pour avertir clairement Havre que Basilic était territoire manticorien et le demeurerait – avant qu'on ne les laisse enfin repartir chez eux la queue entre les jambes, figurativement parlant.

Et enfin ç'avait été le retour de l'*Intrépide* à Manticore, escorté par une garde d'honneur formée d'une escadre entière de supercuirassés cependant que l'hymne manticorien retentissait dans tous les transmetteurs de la Flotte. Honor avait cru que son cœur allait éclater quand le formidable *Roi Roger* de l'amiral d'Orville avait allumé ses feux de position, salut traditionnel réservé aux vaisseaux amiraux de la Flotte, au moment où l'*Intrépide* pénétrait dans le terminus pour regagner la planète capitale, et pourtant, sous la fierté et le bonheur doux-amer qu'elle ressentait se dissimulait une crainte qu'elle n'osait pas s'avouer. Tout le temps qu'avaient duré les travaux sur son croiseur meurtri, elle avait voulu croire que l'*Intrépide* pourrait un jour reprendre du service, mais l'examen effectué par les techniciens du chantier naval avait anéanti cet espoir.

L'*Intrépide* était trop vieux, il était trop petit, il avait trop reçu et trop donné ; le réparer exigerait de le reconstruire presque entièrement et coûterait aussi cher que de bâtir un navire flambant neuf et plus grand. Le verdict était donc tombé : au cours de la semaine à venir, on le sortirait une dernière fois de son bassin et on le remettrait aux mains des casseurs d'une des stations de récupération orbitale, où il serait dépecé, réduits en petits morceaux d'alliage par des ouvriers qui ne sauraient jamais tout ce qu'il avait été, tout ce qu'il avait fait ni ce qu'il avait signifié, et finalement fondu pour être recyclé.

Il méritait mieux, songea Honor en battant des paupières pour chasser ses larmes, mais au moins il était mort en guerrier. Il avait achevé sa carrière au combat avant de ramener chez lui son équipage survivant, il n'était pas mort dans son sommeil après des décennies passées dans la naphtaline. Et, même quand il ne serait plus là, il resterait un peu de lui car le HMS *Intrépide* avait été ajouté au Tableau d'honneur de la Flotte, la liste des noms de navires toujours remis en circulation afin de préserver les honneurs qu'ils avaient acquis sous le feu.

Avec un nouveau soupir, elle se détourna de la baie vitrée et sa mélancolie s'atténua lorsqu'elle se retourna vers les trois hommes qui l'accompagnaient. Alistair McKeon semblait à la fois très différent et tout à fait à son aise avec ses trois galons de manche de commandant et son béret blanc de capitaine de vaisseau stellaire, et le contre-torpilleur *Troubadour* l'attendait, déjà affecté au nouveau poste lourdement renforcé de Basilic : la place n'était plus gardée par un simple croiseur léger hors d'âge mais par une force tactique qui couvrait tout le terminus en attendant la fin de la construction d'un réseau de forteresses.

Elle lui sourit et il lui rendit son sourire, puis elle se tourna vers les deux autres officiers qui se tenaient près d'elle : le capitaine de corvette Andreas Venizelos, à la beauté ténébreuse, toujours tiré à quatre épingles, et le lieutenant de vaisseau Rafael Cardones, qui avait perdu son air gamin. Ils ne partaient pas avec McKeon : ils étaient affectés à un nouveau bâtiment, tout comme Honor. Il se passerait quelques mois avant qu'elle échange encore une fois son béret noir contre un blanc mais, à ce moment-là, elle retrouverait Venizelos comme second et Cardones comme officier tactique. Elle l'avait exigé, malgré le manque d'ancienneté de Cardones, et nul n'avait osé la contrarier à PersNav.

« Eh bien, Alistair, dit-elle en tendant la main, vous allez me manquer. Mais le *Troubadour* a de la chance de vous avoir – et la Flotte aura bien besoin d'un vétéran de Basilic pour maintenir le poste dans le droit chemin. Veillez à ce que l'amiral Stag reste en alerte.

— C'est promis, commandant. » Le sourire de McKeon se fit complice, puis il serra la main d'Honor et fronça les sourcils en entendant sonner son bracelet-com. « C'est ma navette d'embarquement, commandant. Il faut que je me dépêche.

— Je sais. Bonne chance, capitaine McKeon.

— Bonne chance à vous aussi, capitaine Harrington. » McKeon recula d'un pas, salua vivement et disparut dans le couloir sous le regard souriant d'Honor. Enfin, elle se tourna vers Venizelos.

« Avez-vous résolu votre problème de liste d'équipage, Andreas ?

— Oui, pacha. Vous aviez raison : c'est PersNav qui a foiré ; on m'a promis de corriger l'erreur avant demain matin.

— Tant mieux. » Elle pencha la tête un instant, pensive, puis haussa les épaules. « Vous devriez retourner au chantier, dans ce cas. Ces zigotos de radoubeurs ont besoin d'un véritable officier pour les tenir à l'œil !

— Oui, commandant. » Avec un sourire rayonnant, Venizelos fit signe à Cardones et tous deux s'en allèrent au petit trot en direction de la cale de construction, à l'autre bout de l'*Héphaïstos*, où la nouvelle affectation d'Honor, croiseur lourd de classe Chevalier stellaire, le HMS *Intrépide*, était en cours d'achèvement. Elle regarda les deux officiers s'éloigner puis ramena les yeux sur le vieil *Intrépide* avec un nouveau soupir.

En fin de compte, tout s'était bien terminé, songea-t-elle un peu tristement. Trop de gens étaient morts pour réparer les erreurs dues à la cupidité et à la bêtise de certains, mais ils avaient réussi. Le cartel Hauptman avait été blanchi de l'accusation de collusion dans l'affaire de Basilic, mais la Cour du Banc de la Reine avait jugé qu'il aurait dû se tenir au courant des agissements de ses employés et lui avait durement tapé sur les doigts en lui imposant une amende de plusieurs millions de dollars ; quant au *Mondragon*, la Cour de l'Amirauté l'avait déclaré de bonne prise pour motif de contrebande – décision qui, incidemment, avait rendu le capitaine Honor Harrington millionnaire. Mais, plus important que tout, la tentative de Havre de faire main basse sur Méduse et le terminus du nœud avait profondément modifié la situation politique intérieure : la crainte de voir Havre réitérer sa manœuvre avait retourné les rangs conservateurs contre la croisade de longue date de Janacek pour déclasser le poste de Basilic, et les libéraux et les progressistes avaient dû battre en retraite, au point que l'Acte d'annexion s'était vu amendé dans des proportions que ni la comtesse Marisa ni le baron de Haute-Crête n'avaient imaginées dans leur pires cauchemars.

Enfin, il y avait Pavel Young.

En songeant à lui, Honor se permit – une fois n'est pas coutume – un sourire de joie méchante auquel Nimitz joignit un ronronnement. Sa famille et ses relations politiques lui avaient évité la cour martiale et même une instruction officielle, mais rien ne pouvait le sauver du jugement de ses pairs. Il n'était pas un officier en uniforme qui n'eût compris ce qu'il avait essayé de faire à Honor et, curieusement, étant donné l'influence de sa famille, bien rares étaient ceux qui cherchaient à cacher l'opinion qu'il leur inspirait. Il s'était servi de son grade supérieur pour poignarder un subordonné dans le dos et, bien pire, il ne s'était absolument pas préoccupé de la situation de Méduse ; il n'avait pas pris la peine de monter à bord du *Sirius*, il n'avait même pas soupçonné qu'il fût armé, il avait personnellement ratifié le faux rapport d'avarie du navire-Q et autorisé le pseudocargo à demeurer indéfiniment en orbite médusienne. Nul ne paraissait douter le moins du monde du résultat des manigances de Havre si Lord Pavel Young était resté officier commandant du poste de Basilic.

Le *Sorcier* et lui avait été placés en service d'escorte et ils patrouillaient l'hyperespace pour accompagner les cargos sans ligne régulière qui faisaient l'aller-retour entre le Royaume de Manticore et la Confédération silésienne. Ni le Premier Lord Janacek ni le père de Young n'avaient pu lui épargner cet exil, bien contents déjà d'avoir pu le maintenir en service actif.

Quant à la République populaire de Havre, le gouvernement et la Flotte de la reine Élisabeth n'étaient pas encore assez puissants pour envisager une guerre, d'autant plus que l'opposition, bien que mise à mal, pouvait souligner – à juste titre – que les preuves qui reliaient Havre à la mekoha et aux fusils distribués sur Méduse n'étaient qu'indirectes ; certes, trouver un membre du personnel du consulat havrien (et un colonel de l'armée de la République, pas moins) en train d'armer la horde du chamane était plus que suspect, mais l'homme était mort et la République avait affirmé – documents splendidement officiels à l'appui – que le colonel Westerfeldt avait été déchargé de son poste consulaire pour malversation plusieurs semaines avant le malheureux incident ; sans doute était-il dès lors de mèche avec les criminels qui avaient approvisionné les indigènes. Les criminels en question, capturés par les fusiliers de Papadapolous, n'avaient pas permis d'apporter la preuve qu'ils étaient payés par Havre et ne pourraient désormais plus jamais prouver quoi que ce soit : le dernier d'entre eux avait fait face au peloton d'exécution un mois plus tôt.

Néanmoins, nul dans les hautes sphères ne doutait que Havre fût impliqué dans les événements ; les partis d'opposition pouvaient bien clamer le contraire, résolus qu'ils étaient à éviter une guerre qu'ils redoutaient, ils savaient la vérité aussi bien qu'Honor elle-même. Aucun de ceux qui s'étaient trouvés sur Méduse et avaient vu ce que les Médusiens avaient fait subir à la patrouille du lieutenant Malcolm, se rappelaient l'explosion du laboratoire ou le massacre auquel Havre avait exposé les nomades médusiens, aucun de ceux-là ne pourrait oublier ni pardonner, et, en attendant, la reine avait pris des mesures propres à exprimer son déplaisir.

Par proclamation royale, tout bâtiment battant pavillon havrien qui franchissait le nœud, en dehors de toute considération de destination ou d'immunité diplomatique, devait se soumettre à la fouille avant de pouvoir continuer sa route ; de plus, le transit était interdit à tout navire de guerre havrien, quelles que soient les circonstances. Ces décisions n'avaient donné lieu à aucune négociation : c'était à prendre ou à laisser... au risque d'allonger de plusieurs mois le trajet des cargos de la République.

Les Havriens avaient accepté cette humiliation calculée, car un refus les aurait obligés à transborder leur fret sur des cargos qui avaient, eux, l'autorisation de franchir le nœud, avec des effets désastreux sur leur commerce de transport. Mais, en l'absence de preuve de leur implication, ils avaient pu protester de leur innocence et prendre l'opinion galactique à témoin de la « discrimination tyrannique » du Royaume et des extrémités auxquelles Manticore se livrait pour salir la réputation de la République.

Aucun Manticorien ne s'y laissait prendre, naturellement, pas plus qu'à leurs violentes protestations contre un certain capitaine Harrington qui avait attaqué sans provocation un navire marchand désarmé et tué de sang-froid tout son équipage. De toute manière, ils ne pouvaient guère agir autrement, sauf à vouloir avouer leurs manigances, mais ils avaient tout de même exigé l'extradition d'Honor afin qu'elle soit jugée pour meurtre par un tribunal havrien. Elle avait trouvé cela cocasse jusqu'à ce qu'un des experts en affaires étrangères du gouvernement lui explique la théorie du « gros mensonge ».

Encore maintenant, elle avait du mal à croire que quiconque pût gober les absurdités que débitait le ministère de l'Information havrien, mais l'expert avait secoué la tête avec un soupir. Plus le mensonge était gros, apparemment, plus il y avait de chances que les gens non informés l'avalent, tout simplement parce qu'il ne leur paraissait pas possible qu'un gouvernement puisse soutenir une histoire aussi grotesque si elle n'était pas vraie. Et, elle le supposait, le fait que Havre l'avait jugée par contumace (procédure légale selon ce qui passait pour la loi dans la République, une fois que Manticore eut refusé de l'extrader), déclarée coupable et condamnée à mort, tout cela n'avait dû qu'apporter de l'eau au moulin du mensonge.

Mais le Royaume avait réagi aux prétentions de Havre d'une façon qui excluait toute équivoque. Honor sourit et rajusta ses manches, les yeux brillants de plaisir à la vue des quatre anneaux d'or, signes de son nouveau statut de capitaine de la Liste ; sautant carrément deux grades, elle avait été promue au rang de capitaine de vaisseau de première classe, et c'est tout juste si l'amiral Cortez ne s'était pas excusé qu'elle n'ait pas été faite chevalier. Pendant plusieurs minutes, il avait discouru obliquement du sujet sans jamais y toucher vraiment, en évoquant de manière assez peu convaincante les répercussions diplomatiques et l'effet sur « l'opinion neutre » de l'adoubement par la Couronne d'un individu que les tribunaux de Havre avaient condamné à mort pour le meurtre d'un équipage complet, mais la façon dont il s'était exprimé laissait entendre un tout autre message. Le gouvernement ne s'inquiétait pas de Havre ni de la Ligue solarienne, mais des libéraux et de l'Association conservatrice ; l'affaire de Basilic leur avait rabattu leur caquet, pourtant ils avaient conservé leur influence et, réaction typique de politicards, ils rejetaient la responsabilité de leurs ennuis sur le capitaine Harrington plutôt que d'accuser leur propre stupidité et leur manque de clairvoyance.

Honor ne s'en souciait pas. Elle baissa les yeux sur le ruban de la Croix de Manticore, seconde récompense du Royaume pour bravoure, qui luisait d'un éclat rouge sang sur sa veste noire comme l'espace. C'était le symbole de l'opinion qu'avaient d'elle la

Flotte et sa reine, tout comme le nouveau bâtiment qui lui avait été affecté et son inscription sur la Liste. Elle avait pris pied fermement sur l'échelle qui menait aux plus hauts grades et personne – ni Pavel Young, ni la République de Havre, ni la comtesse Marisa ni Sir Edward Janacek – ne pourrait plus l'en décrocher.

Avec un soupir, elle leva la main et la posa contre la vitre de plastique comme pour dire adieu à l'*Intrépide* ; elle s'apprêtait à s'en aller quand quelqu'un l'appela.

« Capitaine Harrington ? »

Elle se retourna : un commodore bedonnant se dirigeait vers elle dans la galerie en soufflant comme une locomotive. Elle ne l'avait jamais vu, mais il s'arrêta devant elle avec un sourire rayonnant comme s'il voulait la serrer dans ses bras.

« Oui, commodore ? répondit-elle, intriguée.

— Oh, excusez-moi ; vous ne devez pas me connaître. Je suis le commodore Yerenski. » Il tendit la main et Honor la serra.

« Commodore Yerenski... fit-elle sans comprendre davantage pourquoi il la cherchait.

— Je voulais vous parler de votre action à Basilic, capitaine, fit-il. Je fais partie de la Commission d'étude et de développement des armements de ConstNav.

— Ah ! » Honor hocha la tête. Tout s'éclairait à présent ; il était temps qu'on prenne note de façon officielle de la stupidité des modifications qu'avait subies l'*Intrépide*.

« Oui, dit Yerenski, radieux. J'ai pris connaissance de votre rapport : géniale, capitaine, absolument géniale, la manière dont vous avez attiré le *Sirius* pour mieux l'abattre. J'espère que vous accepterez de prendre la parole lors d'une réunion officielle de la Commission la semaine prochaine pour expliquer vos manœuvres et votre tactique. L'amiral Hemphill est notre présidente et elle a mis à l'ordre du jour une réflexion sur l'efficacité démontrée du couple lance gravifique/torpille à énergie. »

Honor cilla. L'amiral Hemphill ? Non, ce n'était pas possible... !

« Nous avons été ravis d'apprendre l'issue de votre poursuite, capitaine, poursuivit Yerenski, l'air toujours aux anges. C'est la démonstration éclatante du nouveau concept d'armement ! Pensez donc : votre vieux croiseur léger, ridiculement petit, qui a réussi à affronter et vaincre un navire-Q de huit millions de tonnes équipé du matériel de guerre d'un croiseur de combat ! Mon Dieu, quand je songe que cela vous aurait été impossible avec un croiseur doté d'un armement classique, j'ai du mal à... »

Honor le dévisageait, abasourdie, tandis qu'il continuait à babiller sur la « nouvelle philosophie », les « systèmes d'armement convenables qu'il faut aux navires de guerre modernes » et qui avaient en la circonstance donné à Honor « le coup de pouce décisif », et elle sentit monter du plus profond d'elle-même une émotion brûlante et primitive. Son regard se durcit et Nimitz se ramassa sur son épaule, les crocs découverts, tandis que les doigts d'Honor la démangeaient d'étrangler le crétin bouffi de suffisance qui se tenait devant elle. Sa « nouvelle philosophie » avait tué ou blessé la moitié de son équipage en obligeant Honor à se rapprocher du *Sirius* dans son sillage et ce n'était pas son « armement convenable » qui avait permis de sauver ce qui restait de l'*Intrépide* : c'était les membres de l'équipage, leur cran, leur sang et leur souffrance, sans oublier l'évidente partialité du Tout-Puissant !

Ses narines frémirent, mais le commodore ne s'en aperçut même pas ; il continua sa péroraison en se félicitant si fort qu'elle s'attendait à lui voir pousser une auréole, et elle sentit un tic faire sauter le coin de sa bouche.

Il voulait qu'elle s'adresse aux membres de la Commission ? Qu'elle leur explique que le radoub de l'*Intrépide* avait été un coup de génie ? Elle le foudroya du regard en s'apprêtant à lui indiquer où il pouvait se mettre son invitation mais, à cet instant, une idée la frappa. Elle se calma, réfléchit, et son tic disparut ; une lueur amusée naquit dans ses yeux jusque-là féroces, et Honor dut combattre une soudaine et furieuse envie de rire au nez de son interlocuteur qui, enfin, arrivait au terme de son discours.

« Excusez-moi, commodore, s'entendit-elle dire, mais je souhaite être sûre de bien vous comprendre. Vous voulez que je prenne la parole devant un groupe officiel de la Commission d'étude et de développement des armements afin de leur donner mon sentiment sur les systèmes dont était équipé l'*Intrépide* ?

— Exactement, capitaine ! s'exclama Yerenski, enthousiaste. Nos membres les plus progressistes – la Flotte tout entière, à dire la vérité – vous en seraient éternellement reconnaissants. Le témoignage personnel d'un officier qui a démontré leur efficacité aurait un poids extraordinaire face à nos collègues réactionnaires et immobilistes de la Commission, je n'en doute pas, et Dieu sait que toute aide sera la bienvenue. Certains de ces fossiles ont été jusqu'à refuser de reconnaître que ce sont vos armes – et votre talent, naturellement – qui ont rendu votre victoire possible ! C'est vous dire !

— Incroyable », murmura Honor. Elle inclina la tête et la lueur de ses yeux bruns se mit à danser tandis que ses lèvres fermes s'épanouissaient en un large sourire. « Eh bien, commodore Yerenski, je ne vois pas comment refuser ; il se trouve que ces nouveaux armements m'inspirent les sentiments les plus vifs (son sourire s'élargit encore), et je serai absolument ravie de partager mon point de vue avec l'amiral Hemphill et ses collègues. »

Appendice

Note sur les calculs de temps et de datation

Comme tous les colons extrasolaires, les investisseurs originaux de la SA Colonie Manticore éprouvèrent le besoin d'inventer un calendrier adapté aux rotations axiale et orbitale de leur nouveau foyer. Dans leur cas, toutefois, la situation se compliquait du fait que, tandis que la plupart des systèmes stellaires ont la chance de n'avoir qu'un seul monde habitable, Manticore, système binaire distant G0/G5, en possédait trois, chacun avec son jour et son année propres.

À l'instar du reste de l'humanité, les Manticoriens emploient les secondes, les minutes et les heures, et l'année de 365,26 jours de la Vieille Terre sert d'« année étalon » ou « année T », base commune sur laquelle se font les conversions de dates dans tout l'univers connu afin de faciliter le commerce et les communications interstellaires. À l'exemple de la plupart des États extrasolaires, les documents historiques du Royaume stellaire de Manticore suivent la convention qui veut que l'on compte en années « post Diaspora » (c'est-à-dire en années T à partir de celle où le premier vaisseau interstellaire de colonisation a quitté la Vieille Terre) parallèlement aux calendriers locaux.

Le système officiel de calcul des dates du Royaume se fonde sur les périodes de rotation et d'orbite de Manticore A-III, la planète Manticore proprement dite. Ce calendrier sert pour tous les documents officiels, le calcul de l'âge des individus, etc., mais il ne fonctionne bien que pour Manticore elle-même ; aussi Sphinx (Manticore A-IV) et Griffon (Manticore B-IV) disposent-elles de leurs propres calendriers, purement locaux, ce qui signifie que le système stellaire emploie quotidiennement pas moins de quatre systèmes (y compris le système étalon). Inutile de préciser que presque tous les ordinateurs manticoriens possèdent des logiciels de conversion intégrés.

Voici le tableau des jours et des années planétaires du royaume :

Planète	*Journée en heures T*	*Année en jours locaux*	*Année en jours T*	*Année en années T*
Manticore	22,45	673,31	629,83	1,73
Sphinx	25,62	1783,28	1903,65	5,22
Griffon	22,71	650,46	615,51	1,69

Les horloges de toutes les planètes décomptent le temps en heures standard de soixante minutes auxquelles s'adjoint une « heure » plus courte dite « compensatrice » (ou, plus couramment, « comp ») afin de rattraper la différence. Ainsi le jour de la planète Manticore est-il divisé en vingt-deux heures étalon plus une comp de vingt-sept minutes, tandis que celui de Sphinx se découpe en vingt-cinq heures plus une comp de trente-sept minutes. La journée de Griffon, comme celle de Manticore, dure vingt-deux heures, mais avec une comp d'à peu près quarante et une minutes et demie.

La semaine planétaire dure sept jours planétaires dans tous les cas, et c'est le jour de Manticore qu'on utilise à bord de tous les bâtiments de la Flotte royale.

L'année officielle du Royaume dure six cent soixante-treize jours, avec une année bissextile tous les trois ans. Elle est divisée en dix-huit mois, onze de trente-sept jours et sept de trente-huit, lesquels remplacent alternativement les six premiers mois ou les huit derniers ; les mois ont été baptisés (avec simplicité, mais sans grande imagination) premier mois, deuxième mois, troisième mois, etc. L'année locale de Griffon est également découpée en dix-huit mois (seize de trente-six jours et deux de trente-sept), avec un jour intercalaire aux neuvième et dixième mois, plus un jour supplémentaire au onzième une année locale sur deux. Plus longue, l'année sphingienne est divisée en quarante-six mois, trente-cinq de trente-neuf jours et onze de trente-huit (les mois les plus courts tombent les mois pairs à partir du douzième jusqu'au trente-deuxième), avec une année bissextile tous les sept ans. Tous ces systèmes comptent en « années après l'Arrivée » (en abrégé, « A.A. »), du jour (le 21 mars 1416 P.D.) où la première navette du vaisseau colonisateur, le *Jason*, toucha le sol de la planète sur le site devenu depuis celui de la ville d'Arrivée. Naturellement, cela implique que l'histoire locale de chaque planète se calcule à partir d'une « année après l'Arrivée » différente de celle des autres planètes ; ainsi, les ordres d'Honor Harrington l'affectant à l'*Intrépide*, datés du 25 du quatrième 280 A.A. (selon le système officiel manticorien, ou le calendrier planétaire de Manticore), avaient été aussi rédigés le 3 mars 1900 P.D. (calcul étalon) et le 26 du deuxième 93 A.A. (en suivant le calendrier local sphingien). Cette pléthore de dates est une des principales raisons pour lesquelles les Manticoriens ont tendance, à but de comparaison, à convertir les durées en années T.

8010

Composition PCA
Achevé d'imprimer en France (La Flèche)
par Brodard et Taupin
le 12 avril 2006 - 35059
Dépôt légal avril 2006. ISBN 2-290-34876-7

Éditions J'ai lu
87, quai Panhard-et-Levassor, 75013 Paris
Diffusion France et étranger : Flammarion